Heidberg Elf

Money Pig

Über dieses Buch

Hamburg. Ein Donnerstagnachmittag im August. Der Reeder Gunnar Harksen wird erschossen in seinen Geschäftsräumen aufgefunden. Kurz darauf wird der Unternehmer Hendrik Abendroth vor den Augen zahlreicher Zeugen entführt von der Terrasse seines Lieblingsbistros in Eppendorf. Auch Privatdetektivin Marie Everling, geschiedene Ballin, beobachtet diese spektakuläre Entführung. Kriminalhauptkommissar Frank Böttcher vom Polizeirevier Borgweg in Winterhude überredet die attraktive private Ermittlerin, die für Gunnar Harksen gearbeitet hat, ihre Kontakte zur Hamburger High Society zu nutzen und ihm bei der Aufklärung der beiden Fälle zu helfen.

Hängen die beiden Verbrechen zusammen? War Gunnar Harksen der unbescholtene, ehrenhafte Bürger, als der er auftrat? Was haben beide Opfer mit dem Nachtclub Colosseum in Poppenbüttel zu tun, wo die Chefin Lady Marylou Freunden von Sado-Maso-Praktiken und Fetischliebhabern spektakuläre Events bietet? In welcher Beziehung steht die Chef-Domina zu Marion Abendroth, der Gattin des entführten Hendriks, zu deren Freundinnen und zu anderen Dominas, die im Colosseum arbeiten?

Böttcher, seine Kollegin Valerie Morton vom LKA und Marie Everling geraten in einen Sumpf aus Sex und Gewalt, aus dem es keinen Ausweg zu geben scheint.

Dies ist Andrea Hesslers erster Kriminalroman. Die Autorin arbeitet als Wirtschaftsjournalistin in Hamburg. Das Buch ist ein Werk der Fiktion. Die beschriebenen Örtlichkeiten und handelnden Personen sind erfunden. Ähnlichkeiten mit realen Personen und Locations sind rein zufällig.

Money Pig

von

Andrea Hessler

Heidberg Elf Verlag

1. Auflage 2016
Copyright © 2016 by Andrea Hessler
Umschlaggestaltung Claudia Schiersch
Fotocredit fotolia
Heidberg Elf Verlag
Heidberg 11
22301 Hamburg
Alle Rechte bei Autorin und Verlag
ISBN 978-3-9818392-2-7

Everything in the world is about sex, except sex. Sex is about power.

Oscar Wilde

Handelnde Personen in alphabetischer Reihenfolge

Abendroth, Hendrik	Entführungsopfer
Abendroth, Marion	Mitglied der „Clique"
Baton, Andrea	Rechtsanwältin
Bogner, Boris	Fotograf
Böttcher, Frank	Kriminalhauptkommissar
Brömmer, Heike	Staatsanwältin
von Blankenburg, Albertine	Chefin der „Clique"
von Blankenburg, Hubertus	Ehemann von Albertine
von Basserow, Theresa	Mitglied der „Clique"
Brandes, Thomas	Kriminalkommissar
Dellmann, Bernd	SM-Liebhaber
Das Schulmädchen	Domina
Die Krankenschwester	Domina
Die Schwarze	Domina
Drewes, Volker	Chef des Reviers Borgweg
Eisleben, Herbert	Schweinemäster
Everling, Marie	Privatdetektivin
Forsmann, Sebastian	Kriminalkommissar
Harksen, Claire	Reedergattin
Harksen, Gunnar	Reeder
Heidrun	Kiez-Wirtin
Hellmann, Heinz	Streifenpolizist
Jerome	Barkeeper im Club Colosseum
Kröger, Simon	Kriminaltechniker
Lady Marylou	Chefin des Clubs Colosseum
Leon	Praktikant am Revier Borgweg
Leonore	Haushälterin bei Familie Harksen
Mafiosi, russische	Schmuggler und Zuhälter
Palm, Gregor	Bauunternehmer
Morton, Valerie	Kriminalhauptkommissarin
Mumie	Verletzte im Krankenhaus
Schneider, Susanne	Polizeischülerin
Sengelmann, Torsten	Rechtsmediziner
Wolgast, Klaus-Dieter	Hundeführer
von Zoperan, Laszlo	SM-Liebhaber
verschiedene Zeugen	

Prolog

A. Martin, Artikel „Priapismus, Wiedererwachen des Geschlechts-
triebes nach CO2-Einwirkung", International Journal of Legal Me-
dicine, 10/1910:

*Die Selzerbrunnen werden alljährlich Pfingsten von 12 bis 15 Männern gerei-
nigt. An einem Seil befestigt steigen die Männer in die Brunnen. Sie bekommen
Anweisung, alsbald - nach kurzer Arbeitszeit im Brunnen - wieder herauszu-
steigen. Häufig gelingt es ihnen nicht, sie werden heraufgezogen, sie sind bewusstlos. Sie werden an die frische Luft gelegt, bis sie wieder zu sich kommen. Oft
liegen acht bis zehn Personen bewusstlos, keiner erleidet jedoch gesundheitliche
Schäden. Wann der Graf oder Beamte, den diese Brunnen-Feglust zu sehen
herbeigekommenen Fremden einen Scherz zeigen will, so löset solcher einem seiner Mit-Consorten in Verrückung Liegenden den Hosenknopf auf, so springt
augenblicklich die Männlichkeit in größter Gravität hervor, dabei es nicht wenig
zu lachen gibt.*

Das Ende
Duvenstedter Brook, Donnerstagnachmittag

Er wachte auf. Würgte, schrie und hämmerte mit den Fäusten gegen den Blechdeckel. Seine Fingerknöchel bluteten, seine Erektion war längst zusammengeschrumpelt zu einem lächerlichen Klümpchen. Sollte er hier gleich verrecken, würde sich im selben Augenblick sein Körper entleeren. So weit reichten seine rudimentären Kenntnisse der menschlichen Physiologie. Auf eine peinliche, keinesfalls zu akzeptierende Art würden sich aus seinen Öffnungen eklige Flüssigkeiten in seine Kleidung ergießen. Er würde sich in die Hose pissen wie ein bettnässendes Kleinkind und womöglich sogar scheißen. In sein Designer-Outfit. Ekelhaft. Fäkalienspiele waren noch nie sein Ding. Und womöglich käme auch noch der bestellte Samenerguss. Der Mega-Orgasmus, inklusive Todesthrill; sie sollten möglichst weit gehen, aber doch nicht bis zum Ende. Dass er mit dem Leben bezahlen sollte, war nicht im Plan. Das Spiel war eh schon teuer genug, dachte er sarkastisch.

Er blutete kaum. Keine Spuren, bitte. Ein paar Schläge mit der Peitsche, o.k. Einige winzige Schnitte mit dem Skalpell. Nicht mehr als kleine Ausrutscher beim Rasieren. Blaue Flecken am Hals, prima zu kaschieren mit dem Hermès-Halstuch, das Gattin Marion ihm geschenkt hatte. Hämatome verschwanden schnell wieder.

Er röchelte sein Safeword. Marion. Bei Marion sollte der Spaß immer aufhören, und so war es dann auch regelmäßig. Seine Frau. Ihr blödes Tuch hatte er nie gemocht. Und sie selbst auch nicht. Von Liebe war sowieso keine Rede. Genau so wenig wie bei den anderen Frauen, mit denen er sich im Laufe seines weitgehend emotionslosen Lebens beschäftigt hatte. Sie dienten zum Ficken und als Begleitung bei Geschäftsterminen. Es war wirklich geil gewesen, wie die Typen von der Reederei ihn und seine Begleitung angestiert hatten, als er mit Lady Marylou auf der langweiligen Betriebsfeier aufgetaucht war. Trotz seiner mehr als verzweifelten Lage dachte er an Highlights seines gesellschaftlichen Lebens und an geschäftliche Erfolge; letztere waren, so realistisch schätzte er sich ein, weder Talent noch Fleiß oder Kompetenz zu verdanken, sondern Machthunger und Skrupellosigkeit. In jedem Fall hatte er bestimmt, wo es lang ging. Bis zum heutigen Nachmittag. Er hatte die Kontrolle verloren, über sich, die Weiber, sein Leben. Vielleicht sogar über seinen Tod. Verdammt. Er verlor erneut das Bewusstsein.

Die Entführung

Eppendorfer Baum, Donnerstag, später Nachmittag

Der regnerische Sommer verabschiedete sich mit heißer Grandezza, klebriger Luftfeuchtigkeit und Gewittern, die Hunde und Katzen in panischem Schrecken unter Schränke und Betten scheuchten. Blitze zuckten Abend für Abend durch den Hamburger Himmel, erleuchteten die Alster heller als die zahlreichen sommerlichen Feuerwerke. Sekunden später brüllte Donner; dann kamen Platzregen; die Feuerwehr war im Dauereinsatz. Wer tagsüber eine Pause einlegen konnte, floh unter den Sonnenschirm eines Cafés oder an die Elbe. Marie Everling saß auf der Terrasse von Paolinos Wein-Bar, trank Weißweinschorle und spürte, wie ihr der Alkohol zu Kopf stieg. Normalerweise konnte sie einige Drinks vertragen. Sie hatte als professionelle Gastgeberin in Nienstedten mit Champagner geübt und ihr Training im Job mit Gin Tonic fortgesetzt. Doch die Hitze donnerte die Promille sofort ins Gehirn.

Seit einigen Tagen langweilte sie sich und trank schon nachmittags; kein gutes Zeichen. Sie wollte nicht aus Langeweile trinken, kein Klischee-Detektiv werden, abgefüllt neben Aktenbergen und überquellenden Aschenbechern pennen. Sie zündete eine Gudang Garam an, eine indonesische Nelkenzigarette, und dachte an früher, an die Zeit mit Valerie. Auf Bali hatten sie ihre ersten Gudangs geraucht, die unzertrennlichen Freundinnen der Schulzeit. Marie, die Kleinbürger-Tochter, und Valerie mit blasierter Mutter, Gentleman-Papa, Reeder-Opa und einem eigenen Apartment in St. Georg, das sie den reichen Großeltern aus den Rippen geleiert hatte. Angeblich um ungestört zu studieren; in Wahrheit wollte sie unbeobachtet von ihrer spießigen Hanseaten-Familie ordentlich feiern und das Leben in vollen Zügen genießen.

Was wohl aus ihr geworden war? Valerie war zu Auslandssemestern nach Princeton und Berkeley abgedüst. Marie hatte das Psychologiestudium nach drei Semestern aufgegeben, weil Carsten heiraten und eine Familie gründen wollte. Carsten, ihre große Liebe. Bald war sie nur noch ein hübsches Schmuckstück, das ihn zu Empfängen, Partys und Abendessen begleiten musste. Sie war Stammkundin in den Designerboutiquen auf dem Neuen Wall, wurde an Geburtstagen und an Weihnachten mit Preziosen von Wempe ruhig gestellt. Monat für Monat schüttelten sie Heulkrämpfe, wenn sie ihre Tage bekam und empfängnistechnisch mal wieder versagt hatte. Schließlich war sie mit einer Depression in einem Sanatorium gelandet, während ihr toller Ehemann sich mit anderen Frauen verlustierte. Die Geliebten waren sowohl minderjährige Schülerinnen als auch Damen eines exklusiven Escort-Services. Das hatte Hubert Kawuttke berichtet, ehemaliger Stasi-Oberst, dann Privatdetektiv in Stellingen. Sie hatte seine Anzeige im Abendblatt entdeckt. Er sorgte dafür, dass Ehe und Scheidung trotz des knallharten Ehevertrags mit einer üppigen Abfindung endeten. Schweigegeld.

Die Gudang schmeckte süß nach Nelken, Zimt und Zucker; Marie leckte sich die Lippen und blies Rauch aus ihren Lungen. Die beiden angejahrten Eppendorf-Schönheiten am Tisch gegenüber, blond und brünett, schauten pikiert zu ihr rüber. Die hielten den Geruch der Gudang wohl für Gras. Marie grinste, schloss die Augen, lehnte sich zurück im Strandkorb und blinzelte gelegentlich zu dem Typ zwei Tische weiter. Sah nicht schlecht aus, Mitte Vierzig vielleicht, groß, schlank, braune Haare mit grauen Einsprengseln, Jeans und Hemd von Polo Ralph Lauren, Seglerschuhe aus Leinen; er war ein Typ wie ihr geschiedener Mann, gut aussehend und bestimmt ebenso promiskuitiv. Sie konnte das Testosteron förmlich riechen, das er verströmte, und stellte fest, dass sie schon seit Ewigkeiten keinen Sex mehr gehabt hatte.

Abgesehen von der aktuellen doppelten Flaute – kein Job, kein Mann – fand sie ihr Leben überwiegend angenehm. Sie hatte damals Kawuttke kontaktiert, damit er Carsten hinterher schnüffelte. Bald war sie die Assistentin des dicken Detektivs mit dem speckigen Anzug, dem verwahrlosten Haarschnitt und der Berliner Schnauze geworden: Berichte schreiben, etwas Buchhaltung, einfachere Befragungen durchführen und so weiter. Damit konnte sie einige Stunden pro Tag der Jugendstilvilla in Nienstedten samt dem Hausdrachen in Gestalt von Carstens Mutter entfliehen.

Villa und Kawuttke waren Vergangenheit. Marie war schon längst ihre eigene Chefin. Aber kein Rechercheauftrag war in Sicht; die Schulferien zogen sich wie Kaugummi, Familien waren meist in Urlaub, kaum Gelegenheit für Seitensprünge. Sogar die Schmuggler machten Ferien. Ihren letzten Fall hatte sie vor Wochen erfolgreich abgeschlossen. Sie hatte die blöden Russen samt den illegalen Papageien und Echsen und den bunt gemischten Drogenpaketen gleich bei der Landung im Hafen abgefangen und Harksens Leute informiert. Das Honorar des Reeders, für den sie häufiger arbeitete, hatte sie in die Renovierung ihrer Wohnung investiert.

Marie zog an der Zigarette und blinzelte zu dem schicken Braunhaarigen, der an seinem Ehering rumfummelte und mit dem Autoschlüssel spielte. Möchte nicht wissen, wie oft der nachmittags auf die Pirsch geht, dachte sie, zieht den Ring aus und präsentiert den Jaguar-Schlüssel, um Weiber aufzureißen. Er beachtete sie nicht, sondern blickte immer wieder nervös in die Runde. Na ja, dachte sie, bin vielleicht nicht sein Typ.

Sie wusste, dass sie gut aussah, aber vor allem auf zwei Typen Mann anziehend wirkte – die kleinen, armseligen, die sich in ihre Arme mit dem kräftigen Bizeps flüchten wollten, und die richtig taffen, die sich mit ihr messen und sie letztlich unterkriegen wollten. Beide Varianten waren indiskutabel. Marie war seit Jahren Single, hatte gelegentlich eine Affäre und legte im Übrigen Wert auf ihre ungestörte Privatsphäre. Später würde sie zum dritten Mal an diesem Tag duschen und sich allein auf ihren Balkon setzen.

Es sollte anders kommen. Der Wagen schoss so schnell um die Ecke, dass Marie befürchtete, er würde in das Terrassen-Arrangement aus Tischchen, Strandkörben und Lounge-Sesseln brettern. In letzter Sekunde hielt der schwere schwarze Mercedes mit quietschenden Reifen auf dem Bürgersteig. Zwei mittelgroße Gestalten in komplett schwarzer Montur stürzten raus, stülpten Herrn Jaguar einen Sack über den Kopf, zerrten ihn zum Kofferraum der S-Klasse und stießen ihn hinein. Er schien wie gelähmt und gab während der ganzen Aktion keinen Mucks von sich. Die Paolino-Besatzung stand in Schockstarre; dreißig Menschen verfolgten konsterniert, wie der Mercedes mit Kavalierstart auf den Eppendorfer Weg zurücksetzte und stadtauswärts jagte.

„Oh Gott, Polizei, Hilfe, Hilfe", schrie die Blonde und umklammerte ihre Louis-Vuitton-Tasche, als hätte sie Angst, die würde auch entführt. Die Brünette stand auf, schlug sich ein Knie an der Tischkante an und schrie ununterbrochen „Scheiße, verdammt." Die weibliche Hälfte eines Pärchens heulte hysterisch, obwohl ihr Galan beruhigend auf sie einredete. Die Bedienungen schrien nach ihrem Chef, der samt Küchenbrigade herbeigerannt kam. Marie nahm ihr Handy, tippte die 110 ein und sagte: „Entführung vor Paolinos Wein-Bar, zwei Täter flüchtig auf Eppendorfer Landstraße stadtauswärts mit schwarzer S-Klasse, Meldung von Marie Everling." Sie gab ihre Telefonnummer an. Dann forderte sie die quakenden Bedienungen auf: „Ich hätte gerne einen Chardonnay, aber ohne Eis. Bewegt euch, bringt uns was zu trinken!"

In kaum einer Minute war die Entführung über die Bühne gegangen und der Mercedes verschwunden. Die Wirkung des Alkohols in Maries Gehirn hatte sich in Nullkommanichts verflüchtigt. Eine dralle Rothaarige zitterte den Chardonnay auf das Tischchen vor ihrem Sessel. Der Himmel bezog sich mit dunklen Wolken, am Horizont zuckten Blitze. Hinter Fuhlsbüttel grollte der erste Donner. Marie zündete noch eine Gudang an. Das Heulen eines Martinshorns kam näher. Sie rollte den eiskalten Chardonnay mit der Zunge im Mund und genoss das Aroma von schwarzen Johannisbeeren und unreifen Äpfeln. Der Tag war interessanter verlaufen als erhofft. Sie musste grinsen. Wer hätte das gedacht. Abenteuerurlaub in der Stadt. Das war besser als Club Robinson. Leise murmelte sie mit von Rauch kratziger Stimme: „Showtime."

Die Clique
Nienstedten, Donnerstag, früher Abend

Albertine von Blankenburg zuckte zusammen. Donner grollte wütend von Wedel herüber. Sie hatte das Silber poliert. Das konnte sie besser als Edda, die Zugehfrau. Außerdem machte es ihr Spaß. Ein nicht standesgemäßes, triviales Vergnügen. Sie nahm eines der blanken Messer und hielt es quer vors Gesicht, begutachtete ihr Makeup, bleckte die Zähne und leckte einen Rest Lippenstift von der oberen Reihe ihrer Schneidezähne. Die Lippen waren im Laufe der Zeit schmaler geworden, waren nicht mehr so prall wie ihr Teenager-Kussmund. Sie betrachtete das Foto auf der Anrichte, drei lachende junge Frauen in Segelkleidung, mit frischen Gesichtern, schlanken Beinen und sportlich trainierten Körpern.

Über 20 Jahre her. Sie waren noch nicht verheiratet, Alexa, Megan und Tissa, so hatten sie sich genannt, die drei Freundinnen Albertine, Marion und Theresa; hineingeboren in mehr oder weniger angesehene Hamburger Familien, bereit, einen Ehemann aus den besseren Kreisen zu finden. Die Mädels-Clique – eine für alle, alle für eine. Wie bei den Musketieren.

Tempora mutantur, die Zeiten ändern sich, dachte Alexa wehmütig. Sie erinnerte sich an den Lateinunterricht, an die Geschichten über die Antike, klassische Kunst und Philosophie. Aber wen interessierte das schon. Letztlich zählte in ihrer Welt bei Frauen nur das Äußere. Sie würde es doch mal mit Hyaluron versuchen, sich die Lippen etwas aufspritzen lassen, ganz dezent, nicht diese Schläuche wie bei den blondierten Charity-Ladies aus der Klatschpresse. Und die Zornfalte oben an der Nasenwurzel, die musste auch gemildert werden. Deutlich geglättet. Diese boshafte Kerbe hatte sich in den vergangenen Jahren eingegraben. Sie hatte ihre Zornesausbrüche immer ausgelebt, gebrüllt und mit Geschirr geschmissen. Wie sie dabei wohl ausgesehen hatte? Wie hatte ER sie gesehen? Was dachte er über ihre Zornfalten? Und über die Nasolabialfalten neben dem Mund? Die machten so einen missmutigen Gesichtsausdruck. Schrecklich. Hatte Hubertus bemerkt, wie sie sich im Laufe der Jahre veränderte? Physisch und psychisch? Oder war seine Gleichgültigkeit parallel zu ihrer Wut gewachsen? Ein Ehepaar in mittleren Jahren, das nicht mehr redete und keinen Sex hatte. Nichts Außergewöhnliches also. Er vergnügte sich mit wechselnden Damen unterschiedlichen Alters; offensichtlich hatte er keine spezifischen Vorlieben, wenn man den Recherchen des Privatdetektivs glauben durfte, den sie vor einiger Zeit beauftragt hatte. Das frustrierte sie am meisten. Er wollte offensichtlich andere Frauen im Bett, Alter und Aussehen waren zweitrangig – Hauptsache, es war nicht seine Ehefrau.

Irgendwann hatte sie kapituliert, hatte sich jüngere Liebhaber genommen und neue Spielarten der Sexualität für sich entdeckt. Varianten, von deren Existenz sie zuvor nicht einmal zu träumen wagte. Die ihr so unglaubliche Orgasmen verschafften, dass sie es fast bedauerte, nicht früher der Versuchung erlegen zu sein, ihrer lieblosen Ehe in fremde Betten zu entfliehen. Ein Glück, dass ich meine Figur behalten habe, redete sie sich selbst gut zu. Sportlich, muskulös, null Cellulite. Kleiner, aber fester Busen. Sogar ihre Schamlippen waren noch in Form, sie hatte mit einem Facharzt für ästhetisch-plastische Chirurgie und mit ihrem Frauenarzt darüber gesprochen. Schönheits-OP an der Muschi. Der neueste Trend.

So weit sind wir schon, dachte Alexa. Alles sollen wir optimieren. Tja, so sah es aus. Das Schicksal der wohlsituierten, jedoch leider alternden Gattinnen. Aufspritzen, wegschneiden, enger machen, aufplustern. Silikon, Hyaluron, Haarverlängerung, Haarverdichtung. Warum eigentlich? Um die Fiktion einer funktionierenden Ehe, einer fortwährenden Partnerschaft aufrecht zu erhalten?

Alexa blickte auf die Reihen mit den Messern, Gabeln, Löffeln, alle Teile schön neben einander, ordentlich, wie es sich für einen gut organisierten, großbürgerlichen Haushalt gehörte; altes Silber, Familienerbstücke, passend zu den geschliffenen Gläsern und dem Meißener Porzellan. Sie stand auf, ging zur Terrassentür und betrachtete die Kübel auf der Terrasse, die Rosen, die Wacholderbüsche, Magnolien, Koniferen und die riesigen alten Bäume im Garten, den weitläufigen Rasen; sie liebte den Garten, der trotz der brüllenden Hitze der vergangenen Tage grün und saftig war.

Die beiden Dobermann-Rüden lagen im Schatten und dösten. Alexa nippte an ihrem Sundowner, einem Gin Tonic, ließ das Eis im Glas klirren. Ich muss aufpassen, dass ich nachher keine Fahne habe, dachte sie. Sie wollte noch ein paar Bälle schlagen drüben im Golfclub. Mit Hannes, dem sexy Golflehrer.

Ihr Handy klingelte. Megan, eine der beiden Freundinnen, nicht Hannes. Mh, schade – sie ging trotzdem ran.

Megans Stimme war eine Oktave höher als gewöhnlich, ihr schöner Alt plötzlich ein schrilles Kreischen.

„Beruhige dich", sagte Alexa. „Du bist ja völlig hysterisch."
Megan schrie weiter ins Telefon. Alexa verzog das Gesicht.
Das waren ja tolle Neuigkeiten. „Er wurde entführt? Tja, gar keine schlechte Idee eigentlich. Wieviel verlangen sie? Ich würde jedenfalls nicht bezahlen. Nicht gleich. Lass ihn schmoren." Sie überlegte kurz, wie sie tatsächlich an Megans Stelle reagieren würde, hätte man ihren Mann entführt. Sie versuchte, die Freundin zu beruhigen. Dass Megan sich auch immer so anstellen musste, bei jedem Problem austicken, es war wirklich enervierend.

„Was, bist du verrückt? Was heißt das, du würdest nicht bezahlen?" Megan brüllte so laut, dass Alexa das Handy weg vom Ohr halten musste.

„Welchen Teil des Satzes hast du nicht verstanden?" zischte Alexa ins Telefon. „Ich würde nicht bezahlen heißt, ich würde nicht bezahlen. Punkt!"

„Aber von Geld war noch gar keine Rede." Megan klang irritiert. „Niemand hat bisher angerufen!" Sie stockte. „Vielleicht geht es gar nicht um Geld."

„Um was denn sonst? Was denkst du denn? Meinst du, die haben ihn entführt, um seine interessante Gesellschaft zu genießen? Das ganze Leben dreht sich um Geld. Privat und geschäftlich."

Das hatte Megan noch nie verstanden. „Warum denkst du immer an Geld?"

„Ich bin realistisch. Geld regiert die Welt. Dein Mann lebt gefährlich, das weißt du. Seine Geschäfte waren schon immer fragwürdig. Er hat oft gewonnen, vielleicht hat er dieses Mal verloren."

Megan fand ihre Fassung wieder und bellte eine Oktave tiefer: „Ja, du hast recht, natürlich. Es geht immer um Geld. Oder um Sex. Diese Mails, die ich euch gezeigt habe, klingen nach Geld und Sex. Meinst Du, Hendrik geht zu Nutten?"

Alexa wurde immer ungehaltener. „Oh bitte, Megan! Denk doch mal einen Augenblick nach! Wahrscheinlich hat dein süßer Hendrik mit seinen zarten, manikürten Fingern auf irgendwelchen Websites rumgeklickt und jetzt kriegt er Angebote von Damen aus aller Welt. Soll er sie doch vögeln. So teuer kann das nicht sein. Sei doch froh, wenn er dich zufrieden lässt. Oder war er wirklich der große Kracher im Bett."

Es war eher eine Feststellung als eine Frage.

„Bist du verrückt? Das spielt doch gar keine Rolle. Ich lass mich nicht einfach so bescheißen!" Megan war sauer.

„Ach was! Das tut er doch seit Jahren. Hast du selbst erzählt. Du nervst."

Alexa war genervt. In ganz Hamburg war Hendrik Abendroth als übler Filou bekannt, was Megan schon bei der Hochzeit wusste, die in den Augen ihrer Freundinnen ein unverzeihlicher Fehler war. Doch die hübsche Megan mit dem Puppengesicht und der Elfenfigur hatte dem attraktiven Schwerenöter, ein Typ wie der Schauspieler Hugh Jackman, einfach nicht widerstehen können.

Alexa biss sich auf die Lippen. Sie hatte Megan wirklich gern, aber manchmal machte die Blauäugigkeit der Freundin sie ungehalten. Und zu ihrem Leidwesen auch vulgär. „Über die Eskapaden deines Gatten haben wir doch schon häufiger gesprochen. Der Arsch macht es so offen, entweder du zahlst es ihm mit gleicher Münze heim und vögelst auch rum oder du lässt dich scheiden."

„Ich lasse mich nicht scheiden. Eher bringe ich ihn um."

„Rede kein dummes Zeug."

„Ich bring ihn um!"

„Na dann viel Erfolg."

„Wir haben einen Ehevertrag, ich würde sowieso nichts bekommen."

„Quatsch, der Vertrag ist bestimmt sittenwidrig." Alexa kannte sich auch in juristischen Belangen des Männer-Frau-Verhältnisses aus, ihr konnte so leicht keiner etwas vormachen.

„Du meinst, ich würde bei einer Scheidung trotzdem etwas bekommen?" In Megans Stimme schwang Misstrauen gepaart mit Hoffnung. „Außerdem habe ich selbst Geld."

Das war ja ganz was Neues. Megan hatte Geld? Alexa wurde neugierig. „Ach, woher denn so plötzlich?" Von eigenem Vermögen hatte die Freundin bisher noch nicht berichtet. Das Familienvermögen der Dellmanns hatte zum großen Teil Megans Bruder Bernd mit Aktien verzockt. Sie hatte wirklich kein Glück mit Männern.

„Ich habe geerbt von meiner russischen Oma", sagte Megan mit Stolz in der Stimme.

„Deine russische Oma ist vor zwei Jahren gestorben. Und sie lebte in einer Datsche."

„Nein, in einem Sommerhaus. An der Rubljowskoje-Chaussee, mit zehn Zimmern und einem Birkenwäldchen."

„Ach was."

„Das ist die begehrteste Wohngegend Moskaus. Ich habe das Haus verkauft."

„Du hast das Haus verkauft?" fragte Alexa misstrauisch.

„Ja. Hättest du mir wohl nicht zugetraut, was?"

„Um ehrlich zu sein, nein. Warum hast du uns nichts davon erzählt?"

„Das war ja erst kürzlich, hätte ich schon noch."

„Und wer hat die Luxus-Datsche gekauft?"

„Ein Geschäftsmann."

„Soso. Was für ein Geschäftsmann?"

„Was hast du denn für einen Ton? Ist das ein Verhör?"

Jetzt war Megan genervt.

„Nein entschuldige, ich finde das alles nur – na ja, sagen wir mal, ungewöhnlich", gab Alexa etwas nach.

„Wenn ich eine Immobilie verkaufe, ist das ungewöhnlich?"

„Wenn du an einen russischen Geschäftsmann einen geerbten Landsitz verkaufst, der deinen Freundinnen bisher als Datsche bekannt war, finde ich das ungewöhnlich. Was hat er denn bezahlt?"

Jetzt war Alexa richtig neugierig.

„Zehn Millionen Euro."

Alexa pfiff durch die Zähne. „Nicht schlecht. Und wo ist das Geld?"

„In meinem Boudoir." Französisch-Leistungskurs im Marion Dönhoff Gymnasium. Die Aussprache Megans war perfekt. „In dem Überseekoffer von meiner Tante Henriette."

„Du hast zehn Millionen Euro bar zu Hause?" Das wurde ja immer besser. „Spinnst du? Was ist, wenn das jemand spitzkriegt?"

„Wer soll das denn rausfinden. In den Koffer schaut keiner rein, da liegen nur uralte Dessous drin."

Zehn Millionen, mein Gott, der Koffer musste ganz schön groß sein. Alexa stellte sich grinsend vor, wie Megan auf den Scheinen ihre ausrangierten La Perla-Fummel deponierte.

„Hast du noch nicht daran gedacht, dass die Entführung von Hendrik etwas mit deinem jungen Reichtum zu tun hat?"

Es blieb einige Sekunden still.

„Warum das denn?" Megans Stimme zitterte.

„Dein Mann ist knapp bei Kasse, das pfeifen die Spatzen von den Dächern. Er hat Schulden. Seine tollen so genannten Freunde wollen ihr Geld. Vielleicht werden sie sich schon bald melden."

„Er weiß nichts von der Kohle und seine Freunde auch nicht."

„Hoffentlich, meine Süße."

„Es weiß niemand außer mir und dir. Und wir erzählen es keinem. Außer vielleicht Tissa."

Megans Stimme klang fester. Alexa überlegte, ob sie die dritte Freundin gleich anrufen und einen Kriegsrat einberufen sollte. Doch erst wollte sie alle Einzelheiten dieser Story erfahren.

„Wie kam das Geld zu dir?"

„Mit einem Handelsschiff. Ein Bote hat es mir gebracht."

„Das heißt, ein Russe kam mit dem Schiff im Hafen an und hat dir den Koffer nach Nienstedten gebracht?"

„Ja, in einer großen Limousine."

„Warum haust du nicht ab, fängst ein neues Leben an?"

„Will ich nicht, ich will hier bleiben, in Hamburg, bei euch!"

„Aber Hendrik nervt dich. Willst du nicht deine Freiheit?"

„Zuerst will ich rausfinden, was heute passiert ist."

„Sei nicht verrückt, lass das die Polizei machen."

„Aber wenn sie ihn umbringen!" Megans Stimme zitterte.

„Quatsch, die wollen Geld. Für einen Toten kriegen sie kein Geld. Wenn sie sich melden, sagst du es sofort der Polizei. Dann gibt es sehr wahrscheinlich eine fingierte Geldübergabe, und irgendwann schnappen sie die Idioten."

Megan fing wieder an zu schluchzen. „Also er ist ein Arsch, aber ich will nicht, dass sie ihn umbringen. Ich werde zahlen."

Alexa rollte mit den Augen und nahm einen Schluck Gin Tonic. „Eben wolltest du ihn noch selbst umbringen, jetzt flennst du, wenn andere ihn umbringen wollen. Was soll das?"

Sie wanderte im Salon umher, nahm eine Zigarette aus dem chinesischen Lackbecher und zündete sie an. „Dann hol dir das Geld von seinem Vater, irgendwo haben die Abendroths sicher noch Kohle gebunkert, und lass deine Millionen schön im Koffer."

Sie wartete auf eine Antwort. Nach ein paar Sekunden sagte Megan: „Vielleicht ist das tatsächlich keine echte Entführung."

„Sondern?"

Alexa konnte förmlich hören, wie Megans graue Zellen arbeiteten.

„Ich glaube nicht an eine Entführung, der hält mich wohl für blöd, der will nur ein paar Millionen wegschaffen, was denkt der denn, dass ich ihm nicht auf die Schliche komme?"

Das wurde ja immer interessanter. Offensichtlich hatte sie Megan in mehrfacher Hinsicht unterschätzt. Ganz schön spitzfindig, das Herzchen.

„Du meinst, Hendrik täuscht seine Entführung vor? Das traust du ihm zu?"

„Mh – weiß nicht. Vielleicht."

„Also Chéri, Du kennst meine Einstellung zu deinem Gatten. Er ist ein larmoyanter Nichtsnutz. Aber für eine inszenierte Entführung fehlen ihm Phantasie und Kaltblütigkeit. Ich halte es für am wahrscheinlichsten, dass die sauberen Freunde deines tollen Ehemannes spitzgekriegt haben, dass da in einem Dessous-Koffer zehn Millionen schlummern."

„Vielleicht bringe ich das Geld doch woanders hin."

„Tja, es soll da so Institute geben, die nennt man Bank und da kann man Konten eröffnen und Geld einzahlen."

„Ich traue den Bankern nicht. Das sind alles Verbrecher."

„Wie dein lieber Bruder." Den Kommentar konnte Alexa sich nicht verkneifen.

„Außerdem habe ich keinen Nachweis für das Geld", jammerte Megan.

„Wie bitte?"

„Wenn man so viel Geld einzahlt, muss die Bank das überprüfen. Die melden das als Schwarzgeld. Ich habe keinen Nachweis, woher das Geld stammt. Ich habe nur einen Vertrag über den Verkauf des Grundstücks auf Russisch. Wenn man im Ausland ein Grundstück verkauft, muss man da nicht auch Steuern bezahlen?"

Alexa wurde richtig kribbelig. Meine Güte, das war ja eine echte Räuberpistole.

„Keine Ahnung. Das kriegt doch hier keiner mit. Also pass jetzt mal auf, Chéri, du machst vorläufig gar nichts. Du bist die schockierte Ehefrau und bleibst schön zuhause und wartest, bis die Polizei dir sagt, was du tun sollst."

„Ich will nicht, dass sie ihn umbringen. Mir geht es echt schlecht."

„Dann nimm ein Valium und leg dich hin. Vielleicht taucht er ja bald wieder auf."

„Ja vielleicht. Was würdest du denn tun?"

„Ich würde warten, bis die Polizei sich wieder meldet."

„Mit Valium?"

„Chéri, ich brauch kein Valium. Und wegen eines entführten Ehemannes schon gar nicht."

„Ich trinke lieber einen Cognac."

„O.k, dann trink einen Cognac. Oder auch zwei."

„Vielleicht sollte ich mein Geld doch woanders verstecken."

„Vielleicht auch das."

„Kannst du nicht rüberkommen?"

„Nein, Chéri, tut mir leid, der Gärtner kommt gleich und dann habe ich heute auch noch Training."

„Ist gut. Ich melde mich, wenn ich etwas erfahre."

„Tu das, Chéri, bleib einfach ruhig und warte ab."

Der Gong an der Haustür ertönte. Alexa legte auf und öffnete dem Gärtner. Meine Güte, das war wieder typisch Megan. Eine Datscha für zehn Millionen. Und der Ehemann entführt. Was für ein langweiliges Leben hatten sie und Tissa dagegen. Aber vielleicht konnte sie noch etwas herausfinden über diese ominöse Entführung. Irgendwie war klar, dass Megans Mann mal im Knast oder tot im Hafenbecken enden würde. Der Typ war ein geldgieriger Parvenü ohne Kultur und mit vielen falschen Freunden. Sicher bedeuteten die E-Mails, dass er Verbindungen zum Rotlichtmilieu hatte.

Alexa lächelte. Es ist eben heute noch so, wie es schon immer war, dachte sie süffisant. Die Männer zahlen doppelt für Sex – für den mit der Ehefrau, den sie haben oder auch nicht, und für den mit ihren Geliebten, ob sie nun in den Swinger Club gehen, zum Escort Service oder sich eine mehr oder weniger offizielle Konkubine zulegen. Sie nahm den Wagenschlüssel für ihren AMG Mercedes, das luxuriöse Weihnachtsgeschenk ihres Gatten. Der flotte Flitzer hatte ganz oben auf der Wunschliste gestanden, gute 150.000 war der wert, deutlich mehr als die Brosche vom vergangenen Jahr. Schweigegeld. Stillhalteprämie.

Sie schnappte ihre Golfbag und fuhr zum Club. Vielleicht würde sie dort mehr erfahren über die Entführung von Hendrik Abendroth. So eine aufregende Neuigkeit musste sich doch wie ein Lauffeuer verbreiten.

Und vielleicht würde sie heute sogar noch aufregenden Sex haben mit Hannes. In seiner Junggesellenbude oder im Colosseum, dem angesagten SM-Club. Oder beides. Sie merkte, wie es zwischen ihren Beinen kribbelte, ein kleines Rinnsal von Schweiß an ihrem Rückgrat herunterlief und sich die von der Sonne ausgebleichten Härchen auf ihren Armen aufstellten.

Der Auftrag
Eppendorf, Paolinos Wein-Bar, Donnerstag, früher Abend

Marie war aufgesprungen, hatte versucht, die Nummer des Mercedes zu erkennen. Das Nummernschild war verdreckt, aber sie hatte das Länderkennzeichen DK für Dänemark erkannt. Egal. Erfahrungsgemäß würden die Entführer das Auto bald irgendwo abstellen. Wahrscheinlich war es geklaut. Sie würden nicht riskieren, damit in der Gegend rumzufahren; in wenigen Minuten liefe die Fahndung und alle schwarzen Mercedes-Limousinen würden von der Polizei kontrolliert. Der gesamte Kiez würde die Bullen unterstützen, denn derartige Geschichten sorgten für Unruhe und störten die Geschäfte. Das sahen die Loddel, Hotelbetreiber, Clubbesitzer und Kneipiers gar nicht gern.

Bestimmt würden die Kapuzenmänner den Entführten aus Hamburg wegtransportieren oder ihn an einem unauffälligen Ort deponieren, vielleicht in Hammerbrook oder im Hafen. Sie würden voraussichtlich eine hohe Lösegeldforderung stellen und hoffentlich bald erwischt werden. Wahrscheinlich waren es skrupellose Ost-Mafiosi, anders ließ sich der dreiste Überfall kaum erklären. Falls sie Recht hatte, standen die Chancen des Jaguarfahrers schlecht. Die Rumänen, Bulgaren oder Albaner würden ihn sofort erschießen, wenn die Sache nicht klappte. Aber das ist nicht mein Bier, dachte Marie.

Sie blieb ruhig sitzen und wartete. In den vergangenen anderthalb Stunden hatte sie diverse Schorle und einen Chardonnay getrunken, mindestens fünf Gudangs geraucht und war nicht mehr ganz auf der Höhe, als sie versuchte, aus dem Geschnatter der Gäste verwertbare Informationen herauszudestillieren.

Ein Fotograf brauste auf einem Motorrad heran, knipste wild herum und befragte die Paolino-Gäste. Marie fragte sich, wie er so schnell von der Entführung erfahren hatte. Wahrscheinlich hatte er einen Informanten bei der Polizei. Das war nicht ungewöhnlich, einige Polizisten wollten sich etwas zu ihrem mageren Salär hinzuverdienen; warum auch nicht.

Marie wollte aber keinesfalls in BILD oder MoPo erscheinen; immer schön im Hintergrund bleiben, das war ihre Devise, die sich bewährt hatte. Sie beugte sich unter den Tisch und tat so, als sei ihr etwas aus der Handtasche gefallen. Wenn sie hier unten herumwerkelte, würde der Typ verschwinden, ohne sie zu belästigen.

Da sah sie es plötzlich. Ein kleines, in Leder gebundenes Notizbuch, das wahrscheinlich in dem Handgemenge unter den Korbsessel des Entführten gefallen war. Sie wartete, bis der Fotograf verschwunden war, schlenderte zu dem Sessel, bückte sich und kratzte sich am Fuß. Sie stellte ihre Handtasche direkt neben den Sessel und kramte herum. Niemand beachtete sie, Gäste und Personal quasselten wild durcheinander. Marie schnappte das Notizbuch, ließ es in ihrer Handtasche verschwinden und setzte sich wieder.

Das war nun gar nicht in Ordnung; wahrscheinlich hatte sie Beweismaterial unerlaubt an sich genommen. Weiß der Henker, was sie geritten hatte, es war einfach ein Reflex gewesen. Keiner außer ihr hatte das kleine Heft bemerkt. Sie fläzte sich in den Sessel und holte ein Taschentuch und die Puderdose aus der Handtasche.

Inzwischen drängten sich um die 50 Leute auf der Terrasse. Eine Gruppe Italiener lamentierte; Alberto Paolino versuchte, Ordnung in das Durcheinander zu bringen und das Personal zur Arbeit anzuhalten; einige Gäste riefen nach alkoholischer Beruhigung in Form von Prosecco und Grappa.

Marie schoss Fotos mit dem Smartphone. Man weiß nie, für was es gut ist, sagte sie sich. Auch wenn sie keinerlei Ambitionen hatte, beruflich in die Geschichte hineingezogen zu werden. Aber es kann nicht schaden, wenn ich den Bullen einige Details geben kann, dachte sie pragmatisch. Es war immer gut, sich die Staatsmacht gewogen zu machen.

Zwei Streifenwagen mit uniformierten Polizisten, ein BMW und eine Corvette mit Zivilfahndern trafen ein. Die Bullen fingen an, die Personalien der Zaungäste aufzunehmen, befragten einige und luden die übrigen ins Polizeipräsidium. Ein ziviler Beamter setzte sich Marie gegenüber. Sie lächelte ihn freundlich an und versuchte, wie eine der typischen Eppendorfer Berufsgattinnen zu wirken – Designerklamotten, teure Blond-Strähnchen, French Manicure und ein trainierter Größe-38-Body, dazu ein unbeteiligter bis arroganter Gesichtsausdruck. Mal sehen, was die Bullen wollen, dachte Marie.

„Moin moin, ich bin Hauptkommissar Frank Böttcher und würde Ihnen gerne ein paar Fragen stellen", sagte der Beamte lächelnd.

„Aber gerne", säuselte Marie und lächelte das Eppendorfer Berufsgattinnen-Lächeln, das aus einem leichten Hochziehen der Mundwinkel besteht, aber in der Mitte des Gesichts endet und nie die Augen erreicht. Unterkühlt und professionell, so wie man zu seinem Fleischer freundlich ist oder zur polnischen Putzfrau. Böttcher blieb gelassen. Er war noch jung für einen Hauptkommissar, etwa Mitte dreißig, wirkte ehrgeizig und zielorientiert.

„Sie sind sicherlich geschockt, aber wir müssen Sie leider jetzt gleich befragen, da Zeugen sich erfahrungsgemäß kurz nach dem beobachteten Vorfall noch an vieles erinnern, was sie dann von Minute zu Minute vergessen", erläuterte er ihr in einem Ton, wie man mit etwas unterbelichteten Menschen spricht. Marie merkte, wie er ihre Jil-Sander-Seidenbluse und ihren Armani-Rock taxierte. Er lächelte verbindlich und fragte: „Also fangen wir mal mit den Förmlichkeiten an: wie heißen Sie und wo wohnen Sie?"

„Ich heiße Marie Everling und wohne Falkenried 44", gab sie Auskunft.

Böttcher notierte die Daten. Er taxierte die Weingläser und den Aschenbecher. „Saßen Sie allein am Tisch?" fragte er weiter.

„Ja", antwortete Marie mit einem zuckersüßen Lächeln.

„Wirklich?" rutschte ihm heraus und er betrachtete misstrauisch ihr Outfit, das ihm offensichtlich für einen Einkaufsbummel mit anschließendem Sundowner zu sexy erschien.

„Denken Sie, ich habe jemanden weggezaubert oder den Entführern noch einen Typen in den Kofferraum geworfen?"

„Nein, das denke ich nicht", entgegnete er scharf. Er schwitzte. Marie blickte freundlich lächelnd in seine meerblauen Augen. Kleine Schweißperlen glitzerten zwischen Nase und Oberlippe. Donnerwetter, dachte sie, der ist ja ziemlich von der Rolle, da habe ich wohl einen neuen Fan. „Sie sehen einfach so aus, als würden Männer sich darum reißen, Sie zu begleiten", entgegnete er dann deutlich charmanter, als Marie erwartet hatte.

„Ach wissen Sie, da liegen Sie gar nicht so falsch", entgegnete sie. „Doch ehrlich gesagt, auf die meisten potenziellen Begleiter kann ich gut verzichten."

Was für eine blöde Bemerkung, dachte sie, kaum hatte sie den Spruch losgelassen.

Wieder schaute er sie durchdringend an, als würde er sich eine schlagfertige Bemerkung überlegen.

„Ich weiß", entgegnete er leise. „Mir haben Sie damals im Alster Gun Club auch einen Korb gegeben."

Genau. Jetzt fiel es Marie wie Schuppen von den Augen. Daher also kam ihr sein markantes Gesicht mit den meerblauen Augen so bekannt vor. Sie hatte vor Jahren in dem privaten Schießclub in der Innenstadt für ihren Waffenschein trainiert. Böttcher war einer ihrer Trainer gewesen. Anschließend wollte er die Trainingseinheiten bei einem Drink und sicherlich auch mehr fortsetzen. Doch sie hatte ziemlich barsch abgelehnt. Ihre Scheidung war damals erst ein Jahr her, sie wollte sich als Privatdetektivin etablieren und konnte keine Menschen brauchen, die ihr auf die Pelle rückten. Er wusste und sie wusste, dass er die meisten Frauen ins Bett kriegen konnte. Aber mich nicht, dachte Marie. Bloß keine Affäre mit der Bullerei.

Nun saß er ihr hier gegenüber, war zügig Hauptkommissar geworden, hatte offensichtlich eine der wenigen Planstellen ergattert und, das musste sie zugeben, sah noch besser aus als damals. Entschlossen und selbstbewusst. Ein Falke auf der Jagd.

„Sie haben ein gutes Gedächtnis", sagte Marie.

„Eine Frau wie Sie vergisst man nicht", sagte er lächelnd. „Sie sind noch schöner geworden. Was macht das Schießen?"

„Ich habe es nicht verlernt", sagte Marie.

„Sie kommen nicht mehr in den Club", stellte Böttcher fest.

„Nein, ich trainiere privat", sagte sie.

Sein Gesicht war ein Fragezeichen. Doch sie hatte nicht vor, aus ihrem Leben zu plaudern. Das Training im Alster Gun Club hatte sie schnell wieder aufgegeben – allerdings nicht ganz freiwillig. Sie hatte Fotos ihrer Ex-Schwiegereltern auf die Schießscheiben gepinnt, um ihre Treffsicherheit zu verbessern. Solche Mätzchen kamen in dem Club nicht gut an, wie ihr der Inhaber klar machte. Also baute sie sich auf dem sumpfigen Wald- und Wiesengelände am Duvenstedter Brook, das sie von ihren Großeltern geerbt hatte, einen eigenen Schießstand. Sie besorgte sich Trainingsvideos des Geheimdienstes Mossad und übte. Der Boden des Schrebergartens enthielt jetzt mehr Blei als die Bleikammern von Venedig.

Niemand außer ihr kannte ihren Schießplatz. Die nächstgelegenen Schrebergärten waren mindestens 200 Meter entfernt. Die Kleingärtner dachten bestimmt, dass Jäger im Brook Hirsche und Hasen jagten. Außerdem herrschte in der Schrebergartenanlage kaum Betrieb. Ein einziges Mal hatte sie diesen Sommer dort mehrere Frauen gesehen, die sich nackt in einem Garten sonnten. Sie präsentierten stolz Tattoos und operierte Brüste, tranken Prosecco und hatten offensichtlich richtig Spaß. Ja, klar, es war nicht so ganz o.k. gewesen, sie mit dem Zielfernrohr zu beobachten, aber andererseits – was soll's, dachte Marie. Tut ja keinem weh. Und sie war ein kleines bisschen neidisch gewesen. So einen Spaßnachmittag mit Mädels hatte sie seit den Zeiten mit Valerie nicht mehr gehabt.

Sie hatte damals im Club auch nicht erzählt, wofür sie den Waffenschein brauchte. Obwohl die Typen dort natürlich tierisch neugierig waren. Dass er schließlich genehmigt wurde, hatte Böttcher und die anderen überrascht. Die Voraussetzungen hierfür waren hart. Wer einen Waffenschein bekam, musste gefährdet sein und sich mit einer eigenen Waffe schützen.

Böttcher holte sie aus ihren Gedanken zurück.

„Würden Sie immer noch gerne die Familie Ihres Ex-Gatten wegballern?" fragte er grinsend.

„Daran erinnern Sie sich?" Marie war überrascht.

„Natürlich", sagte Böttcher. „Das war ja ein kleiner Skandal. Aber ich fand ihre emotionale Reaktion auf Ihre Scheidung nachvollziehbar", tat er verständnisvoll. „Diese Pfeffersäcke sind ja wirklich schwer zu ertragen."

Sein anbiedernder Ton ging ihr auf den Wecker. „Also ich würde die Hamburger Kaufleute nicht alle in einen Topf werfen", entgegnete sie scharf.

„Soso", sagte er lapidar. „Jedenfalls können Sie sich immer noch teure Fummel leisten."

Das ging jetzt wirklich zu weit. Was bildete der sich ein? „Ich finde, wir sollten jetzt zur Sache kommen", sagte Marie mit schneidender Stimme. „Die Begutachtung meiner Garderobe steht Ihnen nicht zu und trägt auch nicht zur Aufklärung des Falles bei."

„Na, dann wollen wir mal", sagte Böttcher ungerührt. Jeder Anflug von Charme war aus seiner Stimme gewichen. Er betrachtete sie teilnahmslos. „Können Sie sich noch erinnern, wie das Ganze ablief? Aus welcher Richtung kam denn das Fahrzeug? Und ist Ihnen etwas aufgefallen, als der BMW hier heranfuhr?"

Er kehrte zu dem Tonfall zurück, mit dem man zu kleinen Kindern spricht. „Es war eine Mercedes S-Klasse, kein BMW", sagte sie bestimmt und blickte gelangweilt in seine blauen Augen.

Sie hatte keine Lust, das Spiel „cleverer Polizist fragt dumme Nudel" mitzuspielen. So, mein Junge, dachte sie, jetzt spielen wir mal ein anderes Spiel. Dieses Spiel heißt „cleverer Bulle trifft noch cleverere Privatdetektivin und wird wie früher ganz heiß auf die heiße Braut". Sie fummelte an der Perlenkette herum, öffnete den oberen Blusenknopf, sodass der Spitzenbody sichtbar wurde, und tupfte sich das Dekolleté mit einem Batist-Tüchlein ab. Dann nippte sie am Chardonnay, leckte sich die Lippen, fischte einen Eiswürfel aus dem Kühler und strich mit ihm über die Innenseiten ihrer Unterarme. Hauptkommissar Böttcher bekam Schweißflecken unter den Achseln und hatte Mühe, nicht in ihren Ausschnitt zu stieren. Marie hatte wieder Oberwasser.

„Der Mercedes kam mit schätzungsweise 70 bis 80 Stundenkilometern aus der Eppendorfer Landstraße, fuhr quer über die Kreuzung bis auf den Bürgersteig hier", sagte sie sachlich. „Aus dem Auto stiegen zwei schwarz gekleidete Gestalten mit schwarzen Skimasken, die zielgerichtet zu dem Tisch da drüben stürmten. Sie schienen genau zu wissen, wer da saß, beachteten sonst niemanden, sagten kein Wort, stülpten dem dort sitzenden männlichen Gast einen schwarzen Sack über Kopf und Oberkörper und zerrten ihn zu dem Mercedes. Im Mercedes saß ein Fahrer, der ebenfalls schwarz gekleidet und vermummt war. Einer der Entführer war mittelgroß, so zirka eins fünfundsiebzig, der andere war kleiner, zirka eins siebzig. Der kleinere war untersetzt, der größere schlank. Sie haben während des ganzen Vorfalls nicht gesprochen. Ihre Bewegungen waren flüssig, ohne Zögern. Das Auto war eine S-Klasse, kein neues Modell, ich schätze Baujahr 2012, schwarz mit schwarzem Leder. Das Ganze dauerte maximal eine Minute. Die Entführer haben keinen Ton von sich gegeben, das Opfer hat sich nicht gewehrt und nicht geschrien. Sie trugen keine sichtbaren Waffen."

Hauptkommissar Böttcher schien beeindruckt. „Na da brat mir einer einen Storch", sagte er lächelnd. „Sie haben aber gut aufgepasst, machen Sie so etwas häufiger?"

Marie überlegte, ob er von ihrem Job wusste. Sie erzählte grundsätzlich niemandem davon; aber vielleicht war trotzdem etwas durchgesickert.

„Ich bin eine gute Beobachterin", sagte sie gleichgültig.

„Dann haben Sie sicherlich auch das Kennzeichen erkannt", sagte Böttcher und setzte schon den Stift an für weitere Notizen.

„Nein, das habe ich leider nicht", sagte Marie. „Nur das Zeichen für Dänemark."

„Keine Ziffer, kein Buchstabe? Warum nicht?" fragte Böttcher und blickte misstrauisch von seinem Notizblock auf.

„Weil ich mich auf die Personen konzentriert habe", antwortete Marie. „Das Auto ist sowieso gestohlen. Das steht jetzt bestimmt schon in einem Parkhaus oder einer abgelegenen Garage."

„Warum haben Sie nicht versucht, die Entführung zu verhindern?" fragte Böttcher.

„Wie denn, hätte ich mich vor das Auto werfen sollen?" fragte Marie genervt.

„Sie hätten schießen können", sagte Böttcher. „Zumindest in die Reifen. Nothilfe."

„Ich habe keine Waffe", sagte Marie.

„Sie haben einen Waffenschein und eine Waffenbesitzkarte. Sie arbeiten als Bodyguard und als Privatdetektivin für reiche deutsche und ausländische Geschäftsleute."

Mist, dachte Marie. Er hat mir hinterher geschnüffelt. Sie zog die linke Augenbraue hoch und sagte in herablassendem Tonfall: „Ach was!"

„Ja", fuhr Böttcher fort. „Irgendwie haben ihre Klienten oft Pech. Nicht nur in Moskau, Kairo und in Rio de Janeiro. Auch hier in Hamburg. Sie werden abgeknallt, in die Luft gejagt oder entführt." Er legte eine Kunstpause ein. „Die meisten überleben allerdings, das muss man Ihnen lassen. Nicht wahr, Frau Everling?"

„Bullshit", tönte Marie genervt. „Sie wollen sich wichtigmachen, Böttcher – oh, Verzeihung, Hauptkommissar Böttcher. Ich habe keine derartigen Klienten und ich trage keine Waffe. Ich suche Ehemänner, die fremdgehen, und Mitarbeiter von Unternehmen, die sich krank melden und schwarzarbeiten. Das ist meine Hauptbeschäftigung, leider, leider."

Sie setzte ein trauriges Gesicht auf und schaute ihn treuherzig an. „Sie stellen sich mein Leben viel zu spektakulär vor, Hauptkommissar Böttcher. Meine Waffe liegt in meinem Safe, wie sich das gehört. Selbst wenn ich meine Glock dabei hätte, Hauptkommissar, würde ich noch lange nicht vor Paolinos Wein-Bar rumballern."

Sein Gesicht wurde hart. „Das ist ja alles eine schöne Geschichte, Frau Everling, aber Sie wissen so gut wie ich, dass sie nur teilweise stimmt. Ihre harmlose Eppendorfer Schischi-Nummer zieht bei mir nicht. Ihre früheren Fälle interessieren mich nicht. Ihre Mandanten sind überwiegend Ausländer, sie wurden von Ausländern im Ausland umgebracht. Sie wurden zu diesen Fällen schon mehrfach als wichtige Zeugin von Interpol verhört. Sie haben Kontakte zu Geheimdiensten und sind kürzlich mit einem äußerst merkwürdigen Frachter nach Nigeria geschippert. Wissen Sie was, Frau Everling, ich weiß, dass Sie uns von der Polizei für nicht besonders clever halten, sich selbst dafür aber für eine absolute Granate. Für

27

eine verschüchterte Berufsgattin eines Pfeffersacks haben Sie seit Ihrer Scheidung ein beachtliches Selbstbewusstsein entwickelt."

Marie schluckte. Böttcher wusste also von der Geschichte. Die Jungs der Reederei, ein smarter Endzwanziger in Armani und zwei richtige Brecher, Marke Türsteher, deren Muskeln fast ihre Anzüge sprengten, hatten sich das Abliefern der Schmuggler von Harksens Kahn bei der Polizei gespart. Da wäre eh nichts bei raus gekommen, so die allgemeine Meinung. Stattdessen hatten sie Marie mit den Russen auf dem Frachter samt Tausenden Tonnen Schrott nach Lagos geschickt.

Völlig illegal, sie wollte gar nicht genauer drüber nachdenken, welche Delikte sie begangen hatte, als sie die drei Russen in Handschellen abführte und in der Arrestzelle des Frachters deponierte. Sie hatte die russischen Arschlöcher in der vergammelten Niederlassung der Reederei in Lagos abgeliefert, ohne Geld, ohne Pässe; da durften sie jetzt zusammen mit Hunderten Schwarzen unter Aufsicht der örtlichen Polizei, die dafür fürstlich entlohnt wurde, die Schulden bei ihrem Arbeitgeber abarbeiten. Die Schulden bestanden in erster Linie aus ihrem, Maries, üppigen Honorar, das ihr Auftraggeber Harksen ihr gezahlt hatte.

Der hatte murrend den Vertrag unterschrieben, auf dem nur drei Sätze standen: Marie Everling erhält für Recherchen 50.000 Euro. Das Honorar wird fällig mit Identifizierung jener Personen, die in Zusammenhang mit ihrer Arbeit für die Reederei Harksen gegen geltendes deutsches, europäisches oder internationales Recht verstoßen. Die Auftragnehmerin verpflichtet sich, über diesen Vertrag und ihre sämtlichen Aktivitäten Stillschweigen zu bewahren.

Es war ein guter Deal. Sie kam erholt und gebräunt von der Reise zurück. Der alte Harksen hatte nur gesagt: „Gute Arbeit." Sie war in ihre Wohnung gefahren und hatte eine Innenarchitektin mit der Verschönerung ihres Heims beauftragt. Mein Gott, das war schon wieder Wochen her.

Marie tupfte sich mit dem Taschentuch das Gesicht ab. Böttcher beugte sich noch weiter vor, sie konnte seinen Atem spüren und roch seine männliche Duftmischung aus herbem Aftershave, Fisherman's Friend und einem ganz leichten Geruch nach frischem, Pheromon-geschwängertem Schweiß. Marie lächelte ihm zuckersüß ins Gesicht und genoss seine aufsteigende Wut, seine Hilflosigkeit gegenüber ihren weiblichen Reizen und seine virile Ausstrahlung.

Ich würde gerne mit ihm vögeln, dachte sie. Aber dann bin ich noch mehr in dieser ganzen beschissenen Geschichte drin. Ich muss abhauen, ich will damit nichts zu tun haben.

Sie schaute in die Getränkekarte und überlegte, wie sie ihn schnellstmöglich loswerden könnte. Böttcher hatte jedoch keineswegs vor, locker zu lassen. „Doch ehrlich gesagt ist mir das alles völlig schnuppe", zischte er wenige Zentimeter vor ihrem Gesicht. „Mir geht es nur um diesen Typen, der vor Ihren Augen hier weggeschnappt wurde. Das ist jetzt mein Fall. Dafür bin ich verantwortlich, dafür kriege ich meine Kohle. Und irgendwie kann ich nicht glauben, dass Sie gar nichts damit zu tun haben."

Marie wurde wütend. „Ich bin hier Gast wie jeder andere. Wenn Sie eine Verbindung zu dem Entführungsopfer konstruieren wollen, nur zu, sie werden keine finden", schnaubte sie. „Ich mache gerade Urlaub."

„Mhh. Also halten wir mal fest", fuhr Böttcher mit seinem Vortrag fort, „Sie sitzen hier – rein zufällig natürlich, weil Sie gerade Urlaub machen. Ein Mann wird entführt. Er wehrt sich nicht. Das Ganze läuft auf ziemlich spektakuläre Weise ab, volles Programm. Großes Auto, mehrere Entführer. Das hatte ja schon etwas Demonstratives. Als würde man schreien: ‚Schaut alle mal her! Wir krallen uns den hier, ihr dürft es alle sehen.' Dabei hätte es doch sicher bedeutend weniger auffällige Varianten gegeben. Ziemlich merkwürdige Geschichte, finden sie nicht, Frau Everling? Allerdings wurden keine Waffen benutzt."

„Na bitte", sagte sie. „Wer weiß, vielleicht ist das alles nur ein Späßchen."

„Wollen Sie mich verarschen? Das glauben Sie ja selbst nicht", schnaubte der Hauptkommissar. „Das wäre zumindest Vortäuschung einer Straftat in Verbindung mit Gefährdung des Straßenverkehrs und Sachbeschädigung. Wenn ich nachdenke, fallen mir bestimmt noch ein paar Delikte ein. Also was sollte das für einen Sinn haben?"

Marie machte ein ratloses Gesicht. Scheiße. Wie komme ich aus dieser Nummer wieder raus, fluchte sie innerlich. Ausgerechnet jetzt, wo ich wirklich nichts mit dem ganzen Mist zu tun habe! Das lief alles total bescheuert.

„Die Entführer haben offensichtlich nicht mit Widerstand gerechnet", dozierte Böttcher weiter. „Der Typ war nicht ihr Klient, sagen Sie. Deshalb haben Sie ihm nicht geholfen, sagen Sie. Gut,

Sie wollen keine Schwierigkeiten, das ist ja verständlich. Wahrscheinlich haben Sie gerade einen anderen Fall an der Backe, der Ihnen richtig viel Kohle bringt. Da wäre so eine Entführungsgeschichte nur lästig, nicht wahr, Frau Everling? Weil Sie wissen, dass wir da garantiert mit im Spiel sind." Er holte kurz Luft. „Das ist doch was ganz anderes als jene Kinkerlitzchen-Fälle, wenn Besatzungsmitglieder von Frachtern gegen ihren Willen in weit entfernte Länder verfrachtet werden, um mal ein kleines Wortspiel zu wagen. Da ist es doch deutlich unwahrscheinlicher, dass wir von der Sache Wind bekommen und uns um die bedauernswerten Dummköpfe kümmern, die Spielregeln der Hamburger Reeder ignorieren und das in einem afrikanischen Sklavenknast büßen müssen. Nicht wahr, Frau Everling?"

Marie schluckte. Da schien tatsächlich etwas durchgesickert zu sein. Oder Böttcher hatte Gerüchte gehört und bluffte.

Eine junge Beamtin kam an den Tisch. Sie reichte dem Hauptkommissar einen Zettel. Er beugte sich weit über den Tisch zu Marie, schaute ihr in die Augen. Die Moleküle seines Aftershaves legten sich dezent über den Duft des Essens und der Gudang.

„Ich glaube Ihnen nicht, Frau Everling", zischte er leise. „Der Entführte ist Hendrik Abendroth, wie gerade bestätigt wurde. Er hat für einen ihrer wichtigsten Klienten gearbeitet. Oder wollen Sie abstreiten, dass Sie regelmäßig von Gunnar Harksen engagiert werden? Diese Art von Zufall gibt es nicht. Sie wollten sich mit Abendroth hier treffen, warum auch immer. Entweder Sie spielen mit offenen Karten, oder ich lasse Ihre Bude auseinander nehmen inklusive sämtlicher Geschäftsunterlagen."

„Sie sind völlig übergeschnappt", widersprach Marie heftig. „Auf welcher rechtlichen Grundlage reden wir hier überhaupt? Wie wollen Sie einen Durchsuchungsbeschluss für meine Geschäftsräume bekommen? Ich habe brav meine Zeugenaussage gemacht. Halb Hamburg arbeitet für Harksen. Ich habe ihm nur bei arbeitsrechtlichen Angelegenheiten geholfen. Dieser – wie heißt er doch gleich? Abendroth? spielte dabei keine Rolle."

„Gunnar Harksen hat in den vergangenen Tagen mehrfach mit Ihnen telefoniert. Und er hat mehrmals mit Abendroth telefoniert. Zuletzt heute um die Mittagszeit."

„Gunnar Harksen telefoniert mit halb Hamburg und mit der halben Welt", sagte Marie.

„Tut er nicht", sagte Böttcher.

„Tut er wohl", sagte Marie.

„Tut er nicht mehr", sagte Böttcher.

„Tut er …" hob Marie an.

Was war das denn für ein bescheuertes Spielchen. Dieser Böttcher war ja eine Nervensäge ersten Kalibers. Meine Güte. Jetzt bekomme ich schon selbst Schweißflecken. Sie tupfte die Stirn mit dem Taschentuch ab.

„Gunnar Harksen ist tot", sagte Böttcher.

Blut schoss ihr in den Kopf. Sie meinte, ihr Schädel würde gleich explodieren. „Mach den Mund zu und bring mir einen Grappa, Luigi", pflaumte sie den Kellner an, der neben dem Tisch stand und ihre Auseinandersetzung interessiert verfolgt hatte.

„Was wollen Sie?" fragte Marie leise.

„Ich will, dass Sie mir helfen", flüsterte Böttcher.

„Wieso das denn", stöhnte sie. „Sie wissen doch so gut wie ich, dass das ein absolut unmöglicher Vorschlag ist, Sie können doch nicht einfach mit einer Privatdetektivin zusammenarbeiten! Haben Sie sie noch alle?"

Luigi stellte zwei Grappas auf den Tisch. „Danke, Luigi", sagte Marie und verscheuchte ihn mit einer Kopfbewegung.

Böttcher griff nach einem der kleinen bauchigen Gläser und schnupperte daran. „Hören Sie", sagte er, „wir wissen, was Sie für Harksen gemacht haben. Wir haben ihr Wirken eine Weile beobachtet. Wir hätten Sie sogar auffliegen lassen können. Aber nein, haben wir nicht gemacht. Sie haben für etwas Ruhe und Ordnung im Hafen gesorgt. Wegen Ihres dankenswerten Einsatzes gab es weniger Schmuggler, weniger Drogendealer, weniger eingeschmuggelte Exoten und Waffen. Und nicht zu vergessen mehr zufriedene ehrbare Hamburger Kaufleute."

„Ich habe Ihnen und Ihren Kollegen einige Arbeit abgenommen", stellte Marie lakonisch fest.

„Ja, in der Tat, das haben Sie", sagte Böttcher. „Und Sie haben nicht immer mit sauberen Methoden gearbeitet, was auch Ihre Auftraggeber wussten. Was Sie auf fremdem Terrain machen, ist uns schnuppe. Dort haben wir keine Strafverfolgungshoheit. Das wissen Sie, und Sie wissen auch, dass in den Ländern, in die Ihre Auftraggeber Sie schicken, alles mit Geld geregelt werden kann. Auch dort haben Sie von offizieller Seite kaum etwas zu befürchten."

„Was ist mit Harksen passiert?" fragte Marie.

„Er wurde erschossen", antwortete Böttcher.

Sie schaute ihn weiter fragend an. Versuchte, gefasst zu bleiben. Fingerte eine Gudang aus dem Päckchen, steckte sie an und schaute in den Himmel, dessen Färbung ganz allmählich von strahlendem Blau zu bedrohlich changierendem Schiefergrau wechselte.

„In seinem Büro an der Palmaille", fuhr der Kriminalhauptkommissar ungerührt fort. „Heute Mittag gegen dreizehn Uhr. Seine Mitarbeiter waren essen unten an der Großen Elbstraße. Harksen war nur etwa eine Stunde allein in den Geschäftsräumen. Die Bürotür war unbeschädigt, der oder die Mörder kamen völlig ungehindert herein. Vielleicht hat Harksen sie hereingelassen."

„Aber das ist doch klassische Polizeiarbeit, Spurensicherung, soziales und berufliches Umfeld befragen", wandte Marie widerwillig ein. „Ihre Tatortanalytiker sind doch bestimmt schon längst vor Ort. Also was wollen Sie von mir?"

„Der alte Harksen war Ihr Freund und Förderer", sagte Böttcher. „Sie würden es doch sowieso nicht uns allein überlassen, seinen Mörder zu finden", fuhr er fort. „Wahrscheinlich ärgern Sie sich gerade schon ein Loch in den Bauch, weil Sie heute nicht bei ihm waren. Ausgerechnet, wenn Sie mal ein paar freie Tage haben, wird er umgebracht. Als hätte jemand genau den richtigen Augenblick abgewartet, als Marie Everling ausnahmsweise nicht auf seinem Schoß saß. Pardon – ich meine natürlich, als Sie keinen aktuellen Auftrag und keines Ihrer häufigen Meetings mit ihm hatten."

„Ich habe ihn gar nicht so oft getroffen", erwiderte Marie heiser und schluckte.

„Sie haben ihn nicht öffentlich getroffen", entgegnete Böttcher, „sondern immer schön inkognito auf einem seiner Schiffe. Halten Sie uns nicht für blöd, Frau Everling. Harksen wurde vor etwa vier Stunden erschossen, Sie haben bis gerade eben davon nichts gewusst, das nehme ich Ihnen ausnahmsweise mal ab; das bedeutet, dass keiner seiner Angestellten, Helfer und Geschäftspartner Ihre Kontaktdaten hat. Niemand kennt Sie, Sie sind nur gelegentlich in Hamburg auf Stippvisite, in Ihrer Wohnung halten Sie sich kaum auf, Freunde haben Sie keine."

„Was wollen Sie?" fragte sie erneut.

„Ich will, dass Sie kooperieren. Ich will, dass Sie nicht alleine auf eigene Faust ermitteln. Ich will, dass Sie uns helfen, rauszufinden, was Harksen und Abendroth verbindet. Ich will, dass Sie uns helfen, die Geschäftsunterlagen von Harksen zu finden, die verschwunden sind."

„Ich habe keine Unterlagen und ich kenne Abendroth nicht",
sagte Marie tonlos.

„Harksen war einer von der ganz peniblen Sorte", sagte Böttcher. „Er hatte Dutzende von Aktenordnern in seinem Archiv. Die
gesamte Geschichte seiner Reederei seit ihrer Gründung 1969 ist
archiviert, inklusive sämtlicher Steuerunterlagen, aller Verträge zu
Kauf, Verkauf, Miete von Schiffen, Transportaufträge, Rechnungen und was sonst noch alles." Er grinste. „Es gibt sogar Aktennotizen bezüglich Ihrer Beratungsleistungen. Keine richtigen Rechnungen – aber immerhin Notizen. Wie bei Flick damals, so Formulierungen wie ,wg. Everling'. Aber das wissen Sie bestimmt."

Marie schaute ihn fragend an. „Was fehlt?"

„Sämtliche Ordner aus den vergangenen drei Monaten."

„Die Kontenbewegungen kann man doch leicht mit Hilfe der
Bank nachvollziehen und die Informationen sind doch bestimmt
auch elektronisch archiviert", stellte Marie fest.

„Die Kontoauszüge sind einfach zu bekommen. Den Beschluss des Ermittlungsrichters haben wir schon. Doch in den Ordnern muss etwas Wichtiges verzeichnet sein", sagte Böttcher.
„Harksen war Traditionalist und extrem misstrauisch gegenüber
Computern. Das haben uns seine Mitarbeiter erzählt. Er sagte wohl,
,meinen Computer kann auch ein Russe oder Chinese hacken, in
mein Büro kommen die aber nicht so schnell rein'. Tja, da hat er
sich wohl geirrt. Offensichtlich kam jemand in sein Büro, der genau
wusste, dass er dort wichtige Unterlagen finden konnte. Harksens
Laptop ist clean, da ist nur banale Korrespondenz drauf; der Schlüssel zu dem Mord befindet sich in den drei Aktenordnern von Mai,
Juni und Juli."

„Vielleicht sind die Ordner bei einem Mitarbeiter", vermutete
Marie. „Oder einem Wirtschaftsprüfer."

„Quatsch", sagte Böttcher. „Als seine Mitarbeiter vom Essen
kommen, liegt Harksen erschossen in seinem Büro. Die Tür zum
Archiv ist offen, einige Ordner liegen auf dem Boden und drei fehlen. Es gab wohl Streit, Harksen wehrte sich und wurde aus dem
Weg geräumt."

„Was hat das alles mit der Entführung von Abendroth zu
tun?" Marie merkte, wie die Neugier sie immer mehr packte. Sie
hatte zwar nicht die geringste Lust, zum Büttel der Polizei zu werden. Doch sie wollte den Mörder von Harksen erwischen, das war
so sicher wie das Amen in der Kirche.

„Die beiden haben heute kurz nach zwölf telefoniert", erläuterte Böttcher. „Harksen hat Abendroth zuhause auf dessen Festnetzanschluss angerufen. Doch der war nicht da. Seine Frau sagte ihm, ihr Mann habe verschiedene geschäftliche Termine in der Innenstadt. Wir haben seine Telefonate geortet, Abendroth war am frühen Nachmittag in der Hafencity. Niemand weiß, was er da gemacht hat. Kurz darauf war Harksen tot. Und Abendroth ist verschwunden, wurde vor Ihrer Nase entführt. Wenn wir ihn nicht finden, stehen seine Chancen wahrscheinlich auch schlecht."

Böttcher lehnte sich zurück, hob das Grappa-Glas und prostete Marie zu.

„Das alles dürfen Sie mir doch gar nicht erzählen", sagte sie tonlos. In ihren Ohren rauschte es.

„Ich ermittle", antwortete Böttcher. „Dabei können Sie mir helfen. Sie kannten Harksen und seine Geschäfte und sicherlich kennen Sie auch einige seiner Geschäftspartner. Und Sie haben Zugang zu Harksens Kreisen. Ich will, dass Sie sich dort mal umhören. Und dass Sie eine Verbindung finden zwischen Harksen und Abendroth. Wenn Sie nicht wussten, dass die beiden verbandelt waren, bedeutet das, dass das eine ganz geheime Geschichte war."

Marie überlegte angestrengt, ob sie nicht doch irgendwann schon von Abendroth gehört hatte, aber ihr fiel partout nichts ein.

„Wie stellen Sie sich das vor?" fragte sie genervt. „Soll ich mich einfach selbst zu den Nienstedtener Gartenpartys einladen und zu den Teekränzchen der Blankeneser Reeder-Gattinnen?" Sie schnaubte und rollte mit den Augen.

„Ach kommen Sie", sagte Böttcher. „Sie finden schon eine Möglichkeit, an Informationen zu kommen. Reaktivieren sie Ihren Ex-Gatten!"

„Bullshit", sagte Marie. „Der hat mir früher nichts erzählt und jetzt hasst mich die ganze Familie. Die sagen mir nicht mal die Uhrzeit."

„Seien sie einfach mal nett und tun Sie so, als könnten Sie sich eine Versöhnung vorstellen", schlug Böttcher vor. „Soweit ich weiß, ist der gute Henning Ballin nicht wieder verheiratet, sondern tröstet sich mit wechselnden Damen über den Verlust seiner charmanten Gattin hinweg, die nach seiner Aussage ,lieber Privatdetektivin spielt als einen Teil seiner Millionen repräsentativ unter die Leute zu bringen' - Zitat Ende."

„Sie sind komplett verrückt", entgegnete Marie. „Und lassen Sie Henning aus dem Spiel, unsere Ehe hat nicht geklappt, aber er ist eigentlich ganz in Ordnung." Das meinte sie tatsächlich so, wie sie es sagte. „Er ist einfach immer noch unter der Fuchtel seiner Familie, das ist sein Problem, aber das ist mir inzwischen egal."

„Wie dem auch sei", sagte Böttcher. „Probieren Sie Ihr Glück auf alle Fälle bei Familie Ballin."

„Ich werde gar nichts tun", entgegnete Marie.

„Ach, kommen Sie, natürlich werden Sie", sagte Böttcher siegessicher.

„Werde ich nicht", protestierte sie. „Ich will meine Ruhe. Und vor allem bleibe ich meinen Prinzipien treu."

„Soso", sagte Böttcher. „Die wären?"

„Ich arbeite nie ohne Honorar", sagte Marie.

„Wie mir vorhin meine Kollegin mitgeteilt hat, hat Frau Harksen 500.000 Euro ausgelobt für Hinweise, die zur Ergreifung der Mörder Ihres Mannes führen. Und Frau Abendroth berät sich gerade mit ihren Anwälten und mit ihrer Familie, um einen ähnlichen Betrag auszuloben für Hinweise, die zu ihrem Ehemann führen."

Marie schluckte. Sie ahnte, dass die folgenden Sätze sie in Schwierigkeiten bringen würden. Doch Böttcher hatte Recht. Sie betrachtete die Ermordung Harksens als persönliche Schmach, die sie den Mördern nicht durchgehen lassen würde. Ihr Entschluss stand fest. Sie würde alles tun, die Typen an den Eiern festzunageln.

„Ich mache es so, wie ich es will. Von Ihren Jungs kommt mir keiner in die Quere. Ich werde nicht kontrolliert, ich mache keine offiziellen Aussagen. Ich trage meine Glock. Ich bekomme keine Anzeigen wegen irgendwelcher Kinkerlitzchen, wenn ich jemanden befrage. Und ich will die Kohle."

Böttcher schaute sie ernst an. „Wir haben keine Vereinbarung. Sie tun Ihre Pflicht als brave Hamburger Bürgerin. Wenn wir uns treffen, dann zufällig. Sie mailen mir von Ihrem russischen Account, was Sie herausfinden. Mh, Rosenresli.ru, sehr hübsch." Er grinste.

Marie nahm ihr Grappa-Glas vom Tisch und trank langsam den milden Schnaps. Ab jetzt würde eine trockene Zeit anbrechen; wenn sie an einem Fall arbeitete, trank sie kaum Alkohol. Es gab eine Million zu gewinnen. Kein schlechter Deal. Sie würde den Mörder von Harksen finden. Und ihm die Eier abschneiden.

„Karacho", sagte Marie, „o.k., der Deal gilt."

Das Notizbuch
Eppendorf, Falkenried, Donnerstagabend

Marie hatte Mühe, die Fassung wieder zu gewinnen. Sie beobachtete aus dem Augenwinkel, wie Hauptkommissar Böttcher weitere Augenzeugen der Entführung befragte. Er machte einen aufmerksamen und freundlichen Eindruck. Und sah verdammt gut aus. Sie bezahlte bei der drallen Bedienung und ging zu Fuß nach Hause. In einer Viertelstunde war sie in ihrer Wohnung, ihrem Refugium. Im Kühlschrank lag eine Flasche Vinho Verde, der sollte ihr über den Schock hinweghelfen. Einfach abschalten. Sie entkorkte den Wein und kuschelte sich in den Lesesessel. Schon beim ersten Schluck musste sie schluchzen. Dann öffneten sich die Schleusen. Sie heulte, wie sie seit dem Tod ihres Vaters nicht mehr geheult hatte. Sie schlurfte zum Badezimmer, ließ Wasser in die Wanne laufen und träufelte Lavendelöl hinein.

Warum um alles in der Welt war Gunnar Harksen ermordet worden? Hatten ihn russische Mafiosi umgebracht? Schon möglich. Die Typen, die Harksen mit Einverständnis seiner Reeder-Kollegen entsorgen ließ, waren kleine Fische. Denen weinte keiner eine Träne nach. Auch ihre Auftraggeber in Moskau oder Wladiwostok nicht. In diesen Kreisen waren Loyalität und Mitgefühl Fremdworte. Wer sich erwischen ließ, musste die Konsequenzen selbst tragen. Aber vielleicht hatten sie doch mal einen falschen über die Klinge springen lassen.

Ein einziges Mal hatte Marie einen echt schweren Jungen beseitigt. Schwer im Sinne von schwer reich. Dieser dämliche Igor war nach einem kurzen Geplänkel mit ihr besoffen ins Hafenbecken gefallen. Wochen später wurde er bei Willkomm Höft aus der Elbe gefischt. Der Leichnam wurde mit großem Tamtam seinem Oligarchen-Vater übergeben. Der hatte geheult und Rache geschworen.

Aber von dem toten Russen gab es keinerlei Verbindung zu ihr und schon gar nicht zu Harksen. Und wer im Januar zwischen die Eisschollen der Elbe rutschte, hatte, besoffen oder nicht, kaum Überlebenschancen. Seine sogenannten Freunde waren nicht hinterher gesprungen, um ihn zu retten. Pech für ihn, Glück für die Menschheit, dachte Marie sarkastisch.

Sie ließ den heutigen Tag vorüberziehen, der so vielversprechend begonnen hatte, relaxed und frei, und jetzt so desolat zu enden schien. Der Tod von Gunnar Harksen hatte sie komplett umgehauen. Sie hatte in ihrem Leben so viele Tote gesehen, Opfer von Krankheiten, Verbrechen, Vernachlässigung und Desinteresse. Die Welt war voller Menschen, die anderen Menschen ausgeliefert waren. Auch in Hamburg, der geruhsamen Hafenstadt. Im Vergleich zu anderen Millionenstädten ein Hort der Ruhe und Seligkeit. Das war nur die Oberfläche. Marie kannte Frauen, die Opfer von Männern waren, und – deutlich seltener - Männer, die Opfer von Frauen wurden. Nur wenige Männer ließen sich physisch und psychisch drangsalieren. Allerdings zahlten die meisten sogar dafür. Sie wollten Opfer sein, wenigstens einmal im Leben. Weil sie im wahren Leben Täter waren.

Marie wusste, dass nicht wenige Mitglieder der Hamburger Gesellschaft im Colosseum verkehrten, dem exklusivsten SM-Club Europas. Sie wusste auch, dass sich dort keineswegs nur Männer mit professionellen Dominas vergnügten, sondern auch vermeintlich brave Upper-Class-Gattinnen etwas Würze in ihr saturiertes Dasein brachten. Sie hatte dort schon oft recherchiert und sowohl misstrauischen Ehefrauen als auch Ehemännern Beweise für ein wenig Ehe-konformes Verhalten des jeweiligen Partners geliefert.

Man war sicherlich toleranter geworden, doch für Bondage and Discipline, Fetisch und Sado-Maso hatte sie nichts übrig. Auch in bürgerlichen Kreisen galten diese sexuellen Spielarten überwiegend noch als intolerabel. Trotz Schmonzetten im Stile von Shades of Grey. Es hatte Marie überrascht, dass einige ihrer Auftraggeberinnen erst wegen dieses Bestsellers misstrauisch wurden und sie hinter den Ehemännern her schnüffeln ließen. Man durfte den aufklärerischen Charakter dieser Art von Lektüre nicht unterschätzen; immerhin verkaufte der Vanilla-Verlag, mit dem sie im Zuge von Recherchen mal zu tun hatte, seit Jahrzehnten Millionen Exemplare diverser Hausfrauen-Pornos. Millionen pro Jahr. Du meine Güte.

Die Welt des Schmerzes und der Demütigung zur sexuellen Stimulation war Marie nach wie vor fremd. Ihr seid doch alle völlig bekloppt, war ihre eindeutige Meinung. Gut, sie hatte auch Schmerzen zugefügt, hatte geschlagen und geschossen. Ich bin wahrhaftig kein Engel, musste sie zugeben. Doch so richtig hatte sie sich mit der Bosheit, dem Verbrechen nie gemein gemacht, da war sie sicher. Irgendwo in ihrem Innersten war sie das brave Mädchen aus Barmbek geblieben, das seinen Beruf auch gewählt hatte, um nicht an der Welt zu verzweifeln.

Gunnar Harksen war ebenfalls kein edler Ritter gewesen. Aber seine Stärke, sein unbeugsamer Wille, seine Geschäftstüchtigkeit hatten sie fasziniert. Sie hatte viel von ihm gelernt, und er hatte sie behandelt wie – nein, natürlich nicht wie eine Tochter. Hätte Gunnar Harksen eine Tochter, wäre sie behütet in Nienstedten aufgewachsen und nicht in Barmbek. Eine Harksen-Tochter hätte allerdings sicherlich wie sie selbst einen High-Society-Ehegatten im Stil von Henning Ballin geheiratet. Aber wahrscheinlich hätte sie ihn nicht verlassen. Das hätte der gute Gunnar Harksen nicht zugelassen. Das machte man einfach nicht in seinen Kreisen. Da blieben Ehepaare verheiratet, da galt noch das Wort des Pastors mit dem weißen, gefältelten Kragen: Bis dass der Tod euch scheidet. Man arrangierte sich und biss die Zähne zusammen.

Der Tod. Wer hatte Gunnar Harksen vom Leben geschieden? Wer wollte sich mit dieser drastischsten aller Maßnahmen, einem Mord, von ihm scheiden? Und vor allem: Warum?

Marie hatte zu viel Alkohol getrunken; ihre Laune sank von Minute zu Minute weiter. Sie schlurfte in die Küche, schniefte, goss sich wider bessere Einsicht nochmals ein Glas Wein ein und musste wieder heulen. Sie schleuderte das Glas gegen die in optimistischem Zitronengelb gestrichene Küchenwand und dann gleich die Flasche hinterher. Scherben flogen umher, der Wein hinterließ Striemen.

„Ich krieg dich, du blödes Schwein, das schwör ich dir", zischte sie vor sich hin. „Ich krieg dich." Wütend biss sie die Kiefer zusammen und knirschte mit den Zähnen.

Valerie würde sie verstehen. Die großzügige, tolerante Valerie, deren wichtigstes Lebensmotto gewesen war „Leben und leben lassen" oder die rheinländische Variante „Jeder Jeck is anders". Die Menschen immer gerne beobachtete und analysierte und auch dem schlimmsten Idioten noch einen positiven Touch abgewinnen konnte. Valerie hatte Harksen gemocht. „Der ist ein Original, meine Liebe", hatte sie bei irgendeiner Gelegenheit gesagt, als sie beide noch keine Ahnung hatten, wie ihr Leben mal verlaufen würde. „Der ist zwar ein oller Koof-Mich, aber nicht so langweilig wie meine eigene Erbsenzähler-Mischpoke."

„Valerie, wo bist du geblieben", murmelte Marie. Sie vermisste die Freundin so stark, dass sie den Schmerz im Magen spürte. Viel stärker, als sie je einen Mann vermisst hatte.

Marie überlegte. Was wusste sie tatsächlich über Gunnar Harksen? Er war reich. Ein Selfmade-Man. Ein guter Geschäftsmann. Er duldete keine Abweichungen von seinen Prinzipien. Er war seit über 40 Jahren verheiratet. Über die Beziehung zu seiner Frau hatte er sich nicht ausgelassen, und Marie hatte nicht gefragt. Ein Sohn. Verwandte? Er hatte mal erwähnt, dass sein Bruder früh gestorben war und nur noch entfernte Verwandte lebten. „Wenn ich sterbe, wird mein Sohn die Reederei an die Konkurrenz verhökern", hatte er ihr grinsend erzählt. „Es sei denn, ich verkaufe vorher und brenne mit dem Geld durch."

„Blödsinn", hatte Marie lachend eingewandt. „Sie werden uralt, bleiben zeitlebens in ihrer Firma und wir haben noch viele gemeinsame Projekte." Darauf hatten sie angestoßen, mit dem Champagner, den Harksen höchstpersönlich geöffnet hatte wegen der Russen-Geschichte.

Und jetzt war alles vorbei. Sie legte sich aufs Bett und schlief ein. Stunden später erwachte sie schweißgebadet. Es war ein Uhr nachts und immer noch zuckten Blitze am Horizont. Das Gewitter hatte kaum Abkühlung gebracht. Sie rollte vom Bett, schloss die Tür der Dachterrasse und schaute über die Dächer der Stadt.

Harksens Leichnam war in die Gerichtsmedizin des Universitätskrankenhauses Eppendorf gebracht worden. Dort würden sie ihn aufschneiden, zersägen, ausnehmen; man würde die Einschuss- und Austrittslöcher untersuchen, welche die Kugeln in seinen wehrlosen Körper getrieben hatten, man würde seine Leber wiegen und seinen Mageninhalt analysieren.

Sie war schon bei gerichtsmedizinischen Untersuchungen dabei gewesen, doch noch nie bei einem Menschen, den sie so gut kannte wie Harksen. Vielleicht sollte ich mich morgen dort melden, überlegte sie. Zuerst musste sie morgen zu der Vernehmung ins Polizeipräsidium. Sie hatte Hauptkommissar Böttcher versprochen, eine offizielle Zeugenaussage zu machen. Dann wollten sie die Details ihrer Zusammenarbeit besprechen. Wie er das hinkriegen wollte, ohne dass das gesamte Revier es mitbekam, war noch sein Geheimnis.

Marie trank ein Glas Mineralwasser. Wetter und Weißwein hatten sie ausgedörrt. Hätte sie wissen oder zumindest ahnen müssen, in welcher Gefahr Harksen schwebte? Was soll das, dachte sie, Selbstvorwürfe bringen nichts. Rache? Nein, Rache war kein Mittel der Vernunft. Gerechtigkeit. Das war es. Gerechtigkeit war vernünftig. Sie wollte Gerechtigkeit für ihren väterlichen Freund. Sie musste helfen, seinen Mörder zu finden.

Wieder dachte sie an Valerie. Valerie, ihr geliebtes Alter Ego, souverän, charmant, herzlich und dann wieder knallhart berechnend. Sie hatte noch nach mehr als 15 Jahren – war es wirklich schon so lange her? – die wunderbare tiefe Altstimme Valeries im Ohr, die im Ton einer Chansonsängerin die größten Unverschämtheiten von sich geben konnte.

„Du hast sie nicht mehr alle. Du bist so was von untervögelt. Du solltest mal wieder etwas Ausgleich für deinen Hormonhaushalt schaffen. Lass uns mal wieder auf die Rolle gehen. Eh, Schnucki, lass uns mal wieder ein paar Kerle aufreißen. Trink noch was. Sei mal locker. Du könntest mal wieder ...“ Oh Valerie. Wo bist du nur abgeblieben. Wirklich in Amerika? Einfach verschwunden. Und hast mich hier alleine sitzen lassen! Verdammt, Valerie.

Marie griff nach dem Handy, das auf dem Esszimmertisch lag, um es auf lautlos zu stellen. Doch eine Zehntelsekunde, bevor sie den winzigen Hebel an der Seite des iPhones verschieben konnte, klingelte es. Nummer unbekannt. Einfach ignorieren? Aber vielleicht wollte sie jemand wegen des Mordes kontaktieren. Oder wegen der Entführung? Ihr Herz raste.

Als sich die Anruferin meldete, war Marie perplex.

„Hier spricht Claire Harksen.“ Kurze Pause. „Frau Everling, ich möchte Sie bitten, sich um die geschäftlichen Angelegenheiten meines Mannes zu kümmern. Er hat Ihnen vertraut.“

Marie stutzte. Claire Harksen kannte ihren Namen? Wusste von ihrer Arbeit für ihren Mann?

„Frau Everling, er hat mir gelegentlich von Ihnen erzählt. Ich hatte heute zwei Mal Besuch von der Polizei. Ich denke, dass die Beamten Unterstützung benötigen, um den oder die Mörder meines Mannes zu finden. Vielleicht war es ein Raubmord.“ Sie zögerte. „Es gibt heute so viel Gesindel, Zigeuner, Obdachlose, Drogensüchtige. Aber vielleicht war es auch ganz anders.“

Marie versuchte, sich zu konzentrieren. Hatte sie tatsächlich Zigeuner gesagt? Tja, die Schlechtigkeit der Welt war sogar nach Nienstedten vorgedrungen, in die Villen an der Elbchaussee. Sie selbst hatte früher zwar nicht gerade zum Gesindel gehört, aber doch zu der Art von Leuten, mit denen Claire Harksen nur zu tun hatte, wenn die für sie arbeiteten. Marie Everling wurde nicht eingeladen zu den Kindergeburtstagen ihrer Klassenkameraden, zu den Grillfesten und Nikolaus-Partys. Selbst nach ihrer Heirat mit Henning Ballin luden die feinen Damen sie nur zögerlich ein.

„Frau Harksen, ich habe mit dem ermittelnden Kommissar gesprochen." Marie versuchte, ruhig zu reden, ihre Emotionen nicht an das Ohr von Claire Harksen dringen zu lassen. „Die Polizei geht davon aus, dass Ihr Mann wegen dubioser Geschäfte ermordet wurde. Ich glaube nicht, dass ich im Moment viel ausrichten kann."

Marie rechnete damit, dass Claire Harksen sich kühl verabschieden würde. Hoffentlich. Ein derartiges Telefonat fehlte jetzt gerade noch. Nicht nur, dass Böttcher ihr ins Handwerk pfuschte. Jetzt wollte auch noch die Witwe mitmischen.

„Die Polizei hat natürlich Unrecht." Marie überlegte, wie sie ihre Einschätzung am besten formulieren sollte.

„Ihr Gatte war ein ehrenwerter Kaufmann. Aber es gab da tatsächlich einige Vorfälle, die schwierig waren."

Mh. Schwierige Vorfälle. Marie überlegte, ob diese wohlwollende Umschreibung bei Claire Harksen richtig ankommen würde.

„Hören Sie, ich weiß dass mein Mann kein Engel war." Die Stimme der Reeder-Witwe klang warm, mitfühlend. „Er hat aber immer das Beste gewollt. Er war ein guter Mensch und hat versucht, Schwierigkeiten auf die bestmögliche Art zu lösen."

„Was hatte er mit Hendrik Abendroth zu tun?"

Marie wollte endlich die Verbindung zu dem Upper-Class-Filou herstellen. Irgendeine musste es zu Harksen geben, auch wenn das noch so unwahrscheinlich erschien.

„Die Entführung und der Mord an meinem Mann haben vielleicht mit einander zu tun."

„Immerhin eine Hypothese", antwortete Marie. Doch sie hatte keine Idee, was Abendroth und Harksen verbinden könnte.

Claire Harksen fuhr zögernd fort: „Vor einiger Zeit wurde mein Mann von Abendroth zu einem Art Herrenabend eingeladen. In einen Club." Ihre Stimme zögerte. „Er war hinterher völlig verstört. So hatte ich meinen Mann noch nie erlebt."

Marie hörte, wie Claire schluckte.

„Einen Club? Wie den Anglo German Club?"

„Nein, natürlich nicht." Die Witwe klang verärgert.

41

„Abendroth ist verheiratet. Mit einer sehr netten, intelligenten, jungen Dame aus guter Familie. Doch er geht in Clubs, um dort andere Damen zu treffen."

„Zu vögeln."

Marie war die Bemerkung einfach so rausgerutscht.

„Pardon…" sie hatte Angst, die Reeder-Witwe würde ihren Bericht abbrechen.

„Entschuldigung, ich wollte nicht vulgär werden", sagte sie. Na das waren ja Neuigkeiten – Abendroth in einem Sexclub. Jetzt musste sie nur noch aus der Witwe rauskitzeln, welchen der zahlreichen Hamburger Vergnügungstempel Hendrik Abendroth mit Vorliebe frequentierte. Kein leichtes Unterfangen. Und vor allem musste sie recherchieren, welche Verbindung es zwischen den Abendrothschen Freizeitvergnügungen und Harksen gab. Ihr Gönner und Auftraggeber Gunnar Harksen im Puff? Nie und nimmer.

„Ihr Mann hat Sie sehr geliebt und war Ihnen immer treu, da bin ich mir sicher." Das war zwar nicht hundertprozentig ehrlich – Marie würde für die Treue eines Mannes nie die hundertprozentige Garantie übernehmen – aber Harksen hatte viel gearbeitet, hatte nur in warmen Worten von seiner Frau gesprochen. Und schließlich war er ja Ende 60 gewesen, also bitte. Da hatte man doch andere Prioritäten, als die eigene Frau zu betrügen, oder?

„Wissen Sie, wie dieser Club heißt?"

„Ja, ich habe mir den Namen gemerkt. Weil es so absurd war, was mein Mann von diesem Besuch erzählte. Colosseum. Der Club heißt Colosseum."

Na das waren ja mal News. Harksen im SM-Club.

Sie versuchte sich vorzustellen, wie er durch die Spielzimmer streifte. Die Gyn-Stühle, Käfige und Streckbetten inspizierte. Die illustre SM- und Fetischszene beobachtete, das sensationsgierige Volk, das sich in Latex zwängte und gegenseitig auspeitschte, um sich aufzugeilen. Im Colosseum also verbrachte der gutaussehende Hendrik Abendroth seine Freizeit. Seine Nachmittage in den Bars von Eppendorf dienten wohl dazu, willige Gespielinnen aufzugabeln. Vielleicht hatte ihn ja ein gehörnter Ehemann entführt.

„Was hat Ihr Mann denn von dem Ausflug erzählt?"

Wieder fürchtete Marie, Claire Harksen könnte die Unterhaltung wegen ihrer flapsigen Bemerkung abbrechen.

„Er hat mir erzählt, dass Abendroth dort verschiedene Leute kannte und dass sie ihn kannten. Er scheint öfters da zu sein. Und er hat erzählt, dass eine der Damen zu Abendroth kam und ihn aufgefordert hat, ihr Geld zu geben."

Abendroth musste für Sex zahlen? Das war ja ein Ding.

„Ich vermute, dass man dort für verschiedene Dienstleistungen zahlen muss", sagte Marie. „Wollte die Dame Geld für eine Dienstleistung haben?" Sie vermied das Wort Sex.

„Gunnar erzählte, dass es jedenfalls sehr fordernd klang. Sie hat Abendroth gedroht."

„Sie hat ihm im Beisein Ihres Mannes gedroht?"

„Sie sagte etwas so ähnlich wie ‚Du schuldest mir hunderttausend'."

Marie war konsterniert.

„Hunderttausend Euro?" Das war deutlich mehr, als für Sex üblicherweise bezahlt wurde. Außer für den in der Ehe, dachte sie süffisant.

„Ja, hunderttausend Euro. Dann sagte sie wohl, wenn er nicht bezahlen würde, müsste er seine Schulden abarbeiten, notfalls bis ans Ende seiner Tage. Das könne schneller kommen, als er denke."

Marie schluckte. „Das ist eine üble Drohung. Warum ist ihr Mann nicht zur Polizei?"

„Und was hätte er denen erzählen sollen?"

Das stimmte nun auch wieder.

„Das ist doch alles furchtbar peinlich." Claire Harksen räusperte sich. „Gunnar sagte, es habe alles so absurd gewirkt. Wie ein abgekartetes Spiel."

Sie schwieg einige Sekunden und fuhr dann fort: „Ja, das sagte er. Wie ein abgekartetes Spiel. So, als wolle sich Abendroth irgendwie produzieren. Er sagte wohl so was wie ‚uihh, das ist aber schlecht, ich habe doch gar kein Geld. Da fürchte ich mich aber!' Wie wenn ein Erwachsener so etwas zu einem Kind sagt, so zum Spaß, ‚uihh, da habe ich aber Angst, jetzt renne ich weg', so soll er gesagt haben."

Sie imitierte den pseudo-weinerlichen Ton erstaunlich lebensecht. Marie musste unwillkürlich grinsen.

„Das ist ja völlig absurd", murmelte sie.

„Ja, es ist wirklich absurd. Aber am allerabsurdesten – nein am allerschlimmsten – ist doch, dass mein Mann mit diesem Menschen zu tun hatte!"

Sie schluchzte. „Das konnte ich doch nicht der Polizei erzählen!"

Marie stellte sich vor, wie die Witwe ihre Augen mit einem Spitzentaschentuch abtupfte.

Was für ein Telefonat! Marie überlegte, wie sie weiter vorgehen sollte. Gunnar Harksen im SM-Laden, na Prost Mahlzeit. Ein eleganter Gentleman, Charmeur der alten Schule. Der würde sich doch nie vor fremden Menschen ausziehen! Und sich schon gar nicht den nackten Hintern versohlen lassen! Nein, das war jenseits ihres Vorstellungsvermögens. Doch sie musste vorsichtig sein. Die Witwe war eindeutig an der nervlichen Belastungsgrenze.

„Frau Harksen, hat Ihnen Ihr Gatte erzählt, wie der Abend endete? Ich meine – sind beide Männer dort geblieben?"

Empört schnaubte Claire Harksen ins Telefon: „Nein, natürlich nicht! Er hat sich ein Taxi genommen und ist nach Hause gefahren, zu mir!"

„Und hat Ihnen gleich von diesem Erlebnis erzählt?"

„Ja, und er sagte, mit dem Abendroth würde es nochmal ein böses Ende nehmen."

„Und hat er angedeutet, ob und falls ja, wie er den Kontakt zu Abendroth aufrecht halten würde?"

„Er sagte, bestimmt hätten die finanziellen Probleme Abendroths mit seinen Huren zu tun, ja so sagte er, stellen Sie sich das vor, er war so empört, noch nie zuvor hatte ich von ihm solche Ausdrücke gehört! Er sagte, das habe alles mit den Huren zu tun."

Wieder schluckte Claire Harksen hörbar. Ihre Stimme war im Laufe des Telefonats lauter, eindringlicher geworden. Und sie schien jetzt mehr Mühe zu haben, sich zu artikulieren. Wahrscheinlich die Beruhigungsmittel. Und vielleicht das eine oder andere Beruhigungslikörchen.

„Und wo haben Sie meine Nummer her?"

Marie war sicher, dass Harksen diese Nummer nicht an öffentlich zugänglicher Stelle deponiert hatte.

„Gunnar hat mir immer wieder eindringlich gesagt, wenn es mal Probleme geben sollte, soll ich Sie anrufen."

„Und was soll ich denn jetzt tun?" Marie wollte nicht ohne Wissen und Einverständnis der alten Dame in den Angelegenheiten der Familie Harksen herumschnüffeln. Der Mord war eine Sache – aber dieses schmierige Verhältnis von Abendroth und Harksen, da wollte sie nicht drin rumrühren. Dieser Abendroth war offensichtlich ein ekelhafter Wichser, dem die Menschheit nicht hinterhertrauerte, völlig wurscht, wo der gerade deponiert war.

„Frau Everling, was haben Sie denn für meinen Mann gearbeitet?" Claire Harksens Stimme zitterte. „Sie sind ja keine offizielle Mitarbeiterin, oder? Nicht so wie Angelika Zimmer und Roswitha Klein und so?"

Marie überlegte, wie sie der Witwe möglichst schonend beibringen könnte, was sie für ihren Gunnar gemacht hatte. Sie beschloss, ehrlich zu sein, aber gleichzeitig möglichst vage zu bleiben. „Ich bin Privatdetektivin, Frau Harksen. Ich habe für Ihren Mann seine Leute auf den Schiffen überprüft. Ob sie sich an Recht und Gesetz halten."

„Ah. Ob sie sich an Recht und Gesetz halten. Das tun sie bestimmt häufig nicht, oder?"

„Diese Menschen kommen meist aus ganz anderen Gegenden der Welt. Oft wissen sie gar nicht, was hier bei uns verboten ist", versuchte sie eine Erklärung.

„Dass man nicht stehlen und morden darf, weiß eigentlich jeder. Trotzdem passiert es millionenfach Tag für Tag."

„Ja, aber wir können ja glücklicherweise etwas dagegen tun." Es klang nicht sehr optimistisch.

„Aber meinem Mann konnten Sie nicht helfen. Obwohl er Ihnen so vertraut hat."

Marie musste schlucken. Sie würgte die aufsteigenden Tränen hinunter und überlegte sich eine Antwort. Claire Harksen hatte Recht. Sie hatte ihrem Mann nicht helfen können.

„Frau Harksen, glauben Sie mir, ich mache mir selbst die größten Vorwürfe. Aber alles, was Sie mir erzählt haben, wusste ich nicht. Von Abendroth habe ich heute zum ersten Mal gehört. Er war kein richtiger Geschäftspartner Ihres Mannes, das hätte ich gewusst."

„Was werden Sie jetzt tun?"

„Ich suche den Mörder Ihres Mannes. Und ich werde ihn finden."

„Das hat die Kommissarin auch gesagt."

„Die Kommissarin?"

„Ja, eine Frau Morton. Sie war hier bei mir."

„Sind Sie sicher, dass das eine Kommissarin war? Haben Sie sich ihren Ausweis zeigen lassen? Meines Wissens bearbeitet den Fall ein Herr Hauptkommissar Böttcher."

„Halten Sie mich für vertrottelt?" Claires Harksens Stimme hatte einen scharfen Ton angenommen. „Ich bin 65 Jahre alt, mein

Mann wurde vor weniger als zwölf Stunden brutal ermordet, mein Sohn ist nicht erreichbar, ich habe die Polizei im Haus und muss erfahren, dass die engste Mitarbeiterin meines Mannes keine Ahnung von seinem gefährlichen Umgang hatte, ja ich bin aufgebracht und in tiefer Trauer, aber ich bin nicht dement! Und ich will Gerechtigkeit!"

Marie stellte sich die Reeder-Witwe vor, wie sie in ihrem Salon umherstolzierte und ihre Bediensteten kommandierte. Zu denen jetzt offensichtlich auch sie gezählt wurde.

„Frau Harksen, ich werde alles tun, was möglich ist." Eine Floskel, aber Marie meinte es ernst.

„Ich zahle für Hinweise, die zur Ergreifung des Mörders meines Mannes führen, eine halbe Million Euro."

Es stimmte also, was Böttcher gesagt hatte. Bei diesen beiden Fällen war richtig viel Geld im Spiel. Und im Idealfall würde sie beide Male kassieren. Sollte sie sich doch noch entschließen, sich um diesen Abendroth zu kümmern. Auch wenn sie im Moment nicht die geringste Lust dazu verspürte.

„Gibt es noch irgendwelche Details, die Ihr Mann Ihnen anvertraut hat? Hat er noch etwas zu Abendroth erzählt? Warum die beiden überhaupt mit einander in Kontakt kamen?"

„Gunnar sagte, Abendroth hätte gute Kontakte nach Russland und in die anderen Länder dort im Osten, die Ukraine, Kasachstan, Turkmenistan und wie diese Staaten alle heißen. Seine Frau hat wohl verwandtschaftliche Beziehungen nach Russland."

„Wusste ihr Mann auch, was Abendroth dort gemacht hat?"

„Er sagte, er habe mit den Oligarchen Geschäfte gemacht. Solche, mit denen er nichts zu tun haben wollte. Das stellte sich raus in diesem Colosseum. Dort haben sie sich wohl auch übers Geschäft unterhalten."

Marie hörte den Abscheu aus Claires Stimme. „Und Gunnar sagte zu mir, mit diesen Geschäften wolle er nichts zu tun haben, denn wer mit dem Teufel esse, müsse einen langen Löffel haben. Genau das hat er gesagt, ‚Weißt Du, Claire, wer mit dem Teufel isst, muss einen langen Löffel haben'."

„Und haben die beiden außer der merkwürdigen Dame im Colosseum noch andere Leute gesprochen?"

„Abendroth hat sich wohl kurz mit einem Russen unterhalten. Es gab ein Wortgefecht. Gunnar war das alles extrem unangenehm. Er konnte auch nicht verstehen, um was es ging. Deshalb ist er ja auch ziemlich schnell wieder weg. Obwohl sie den Champagner noch gar nicht ausgetrunken hatten."

Das trifft eine Hamburger Kaufmannsseele natürlich ins Mark. Da mag die Location noch so übel sein, den teuren Champagner lässt man doch nicht stehen! Marie musste grinsen. Harksen schien seiner neugierigen Gattin den Abend wirklich im Detail geschildert zu haben.

„Und hat sich Abendroth dann nochmals gemeldet?"

„Ich glaube nicht. Gunnar sagte, er hoffe, er würde mit diesem Menschen nichts mehr zu tun haben. Und er hoffe, dass er nicht in seinem Notizbuch stehe."

„In welchem Notizbuch?" Siedend heiß fiel Marie das Notizbuch ein, das Abendroth aus der Tasche gerutscht war und das sie einfach an sich genommen hatte. Es lag noch in ihrer Handtasche. Nach der Nachricht von Harksens Tod hatte sie einfach nicht mehr daran gedacht.

„Abendroth hatte eine ähnliche Gewohnheit wie Gunnar", erläuterte Claire. „Er hat die wichtigsten Dinge nicht in seinem Mobiltelefon oder im Computer gespeichert, sondern auf Papier aufgeschrieben. Wie früher eben."

Da hatte ihr das Schicksal wohl einen Volltreffer zugespielt. Abendroths Notizbuch. Von dem hoffentlich außer ihr und Claire Harksen keiner wusste.

„Frau Harksen, wusste Ihr Mann, was in dem Notizbuch steht? Und wer von ihm noch Kenntnis hat?"

Claires Antwort kam nach einigen Sekunden. „Ich denke, dass es Abendroths Geheimnis war. Dass er dort private Dinge über verschiedene Leute notiert hat. Er sagte zu Gunnar ‚Das ist meine Lebensversicherung. Das ist viele Millionen wert'."

„Das klingt, als hätte er vor, Leute zu erpressen", stellte Marie fest.

„Oder als sei er schon dabei." Claire spann den Gedanken weiter. „Vielleicht wurde er deshalb entführt", mutmaßte sie. „Von seinen merkwürdigen Geschäftspartnern, die das Notizbuch wollen, um die Informationen zu nutzen. Oder von den Leuten, die in dem Notizbuch stehen und es unschädlich machen wollen."

„Wissen Sie, wie es aussieht?"

„Nein. Nicht genau. Gunnar sagte nur, es sei ein merkwürdiges Zeichen auf dem Einband. Ein Ring mit drei Punkten."

„Sonst nichts? Nur ein Ring mit drei Punkten?"

„Das war alles, was mir Gunnar erzählt hat. Ein Ring mit drei Punkten. Vielleicht etwas Russisches?"

Marie vermutete, dass Claire jetzt alles erzählt hatte, was sie wusste. Und das war mehr gewesen, als sie erhofft hatte. Sie beschloss, das Telefonat sanft zu beenden und sich endlich das Notizbuch genauer anzuschauen. Vielleicht war hier schon der Schlüssel zu dem ganzen Fall zu finden.

„Frau Harksen, Sie haben mir sehr geholfen. Ich werde mich melden, sobald ich eine Spur habe."

Wieder ein kurzes Zögern. „Ist gut. Bitte seien Sie vorsichtig. Ich weiß nicht, in welche Sache wir da hineingeraten sind."

„Wir werden es herausfinden. Das verspreche ich Ihnen."

Es knackte. Claire Harksen hatte aufgelegt. Der Schweiß lief Marie schon wieder in kleinen Rinnsalen den Rücken und zwischen ihren Brüsten hinunter. Sie beschloss, kalt zu duschen und dann in Ruhe beim letzten Rest des Vinho Verde das Notizbuch von Henning Abendroth zu studieren.

Sie ahnte nicht, was diese Nacht noch an Überraschungen für sie bereithielt.

Die Zeugen

Winterhude, Polizeirevier Borgweg, Donnerstag, früher Abend

Böttcher schaute sich nach dem Gespräch mit Marie Everling, die er seit Jahren beobachtete, nochmals am Tatort um. Ausbeute null. Kein Schnipsel von irgendetwas, das auch nur ansatzweise als Beweisstück in Betracht kommen könnte. Die Privatdetektivin war abgezischt. Seine Kollegen Sebastian Forsmann und Thomas Brandes waren schon zum Kommissariat gefahren. Eine Stunde, nachdem diesem Unglückswurm Abendroth der Sack über den Kopf gestülpt und er in den Luxuskarren verfrachtet worden war, sah es auf der Terrasse der Schicki-Micki-Wein-Bar aus wie an einem x-beliebigen Donnerstagabend im Hochsommer: Aufgebrezelte Eppendorfer genossen einen Hugo oder Aperol Spritz und unterhielten sich über den unerhörten Vorfall, dessen Zeuge sie geworden waren, und über den verschleppten Hauptprotagonisten.

„Ich kenne ihn, er geht mit seiner Frau auch manchmal zum Brunchen ins Cliff", wusste ein Mann zu berichten, der komplett in Boss Orange gekleidet war – eigentlich zu jugendlich für sein Alter. Böttcher suchte den Boden nach Spuren ab, doch was ihn wirklich interessierte, waren die Gespräche der Leute, die Augenzeugen der Entführung gewesen waren. Er setzte sich etwas abseits in einen der Strandkörbe und horchte angestrengt, was geplappert wurde. „Ja, da habe ich ihn auch schon häufiger gesehen", wusste ein Silver Surfer in Edel-Casual-Wear von Hilfiger zu berichten und zog an seinem Zigarillo. „Aber ich kenne seine Frau nicht, ich meine, er war mit wechselnden Damen da. Na ja, vielleicht irre ich mich."

„Ich dachte mir, er hat hier ein Date", sagte eine brünette Dame mittleren Alters. „Deshalb habe ich ihn nicht angesprochen, obwohl ich seine Familie kenne; ich dachte, er will sicherlich ungestört sein." In ihrem Tonfall schwang leises Bedauern mit. „Ja, er hat häufiger nachmittags hier gesessen, und meistens war er nicht allein", bestätigte die Blondine von Maries Nachbartisch. „Ich dachte, er will sich vielleicht an die Rothaarige ranmachen, die ständig diese fürchterlich stinkenden Zigaretten gequalmt hat und einen Wein nach dem anderen runtergestürzt hat", vermutete die ältere Brünette. Sie hatte dünne Beine und ein knochiges Dekolleté. Kokett strich sie die professionell gefärbten, kastanienfarbenen Haare hinters Ohr. „Nun ja, Gnädigste", warf der Silver Surfer ein. „Die war ja so schlecht gelaunt, da hätte er sich sicherlich eine Abfuhr geholt. Ich habe nur kurz zu ihr rüber geschaut, da hat sie mich angestiert, als würde sie gleich auf mich losgehen. Da ist es sogar angenehmer, sich einen Sack über den Kopf stülpen zu lassen."

Die Damen kicherten.

„Das ist ein interessanter Aspekt", mischte sich Böttcher in diese Mutmaßungen ein. „Wir halten es auch für möglich, dass Hendrik Abendroth mit jemandem verabredet war. Einige Leute hier meinen, er habe so ausgesehen, als würde er auf jemanden warten. Kennt jemand von Ihnen den Entführten persönlich? Oder seine Bekannten? Oder vielleicht sogar Mitglieder der Familie?"

„Also kennen ist zu viel gesagt", bemerkte die Brünette. „Man hört halt so Einiges."

„Und was hört man so?" fragte Böttcher. Er stellte alle Sinne auf Empfang. Sollte es hier tatsächlich doch noch verwertbare Informationen geben? Er versuchte, seine Stimme nicht allzu neugierig klingen zu lassen. Es galt, Rücksicht zu nehmen auf die hanseatische Zurückhaltung. Wie hatte eine Kollegin mal zu ihm gesagt? Ein typisch Hamburger Spruch sei, man kenne sich vom Wegschauen. Vom Wegschauen! Die hatten doch einen Knall, diese Hamburger mit ihrem pseudo-vornehmem Getue. Aber egal, sollten sie doch so tun, wie sie wollten – Hauptsache, sie spuckten noch ein paar Informationen aus.

„Sind Sie eigentlich ein richtiger Kommissar"? fragte die Blonde mit den aufgespritzten Lippen, die eher nach Düsseldorf als nach Eppendorf aussah. „Sie haben doch lange mit der Rothaarigen gesprochen! Also die kenne ich nicht. Sah ja einigermaßen ordinär aus, man konnte ihr ja fast von oben bis zum Nabel schauen."

Sieh an, dachte Böttcher, weibliche Missgunst förderte tatsächlich die Schärfe der Beobachtung.

„Bitte verzeihen Sie, Gnädige Frau, dass ich mich nicht vorgestellt habe", säuselte Böttcher und beugte sich zu einem angedeuteten Handkuss über die üppig beringte Hand der falschen Eppendorferin. „Hauptkommissar Böttcher vom Kriminalkommissariat 33, Borgweg. Meine Kollegen und ich wurden gerufen, um die Ermittlungen wegen der Entführung einzuleiten."

„Oh, ein echter Hauptkommissar wie im Fernsehen", schmachtete sie ihn an, und Böttcher lächelte zuckersüß. „Sie schauen wohl gerne Krimis, gnädige Frau? Dann wissen Sie ja auch, dass wir Zeugen befragen müssen und dass es sehr wichtig ist, sich an so viele Details wie möglich zu erinnern."

„Ich würde Ihnen ja gerne helfen, Herr Hauptkommissar Böttcher, aber ich habe nur von dort hinten gesehen, wie plötzlich dieses schwarze Auto ankam und zwei Leute ausstiegen und dem armen Mann einen Sack über den Kopf stülpten."

„Was war das denn für ein Sack?" wollte Böttcher wissen.

„Na ja ein Abfallsack, so etwa wie die, in die man Gartenabfälle füllt", sagte die Beringte. Obwohl sie nicht so aussah, als hätte sie schon jemals Gartenabfälle entsorgt.

„Und welche Farbe hatte der Sack?" Böttcher versuchte, gelassen zu bleiben, auch wenn er den Herrschaften jedes kleine Detail aus der Nase ziehen musste.

„Er war schwarz und es stand in grauer Schrift 120 L drauf, das heißt wohl 120 Liter", mischte sich der sonnengebräunte Herr in Boss Orange ein.

„Konnten Sie sonst noch etwas erkennen? War irgendetwas Besonderes an dem Sack?" insistierte Böttcher.

„Es war so ein komisches Zeichen drauf", sagte Böttchers blonder Fan. Sie schaute angestrengt nach oben, als würde ihr der blaue Hamburger Himmel zu Erkenntnissen verhelfen. Offensichtlich war sie schwer bemüht, sich an Details zu erinnern, um mit dem feschen Hauptkommissar im Gespräch zu bleiben.

„Ein Zeichen? Was denn für eins? Ein Kreuz? Ein Herz?"

„Nein – ich weiß auch nicht. Ein Kreis mit drei Punkten. Sah aus wie ein Kreis mit Pfauenaugen", ergänzte die knochige Brünette.

Das konnte ein unbedeutender Zufall sein, vielleicht war es aber auch ein entscheidender Hinweis.

„Pfauenaugen? Blau und grün?" Böttcher versuchte, interessiert und gleichzeitig beiläufig zu klingen. Jetzt die Herrschaften nur nicht nervös machen.

„Nein", erläuterte der Boss-Träger. „Das Zeichen war grau, nicht farbig. Der Sack war schwarz und der Kreis mit den Pfauenaugen war grau mit grauen Punkten."

„Könnten Sie bitte mitkommen und mir und meinen Kollegen das im Kommissariat mal aufmalen? Damit wir uns eine genauere Vorstellung machen können."

„Ins Kommissariat?"

Die Blonde wurde nervös. Ob aus Angst vor der Ernsthaftigkeit seines Vorschlags oder wegen positiver Erwartung eines engeren Kontakts zu dem attraktiven Ermittler war noch nicht klar.

„Gnädige Frau, das kann eine entscheidende Spur sein, mir jedenfalls sind derartige Zeichen auf Abfallsäcken nicht bekannt", versuchte Böttcher sie zu ködern. „Bestimmt hat das eine Bedeutung! Ich schlage vor, wir fahren zu meinen Kollegen, Sie schildern uns nochmals ganz genau, was da vorhin los war und wir machen ein Protokoll, damit alles seine Richtigkeit hat. Stellen Sie sich vor, wir finden mit Ihrer Hilfe den Entführten. Das wäre doch eine Super-Sache! Die Familie Abendroth, ja ganz Hamburg wäre Ihnen dankbar! Wir von der Polizei sind ganz entscheidend auf die Hilfe der Bürger angewiesen!"

Böttcher fürchtete schon, zu dick aufgetragen zu haben. Die vier schauten sich fragend an. Offensichtlich schätzten sie die Vor- und Nachteile eines Engagements bei den Ermittlungen ab.

Als erster ergriff der Silver Surfer das Wort. Er strich an seinem Hilfiger-Poloshirt entlang und reckte die Brust. „Wenn wir helfen können, sollten wir das auch tun." Die Blonde und die Brünette schauten zu den Herren. Herr Boss schaute skeptisch. „Also ich kann da gar nichts dazu sagen", wollte er sich rausreden. Die Brünette pflichtete ihm bei. „Es ging ja auch alles viel zu schnell. Also ich weiß auch nicht mehr als das, was ich gesagt habe."

Die Blonde witterte ihre Chance. „Na gut, wenn das so wichtig ist, dann kommen wir natürlich mit, Herr Hauptkommissar." Sie schaute den Silver Surfer aufmunternd an. „Werden wir mit einem richtigen Polizeiauto fahren?"

Böttcher war froh, dass er nicht mit einer Vorladung drohen musste. „Ja natürlich, Gnädigste, wir wollen doch nicht, dass sie uns unterwegs verloren gehen!" Es war immer wieder interessant, festzustellen, dass man die meisten Menschen mit der Aussicht auf Abenteuer und wichtige Aufgaben ködern konnte. Warum sollte er Zeugen, die schon ein entscheidendes Detail berichtet hatten, gegen sich aufbringen? Schließlich hieß es doch: Die Polizei, dein Freund und Helfer. Wenn man Menschen vermittelte, dass sie auch umgekehrt der Polizei helfen konnten, waren sie meist dankbar und kooperativ. Und vor allem strengten sie sich richtig an. Die vier Mittsechziger mit der Sylt-gebräunten Epidermis und den jugendlichen Outfits schienen klar in der Birne zu sein. Ihre Beschreibung des merkwürdigen Zeichens war plausibel und übereinstimmend.

Böttcher war mit den bisherigen Ermittlungen nicht ganz zufrieden. Aber was er hatte, war besser als nichts. Sie würden nach diesem Zeichen suchen, vielleicht öffentlich über die Medien, und so vielleicht den Hersteller und die Verkaufsstelle des Sacks finden. Der Silver Surfer winkte der Bedienung. Er bezahlte Drinks und Trüffel-Pizzen und lächelte seine blonde Begleiterin aufmunternd an. Böttcher ging mit den beiden zu dem BMW, den Forsmann und Brandes vor einigen Wochen auf dem Kiez beschlagnahmt hatten. Er hielt der Blonden die Tür hinter dem Fahrersitz auf und schenkte ihr ein Lächeln, das sie glücklich erwiderte. Sie hatte vor Aufregung rote Flecken auf den Wangen. Ihr Begleiter gab sich cool und schwang sich lässig in den Wagen. Böttcher setzte ein Blaulicht aufs Dach und schaltete das Martinshorn ein. Er wollte ihnen richtig was bieten, vielleicht beförderte das ihr Erinnerungsvermögen. Dann fuhren sie mit 70 Stundenkilometern – Böttcher wollte das Ganze nicht übertreiben – Richtung Stadtpark.

Die beiden Zeugen saßen schweigend hinter ihm. Offensichtlich war ihnen ein derartiger Einsatz, sie mittendrin, nun doch nicht ganz geheuer. „Sie passen aber schon auf, Herr Hauptkommissar, dass wir keinen Unfall bauen?", fragte die Blonde mit einem leichten Zittern in der Stimme, als sie über die Barmbeker Straße bretterten.

„Ja natürlich", sagte Böttcher ernsthaft. „Schließlich bin ich für Sie und das Auto verantwortlich. Wir müssen aber so schnell wie möglich im Kommissariat sein, vielleicht gibt es schon neue Erkenntnisse."

„Das ist ja spannend, Herr Hauptkommissar", meldete sich Herr Silver Surfer zu Wort. „Fahren Sie bei der Polizei denn immer so große Limousinen? Die sind doch sehr teuer."

„Wir benutzen manchmal eingezogene und beschlagnahmte Wagen", erläuterte Böttcher geduldig. „Heute fahren wir in einem richtigen Gangsterauto, das wir von einem kriminellen Zuhälter eingezogen haben."

„Donnerwetter", bemerkte Silver Surfer. „Wir sitzen in einem richtigen Gangsterauto. Das ist ja ein Ding."

„Ja, der Wagen ist sogar gepanzert. Uns kann also gar nichts passieren", ergänzte Böttcher.

„Und der Typ, dem der BMW gehört hat, bekommt ihn gar nicht mehr zurück?" wollte die Blondine wissen. Es klang fast bedauernd. Sie hätte ihn wohl gerne kennen gelernt.

„Nein." Böttcher blickte mit ernster Miene in den Rückspiegel. „Er wurde von einem Konkurrenten erschossen. Iwan

Krawczyc war der Inhaber des High Five Clubs und von anderen Läden auf dem Kiez. Das haben Sie vielleicht in der Zeitung gelesen. Der braucht kein Auto mehr."

„Meine Güte, wenn ich das meinen Freundinnen erzähle, die werden staunen", bemerkte die Blondine. Ihre Stimme zitterte in Vorfreude künftiger Berichte bei Prosecco und Häppchen.

„Das Leder sieht super aus, auch das Holz", stellte Silver Surfer fachmännisch fest. „Aber das nützt ihm jetzt auch nichts mehr. Sieht man denn irgendwo Löcher von den Kugeln?"

„Nein, er wurde durch die offene Scheibe an der Fahrertür erschossen. Als er eine Zigarette rauchte", erläuterte Böttcher. „Übrigens ein häufiger Tod in gepanzerten Fahrzeugen. Mehrere Zentimeter dicke Scheiben, und dann warten die bösen Jungs einfach, bis ein Trottel sie runterfahren lässt, sich eine Zigarette ansteckt und wumm, aus die Maus."

Böttcher beobachtete seine beiden Fahrgäste, die er jetzt endgültig im Griff hatte. Sie waren völlig von den Socken und starrten ihn an mit einer Mischung aus Schrecken und Bewunderung. Jetzt musste er nur noch dafür sorgen, dass Forsmann und Brandes die beiden nicht vergraulten. Die waren manchmal ziemlich schräg drauf und hatten es nicht so mit der einfühlsamen Befragung. Aber das würde er auch noch hinbekommen. Wäre ja gelacht. Bestimmt konnte man aus dem Duo, das jetzt total in diesem Abenteuer gefangen war, noch einiges rauskitzeln.

Böttcher fuhr auf den Parkplatz mit den Einsatzfahrzeugen.

Erst beim Einparken fiel ihm ein, dass seine zwangsverpflichtete Hauptzeugin, die Waffen-verrückte Detektivin, kein Wort zu dem Sack mit dem merkwürdigen Emblem gesagt hatte. Ein außergewöhnliches Signet auf einem banalen Müllsack – das konnte ihr kaum entgangen sein. Pfauenaugen in einem Kreis. Er hatte immer noch nicht die leiseste Idee, was das sein könnte.

Verdammt, Marie Everling, Du bist ein durchtriebenes Miststück, fluchte er innerlich. Du hast mir doch bestimmt nicht mal die Hälfte von dem erzählt, was du gesehen hast.

Böttcher überlegte, ob er die Detektivin gleich anrufen oder abwarten sollte, bis sie sich meldete. Vielleicht hatte sie das Pfauenaugen-Signet ja wirklich nicht bemerkt. Er wusste natürlich, dass Zeugen sich bei einem Verbrechen meist auf die Täter konzentrierten, sie dann aber vor Angst kaum beschreiben konnten. Bei der

Detektivin war das sicherlich anders. Die konnte bestimmt noch Details zu den beiden Entführern erzählen konnte. Falls sie wollte. „Aber du willst die Belohnung und wirst alles erst ausspucken, wenn du sicher sein kannst, dass du die Million bekommst", murmelte er leise vor sich hin. Die Detektivin war ihm schon immer suspekt gewesen. Einerseits wollte er sie so schnell wie möglich loswerden. Andererseits war er, auch wenn er sich das nicht eingestehen wollte, scharf auf sie. Verzwickte Situation.

„Kommen Sie", forderte er seine Zeugen auf. „Wir sind da. Hier ist das Kommissariat. Ich werde Sie meinen Kollegen von der Sondereinheit Abendroth vorstellen." Er ging voraus, die beiden folgten ihm aufgeregt. Böttcher wurde immer wütender. „Ich hoffe nur, dass dieser verdammte Fall bald abgeschlossen wird." Fast bereute er den Deal mit Marie schon. Die würde wie üblich nur ihr eigenes Süppchen kochen. „Dann nimmst du die Kohle und verschwindest endgültig aus meinen Augen", knurrte er vor sich hin.

Er drehte sich um und lächelte die beiden Best Ager an, die er im Schlepptau hatte. Wir werden das alles schon gebacken kriegen. Der Mörder von Harksen kommt wie üblich aus dem sozialen Umfeld, den haben wir in ein paar Tagen. Die Entführer von Abendroth schnappen wir bei der Lösegeldübergabe. Und in zwei Wochen habe ich Urlaub, stellte er sich die Lösung der beiden Fälle vor.

Böttcher ahnte nicht, wie sehr er sich täuschte. Die kommenden Stunden sollten die beschissensten seines bisherigen Lebens werden.

Die Witwe
Nienstedten, Villa Harksen, Donnerstag, früher Abend

Claire Harksen hatte immer schon damit gerechnet, dass man ihr den Tod ihres Gatten telefonisch mitteilen würde. Gunnar war kein Typ, der im Bett starb. Seit ihrer Hochzeit vor 45 Jahren – ein regnerischer Hamburger Juni-Samstag – ahnte sie einfach, dass er auf ungewöhnliche Weise zu Tode kommen würde. Nicht im Krankenhaus. Oder in ihren Armen. Allerdings war sie auch die ganzen Jahre sicher, dass er nicht in den Armen einer anderen Frau sterben würde. Ein Trost, immerhin. Sie hatte bis zu seinem Tod, von dem ihr gegen 14 Uhr seine Assistentin Angelika Zimmer hysterisch heulend am Telefon berichtete, keinerlei Anlass zu Zweifeln an der ehelichen Treue ihres Gunnars gehabt. Gut, der Sex war weniger geworden, aber das war ja wohl normal bei einem Ehepaar in den 60ern. Völlig eingeschlafen, wie bei einigen ihrer Freundinnen, deren Männer sich aushäusig vergnügten, war ihre Libido jedoch nie. Wenigstens einmal pro Woche hatte Gunnar sie ausgeführt, richtig edel ins Landhaus Scherrer oder das Louis C. Jacob. Sie hatten vorzüglich gegessen, Champagner getrunken und sie hatte ihn dann zuhause verführt.

Es hatte eine Weile gedauert, bis sie sich zu Dessous und Spielzeugen durchringen konnte, aber bitteschön – das wurde einer gut situierten jungen Dame Anfang der 70er Jahre ja auch nicht mit auf den Weg in die Ehe gegeben. Claire Harksen war weit entfernt von Studentenrevolten und freier Liebe aufgewachsen. Doch sie hatte dazu gelernt. Immer hatte sie sich gepflegt, war schlank und straff geblieben, ganz ohne chirurgische Schnippelei. Das war sicherlich ein weiterer entscheidender Unterschied zu ihren Freundinnen. Der dritte Unterschied zu den meisten Ehen in ihrem sozialen Umfeld war, dass sie keine großen Meinungsverschiedenheiten hatten. Kein lautstarker Streit, keine heimlichen Intrigen. Eine Ehe in Harmonie. „Wir hatten doch eine wirklich gute, glückliche gemeinsame Zeit, Gunnar", sagte sie mit tonloser Stimme.

Sie lag auf ihrer Chaiselongue, eine leichte Kaschmirdecke über die Beine gelegt, und sprach mit sich selbst. Seit Stunden lag sie so; fröstelte trotz der Nachmittagshitze. Leonore, die Haushälterin, sah gelegentlich nach ihr, brachte ihr frischen Tee und rückte die Decke zurecht. Claire nippte an dem Earl Grey und versuchte immer wieder, den Sohn in Asien zu erreichen, der die Niederlassung der Reederei Harksen in Singapur leitete. Ohne Erfolg. Der Vater tot, und Thomas nicht erreichbar. Typisch. Gelegentlich nickte sie ein; die Beruhigungsmittel, die ihr Dr. Armbruster gegeben hatte, bewirkten eine leichte Schläfrigkeit, gerade genug, um zu dösen. Das war besser als nichts. Dann schreckte sie wieder hoch. Sie hatte geträumt, Gunnar wolle ihr etwas sagen, doch sie konnte ihn einfach nicht verstehen. Ein Alptraum. Wenn sie wieder aufwachte, hielt sie die böse Nachricht seines Todes kurz für einen Irrtum. Sie hatten doch eben noch telefoniert! Schon nach Sekunden musste sie sich wieder der Wahrheit stellen. Dass ihr Ehemann tot war, erschossen in seinem eigenen Büro. Dass er wahrscheinlich seinen Mörder selbst hereingelassen hatte; dass er sterben musste, weil er zu vertrauensselig war. Das hatte ihr die junge Ermittlerin vom Landeskriminalamt erzählt, die wenige Minuten nach Angelikas Anruf bei ihr aufgetaucht war.

„Keine Einbruchsspuren, kein Kampf", hatte diese Person ihr übermittelt. Eine energische und sehr selbstbewusste Dame. Vally Morton. Merkwürdiger Name. Sie hatte mit leicht amerikanischem Akzent gesprochen. Auf den ersten Blick wirkte sie freundlich, mitfühlend. Gleichzeitig äußerst irritierend. Sie schien die hiesigen Verhältnisse der Reeder und Kaufleute, der Schifffahrtsbranche, der Hafengeschäfte sehr gut zu kennen. Vielleicht war das normal, wenn man bei der Hamburger Polizei arbeitete. Doch woher kannte sie die Verhältnisse der Familie Harksen? Woher wusste sie von Abendroth, vor dem Claire ihren Mann immer wieder gewarnt hatte? Dieser Filou. Und dann waren da noch diese schockierenden Details von den Geschäften ihres Gunnars. Waffen und Drogen. So etwas hatte diese Frau Morton angedeutet. Claire hatte einen Weinkrampf bekommen.

„Frau Harksen, es tut mir leid. Ich denke, Sie sollten jetzt etwas schlafen. Sie haben ja ein Beruhigungsmittel genommen. Ich werde später wieder kommen, wenn es Ihnen besser geht."

Es klang nicht wie eine Drohung. Eher wie eine Feststellung des Unabänderlichen.

Vally Morton hatte sie allein gelassen. Vorläufig. Hatte sie eingesehen, dass Claire nichts von den vermeintlichen kriminellen Machenschaften wusste?

Leonore stand mit böser Miene an der Tür. „Es ist wirklich unerhört, was diese Menschen von der Polizei sich erlauben", beschwerte sie sich halblaut, mehr zu sich selbst als zu der Witwe. „Frau Harksen, ich bringe Ihnen einen frischen Tee." Sie stellte die silberne Teekanne mit frisch gebrühtem Earl Grey auf das Beistelltischtischchen. „Trinken Sie, das tut gut."

Claire Harksen trank den heißen Tee in kleinen Schlucken. „Danke, Leonore. Sie haben den Tee mit Whiskey angereichert. Ich weiß nicht, ob Dr. Armbruster das erlaubt hat."

„Ein Schluck Whiskey ist doch besser als Pillen. Er beruhigt und macht schläfrig. Sie müssen sich jetzt vor allem ausruhen."

Leonore war eine echte Perle. Seit 45 Jahren, während der gesamten Zeit ihrer Ehe, war sie eine treue Stütze der Harksenschen Familie und die hundert Prozent zuverlässige Organisatorin des aufwendigen Reeder-Haushalts gewesen. Es tat Claire gut, sich einfach fallen zu lassen und sich der Fürsorge Leonores zu überlassen.

Der Whiskey floss in ihre Blutbahn, machte sie träge. Als es an der Tür klingelte, schreckte sie mit dem Gefühl auf, gerade erst eingeschlafen zu sein. Leonore öffnete. Es gab einen heftigen Wortwechsel. Vally Morton war zurück und bestand darauf, sie zu sprechen. Die Kommissarin durchschritt geradewegs den Salon, ohne sich um die Haushälterin zu scheren, die schimpfend neben ihr her stapfte.

„Frau Harksen, ich behellige sie nur ungern", sagte die Ermittlerin. „Aber wir haben Informationen, dass Ihr Mann in schlimme Sachen verwickelt war, wie ich Ihnen bereits angedeutet habe. Wir ermitteln schon längere Zeit gegen ihn. Und jetzt ist er tot."

Nun also doch. Morton ließ die freundliche Fassade fallen. „Es liefen offensichtlich illegale Geschäfte in der Reederei Harksen. Und vor einer halben Stunde wurde ein Geschäftspartner Ihres Mannes entführt. Hendrik Abendroth. Ich hatte schon erwähnt, dass ihr Mann heute mit Abendroth telefoniert hat. Kurz bevor er erschossen wurde. Ich nehme an, Sie kennen ihn."

Wieder eine nüchterne Feststellung. Wollte diese junge Polizistin sie einschüchtern?

„Wie können Sie so etwas behaupten", schluchzte Claire. „Das kann doch alles nur ein Missverständnis sein. Mein Mann wurde ermordet und sie beschuldigen ihn, kriminell gewesen zu sein!" Sie wurde von Minute zu Minute ungehaltener. Wütend auf Gunnar, wütend auf diese Kommissarin. Sie hatte alles akzeptiert

58

in ihrer Ehe, war glücklich und zufrieden gewesen. Und jetzt das! Wie hatte ihr Gunnar das nur antun können.

Die ganzen Jahre hatte sie sich vor der Nachricht gefürchtet, dass ihm bei einem Auslandseinsatz etwas zustoßen würde. Auslandseinsätze nannte er seine Aktivitäten in fremden Ländern. Wie beim Militär. Sie ahnte, nein wusste, dass er nicht nur der gut situierte, honorige Reeder war im Club Hamburger ehrbarer Kaufleute. Claire Harksen vermutete schon lange, dass diese Hamburger Geschäftsleute – trotz der vielen wohltätigen Stiftungen für Kultur, für soziale Zwecke – nicht immer so honorig waren, wie sie vorgaben. Sie hatte es nicht wissen wollen. So wie sie es bei ihrem Vater nicht gewusst, aber geahnt hatte.

Jetzt lag sie halb betrunken auf ihrer Chaiselongue und war eine trauernde, verzweifelte Witwe, die ein großes Begräbnis organisieren musste. Genau, das stand ja an. Ein großes Begräbnis. Ein Trauer-Event, an dem halb Hamburg teilnehmen würde. Da musste sie durch. Diese Kommissarin hatte ja keine Ahnung.

Aber heute wollte sie sich noch eine Auszeit gönnen. Das stand ihr als Witwe zu. Morgen würde sie sich um die anderen Sachen kümmern. Morgen würde sie alles regeln, so wie sie mit Leonores Hilfe immer alle privaten und repräsentativen Angelegenheiten geregelt hatte.

Ein Begräbnis war nur eine von vielen Pflichten, die eine Hamburger Reeder-Gattin zu erfüllen hatte. Letztlich spielte es dabei keine Rolle, wie der Tote gestorben war. Es galt, die Form zu wahren und die Beileidsbezeugungen in angemessener Form entgegenzunehmen. Mit Contenance. Darin war sie geübt: nie die Beherrschung zu verlieren. „Gräfin" hatten ihre Bekannten sie getauft. Ein Spitzname, mit dem sie gut leben konnte. Hamburger Reeder-Adel. Hochgewachsen, perfekt frisiert und geschminkt, teuer, aber zurückhaltend gekleidet. Das würde sie beibehalten. Und sie würde nicht zulassen, dass diese Vally Morton oder wer auch immer den Namen Harksen in den Schmutz zog. Niemals.

Gleich morgen früh würde sie mit Leonore die Details der Trauerfeier besprechen. Den Bestatter informieren. Ihm sagen, dass sie auf die Freigabe des Leichnams warten mussten, der in der Gerichtsmedizin lag. Eine unerträgliche Vorstellung. Sie würden an ihm herumschneiden. Furchtbar. Glücklicherweise hatte sie ihren Mann nicht identifizieren müssen. Angelika hatte das übernommen.

Sie würden Gunnar aufschneiden, die Kugeln entfernen, die in seinem Körper steckten. Seine Organe entnehmen und untersuchen. Ein Schluchzen schüttelte die Witwe. Noch wusste sie nicht, wie sie das alles überstehen sollte. Doch jetzt musste sie erst mal mit dieser Frau Morton vom Landeskriminalamt sprechen. Am besten gleich. Sofort. Es hatte keinen Sinn, unangenehme Dinge aufzuschieben. Auch das hatte sie gelernt.

„Frau Morton, bitte setzen Sie sich", sagte Claire mit sicherer Stimme. Sie wollte der Kriminalkommissarin gleich den Wind aus den Segeln nehmen. „Ich habe meinen Mann geliebt. Ich weiß, er war kein Engel." Sie machte eine Pause und überlegte, wie sie ihre Worte wählen sollte. „Ich werde Ihnen alles sagen, was ich weiß, denn ich will, dass Sie den Mörder meines Mannes finden. Sie sind jung, sicherlich haben sie eine andere Einstellung zu Ehe oder Partnerschaft oder wie auch immer man die Beziehung von Mann und Frau heute bezeichnet."

Vally Morton setzte sich ihr gegenüber in einen der bequemen Sessel; sie lehnte sich nicht zurück, sondern blieb auf der Kante sitzen, leicht nach vorne gebeugt, mit konzentriertem Gesichtsausdruck. Die Kommissarin schien angespannt zu sein. Aber sie drängelte nicht. Sie strich eine dunkle Haarsträhne aus dem Gesicht, die sich widerspenstig kringelte, und wartete.

Claire betrachtete die junge Frau, ihre ernsten Züge, die kleinen Fältchen um Mund und Augen, die sportliche Statur, die kräftigen Muskeln unter den Canvas-Hosen und der Outdoor-Weste ahnen ließ. Wie alt sie wohl war? Irgendwie erinnerte sie Claire an ein junges Mädchen, das sie vor langer Zeit gekannt hatte.

Bestimmt hatte die Kommissarin schon viele schlimme Dinge in ihrem Leben gesehen. Da war ein erschossener Reeder doch nur ein prominentes, aktuelles Opfer unter den Toten, deren Schicksal sie im Laufe ihrer jungen Karriere hatte aufklären müssen. Warum tat eine junge, attraktive Frau sich das an? War das ein Job? Eine Berufung? Wollte sie Wahrheit und Gerechtigkeit zum Sieg verhelfen? War das heute die Aufgabe von Frauen? Ein Sieg der Emanzipation? Fragen über Fragen.

Vielleicht hätte sie selbst auch mehr auf jene Dinge insistieren sollen, die ihr wichtig waren. Sitte, Anstand, Moral. Doch jetzt war es offensichtlich zu spät.

„Was möchten Sie trinken?" fragte die Witwe. „Ich bin bei Earl Grey mit Whiskey. Eigentlich trinke ich nicht gerne harte Sachen. Doch ich denke, diese Situation erlaubt Ausnahmen von alten Gewohnheiten."

„Ich schließe mich gerne an", sagte Vally Morton mit einem leichten Lächeln. Es war eher ein kurzes Verziehen des Mundes, ein winzig kleines Signal des Einverständnisses. Wieder strich sie die widerspenstige Strähne hinters Ohr. „Ich trinke so gut wie nie Alkohol. Ich habe in meiner Jugend zu viel getrunken", sagte die Kommissarin. Claire blieb regungslos, reagierte nicht auf dieses Geständnis.

Wollte die Kommissarin eine Beziehungsebene zu ihr herstellen? Über gemeinsame Trinkgewohnheiten? Das war anmaßend und unpassend.

„Ich nehme gerne einen Earl Grey mit Whiskey. Wir sollten uns unsere Aufgabe etwas erleichtern. Lassen Sie uns darauf trinken, dass wir den Mörder von Gunnar Harksen finden. Ich nehme an, Ihr Mann wurde in eine Sache verwickelt, deren Tragweite er nicht mehr überblickt hat."

Woher wollte sie das wissen? War das ein Trick, um sie zum Plaudern zu bringen? Gunnar hatte stets alles überblickt, da war sich Claire hundertprozentig sicher. Oder irrte sie sich?

Sie winkte Leonore herbei, die mit versteinertem Gesicht das Gespräch verfolgt hatte. Die Perle schenkte zitternd Tee und Whiskey in die Tassen aus durchsichtigem chinesischem Porzellan. Ein Geschenk Gunnars, das er aus Beijing mitgebracht hatte.

Vally Morton schaute sich mit unergründlichen, graugrünen Augen in dem Salon um. Ernst blickte sie zu der zarten alten Dame, die trotz ihres Schmerzes gefasst einer polizeilichen Befragung entgegen sah, offensichtlich in der Gewissheit, dass diese viel Unerfreuliches zur Sprache bringen würde.

„Sie kommen mir bekannt vor, Vally Morton." Claire betrachtete die junge Frau.

„Ich habe vor langer Zeit in Hamburg gelebt", sagte die Kommissarin.

Claire zögerte. Noch war sie sich nicht ganz sicher. Doch dann wagte sie die entscheidende Frage.

„Wann bist du zurückgekommen?"

Die Kommissarin zögerte.

„Vor einigen Monaten", antwortete sie schließlich.

Die antike Standuhr tickte. Die Kommissarin nippte am Tee und tupfte sich die Lippen mit der Damast Serviette ab. Ihr Blick schweifte umher und blieb an Details haften, an Claires Jugendportrait, den Fotos mit Gunnar und Thomas, dem Sohn. Dem Aquarell mit der Yacht, die Gunnars ganzer Stolz gewesen war, die er regelmäßig gesegelt hatte und die er von einem Professor der Kunstakademie hatte malen lassen. Die Belleamie. Ein passender Name, die schöne Freundin, eine Swan, ein edel designtes Segelschiff, so teuer wie eine Villa an der Elbchaussee und elegant wie ein weißer Schwan, der mühelos über die Wellen gleitet.

„Du bist mit Thomas so oft auf der Belleamie gesegelt", sagte Claire. „Wir dachten, ihr würdet ein Paar werden."

„Wir passen nicht zusammen", entgegnete die Kommissarin barsch. „Ich passe überhaupt nicht zu euch, euren Schiffen, euren Yachten, den Villen, dem ganzen vornehmen Getue!"

Sie war aufgestanden und stolzierte im Salon umher, als wollte sie im nächsten Augenblick die silbergerahmten Fotos und Nippes vom Kaminsims fegen.

„Wie konntest du uns das antun", sagte Leonore mit tonloser Stimme. „Wo warst du all die Jahre. Du hast deinen Großeltern das Herz gebrochen."

„Leonore, lass uns bitte alleine", entgegnete Claire Harksen. Sie war hier, bei ihr. Valerie, die verlorene Tochter. Verlorene Enkelin der Ballins. Das aufmüpfige Mädchen, heiß geliebt vom Großvater, der ihr alle Spinnereien durchgehen ließ, sie sogar finanzierte. Und so viel taffer als ihr Bruder, der diese merkwürdige Krämertochter geheiratet hatte, die zu allem Überfluss auch noch mit Valerie befreundet gewesen war.

Valerie, die sich einfach davonmachte. Ein Psychologiestudium! In den USA! An den teuersten Universitäten! In einem unmöglichen, kulturlosen Land, wo sich alle auf die Couch legten, anstatt Probleme mit gesundem Menschenverstand zu lösen! Und jetzt war das aufmüpfige Gör doch tatsächlich hier und wollte den Mord an ihrem Gunnar aufklären. Welche Anmaßung!

„Du warst nicht bei der Beerdigung deines Großvaters", sagte Claire. „Du hast deine Großmutter nie besucht."

„Sie sind nicht zu meiner Hochzeit gekommen", sagte Vally Morton. „Sie wollten meinen Mann nicht kennen lernen. Sie wollten mich nicht so akzeptieren, wie ich bin."

„Und wie bist du, Valerie?" Claire versuchte, nicht mehr vorwurfsvoll zu klingen. Vorwürfe brachten nichts. Nie. Valerie Ballin, Tochter und Enkelin der Reeder-Familie Ballin. Eine Kommissarin. Die jetzt hier herumschnüffelte. Einfach unglaublich. Vally Morton. Mit amerikanischem Akzent.

„Es ist an der Zeit, dass du dich deiner Vergangenheit stellst, Valerie. Du hast vielleicht viel gelernt in Amerika, aber worauf es wirklich ankommt, das weißt du nicht." Doch noch ein Vorwurf.

„Für mich kommt es allein darauf an, die Bösen zu erwischen", entgegnete Valerie. „Das habe ich gelernt. Darin bin ich gut, deshalb bin ich hier."

Dieser trotzige Ton. Wie beim Segeln. Immer bestimmen, wo es langgeht. Claire ertappte sich dabei, dass sie sich von Thomas oft auch mehr Biss gewünscht hätte. Mehr Durchsetzungsvermögen. Valerie war eine Frau, doch sie hatte mehr Mumm als die Jungs aus ihrer Generation. Aber machte das wirklich glücklich?

„Du warst zu viel mit dieser Marie zusammen. Sie hat dir diese Flausen in den Kopf gesetzt." Wieder ein Vorwurf. Doch ein relativierender. Claire war froh, dass sie sich an einige Details von früher erinnern konnte. Genau, diese Marie war an allem Schuld. Proletarierkind. Nun gut, Valerie war anders als die anderen wohlbehüteten Mädchen, die sie kannte. Aber das! Nein, alleine wäre sie nie auf derartig abstruse Ideen gekommen. Psychologie! Polizei! Diese Ideen konnten nur von Marie stammen.

„Marie hat einen Reeder geheiratet." Valerie stellte nüchtern eine Tatsache fest, die Claire wohlbekannt war. Auch so eine verkorkste Geschichte. „Marie, geborene Everling aus Barmbek, und mein toller Bruder Henning Ballin. Auch so ein Schlappschwanz, der sich von seiner Mutter rumdirigieren lässt. Und meines Wissens ist sie geschieden", fuhr Valerie fort. „Da ist die Welt doch wieder in Ordnung, wenn sich die Leute, die nicht zu euch gehören, wieder so schnell aus euren Kreisen entfernen. Wahrscheinlich hat meine dekadente Sippe sie weggeekelt." Sie verzog den linken Mundwinkel zu einem zynischen Lächeln. Unglaublich. Sie hatte die Mimik ihres Großvaters.

„Aber hier hat sich nicht viel geändert, oder, Frau Harksen?" Claire registrierte den süffisanten Tonfall. Jetzt sprach wieder die Kommissarin, der Profi. „Wie früher gibt es merkwürdige Geschäfte. Ach ja, bevor ich es vergesse – es gibt einen Toten – bis jetzt, einen Toten, Ihren Mann – und es gibt den entführten Hendrik Abendroth."

Valerie nippte an ihrem Tee. „Es gibt zwei Verbrechen. Die müssen aufgeklärt werden. Und es gibt jetzt zwei Möglichkeiten." Sie machte eine kurze Pause, wartete, ob Claire Harksen reagieren würde. Doch die betrachtete sie nur unverwandt. „Erste Alternative: Sie sehen sich außerstande, aufgrund der langjährigen freundschaftlichen Beziehung unserer Familien mit mir zusammenzuarbeiten. Das könnte ich verstehen. Mir ist bewusst, dass es Ihnen schwerfällt, mit der lieben Valerie Ballin, verwitwete Morton, der potenziellen Schwiegertochter aus bestem Hause, über ihre Familieninterna zu sprechen. Und vielleicht wissen Sie ja tatsächlich nicht, was in der Reederei Harksen so ablief."

Wieder machte Valerie eine Pause. Immer noch reagierte die alte Dame nicht. „Doch wenn Sie nicht mit mir sprechen, bekommen Sie es mit meinen Kollegen zu tun. Die, das kann ich ihnen verbindlich versichern, das gepflegte Plaudern beim Tee – mit oder ohne Whiskey – leider gar nicht beherrschen."

Sollte das eine Drohung sein? Die Witwe war fassungslos.

Valerie nippte wieder am Tee und knabberte an dem Keks, den Leonore auf die Untertasse gelegt hatte. Ihr Mund lächelte, doch ihre Augen, ihre grau-grünen Seegrundaugen, lächelten nicht. Und der Unterton ihrer Stimme war beinhart. Ihr merkwürdiger Akzent war fast ganz verschwunden.

„Zweite Alternative: Wir lassen die Vergangenheit ruhen. Jetzt geht es nur um die Aufklärung eines Mordfalls. Und einer Entführung. Ich nehme an, dass zwischen beiden Verbrechen ein Zusammenhang besteht. Deshalb bin ich als Ermittlerin beim LKA eingeschaltet. Und ich gebe Ihnen zu bedenken, dass eine eventuelle Lebensversicherung ihres Gatten – wobei ich davon ausgehe, dass er in weiser Voraussicht eine äußerst großzügige abgeschlossen hat – zunächst nicht bezahlen wird. Zumindest so lange nicht, bis die Umstände seines Todes geklärt sind. Außerdem müssen wir während der Ermittlungen sämtliche Konten sperren. Hier geht es nicht nur um Mord, sondern um organisierte Kriminalität."

Valerie knabberte weiter an dem Keks. Sie schaute teilnahmslos aus ihren Seegrundaugen zu Claire, strich sich die Strähne hinters Ohr, schnippte einige Krümel von ihrer beigen Hose und kramte in einer der Seitentaschen. Schließlich wandte sie sich der weinenden Haushälterin zu, die wie versteinert an der Tür stand. „Leonore, ich würde noch einen Tee nehmen. Gerne mit Schuss." Das war der Ton, in dem man mit Bediensteten redete. Freundlich, aber bestimmt. Gelernt ist gelernt, dachte Claire. Sie betrachtete diese Frau, die sie seit deren Kindertagen kannte. Die im Garten ihrer Villa gespielt hatte. Sie sah den harten Zug um die Mundwinkel, die Zornfalte zwischen den Augenbrauen, den Bizeps, der sich beim Heben der Tasse spannte, als würde sie eine Hantel bewegen. Die Haare waren dunkler als früher. Nicht mehr honigblond, sondern von einem dunklen Braunton, der ihre graugrünen Augen und die dunklen Brauen hervorhob. Sie sah die Nase, mit einer leichten Krümmung, die sie früher nicht hatte. Die Narbe zwischen den Augenbrauen.

Claire Harksen sah Valerie Ballin, wie deren Großeltern sie nie erlebt hatten. Und sie sah das kleine Mädchen hinter dem harten Auftritt. Ihren Sinn für Gerechtigkeit. Sie erinnerte sich an das soziale Gewissen der kleinen Valerie, die immer schon versucht hatte, arme Kreaturen zu retten, seien es Menschen oder Tiere. Schon als Kind hatte sie große Jungs verprügelt, wenn diese kleinere Kinder schikanierten oder Tiere quälten.

„Du hast schon früher mit fanatischem Eifer die Bösen verfolgt und bestraft", stellte Claire fest und schaute aus dem weit geöffneten Fenster in den Garten. Immer noch war es hell und heiß. Kein Lüftchen regte sich.

Die Witwe fröstelte. Diese junge Frau strahlte Kälte aus; keine berechnende Kälte der Gier oder Eitelkeit, wie sie sie von anderen Frauen kannte. Vielmehr eine Kälte von Zielstrebigkeit und Unerbittlichkeit. Ob sie eine Waffe trug?

Sie beobachtete Valerie, die sich wieder in den Sessel setzte und ihre Daumen gegen einander kreisen ließ.

Ich muss pragmatisch sein, sagte sich die Witwe von Gunnar Harksen. Ich muss meine eigenen Interessen verfolgen. Die Vergangenheit war passé. Was immer auch mit Valerie Ballin passiert war - diese Frau würde Gunnars Mörder finden. Davon war Claire überzeugt. Und sie würde ihn seiner gerechten Strafe zuführen.

„Frau Morton, ich erzähle Ihnen alles, was ich weiß und was zur Aufklärung des Mordes an meinem Mann beitragen kann. Ich gehe davon aus, dass Sie mit der nötigen Sensibilität und Diskretion vorgehen."

Sie setzte sich aufrecht auf die Chaiselongue und schob die Kaschmirdecke von ihren Beinen. Sie würde noch lange trauern, aber sie würde ihre Contenance zurückgewinnen. Das war sie Gunnar schuldig. Trotz aller Wut. Sie atmete tief durch. Valerie lächelte. Zum ersten Mal lächelten auch ihre Augen. Die Kommissarin zog Notizblock und Stift aus der Seitentasche ihrer Canvas-Hose. Die Witwe bemerkte, dass an ihrem linken Ringfinger ein großer Diamant blitzte, der so gar nicht zu dem burschikosen Outfit der Kommissarin passte.

Ich würde gerne wissen, wie es dir ergangen ist, kleine Valerie, dachte Claire Harksen. Doch das war jetzt nicht das Thema. Jetzt war die Gegenwart entscheidend, nicht die Vergangenheit. Vielleicht würde sich nach dieser schrecklichen Zeit, wenn Gunnars Mörder gefunden war, ein anderes Gespräch ergeben.

Valerie hatte die alte Dame richtig eingeschätzt. Claire Harksen war kein Opfer-Typ. Sie war immer schon die taffste der Reeder-Gattinnen gewesen, hatte die Interessen ihrer Familie knallhart durchgesetzt. Valerie nahm den letzten Schluck Tee. „Es freut mich, Frau Harksen, dass Sie mir vertrauen. Fangen wir an.“

Die Fallanalytikerin
Winterhude, Kommissariat Borgweg, Donnerstag, früher Abend

Böttcher kam mit den beiden Zeugen im Schlepptau ins Kommissariat. Grinsend hob er die Hand zum Gruß des Kollegen am Empfang. Der guckte bedröppelt. „Na, Heinz, dicke Luft zu Hause?" Heinz Hellmann machte seinem Namen wenig Ehre, denn hell wahr nun wahrlich nicht. Das hatte inzwischen auch seine flotte Frau rausgefunden. Die rasche Sylvie hatte sich wohl mehr versprochen von ihrer Ehe, mehr Aufstiegsorientierung, mehr Kohle. Doch Heinz war entgegen ihrer Hoffnungen immer noch nicht dem Streifendienst entwachsen. Er hatte die Aufnahmeprüfung für den gehobenen Polizeivollzugsdienst versemmelt – nicht nur, weil er wenig helle war, sondern auch, weil er immer wieder Extrajobs bei privaten Wachfirmen erledigte und häufig todmüde zum Dienst erschien. Um Sylvies Nörgeleien zu entgehen und sicherlich auch, um ein weiteres Zubrot zu verdienen, meldete er sich regelmäßig für die Spät- und Nachtschichten.

Heinz gähnte. Böttcher grinste.

„Dir wird das Lachen auch noch vergehen", knurrte der gebeutelte Ehegatte. „Rate mal, wen wir zu Besuch haben."

„Kate Moss? Miley Cyrus? Die wunderbare Sylvie?"

Böttcher lehnte sich über den Tresen und schnappte das Besucherbuch. Hellmann kramte auf dem Tisch herum, machte schließlich sein verräumtes Abendessen ausfindig und biss in ein Wurstbrötchen.

„LKA. OFA." Er nuschelte und mampfte.

Böttcher schnappte sich Hellmanns Kaffeebecher und nahm einen Schluck.

„Bägh, wie lange steht die Plörre denn schon hier rum?"

„Ach, leck mich", entgegnete Hellmann.

„Davon träumst du wohl", frotzelte Böttcher weiter und blätterte im Besucherbuch.

„Sieh an, LKA. HK Morton. Was wollen denn die hohen Herrschaften hier in unseren bescheidenen Räumen?"

„Frag sie, Idiot."

Böttchers Zeugen verfolgten den wenig kollegialen Dialog mit wachsendem Misstrauen.

„Mensch Hellmann, lass stecken, war ja nicht so gemeint. Nun spuck es schon aus. Was wollen die hier? Gibt doch gar keinen Fall für die."

„Mord und Entführung. Zwei Promis. Das ist doch eine Nummer zu groß für dich, Böttcher. Da kommt man mit flotten Sprüchen nicht weiter. Da müssen Profis ran." Böttcher wollte schon zu einer Entgegnung ansetzen, da kam ihm sein Fanclub zu Hilfe.

„Aber entschuldigen Sie mal, was sagen Sie denn da!" Sein blonder weiblicher Fan schob sich neben Böttcher. „Herr Hauptkommissar, was redet dieser Mensch da!" Sie wandte sich an Hellmann. „Wie reden Sie denn hier, das ist aber nicht die feine Art! Ihr Kollege ist Kriminalhauptkommissar, und wer und was sind Sie?"

Der männliche gebräunte Wohlstandsrentner mit der silbernen Föhnwelle drängelte sich ebenfalls am Tresen.

„Genau, wir haben sehr großes Zutrauen in die Fähigkeiten von Herrn Hauptkommissar Böttcher!"

Herr Silver Surfer guckte grimmig und trommelte mit den Fingern auf den Tresen. „Sie sitzen nur hier und wissen gar nicht, was da bei uns los war!"

„Genau!" bestätigte die Blondine. „Wir müssen hier eine Entführung aufklären und Sie pöbeln nur herum!"

Hellmann versuchte, die Anti-Hellmann-Front zu ignorieren. Er wandte sich Böttcher zu und sagte: „Die Dame vom LKA wird's dir schon zeigen. So eine Zähe mit 'nem Bizeps, von dem du nur träumen kannst. Schätze mal, Kampfsport. War beim FBI in Quantico und auf der Bodyfarm in Tennessee."

„Super, super, super, Herr Kollege. Wo ist denn die Leichenfledderin?"

Böttcher hatte das Gefühl, gleich kotzen zu müssen. Was war das denn für 'ne Nummer. Eine Tussi vom LKA. Nicht nur, dass er mit dieser Privatdetektivin rumeiern musste. Jetzt auch noch eine Besserwisserin mit FBI-Erfahrung. Bodyfarm. Forensic Anthropology Center. Da beobachteten sie Leichen beim Verwesen. Mit Würmern und Insekten, aus denen man die verschiedenen Stadien des Zerfalls ablesen konnte. Und es gab tatsächlich Leute, die ihre sterblichen Überreste der Bodyfarm vermachten, zum Wohle der Wissenschaft bei der Aufklärung von Verbrechen. Die Welt war echt voll von Perversen.

„Spitze, ich schlage vor, die arbeitet mit Brandes zusammen. Da können sich die beiden Quanticos ja so richtig aufgeilen an diesem Profiler-Scheiß."

Böttchers Kollege hatte es irgendwie geschafft, eine Weiterbildung in der amerikanischen FBI-Ausbildungsstätte zu ergattern. Seither ging er allen auf den Wecker mit Quantico hier und Quantico da. Total nervig. Als hätten die Amis die Weisheit mit Löffeln gefressen. Wo die doch ihre Kriminalitätsrate überhaupt nicht in den Griff bekamen.

„Oh, gibt es hier richtige Profiler wie bei CSI und Criminal Intent?"

Die braungebrannte Blondine kannte das Krimi-Fernsehprogramm der Privatsender. Seit Jahren liefen dort Serien mit Forensik-Stars in den unterschiedlichsten Staffeln, Locations und Besetzungen. Fernseh-Müll, der mit echter Ermittlerarbeit nichts zu tun hatte, wie Böttcher und viele seiner Kollegen meinten.

Aber das bewegte die Menschen, das sorgte für Super-Quoten, das konnte man nicht leugnen. Was im Fernsehen lief, war für viele Zuschauer Realität. Tatort-Kommissare wurden regelmäßig von Menschen auf der Straße mit ihrem Film-Namen angesprochen, als würden sie tatsächlich bei der Polizei arbeiten. Hatte Böttcher gelesen. Unglaublich.

Doch es half nichts, als Profi musste man damit und anderen Zumutungen des Berufslebens souverän umgehen. Aber wehe, wenn sie, die harten Jungs bei der echten Polizei, einen Fall nicht innerhalb von Stunden aufklären konnten. Dann war sofort der Teufel los. Und BILD druckte Gemeinheiten. Er atmete tief durch.

„Ja, wir haben auch Profiler", erläuterte Böttcher. Er schmunzelte. „Einige sehen sogar besser aus als Horatio von CSI Miami. Typen wie ihn gibt es nicht nur in den USA."

Er versuchte, die deutsche Polizei in Schutz zu nehmen, die bei vielen Bürgern – das war ihm und seinen Kollegen wohl bekannt – als hoffnungslos verschnarcht galt. Deshalb fuhr das Fernsehpublikum so ab auf Kunstfiguren wie Horatio Caine, den Chef von CSI Miami, eine der beliebtesten Kriminalserien.

„Bei uns heißt das operative Fallanalyse, abgekürzt OFA, und ist viel mehr als Profiling", setzte Böttcher zu einer Erklärung an.

„Oh, Herr Hauptkommissar, das ist ja superinteressant", schmachtete die Blonde. „Und ihre Kollegin ist so ein Frau wie Clarence Starling?"

Das musste ja jetzt kommen. Schweigen der Lämmer. Jodie Foster. Die berühmteste Profilerin der Filmgeschichte. Widersacherin von Hannibal the Canibal.

„Nein, das ist ja nur ein Film. Die Realität sieht anders aus", erklärte Böttcher mit Engelsgeduld. Er wollte etwas von den beiden, das durfte er jetzt nicht aufs Spiel setzen – schon gar nicht wegen so einer Tante vom LKA.

Er lächelte die Blonde an, ließ seinen ganzen Charme spielen, beugte sich verschwörerisch zu ihr runter und zwinkerte. „Wir haben natürlich hier Kollegen, die eine Weiterbildung beim FBI durchlaufen haben. Aber das ist wirklich geheim."

Sein blonder Fan war kurz vor dem Hyperventilieren.

Böttcher legte den rechten Zeigefinger an den Mund und lächelte. In diesem Augenblick schlenderte eine dunkelhaarige Schönheit heran, gebaut wie Lara Croft. „Tag, Herr Kollege Böttcher", schnarrte sie mit Reibeisenstimme. Er meinte, Lauren Bacall zu hören im Film Tote schlafen fest. Und sie hatte Bacalls Augen. Der Wahnsinn.

„Vally Morton. Freut mich, Sie kennen zu lernen."

Immerhin war er ihr wohl angekündigt worden. Aber wer wusste, mit welchen Zusatz-Informationen. Charmebolzen? Notorischer Aufreißer? Böttcher machte sich keine Illusionen über seinen Ruf.

Auf alle Fälle hatte die Neue schon einen Hofstaat. Hinter ihr standen beflissen und mit großen Augen die beiden Kommissar-Anwärterinnen von der Polizeischule, die gerade am Kommissariat Borgweg ihr studienbegleitendes Praktikum absolvierten.

Valerie streckte ihm die Hand hin und verzog den Mund zur Andeutung eines Lächelns. Es war eigentlich kein richtiges Lächeln, vor allem kein Lächeln, wie Böttcher es von Frauen gewöhnt war – zuckersüß, anhimmelnd. Nein, sie zog eher eine Schnute, sie war eine Zicke, das konnte er auf den ersten Blick erkennen.

Jetzt bloß keine Blöße geben. Böttcher überlegte noch, wie er ihr am besten vermitteln konnte, dass er hier der eigentliche Chef war, das Kommissariat war sein Revier, seine zweite Heimat.

Ausgerechnet jetzt kam Revierchef Volker Drewes um die Ecke geschossen. „Böttcher, endlich sind sie hier, ich sehe, Sie haben sich schon mit Hauptkommissarin Morton bekannt gemacht. Kollegin Morton ist Spezialistin für OFA. Wir müssen hier alle Kräfte einsetzen, die zur Verfügung stehen. Ich stehe in Kontakt mit dem Justizsenator und dem Polizeipräsidenten. Kommen Sie bitte mit zur Lage. Wir sammeln gerade alle Informationen, die die Kollegen bereits ermittelt haben."

Natürlich. Wichtigtuerei allerorten. Lagebesprechung. Böttcher hasste Meetings. Gequassel statt echter Ermittlungsarbeit.

„Ich habe hier zwei Zeugen, die die Entführung direkt beobachtet haben. Die müssen noch vernommen werden", wandte er ein. „Sie haben bereits wichtige Details erwähnt. Wir müssen ihre Aussagen nochmals genau analysieren und präzisieren."

„Das kann warten", posaunte Drewes. „Wir müssen jetzt erst mal auf einen gemeinsamen Stand kommen. Die Kollegen Forsmann und Sengelmann waren am Tatort Harksen. Kollegin Morton war bei der Witwe. Es gibt interessante Neuigkeiten."

„Was macht die OFA bei der Witwe? Das ist unsere Baustelle! Die OFA soll am Tatort rumschnüffeln und sich nicht in unsere Arbeit einmischen!" Böttcher wurde von Minute zu Minute saurer. Ständig mussten ihm irgendwelche Weiber ins Handwerk pfuschen.

„Ich war in der Nähe. Harksen wohnte in Nienstedten, ich bin vom Tatort in der Palmaille schnell zu Frau Harksen rausgefahren. Ich wollte sie erwischen, bevor sie von ihrem Arzt unter Drogen gesetzt wird", erläuterte Morton lächelnd.

Wieder verzog sie den Mund so merkwürdig. Ihre Augen blieben kalt. Sie war genauso eine Schnepfe wie die Detektivin. Arrogant und extrem attraktiv. Auch das noch zu allem Überfluss. Nicht nur, dass er sich das überhebliche Gesülze anhören musste; er hatte auch die ganze Zeit Probleme, seine Libido unter Kontrolle zu halten. Böttcher ertappte sich bei der Vorstellung, wie er die attraktive Profilerin schnappen, auf den Schreibtisch pressen und vögeln würde. Um ihr die Faxen auszutreiben. Er wollte es ihr mal so richtig besorgen, damit sie diese ekelhafte Macho-Attitude los wurde, das war ja nicht zum Aushalten, wenn sich jetzt die Weiber schon so aufspielten wie amerikanische Fernseh-Cops!

Seine Fantasie spielte ihm einen Streich, er hörte sie förmlich vor Lust stöhnen und spürte, wie sein Schwanz sich in ihr bewegte. Zwischen seiner Nase und Oberlippe bildeten sich Schweißperlen.

„Kollege Böttcher, wir wollen doch alle, dass hier professionell gearbeitet wird", sagte sie mit ihrer Reibeisenstimme. „Das heißt, wir müssen zusammenarbeiten. Teamwork. Keiner wird bevorzugt, keiner spielt sich in den Vordergrund. Jeder macht das, was er oder sie am besten kann."

Peng. Ende der Ansprache. Sie wandte sich von ihm ab und dem Chef zu. „Gehen wir in den Konferenzraum. Wir sollten uns beeilen."

Jetzt übernahm sie schon das Kommando. Morton ging mit raschen, festen Schritten voran. Drewes brüllte in eines der Büros: „Brandes, Forsmann, mitkommen!"

Böttcher drehte sich zu seinen Zeugen um, die einige Schritte abseits standen. „Sie sehen ja, hier geht es drunter und drüber. Jetzt bekommen Sie das halt mal live mit. Ich wäre Ihnen sehr verbunden, wenn Sie vorne im Eingangsbereich auf mich warten würden."

Er versuchte, verschwörerisch zu klingen.

„Wie lange wird das denn dauern?" fragte die Blonde. „Ich bin heute Abend verabredet."

„Ich muss zum Chinesisch-Kurs", sagte Herr Silver Surfer.

Böttcher überlegte krampfhaft, wie er die beiden bei der Stange halten könnte. „Wissen Sie was, ich mache Ihnen einen Vorschlag." Er klopfte sich innerlich selbst auf die Schulter wegen seines grandiosen Einfalls.

„Der Kollege Hellmann wird Ihnen das Revier zeigen und alles erklären, was Sie wissen wollen."

Dann konnte sich Hellmann endlich auch mal nützlich machen. Und solange er die Zeugen bespaßte, konnte er keinen Unsinn machen, hatte Unterhaltung und lief nicht Gefahr, am Eingangstresen wegzudämmern.

„Kommen Sie mit, wir gehen zu ihm", sagte Böttcher.

Er wandte sich von Morton, Drewes und seinen beiden Ermittler-Kollegen Brandes und Forsmann ab und stürmte zurück Richtung Eingang.

„BÖTTCHER!" brüllte Drewes.

„Bin gleich wieder da!" rief der zurück.

Jetzt hatte er denen doch mal gezeigt, dass man ihn nicht so einfach rumdirigieren konnte. Er drehte sich um, grinste und sah, wie Forsmann und Brandes zurückgrinsten.

Das wäre also geklärt.

Er brachte die Zeugen zu Hellmann. „Herr Kollege, die Herrschaften hier würden sich gerne mal das Kommissariat anschauen. Außerdem sind sie sehr interessiert an Schutzmaßnahmen gegen Einbrecher." Er zwinkerte den beiden zu. „Es wäre super, Kollege Hellmann, wenn Sie sich ein halbes Stündchen um meine Gäste kümmern könnten."

Gäste? Hellmann wusste nicht, ob Böttcher ihn mal wieder verarschen wollte. Er betrachtete das Trüppchen misstrauisch. Dann steckte ihm Böttcher einen Schlüssel zu.

„Die vergangenen zwei Stunden waren wirklich aufregend", sagte er mit Nachdruck. „Sicherlich wäre es in dieser Situation angemessen, wenn Sie die Herrschaften auf ein Glas Cognac einladen würden."

Hellmanns Miene entspannte sich. Es war allgemein bekannt, dass Böttcher in seinem Schreibtisch immer ein, zwei Flaschen hervorragenden Gebrannten deponierte, meist Cognac und Whiskey, ausnahmslos vom Feinsten. Meist waren es Geschenke irgendwelcher Damen, was häufig Anlass zu Spott gab. Allerdings steckte da auch eine gehörige Portion Neid der Kollegen dahinter. Offensichtlich vollführte Böttcher mit seinem Zauberstab Kunststückchen, von denen sie nur träumen konnten; die Begeisterungsstürme der beglückten Damen entluden sich unter anderem in Form hochwertigster Alkoholika, die Böttcher unter Verschluss hielt und nur in seltenen Ausnahmefällen der Kollegenschaft kredenzte.

Hellmann schwor sich, heute mal richtig zuzulangen und Böttchers Vorrat deutlich zu dezimieren.

„Kommen Sie mit, ich zeige Ihnen gerne alles", sagte er in seinem freundlichsten Ton und schälte sich schwerfällig hinter dem Tresen hervor. „Wenn Sie Fragen haben, stellen Sie die ruhig. Wir sind immer offen für das Interesse von Bürgern."

Böttcher traute kaum seinen Ohren. Wo hatte Hellmann denn das her? Hatte er eine Weiterbildung in bürgernahem Verhalten absolviert? Egal. Jetzt musste er ihn bauchpinseln, damit alles glatt ging. Er konnte sich nicht noch eine weitere Front leisten – die beiden Weiber und Drewes waren eindeutig genug.

„Kollege Hellmann, Sie machen das sicherlich hervorragend. Sie sind ja der Verbindungsoffizier des Kommissariats zu unseren Bürgern."

Verbindungsoffizier!

Jetzt war ihm eindeutig der Gaul durchgegangen.

Wenn Hellmann oder die beiden Oldies das ausposaunten, wäre ein Verweis in der Personalakte das Mindeste, was er zu erwarten hatte.

„Ja genau, ich bin hier der Verbindungsoffizier", plapperte Hellmann ihm nach. Der war wohl froh, dass er endlich auch mal einen offiziellen Titel führte. Auch wenn dieser frei erfunden war.

„Folgen Sie mir", quakte Hellmann. Die gebräunten Rentner trabten aufgeregt hinter ihm her.

„Ich bin in einer halben Stunde bei Ihnen, dann unterhalten wir uns über den Sack und das komische Signet", rief Böttcher den Dreien im Weggehen zu.

„Ich kann ja schon mal vorfühlen", kündigte Hellmann an. Wenn dieser Schuss nur nicht nach hinten losging. Bis zum heutigen Tag hatte Hellmann nur Fahrraddiebstähle und Kneipenschlägereien aufgenommen.

Böttcher betete heimlich, dass der Trottel keinen Mist bauen würde.

Er betrat den Konferenzraum mit einem unguten Gefühl.

„Ich möchte Ihnen Frau Hauptkommissarin Morton vorstellen", begann Drewes die Lagebesprechung. „Frau Morton ist die neue Leiterin der OFA beim LKA. Alles Weitere wird sie Ihnen selbst erzählen. Nur kurz zu ihrem Einsatzgebiet hier bei uns: Der Polizeipräsident hat uns angewiesen, die beiden Fälle Abendroth und Harksen mit höchster Dringlichkeit zu behandeln. Wie Sie vielleicht bereits erfahren haben, hatten die beiden Opfer Kontakt. Wie eng dieser war und was er beinhaltete, wissen wir noch nicht genau. Es gibt jedoch bereits erste Erkenntnisse auf Basis von Zeugenaussagen und auf Basis der Aussage der Witwe Claire Harksen. Bitte, Frau Morton."

Valerie rutschte von der Kante des Tischs, gegen die sie sich gelehnt hatte.

„Mein Name ist Vally Morton." Kurze Pause. „Ich will Ihnen zunächst einige Informationen geben. Die Vibrations hier signalisieren mir, dass das LKA in Gestalt meiner Person nicht gerade mit hurra empfangen wird."

Im Raum wurde getuschelt.

Weitere Pause.

„Dafür habe ich Verständnis."

„Soso", murmelte Forsmann hörbar.

„Also bitte!" schnaubte Drewes.

„Ich fühle hier keinen Rechtfertigungszwang. Rein nachrichtlich – und um hier mal einige Emotionen rauszunehmen, damit unsere Zusammenarbeit erleichtert wird – teile ich Ihnen einige Details zu meiner Person mit."

„Rein nachrichtlich. Na da sind wir aber gespannt", zischte Forsmann deutlich hörbar zu seinem Nachbarn Brandes.

Valerie wandte sich direkt an Forsmann.

„Es freut mich, Herr Kollege, wenn ich Ihre Neugierde befriedigen kann." Sie blickte ihn scharf an und verzog den Mund.

„Gutes Stichwort", flüsterte Forsmann zu Brandes. Beide grinsten.

Böttcher versuchte, seine Erektion hinter seinem iPad zu verdecken. Warum mussten ausgerechnet ihn diese Power-Bräute so scharf machen? Das war ja eine völlig neue Variante in seiner Libido. War er plötzlich auf Pistolen-Weiber fixiert?

Er versuchte, sich durch einen Blick aus dem Fenster abzulenken. Valerie ertappte ihn, wie er intensiv auf die große Platane in der Grünanlage hinter dem Revier stierte.

„Ich sehe schon, meine Ausführungen stoßen hier auf großes Interesse", bemerkte sie ironisch. „O.k, machen wir weiter. Wir dürfen keine Zeit verlieren. Damit Sie sich die Mühe sparen, auf Google, Facebook oder wo auch immer nach mir zu suchen, habe ich Ihnen diese Arbeit abgenommen."

Sie verteilte DIN A 4-Blätter mit ihrer Biografie.

„Wenn es dazu Fragen gibt, haben Sie jetzt genau fünf Minuten Zeit, die zu stellen." Sie legte ihre Armbanduhr vor sich auf den Tisch. „Ab dann wechseln wir vom Schnupper- in den Arbeits-Modus. Wer damit ein Problem hat, sollte sich für die Zeit der Arbeit an den beiden genannten Fällen ein anderes Aufgabenfeld suchen. Ich nehme an, es gibt genügend Einbrüche und Autodiebstähle, die noch der Aufklärung bedürfen."

Klare Ansage, eindeutig unverschämt. Böttchers Druck stieg wie in einem Dampfkessel.

Sie schaute alle Anwesenden der Reihe nach an. Drewes hatte hektische Flecken im Gesicht. Er kannte seine Pappenheimer. Diese Einführung versprach nichts Gutes.

„Frau Morton, natürlich werden wir Sie hier alle unterstützen." Er war offensichtlich noch nicht im Arbeitsmodus, sondern eher im Beschwichtigungsmodus.

„Also wir sind hier natürlich alle sehr daran interessiert, diese beiden Fälle aufzuklären. Bitte verstehen Sie mich nicht falsch, aber die Kollegen sind es nicht so gewohnt, dass sie von einer jüngeren und dazu noch so attraktiven Kollegin – also was ich sagen will, ist, wir haben hier ein sehr kollegiales Verhältnis und wir legen sehr großen Wert auf Teamwork."

Das war den Anwesenden zwar neu – Drewes managte gern per Ordre de Mufti, von Teamwork und ähnlichem „Larifari" hielt er nichts - aber im Moment fühlte er sich offensichtlich verpflichtet, seine Mannschaft in Schutz zu nehmen.

Valerie lächelte.

„Herr Kollege Drewes, ich verstehe Sie voll und ganz", säuselte sie zuckersüß.

„Ich bin mir sicher, dass SIE auch keinerlei Problem mit Frauen in Führungspositionen haben."

Böttcher konzentrierte sich weiter darauf, seinen Schwanz unter Kontrolle zu bekommen. Forsmann und Brandes runzelten ungläubig die Stirn.

„Aber ich habe schon diverse Erfahrungen mit männlichen Kollegen gemacht, und nicht alle waren so positiv wie mit Ihnen, Herr Kollege Drewes."

Drewes wurde puterrot.

„Mir geht es nur um die Sache", sagte Valerie. „Und ich denke, meine Erfahrungen sind hier sehr nützlich."

Sie lächelte, aber ihre Augen lächelten nicht.

Endlich hatte sich Böttchers Erektion verabschiedet. Er versuchte, Blickkontakt aufzunehmen. Faszinierend, das musste er ihr lassen, wie sie mit größter Selbstverständlichkeit das Zepter übernommen hatte.

Er murmelte eine Entschuldigung und flüchtete zur Toilette. Diverse Körperstellen brauchten dringend kaltes Wasser zur Beruhigung.

„Gibt es Fragen?" Valerie blätterte in ihren Unterlagen.

Die beiden Kommissar-Anwärterinnen schauten ungläubig erstaunt auf die Ermittlerin vom LKA, die es innerhalb weniger Minuten geschafft hatte, den Idioten hier den Schneid abzukaufen. Das würden sie sich merken. Man musste sich also nicht auf Nerven und Gefühlen rumtrampeln lassen als Frau, sondern konnte die Typen hier auch ganz cool in die Schranken weisen.

Sie lasen den beeindruckenden Lebenslauf Valeries:

- Vally Morton (geborene Ballin)
- geboren und aufgewachsen in Hamburg
- Studium der Psychologie an den Universitäten Hamburg, Berkeley (Kalifornien) und MIT (Massachusetts), Abschluss Master of Science

76

- Studium an der Deutschen Hochschule der Polizei in Münster
- Wissenschaftliche Assistentin bei Professor Robert D. Hare in Vancouver, Forschungsarbeit über die Psychopathologische Persönlichkeitsstörung
- Ausbildung in Umgang mit dem Violent Criminal Apprehension Program (ViCAP) und Violent Crime Linkage Analysis System (ViCLAS)
- Forensische Psychologin beim FBI in Quantico, Virginia
- Zusammenarbeit mit Andreas Poskansky, Leiter der Dienststelle Operative Fallanalyse (OFA) in Hamburg;
- Lehrtätigkeit an der Hochschule für Öffentliche Verwaltung, Bremen, und Dozententätigkeit beim Interdisziplinären Forum Forensik, iFF, Bremen
- Leiterin der OFA beim LKA Hamburg

Einige der anwesenden Beamten murmelten anerkennend, andere flüsterten miteinander. Böttcher kam von der Toilette zurückgetrottet. Er hatte sich einen runterholen wollen, doch zum ersten Mal im Leben hatte das nicht geklappt. War nichts zu machen. Er hatte sich geschämt – geschämt vor Vally Morton. Er hatte keinen mehr hochgekriegt. Ihm war schlecht. Ich brauche Urlaub, dachte Böttcher. Ich bin überarbeitet.

Die Kollegen waren noch mit dem Lebenslauf von Vally Morton beschäftigt. Praktikantin Susanne Schneider, Studentin im ersten Jahr an der Polizeischule, beschloss, ihre Chance zu nutzen. Hier war eine super-erfolgreiche Polizistin. So wollte sie auch werden. Dieser Frau wollte sie sich als intelligente Nachwuchskraft präsentieren. „Frau Hauptkommissarin Morton, könnten Sie uns bitte sagen, warum das LKA mit der Abteilung OFA eingeschaltet wurde? Ich dachte, die OFA wird nur tätig, wenn bei Tötungsdelikten keine Beziehung zwischen Täter und Opfer hergestellt werden kann. Oder wenn das Opfer so misshandelt wurde, dass wir die Verletzungen nicht einordnen können. Vor allem bei Sexualstraftaten, bei denen der Täter nicht aus dem Umfeld des Opfers stammt."

„Das stimmt, Kollegin....." Valerie zögerte. Sie wollte der jungen Frau Gelegenheit geben, sich vorzustellen.

„Kommissar-Anwärterin Susanne Schneider", stotterte diese aufgeregt.

„Kollegin Schneider, vielen Dank für Ihre Frage. Liegen denn diese Voraussetzungen hier Ihrer Ansicht nach nicht vor?

Schneider fasste sich ein Herz und trug aufgeregt vor: „Na ja, Gunnar Harksen wurde doch offensichtlich erschossen, weil der Täter die Unterlagen aus den Geschäftsräumen der Reederei stehlen wollte. Dass die fehlen, haben ja seine Mitarbeiter gleich festgestellt. Und das wiederum hängt sicherlich zusammen mit der Entführung von Hendrik Abendroth. Die beiden hatten ja eine geschäftliche Verbindung. Wir wissen nur noch nicht genau, welche."

„Und was schließen Sie genau aus diesen bisherigen Ermittlungen?" fragte Valerie freundlich.

„Na ja, es ist mir nicht so ganz klar, was jetzt genau unsere Aufgabe hier im Kommissariat ist und was das LKA machen wird."

„Es ist sehr gut, dass Sie diese Überlegungen anstellen", sagte Valerie geduldig. „Sie werden sehen, dass wir das alles jetzt gleich hier besprechen. Dann können wir auch die Aufgaben verteilen. Ich bin mir sicher", Valerie schaute ernst in die Runde von teils fragenden, teils abweisenden Gesichter, „dass wir hier erfolgreich zusammenarbeiten werden, denn es handelt sich um zwei sehr komplexe Fälle, die sehr viel Manpower binden werden." Sie schaute zu Susanne Schneider und ihrer Nachbarin, der zweiten Praktikantin, und sagte lächelnd: „Und natürlich auch Frauenpower."

Dann fuhr sie energisch fort: „Ich leite die Ermittlungen einerseits, weil das LKA die Reederei Harksen schon seit längerem im Visier hatte. Es geht um organisierte Kriminalität, und die fällt bekanntermaßen in unsere Zuständigkeit."

Valerie machte eine Pause und schaute zu Böttcher und seinen beiden Nachbarn. „Ich weiß, dass die drei Kollegen Böttcher, Brandes und Forsmann schon sehr weit gediehen sind mit den Ermittlungen, dass sie ausgezeichnete Arbeit geleistet haben."

Die drei wirkten plötzlich etwas munterer.

„Und die Kollegen Brandes und Forsmann haben am Tatort Harksen einige bemerkenswerte Spuren entdeckt. Sie werden uns zur Auffindesituation und zur Spurensicherung berichten. Kollege Sengelmann von der Gerichtsmedizin wird uns über Details zum Opfer informieren."

Wieder machte Valerie eine kurze Pause. Den effektvollen Vortrag hatte sie beim FBI gelernt. Sie wusste, wie sie ihre Zuhörer fesseln konnte. Und sie genoss es, wenn die Luft vor Spannung knisterte.

„Ich selbst werde Ihnen vortragen, welche Hinweise es auf die Zusammenarbeit von Harksen und Abendroth gibt. Und welche Hinweise wir haben, dass wir es dabei mit einem Skandal im Hamburger Rotlichtmilieu von enormen Ausmaßen zu tun haben, in den nicht nur Harksen und Abendroth, sondern deutlich mehr Vertreter – und wohl auch Vertreterinnen - der sogenannten besseren Kreise verwickelt sind."

Man hätte eine Stecknadel fallen hören können.

„Angesichts der fortgeschrittenen Zeit schlage ich vor, dass wir eine viertelstündige Pause machen und etwas essen und trinken. Ich persönlich habe seit dem Mittagessen nichts mehr zwischen die Zähne gekriegt und ich nehme an, Ihnen geht es ähnlich."

Zustimmendes Gemurmel.

Valerie schaute lächelnd in die Runde.

„Ich habe mir erlaubt, für das Catering zu sorgen, und möchte Sie alle einladen. Der Imbiss steht in der Cafeteria. Wir machen in genau 15 Minuten weiter, also um 19:00. Ich wünsche Ihnen allen einen guten Appetit."

Sie ging mit strammem Schritt voraus in Richtung Cafeteria. Die beiden Praktikantinnen folgten ihr aufgeregt, die anderen Ermittler zockelten hinterher.

Böttcher dachte an die Bodyfarm. Was machte eine attraktive Frau dort, um Gottes Willen? Sie war genau sein Typ, dunkel, geheimnisvoll, die graugrünen Augen – und dann dieser Anflug von Akzent, das schiefe Lächeln. Er beobachtete, wie sie vorauseilte. Überlegte, wie sie wohl im Bett war. Die kühle rotblonde Detektivin hatte ihn wegen ihrer Arroganz gereizt. Und weil sie sich in den Ausschnitt und fast unter den Rock hatte schauen lassen, ganz offensichtlich, um ihn zu demütigen. Doch diese Vally Morton war ein anderes Kaliber. Er wollte sie haben, und er würde sie bekommen. Nicht sofort, aber irgendwann.

Er schnappte sich ein Schinkenbrötchen mit Gurke und eine Coke Zero. Betont lässig schlenderte er zu Brandes und Forsmann. Die beiden aßen Croissants mit Frischkäse und Lachs. „Das LKA hat offensichtlich die Mittel, um Beschäftigte angemessen zu verköstigen", sagte Brandes mit vollen Backen. Bei ihnen im Kommissariat waren als Überstunden-Imbiss nur Pizzen üblich. Brandes und Forsmann freuten sich über die Abwechslung und stopften sich nach den Croissants auch noch warme Butterbrezeln in den Mund.

„Ob sie wohl 'nen Typen hat? Vielleicht aus dem LKA?"
Forsmann stellte leise Überlegungen zu Valeries persönlichen Verhältnissen an.

„Mach Dir keine Hoffnungen", sagte Brandes. „Die ist eine Nummer zu groß für dich."

Böttcher schwieg und beobachtete Valerie, die bei einer Gruppe von Mitarbeitern des Innendienstes stand und sich angeregt zu unterhalten schien.

„Sie ist jedenfalls nicht arrogant, redet mit allen", sagte Böttcher.

„Oh weh, er ist verliebt", frotzelte Brandes.

„Fick dich", schnauzte ihn Böttcher an.

Sie bemerkten, dass Valerie zu ihnen herüberschaute. Sie lächelte.

Dann gesellte sich Drewes zu ihnen. „Bitte verhalten Sie sich kooperativ", sagte er beschwörend.

„Kein Problem", entgegnete Brandes.

„Frau Morton ist in den Kreisen der Harksens und Abendroths zuhause", erläuterte Drewes. „Sie stammt aus einer der reichsten Reeder-Familien Hamburgs."

„Na da hätte sie uns eigentlich auch ins Atlantic einladen können", sagte Forsmann grinsend.

„Reden Sie kein dummes Zeug", schnauzte Drewes.

„Hat sie 'nen reichen Typen geheiratet?" fragte Böttcher.

„Sie hat von ihren Großeltern geerbt, soweit ich weiß."
Der Revierchef sonnte sich in seinem Wissensvorsprung.

„Warum ist sie dann bei der Polizei?"
Böttcher stellte sich die Frage mehr selbst als in die Runde.

„Tja Böttcher, es ist wie bei den Kriminellen – es gibt auch bei der Polizei echte Überzeugungstäter."

Forsmann klang sarkastisch wie üblich und zog an seiner Zigarette, die er in der Cafeteria rauchte, obwohl das verboten war.

„Gib mir 'ne Fluppe", befahl ihm Böttcher.

„Du rauchst doch nicht mehr", entgegnete Forsmann.

Böttcher nahm ihm die Schachtel aus der Hand, fingerte eine Zigarette raus und steckte sie an.

„Sie hat 'nen Brilli am Finger", bemerkte Brandes.

„Vielleicht geerbt", spekulierte Böttcher.

„Sieht aus wie'n Verlobungsring", meinte Brandes.

„Im Wert von einem Jahresgehalt eines Polizeihauptkommissars", ergänzte Forsmann.

„Seit wann kennst du dich mit Brillis aus, du Schwachmat? Du kannst doch einen Brillanten nicht von 'nem Kiesel unterscheiden!" „Aber ich weiß, welche Weiber in unserer Liga verfügbar sind. Sie ist es nicht."

Er bekam Angst um Böttcher, der ein deutliches nicht-berufliches Interesse an Vally Morton entwickelte.

„Frau Morton dürfte kaum Interesse an Avancen aus Ihrer Runde haben", kommentierte Drewes, der das Geplänkel mit einem Ohr aufgeschnappt hatte, während er seine Sekretärin mit Anweisungen für Internetrecherchen eindeckte.

„Ach ja? Woher wollen Sie das denn wissen, Chef? Wir sind doch drei äußerst attraktive, dynamische junge Männer mit vielversprechenden Karriereaussichten", entgegnete Forsmann flapsig. „Und Kollege Böttcher verfügt zudem über ein ansprechendes Äußeres inklusive Sixpack und vollem blondem Haupthaar."

„Frau Morton ist verwitwet", berichtete Drewes. „Soweit ich informiert bin, ist das der Grund, weshalb sie vor einigen Monaten aus den USA nach Hamburg zurückkam."

„War sie mit 'nem ollen Millionär in Amerika verheiratet?" Forsmann redete wieder Blödsinn.

„Sie war mit einem Polizisten verheiratet. Er wurde im Dienst erschossen."

Böttcher blickte zu Valerie. Er meinte, den Schmerz in ihren unergründlichen Augen zu sehen. Er war sich sicher, dass es eine schwierige Aufgabe werden würde, sie zum Lachen zu bringen. Doch er würde sich alle Zeit dafür Welt nehmen. Er griff ein Roggenbrötchen vom Tablett und schlenderte zu der Gruppe, die sich um Valerie versammelt hatte.

„Frau Morton, haben Sie schon vom Bündner Fleisch probiert?"

Dann fiel ihm auf, dass er seinen Charme auch bei den beiden Praktikantinnen und der Sekretärin anbringen müsste, die bei der Ermittlerin standen. Sonst würde er ja wie ein notgeiler Dampfplauderer wirken. „Pardon, die Damen, was darf ich Ihnen bringen?"

Er setzte sein gewinnendstes Lächeln auf und antwortete selbst. „Ich hole uns einfach eine kleine Auswahl von den Leckereien, die Frau Morton für uns bestellt hat. Das war eine phantastische Idee!"

Er drückte Valerie das Roggenbrötchen mit dem Bündner Fleisch in die Hand und holte das Tablett mit den Brötchen, Brezeln und Croissants.

„Ganz herzlichen Dank, Frau Morton, vielleicht darf ich mich bei Gelegenheit revanchieren?"

Das war nun wirklich mit der Tür ins Haus gefallen. Er hätte sich am liebsten auf die Zunge gebissen. Doch diese Morton schien den Fauxpas gar nicht zu bemerken. Sie kaute geistesabwesend auf dem Brötchen herum.

„Ich frage mich, was dieses merkwürdige Zeichen bedeuten soll, das Harksen auf seinem Bauch hatte."

Sie schaute ernst zu Böttcher hoch. „Ist doch seltsam, wenn ein Reeder erschossen wird und man malt ihm Pfauenaugen auf den Bauch. Was soll das denn? Der war doch kein Pfau."

Böttcher verschluckte sich am Brötchen und bekam einen Hustenanfall.

Valerie blickte zögernd im Raum umher.

„Das war ein älterer Herr, der nicht als Filou bekannt war. Wir haben ihn Monate lang beobachtet, Der hatte kein Date, nichts. Keine Geliebte, keine Freundin, keine Nutten. Hat seine Frau ausgeführt, ganz romantisch." Sie lächelte.

Valerie zog eine Packung Zigaretten aus ihrer Gesäßtasche. Sie nahm eine Zigarette, gedankenverloren. Forsmann war neugierig herbeigeschlendert und zückte innerhalb von Sekundenbruchteilen sein Feuerzeug. Böttcher hätte es ihm am liebsten aus der Hand geschlagen. Er war schon eifersüchtig, bevor überhaupt etwas gelaufen war.

Die Zigarette roch seltsam süßlich. Orientalisch. Nach Nelken und Zimt. Vielleicht rauchen die Amis jetzt Gewürzsträußchen, dachte Böttcher. Diese Frau wurde immer undurchschaubarer. Dann fragte er: „Pfauenaugen?" Er schluckte die letzten Krümel. „Haben Sie ein Bild? Eine Zeichnung?"

„Wir haben ihn fotografiert", berichtete Valerie. „Ich zeige Ihnen nachher alles, was wir am Opfer und am Tatort aufgefunden haben." Sie schaute ihn interessiert an.

„Pfauenaugen, das ist wirklich seltsam", mischte sich Forsmann ein. „Hab ich noch nie so gesehen. Bei keiner bisherigen Leiche."

„Sind sie farbig?" fragte Böttcher.

„Ne, mit schwarzer Farbe auf den Unterbauch gemalt." Forsmann klang ratlos. „Wir mussten eine Weile überlegen, was es sein könnte. Aber dann kamen wir drauf. Die Zeichen in dem Kreis sehen aus wie stilisierte Pfauenaugen."

Böttcher sah seine Chance. „Erschossen und dann bemalt? Das ist wirklich merkwürdig. Aber vielleicht kann ich zu dem Bild etwas beitragen."

„Wir werden gleich darüber sprechen", sagte Valerie. Sie lächelte Böttcher an.

„Ich hoffe, meine Zeugen sind noch da." Böttcher wünschte sehnlichst, er könnte Valerie beeindrucken. Das wäre ja der Knaller, wenn die beiden Oldies genau das Zeichen auf dem Müllsack gesehen hätten, das auch Harksen auf den toten Leib gepinselt worden war. Das wäre ja wohl der endgültige Beweis eines Zusammenhangs zwischen den beiden Verbrechen.

„An die Arbeit!" Drewes scheuchte seine Truppe zurück ins Besprechungszimmer. Böttcher war gespannt wie ein Flitzbogen. Jetzt konnte er nur hoffen, dass Hellmann seine Zeugen nicht vergrault hatte und dass sie tatsächlich ihre Beobachtungen des merkwürdigen Signets bestätigten. Außerdem war er tierisch neugierig, was die weiteren Ermittlungen seiner Kollegen sonst noch so ergeben hatten. Und er wollte unbedingt wissen, wie und was die erfolgreiche Ermittlerin Vally Morton herausgefunden hatte. Die schöne, traurige Witwe, die dabei war, sein Herz zu erobern.

Die Lagebesprechung
Winterhude, Kommissariat Borgweg, Donnerstagabend

Nach dem Imbiss rief Valerie alle Ermittler zur Lagebesprechung zusammen. Im Konferenzraum stand stickige Luft. Auf den Gesichtern der Beamten perlte Schweiß. Böttcher schnupperte an seinem linken Handgelenk und sog den herben Duft des Vetiver-Toilettenwassers ein.

Die Auswertung der beiden Tatorte hatte noch nicht viel ergeben. Aber man musste wenigstens mal eine Bestandsaufnahme machen, so die einhellige Meinung. Zur Entführung wollte Hauptkommissar Böttcher vortragen. Valerie wollte die Ergebnisse der Spurensicherung beim Fall Harksen zusammenfassen. Letzterer sah auf den ersten Blick tatsächlich nach einem Mord aus, dessen Motiv bei den geschäftlichen Aktivitäten des Opfers zu suchen war. Es war bekannt, dass Harksen – wie andere Geschäftsleute – wenig zimperlich war, wenn es um die Durchsetzung seiner Interessen ging. Allerdings ließ er die Drecksarbeit gerne andere erledigen. Dafür sprachen die gestohlenen Ordner und die Tötungsart: erschossen mit einer Pistole, Kaliber 9 Millimeter, aus nächster Nähe, kaltblütig.

„Wir wissen, dass er Kontakte zu bestimmten, einschlägig vorbestraften Personen hatte", sagte Valerie. „Die ersten Überprüfungen laufen bereits. Doch bisher haben alle Mitarbeiter und Geschäftspartner, die als Verdächtige in Frage kommen könnten, ein Alibi." Sie deutete auf erkennungsdienstliche Fotos der üblichen Verdächtigen, die schon mit kriminellen Machenschaften im Umfeld des Hafens aufgefallen waren. „Auch die drei Projektile, die der Gerichtsmediziner aus Harksens Brustkorb und Bauch entfernt hat, bringen uns vorläufig nicht weiter. Aufgrund der Einschusskanäle wissen wir jedoch, dass sein Mörder direkt vor und über ihm gestanden hat und etwa seine Größe haben muss – ungefähr ein Meter achtundsiebzig plus minus drei Zentimeter", erläuterte die LKA-Frau.

Valerie zeigte Skizzen der Kriminaltechniker und Ballistiker. „So muss sich der Überfall abgespielt haben. Harksen öffnet die Tür, wahrscheinlich, weil er jemanden erwartet. Nichts weist auf einen erzwungenen Zutritt hin. Er geht mit der Person in den hinteren Bereich des Bürotraktes. Im Besprechungsraum stehen gekühlte Getränke auf dem Tisch. Normalerweise bereitet seine Assistentin Angelika Zimmer Meetings vor. Sie sagt aber, in ihrem Terminkalender war kein Termin mit einem Besucher verzeichnet." Valerie holte Luft. „Harksen und der unbekannte Besucher gehen aber wohl nicht in den Besprechungsraum. Sie gehen in Harksens Büro. Er öffnet die Tür zu seinem Archiv, dessen einziger Zugang diese Tür ist." Valerie deutete auf die Skizze auf dem Moodboard. „Er holt die Ordner raus. Vielleicht wird er während der ganzen Zeit schon mit der Pistole bedroht." Valerie deutete auf die ballistischen Zeichnungen der Abteilung Kriminaltechnische Untersuchung, der KTU. Dann schaute sie wieder zu ihren Kollegen, die ihr angespannt folgten. Nur Böttcher daddelte auf seinem Smartphone herum.

Sie beschloss, das vorläufig zu ignorieren und fuhr fort: „Er versucht nicht, zu fliehen oder sich irgendwie bemerkbar zu machen. Als der Mörder hat, was er will, erschießt er Harksen. Der Reeder wird mit drei Schüssen aus nächster Nähe förmlich hingerichtet. Der Mörder steht nur etwa 50 Zentimeter vor beziehungsweise über ihm. Er zielt auf den Brustkorb und gibt zwei Schüsse ab. Beide treffen nicht das Herz, sondern dringen in einem Abstand von 30 Zentimetern in den Brustkorb ein. Die Schüsse sind trotz der geringen Entfernung so ungenau, dass es sich wohl nicht um einen geübten Schützen handelt. Er oder sie hat sicherlich gezittert oder hatte andere Probleme mit der Pistole."

Die Ermittlerin machte eine Pause. „Allerdings heißt das nicht, dass er nicht mit besonderer Kaltblütigkeit vorgegangen ist. Die Kugeln zerfetzen Lunge, Leber und absteigende Aorta. Wahrscheinlich wird Harksen schon nach Sekunden bewusstlos. Er liegt am Boden. Da schießt der Mörder nochmals auf ihn. Vielleicht, um ganz sicher zu gehen. Jetzt trifft er den Unterbauch. Alles in allem kein sehr professioneller Modus Operandi. Profis schießen in der Regel nicht aus so einer kurzen Distanz."

Valerie schaute die Kollegen der Reihe nach an. Die beiden Praktikantinnen hingen an ihren Lippen.

„Profis vermeiden, Blutspritzer oder Gewebe abzubekommen. Oder dass das Opfer sie berührt und sich mit ihrer DNA kontaminiert."

Sie machte nochmals eine Pause.

„Und dann nimmt sich der Mörder noch die Zeit, seinem Opfer dieses merkwürdige Zeichen auf den Bauch zu malen. Er hat einen simplen schwarzen Edding benutzt. Einen Kreis mit den Pfauenaugen gemalt. Während der Reeder innerhalb von ein, zwei Minuten verblutet ist."

Sie machte eine kurze Pause. „So war laut Sengelmann und der Spusi der wahrscheinliche Ablauf des Mordes."

„Haben wir die Hülsen? Und was wissen wir über die Projektile?" Böttcher wollte noch nicht mit seinem individuellen Wissen rausrücken: dass das merkwürdige Zeichen auch bei der Entführung von Abendroth eine Rolle spielte. Immer schön alles der Reihe nach, dachte er sich. Erst die Leiche, dann Waffe und Munition, dann die Betrachtung ungewöhnlicher Begleiterscheinungen. Und die würde er gerne mit der attraktiven OFA-Expertin alleine erörtern. Irgendwie musste er sie dazu bringen, einen Teil der Ermittlungen mit ihm gemeinsam zu machen. Ohne die anderen Nasen, die konnte er dabei gar nicht gebrauchen.

„Keine Hülsen. Die hat der Täter wohl mitgenommen. Das heißt, uns fehlt die erste gute Möglichkeit, Individualspuren von der Auswurfkralle oder dem Schlagbolzen der Waffe festzustellen", antwortete Valerie.

„Sehr bedauerlich, aber angesichts des Ablaufs kaum anders zu erwarten", sagte Böttcher. Die anderen stimmten missmutig zu.

„Die Projektile sind weltweit gebräuchliche Standardmunition 9 mal 19 Millimeter Parabellum, von Magtech. Nichts Besonderes, kriegt man problemlos im Internet", ergänzte Valerie. „Und sie sind im Brustkorb mit Rippen und im Unterbauch mit dem linken Beckenknochen kollidiert und verformt. Wir haben bereits eine Schnellanfrage beim Schusswaffenerkennungsdienst des BKA gemacht. Leider erfolglos. Sie konnten auf der Basis von Bildmaterial auch nicht mehr rausbringen als wir", sagte sie bedauernd. „Aber eines dürfte sicher sein: Es war eine gebräuchliche Neunmillimeter-Waffe, wahrscheinlich eine Glock. Und die Waffe ist noch nie bei uns in Erscheinung getreten. Das BKA hat in seiner Sammlung keine Vergleichsprojektile, die sich unseren Tatortprojektilen zuordnen lassen. Also haben wir es wahrscheinlich mit einer Waffe zu tun, die noch nie für ein Gewaltdelikt verwendet wurde. Zumindest nicht in Deutschland."

Es war jetzt mucksmäuschenstill in dem Besprechungsraum.

„Aber vielleicht bringt die genauere Untersuchung beim BKA doch noch etwas", fuhr Valerie fort. „Die Projektile dürften inzwischen dort sein. Sie können vielleicht mit dem Rasterelektronenmikroskop noch etwas rausfinden. Die Kollegen dort bringen ja oft noch die kleinsten Spuren ans Tageslicht."

Sie klang zuversichtlicher als sie war. Valerie wusste, dass die Chance, eine jungfräuliche Waffe zu identifizieren, gegen null tendierte. Die Kollegen tuschelten.

„Ruhe bitte", ermahnte sie Valerie. „Wir müssen jetzt nochmals alles durchgehen. Vielleicht haben wir etwas übersehen."

„Gibt es irgendwelche weiteren Spuren?" fragte Kommissar Thomas Brandes, genannt Tommy oder auch Quantico wegen seiner Hospitanz beim FBI. „Es kann doch nicht sein, dass jemand durch mehrere Räume rein- und wieder rausgeht und bei so einer Tat keine Spuren hinterlässt", schnaubte der Ermittler.

Brandes war zwar nicht bei der KTU, aber der geborene Schnüffler. Er fand an Tatorten manchmal Kleinigkeiten, welche die anderen übersehen hatten. Jetzt ärgerte er sich maßlos, dass weder Valerie noch sein Kollege Böttcher ihn informiert und an den Tatort mitgenommen hatten. Und das sollten die beiden ganz deutlich mitkriegen.

„Wir haben sämtliche Leute befragt, die heute in der Bürovilla gearbeitet haben. Und auch die gesamte Nachbarschaft. Niemand hat eine verdächtige Person ins Haus oder wieder raus kommen sehen." Valerie redete langsam und betont geduldig. „Es ist Urlaubszeit. Es ist heiß. Wer keinen Urlaub hat, versucht sich für ein paar Stunden frei zu nehmen. In der Innenstadt ist nichts los, schon gar nicht um die Mittagszeit. Wir haben also keinen einzigen Zeugen. Und wir haben keine Fingerabdrücke, keine Fußabdrücke, keine fremden DNA-Spuren am Opfer."

„Aber wir haben das Signet, das der Mörder ihm auf den Bauch gemalt hat", sagte Brandes.

„Wir haben ein merkwürdiges Zeichen, das dem Opfer aufgemalt wurde, während es starb oder nachdem es bereits tot war. Es könnte – wenn auch unwahrscheinlich – eine andere Person als der oder die Mörder gewesen sein", gab Forsmann zu bedenken.

„Sehr richtig", bestätigte Valerie. „Es könnte überhaupt ganz anders gewesen sein. Zum Beispiel könnten die gestohlenen Ordner nur ein Ablenkungsmanöver sein. Vielleicht gibt es ein anderes Mordmotiv, das wir bisher nicht in Erwägung gezogen haben."

„Eine Beziehungstat?" Brandes klang misstrauisch. „Das Zeichen ist doch ganz klar eine Nachricht. So etwas machen Banden der organisierten Kriminalität. Aber doch nicht jemand aus der buckligen Verwandtschaft, der ein paar Millionen erben will. Und auch nicht eine erboste Geliebte, die abserviert wurde", sagte er im Brustton der Überzeugung.

„Wir müssen nur rausfinden, welche der in Hamburg aktiven Mafiosi sich ein neues Corporate Design zugelegt haben, das sie neuerdings auf Leichen pinseln. Wir sollten uns auf dem Kiez umhören. Bei unseren Informanten."

Brandes machte den Eindruck, als wolle er sofort Richtung St. Pauli abdüsen. Einige Kollegen nickten zustimmend.

„Wir haben noch nicht im direkten sozialen Umfeld Harksens ermittelt", wandte Valerie ein. „Und genau das werden wir morgen tun. Es wird Zeit, dass wir die Alibis der Familie und Freunde überprüfen. Nicht zu vergessen deren Lebensumstände."

„Aber Brandes hat Recht", sagte Böttcher. „Wir sollten wirklich auf dem Kiez ermitteln. Wir wissen nämlich inzwischen, was das Zeichen zu bedeuten hat."

Alle Köpfe drehten sich zu ihm.

„Es ist das Erkennungszeichen der SM-Liebhaber. Die Triskele aus der Geschichte der O. Hat unser Praktikant rausgefunden. Über Google."

Er grinste. „Wir haben offensichtlich keine SM-Liebhaber unter uns."

„Was? Der Ring der O?" Forsmann klang misstrauisch. „Der sieht doch ganz anders aus."

„Hört hört", frotzelte Böttcher. „Hast du da tatsächlich Erfahrung?"

„Was heißt schon Erfahrung", entgegnete Forsmann. „Der Ring der O ist nun wirklich Mainstream."

„Ach was", sagte Böttcher. „Und der sieht anders aus?"

„Ja, also nicht wie diese Triskele. Das ist einfach ein Ring mit einer Öse."

„Also dann rufen wir jetzt sofort Leon an und fragen ihn, was er da verzapft hat."

Böttcher war sauer, dass er sich von einem Praktikanten hatte aufs Glatteis führen lassen. Er wählte Leons Nummer, der nahezu rund um die Uhr in einem winzigen Verschlag des Kommissariats am Rechner saß.

„Hör mal Leon, die Kollegen sind etwas irritiert wegen diesem Ring der O. Bist du sicher, dass diese Triskele ein SM-Zeichen ist?" Man hätte einen Floh husten hören können. Alle starrten gespannt zu Böttcher. Der wackelte mit dem Kopf und räusperte sich gelegentlich mit einem „mh, mh".

„So, wieder was gelernt. Also: Die Triskele ist ein Symbol für verschiedene Spinnergruppen", erläuterte Böttcher. „Unter anderem für rechtsradikale Buren in Südafrika und für den Ku Klux Klan. Und dann gibt es noch so Rollenspiel-Freaks, die als Hobby irgendwelchen Pseudo-Mittelalter-Scheiß verzapfen oder Herr der Ringe spielen. Aber das Zeichen auf dem Bauch von Harksen sei eindeutig die SM-Triskele. Sie sieht wohl etwas anders aus als die der anderen Spinner. Sagt Leon. Er druckt uns Fotos und Zeichnungen aus dem Internet aus."

Böttcher war froh, dass Leon ihn nicht blamiert hatte.

Die anderen konnten ihre Überraschung nicht verbergen.

„Ein Ritualmord? In SM-Kreisen? In den Geschäftsräumen Harksens?" Valerie war skeptisch.

„Wer weiß. Vielleicht war er gar kein so sauberer älterer Herr und der Gattin immer treu. Das werden wir auch noch rausfinden. Aber es geht mit Sicherheit auch um Geld. Wie bei der Entführung Abendroth."

Jetzt kam Böttchers Clou. „Und genau die gleiche Triskele war auch auf dem Sack aufgedruckt, den die Entführer Hendrik Abendroth übergestülpt haben!" Er hielt kurz inne, um die Nachricht wirken zu lassen.

„Also innerhalb von wenigen Stunden taucht zwei Mal dieses Zeichen bei einem Verbrechen auf. Das kann kein Zufall sein."

Er holte tief Luft.

„Das ist doch eindeutig ein Indiz dafür, dass beide Male dieselben Täter am Werk waren!"

Allerdings war er nicht völlig zufrieden. „Leider konnte die Spurensicherung sonst nichts finden. Auch der Mercedes ist immer noch spurlos verschwunden."

Valerie verzog missmutig das Gesicht.

„Woher kommt die Information zu dieser Triskele auf dem Müllsack?" Sie war sauer, dass Böttcher ihr dieses wichtige Detail vorenthalten hatte und erst jetzt damit rausgerückt war. Doch dann beschloss sie, gute Miene zum bösen Spiel zu machen.

Böttcher lächelte sie an, machte wieder auf Charmeur.

„Die beiden Oldies aus dem Bistro haben das heute Abend hier zu Protokoll gegeben. Sie waren sich ganz sicher mit ihrer Beschreibung. Beiden ist das Zeichen aufgefallen. Hellmann hat sie vernommen."

Erstauntes Raunen ging durch den Raum.

Das war nun nicht die ganze Wahrheit. Noch waren die beiden mit Hellmann im Revier unterwegs und hatten keine Zeugenaussage unterschrieben. Aber Böttcher war sicher, dass sie bei ihrer Darstellung bleiben würden.

„Ich lese die Aussagen gerne in Stichworten vor."

„Nicht nötig, Böttcher. Was schlagen Sie vor?" fragte Valerie.

Der Hauptkommissar holte Luft.

„Drei Dinge", antwortete er knapp.

Er klang selbstbewusst und überzeugend.

„Erstens: Wir holen uns Informationen und Unterstützung von den Kollegen der Sitte. Ich persönlich hatte noch nie mit der SM-Szene zu tun. Und ich vermute, das geht den meisten Kollegen hier so."

Zustimmendes Gemurmel im Raum.

„Zweitens: Wir ermitteln in der SM-Szene, und zwar bei den Profis auf dem Kiez. Da gibt es einige Clubs, soweit ich weiß, und natürlich diese Boutiquen mit dem ganzen Peitschen- und Fetischkram. Wäre doch gelacht, wenn dort niemand von diesen Pinseleien wüsste."

Auch dieser Vorschlag stieß auf breite Zustimmung.

„Und schließlich drittens ermitteln wir bei den normalen Loddeln und ihren Mädchen, was die so über die schlagende Konkurrenz wissen."

Einige Kollegen nickten mit dem Kopf. Die Praktikantinnen tuschelten; sie schienen von der Idee, auf dem Kiez zu ermitteln, ebenfalls angetan zu sein.

Böttcher schaute sich genüsslich um und erwartete offensichtlich Beifall für seinen Ermittlungserfolg und die Vorschläge.

„Die Kiez-Szene hat doch auch null Bock auf Entführungen und Mord, die wollen in Ruhe arbeiten", ergänzte er.

„Sehr verständnisvoll, Böttcher", schnaubte Valerie. Sie hatte den Eindruck, dass ihre Autorität wankte und Böttcher versuchte, ihr die Leitung des Falles abspenstig zu machen. Er war der Platzhirsch hier und sie nur eine gerade hereingeschneite LKA-Frau. Sie hätte mit dem Imponiergehabe rechnen müssen. Zudem hatte sie das Gefühl, dass er nicht alles verriet, was er wusste. Sie würde ihn genau beobachten, seine Mimik und Körpersprache. Die würden ihr früher oder später verraten, was Kollege Hauptkommissar Böttcher verbarg. Das hatte sie ebenfalls in Quantico gelernt; beim Lesen von Haltung und Mimik war sie mindestens so gut wie Dr. Lightman aus der Krimiserie „Lie to me". Aber dafür musste sie sich in Böttchers Nähe aufhalten. Und genau das würde sie ihm auch vorschlagen. So leicht lasse ich mich nicht ausbooten, Oberschlaumeier, dachte sie und lächelte aufmunternd in die Runde.

„Haben wir sonst noch etwas, zum Beispiel weitere Zeugen?"

„Bisher hat sich niemand gemeldet", sagte Forsmann. „Die Zeugen der Entführung haben alle mehr oder weniger dasselbe ausgesagt – dass Abendroth ein Sack über den Kopf gestülpt wurde und er sich nicht gewehrt hat, dass alles sehr schnell ging und die Limousine mit ihm stadtauswärts weggebraust ist."

„Gut, besser als nichts", sagte Valerie. „Ich war bei der Witwe. Die hat ein wahrscheinlich entscheidendes Detail berichtet. Ihr ermordeter Gatte und Hendrik Abendroth kannten sich. Sie haben sich mindestens einmal getroffen, und zwar im SM-Club Colosseum."

„Na Prost Mahlzeit", sagte Brandes. „Die feine Gesellschaft. Da kann man es mal wieder sehen, diese Koofmichs habe doch auch ein Leben unterhalb der Gürtellinie."

„Harksen und Abendroth sollen sich dort ordentlich in die Haare gekommen sein", ergänzte Valerie. „Gunnar Harksen hat Hendrik Abendroth gegenüber seiner Gattin als Hurenbock bezeichnet – nicht wörtlich, aber sinngemäß. Er soll empört aus dem Colosseum wieder abgedüst sein und heim zu seiner Frau."

Das hielten nicht alle Polizisten im Raum für glaubhaft.

„Sagt sie. Vielleicht hat er seine Rolle bei diesem Streit auch beschönigt, weil er befürchtet hat, dass sie irgendwann erfahren wird, was er so treibt."

Der Einwand von Brandes war nicht von der Hand zu weisen. Ob die Darstellung der Witwe zutraf, mussten sie erst noch überprüfen. Im Moment hatten sie nur Vermutungen.

„Wir müssen die Rolle der beiden Opfer in der SM-Szene rausfinden", stellte Valerie fest. „Für eine Verbindung der beiden gibt es eine hohe Wahrscheinlichkeit und auch Indizien, nämlich die Aussage von Claire Harksen und die Triskele. Aber wir haben noch keine Beweise. Doch es gibt sicherlich eine Menge Leute, die sich im Colosseum oder auf dem Kiez in der SM-Szene tummeln." „Und wir müssen noch Verwandte und Bekannte überprüfen", wandte Brandes ein. „Bisher wurden nur Claire Harksen und Marion Abendroth befragt. Doch letztere war viel zu aufgelöst, um irgendetwas Substanzielles von sich zu geben", beschrieb er deren Gemütsverfassung. „Sie sitzt heulend zuhause am Telefon. Als wir bei ihr waren, wirkte sie zudem ziemlich angeschickert", berichtete er. „Hat sich wohl mit Schnaps beruhigt. Wir haben eine Fangschaltung gelegt." Valerie nickte. „Und die Kollegen aus dem Wirtschaftsdezernat haben mir gesteckt, dass sowohl Hendrik Abendroth als auch sein Schwager, der Bruder von Marion Abendroth, Bernd Dellmann, nicht gerade in Geld schwimmen. Die beiden scheinen eine Menge windiger Geschäfte anzuleiern, die selten was bringen außer Ärger."

Brandes massierte seine verspannten Nackenmuskeln.

„Beide sind, so drückte es eine Kollegin aus, nicht die hellsten Kerzen am Baum", fuhr er fort. „Ihre größten Erfolge feiern sie wohl eher in der Damen- als in der Geschäftswelt."

Die Kollegen grinsten.

„Und Bernd Dellmann ist seit gestern verschwunden", stellte Brandes schließlich noch fest. „Wir wollten ein paar Informationen zu seinem Schwager von ihm, aber er ist nicht auffindbar."

Brandes blätterte in seinen Aufzeichnungen.

„Allerdings lebt Dellmann allein, bisher hat ihn niemand als vermisst gemeldet. Seine Schwester wollten wir nicht fragen – noch nicht."

Valerie schaute ihn mit hochgezogenen Augenbrauen an.

„Na ja, sonst wäre sie wohl bald zu gar nichts mehr zu gebrauchen. Sie hängt wohl sehr an ihrem Bruder, obwohl er das Familienvermögen durchgebracht hat."

„Das sind ja interessante Informationen, gut gemacht!"

Valerie vermisste zwar einige Details, war aber im Großen und Ganzen zufrieden. „Forsmann und Brandes, bleiben Sie bei den Verwandten am Ball. Und schauen Sie sich auch im Umfeld um, Golfclub, Personal und so weiter. Ich schlage vor, Kollege Böttcher und ich übernehmen die Nachtschicht auf dem Kiez."

Böttcher schaute sie überrascht an.

„Es ist spät, wir treffen uns morgen früh acht Uhr. Dann beginnen wir mit den Ermittlungen bei Family and Friends. Und

Brandes, geben Sie bitte dem Praktikanten den Auftrag, herauszufinden, ob es diese Müllbeutel mit der Triskele irgendwo zu kaufen
gibt. Ich nehme mal an, Budni oder Rossmann haben die nicht im
Programm. Vielleicht werden sie in Heimarbeit von den Usern pro-
duziert und vertrieben."

„Vielleicht sitzen im Keller vom Colosseum in einem Verlies
Sklaven aus der Hamburger besseren Gesellschaft und machen
Triskelen-Kartoffeldruck und werden zwischendurch verhauen",
stellte Brandes eine Vermutung an.

Alle lachten, auch Valerie konnte sich ein Grinsen nicht verkneifen. „Wie heißt der Praktikant noch? Ach ja, Leon, natürlich.
Also Leon soll sich beeilen, morgen früh will ich Ergebnisse haben.
Diese Nerds sitzen doch sowieso die ganze Nacht am PC, da kann
er sich mal sinnvoll austoben."

Sie checkte ihre To-do-Liste und kaute auf ihrem Bleistift
herum. „Und nehmen Sie nochmals Kontakt zur Sitte auf. Rufen
Sie uns an, wenn Sie im Laufe der kommenden Stunden von denen
schon etwas erfahren", forderte sie Brandes auf. „Wer übernimmt
das Telefon mit der Fangschaltung?" fragte sie Forsmann.

„Das machte heute Nacht Polizeiobermeisterin Martina
Bauer. Sie sagt, sie hat eh Schlafstörungen wegen der Schwanger-
schaft."

„Gut, Forsmann, sagen Sie ihr bitte Bescheid, dass sie sich zu
essen bestellen kann, was sie will. Oder ist noch was da von den
Kanapees?"

„Ne, alle weg", entgegnete Brandes bedauernd.

„Dann soll sie sich bestellen, worauf immer sie Appetit hat,
und etwas mit Hellmann plaudern", schlug Valerie vor.

Die anderen Ermittler grinsten, standen auf, klaubten ihre Notizen zusammen und waren froh, dass die Telefon-Hellmann-
Nachtschicht an ihnen vorbei gegangen war.

Valerie wandte sich an Böttcher. „Lassen Sie uns fahren. Ich
habe Lust auf ein Bier. Und eine Bockwurst. Sie kennen doch sicherlich auf dem Kiez eine Kneipe, in der wir eine kleine Pause machen können, bevor wir loslegen."

Böttcher schmunzelte. „Ja, da fallen mir spontan ein paar gute
Locations ein."

„Na dann nichts wie hin", sagte Valerie, schnappte sich ihre
Umhängetasche, lächelte ihn an und stürmte Richtung Ausgang.

Der Kofferraum
Mercedes S-Klasse, Duvenstedter Brook, Donnerstagabend

Ihm war übel. Hendrik Abendroth, Hamburger Kaufmann aus bester Familie, zuhause in der Welt, aber jetzt eingesperrt in einem Gefängnis aus Blech, schnappte nach Sauerstoff. Er versuchte, seine Beine auszustrecken, ein ebenso mühseliges wie fruchtloses Unterfangen. Der Kofferraum der S-Klasse war geräumig, aber eindeutig nicht für den Transport von Menschen gedacht. Schon gar nicht für Männer von respektabler Körpergröße. Zum ersten Mal im Leben verfluchte er seine eins fünfundachtzig.

Er konnte seinen zusammenstauchten Körper nicht drehen. Auf der rechten Schulter hatte sich eine eklige Flüssigkeit ausgebreitet. Seine Hände waren gefesselt. Der Sack über seinem Oberkörper stank nach Müll. Hendrik fürchtete, er würde sich übergeben müssen. Er fühlte, wie Schmodder an seiner rechten Wange entlang in den Kragen seines Polohemdes rann. Trotz der Übelkeit wurde er wütend.

Wut war gut. Er spürte, wie sein Lebenswille zurückkehrte. „Verdammt, der Gestank geht doch niemals mehr aus den Klamotten raus", murmelte er vor sich hin. Dann wurde ihm die Lächerlichkeit seiner Überlegungen bewusst. Er war in der Hand von Verrückten, die seine Vereinbarung mit Lady Marylou definitiv falsch interpretierten. Er wusste nicht, was schlimmer war – sein desolater Zustand oder dass sich seine Zweifel an Marions Bereitschaft verstärkten, ihn hier rauszuholen. Hendrik versuchte, sich konstruktiv mit seiner unzweifelhaft prekären, aber doch verbesserungsfähigen Situation auseinander zu setzen. Bisher hatte er sich noch aus jeder beschissenen Lage herausmanövriert. Wäre ja gelacht. Jetzt war nachdenken angesagt.

Er musste sauer aufstoßen. Bei Paolino hatte er zwei Mojitos und ein großes Wasser getrunken. Der Limonensaft mischte sich in seinem Magen mit Kohlensäure und Magensäure, ein Cocktail, der sich aufgrund der Aufregung mit heftigem Sodbrennen und einem widerlichen Schluckauf bemerkbar machte. Zudem hatte er seit dem Mittagessen bis auf die Trüffel-Minipizza in der Wein-Bar keine feste Nahrung zu sich genommen. Seine volle Blase drückte. Glücklicherweise war ihm die Schmach einer unkontrollierten Entleerung seiner Ausscheidungsorgane, die er befürchtet hatte, bevor er im Kofferraum bewusstlos wurde, erspart geblieben. Aber seine zusammengefalteten Extremitäten schoben sich gegen den Unterleib; während der halsbrecherischen Fahrt wurde sein Körper gegen das Blech geschleudert und die Flüssigkeit in seinen Innereien wurde wie in einem griechischen Weinschlauch hin und her geschaukelt.

Er hörte, wie Zweige an die Karosserie klatschten. Alle paar Meter krachte der Wagen in ein Schlagloch. Ich sehe bestimmt aus wie nach einer Schlägerei, sinnierte Hendrik. Er hoffte, dass diese Tortur bald vorbei sein würde. Blut rann über sein Gesicht. Sein Zeitgefühl war flöten gegangen. Wie lange war es her, dass sie ihn von der Terrasse weggezerrt und in den Kofferraum verfrachtet hatten? Wann würden sie endlich am Ziel anlangen und mit dem Spielen, dem Haupt-Act, beginnen?

Hendrik dachte an frühere Ausflüge. Er fuhr oft zu seinem Freund Laszlo von Zopperan auf dessen Gut. Wegen der göttlichen Ruhe. Und der Jagd. Dort konnte man gut Hasen jagen – die Doppeldeutigkeit seines Gedankens ließ ihn trotz seiner wenig kommoden Lage grinsen. Bald würde das wieder möglich sein, tröstete er sich. Beim nächsten Herrenabend würde er die mit Abstand unterhaltsamste Anekdote zum Besten geben können. Etwas wie das hier hatten seine Freunde bestimmt noch nicht erlebt. Eine inszenierte Entführung, bei der man mit einer Million ausgelöst wurde. Ein Spaß für ein paar Stunden, eine Alternative zur donnerstäglichen After-Work-Party in der Hafencity. Oder zu den harmlosen Rollenspielchen im Colosseum.

„Wir bieten Dir etwas ganz Besonderes, Hendrik", hatte Lady Marylou gesäuselt. „Stell Dir vor, Du sitzt bei Paolino und wirst entführt. Diese Aufregung! Du wirst einen Ständer bekommen, wie Du ihn noch nie erlebt hast."

Sie hatte ihm mit ihren blutrot lackierten Fingernägeln am Arm entlang gekratzt, ihn in den Bauch gebissen und dann Klemmen in seine Brustwarzen gezwickt.

„Du kommst in ein geheimes Versteck, niemand weiß davon", schnurrte sie weiter. „Wir werden uns dort um Dich kümmern, um Dich ganz allein."

„Ja Herrin", hatte er geflüstert. Er hatte vor ihr gekniet in einem der Spielzimmer. Schemelchen gespielt. Sie hatte ihm den Stiletto-Absatz in den Rücken gebohrt und ihre Zigarette auf ihn geascht.

Tränen der Dankbarkeit waren aus seinen Augen getropft. „Ich werde tun, was Ihr befehlt, Herrin. Ich bin Euer Sklave."

Er hatte einen weiteren Scheck unterschrieben und prompt eine Erektion bekommen. Lady Marylou hatte gelächelt. Er hatte auf die Bodenfliesen aus tiefrotem, afrikanischem Granit ejakuliert.

„Wisch das auf", hatte Lady Marylou geschnauzt.

„Wie Ihr befehlt, Herrin", hatte er geflüsterte und fleißig geputzt.

Die Gaffer an der Tür hatten gegrinst.

Er würde Lady Marylou geben, was sie wollte. Was war schon Geld? Im Vergleich zu einem Abenteuer wie diesem? Sie war seine Herrin. Und er würde in dieses Geschäft einsteigen und endlich mal richtig absahnen. Er würde Marion anrufen, würde sie anbetteln, anflehen, das Lösegeld zu bezahlen. Sie würde es tun. Hoffentlich.

Sicher, er hatte sich in den vergangenen Jahren nicht wie ein liebender Gatte verhalten. Im Gegenteil. Er hatte sie betrogen und dabei keine Mühe gegeben, diskret vorzugehen. Vielleicht hatte sie sogar die Kreditkartenabrechnungen der diversen Clubs entdeckt, die er häufig mit Freunden oder Geschäftspartnern besuchte.

Doch sie hatte geschwiegen. Würde sie ihm seine Gemeinheiten jetzt heimzahlen? Wozu gedemütigte Frauen im Stande waren, hatte sein Freund Hubertus von Blankenburg erfahren müssen. Dessen Frau Albertine setzte ihm ganz ungeniert Hörner auf. Inzwischen ging sie sogar so weit, sich mit ihren jugendlichen Liebhabern bei offiziellen Anlässen zu zeigen. Als Hubertus sie eines Abends zur Rede stellte, hatte sie nur mit versteinerter Miene gesagt: „Quid pro quo", sich umgedreht und die Party verlassen. Dann war sie mit ihrem höchstens dreißigjährigen, blonden, braugebrannten, muskulösen Galan in ihrem Mercedes abgerauscht. In dem Mercedes, den Hubertus ihr zu Weihnachten geschenkt hatte. Der Kies hatte gespritzt in der Auffahrt. Glücklicherweise hatten die meisten Gäste diese Szene nicht mitbekommen. Er hatte Hubertus schadenfroh auf die Schulter geklopft, ihm ein Glas Cognac in die Hand gedrückt und ihn aufgefordert: „Trink. Das hilft."

Damals war er sicher, dass Marion nie so weit gehen würde. Albertine war ein anderes Kaliber. Die war knallhart. Aber welche Garantie hatte er, dass seine Frau loyal war? Dass sie sich nicht rächen würde? Null Garantie hatte er. Vielleicht war dieser aus dem Ruder laufende Zwischenfall, in den er hier verwickelt war, für sie jetzt eine willkommene Gelegenheit, ihn endgültig loszuwerden.

Nichts einfacher als das. Sie musste nur die Geldübergabe vermasseln. Wer würde ihr jemals beweisen können, dass sie das absichtlich gemacht hatte? Niemand. Alle würden die trauernde Witwe bedauern. Andererseits: Würden seine Entführerinnen so weit gehen? Ihn tatsächlich umbringen? Kein Mensch konnte bisher nur im leisesten ahnen, was es mit seiner Entführung auf sich hatte; er selbst würde vielleicht nie mehr die Gelegenheit haben, von seinem Abenteuer zu berichten.

Hendriks Beine waren eingeschlafen und kribbelten. Hoffentlich bekomme ich keine Embolie, dachte er. Hoffentlich komme ich aus diesem Event einigermaßen unbeschadet raus. Von einem Müllsack, einer halsbrecherischen Fahrt und zerrissener Kleidung war bei der Absprache mit Lady Marylou keine Rede gewesen. Auf was hatte er sich da nur eingelassen!

Sie hatten alles genau abgesprochen. Die Entführung. Das Lösegeld. Eine Million. Das würde reichen, um seine Schulden im Colosseum zu bezahlen. Marion musste das Geld von verschiedenen Konten zusammenkratzen. Das würde sie schon hinbekommen. Wenn sie wollte – das war der entscheidende Punkt. Die Frage, ob sie sich für ihn tatsächlich ins Zeug legte, um sein Leben kämpfte, war Teil der Spannung, Teil des Deals.

Aber wenn sie es nicht schaffte, vielleicht gar nicht schaffen wollte – dann konnte Marion sein Geld einfach behalten. Samt der Villa und den teuren Klunkern, die er ihr irgendwann mal geschenkt hatte. Vielleicht steckten irgendwo sogar noch Reste des Dellmannschen Vermögens, von dem ihr ja ein erheblicher Teil zustand. Nicht einmal ihr dussliger Bruder Bernd konnte so blöd sein, das gesamte schöne Geld der Familie mit Fehlspekulationen zu verplempern. Auch wenn es offensichtlich war, dass sich die über 200 Jahre vererbte kaufmännische Geschicklichkeit der Dellmanns in Bernds Gene nicht übertragen hatte. Von dieser erblichen Disposition profitierte eindeutig eher Marion.

Andererseits, so spekulierte Hendrik weiter, als Banker musste ihr Bruder ja kein Genie sein. Und auch sonst keine Leuchte, dachte er boshaft. Wahrscheinlich hatte der tumbe Bernd seine Schäfchen längst im Trockenen. Es sei denn, er war noch blöder, als er sich während seines bisherigen trostlosen Daseins und bei den gemeinsamen Geschäften präsentiert hatte.

Der Wagen rumpelte wieder in ein Schlagloch. Hendriks Kopf donnerte an den Kofferraumdeckel. Er wurde erneut bewusstlos.

Die Hütte
Duvenstedter Brook, Donnerstagabend

Hendrik kam zu sich. Er hatte Todesängste ausgestanden und verzweifelt nach Luft geschnappt. Wie lange war er weggetreten gewesen? Schritte kamen näher. Der Kofferraumdeckel wurde aufgerissen. „Komm raus", bellte eine heisere Stimme. Er versuchte, sich aufzurichten. Schaffte es nicht. Sie griffen unter seine Arme und zogen ihn heraus. Er blieb mit der Schnalle seines Hermès-Gürtels am Kofferraumschloss hängen, doch sie bugsierten ihn weiter über das Metall und zerrissen sein Hemd. Damit hatte sich seine Sorge wegen des Gestanks auch erübrigt. Das Hemd war hinüber. Sie fesselten ihn mit Handschellen. Rammten ihm einen harten Gegenstand in die Rippen. Trieben ihn quer durch einen verwilderten Garten. Hendrik stöhnte. Eine Tür wurde aufgeschlossen. Sie stießen ihn hinein. Der Boden knarzte. Es roch nach Harz und erkaltetem Feuerholz.

Sie zogen ihm den Sack vom Kopf.

„Ich muss pissen", jammerte er.

Es waren drei Frauen.

„Willkommen im Chateau Lacoste", sagte eine süße Blonde in Schulmädchenuniform.

Die größte der Damen hatte ein Outfit aus schwarzem Leder; sie schlug sich immer wieder leicht mit einem Flogger, einer vielschwänzigen Peitsche, auf ihren rechten Oberschenkel. Die Brünette trug eine Schwesterntracht. Vervollständigt wurde die Aufmachung der drei durch lederne Halsbänder mit Nieten, an denen der Ring der O hing.

Der Ring der O. Die Geschichte der O. Mit Diesem Softporno hatte alles angefangen. Er hatte das Buch in der Bibliothek seines Freundes Laszlo von Zopperan entdeckt und durchgeblättert, während dieser Wein aus seinem Keller holte.

„Na Laszlo, da sehe ich hier Erstausgaben von Emile Cioran, Nietzsche und Schopenhauer und daneben dieser Hausfrauen-Sado-Maso-Kitsch, was soll man denn davon halten."

„Oh, der Herr ist Kenner", hatte Laszlo grinsend entgegnet.

„Du wirst es nicht glauben, der Hausfrauen-Kitsch törnt mich an." Hendrik hatte seinen Freund ungläubig angeschaut. Dann hatte Laszlo von seinen Abenteuern erzählt. Vom Colosseum, von Lady

Marylou. Den Partys. Dem jugendlichen Volk, das sich dort vergnügte, wenn die Clubs auf St. Pauli zu langweilig wurden. „Im Colosseum hatte ich die besten Orgasmen meines Lebens", erzählte Laszlo. Er betrachtete sein funkelndes Kristallglas und nahm einen großen Schluck Rotwein. Dann erzählte er von Herrinnen und Spielzeugen, dem Gynäkologenstuhl und dem Andreaskreuz. Von den Insignien der Szene. Dem Ring der O, der an der rechten Hand getragen, die devote Ausrichtung des Trägers symbolisiert, links getragen die dominante. Von der SM-Triskele, einem Rad mit drei gebogenen Speichen, dem Symbol für das Szene-Motto „Safe, sane, consensual" – „sicher, vernünftig und einvernehmlich".

„Das ist doch ausgemachter Blödsinn", hatte Hendrik seinen Freund abgebürstet. „Irgendwie seid Ihr Adligen doch alle pervers. Früher habt ihr eure Untertanen im Schlosskeller gefoltert, jetzt lasst ihr euch selber den Hintern versohlen."

Laszlo hatte nur gegrinst.

Und Hendrik war neugierig geworden. Fing Feuer. Schließlich begleitete er Laszlo immer häufiger in die Clubs. Suchte sich weibliche Doms oder Tops, Amateurinnen und bald auch Profis, Damen, die ihn unterwarfen und bestraften. Körperlich und finanziell.

Bisher war auch immer alles nach Plan und einvernehmlich abgelaufen. Safe, sane, consensual. Doch jetzt ahnte Hendrik, hier und heute galten andere Regeln galten als in der gepflegten Champagner-Umgebung des Colosseums.

Was ihn jedoch viel mehr beunruhigte als die primitive Location – er hatte schon häufiger an Jagdausflügen in Rumänien teilgenommen und in ähnlich simplen Etablissements logiert – war der Auftritt der drei Entführerinnen. Das Outfit war nach seinem Geschmack, er hatte diese Art von Kostümierung schon immer sehr unterhaltsam gefunden. Doch irgendwie gingen von den dreien gefährliche Vibrations aus. Waren sie tatsächlich Geschäftspartnerinnen von Lady Marylou? Wusste die Chefin, was hier vor sich ging?

Die Gesichter der drei waren hell, Augen und Lippen dunkel geschminkt. Sie beachteten ihn nicht, sondern schienen irgendwelche Vorbereitungen zu treffen. Hendrik war sich bewusst, dass er zugestimmt hatte, der „Sub" zu sein, der Sklave. Er wusste, dass er Schmerzen würde ertragen müssen, allerdings rechnete er nicht mit allzu schlimmer Folter. Es ging in erster Linie darum, ihm finanzielle Schmerzen zuzufügen. Er kannte die Spielregeln.

Jetzt musste er pinkeln, verdammt. Dieser Drang konnte schließlich nicht durch Selbstbeherrschung und auch nicht mithilfe von Geld für unbegrenzte Zeit unterdrückt werden. Er war bereit, sich bis zu einem gewissen Grad demütigen zu lassen, aber es war nicht vereinbart, dass er nicht zur Toilette durfte. Je mehr er darüber nachdachte, desto ärgerlicher wurde er.

„Hier gibt es keine Toilette" schnauzte die Dame in schwarz.

„Dann piss ich eben an einen Baum", entgegnete Hendrik ungehalten.

„Hier wird nicht in die Landschaft gepisst" schrie jetzt das Schulmädchen und schlug ihn mit ihrem Täschchen.

„Komm, Schätzchen", sagte Hendrik, „mach die Handschellen auf und lass mich in die Büsche. Dann spielen wir weiter."

Er merkte sofort, dass dieser joviale Ton ein großer Fehler war. Die schwarze Dame kam wie eine Furie auf ihn zu geprescht und zischte mit gefährlich leiser Stimme: „Wir spielen nicht, du Idiot. Wenn du willst, dass du hier lebend rauskommst, machst du besser, was wir sagen."

Dann trat sie seitlich gegen sein rechtes Knie; das Gelenk knackte. Der Schmerz war schlimmer als alles, was er bisher im Leben ertragen musste. Er schrie auf, fiel vornüber und spürte, wie sich seine Blase unkontrolliert entleerte. Noch schlimmer als diese Demütigung war die Tatsache, dass er weinte. Er konnte ein Schluchzen unterdrücken, aber der Schmerz trieb ihm die Tränen in die Augen. Sie liefen in einem unkontrollierbaren Strom über seine immer noch jugendlichen, mit teurer Creme und herrlich duftendem Aftershave gepflegten Wangen.

Was hatten diese drei sadistischen Megären mit ihm vor? Das war nicht mehr das vereinbarte Spiel, das war etwas komplett anderes, bitterer, lebensbedrohlicher Ernst. Hendrik konnte kaum noch klar denken, der Schmerz fesselte seine gesamte Aufmerksamkeit.

Es musste doch eine Möglichkeit geben, in zielführende Verhandlungen einzutreten? Die gab es immer, hatte ihm der alte Harksen beigebracht. „Du musst immer dafür sorgen, dass es eine Win-Win-Situation gibt", hatte Harksen, der gewiefte Reeder, gesagt. „Alle Menschen wollen etwas gewinnen und haben aber auch etwas zu verlieren", hatte er erklärt. „Finde raus, was, und hilf ihnen dabei, das, was sie wollen, zu bekommen, und das was sie nicht verlieren wollen, zu behalten."

Das war es. Genau, sagte er sich. Ich muss ihnen klar machen, dass sie in Hamburg nie mehr einen Kunden wie mich bekommen, wenn sie mir so übel mitspielen. Das mit dem Knie war bestimmt ein Unfall. Sie brauchten ihn lebend, wenn er bezahlen sollte. Und einigermaßen unversehrt. So war das Arrangement geplant. Er hatte ihnen Macht gegeben über seine Person, sein Geld. Aber doch wohl nicht komplett. Er war doch der Boss! Und Marion hatte er bisher auch immer im Griff gehabt. Er würde ihr vorjammern, dass die Frachtraten der Schiffe im Keller seien. Das konnte man schließlich jeden Tag in der Zeitung lesen. Er würde aus den laufenden Einnahmen seiner diversen Unternehmen in den kommenden Monaten einige hunderttausend Euro abzweigen und den drei etwas widerborstigen Gespielinnen zukommen lassen.

„Hört her", nahm er einen erneuten Anlauf, um mit den dreien auf der Vernunftebene, der Logik des Geldes, zu kommunizieren. „Wir haben doch vereinbart, dass wir um Geld spielen." Er versuchte, Blickkontakt herzustellen. „Aber ihr habt mir nicht nur meine Kleidung, sondern auch mein Knie ruiniert. Das war so nicht vereinbart. Ich bestehe auf Einhaltung eurer vertraglichen Zusagen. Ansonsten gibt es kein Geld."

Die schwarze Domina schaute ihn unverwandt an. „Du wirst bezahlen", sagte sie ruhig. „Und du wirst es gerne tun. Du tust alles, um uns zu gefallen. Das ist die einzige Möglichkeit, deinem Leben einen Sinn zu geben." Sie zögerte kurz. „Dein Freund ist tot, deine Frau wird dich verlassen. Ohne uns bist du nur ein armseliger Hamburger Kaufmann, der sein Leben vergeudet, ohne eine Spur zu hinterlassen." Sie strich ihm mit den Lederriemen des Floggers über sein Gesicht. „Ich habe immer Recht und du bist nur ein Wurm von meinen Gnaden, ich bin deine Herrin – die Herrin deines Körpers, deiner Seele und deines Geldes."

Hendrik wusste nicht, ob er lachen oder heulen sollte. Was hatte die Schwarze gesagt? Sein Freund sei tot? Wer sollte das denn sein? Die Weiber redeten wie üblich einfach dummes Zeug. Er beschloss, als der Klügste im Raum zumindest so zu tun, als würde er mitspielen. Hendrik hatte sich schon immer viel auf seinen Intellekt eingebildet. Er beschloss, seinen Verstand zu benutzen und das Bestmögliche aus der Situation zu machen. Sie wollten die Chefs sein? Bitteschön. Die Welt war voll von Illusionen. „Oh Herrin", wandte er sich an die Schwarze, die offensichtlich das Kommando führte, „ich werde alles tun, was Ihr mir befehlt, aber bitte nehmt mein Geld und tut mir nicht mehr weh." Sie waren doch Profis, verdammt noch mal; er hatte schon oft gespielt, im Colosseum und anderen Clubs. Dort hielt man sich immer an die Regeln und die besagten vor allem, dass das Ganze Spaß machen sollte.

Die drei Damen, die ihn jetzt quälten, waren gut gebaut und wären in einer anderen Situation durchaus einen Freizeitfick wert gewesen. Doch hier hatte er offensichtlich mit keinerlei Entgegenkommen zu rechnen. Die Krankenschwester griff nach einem Spaten und einer Schaufel, die in der Ecke standen. „Nimm", befahl die schwarze Domina. Sie stießen ihn aus der Tür und schubsten ihn weg von der Hütte in Richtung des Zauns, der das Grundstück vom Wald trennte.

„Grab", sagte die Schwarze. Die beiden anderen zündeten sich Zigaretten an und beobachteten ihn mit regungslosen Gesichtern. „Ich kann nicht", stammelte Hendrik fassungslos. Diese Irren wollten ihn sein eigenes Grab schaufeln lassen! Er würde hier auf Nimmerwiedersehen verschwinden, begraben in einem Schrebergarten, unbeweint und ohne Zeremonie.

„Grab eine Grube!", schrie die Krankenschwester. Sie stellte ihre Hebammentasche auf den Boden und kramte eine Spritze heraus. Dann griff sie eine Zellophan Packung mit einer Phiole, riss die Packung auf und zog die Spritze mit einer blassen Flüssigkeit auf.

„Komm her, Sklave", befahl die Krankenschwester. „Ich gebe dir etwas gegen die Schmerzen."

Hendrik überlegte, was sie mit ihm vorhatten. Würden sie ihm Drogen geben? Oder Gift? Damit er noch mehr Schmerzen leiden musste?

Die Schwarze und das Schulmädchen griffen seine Arme und hielten ihn fest. „Halt still", bellte die Krankenschwester. Hendrik stieß unartikulierte Laute aus und jammerte wie ein kleines Kind vor sich hin, wobei ihm Rotz aus der Nase und Spucke aus den Mundwinkeln floss. Schließlich ergab er sich zumindest vorläufig in sein Schicksal. Er konnte sowieso nicht verhindern, was immer sie vorhatten. Vielleicht würde sich später, wenn sie etwas unaufmerksam werden würden, eine Gelegenheit zur Flucht ergeben. Genau, er würde einfach abwarten. Früher oder später musste er doch verdammt noch mal die Kontrolle wieder erlangen.

Die Krankenschwester trieb ihm die Spritze mit Wucht in den Schenkel oberhalb des Knies und drückte die Flüssigkeit in den

Muskel. Hendrik jaulte auf. Erneut liefen Tränen über sein Gesicht. Seine drei Peinigerinnen beobachteten ihn neugierig. Er spürte, wie der Schmerz nachließ. Sie hatten ihm tatsächlich ein Anti-Schmerzmittel gespritzt.

„Procain. Das gibt der Zahnarzt seiner Familie", witzelte die Krankenschwester.

Hendrik musste sich eingestehen, dass es zahlreiche Fertigkeiten gab, die das Überleben außerhalb geschlossener Räume begünstigten, von denen er jedoch keine Ahnung hatte. Sein handwerkliches Talent beschränkte sich auf das Entblättern von Gespielinnen und das Handling eines Tankstutzens. Er konnte auch nicht segeln, ein Sport, der einige Muskelkraft in Armen und Beinen erforderte. Er selbst litt zwar nicht unter diesem Defizit, in seinen Kreisen sorgte es jedoch für Irritation.

Jetzt hatte er endlich die Gelegenheit, eine neue körperliche Aktivität auszuprobieren.

„Wie groß soll die Grube sein?" fragte er die schwarze Chefin, die sich auf die Schaufel stützte und ihn beobachtete.

„Ein Meter mal ein Meter, zwei Meter tief", antwortete die Schwarze.

Die Angaben nahmen der Aufgabe schon mal den größten Schrecken. Seine panische Angst, dass sie ihn sein eigenes Grab schaufeln ließen, hatte sich zumindest vorläufig als unbegründet erwiesen – es sei denn, sie wollten ihn stehend beerdigen, was ihm wenig wahrscheinlich erschien.

Kann mir egal sein, was sie hier verbuddeln, sagte er sich. Hauptsache, ich komme hier ohne größeren Schaden raus. Und das werde ich schaffen, wäre ja gelacht. Er wischte sich Rotz und Tränen aus dem Gesicht.

Bisher hatte es außerhalb seiner Vorstellungswelt gelegen, dass Frauen ihm ernsthafte Schwierigkeiten bereiten konnten. Er hatte noch alle Weiber in den Griff gekriegt, seine Mutter ebenso wie die Leiterin des Internats, in das seine Eltern ihn als renitenten Teenager verfrachteten, und später natürlich auch Marion, seine Ehefrau. Warum sollte es dieses Mal anders sein.

Hendrik wischte sich den Schweiß von der Stirn. Immer noch war der Himmel blau und die Luft flirrte vor Hitze. Was würde er drum geben, wenn er jetzt zuhause auf der Terrasse sitzen und Vinho Verde schlürfen könnte! Er verfluchte den Tag, als Lady Marylou ihm die Entführung schmackhaft gemacht hatte. Was für eine

Schnapsidee. Wie hatte er nur darauf reinfallen können, dass es einen besonderen Kitzel bedeutete, sich diesen Dominas mit Haut und Haaren, vor allem mit Konto und Depot auszuliefern! Warum nur hatte seine Geschäftspartnerin ihm das vorgeschlagen? Hätte er im Entferntesten geahnt, was auf ihn zukommen würde, hätte er sofort die Flucht ergriffen und nie mehr einen Fuß in diesen verfluchten SM-Laden gesetzt.

Er roch seine eigenen Ausdünstungen und musste sich eingestehen, dass er stank. Sein Schweiß roch nach Angst. Aus seiner Hose stieg der beißende Geruch trocknender Pisse auf. „Mir geht es nicht gut", klagte er in einem Ton, der beweisen sollte, dass er es ernst meinte, aber nicht jammern wollte. Er war durstig, erschöpft und schmutzig und hatte sich noch nie in seinem Leben so sehr nach seinem Zuhause gesehnt, nach der schönen Altbauvilla, dem gepflegten Garten und dem Teich mit den Koi Karpfen. „Bitte deine Herrin um eine Pause", riet ihm die Krankenschwester.

Er reagierte sofort und sagte zu der Schwarzen: „Bitte Herrin, erlaube Deinem Sklaven, etwas zu trinken." Die Schwarze forderte die Krankenschwester mit einer Handbewegung auf, ihm die Wasserflasche zu reichen. Er trank gierig. Die Wirkung des Schmerzmittels ließ nach. Er hoffte inständig, dass die schwarze Chefin eine weitere Spritze erlauben würde.

Warum musste er diesen Schacht ausgraben? Wollten sie dort die Schätze verstecken, die sie Männern wie ihm abgenommen hatten? Männern, die sie ironisch Geldschweine nannten, Money Pigs? Nein, das war albern. Die Zeiten, in denen Schätze im Garten vergraben wurden, waren vorbei. Heute konnte man problemlos Bankschließfächer mieten und mit wenigen Klicks Geld in alle Welt transferieren. Sogar im Rotlichtmilieu war inzwischen der bargeldlose Zahlungsverkehr üblich.

Das Schulmädchen reichte ihm eine Wasserflasche. „Grab weiter", befahl sie ihm. Hendrik trank und grub mit neuem Elan. Er überlegte, wie er diesem Alptraum entfliehen konnte. Wo ein Schrebergarten war, gab es bestimmt noch weitere. Sollte er versuchen, Spaten und Schaufel als Waffen zu benutzen und die drei der Reihe nach umhauen? Verdient hätten sie es allemal. Hatte er noch genügend Kraft, um mit ihnen fertig zu werden? Solange er arbeitete, mussten sie ihm die Handschellen abmachen. Vielleicht konnte er sogar zum Auto laufen und davonfahren. Doch wo war der Schlüssel? Bestimmt hatte die Schwarze ihn irgendwo am Körper. Nein, das war zu gefährlich. Er musste einen Moment abwarten, wenn sie unaufmerksam waren, und davonlaufen. Sie schienen seine Gedanken zu erraten. „Denk noch nicht mal drüber nach", sagte die Schwarze. „Du kommst hier ohne uns nicht weg. Und eigentlich willst du das doch auch gar nicht, oder, Hendrik?" Sie redete mit ihm wie mit einem Idioten. „Du bekommst doch hier nur, was du bestellt hast. Und wir liefern immer genau das, was unsere Kunden wollen."

„Nein, das habe ich nicht bestellt", widersprach Hendrik aufgebracht. „Ich wollte, dass ihr mich entführt und dass ich euch Geld bezahle für meine Freiheit." Er geriet in Rage. „Ich wollte etwas Spaß haben und nicht, dass ich mich bepisse, dass ich graben und schaufeln muss und fast verdurste!" Er holte Luft und brüllte: „Ihr haltet euch nicht an die Regeln! Wir haben auch kein Safeword vereinbart! Das gehört immer dazu zum Spiel! Immer hatten wir bisher ein Safeword! Ihr seid keine Money Doms, ihr seid ganz einfach kriminelle Subjekte!"

„Du hast den Vertrag unterschrieben, du armseliger Wicht", zischte die Schwarze. „Du bekommst unsere Leistung und wir bekommen dein Geld."

Was für eine Scheiße. Von diesem ganzen Money-Dom-Theater hatte er absolut die Schnauze voll. Er hatte sich sein Sklaven-Dasein ganz anders, irgendwie lustiger und deutlich entspannter, vorgestellt. Insgeheim hatte er sogar gehofft, sie würden von ihm verlangen, sie zu befriedigen, zu streicheln und zu lecken. Schon bei der Vorstellung hatte er einen Ständer bekommen. Er schimpfte sich selbst einen Idioten. Wie hatte er so naiv hatte sein können!

„Also gut", sagte Hendrik. „Wir kürzen das Ganze ab und ich gebe euch das Geld. Ich werde jemanden beauftragen, der es auf ein Konto in Jersey überweist. Und jetzt ist Schluss mit dem Spiel."

Die Schwarze nahm ihm wortlos den Spaten aus der Hand und schlug gegen sein kaputtes Knie.

„Grab", sagte sie mit tonloser Stimme.

Hendrik hatte das Gefühl, gleich ohnmächtig zu werden. „Ich kann nicht", stammelte er. „Bitte, Herrin, mir tut das Knie so weh. Ich kann nicht."

„Gib ihm 'ne Spritze", befahl die schwarz gekleidete Sadistin der Krankenschwester. Hendrik lag zusammengekrümmt am Boden und schluchzte hemmungslos. Die Krankenschwester zog die

Spritze auf und jagte ihm die Nadel in den Oberschenkel. Als sich die Flüssigkeit in Muskelfasern und Gelenk verteilte, die Nerven sich beruhigten und der Schmerz allmählich nachließ, hätte Hendrik am liebsten vor Glück geweint. Er schniefte und versuchte, aufzustehen. Er griff nach dem Spaten und beschloss, so schnell wie möglich zu graben, solange die Spritze wirkte.

Allmählich wurde er etwas geschickter. Doch je tiefer der Schacht wurde, desto schwerer ließ sich der Dreck nach oben hinauswerfen. Hendrik spürte, wie die Wirkung des Schmerzmittels nachließ. In Panik grub und schaufelte er, während sein Knie wieder anfing zu pochen. Schließlich sagte die Schwarze: „Stopp, es reicht." Hendrik schaute hoch und überlegte, wie er aus dem engen Schacht würde herausklettern können. Der obere Rand lag auf Höhe seines Halses. „Komm raus" befahl die Schwarze.

Hendrik versuchte, sich mit den Armen seitlich an den Wänden des Schachts abzustützen und hochzuziehen. Er war völlig entkräftet und hatte höllische Schmerzen. Schließlich reichte ihm die Schwarze den Stil der Schaufel. „Halt dich fest, wir ziehen dich raus", sagte sie ungehalten. Er zog sich mit letzter Kraft an der Schaufel aus dem Schacht und lag neben der ersten Grube, die er in seinem Leben gegraben hatte.

Doch seine Verschnaufpause sollte nicht lange dauern. Sie schubsten ihn zu einer Geschirrhütte am Zaun.

„Trag das rüber", befahl die schwarze Chefin.

Hendrik starrte ungläubig auf einen riesigen Karton aus dem Baumarkt. Auf dem Karton war ein Toilettenhäuschen abgebildet. Was sollte das denn bedeuten?

„Jetzt baust du die Toilette", sagte die Schwarze. Ihre Kolleginnen grinsten.

„Du hast dich doch beschwert, dass wir hier kein Klo haben", soufflierte das Schulmädchen. „Jetzt kannst du dich endlich mal nützlich machen und uns eines bauen."

Er traute kaum seinen Ohren. Sie hatten ihn eine Fäkaliengrube schaufeln lassen. Und jetzt sollte er ein Toilettenhäuschen zusammenzimmern. Mit einem herzförmigen kleinen Guckloch. Das war der absolute Tiefpunkt in seinem Leben.

Ihm war schlecht. Doch er versuchte, die positive Seite der Geschichte zu sehen. Erstens: Er war noch am Leben. Zweitens: Sie wollten ihn noch weiter demütigen; aber während er die Toilette baute, würden sie ihn nicht umbringen. Drittens: Sie würden ihn überhaupt nicht umbringen. Schließlich war hier auf dem Gelände schon jede Menge DNA von ihm und vor allem auch von ihnen verteilt. Sie konnten gar nicht riskieren, ihn umzubringen. Das war alles ein Spiel – ein äußerst abgefeimtes zwar, aber eben doch ein Erotikspiel. Es würde nicht mehr lange dauern, und er würde frei sein.

„Ich brauche einen Hammer", sagte Hendrik. Er würde dieses verdammte Klo zusammenzimmern. Marion würde bezahlen. Und dann, ganz sicher, würden sie ihn freilassen.

Hendrik haute den ersten Nagel in ein Brett. Es war weiches Kiefernholz. Er war erleichtert, dass dieser Teil seiner Prüfung leichter zu sein schien als es das Graben der Grube war.

„Wir müssen noch etwas erledigen", sagte die Schwarze. „Du baust hier weiter, Jennifer passt auf dich auf."

Sie drückte dem Girlie eine Waffe in die Hand.

„Wenn er versucht, abzuhauen, erschießt du ihn", befahl die Schwarze barsch. „Wir sind in einer Stunde wieder hier. Wenn das Klo dann nicht fertig ist, kannst du etwas erleben, Hendrik-Schätzchen." Hendrik wusste, dass sie es ernst meinte. Er war froh, dass die beiden ihn wenigstens für eine Stunde nicht piesacken konnten. Mit der Kleinen würde er vielleicht reden können, die schien nicht so abgebrüht zu sein wie die beiden anderen.

Er klopfte einen weiteren Nagel ins Holz. Ich muss mich beeilen, dachte er. Vielleicht lassen sie mich laufen, wenn sie zurückkommen und ich habe alles so gebaut, wie sie es wollen.

Er ahnte nicht, dass die drei SM-Profi-Damen samt ihrer Toiletten-Aktion bald sein geringstes Problem sein würden.

Die Recherche

Marie holte ihre Tasche, goss sich, ihren Vorsatz missachtend, aus einer neuen Flasche Weißwein ein, machte es sich auf dem Sofa bequem und griff das mysteriöse Notizbuch von Hendrik Abendroth. Sie betrachtete den Einband aus schwarzem Leder. Auf der Vorderseite war tatsächlich das merkwürdige Zeichen aufgedruckt, von dem Claire Harksen gesprochen hatte. Ein Kreis mit drei Punkten, die von einem tropfenförmigen Rand umgeben waren.

Sieht ein bisschen aus wie Pfauenaugen, dachte Marie. Drei Pfauenaugen in einem Kreis. Vielleicht das Zeichen einer Loge, eines Geheimbundes. Oder einer wie auch immer gearteten kriminellen Vereinigung. Arbeiteten Verbrecher hier inzwischen mit Logos? Ähnlich wie Yakuza mit ihren Tattoos?

Vielleicht hatte dieses Ornament auch mit Abendroths Vorliebe für die SM-Szene zu tun. Obwohl die ja noch nicht bewiesen war. Zudem kenne ich mich da leider gar nicht aus, dachte Marie. Vielleicht hätte ich doch diese Schmonzette Shades of Grey lesen sollen. Sie beschloss, dort zu recherchieren, wo man heute fast alles finden kann: im Internet. Es dauerte nur wenige Minuten, da hatte sie die Information, die sie suchte. Das Peitschenrad, die Triskele. Das Zeichen, das im Roman „Die Geschichte der O" einen Ring ziert, den die Romanfigur als Zeichen ihrer sexuellen Unterwerfung tragen soll.

Na das ist ein Ding, murmelte Marie. Dieser Abendroth trägt seine sexuelle Orientierung offen mit sich rum, als Signal! Sie las weiter auf den verschiedenen Websites. Dass inzwischen der Ring der O meist ein anderes Design hat, ein schlichter breiter Ring mit einer Metallöse. Der je nach sexueller Orientierung des Trägers – oder der Trägerin - links oder rechts getragen wird. Links, wenn es sich um einen oder eine „Dom" handelt, rechts von jenen bedauernswerten Tölpeln, die sich als Subs oder Sklaven unterwerfen und demütigen ließen.

Das war ja unglaublich. Marie war konsterniert. Sie hatte schon viele schräge Dinge erlebt, aber ihre kurze Recherche über die Welt des Sadomasochismus und der Fetische brachte doch einige erschreckende Erkenntnisse. Sie fragte sich, ob derartige sexuelle Orientierungen wohl krankhaft waren. Und stieß zumindest auf

Wikipedia-Wissen. Sadomasochismus sei als Teil des Formenkreises der Persönlichkeits- und Verhaltensstörungen eine Störung der Sexualpräferenz und in der „Internationalen statistischen Klassifikation der Krankheiten und verwandter Gesundheitsprobleme" (ICD) unter der Schlüsselnummer F65.5 gelistet, so das Online-Lexikon.

Mannomann, eine Persönlichkeitsstörung. Also war Abendroth schlicht und ergreifend bekloppt. Was noch nicht seine Entführung erklärte. Vielleicht war er ja einer moralischen Säuberungsaktion zum Opfer gefallen. Vielleicht gibt es nicht nur immer mehr sexuell Abartige, sondern auch eine Art Moral Majority, die sich breit macht, überlegte Marie. Davon hatte sie zwar noch nichts konkret gehört, aber das musste nicht heißen, dass es derartige Gruppen nicht gab. Was also, wenn dieser Abendroth entführt worden war, um ihn und andere SM-Anhänger und Fetischisten von ihrem Treiben abzuhalten? Und zu bestrafen?

Alles Spekulation. Ich muss jemanden fragen, der sich damit wirklich auskennt, beschloss Marie. Am besten, ich schau mich mal in diesem Colosseum um. Genau, das werde ich machen. Und zwar so schnell wie möglich.

Jetzt bereute sie es doch, keine vielfältigeren erotischen Erfahrungen gesammelt zu haben. Mit ihrem Exmann hatte sie zwar guten Sex gehabt, aber von Fesseln und Hauen war dabei keine Rede gewesen. Sie waren beide relativ unerfahren in die Ehe geschlittert und hatten nie das Bedürfnis verspürt, irgendwelche Experimente mit Lack, Leder und Peitsche durchzuführen. Obwohl – was wusste sie schon damals! Hatte sie Henning wirklich genügt? Oder hatte er schon während ihrer Ehe auch anderweitig Erfahrungen gesammelt, ohne dass sie es mitbekommen hatte?

Lieber nicht darüber nachdenken. Besser, sie verschwendete keinen Gedanken mehr an dieses Kapitel ihres Lebens. Besser, man lebte in der Gegenwart. Aber man kann ja immer noch etwas dazulernen, sagte sie sich. Wir sind doch heute alle so wahnsinnig modern und aufgeschlossen! Es kann jedenfalls nicht schaden, die Aufzeichnungen eines SM-Fans zu studieren.

Sie trank einen Schluck Weißwein und begann zu lesen.

Schon nach wenigen Minuten war ihr klar, dass dieses Notizbuch keine schlüpfrigen Details aus dem Sexleben Abendroths enthielt. Vielmehr entpuppte sich der verkrachte Geschäftsmann als eine Art Buchhalter. Fein säuberlich hatte er einzelne Ziffern und

Buchstaben notiert, die vielleicht Abkürzungen für Namen oder Orte waren. L.M., 20.7.,C., 15.000. J.J., 22.7. .Atl., 10.000.; Party C., 15.000. Falls es sich bei den Ziffern um Daten von Wochentagen und Monaten handelte, erstreckte sich die Liste über eine lange Zeit. Marie überlegte, was die Kürzel-Kombination bedeuten könnte. Waren die längeren Zahlenfolgen Geldbeträge, die Abendroth gezahlt hatte? Dann käme alleine im laufenden Jahr eine Gesamtsumme von rund 750.000 Euro zustande.

Donnerwetter, dachte Marie. Verballert dieser schwanzgesteuerte Idiot sein Vermögen für Huren? Sie erinnerte sich an die Informationen von Claire Harksen. Er habe mit Huren zu tun, hatte die alte Damen behauptet.

Marie überlegte. Auf dem Kiez wurde ahnungslosen Touristen schon mal die Reisekasse geplündert. Und es gab natürlich Damen von Escort Services, die aufgrund ihres ansprechenden Äußeren von ihren Galanen vierstellige Beträge für ein Dinner plus Sex verlangen konnten. Aber sechsstellig? Eine dreiviertel Million? Innerhalb von einem guten halben Jahr? Das war zumindest ungewöhnlich. Um nicht zu sagen: ziemlich unwahrscheinlich.

Ich meine – was können die für Kunststückchen? murmelte Marie vor sich hin. Haben die eine magische Muschi? Für Mega-Orgasmen?

Die Detektivin war beschwipst. Geist und Mundwerk wurden lockerer. Sie hatte ihre weinerliche Phase überwunden, versuchte, nicht an Gunnar Harksen zu denken und konzentrierte sich angestrengt auf die ungewöhnlichen Aufzeichnungen in dem Notizbuch. Ich muss herausfinden, was die Abkürzungen bedeuten, sagte sie sich. Vielleicht sind das ja auch Beträge, die nicht er gezahlt hat, sondern die an ihn gezahlt wurden. Vielleicht hat er Leute erpresst. Sie erinnerte sich an die Worte von Claire Harksen, die von der Aussage ihres Mannes berichtete, dass Abendroth das Notizbuch als seine Lebensversicherung bezeichnet hatte. Das konnte nur bedeuten, dass auch andere Leute – wahrscheinlich Männer – Gegenstand der Aufzeichnungen waren. War das eine Art Buchhaltung, die Zahlungseingänge protokollierte?

So komme ich nicht weiter, sagte sich Marie. Das Spekulieren bringt nichts. Sie beschloss, analytischer vorzugehen. Und fing an, die Buchstabenkürzel mit Namen aus der Hamburger High Society abzugleichen. Sieh an, da fand sich auch die Abkürzung H.B. Henning Ballin? Ihr Ex-Gatte? Das wollte sie einfach nicht glauben. Wer außer ihm hatte noch diese Initialen? Hubertus von Blankenburg. Aber da fehlte das von, das hätte ja wohl als v. angegeben werden müssen. Und dann J.J. Wer könnte das sein? Jens Jessen? Der Gourmetpapst, der Hamburger Groß-Events verköstigte? Oder Jan-Hinrich Jürgens, der Chef der Niederlassung einer großen Wirtschaftsprüferkanzlei?

Sie blätterte weiter und hoffte, auf einfacher zu entschlüsselnde Hinweise zu stoßen. Nach ein paar Seiten fielen ihr einige seltsame Sätze ins Auge, ebenfalls von Hand hingekritzelt und kaum leserlich. „Es gibt nichts Sinnlicheres als den Schmerz und nichts was erregender ist als die Demütigung." L.R.v.S-M, Test 17.August.

Der Test hatte demnach heute stattgefunden. Oder würde noch stattfinden. War etwa die Entführung der Test? Oder ein Teil desselben? Das brachte sie alles nicht weiter. Sie musste raus, dort recherchieren, wo sich die SM-Fans trafen – im Colosseum.

Marie bestellte ein Taxi. Wenige Minuten später klingelte es. Sie warf Ausgehklamotten und Schminktäschchen in die Sporttasche, fuhr mit dem Aufzug ins Erdgeschoss und stieg in den Wagen. Dann erst fiel ihr ein, dass sie die Adresse des SM-Clubs nicht notiert hatte. Sie zögerte, befahl dem Taxifahrer dann nur: „Colosseum."

Er wollte keine weiteren Informationen und startete.

„Scheint ja bekannt zu sein", sagte Marie.

Der Fahrer sagte gar nichts.

„Kennen Sie den Club?" fragte sie ihn.

„Von außen", schnauzte er zurück. Ende der Konversation.

Nach etwa 20 Minuten waren sie vor Ort. Marie zahlte und wollte aussteigen. „Da kommse so nicht rein", nuschelte der Taxifahrer.

„Wie bitte?" Marie dachte, sie hätte nicht richtig gehört.

„Ihr Outfit ist Mist, so kommse da nicht rein."

„Ach ja, und woher wollen Sie das wissen?"

„Weil ich ständig Perverse hierher fahr", entgegnete der Taxifahrer und betrachtete sie im Rückspiegel.

„Perverse? Wollen Sie sagen, ich bin pervers? Sind Sie noch ganz dicht?"

Maries Wutpegel stieg rasant an.

„Hierher kommen diese SM-Leute und die sind ganz anders angezogen und in Ihrem Schlabberlook kommse da bestimmt nicht rein."

Marie hatte auf die Schnelle eine weite Leinenhose und ein ausgewaschenes T-Shirt angezogen – zugegebenermaßen nicht das Outfit, mit dem man potenzielle Partner für erotische Spiele beeindruckte. Schon gar nicht für ein SM-Tête-à-Tête. Aber luftig und bequem. Immerhin hatte es noch mindestens 25 Grad und sie schwitzte bereits wieder trotz der kalten Dusche, mit der sie ihr Entspannungsbad beendet hatte.

„Kann Ihnen was leihen", sagte der Taxifahrer.

„Wie bitte?" Diese Situation wurde ja immer absurder.

„Ja, für einen Hunni kriegen Sie von mir ein Outfit für drei Stunden."

„Was soll das denn? Ich glaub, Alter, du hast sie nicht mehr alle!" Marie wurde laut und zog ihre Glock aus der Tasche. „Eh Alter, du gibst mir jetzt sofort den Fummel oder ich blas dir das Hirn weg!"

Der Taxifahrer wurde kreidebleich.

„Ist ja schon gut, regen sie sich mal nicht auf, alles ist gut. Ich hol die Sachen aus dem Kofferraum, ganz ruhig Lady, bitte, ganz ruhig."

Er schraubte sich aus dem Mercedes und sah so aus, als würde er sich gleich in die Hose machen. Marie stieg ebenfalls aus.

Sie richtete die Glock auf ihn.

„Dalli", schnauzte sie. „Her mit den Plünnen."

Er reichte ihr eine Lidl-Tüte. Marie zerrte die Einzelteile des Outfits raus.

„Hast du sie noch alle? Das soll ich anziehen? Wer ist denn hier pervers? Das bist du doch mit so 'nem fiesen Zeug!"

Sie schwenkte das schmierige rote Gummikleid, das sie mit spitzen Fingern aus der Tragetüte gezogen hatte.

Dann klaubte sie ein Paar silberne 15-Zentimeter-Stilettos aus der Tüte.

„Das glaub ich ja nicht!" schrie sie. „Was sind das denn für ekelhafte Treter?"

Der Taxifahrer stand kurz vor einem Kollaps.

Marie schleuderte die Klamotten auf den Boden und schrie: „Gib mir eine Zigarette! Und dann hebst du das auf und wirfst es weg! Das beleidigt meinen guten Geschmack!"

Er reichte ihr zitternd eine Schachtel Marlboro, bückte sich, klaubte das Outfit auf und warf es in die Büsche. Marie klopfte eine Zigarette aus der Schachtel, steckte sie in den Mund und hielt die Glock an die Zigarette.

„Nein!" schrie der Taxifahrer und wollte sich auf sie stürzen. Am Ende des Laufs schien eine kleine Flamme auf. Marie zündete mit der Fake-Pistole, einem Feuerzeug, die Zigarette an, grinste und sagte: „Mach dir keine Sorgen. Ich habe das passende Outfit dabei."

Sie steckte das Pistolen-Feuerzeug in ihre Sporttasche, warf dem käsebleichen Taifahrer einen 50 Euro-Schein auf den Beifahrersitz, klemmte die Marlboro zwischen die Zähne und zischte: „Stimmt so. Bring Mutti was Nettes mit. Ach ja – und ich war nie hier. Immer dran denken: Die hier gibt es auch in echt."

Sie deutet auf ihre Sporttasche, in der sie das Pistolen-Feuerzeug verstaut hatte.

Dann zog sie ein schwarzes Stretchkleid und schwarze Pumps aus der Tasche, stopfte Hose und T-Shirt hinein und zog sich innerhalb einer Minute um.

Der Taxifahrer saß paralysiert in seinem Wagen. Marie malte sich im linken äußeren Rückspiegel die Lippen an. Sie grinste, spitzte die Lippen zu einem Kussmund und schlenderte mit wiegenden Hüften auf klackernden High Heels auf den Eingang des Colosseums zu.

Der Golflehrer
Falkensteiner Ufer, Golfclub, Donnerstagabend

Albertine von Blankenburg, von ihren Freundinnen Alexa genannt, hatte bei Hannes eine Trainerstunde gebucht. Trotz der Hitze wollte sie unbedingt Sport machen, sich nicht gehen lassen. Ihr knackiger Body war ihr ganzer Stolz, und das sollte er möglichst lange bleiben. Noch war es so, dass sie jüngere Männer problemlos um den Finger wickeln konnte. Ihre Haut war zart wie Seide, ihre dunklen Haare voll und ohne graue Einsprengsel. Sie betrachtete ihr Gesicht im Rückspiegel. Sie war immer noch hübsch, hatte aparte, fast exotische Züge. Doch die Zeit nagte an ihnen. Da würde sie bald etwas optimieren müssen. Es führte kein Weg daran vorbei. Vollere Lippen, weniger Falten. Eindeutig.

Sie rauschte auf den Parkplatz des Golfclubs, warf mit Schwung die Autotür zu und wartete, dass Hannes sie abholen würde. Doch er war weit und breit nicht zu sehen. Alexas Laune fiel in den Keller. „Verdammt", murmelte sie, „er weiß doch, dass ich komme!" Sie lächelte ob der Doppeldeutigkeit ihrer Gedanken, zog die schwere Golftasche aus dem Kofferraum und zerrte sie zum Clubhaus. Dort warf sie die Tasche in eine Ecke und setzte sich auf die Terrasse.

Ein paar Tische entfernt saß ein Grüppchen von älteren Herrschaften. Die Männer schauten sie sehnsüchtig an – wohl wissend, dass die Zeiten für intensiveren Kontakt mit Frauen wie Alexa vorbei waren. Die Frauen, dünn und faltig, guckten griesgrämig und missgönnten ihr sichtlich die Aufmerksamkeit, die sie umso mehr genoss. Alexa lächelte zu den Herren und sonnte sich in ihrem Glanz. Es waren zwar nur alte Knacker, aber besser als nichts.

Dann entdeckte sie Hannes auf der Driving Range – mit einer sehr jungen Dame. Das war auch auf die Entfernung von 50 Metern deutlich sichtbar. Sie trug einen sportlichen Rock, der ihre schlanken Beine und den knackigen Hintern betonte. Das weiße Poloshirt war nahezu durchsichtig und so weit aufgeknöpft, dass man deutlich den wohlgeformten Busen sehen konnte. Die schlechte Laune von Alexa wurde zu blinder Wut. Ihr Magen verkrampfte sich. Was war das denn für ein Gör? Und warum bemühte er sich so um die?

Nun ja, warum wohl. Die Argumente waren ja deutlich sichtbar. Sie beschloss, sich auf keinen Fall etwas anmerken zu lassen. Das wäre ja der Gipfel der Demütigung. Er versetzt mich, und ich drehe durch? Nein mein Lieber, so haben wir nicht gewettet. Viel besser wäre doch, sich auch nach einer Alternative umzuschauen.

An der Bar lungerte nur ein völlig unattraktiver Mittfünfziger in Karohosen herum, der gelegentlich hier auftauchte, um mit einer Greenfee-Mitgliedschaft ein paar Runden in einem der exklusivsten Clubs Deutschlands zu schnorren. Alexa beschloss, eine Charmeoffensive zu starten. Etwas zu flirten, wenn schon ihr Galan sich nicht blicken ließ. Sie schlenderte zu dem Karohosen-Mann, lächelte und säuselte: „Meine Güte, ist das eine Hitze. Darf ich Ihnen Gesellschaft leisten? Ich brauche dringend etwas zu trinken."

Herr Karohose konnte sein Glück kaum fassen. „Oh, darf ich Sie zu einem Getränk einladen? Vielleicht ein Glas Sekt auf Eis? Das ist doch sehr erfrischend."

„Wunderbare Idee", säuselte Alexa. Sie lächelte ihren Bewunderer an, spielte mit ihren Haaren, legte kokett den Kopf zur Seite, nippte an dem Sekt, leckte sich die Lippen.

„Vielleicht können wir eine Runde zusammen spielen?"

Oh Gott, bloß das nicht. „Oh das tut mir jetzt aber leid, ich habe eigentlich eine Trainerstunde, ich fürchte, die kann ich nicht ausfallen lassen."

„Na das ist aber schade", sagte Herr Karohose. „Entschuldigung, ich habe mich gar nicht vorgestellt. Mein Name ist Herbert Eisleben."

Ach du liebe Güte. Herbert Eisleben, der größte Grundbesitzer nördlich von Hannover. Dem gehörte mehr landwirtschaftliche Fläche als dem Pinkelprinzen. Die er allerdings mit Intensivmastbetrieben verhunzte, wo er Zehntausende Schweine quälte. Doch das war hier und heute nicht Gegenstand der Betrachtung.

„Sehr angenehm, mein Name ist Albertine von Blankenburg", stellte sich Alexa vor.

„Na das freut mich aber! Ich habe schon viel von Ihnen gehört."

„Ach tatsächlich?" entgegnete Alexa misstrauisch. Was sollte dieses Landei denn schon von ihr gehört haben?

Sie beschränkte sich auf ein Lächeln und schaute ihn aus großen, veilchenblauen Augen an.

„Ja", erläuterte der Großmäster leutselig. „Sie sind ziemlich ehrgeizig und nehmen viele Trainerstunden, um ihr Handicap unter 15 zu drücken."

„Soso und wer verbreitet solche Informationen?" Alexa war irritiert.

„Na ihr Trainer, der nette, gut aussehende Hannes. Er ist wirklich ein toller Trainer, er übt gerade mit meiner Tochter."

„Mit Ihrer Tochter?"

„Ja, das hübsche Mädel dort!" Er platzte fast vor Stolz. „Ich glaube, Hannes gibt sich richtig Mühe – kein Wunder, bei attraktiven jungen Damen. Sie ist wirklich begabt, wir spielen ansonsten immer in den USA, schon wegen der gesellschaftlichen Rahmenbedingungen. Ich habe ein Haus in den Hamptons."

Alexa war bedient. Das wurde ja immer besser. Dieser Trottel mit Bauchansatz, 80er-Jahre Schnäuzer und Spießeroutfit hatte eine Sexbombe als Tochter, die gerade Hannes umgarnte. Und dann war der Typ auch noch reicher, als sie es jemals sein würde, Villa an der Elbchaussee hin oder her.

„Ich glaube, mir ist es heute doch zu heiß zum Spielen", entgegnete sie tonlos, bedankte sich für den Sekt und ging zur Toilette. Dort zog sie mit zitternden Fingern ihr Handy aus der Tasche und drückte die Kurzwahl für Hannes' Nummer – die 6.

Es dauerte 30 ewige Sekunden, bis er sich meldete.

„Ja?" Er musste ihre Nummer erkannt haben.

„Ich bin es."

„Was willst du, Albertine?"

Er nannte sie bei ihrem richtigen Namen, ihrem Taufnamen. Nicht bei dem Namen, den sie sich selbst gegeben hatte. Oder vielmehr Bernd Dellmann hatte sie und ihre Freundinnen umgetauft, hatte ihnen Namen gegeben, die sich an die griechische Mythologie anlehnten.

„Ihr seid wie die Erinnyen", hatte Bernd über Albertine, seine Schwester Marion und Theresa von Basserow, die dritte Freundin, gefrotzelt. „Alekta, Megaira und Tisiphone, Verteidigerinnen der Frauenrechte."

Zunächst hatten sie sich geschmeichelt gefühlt. Doch dann hatte er hinzugefügt: „Aber sie konnten das Matriarchat nicht verteidigen, und ihr habt heute auch nichts zu melden."

Er hatte unverschämt gegrinst und war in seinen Porsche gestiegen. Doch Albertine hatte gesagt: „Gar keine so dumme Idee, die dein dämlicher Bruder da von sich gegeben hat. Albertine hat mir noch nie gefallen. Ich heiße ab jetzt Alexa."

Die beiden Freundinnen hatten sich ebenfalls umbenannt. „Wer sind die Erinnyen?" hatte Marion gefragt, die jetzt Megan hieß.

„Rachegöttinnen", hatte Alexa geantwortet.

„Und wen willst du rächen?" fragte Megan. Theresa, die von den Freundinnen schon immer Tissa genannt worden war, runzelte die Stirn.

„Uns", hatte Alexa geantwortet. „Wir sind hier doch nur Anhängsel von Männern. Das muss sich ändern."

Sie hatte grimmig geguckt und dem davonbrausenden Porsche den Stinkefinger gezeigt. Das war über 20 Jahre her.

Und jetzt musste sie sich über diesen dämlichen Golflehrer ärgern.

„Wir waren verabredet", zischte sie ins Telefon. „Für eine Trainerstunde."

„Oh verdammt, das habe ich glatt vergessen."

Er klang tatsächlich zerknirscht. „Kannst du mir nochmals verzeihen?"

Doch schon war da wieder so ein ironischer Unterton, den sie nur allzu gut kannte. Er spielte mit ihr, wollte sie demütigen. Bis sie ihn auf Knien anflehte, sie hart zu nehmen, sie ins Colosseum zu schleppen, zu fesseln und vor anderen gierigen Männern zu ficken, bis sie schrie.

Sie wusste, dass er das auch genoss. Mit diesen heftigen Sexspielen hatte sie ihn noch immer bekommen. Dagegen waren die jungen naiven Dinger machtlos, die gelegentlich im Golfclub auftauchten. Was hatten die schon zu bieten; die konnten nur mit ihren prallen Titten und Ärschen wackeln. Das war sogar einem schlicht gestrickten Golflehrer wie Hannes bald langweilig.

„Du hast mich um meine Trainerstunde geprellt, da ist eine Entschädigung fällig." Sie grinste.

„Ach ja, und was für eine?" Er stieg auf ihr Spiel ein. „Wo bist du?"

„Auf der Toilette."

„Was soll das? Soll ich dich zuhause abholen oder was?"

„Auf der Toilette im Club, Idiot."

„Du geiles Miststück."

„Komm sofort hierher", befahl sie ihm.

„Fünf Minuten", bettelte er um Aufschub.

„Schick das Gör zum Teufel und KOMM SOFORT!"

117

Jetzt wusste er, was Sache war. Er ging zurück zu Claudia Eisleben, die ihn mit großen Augen und feuchten Lippen anhimmelte.

„Claudia, ich muss leider los, ich habe völlig verpeilt, dass eine meiner Clubdamen Privatstunden im Treudelberg gebucht hat, da muss ich schleunigst hin, sonst gibt es Ärger, tut mir sehr leid."

Er stürmte davon, ging ums Clubhaus herum, betrat es durch die Vordertür und schlich sich in die Damentoilette. Alexa zog ihn in ihre Kabine, riss seine Shorts herunter, schob Slip und Wickelkleid beiseite und presste heftig seinen Schwanz in ihre Möse.

Es war eine schnelle, aggressive Nummer. Sie kamen gleichzeitig.

Sie keuchte. „Wie wäre es mit einem schönen, entspannenden Abend?"

Es war klar, was sie meinte. Er biss in ihre Brüste, leckte ihre Nippel und griff ihr in den Schritt. Dann zog er sie wortlos zu ihrem Auto. „Meine Golftasche", sagte sie auf halbem Weg zum Parkplatz.

„Egal", sagte Hannes, drehte sich um und grinste sie an.

„Ich fahre", sagte er, riss ihr den Autoschlüssel aus der Hand und saugte an ihrem Hals. Er wusste, sie wollte ins Colosseum. Es geilte sie auf, wenn er sie schlug und andere Männer dabei zusahen. „Pass auf, wenn uns jemand sieht!" Alexa schob ihn zur Seite. Sie war zwar schamlos, aber sie wollte weder ihre Ehe noch ihre gesellschaftliche Stellung aufs Spiel setzen.

Er schubste sie in den Mercedes, setzte sich auf die Fahrerseite und startete den getunten Luxuswagen.

„Halt einfach mal die Klappe", herrschte er sie an. „Blas mir lieber einen."

Dann fuhr er mit einem Affenzahn Richtung Poppenbüttel, zum Club Colosseum, jenem Ort geheimer Lüste, wo sich Halbwelt und Bürgertum zu gemeinsamen sexuellen Ausschweifungen trafen.

Der Besucher
St. Pauli, Harvestehude, Donnerstagabend

Was für eine Scheiße. Damit hatte Gregor Palm wirklich nicht gerechnet. Dass sein kleiner Ausflug nach Hamburg so eine Wendung nehmen würde. Andererseits – wann erlebte man schon mal etwas Interessantes. Das war eben Großstadt!

Er wollte sich einfach mal wieder eine kurze Auszeit gönnen, Spaß haben und gleichzeitig etwas fürs Business tun. Statt schnell nach Mallorca zu fliegen und in Cala Rajada die Puppen tanzen zu lassen, hatte er sich entschlossen, seine alte Freundin Andrea Baton in Hamburg zu besuchen, eine erfolgreiche Strafverteidigerin. Deren Klientel bestand aus Kiezgrößen und vermeintlich ehrbaren Hamburger Kaufleuten, eine interessante Mischung; daher hatte sie immer skurrile Geschichten auf Lager – ohne Nennung von Namen natürlich. Und sie hatte ihm den Kontakt zu einem Reeder vermittelt, einem Herrn Gunnar Harksen, den wollte Gregor am Donnerstagnachmittag treffen, um mit ihm ein größeres Bauprojekt zu besprechen.

Also hatte sich Gregor am Donnerstagvormittag in seinen 911er geschwungen und war in viereinhalb Stunden von Heilbronn nach Hamburg gebrettert – persönlicher Rekord. Er hatte einen Bummel über den Neuen Wall gemacht, bei Louis Vuitton Schuhe und Hemden gekauft und dann im Café Paris ein Gläschen Champagner getrunken.

Drei jüngere Damen am Nachbartischchen hatten gekichert und mit ihm geflirtet. Sie waren stark geschminkt, teuer gekleidet und zu ihren Füßen standen riesige, prall gefüllte Einkaufstüten. Gregor, ganz Gentleman, hatte sie auf ein Glas Champagner eingeladen. Sie hatten ihm eindeutig-zweideutige Angebote gemacht und ihn zu Erlebnissen eingeladen „die du nicht so schnell vergessen wirst".

Dagegen war prinzipiell nichts einzuwenden, doch irgendwie traute Gregor den drei Grazien nicht. Sie hatten eine merkwürdig gefährliche Ausstrahlung. Er beschloss, freundlich abzusagen und den Abend im Anschluss an das Meeting mit Harksen lieber mit Andrea zu verbringen. Als er um 16 Uhr zu den Geschäftsräumen der Reederei Harksen in der Palmaille kam, war dort der Teufel los.

Jede Menge Polizeiautos, herumwuselnde Polizisten und Übertragungswagen von Fernsehsendern versperrten Straße und Bürgersteig.

„Was ist los?" fragte Gregor einen der Neugierigen in der Menge, die von der Polizei mühsam in Schach gehalten wurde.

„Ein reicher Reeder wurde ermordet", klärte ihn dieser auf. „Gunnar Harksen, eine Größe in der Hamburger Wirtschaft."

„Ach du dicke Scheiße!" rief Gregor. Er beschloss, den Ort des Geschehens sofort zu verlassen und Andrea anzurufen.

„Gunnar Harksen wurde umgebracht", informierte er die Anwältin, die gerade ein Mandantengespräch hatte.

„Warte auf mich", zischte die ins Telefon, „Ich kann jetzt nicht sprechen, wir treffen uns heute Abend 20 Uhr im Cuneo."

Gregor ging in die Wohnung der Anwältin und schaltete das Regionalfernsehen ein. Dort wurde schon ausführlich über den Mord berichtet. Besondere Bedeutung schienen die Berichterstatter einem seltsamen Zeichen beizumessen, das dem Toten auf den Bauch gemalt worden war.

Beim Kult-Italiener Cuneo in der Davidstrasse erörterten Gregor und Andrea dann abends ausführlich diesen Mord, der die Hamburger aus ihrer sommerlichen Hitzelethargie gerissen hatte. Und nicht nur das, dann war auch noch dieser Kaufmann entführt worden! Die beiden beschlossen, einen Absacker zu trinken in Heidruns Eck.

„Mal hören, was der Kiez zu sagen hat über die heutigen Ereignisse", sagte Andrea. „Die sind bestimmt in Aufruhr, derartige Vorfälle stören enorm die Geschäfte."

Bei Heidrun bestaunte Gregor mit großen Augen und Ohren einige russische Zuhälter, die sich von der Wirtin mit Wodka und Kaviar verköstigen ließen. Die Zuhälter diskutierten heftig miteinander und unterhielten sich mit einem gut aussehenden Mittdreißiger Marke Sonnyboy und dessen scharfer Braut. Dabei donnerten die Russen immer wieder ihre Fäuste auf den Tisch, dass die Gläser nur so schepperten.

„Na Gregor, was hältst du von den Herren dort drüben?" fragte Andrea.

„So stellt man sich bei uns in Heilbronn das Rotlicht in Hamburg vor", antwortete er grinsend und prostete ihr mit Wodka Lemon zu. „Des gibt es bei uns net so. Glaub ich wenigstens."

„Rotlicht stimmt in etwa, aber das sind nur die Handlanger", bestätigte die Anwältin. „Die Chefs sieht man hier nicht mehr. Die sitzen irgendwo in großen Büros mit seriösen Firmenschildern. Aber interessant ist hier vor allem, dass die drei sich angeregt mit dem LKA unterhalten. Und das ganz öffentlich. Das kann nur bedeuten, dass die Russen massive Probleme haben und die Unterstützung der Polizei brauchen. Oder umgekehrt. Oder beides." Andrea trank einen Schluck Kirschsaft mit Baileys – Heidruns Damengedeck.

„Wie, die Polizei arbeitet mit denen zusammen?" Gregor war von den Socken.

„Na ja, bei Bedarf gibt es hier merkwürdige Allianzen", sagte die Anwältin. „ Aber jetzt muss ich nach Hause. Alles Weitere erzähle ich dir morgen Abend, wenn du mich zum Essen ausführst. Du bleibst doch bis zum Wochenende?"

„Ja, werde ich wohl. Ich muss ja wissen, was jetzt aus dem Bauprojekt wird. Und der Sonnyboy und die brünette Sexbombe sind von der Polizei?"

Gregor scharrte vor Aufregung mit den Füßen. Er bedauerte den Abbruch des interessanten Abends heftig. Doch Andrea war unerbittlich. „Die Frau ist Tatortanalytikerin beim LKA. Sie hat als Zeugin in einem Prozess ausgesagt, bei dem ich einen der Angeklagten verteidigt habe, daher kenne ich sie. Ich nehme an, die suchen den Mörder des Reeders und die Entführer von Abendroth." Damit erschöpften sich ihre Auskünfte. „Können wir morgen Abend drüber reden. Ich habe morgen eine Verhandlung, schwieriger Fall", erklärte sie Gregor. „Wenn ich verliere, bin ich tot."

Sie hatte gegrinst, doch irgendwie hatte Gregor das Gefühl, dass ihre Äußerung nicht so ganz spaßig gemeint war. Ihre Wohnung war mit Kameras und einer Alarmanlage gesichert wie Fort Knox. Gregor blickte von der mehrere hundert Quadratmeter großen Dachterrasse in Harvestehude über die Dächer von Hamburg. Diese Luxuswohnung, das war dem Schwaben klar, musste Millionen wert sein. Dann ging er in das riesige Gäste-Apartment mit den italienischen Designer-Möbeln, legte sich auf das Boxspringbett von Minotti und dachte noch lange nach über die Hamburger Verhältnisse, wo an einem Tag ein wichtiger Unternehmer umgebracht und ein anderer entführt wurde.

Gregor ahnte mit keiner Faser, dass er bald ganz dick in diese Geschichte verwickelt sein würde.

Das Colosseum
Poppenbüttel, Nacht von Donnerstag auf Freitag

Es war 21 Uhr und noch taghell. Obwohl Hannes mit Alexa ohne Rücksicht auf Verkehrsregeln über Lokstedt und Fuhlsbüttel nach Poppenbüttel gebrettert war, hatten sie für die rund 30 Kilometer mehr als eine Stunde gebraucht. Sie mussten unterwegs tanken und Hannes hatte an der Tankstelle mit zwei jungen Hühnern geflirtet, die in einem Boxter-Cabrio anrauschten. Sie lehnten sich, während das Benzin in ihren Flitzer zischte, in aufreizender Pose an die Autotür und leckten hingebungsvoll an himbeerrotem Stieleis, worauf nicht nur Hannes Stielaugen bekam, sondern die versammelte Gemeinde hitzegeplagter Tankkunden.

Den restlichen Weg hatten sie sich gestritten. Hannes war genervt von Alexas Eifersucht, Alexa war mehr als sauer wegen seines offensichtlichen Interesses an jugendlichen Sexbomben. „Wenn du nicht meinen AMG gefahren hättest, hätten sie dich mit dem Arsch nicht angeschaut", brüllte sie beim Aussteigen auf dem Parkplatz des Colosseums, donnerte die Beifahrertür zu und verlangte den Autoschlüssel.

Hannes wusste, er musste, wollte er weiterhin zugegebenermaßen grandiosen Sex mit viel Thrill haben und flotte Autos fahren, bei Alexa für gute Stimmung sorgen. Er holte die beiden Reisetaschen mit ihren Colosseum-Outfits aus dem Kofferraum, gab ihr lächelnd den Schlüssel und zog sie im gleichen Atemzug an sich ran. Dann schob er das Wickelkleid hoch und griff an ihre Möse. Kaum berührte er sie, stöhnte sie schon. Eng umschlungen gingen sie zum Eingang, Hannes bezahlte und zog sie in Richtung Umkleideräume. Dort trennten sich kurz ihre Wege; wie üblich wollten sie sich an der Bar treffen, um zu sondieren, mit welchen weiteren Gespielinnen und Gespielen sich die Nacht noch interessanter gestalten ließe.

Es war wenig los. Alexa wusste, dass es meist erst nach Mitternacht voller wurde. Sie beschloss, die Zeit zu nutzen und zu versuchen, ein paar Worte mit der Managerin zu sprechen. Sie wollte endlich mehr erfahren über die Chefin des SM-Ladens, die bekannt war unter dem Künstlernamen Lady Marylou. Ihren richtigen Namen kannte Alexa nicht. Er interessierte sie auch nicht. Im Colosseum waren Namen nur Schall und Rauch. Wer hierher kam, wollte sich vergnügen, und das im Regelfall anonym. Die meisten Gäste waren stark geschminkt oder trugen Masken. Sie waren Gespielen der Nacht, aufreizend und gefährlich, ausgestattet mit Peitschen und Fesselwerkzeug, Das Ambiente war blutrot und schwarz; in den Salons luden weite Lounge-Betten mit Kissen aus Samt und Satin zum Verweilen ein. Hier hatten sich auch heute bereits einige Voyeure platziert; sie beobachteten die hereinströmenden Nachtschwärmer, tranken Champagner aus violetten Kristallflöten. Es roch nach Patschuli, Sandelholz, teuren Parfums, nach Lust, Sex, Blut, Feuer und Latex.

Alexa liebte das erregend Unbekannte hier, dass man nie wusste, was und wer einen erwartete. Und sie war nur zu gerne bereit, alle Spiele mitzumachen, Teil eines inszenierten Stücks zu werden, das an manchen Abenden zu einer riesigen Orgie ausarten konnte, die an einen Pasolini-Film erinnerte.

Sie stieg auf ihren Stilettos die Stufen zum Eingangsbereich hinauf. Schon von weitem sah sie Lady Marylou hinter dem silbern glänzenden Tresen der Bar stehen. Die Chefin kontrollierte den Inhalt der Flaschen mit exklusiven Alkoholika und redete einige Sätze mit Jerome, dem Barkeeper. Er war ganz in schwarz gekleidet und trug eine schwarze Augenmaske. Er erinnerte Alexa an Antonio Banderas im Film „Zorro". Sie fand ihn äußerst attraktiv, vermutete aber, dass Jerome hoffnungslos schwul war. Da war wohl nichts zu machen, der würde ihn nie hochkriegen bei einer Frau. Sie wusste, dass schon einige Damen probiert hatten, ihn rumzukriegen, doch weder Schläge noch harte Worte hatten etwas gebracht. Jerome ließ sich, so die Gerüchte, nur von Männern vögeln. Das Colosseum war für ihn der ideale Arbeitsplatz. Er bekam jeden Abend den Arsch versohlt, in die Nippel gezwickt und so viel Sex, wie er nur irgendwie vertragen konnte. Also eine Menge.

Lady Marylou hingegen hielt sich in ihrer Arbeitsumgebung zurück. Sie war eine Beobachterin, keine Akteurin. Niemand hatte sie jemals in Aktion, bei irgendwelchen SM-Spielen, gesehen. Es wurde gemunkelt, dass sie gelegentlich besonders langjährige, treue Kunden persönlich bediente. Doch bewiesen war das nicht.

Auch Alexa hatte – trotz angeborener Neugierde – nie etwas über Lady Marylou in Erfahrung gebracht. Sie schien im Colosseum keinerlei persönliche Beziehungen zu pflegen. Dass sie mit den dort tätigen Profi-Dominas Geschäfte machte, war anzunehmen, aber nicht bewiesen. So lange die Profi-Doms dort nicht zu offensiv akquirierten und sich vor allem an die Spielregeln hielten, wurden ihre

Bemühungen um Kunden geduldet. Safe, sane, consensual – sicher, vernünftig, einvernehmlich - das war das Motto der SM-Gemeinde. Wenn sich ein Gast nicht an diese Devise hielt, hatte er es sich schnell verscherzt mit Lady Marylou. Sie duldete keine Ausnahmen. Wurden Beschwerden laut, beobachtete sie den oder die Übeltäter und schickte ihre Spione in die verschiedenen Spielzimmer. Bewahrheitete sich die Anschuldigung, bekamen alle Beteiligten Hausverbot. Und zwar lebenslänglich. Was für die Colosseum-Fans einer Hinrichtung gleichkam, die sie eines wesentlichen Teils ihres sozialen und sexuellen Lebens beraubte und daher so gut wie nie riskiert wurde.

Alexa ging betont lässig zur Bar. Sie lächelte und setzte sich auf einen der hohen Hocker. Sitzend hatte sie in etwa Augenhöhe mit Lady Marylou. Die Chefin war klein – höchstens ein Meter dreiundsechzig – hatte aber eine eher kräftige Statur und einen üppigen Busen, den sie gerne mit großem Dekolleté zeigte. Sie trug ausnahmslos schwarze Kleidung, meist Leder. Obwohl sie mit Sicherheit schon die 40 überschritten hatte, klang ihre Stimme wie die eines jungen Mädchens. Schon nach einem kurzen Gespräch war jedoch klar, dass mit ihr nicht zu spaßen war. Sie herrschte im Colosseum mit eiserner Hand. Ihren flinken, kleinen, schwarz geschminkten Augen entging nicht die geringste Kleinigkeit. Sie wusste genau, wer mit wem was wo trieb, wer welche professionellen Dienstleister oder Dienstleisterinnen mitbrachte und wer welche Vorlieben am Andreaskreuz, auf dem Gyn-Stuhl, im Zofenkostüm oder bei der Sklavenparty auslebte.

Lady Marylou und ihre unauffälligen Helfer sorgten dafür, dass hier alles in geordneten Bahnen ablief. Ihnen war es zu verdanken, dass der Club sehr gut in Schuss und weit über die deutschen Grenzen hinaus bekannt war. Lady Marylou hatte das Colosseum mit dem Geld unbekannter Investoren gegründet, hatte den bekanntesten Interior-Designer der Szene engagiert und in den weitläufigen Hallen eines früheren S-Bahn-Stellwerks ein einmaliges Ambiente geschaffen, das von der kitschigen Stripclub-Atmosphäre auf dem Kiez so weit entfernt war wie ein Wohnzimmer in Eiche Rustikal von den Designermöbeln im Stilwerk.

Alexa hatte das hautenge Lederkleid von Jitrois an, das Hubertus ihr geschenkt hatte – als Trostpflaster, direkt aus der Boutique in der Rue du Faubourg Saint-Honoré, weil er mit seiner Assistentin zu einem romantischen Wochenende nach Paris abgedüst war. Seine Eskapaden hatten sie damals gekränkt, aber inzwischen war ihr so etwas egal. Sie kontrollierte im Spiegel, ob sich die Spitzenunterwäsche unter dem Leder abzeichnete. Nein – alles war perfekt. Sie streckte die Beine aus mit den High Heels. Die zwölf Zentimeter hohen Absätze streckten ihre schlanke Figur zu der Länge, die sie gerne in Natura gehabt hätte. Doch wozu gab es die rattenscharfen Stilettos von Sophia Webster; auf ihnen konnte sie sich fühlen wie ein Model mit 180 Zentimetern. Alexas Augen waren schwarz geschminkt, ihre Lippen blutrot. Sie blickte nochmals verstohlen in den Spiegel an der Rückfront der Bar. Dann lächelte sie hinüber zu Lady Marylou, die mit Jerome redete. Sie beschloss, eine Runde durch die Spielzimmer zu drehen und nach attraktiven Männern Ausschau zu halten. Und Frauen. Sie genoss es, verschiedene Optionen zu haben.

Es war schon nach zehn Uhr. Alexa kam zurück an die Bar; sie fühlte sich gut, schön, souverän. Sie hatte sich im Colosseum schon bei ihrem ersten Besuch zuhause gefühlt, liebte die erotisch prickelnde Atmosphäre.

„Jerome, gib mir bitte ein Glas Champagner", sagte sie zu dem dunkel gelockten Barkeeper. Er schenkte ihr ein Glas Roederer Cristal ein. Lady Marylou lächelte.

„Oh, wie wunderbar", sagte Alexa. Sie wusste die zuvorkommende Behandlung zu schätzen. Auch wenn die Getränkeauswahl im Colosseum durch die Bank hochklassig war, so war es doch nicht üblich, dass, außerhalb privat gebuchter Partys, ein so teurer Champagner ausgeschenkt wurde.

„Alexa, ich würde gerne mit Ihnen reden", sprach Lady Marylou sie an.

Alexa war überrascht. Sie schaute sich um, doch von Hannes war weit und breit nichts zu sehen. Blitzschnell schossen ihr verschiedene Gründe für den Wunsch Lady Marylous durch den Kopf. Die meisten betrafen Hannes. Hatte er sich daneben benommen? Er war narzisstisch und unberechenbar. Doch sie hatte das Gefühl, dass es ihm hier in erster Linie darum ging, harten Sex mit einer Frau zu haben, die eine deutlich höhere gesellschaftliche Stellung einnahm, als sie er sie innehatte. Und das war sie, Alexa. Er fickte sie stellvertretend für jene Kreise, zu denen er keinen gleichberechtigten Zugang hatte. Das würde ihm nur gelingen, wenn er Pro werden würde – professioneller Golfspieler mit vielen Siegen, Preisgeldern und Promifaktor. Doch der Zug war abgefahren. Hannes war dreiunddreißig. Die Profikarriere war nicht mehr erreichbar. Er musste gelangweilten Hausfrauen und verwöhnten Teenagern Golfstunden geben und ließ seine Frustration an ihr und anderen Damen des Falkensteiner Golfclubs aus.

Der Golftrainer hatte keine originäre Vorliebe für SM-Spiele, davon war Alexa überzeugt. Sie hatte ihn hier eingeführt, doch er hatte nie richtig Feuer gefangen. Das hatte ihr die Szene an der Tankstelle wieder bewiesen. Er stand darauf, möglichst junge Weiber zu ficken mit dicken Möpsen. So wie mindestens 95 Prozent der Männer. Also was war los? War er ein Problem? Eher nein. Was also konnte wollte Lady Marylou von ihr, Alexa, wollen?

„Lassen Sie uns ins Büro gehen", sagte die Club-Chefin. Die blickte zu zwei jungen Frauen, die gerade eingetroffen waren. Eine der beiden trug eine weißes Minikleid und ein Häubchen wie eine Krankenschwester. Die zweite war völlig schwarz gekleidet. Sie diskutierten heftig und schauten immer wieder zu Lady Marylou herüber.

„Entschuldigen Sie, Alexa, Ich muss noch schnell etwas klären", sagte die Chefin.

„Kein Problem", erwiderte Alexa. Sie beobachtete das bunte Treiben, das sich vor ihren Augen im Foyer und in der Bar abspielte. Rauchte eine Zigarette, nippte an dem exquisiten Champagner.

Immer mehr Gäste trafen ein. Teils waren sie bereits im Stil der Location gekleidet, teils hatten sie, wie Alexa, ihre Kostüme für den Abend mitgebracht und zogen sich im ersten Stock um.

Heute war gemischter Abend. Es gab kein spezielles Motto. In den verschiedenen Räumen tummelten sich die unterschiedlichsten Gestalten. Männer in Fantasieuniformen und in Ganzkörper-Latexanzügen. Frauen in Schwesterntracht und als Zofen gekleidet. Dazwischen Damen, die ihren Hund an der Leine führten. Wobei Hund in diesem Fall bedeutete, einen nackten Mann an einer Leine durch die Räume zu zerren.

Alexa war sich der Absurdität dieses Treibens bewusst. Was bewegte Menschen dazu, sich derartigen Erotikspielen hinzugeben? Wobei ihre eigene Variante ihr noch vergleichsweise harmlos erschien. Penetration in Begleitung von ein paar nur halbherzig verabreichten Schlägen – na ja.

Sie sah hinüber zu Lady Marylou, die mit den beiden Dominas im Flur diskutierte, der zu den nicht öffentlich zugänglichen Geschäftsräumen führte. Dann wurde Alexa von zwei Seiten abgelenkt. Zum einen sah sie Hannes, der mit nacktem, glänzendem Oberkörper, in eine eng sitzende Lederhose gezwängt, aus einem der Spielzimmer kam. Er hatte rote Striemen auf Brust und Armen und blutete aus den Brustwarzen. Seit wann ließ er sich darauf ein, den Sub zu spielen?

Sodann bemerkte sie eine Frau, die groß, schlank und muskulös war und ihre tolle Figur in einem schwarzen Stretchkleid präsentierte. Sie trug keine Maske, war nur dezent geschminkt und kam Alexa irgendwie bekannt vor, aber sie konnte sie nicht zuordnen. Wo hatte sie die attraktive Rotblonde schon mal gesehen? Das musste jedenfalls lange her sein. Es kam Alexa so vor, als hätte sie die Frau mit der Sportlerfigur schon irgendwann im Umfeld der Hamburger Reeder und Kaufleute gesehen. Aber wann und wo?

Alexa führte eine präzise geistige Liste mit allen potenziellen Konkurrentinnen. Doch die Athletin in Schwarz war auf ihr nicht verzeichnet. Gerade wollte sie Hannes ein Zeichen geben, damit er sich endlich in ihre Richtung bewegte. Schließlich nahm sie ihn mit, damit er sich in erster Linie um ihr Vergnügen kümmerte. Doch Hannes hatte nur Augen für die Dame in Schwarz, die ihn dreist angrinste und von oben bis unten betrachtete wie ein Stück Vieh auf einer Auktion. Sie konnte sehen, wie die Unbekannte etwas zu Hannes sagte, der daraufhin deren Hand griff und sie auf seine blutenden Nippel drückte.

Jetzt wollte Alexa zum dritten Mal an diesem Abend vor Wut platzen. Sie rutschte vom Barhocker und hatte vor, ihrem abtrünnigen Begleiter eine ordentliche Szene zu machen. Das hätte den positiven Begleiteffekt, dass einige der Typen hier auf mich aufmerksam würden, dachte sie pragmatisch.

In diesem Moment kam Lady Marylou auf sie.

„Alexa, danke, dass Sie sich Zeit für mich nehmen", sagte die Clubchefin. „Bitte kommen Sie mit."

Sie gingen in Richtung der Geschäftsräume. Alexa blickte sich nochmals um nach Hannes. Doch der bemerkte sie gar nicht. Er knutschte mit der unbekannten Muskel-Dame.

Alexa beschloss, das ganze Theater zu ignorieren. Er inszenierte das bestimmt nur, um sie eifersüchtig zu machen, der naive, dumme Junge. Sie würde ihm den Gefallen nicht tun, sondern sich ebenfalls ohne ihn amüsieren. Vielleicht wollte ihr sogar Lady Marylou ein Angebot machen, sich hier im Club etwas intensiver um einige Gäste zu kümmern? Vielleicht würde sie ihr sogar vorschlagen, einer der Show-Stars zu sein, die für wilde Partys im Colosseum engagiert wurden?

Mit einer Handbewegung forderte Lady Marylou Alexa auf, sich zu setzen. „Was möchten Sie trinken? Sollen wir uns Champagner kommen lassen?" Alexa lächelte und sagte: „Wenn man die Wahl hat zwischen Austern und Champagner, pflegt man sich in der Regel für beides zu entscheiden."

Lady Marylou zog ihre linke Braue hoch, sagte: „Schön gesagt. Fontane, nicht?" Sie drückte einen Knopf der Telefonanlage und sagte: „Jerome, bring uns bitte Austern und Champagner."

Alexa schaute sich im Büro um. Es war so edel-nüchtern eingerichtet wie eine Anwaltskanzlei; graue Möbel, grauer Teppich mit grafischem Muster und Sofas von Le Corbusier. Eine Wand war komplett ausgefüllt mit einem Regal, in dem Dutzende von Aktenordnern deponiert waren.

„Sie archivieren Ihre Geschäftsunterlagen in altmodischen Aktenordnern?" wunderte sich Alexa.

„Ich favorisiere die traditionelle Ablage", sagte Lady Marylou. „In meinen PC können sich vielleicht alle möglichen dubiosen Personen und Firmen einhacken. Hier kommt niemand herein, dem es nicht erlaubt ist."

Es klopfte. Lady Marylou öffnete die Tür. Eine Servicekraft brachte zwei Teller mit jeweils einem Dutzend Austern, einen silbernen Eiskühler mit einer Flasche Roederer Cristal, ein silbernes Körbchen mit Baguette-Stücken und eine Schale mit Stückchen gesalzener Butter.

Alexa schlürfte eine der köstlichen Austern und nippte an dem Champagner. Sie freute sich auf die zu erwartende Einladung zu einem speziellen Event. Die hatte sie sich schließlich verdient, sie kam regelmäßig hier her und war sicherlich eines der Highlights für die Gäste beiderlei Geschlechts. Nicht zu vergessen ihr extrem attraktiver Begleiter, der ebenfalls eine Bereicherung für den Club darstellte.

Sie konnte kaum noch stillsitzen. Genüsslich schlürfte sie eine weitere Auster, leckte sich die salzigen Lippen und fühlte, wie aus lauter Neugierde eine Gänsehaut ihre gebräunten Arme überzog.

Was dann allerdings kam, übertraf ihre Erwartungen bei weitem.

„Ich brauche Ihre Hilfe", sagte Lady Marylou. „Wenn wir nicht bald etwas unternehmen, wird es noch mehr Tote geben. Wir müssen handeln. Und zwar schnell. Ich weiß keinen anderen Ausweg. Ich kann nicht zur Polizei gehen. Ich muss das Problem mit Vertrauten hier vor Ort lösen. Ich weiß, dass ich mich auf Sie verlassen kann."

Dann erzählte sie Alexa eine Horrorgeschichte und Alexa wünschte, sie hätte keine Austern und kein Baguette mit gesalzener Butter gegessen.

„Ich werde Ihnen helfen", sagte Alexa.

„Aber zuerst brauche ich einen Cognac."

Dann übergab sie sich in den Champagnerkübel.

Die Erpressung
Nienstedten, Villa der Abendroths, Donnerstagnacht

Marion Abendroth, für ihre Freundinnen Megan, hatte sich nach dem Telefonat mit Albertine von Blankenburg, genannt Alexa, hingelegt. Sie hatte stundenlang ferngesehen, um sich abzulenken. Doch seit geraumer Zeit starrte sie nur noch an die Decke ihres Boudoirs. Zählte die kleinen Rosenknospen der Stuckbordüre zwischen Wand und Decke. Gelegentlich nippte sie an dem Cognac, den sie sich auf den Schreck der Entführung hin gegönnt hatte. Von Aldi, preiswert und trotzdem gut. Sie konnte schließlich mit Geld umgehen. Im Gegensatz zu ihrem untreuen, trotteligen Mann. Der sich jetzt zu allem Überfluss auch noch hatte entführen lassen.

Megan zupfte an der Tagesdecke, die sie selbst entworfen hatte. Pfirsichfarbene Seide mit goldener Stickerei. Passend zu den Vorhängen in Creme und apricot. Und zu ihren rötlich blonden Haaren, ihrer zarten, hellen Haut.

Draußen breitete sich die Dämmerung aus. Die Blaue Stunde. Megan starrte auf ihr Handy. Es war schon nach zehn. Warum meldete sich niemand? Was hatten die Entführer vor?

Die Polizei hatte eine Fangschaltung installiert. Doch was sollte die schon bringen! Jedes Kind wusste, dass das gemacht wurde bei einer Entführung. Wer es schaffte, am hellichten Tag ihren Mann in aller Öffentlichkeit einfach aus seiner Lieblingsbar wegzuschnappen, der schaffte es zweifelsohne auch, Kontakt mit ihr aufzunehmen, ohne das Festnetz zu nutzen. Und ohne dass die Bullen das mitbekamen. Sie hatte ihre Handynummer bei Facebook und auf ihrem Youtube-Blog „Design-und-Dessous" veröffentlicht. Man kennt mich, nicht nur hier in Hamburg, sagte sie sich. Die Leute aus dem Golfclub, dem Fitnessclub, meine Kundinnen, alle haben meine Kontaktdaten!

Sie schniefte und starrte auf ihr totes Handy. Dachte darüber nach, wo sie noch überall bekannt und – nicht zu vergessen – beliebt und gerne gesehen war. In diversen Nobel-Boutiquen, Bars und Restaurants, in denen sie ihre Dessous-Verkaufspartys veranstaltete, zum Beispiel. Nein, nein – sie war alles andere als eine anonyme Frau. Bestimmt würden sich die Blödmänner von Entführern bald melden. Doch was sollte sie denen sagen? Sollte sie tatsächlich auf stur schalten, wie Alexa ihr geraten hatte? Und keinen Cent für Hendrik bezahlen?

Jedenfalls nicht von meinem eigenen Geld, dachte sie. Das stand mal fest. Schließlich hat Hendrik keinerlei Anspruch auf die Millionen aus ihrer Erbschaft. Zugewinnausgleich hin oder her. Erbschaften fielen da nicht drunter. Da hatte sie sich bei Rechtsanwalt Dr. Messmer erkundigt. Sie trank noch einen Schluck Cognac und schaltete den Fernseher wieder ein. Und erstarrte. In den Lokalnachrichten wurde über den Mord an Gunnar Harksen berichtet. Das konnte doch nicht wahr sein! Der alte arrogante Reeder-Schnösel, mit dem Hendrik neuerdings Geschäfte machte! Da stand der Reporter vor der Bürovilla in der Palmaille und erläuterte in drastischen Worten, wie das Verbrechen angeblich vor sich gegangen war.

„Heute um die Mittagszeit wurde der bekannte Hamburger Reeder Gunnar Harksen in seinem Büro an der Palmaille mit drei Schüssen aus nächster Nähe niedergestreckt. Laut Aussagen aus Polizeikreisen lässt der Tatort in den Geschäftsräumen der Reederei auf eine geplante Tat schließen, die den Charakter einer Exekution hatte."

Meine Güte, eine Entführung und eine Exekution an einem Tag! Megans Herz raste und ihre Magendecke hob sich.

„Ich brauche noch einen Cognac", beschloss sie und goss sich mit zittrigen Fingern weitere drei Finger breit in das Kristallglas. Angewidert blickte sie in das Gesicht auf der Mattscheibe. Der Reporter hatte hektische Flecken im Gesicht und redete sich förmlich in Rage.

„Der bekannte Hamburger Unternehmer hat laut Aussagen von Insidern sehr wahrscheinlich dem Mörder selbst die Tür geöffnet und hatte keine Chance, zu entkommen." Seine Stimme wurde immer schriller. „Er verblutete innerhalb kürzester Zeit. Laut Angaben der Polizei gibt es noch keinerlei Hinweise auf den oder die Täter und das Tatmotiv."

Megan war so geschockt, dass sie den Rest des Cognacs auf einen Sitz hinunterstürzte. Obwohl das ansonsten gar nicht ihre Art war. Eine Dame trinkt in Maßen und mit Genuss. Das war ihre feste Überzeugung seit Teenagertagen. Schon damals hatte sie Saufpartys furchtbar gefunden. Noblesse oblige.

Doch das spielte jetzt absolut keine Rolle. Jetzt war sie sich sicher, dass ihr Hendrik in höchster Gefahr schwebte. Der Mord an Harksen und die Entführung – das war kein zufälliges Zusammentreffen von Ereignissen. Da musste es eine Verbindung geben. Sie musste die Polizei anrufen und denen sagen, dass Hendrik diesen Harksen in den vergangenen Wochen mehrfach getroffen hatte. Ihr Gatte hatte das jeweils mit großem Trara angekündigt, wohl um ihr zu beweisen, dass er es endgültig geschafft hatte, geschäftlich in der Hamburger besseren Gesellschaft Fuß zu fassen.

Megans Finger zitterten, als sie die Visitenkarte des netten Kommissars von ihrem Sekretär nahm. Sie wählte seine Mobilnummer. Bestimmt war er um diese Uhrzeit nicht mehr im Kommissariat.

Im selben Moment machte es „pling" und ihr Handy zeigte an, dass eine SMS eingegangen war.

„Überweise eine Million Euro hierhin."

Es folgten die Daten verschiedener Konten auf den Jungferninseln. Warum die wohl so hießen – Virgin Islands?

Ihre Gedanken rasten. Was sollte sie jetzt tun? Und wie um Himmels Willen könnte sie, selbst wenn sie ihr eigenes Geld dafür nehmen würde, am anderen Ende der Welt eine Million von einem Konto auf ein anderes überweisen? Sie zahlte meist mit Kreditkarte. Oder Cash, ohne Belege. Meine Güte, eine Überweisung! Das ging doch nur mit Vollmacht, oder?

Dann wurde sie sauer. Das war mal wieder typisch Hendrik. Nicht nur, dass er sich entführen ließ, er musste sogar die Geldübergabe verkomplizieren, der Idiot.

Sie beschloss, sich dumm zu stellen. Und simste: „Weiß nicht wie."

„Gib den Auftrag an die Credit Suisse und überweise auf die Royal Bank of Guernsey" folgte unmittelbar ein weiterer Befehl. Dann kamen die Zugangsdaten für beide Konten. Sie lockte sich in ein Konto ein. Es wies ein Guthaben auf von genau 489.000 Euro und 52 Cent. Das war keine Million. Das war noch nicht mal eine halbe Million.

„Reicht nicht", simste sie im Telegrammstil. Und verdammt – wo hatte Hendrik so viel Geld her? Wo er doch immer so tat, als würde er mit seinen Geschäften grade so über die Runden kommen?

Das Handy klingelte. Es war Kriminalhauptkommissar Böttcher. „Was ist los? Haben Sie mich angerufen?"

„Sie wollen eine Million", sagte Megan.

„Wer hat angerufen?" Die Hintergrundgeräusche klangen, als würde Böttcher aus einer Kneipe anrufen.

„Keiner. Er hat gesimst.“

„Wer – Ihr Mann?“

„Weiß ich nicht, die Nummer war unterdrückt. Aber anzunehmen. Er hat mir Daten für zwei Konten übermittelt. Credit Suisse und Royal Bank of Guernsey. Auf den Jungferninseln.“

„Sie sollen überweisen?“

„Ja, online.“

„Verdammte Scheiße. Haben Sie das Geld? Ist das Konto gedeckt?

Megan zögerte kurz. „Es ist nicht mal eine halbe Million drauf.“

„Simsen Sie, Sie brauchen Zeit, Sie müssen erst mit der Bank sprechen. Eine Überweisung in dieser Größenordnung muss von verschiedenen Instanzen freigegeben werden.“

„Ich wusste auch gar nichts von den Konten und ich habe keine Vollmacht.“ Megans Stimme klang tonlos.

„Los, schicken Sie eine SMS, wir brauchen Zeit. Wir müssen versuchen, vor Ort dort etwas zu erreichen. Wir werden mit der örtlichen Polizei und mit Interpol Kontakt aufnehmen.“

Böttcher klang entschlossen, hatte aber kaum eine Idee, wie er am besten vorgehen sollte. Er musste das mit Valerie besprechen. So eine verdammte Scheiße. Konnten die nicht eine ganz stinknormale Bargeldübergabe machen!

„Sie sollen auch beweisen, dass Hendrik noch lebt.“

Megan schluchzte. Und ganz kurz spielte sie mit dem Gedanken, dem netten Hauptkommissar von dem Geld in ihrem Schlafzimmer zu erzählen. Aber wirklich nur ganz kurz.

Nein, nein, nein! Megan überzeugte sich selbst davon, dass das keine optimale Lösung wäre. Sie durfte keinen Pups sagen von dem Geld, sonst wäre sie es bald los; Hendrik und ihr spielsüchtiger Bruder Bernd würden es ihr abknöpfen, das war so sicher wie das Amen in der Kirche. Die beiden waren einfach skrupellos. Sie wusste, dass Alexa beide abgrundtief verachtete und sie hinter ihrem Rücken nur „Psychos“ nannte.

Es musste eine andere Lösung geben. Ihr würde schon noch etwas einfallen.

Doch jetzt würde sie erstmal versuchen, die ganze Geldgeschichte hinauszuzögern. Sie beendete das Telefonat mit Böttcher grußlos und simste an den Nachrichtenversender, wer immer das auch sein mochte: „Brauche Vollmacht für alle Konten.“

Dann kam ihr eine Idee, für die sie sich selbst beglückwünschte. Sie würde einen Privatdetektiv beauftragen. Genau. Irgendwas stank gewaltig an der Sache, und dieses Theater mit den Jungferninseln war wahrscheinlich nur ein Ablenkungsmanöver von Hendriks Machenschaften. Von wegen eine Million für die Entführer. „Das wollen wir mal sehen, wer hier wem was zahlt", sagte sie laut.

Sie ging zu ihrer Geldkiste und schob die Dessous zur Seite, um die Bündel mit den Scheinen zu betrachten. Das war ihr Schatz, den würde sie nie rausrücken. Für nichts und niemanden. Aber sie würde nochmals mit Alexa telefonieren. Die hatte bestimmt noch die Telefonnummer von dieser Detektivin, die sie hinter ihrem Mann hatte herschnüffeln lassen. Oder konnte sie zumindest besorgen. Alexa war immer so wunderbar pragmatisch. Der kamen nie Gefühle in die Quere. Vor allem nicht bei Männern. Die setzte durch, was sie vorhatte, und bekam immer, was sie wollte. Wenn hier jemand helfen konnte, dann Alexa.

Megan tippte die Nummer der Freundin ein. Alexa nahm das Gespräch sofort an. Megan hörte, ähnlich wie beim Anruf Böttchers kurz zuvor, Geräusche einer Kneipe oder einer Party. Sie schluchzte. Offensichtlich war sie die einzige heute Nacht, die völlig fertig mit den Nerven zuhause saß. Alle anderen feierten, niemand hatte Verständnis für ihr Elend!

Sie leckte das Glas mit dem klitzekleinen Rest des Cognacs aus. Doch dann erzählte ihr Alexa eine furchtbare Geschichte. Und Megan ahnte, dass diese ganze Entführungsgeschichte im wahrsten Sinne des Wortes todernst war und ihr dämlicher Hendrik dieses Mal so richtig in der Scheiße saß, wie sich Alexa in gewohnt drastischer Form ausdrückte.

Doch dann eröffnete Alexa ihr einen Plan, „der den Idioten mal richtig zur Raison bringt", wie sie mit schriller Stimme in ihr iPhone kreischte. Selten hatte Megan die Freundin derart aufgebracht erlebt. Wahrscheinlich hatte sie mal wieder schlechte Laune wegen Hannes. Aber egal, sicherlich war es keine schlechte Idee, wenn sie sich zu dritt trafen und ein Brainstorming machten.

Megan ärgerte sich, dass sie schon deutlich zu viel Cognac intus hatte, um selbst zu fahren. Sie würde ein Taxi rufen müssen, das kostete nach Poppenbüttel bestimmt 40 oder 50 Euro. Doch manche Ausgaben waren eben unvermeidbar. Und glücklicherweise konnte sie sich derart kleine Extravaganzen ja leisten.

Sie nahm eine Dusche, zog ein wunderbares Sommerkleid aus bedruckter Seide an, das wirklich ein absolut günstiges Schnäppchen gewesen war, und versprühte einen verschwenderischen Nebel aus Chanel Nr. 5. Dann rief sie ein Taxi. Als sie ihr Ziel nannte, sagte der Taxifahrer nur: „Das glaube ich jetzt nicht."

„Megan antwortete: „Ich muss da geschäftlich hin, was denken sie denn."

Doch der Typ grinste nur und entgegnete: „Ich weiß. Scheint ein wirklich wichtiges Geschäftstreffen attraktiver Damen dort heute Nacht zu sein. Ich wünsche Ihnen jedenfalls viel Erfolg."

Und Megan sagte leise: „Es geht um Leben und Tod."

Der Taxifahrer runzelte die Stirn und schaute sie misstrauisch im Rückspiegel an.

Sie blieben beide stumm, bis das Taxi vor dem Hintereingang des Colosseums hielt. Megan zog ihr Handy aus der schmalen Unterarmtasche und tippte Alexas Nummer ein. Dann sagte sie: „Bin da."

Mit weichen Knien stieg sie aus und betrachtete staunend die Leuchtreklame. Riesige, violette, in Kreisen und Ovalen verschlungene Neonröhren.

„Komm zum Hintereingang", befahl ihr Alexa.

Megan verlangte eine Taxiquittung „inklusive Trinkgeld!" und stöckelte los.

Die Konkurrenz
St. Pauli, Nacht von Donnerstag auf Freitag

Valerie ging zügig neben Böttcher zum Parkplatz hinter dem Kommissariat. Sie hatte vor, ihn fahren zu lassen – der Kiez war zwar nicht unmittelbar sein Revier, aber sie wollte ihm die Genugtuung geben, den Lead bei dem Ausflug zu haben. Er hatte sich schon etwas entspannt, als sie ihn nach den Kneipen fragte; sicherlich würde es ihr gelingen, ihn weiter aufzulockern. Erfahrungsgemäß konnte es nicht schaden, wenn man einem Typen, der sich als harter Hund aufführte, charmant entgegenkam. Ihr brach dabei kein Zacken aus der Krone; ihre taffe Seite würde er noch früh genug kennen lernen.

Er hielt ihr die Tür auf, das ließ er sich nicht nehmen. Machte auf Charmebolzen. Half ihr beim Anschnallen, drückte sich in gerade noch akzeptabler Weise an sie heran, das Gesicht nur wenige Zentimeter von ihrem entfernt. Valerie beobachtete sich selbst, versuchte, zu spüren, ob es knisterte. Sein Aftershave roch herb, er hatte volle Haare, ein angenehmes Gesicht, offen, mit Grübchen neben dem Mund und am Kinn. Und, das musste man ihm lassen, einen austrainierten Body, dessen Muskeln sie unter dem Hemd spielen sah.

Valerie dachte an Bogie. An Boris Bogner, den Yellow-Press-Fotografen. Der jetzt wahrscheinlich wie sie auf der Pirsch war, aber aus gänzlich anderen Motiven. Ein Paparazzo, Promi- und Polizeifotograf in Personalunion. Manisch, gelegentlich depressiv. Sie hatten sich an einem Tatort kennengelernt. Wenige Stunden danach waren sie im Bett gelandet. Der erste Liebhaber nach dem Tod ihres Mannes Bradley Morton. Irgendwie half Sex ihnen wohl beiden, das alltägliche Grauen zu überstehen, mit dem ihr Beruf sie konfrontierte. Und die Verletzungen zu ertragen, die ihnen das Leben zugefügt hatte.

Boris lag oft neben ihr. Sie war erst wenige Male bei ihm zuhause gewesen. Doch gleichgültig, wo sie sich trafen – richtig nahe waren sie sich nicht. Es bestand für keinen von ihnen die Gefahr von zu viel emotionaler Nähe. Manchmal kam er zu ihr ins Bett gekrochen, griff nach ihr und es war, als löste er einen Knopf der Begierde, der lange eingerostet war. Sie liebten sich heftig und rollten dann beide zur Seite. Um sich dann alleine ihre emotionalen

Wunden zu lecken. Ob sie die Chance hatte, nochmal etwas anders zu erleben? Eine richtige Beziehung? Womöglich mit Liebe? „Hören Sie mich?" Böttcher schrie in ihr linkes Ohr. Valerie zuckte zusammen. „Entschuldigung, ich war in Gedanken."

„Wir sind gleich da. Zuerst essen wir ein Mettbrötchen bei Heidrun und dann klappern wir ein paar Läden ab."

Böttcher stellte den Dienst-Mercedes bei der Davidwache ab. Er stieg aus, doch dieses Mal schaffte er es nicht rechtzeitig, ihr die Tür zu öffnen. Er hakte sie unter und forderte sie auf: „Kommen Sie, ich habe Hunger auf etwas Herzhaftes. Ihre Häppchen waren ja Extraklasse, aber jetzt gibt es etwas für die lange Nacht."

Er zog sie in die Davidstrasse und dann in eine der kleineren Gassen. Über dem Eingang einer Eckkneipe leuchtete in pinkfarbenen Glühbirnen der Name „Heidrun". Neben der Tür hing eine sehr übersichtliche, angejahrte Speise- und Getränkekarte. Das Angebot erschöpfte sich in frugalen Spezialitäten wie Buletten, Würstchen und Kartoffelsalat in verschiedenen Varianten; außerdem gab es Mett-, Schinken- und Salamibrötchen und überbackenen Käsetoast. Deutlich variantenreicher stellte sich die Getränkeauswahl dar. Heidruns Kneipe bot Schnaps aller Sorten, die Flaschen in bunter Reihe an der Rückwand zum Tresen präsentiert, sowie das unvermeidliche Astra und diverse andere Biere; der Örtlichkeit in der Nähe des Straßenstrichs und den zahlreichen Touristinnen geschuldet empfahl Heidrun als „Special" persönlich ein Damengedeck, bestehend aus einer Flasche Piccolo, einem Saft und Schuss nach Wahl.

Böttcher komplimentierte Valerie auf einen Barhocker am Tresen. „Heidruns Spezialität sind ihre Mettbrötchen und der hausgemachte Kartoffelsalat", sagte er und lächelte sie an. „Und was wollen wir trinken?" „Ich nehme ein Astra", antwortete Valerie. Böttcher drehte sich zum Barkeeper. „Charly, machst Du uns zwei Astra? Und zwei Mettbrötchen mit Kartoffelsalat."

Charly drehte sich zur Durchreiche und brüllte die Essenbestellung in die Küche. Eine weibliche Stimme rief mit Hamburger Slang zurück: „Alles klar."

Valerie schaute sich um. Es war noch nichts los. Ein Trupp Mädels von einem Junggesellinnenabschied saß zum Vorglühen in der Ecke. Auf ihrem Tisch standen zwei Flaschen Baileys und zwei Flaschen Sekt in einem Kühler. Auf den Köpfen trugen sie Hütchen mit Flaumfedern und auf ihren offenherzigen Dekolletés hingen Ketten mit kleinen Plastikpenissen und Hawaiiblumen aus Papier.

An einem anderen Tisch saßen ein fröhlicher Schwabe, zu erkennen an seinen lautstark vorgetragenen kulinarischen Wünschen, begleitet von einer kühlen Blonden, die sich über ihren exaltierten Freund amüsierte.

Die Wände der Kneipe schmückten Pin-ups leicht bekleideter Mädchen, wohl Originale des Kiezmalers Erwin Ross. Eines der Bilder hatte verdammte Ähnlichkeit mit Heidrun, vielleicht Zufall, vielleicht auch nicht.

In einer anderen Ecke unterhielten sich drei Herren, die genauso aussahen wie lebendig gewordene Klischees osteuropäischer Zuhälter – Ost-Mafiosos mit dicken Muskelpaketen, offenem Seidenhemd, behaarter, gebräunter, goldgeschmückter Brust und dicker Uhr am Handgelenk. Sie schienen heftig zu diskutieren; gelegentlich drangen Wortfetzen in unterschiedlichen Idiomen zu Valerie und Böttcher herüber.

Charly stellte die Biere auf den Tresen. Heidrun brachte Mettbrötchen und Kartoffelsalat. „Na, Frank, lange nicht gesehen", sagte Heidrun. Sie musste so um die fünfzig sein, war aber, vor allem im Hinblick auf ihren Job, noch ganz gut in Schuss. Glatte Haut, fast ohne Falten, kräftiges, aber gekonnt gesetztes Make-up, volles, professionell blondiertes Haar. Ihre Brüste wurden von einem Spitzen-Push-up in Szene gesetzt und boten genügend Deko-Fläche für mehrere Ketten in Weiß- und Roségold mit glitzernden Diamantanhängern. Offensichtlich lief Heidruns Laden gut und Biere und Buletten warfen so viel ab, dass Heidrun sich teure Klunker leisten konnte. Oder sie hatte einen reichen Freund, der sie verwöhnte.

Valerie beobachtete die Kiez-Wirtin, ihre flüssigen Bewegungen, das professionelle Lächeln, ihre Blicke, mit denen sie Gäste und Personal scannte.

Das Mettbrötchen schmeckte ausgezeichnet. Das Bier aus der eisgekühlten Flasche war erfrischend. Valerie leckte sich den Schaum von den Lippen. Dann wartete sie einfach ab; jetzt war Kollege Böttcher am Zug. Er hatte die Ermittlung auf dem Kiez vorgeschlagen, jetzt sollte er mal zeigen, was er draufhatte.

Böttcher ließ sich Zeit. Er schäkerte mit Heidrun, bestellte zwei Buletten und zwei weitere Astra und erklärte Valerie, was es mit Heidruns Kneipe auf sich hatte. „Sie war in den 80ern die

Freundin von einem Typen aus der Nutella-Bande. Beide blutjung damals. Er wollte aussteigen, wurde bei der Festnahme erschossen. Heidrun hat seine ganze Kohle geerbt."

„Und warum arbeitet sie dann in dieser Kneipe?" Valerie konnte sich nicht vorstellen, dass eine Frau freiwillig auf dem Kiez arbeitete, ohne wirtschaftliche Not.

„Na ja, vielleicht ist es ja besser, als irgendwo gelangweilt in Blankenese oder auf Ibiza zu hocken und den ganzen Tag Nägel zu lackieren und Soaps im Fernsehen zu gucken."

Er biss in seine Bulette. „Essen Sie, Frau Morton, wir haben noch einiges vor heute", forderte er sie lächelnd auf. „Sie kennen St. Pauli wohl nicht, oder? Sie haben in den USA gelebt?"

Valerie überlegte, was sie ihm erzählen sollte. Ihr Privatleben ging ihn nichts an. Andererseits musste sie auch nicht unbedingt ein Geheimnis daraus machen. Das würde nur zu Gerüchten führen, vielleicht sogar zu Missverständnissen.

Ihr Verhältnis zu Bogie würde sie natürlich nicht offenlegen. Aber dass sie einer Hamburger High Society-Familie entstammte, die natürlich auch Kontakt zu den Harksens pflegte, würde sowieso bald bekannt werden. Wenn es sich nicht sogar schon rumgesprochen hatte. Und dass Brad, ihr geliebter Mann, Detective Bradley Morton beim L.A.P.D., bei einem Einsatz in Hollywood erschossen worden war, wurde bestimmt schon ausführlich im Kollegenkreis erörtert.

Sie hatte beim LKA und auch bei Volker Drewes, dem Chef des Polizeikommissariats Borgweg, gar nicht erst um Diskretion gebeten. Irgendwann, wenn die Zeit dafür reif war, würde sie den Kollegen von diesem Drama erzählen. Aber nicht jetzt. Erst mussten diese beiden Fälle gelöst werden. Und sie hatte das verdammte Gefühl, dass es nicht bei den beiden Fällen Abendroth und Harksen bleiben würde. Da steckte eine ganz große Sache dahinter, das sagte ihr Bauch, und der irrte sich selten.

Valerie kaute mit vollem Mund und verschluckte sich fast an der Essiggurke. Die drei Loddel schauten gelegentlich zu ihnen rüber, schienen aber nicht sonderlich an einer Kontaktaufnahme interessiert zu sein. Schließlich bestellte einer mit deutlich osteuropäischem Akzent: „Heidrun, bitte Wodka spezial." Wenig später brachte Heidrun ihnen eine eisgekühlte Flasche Grey Goose, einen Teller mit Buchweizenblini und eine silbern glänzende Schale mit drei Löffeln.

„Ah, das große Gedeck", kommentierte Böttcher. „Es gibt wohl was zu feiern."

„Mit Wodka?" fragte Valerie. „Na ja, warum nicht."

„Mit Wodka, Blini und Kaviar", erläuterte Böttcher. „Selten, heutzutage. Die Branche darbt. Zuerst hat Aids das Geschäft ruiniert, dann haben sich die Jungspunde das Gehirn weggekokst und dann kamen die Albaner und Türken. Doch mit dem schlimmsten Feind haben alle nicht gerechnet."

„Ach ja?" Allmählich fand Valerie ihren Kollegen gar nicht so uninteressant. Diese ganzen Kiez-Stories aus den 80ern und 90ern kannte sie nur vom Hörensagen. Aber sie wusste, dass viele ältere Polizisten den damaligen Verhältnissen nachtrauerten, der Vor-Pinzner-Zeit, als Revierkämpfe noch mit den Fäusten im Keller des Lokals „Zur Ritze" ausgetragen wurden. Mit den Auftragsmorden von Wiener Peter, Mucki Pinzner und deren Entourage fing das Elend damals an. Schluss mit dem Kiezfrieden, Beginn der organisierten Kriminalität.

Doch was hatte das heutige St. Pauli mit ihren beiden Fällen zu tun? Was wussten Loddel wie die drei russischen Muskelpakete am Tisch hinten in der Ecke über die bürgerliche Konkurrenz, die sich nicht in ihren schmuddeligen Saunaclubs und kitschigen Bordellen vergnügte, sondern im edlen Ambiente des Colosseums?

„Und was ist der schlimmste Feind der Rotlichtszene?" Valerie war neugierig geworden. Sie hatte so laut gefragt, dass die drei Branchenvertreter im Kauen ihres teuren Imbisses innehielten und neugierig rüberglotzten.

„Das Internet natürlich." Böttcher antwortete, als sei dies eine pure Selbstverständlichkeit. „Bevor man sich von einer Nutte bescheißen lässt, die Falle schiebt, schaut man sich geile Videoclips an, womöglich von Amateurpärchen, die echten Sex haben, und holt sich einen runter."

„Böttcher, du blöder Bulle, was erzählst du der hübschen Frau!" blökte einer der Russen.

Valerie stutzte. „Woher kennen Sie die Zuhälter? Für die ist doch Ihr Kommissariat gar nicht zuständig."

„Na ja, das gibt es Überschneidungen", erklärte Böttcher etwas vage. „Wollen mal hören, was die Herren so plauschen."

Er stand auf und ging zu den Russen.

„Setz dich", forderte ihn der Wortführer auf. „Heidrun, bring noch Glas und Teller!"

Offensichtlich sollte Böttcher mit ihnen essen und trinken. Valerie überlegte, ob sie einfach sitzenbleiben oder besser gehen sollte, um das Gespräch unter Männern nicht zu stören. Wer weiß, wofür es gut ist, wenn ich Böttcher einfach machen lasse, sagte sie sich. Sie beschloss, zu bleiben. Und zwar inkognito. Sie holte ein Schminktäschchen und das Necessaire aus ihrer Handtasche, zog den Lippenstift nach und fing an, sich die Nägel zu feilen. Der Schwabe und die Blonde beobachteten die Russen und Böttcher. Der stieß mit den Russen an, kippte den ersten Wodka und schob sich ein Blini mit Kaviar in den Mund. Valerie ruckelte ihre Brüste im BH zurecht und fuhr sich mit den Fingern durch die mahagonifarbene Mähne. Die Russen glotzten sie jetzt doch interessierter an, auch wenn sie über das Alter, in dem die von ihnen betreuten Damen waren, sicherlich hinaus war. Dann lutschte sie am Anhänger mit dem Rubinherz, den ihr Brad zu ihrem letzten gemeinsamen Weihnachten geschenkt hatte. Ein Sakrileg. Doch der Zweck heiligte die Mittel. Wenn sie mit Böttcher zusammen Näheres über die beiden Fälle in Erfahrung bringen wollte, musste sie mit den Methoden arbeiten, die auf Hamburgs sündiger Meile üblicherweise zum Ziel führten. Eine Rühr-mich-nicht-an-Attitüde war da nicht angezeigt.

Böttcher starrte sie konsterniert an. Der Chef-Igor fragte grinsend: „Na Böttcher, mal wieder neue Frau? Und sogar sexy, nur bisschen alt."

„Aber gut im Bett", entgegnete Böttcher prompt. „Macht alles, was ich will. Nicht so zickig wie eure Weiber."

Die Russen lachten und gossen Wodka nach.

Dann ließ Böttcher den Testballon steigen. „Sie geht mit mir ins Colosseum. Scharfe Klamotten, scharfe Weiber. Aber sehr teuer."

Einer der Russen hieb mit der Faust auf den Tisch und ließ einen Schwall russischer Flüche vom Stapel. Der dritte im Bunde legte dem aufgebrachten Kollegen beschwichtigend seine Hand auf den Arm.

„Wir mögen Colosseum nicht", erläuterte er den Wutausbruch.

„Tja, das kann ich verstehen", sagte Böttcher süffisant. „Ist ja auch ärgerlich, wenn immer mehr Damen auf eigene Rechnung arbeiten und keine Beschützer mehr brauchen."

„Das ist nicht alles", erklärte der Chef. „Sie verderben ganzes Geschäft, weil sie zu viel Geld wollen."

„Ach was! Da bleibt für euch nicht mehr genügend übrig? Mir kommen die Tränen", kommentierte Böttcher das Lamento.

Dass die Kiez-Recherche so schnell Ergebnisse bringen würde, hatte er nicht zu hoffen gewagt. Sie waren auf der richtigen Spur. Jetzt hieß es nur, vorsichtig sein, damit die Russen weiter plauderten. Niemand hatte es gerne, als Idiot dazustehen. Das galt auch für russische Loddel. Schon gar nicht wollten die in den Ruf geraten, dass sie sich von ein paar Kiezhühnern, die auf eigene Faust auswärts arbeiteten, das Geschäft verderben ließen.

„Es geht nicht nur um Geld", wandte der ruhige Russe ein.

„Sondern?"

Valerie konnte zwar nicht verstehen, was die vier Männer besprachen, aber sie spürte, dass Böttcher eine heiße Spur hatte. Sie lächelte in seine Richtung und leckte sich die Lippen ab, worauf er zu schwitzen begann und sich die Schweißperlen mit der blütenweißen Stoffserviette abwischte, die Heidrun zum Kaviar gereicht hatte.

Der Russen-Chef grinste. „Es geht darum, dass reiche Männer viel Geld ausgeben für Sex. Für bestimmte Art von Sex."

„Für Schläge", ergänzte Böttcher.

„Nicht nur Schläge", spuckte der dritte Russe aus und haute wieder die Faust auf den Tisch. „Für Schnitt mit Messer, für Faust in Arsch wie bei schwulen Schweinen. Für Aufhängen an Wand mit Kopf unten und für Eingraben in Boden bis sie ganz unten sind und nur kleines Loch für atmen! Perverse Schweine!"

Die Mädels-Truppe war mucksmäuschenstill geworden und starrte geschlossen in Richtung Russen-Tisch. Die Blonde drehte den Kopf des Schwaben wieder in ihre Richtung und schien ihn sehr nachdrücklich zu ermahnen, seine Aufmerksamkeit wieder ihr zuzuwenden.

Die Russen schnaubten und schaufelten weiter Kaviar zwischen ihre fehlerhaften Zahnreihen.

„Schlimmer Sex, dreckig Sex. Und das für sehr, sehr viel Geld."

Das Bedauern des Ruhigen war seiner Stimme deutlich anzuhören.

„Aber das ist nicht alles", sagte der Chef. „Reiche Männer lassen sich entführen, geben – wie sagt man – Vollmacht über Geld an Nutten. Nennen sie Money Doms. Money Doms kriegen Konto, kriegen Aktiendepot, kriegen Grundstück mit Haus." Das impulsive Kraftpaket mit der krummen Boxernase haute wieder auf den Tisch. Der Chef wies ihn auf Russisch zurecht, worauf er sich etwas beruhigte.

„Soso", stellte Böttchern nüchtern fest. „Money Doms also. Na ja, das kann doch eure Geschäfte nicht völlig abgraben." Es folgten wieder eine Reihe von Flüchen auf Russisch und Deutsch. Dann erklärte der Chef, warum die Money Doms ein echtes Problem darstellten.

„Immer mehr Männer wollen Kick mit Geld. Gute Männer, reiche Kunden. Kunden für unsere Clubs. Und unsere Weiber wollen Money Doms werden, wollen nicht mehr unsere Freundin sein und auf Kiez arbeiten und ficken, Scheiße. Wollen selber reich werden, ohne Beschützer."

Also daher wehte der Wind. Diese Dominas, Fachbegriff Money Doms, schöpften nicht nur erhebliche Summen ab, die der eh schon gebeutelten Rotlichtbranche fehlten. Sie stellten auch noch die Existenzberechtigung der Loddel in Frage. Zockten die Kunden ab, die sich den Arsch versohlen ließen und Schlimmeres, und räumten schließlich auch noch deren Konten ab. Das war mal ein interessantes Geschäftsmodell. Und was sagten die Russen noch? Die Kunden der Money Doms ließen sich entführen. ENTFÜHREN.

Böttcher wurde von Sekunde zu Sekunde nervöser. „Wie machen die das mit den Entführungen?" Er redete extra laut, damit Valerie das Stichwort „Entführung" mitbekam. Sie sollte keinesfalls auf dem Trockenen sitzen; bisher hatte sie ja prima mitgespielt.

Valerie stand auf und schlendert zu der Männergruppe. Sie stellte sich hinter Böttcher, beugte sich herunter und küsste ihn in den Nacken. „Was ist Schatz, soll ich dich jetzt mal von hier entführen?" fragte sie neckisch."

„Sei still, das ist ein Männergespräch", entgegnete ihr Kollege unwirsch, drückte aber gleichzeitig ihre Hand in stillem Einverständnis.

Die Russen grinsten. „Wenn du Männer entführst, kannst du viel Geld verdienen", sagte der Chef. „Böttcher kann dir nicht viel geben, ist armer Polizist. Er braucht reiche Frau."

Sie lachten und hauten sich auf die Schenkel. Böttcher verzog den Mund. Dann tranken sie noch einen Wodka. Heidrun kam mit einem Kübel Eis und frischen Blini.

„Bringt die Dame nicht auf falsche Gedanken", sagte sie lächelnd. „Außerdem ist es kein Wunder, dass jetzt die Emanzipation auch auf dem Kiez Einzug hält. Bald müsst ihr richtig arbeiten und könnt nicht mehr vom Geld eurer Mädels in Saus und Braus leben."

„Heidrun, wer ist Money Dom?" fragte der ruhige Russe. „Du hörst alles, kennst alle Leute auf Kiez. Wer hat Angeber Abendroth entführt?"

Böttchers Nackenmuskeln spannten sich an, Valerie massierte ihn weiter, als hätte sie nichts gehört.

„Woher soll ich das wissen, Wassily", entgegnete Heidrun. „Vielleicht die Albaner."

„Nein, keine Albaner", entgegnete der Chef.

„Die Türken?"

„Nein, auch nicht. Sind alle sauer."

„Tja da habt ihr wohl ein Geschäftsfeld eurer Branche nicht rechtzeitig besetzt", sagte Heidrun süffisant. „Ich denke, ich schließe mal ab. Ihr wollt doch nicht gestört werden bei eurem Gespräch."

Sie ging zur Tür und wimmelte einige Trupps von Nachtschwärmern ab. Dann stöckelte sie zum Junggesellinnen-Tisch und fragte: „Was kann ich euch noch bringen?"

Den Mädels reichte offensichtlich ihr Einblick ins Kiezmilieu. Die Chefin der Brautjungfern, erkennbar an ihrem Krönchen, sagte: „Zahlen!" und die sieben Damen schnappten ihre Handtaschen. Sie warfen noch ein paar neugierige Blicke zu Böttcher und den Russen und waren dann schnell verschwunden. Der Schwabe legte Scheine auf den Tisch und verließ mit seiner blonden Begleiterin ebenfalls den Ort des Geschehens.

„Verdammte Scheiße", sagte der Boxer und haute wieder auf den Tisch. Der Ruhige legte wieder seine Hand auf dessen Arm. „Gabnor", fluchte der Boxer trotzdem weiter.

„Wer hat Abendroth entführt?" fragte Böttcher.

„Er gehört zu der Colosseum-Clique", sagte Heidrun. „Das Colosseum gehört ihm zum Teil. Vielleicht war seine Entführung ja ein Testlauf."

„Ein Testlauf?" Valerie war so überrascht, dass ihr die Frage einfach rausrutschte. Sie knetete weiter Böttchers Nacken und lächelte zuckersüß den Chef-Russen an.

„Wir wissen nicht, wer Chef ist in Colosseum. Niemand weiß es. Alles geheim", sagte der Ruhige. „Vielleicht Lady Marylou. Gefährliche Dame, hat mächtige Freunde. Es gibt drei Money Doms im Colosseum, vielleicht bald mehr. Und schon Money Doms in Internet. Immer mehr Hausfrauen wollen Domina spielen."

„Ist Lady Marylou Chefin der Money Doms?"

Böttcher wollte unbedingt weitere Details erfahren. Doch die Russen machten selbst einen ziemlich ratlosen Eindruck. „Vielleicht Lady Marylou. Aber schimpft auch. Sagt, Weiber sind zu gierig." Er überlegte kurz. „Marylou sagt, Money Doms schlachten Kuh statt zu melken."

„In diesem Falle ist ja wohl die Bezeichnung Kuh nicht ganz zutreffend", korrigierte Böttcher. Valerie zog die Stirn kraus. Die Russen sagten nichts.

„Vielleicht habt ihr ihn ja entführt, um mal zu testen, wie das so läuft mit den Money Doms", sagte Böttcher.

„Du hast Knall, Böttcher", entgegnete der Chef. „Wir haben Sex im Angebot, nicht Schmerz und Tod."

„Na ja, von Tod war ja bisher keine Rede."

„Ist aber." Der Chef klang angepisst.

Böttcher erstarrte, Valerie hörte auf, seinen Nacken zu massieren.

„Gibt's aber. Gibt's Tote. Zu viel Schmerz, zu viel Blut." Die Russen schauten ihn todernst an. „Es gibt Spritzen, teure Spritzen, teure Droge gegen Schmerz."

„Ja scheiße", schrie der Boxer, zog eine Makarov-Pistole aus dem hinteren Hosenbund und haute sie auf den Tisch. „Scheiß Weiber, kein Respekt. Ich werde sie schnappen und so lange schlagen bis Respekt. Oder schieß ich Finger ab bis Ruhe."

Wieder legte der Ruhige seine Hand auf den Arm des aufgebrachten Boxers.

„Männer verschwunden, die Geld an Money Doms gegeben. Nie mehr aufgetaucht. Einfach weg, futsch."

„Wie, die Typen geben Geld an Money Doms? Auch an die Hausfrauen? Belle de Jour? Das glaubt ihr ja selbst nicht."

Böttcher schaute die drei nacheinander an und schüttelte den Kopf. „Das ist doch Blödsinn. Verschwundene Männer und Money

Doms, die die Konten abräumen. Ihr habt Euch den Verstand weggekokst, Freunde."

„Böttcher, Du hast keine Ahnung. Die Jungs hier erzählen keinen Scheiß, das ist bitterer Ernst."

Heidrun hatte sich bisher zurückgehalten, doch jetzt musste sie auch ihren Senf dazugeben.

„Und warum sucht die Polizei nicht nach den Opfern? Wurden sie nicht als vermisst gemeldet?" Böttcher klang misstrauisch.

Valerie konnte nicht fassen, was sie da hörte.

„Nicht vermisst, nicht gesucht. Einfach weg." Die Russen schauten bedröppelt drein. „Geld auch futsch."

„Namen bitte", forderte Böttcher die drei Rotlicht-Größen auf.

„Keine Namen. Namen egal. Sie müssen weg, schnell weg. Keine Money Doms, keine Entführung, keine Toten. Fertig."

Das Statement des Chefs war beendet. Er häufte sich noch eine ordentliche Portion der grauen Stör-Eier auf seinen silbernen Löffel, kaute und schmatzte und schluckte mal eben den Gegenwert eines Angestellten-Wochenlohns hinunter, kippte noch ein Glas Wodka hinterher und rülpste.

„Namen bitte, von den Opfern", forderte Böttcher jetzt schon deutlich energischer.

„Wir kennen die Herren", sagte der Ruhige. „Waren alle bei uns in Clubs. Heißen Dr. Andreas Haller, so ein Irrendoktor, dann Dr. Karl-Friedrich Weidenmann, Zahndoktor, und Herr Peter Dreyer, hat großes Geschäft für Baumaterial. Kamen früher oft ins Moulin Rouge, aber später nicht mehr. Hatten alle Domina-Freundin."

„Na und wo sind sie jetzt?" Böttcher wurde immer ungeduldiger.

„Sag ich doch. Sind weg, futsch. Geld weg, Männer weg."

„Das gibt's doch gar nicht. Es können doch nicht drei ganz normale Männer verschwinden, ohne dass jemand etwas weiß und man nach ihnen gesucht hat!"

Valerie konnte es nicht fassen. Jetzt war es vorbei mit der Schauspielerei.

„Ich werde sie suchen lassen. Und wenn ich das Colosseum abreißen lasse und persönlich jeden einzelnen Stein untersuche."

„Was willst du machen? Bist du Bulle oder was?"

Der Russenchef betrachtet Valerie noch neugieriger als zuvor.

„Geht dich nix an, Igor", schnauzte Valerie zurück. Der Russenchef hob den Arm, um ihr eine zu scheuern, machte dann aber auf halber Strecke halt.

„Alles am Ende", lamentierte der Ruhige. „Kiezbullen Frauen, Club-Chefin Frauen."

„Tja, Heidrun hat Recht. Ihr müsst euch ein anderes Betätigungsfeld suchen", lästerte Valerie.

Böttcher war ruhig und dachte nach. „Wir werden alle Flug- und Fährverbindungen der vergangenen Monate checken. Und ihre letzten Aufenthaltsorte. Und ihr soziales Umfeld. Wir werden rausfinden, was sie gemacht haben, was sie aktuell machen. Wo sie sich aufhalten. Tot oder lebendig."

Er stand auf. Die Russen standen auf. Valerie stellte sich neben Böttcher. „Das habe ich befürchtet", sagte sie. „Wir haben hier nicht nur einen Mord und eine Entführung."

„Nein", gab ihr Böttcher Recht. „Wir haben hier eine ganz große Scheiße am Laufen, die größte seit der GmbH und der Nutella-Bande. Und sogar die Russen, Türken und Albaner wissen nicht, was sie machen sollen."

Valerie verzog den Mund. Ein Grinsen konnte man das nicht nennen. Es sah eher aus, als hätte sie in einen faulen Apfel gebissen. „Das nenne ich mal eine schöne Aufgabe für die Soko Abendroth", sagte sie lakonisch. „Es wird Zeit, dass wir dieses Colosseum unter die Lupe nehmen." Sie trommelte mit den Fingern der linken Hand auf den Tisch. Ihr Brillant funkelte.

„Dann lassen Sie uns gleich starten", sagte Böttcher.

„Kaufst du deiner Frau aber vorher passende Klamotten", empfahl der Chef der Russentruppe, der beim Rausgehen ihren kurzen Dialog mitgehört hatte. „Und deine Jeans gehen auch da nicht, Böttcher, in Colosseum darfst du nicht mit Jeans rein."

Die Russen trotteten davon. Böttcher nahm Valeries Hand und zog sie nach draußen. „Wir müssen noch bezahlen", wandte sie ein. „Geht aufs Haus", rief Heidrun vom Tresen herüber. „Passt auf euch auf!"

Sie schlenderten in Richtung Davidwache. „Der Russe hat Recht, wir brauchen passende Klamotten, damit wir nicht auffallen", sagte Böttcher. „Und am besten üben wir schon mal unsere Rollen fürs Colosseum."

Valerie schaute ihn fragend an. „Soll ich Sie als mein Hündchen durch die Gegend zerren?"

„Nein, ich eigne mich so gar nicht zum Sklaven", entgegnete er grinsend. „Aber ich könnte mir gut vorstellen, dass du mal ein bisschen geschmeidiger wirst und meinen Befehlen folgst."

Also darauf lief es hinaus. Sie hatte schon erwartet, dass er irgendwann unter einem Vorwand zum Du übergehen würde, und jetzt war es soweit. Er wollte sie möglichst leicht bekleidet durch den SM-Club zerren und früher oder später auch vögeln. Doch nicht mit ihr. Was bildete sich dieser Schmalspurcasanova eigentlich ein!

„Machen Sie mal halblang, Böttcher", sagte Valerie ohne jede Regung in der Stimme. Sie betrat die Boutique, an der sie gerade vorbei gingen. Böttcher folgte ihr. Aus riesigen Lautsprecherboxen dröhnte der Song Personal Jesus, gecovered von der Schockrockerband Marilyn Manson. Über verschiedene Bildschirme flimmerte das kalkweiße Gesicht des Sängers mit den verstörenden Augen.

„Der ist ja gruselig", zischte Böttcher.

„Alles nur Show", kommentierte Valerie. „Genau wie die Klamotten hier und dieses ganze SM-Theater."

„Und was hältst du von der Russen-Saga? Klang doch alles ziemlich plausibel."

„Ich denke, dass wir vorsichtig sein müssen. An dieser Money Dom-Geschichte ist sicher was dran. Ruf Leon an, vielleicht findet der im Internet etwas raus. Und er soll Kollegen in anderen Städten kontaktieren. Könnte ja sein, dass die Hamburger es mal wieder später mitgekriegt haben als andere Kiez-Chefs. Manchmal gibt es ja in der Provinz solche neuen Spiele zuerst."

Böttcher tat, wie ihm geheißen. Während er mit Leon telefonierte, durchforstete Valerie das Angebot des Bazars Bizarre. Innerhalb von fünf Minuten hatte sie einen Minirock samt Top aus Lackleder ausgesucht sowie schwarze Overknee-Stiefel. Dann ergänzte sie das Outfit mit einer Peitsche und einem Halsband mit dem Ring der O.

„Fertig", sagte sie kokett. „Ich finde mich richtig schick."

Sie reichte ihm eine knallenge Lederhose und ein nietengespicktes Oberteil, das hinten mit Schnüren zusammengehalten wurde wie ein Korsett. Böttcher hatte das Gefühl, dass das helle Auge von Marilyn Manson ihn die ganze Zeit beobachtete. Die dumpfe Musik quälte ihn zusätzlich. Er schwitzte und ekelte sich vor der Umgebung und vor sich selbst. Doch Valerie fand er extrem scharf.

Valerie zahlte, ließ sich die Quittung geben und sagte: „Lass uns gehen. Wir haben noch viel vor."

Beide ahnten, dass ihre To-do-Liste noch nicht komplett war, sondern dass noch einige weitere Aufgaben auf ihr landen würden. Es war höchste Zeit, mit dem Abarbeiten zu beginnen.

Böttcher hielt ihr wieder die Tür des Mercedes auf. Dann setzte er sich auf die Fahrerseite. „Mit den Schuhen könntest du eh nicht fahren", sagte er lakonisch.

Es war tiefe Nacht, als sie Richtung Poppenbüttel starteten.

„Ich hasse Marilyn Manson", sagte Böttcher.

Valerie brummte zustimmend. Irgendwie verstanden sie sich doch ganz gut. Vielleicht war das ja der Beginn einer wunderbaren Freundschaft.

Das Verlies
Poppenbüttel, Club Colosseum, Nacht von Donnerstag auf Freitag

Valerie und Böttcher rasten nach Poppenbüttel. Sie wollten schnell eine Ortsbesichtigung im Colosseum vornehmen und nach Zeugen suchen. Nach den Informationen zu schließen, die sie von den Russen erhalten hatten, schwebte Abendroth in höchster Gefahr. Wenn er überhaupt noch lebte. Was mit jeder Minute unwahrscheinlicher wurde.

Valerie schwitzte in den engen Lacklederklamotten. Wenn sie sich bewegte, quietsche der Rock wie Ferkel auf der Suche nach den Zitzen der Muttersau. Böttcher fuhr konzentriert. Er hatte Schweißperlen im Gesicht und einen feuchten Film auf den Armen. Gelegentlich meldete sich die Frauenstimme des Navis und gab Anweisungen. Valerie schwieg. Sie überlegte, wie sie vor Ort am besten vorgehen sollten. Zusammen bleiben oder sich besser trennen? Das Colosseum war ein großer Laden mit mindestens zwanzig Räumen, verteilt auf Erdgeschoss und zwei Stockwerke. Das waren insgesamt bestimmt 3000 Quadratmeter Fläche. Soweit sie im Internet gesehen hatte, gab es diverse Räume mit den merkwürdigsten Ausstattungen. Es würde Stunden dauern, die zu durchsuchen, ohne Misstrauen zu erregen. Zumal sie ja keinen Durchsuchungsbeschluss hatten, sondern inkognito als lüsternes Paar auftauchten.

„Wie sollen wir vorgehen?" fragte Valerie. Böttcher zögerte kurz und sagte dann: „Ich schlage vor, wir teilen uns die Stockwerke auf. Am besten, du bleibst im Erdgeschoss. Da kannst du schnell abhauen, wenn es brenzlig wird."

„Na hör mal, wenn es brenzlig wird, dann hoffe ich doch, dass du mich beschützt", flötete Valerie mit süßlicher Stimme.

Böttcher drehte sich kurz in ihre Richtung. Er verzog den Mund zu einem schiefen Grinsen. „Immer Spott auf den Lippen, die Frau Tatortanalytikerin."

„Jetzt mal im Ernst", sagte Valerie. „Wir sollten immer in Sichtweite bleiben. Wenn es mehrere Money Doms oder was auch immer für welche merkwürdigen Figuren gibt, die dort ihr Unwesen treiben, ist das sicherlich nicht ungefährlich."

In dem Augenblick kam ihnen mit einem Affenzahn ein Taxi entgegen, in dessen Fonds eine ältere Dame saß.

„Also manchmal glaube ich, ich habe Halluzinationen", sagte Valerie irritiert. „Eben dachte ich, ich hätte in dem Taxi Claire Harken gesehen."

„Claire Harken hier? In der Nähe des Colosseums? Wo sie doch so empört war, dass Abendroth ihren Mann hierher gelotst hat, um mit ihm Geschäfte zu machen?" Böttcher schüttelte den Kopf.

„Ja, ich weiß, das ist ziemlich unwahrscheinlich", gab Valerie ihm Recht. „Aber wer weiß, sie ist vielleicht doch neugierig, was es mit diesem Club auf sich hat."

„Könnte sein", brummte Böttcher und zwängte den Mercedes in eine der wenigen Parklücken, die in einer Seitenstraße eben frei geworden war. Er stieg aus und wartete, bis Valerie sich aus dem Beifahrersitz geschält hatte. Sie zog den quietschenden Rock glatt und rückte die Brüste in dem engen Top zurecht. Er legte den rechten Arm um sie und lächelte. „Das Outfit steht dir", sagte er ohne jede Spur von Häme. Sie grinste ihn von der Seite an und entgegnete: „Ich finde deinen Knackarsch auch nicht schlecht. Nicht zu reden von deinem Sixpack."

Damit war die Konversation vorläufig beendet. Dieser Undercover-Einsatz musste spontan durchgezogen werden, keine Frage. Bestimmt hatten die Russen gleich ausposaunt, dass ein Bulle mit seiner scharfen Kollegin vom LKA die SM-Szene untersuchen und die Money Doms finden wollte. Vielleicht schafften sie es, Beweise zu finden, bevor die Clubchefin und die Dominas alle beseitigt hatten. Gleichzeitig wollte Böttcher schleunigst den Revierchef Drewes und die Kollegen informieren und Verstärkung anfordern. Doch vorläufig waren sie auf sich allein gestellt. Es durfte einfach nichts schiefgehen.

Valerie stöckelte zum Eingang. Böttcher hielt sich seitlich hinter ihr. Er tackerte auf seinem Smartphone herum. „Was ist, komm jetzt, die haben auch nicht ewig offen", trieb sie ihn zur Eile an. Sie fürchtete, dass sogar ein Schuppen wie das Colosseum einige Stunden des Tages geschlossen haben würde und sie für diese Nacht zu spät kämen.

„Keine Sorge, die haben bis sechs Uhr offen", beruhigte sie Böttcher. „Es gibt in Hamburg mehrere bekannte SM-Clubs", berichtete Böttcher. „Handschellen und Peitschen beim Sex sind ja heute schon Standard." Er genoss es sichtlich, den Szenekenner zu geben. „Doch das Colosseum hat einen Sonder-Status."

„Ach ja?" Valerie, die an seiner linken Seite langging, schaute fragend zu ihm auf.

„Angeblich tummelt sich hier die Hamburger Schickeria", erläuterte er. „Nutten werden nur geduldet, wenn sie echte Klasse haben."

„Nana, Böttcher", warf Valerie stirnrunzelnd ein. „Läuft hier der Wettbewerb Deutschland sucht die Super-Domina, oder was?"

„Kein Grund, giftig zu werden, meine Liebe", entgegnete er grinsend. „Du kannst problemlos mit den Damen dort mithalten. Und ich kann dich beruhigen, du musst dir um meine Polizistenehre keine Sorgen machen. Ich war bisher nur ein einziges Mal im Colosseum, und das dienstlich, als ich ein minderjähriges Früchtchen dort abholen und ihren Eltern zurückbringen musste; die Kleine war zuhause in Altona ausgebüxt und wollte ihr Taschengeld aufbessern. Aber Lady Marylou hat uns angerufen und wir haben die Deern bei ihren Eltern abgeliefert, wo es ordentlich was setzte."

„Oh, du hast die Königin der Nacht also bereits kennengelernt", frotzelte Valerie.

„Leider nein", musste der Kommissar zugeben. „Sie hält sich sehr im Hintergrund. Lange Zeit gab es auch das Gerücht, sie sei gar keine Frau, sondern ein Mann, ein Transvestit. Manche Leute behaupteten auch, Lady Marylou seien zwei oder mehrere Frauen."

„Und was denkst du?"

„Ich glaube, sie ist einfach eine sehr geschäftstüchtige Dame und ein Profi im Rotlichtmilieu."

„Geht sie auch selbst anschaffen?"

Böttcher zögerte. „Früher vielleicht. Heute bestimmt nicht mehr. Sie ist eine Managerin. Eine Gastronomin mit Spezialservice."

Valerie überlegte. „Dann hat sie ja ein Interesse daran, dass in ihrem Laden alles gut läuft."

„Sicherlich", bestätigte ihr Kollege. „Es fragt sich nur, was sie unter gut laufen versteht."

„Ganz einfach", konstatierte Valerie. „Entweder die Money Doms und die Erpressungsgeschichten laufen darunter und werden im Colosseum geduldet. Oder sie werden sogar dort angeleiert und Lady Marylou steckt womöglich mit den Money Doms unter einer Decke."

„Oder sie hat realisiert, dass diese Horrorgeschichten ihr Geschäft gefährden", ergänzte Böttcher. „Sie ist nicht dumm. Sie weiß sicherlich genau, wie weit sie gehen kann. Und dass wir ihr den Laden dichtmachen, wenn es Verletzte oder gar Tote gibt."

Sie erreichten das hohe Tor, über dem mit pinkfarbenen Neonröhren der Name Colosseum leuchtete. Das Emblem war eingerahmt von zwei neonblauen Triskelen – dem seltsamen Zeichen, das der Mörder auf Gunnar Harksens Bauch gemalt hatte und das auf dem Sack prangte, den die Entführer Hendrik Abendroth über den Kopf gezogen hatten

Valerie zeigte wortlos auf die Neonbeleuchtung. „Wir sind auf der richtigen Spur", sagte Böttcher.

Obwohl es bereits auf ein Uhr zuging, drängten sich immer noch Nachtschwärmer am Eingang und ließen sich von den beiden Türstehern inspizieren. Nur wer vor ihren Augen Gnade fand, durfte den Club betreten. Voraussetzung für ihr wohlwollendes Nicken war ein einschlägiges Outfit. Die Ankömmlinge präsentierten sich in Samt und Lack, Leder und Latex; jede Art von Fetisch war zu sehen und willkommen. Zwischendurch wimmelten die beiden Cerberusse, die in Fantasieuniformen steckten, immer wieder nicht genehme Aspiranten ab. Wer sich nicht ordentlich in Schale geworfen hatte und statt im Party- oder Fetischkostüm im Alltagsdress hier auftauchte, hatte keine Chance, das Tor der Verheißung zu passieren und sich in das Gewühle sexueller Ausschweifungen zu werfen. Ein glamouröses Abendoutfit war das mindeste, was die beiden Türsteher verlangten.

Valerie und Böttcher gelangten problemlos hinein, nachdem Böttcher 50 Euro Eintritt bezahlt hatte. Valerie hatte mit ungläubigem Staunen die Transaktion begutachtet.

„Mannomann, jeden Abend ein paar hundert Paare, die sahnen ja richtig ab."

Böttcher kniff ihr in den Hintern und sagte: „Warte erst mal ab, bis du die Preise für die Drinks siehst."

Ein langer, verspiegelter Flur führte sie in eine schummrige Lobby, die an ein Varieté aus den 20er Jahren erinnerte. Valerie konnte sich eine bissige Bemerkung nicht verkneifen. „Also so richtig nobel ist das hier aber nicht", sagte sie nach einem Blick ringsum. „Sieht schon etwas abgeschrabbelt aus, oder? Roter und schwarzer Samt, na ich weiß nicht, bei Christian Grey war es schicker."

Ihr Kollege widmete seine Aufmerksamkeit mehr dem Publikum als dem Interieur. Eben kroch auf allen Vieren eine Frau vorbei, deren Bekleidung einzig aus einem Hundehalsband samt Leine bestand, an der ein Herr in Lederkluft sie herumzerrte. „Also ich finde es schon ganz interessant hier", wandte er ein. „Unter rein professionellen Gesichtspunkten natürlich."

Als er Valeries angesäuerte Miene bemerkte, fügte er schnell hinzu: „Ich bin nicht so der Design-Experte. Aber für meine Begriffe zu viel Plüsch. Sieht doch genau so aus, wie sich Lieschen Müller den Hamburger Großstadtpuff vorstellt."

Valerie zog eine Schnute. „Lass uns was trinken. Dort ist die Bar." Sie schob Böttcher zu der verspiegelten Wand, vor der Dutzende von Schnapsflaschen in bunten Farben funkelten.

Der Barkeeper begrüßte die beiden Neuankömmlinge mit einem charmanten Lächeln. „Ich bin Jerome. Was darf ich Ihnen mixen? Unser heutiger Spezial-Cocktail ist ein Darkside Martini, süß und bitter."

„Danke, Jerome, wir stehen nicht so auf Cocktails", antwortete Böttcher wie aus der Pistole geschossen. „Geben Sie uns bitte zwei alkoholfreie Bier, Nüsschen und Servietten."

„Man könnte meinen, ihr seid zum Arbeiten hier", säuselte Jerome. „Wenn Ihr nicht mehr fahren könnt, wir haben auch Hotelzimmer, ganz edel und seeehhhhr verführerisch."

Er dehnte die Vokale und leckte sich die Lippen. Valerie betrachtete ihn interessiert und nippte an ihrem Jever Fun.

Böttcher griff beherzt in die Nüsschenschale. „Würden Sie bitte, biiiiitte den Löffel benutzen", maßregelte ihn Jerome mit sanfter Stimme. „Ist doch viel hygienischer. Daaaanke."

„Sagen Sie, was macht man denn hier so?" Valerie hatte beschlossen, auf naiv zu machen. „Ich meine, ich war noch nie in so einem Club wie hier." Sie schmachtete Jerome an, doch der blieb freundlich distanziert. Er schien sich mehr für Böttcher zu interessieren.

„Ich schlage Ihnen vor, Sie machen einfach mal eine Runde durchs Haus und schauen sich in Ruhe alles an." Jerome schwenkte Gläser und lächelte.

„Darf man denn einfach so überall hin?" fragte Valerie mit naivem Augenaufschlag.

„Aber siiiicher doch, natürlich dürfen Sie sich hier umschauen! Ich kann leider keine Führung machen, ich bin heute ganz allein hinter der Bar!" Jerome versuchte eindeutig, sie loszuwerden. Er hielt sie wohl für Sparbrötchen, die kaum Umsatz machen würden.

Mit seinem Ablenkungsmanöver war er aber bei Valerie an der falschen Adresse. „Und wo ist die Chefin, Lady Marylou? Die ist doch echt berühmt, die würde ich gerne mal sehen." Valerie war mit der Frage einfach so rausgeplatzt. Jerome schien zu überlegen und rieb energisch einige Cocktailgläser trocken.

„Lady Marylou ist nur selten da, sie macht nur die finanziellen Geschichten."

„Aber man kann sie doch auch buchen, hab ich gehört." Böttcher lehnte sich über den Tresen und schob sein Gesicht direkt vor das von Jerome. „Komm schon, Süßer, wo ist die Lady."

„Also ich weiß nicht, Sie müssen sich anmelden, sind Sie Lieferant oder was? Sie müssen mit dem Management sprechen!"

„Das wollen wir ja gerade." Böttcher klang genervt.

Der milchkaffeebraune Barkeeper mit dem Körper eines Tänzers und dem Engelslächeln schien verunsichert. Seine braungrünen Augen flackerten. „Sie ist heute nicht da!" stieß er trotzig heraus.

„Ach was, konterte Valerie. „Wer kümmert sich denn heute um alles?" Ihr Lächeln war erloschen und ihre Lippen waren zu einem dünnen Strich zusammengepresst. „Los Jerome, wir müssen mit Lady Marylou sprechen; sie weiß, dass wir hier früher oder später auftauchen. Sie braucht uns, das aktuelle Problem kriegt sie nicht allein geregelt. Und du willst doch auch, dass hier wieder alles in geregelten Bahnen läuft, nicht wahr, Jerome?"

Böttcher schaufelte sich weiter Nüsschen in die hohle linke Hand, warf sie in die Höhe und fing sie dann mit dem Mund auf.

„Werfen Sie bitte keine Nüsse auf den Boden", jammerte Jerome.

Da griff Böttcher nach seiner leeren Bierflasche, schlug ihr den Hals an der Kante der Bar ab, packte den Barkeeper am Kragen seines weißen Seidenhemds und hielt den gezackten Flaschenhals vor sein Gesicht.

„Jetzt pass mal auf, du miese kleine Schwuchtel. Wir spielen hier nicht wie im Krimi guter Bulle – böser Bulle. Wir spielen hier gar nicht. Das ist bitterer Ernst, und zwar mit zwei ganz bösen Bullen, die dir persönlich den Arsch aufreißen werden, wenn es wegen deiner Zickerei Tote gibt. Hast du mich verstanden, Jerome?" Das Gesicht des Mulatten verfärbte sich grau unter seiner Kaffeebräune. Einige kostümierte Gäste, die in der Nähe standen, suchten das

Weite. Sie verdrückten sich in Richtung der Umkleiden, als sie das Wort „Bulle" hörten.

Valerie trank einen Schluck aus ihrer Bierflasche. Dann fragte sie nochmals: „Wo ist Lady Marylou?"

„Sie sind im Keller", flüsterte Jerome mit zittriger Stimme.

„Wer ist im Keller? Lass dir nicht alles aus der Nase ziehen." Böttcher schüttelte den Barkeeper erneut.

„Wer sind sie? Die Money Doms?" Böttcher schrie Jerome ins Gesicht. Der hob abwehrend die Hände und zitterte wie Espenlaub. „Bitte, lassen Sie mich, ich darf es nicht sagen!" Er machte sich vor Angst fast in die Hose.

„Bring uns hin", befahl Valerie.

Jerome winkte in Richtung einer Dreiergruppe von Damen, die grün, rot und schwarz schillerten und auf einem Sofa in der Nähe der Bar saßen. Eine der drei kam prompt herbeistolziert. Sie trug ein Lederkostüm wie Catwoman und Overkneestiefel und war inklusive Stiefel bestimmt einsneunzig groß.

„Kannst Du bitte kurz übernehmen, Carmen? Die Herrschaften wollen zur Chefin." Jeromes Stimme klang wieder etwas fester. Er hatte wohl beschlossen, sich mit der Situation zu arrangieren.

Böttcher lächelte Catwoman an. Sie lächelte zurück. „Danke, dass Sie uns behilflich sind", säuselte der Kriminalhauptkommissar.

„Keine Ursache", röhrte Catwoman mit Baritonstimme. „Ich helfe gerne charmanten jungen Männern."

Böttcher betrachtete erstaunt Catwoman, die offensichtlich nicht weiblichen Geschlechts war. Aber auch nicht wie ein Mann aussah. Catwoman war eine Transe.

Valerie war amüsiert. Sie fragte sich, was die Besucher in dem Club so erregend fanden. Ihr Kollege jedenfalls schien äußerst irritiert. Er hatte definitiv keinerlei Affinität zu den Rollenspielen hier, sondern schien sich zunehmend unwohler zu fühlen.

„Komm, hübscher Mann, ich zeige Dir unser schönstes Zimmer", schnurrte Catwoman.

„Wo ist Lady Marylou?" Böttchers Laune näherte sich dem absoluten Tiefpunkt. „Wenn ich nicht in einer Minute bei ihr bin, besorge ich einen Durchsuchungsbeschluss und buchte euch alle ein samt euren sauberen Gästen, und ich schwöre, es ist mir scheißegal, wer von der Hamburger Prominenz dann für mindesten eine Nacht gesiebte Luft atmen muss!"

„Die Money Doms sind nicht hier", winselte Jerome. „Lady Marylou ist beim Checken der Vorräte im Keller."

„Ich glaub dir kein Wort, du verlogene Schwuchtel", zischte Böttcher.

„Sie sind ein Rassist und ein Schwulenhasser, ich werde sie anzeigen!" heulte Jerome.

„Lass stecken, Böttcher", sagte Valerie. Sie betrachtete das Display ihres Smartphones. „Ich schau mir mit unserer Freundin hier den Keller an, such du nach den Büroräumen, die sollten laut Plan im Internet hier im Erdgeschoss sein."

„Na gut, denn mal los, meine Süße", forderte Böttcher Catwoman, genannt Carmen, auf. „Ich mag Dein Outfit, das ist echt geil."

„Ich mag deinen Arsch, mein Süßer", entgegnete Catwoman, die Carmen hieß oder sich so nannte oder was auch immer.

„Du lässt meinen Arsch schön in Ruhe, sonst gibt's was auf die Nüsse", entgegnete Böttcher deutlich weniger freundlich.

„Ui, Herr Kommissar, wer wird denn so empfindlich sein!" Carmen schürzte die vollen roten Lippen und klimperte mit den falschen Wimpern.

„Komm, Jerome, zeig mir den Keller", forderte Valerie den Barkeeper auf. „Und wehe, wir finden Lady Marylou und die Money Doms nicht rechtzeitig. Wenn Abendroth stirbt, bist Du mit dran."

Jerome klaubte einen Schlüsselbund und verschiedene Codekarten unter dem Tresen hervor.

„Ich weiß gar nichts und kenne diesen Abendroth nicht und er ist mir auch völlig schnuppe", lamentierte Jerome.

„Aber das ist doch der hübsche Hendrik, weißt du…"

In dem Augenblick, als er das sagte, wusste der Transvestit, dass er einen verhängnisvollen Fehler gemacht hatte. Wenn Blicke töten könnten, wäre Carmen jetzt sofort tot umgefallen.

„Idiot!" zischte Jerome.

„Brave Carmen", lobte Valerie.

„Ihr Schwuchteln könnt einfach nicht die Klappe halten, deshalb kann euch niemand leiden", proletete Böttcher und grinste. „Und echte Titten habt ihr auch nicht."

Valeries Mund hatte sich wieder zu einem Strich zusammengezogen. „Ab in den Keller, Jerome. Ich schwöre dir, wenn wir

Abendroth nicht bis morgen früh finden, kriege ich dich wegen Beihilfe dran."

Jetzt grinste Böttcher Valerie an. „Ich glaube, ich habe auch so komische Tütchen gesehen, die neben den Zitronen und Orangen liegen, Valerie. Schau doch mal nach, was da drin ist. Vielleicht ein Spezialgewürz für Jeromes Cocktails."

Der Barkeeper fing an zu zappeln wie eine Fliege im Spinnennetz. „Sie haben keinen Durchsuchungsbeschluss, wenn Sie jetzt etwas finden, darf es nicht als Beweismittel verwendet werden!"

„Oh, der Herr der Flaschen ist gut informiert", höhnte Böttcher. „Da täuschst du dich, Sweetheart, hier ist Gefahr im Verzug und Drogen dürfen natürlich sofort beschlagnahmt werden. Komm bloß nicht auf die Idee, irgendwas wegzuschmeißen oder zu schlucken, sonst reiß ich dir persönlich den Arsch auf."

„Es ist Koks", sagte Valerie und streckte ihren weiß bepuderten rechten Zeigefinger in Böttchers Richtung.

„Natürlich, was sonst. Ich wette, die Schönen der Nacht vögeln hier wir der Teufel und die Typen tunken ihre Schwänze in Koks, damit es noch geiler wird."

„Solltest du auch mal probieren, Bulle, damit deine Braut so richtig in Fahrt kommt und ...."

Jerome konnte den Satz nicht vollenden. Böttcher packte ihn mit der linken Hand am Kragen und drückte mit seiner rechten den Kopf des Barkeepers auf den Tresen. Jerome kreischte und sabberte. Dann zog Böttcher ihn über den Tresen, stieß ihn zu Boden und trat gegen sein Bein.

Jerome jaulte.

„Wo ist Abendroth?" brüllte der Polizist.

„Im Wald!" schrie Jerome. „Ich habe nur gehört, dass sie von einer Hütte im Wald geredet haben."

„Wer hat davon geredet? Und wo im Wald?"

Jerome heulte Rotz und Wasser.

„Ich weiß es nicht, sie reden nicht mit mir!"

„Wer sind sie?"

„Diese drei Weiber, die Schwarze, die Schwester und die Teenie-Tussi!"

„Wo sind sie?" Böttcher begleitete seine Frage mit einem weiteren Tritt gegen Jeromes Bein.

„Ich weiß es nicht, sie sind weg, Lady Marylou hat sie rausgeschmissen!"

„Wusste die Chefin von der Entführung?" Valerie legte beschwichtigend die Hand auf Böttchers Arm. Sie wollte, dass Jerome nicht völlig eingeschüchtert wurde und womöglich Blödsinn erzählte.

„Nein, verdammt, sie hat die drei gewarnt, dass sie das ganze Money Dom-Getue hier nicht mehr duldet. Schließlich hat sie sie rausgeschmissen!"

„Was noch?" Valerie ahnte, dass noch mehr dahinter steckte als die Entführung.

„Sie sind abgedüst und Marylou hat drei Damen getroffen, die mit ihr Geschäfte machen wollen."

„Auch Money Doms? Und wo getroffen?" Böttcher schüttelte Jerome.

„Die sahen nicht aus wie Dominas. Eher wie reiche Tussis von der Elbchaussee. Sie waren hier, in ihrem Büro!"

„Böttcher, du stattest jetzt sofort Lady Marylou mit Jerome einen Besuch ab. Ich geh allein in den Keller."

„Da finden Sie sich aber nie und nimmer zurecht", mischte sich Catwoman ein. „Ich komme mit und zeige Ihnen alles. Dann sehen Sie, dass wir hier nichts zu verbergen haben." Der Transvestit lächelte und klimperte mit den Wimpern.

„In Ordnung. Böttcher, ruf mich an, sobald du bei der Chefin bist. Am besten, wir befragen sie und ihre neuen Geschäftspartnerinnen in ihrem Büro. Hoffentlich sind sie noch da. Sag bitte Drewes Bescheid, damit der den Einsatz jetzt offiziell anordnet, und dann sollen Brandes, Forsmann und ein paar Kollegen mit Verstärkung hier anrücken und am besten auch gleich den Staatsanwalt mitbringen. Wir müssen alle Verdächtigen und Zeugen möglichst schnell vernehmen, bevor sich die Mischpoke verdrücken kann."

Ohne weiteren Kommentar zerrte Böttcher den Barkeeper vom Boden hoch und schob ihn in den Flur, der zu den Büros im rückwärtigen Bereich des Erdgeschosses führte. Valerie forderte Catwoman mit einer leichten Drehung des Kopfes auf, sie zum Treppenhaus zu führen.

„Komm, meine Hübsche, zeig mir den Keller", sagte sie mit freundlicher Stimme.

„Ich darf vorausgehen", erwiderte Catwoman lächelnd und machte sich Hintern wackelnd auf in Richtung einer Tür am Ende der Lobby, die mit einem Notausgang-Piktogramm gekennzeichnet war. Böttcher und Jerome betraten den Flur. Böttcher betrachtete sich verstohlen in der verspiegelten Wand.

„Keine Sorge, schöner Mann, du siehst klasse aus", säuselte Jerome, der leicht hinkend vor ihm her trottete. Doch in seinen Augen glitzerte Hass. Böttcher wusste, dass Jerome sich bei nächstbester Gelegenheit für die Schmerzen und die Demütigung rächen würde.

Catwoman öffnete die Notausgangstür und drückte den Lichtschalter. Eine Neonröhre flackerte an der Decke und verbreitete kaltes Licht. Valerie stieg hinter dem Transvestiten die Kellertreppe hinab. Sie folgte ihm bis ans Ende des langen Flurs, von dessen beiden Seiten Türen abgingen. Der Transvestit öffnete die letzte Tür auf der rechten Seite des Flures. In der Mitte des fensterlosen Raums stand drohend ein sogenannter Gynstuhl, der aussah wie ein echter Behandlungsstuhl beim Gynäkologen. Was machen die bloß mit so einem Scheißstuhl, überlegte Valerie. Geht den Typen hier einer ab, wenn sie Frauen in die Eileiter glotzen?

An der hinteren Wand hing ein Andreaskreuz aus dunkel gebeiztem Holz. Davor standen ein Metalltisch und vier Stühle. Von der Decke hingen mehrere Übererwachungskameras herab. An die Wände waren Peitschen in verschiedenen Größen geklemmt. Entlang der Wände standen ein Tresor sowie verschiedene Kisten und Koffer.

Valerie betrat mit Carmen den Raum. Sie bildete sich ein, einen leichten Geruch nach Schweiß und Blut wahrzunehmen. Die Neonröhren verbreiteten gruseliges rotes Licht, das wie Blut von der Decke tropfte. Valerie betrachtete das merkwürdige Arrangement in Ruhe. Mit den Fingern der rechten Hand rieb sie an bräunlichen Flecken und Spritzern, die sie auf dem Tisch und dem Gynstuhl entdeckte. Der Transvestit stand etwa einen halben Meter hinter ihr.

„Carmen, wo ist Abendroth? Und wo sind die Money Doms?" Valerie versuchte, ruhig zu bleiben und mit dem Mann, der nervös auf seinen hohen Stiefeln hin und her stakste, eine Beziehungsebene herzustellen.

„Komm, wir setzen uns. Ist doch gemütlich hier", frotzelte sie. „Sag es mir, sie werden dir nichts tun, ich verspreche es dir. Hast du ihnen geholfen? Haben sie dir Geld gegeben?"

„Nein, nein, nein!" Der als Frau kostümierte Mann fing an zu weinen. Schwarze Schlieren bahnten sich einen Weg durch die dicke Make-Up Schicht, mit der sein Gesicht zugekleistert war. „Warum sind wir dann hier, Carmen? Ein Mord ist bereits passiert. Du musst mir helfen, den Mord an Abendroth zu verhindern."

„Ich habe damit nichts zu tun", jammerte der Transvestit.

„Dann hilf mir, verdammt!" schrie Valerie und zerrte an seinem Arm. Doch Carmen schüttelte den Kopf und schluchzte leise: „Sie müssen hierbleiben, bis alles vorbei ist. Sie bringen mich sonst um."

„Bis was alles vorbei ist?" Valeries Herz schlug bis zum Hals. „Bis er tot ist?"

„Nein, er soll nicht sterben!" Catwoman wimmerte wie ein Kind. „Dieser darf nicht sterben!"

„Und was war mit den anderen?" Valerie sah endlich eine Chance, etwas über die verschwundenen Colosseum-Gäste zu erfahren. „Wo sind die anderen? Drei Männer sind verschwunden, Carmen, sind sie tot?"

„Lass mich in Ruhe", schrie der Transvestit. „Ich habe nichts damit zu tun!"

Er schnappte Valeries rechte Hand, drückte sie in die Handschelle an dem Eisenbett und klappte die Fessel zu.

„Carmen, spinnst du?"

Valerie war völlig überrumpelt. „Mach mich sofort los! Das wird ein böses Nachspiel für dich haben!"

Doch Carmen drehte sich um, sprintete trotz der schwindelerregend hohen Absätze nach draußen und warf die Tür zu.

Die Tür hatte innen keine Klinke. Valerie war gefangen in einem fensterlosen Verlies. Der Boden war schwarz; an den dunkelroten Wänden hatten sich Feuchtigkeitsblasen gebildet. In der Mitte des Fußbodens schimmerte Wasser in einem Abfluss, den ein Gitter abdeckte. Von der Decke hing ein massives Brett mit drei Öffnungen – ein Pranger. Die Öffnungen waren dafür gedacht, Hände und Kopf zu fixieren. Demselben Zweck diente offensichtlich der Metalltisch, an den Valerie gefesselt war. An seinen Ecken waren Ketten mit Schließen angeschweißt. Wer hier an Händen und Füßen angeschnallt wurde, war der Person, die ihn fixiert hatte, definitiv ausgeliefert. Valerie schauderte bei dem Gedanken, komplett bewegungsunfähig zu sein; doch ihre Situation war nicht wesentlich besser. Sie war eigesperrt und nur dieser dämliche Transvestit wusste, wo sie sich befand. Böttcher würde sie sicherlich irgendwann vermissen, doch das konnte Stunden dauern – vor allem, wenn Carmen ihm irgendeine plausible Story auftischte.

Wie konnte sie sich nur bemerkbar machen? Valerie versuchte einzuschätzen, an welcher Stelle im Raum sie sich aufhalten musste, damit die Monitore sie erfassten. Sie beschloss, diese Möglichkeit zu optimieren, indem sie den Tisch vor eine der Kameras schob. Doch daran war nicht zu denken. Obwohl sie alle Kraft aufwandte, die sie ihren Muskeln abringen konnte, gelang es ihr nicht, den Metalltisch auch nur um einen Zentimeter zu verrücken.

Aber vielleicht war irgendwo im Raum ein Mikrofon versteckt, sodass sie sich durch Rufen bemerkbar machen konnte? Sie schrie und schrie und zappelte herum, bis ihre Lungen brannten und sie völlig erschöpft war. Niemand kam ihr zu Hilfe. Sie musste pinkeln und wurstelte ihren Slip unter dem engen Lacklederrock hervor. Dann ging sie so weit in die Hocke, wie es die Handschellen zuließen. Sie entleerte ihre Blase, deren Inhalt auf den Steinfußboden plätscherte und ihre Beine bespritzte. Valerie ekelte sich. Doch die Pisse war im Moment ihr geringstes Problem.

Nur ein Gedanke hielt sie aufrecht: es konnte nur eine Frage der Zeit sein, bis jemand sie entdecken würde. Und sie hoffte inständig, dass dies nicht die drei Money Doms sein würden. Obwohl sie Böttcher keineswegs die Genugtuung gönnte, sie zu befreien, wünschte sie sich ihn sehnlichst herbei.

Doch Böttcher war intensiv mit anderen Damen beschäftigt. Der Abend barg wirklich eine Menge Überraschungen. Und Valerie ahnte mit keiner Faser, dass ihr die größte Überraschung noch bevorstand.

Die Künstlerin
Flughafen Fuhlsbüttel, Colosseum, Donnerstagnacht

Theresa von Basserow, von ihren Freundinnen genannt Tissa, kam an diesem unerträglich heißen Abend in Fuhlsbüttel an. Der Flieger aus New York war trotz des hereinbrechenden Gewitters gelandet. Theresa hasste das Fliegen; sie hatte im Gegensatz zu ihren wohlhabenden Freundinnen keine Möglichkeit, einen Freund oder Verwandten zu bitten, sie mal eben mit dem Privatjet zu einer Vernissage oder Kunstmesse zu fliegen. Sie hatte wie üblich in der Holzklasse sitzen müssen, und zu allem Übel war ihr Trip nach New York auch kein Erfolg gewesen. Und dann noch die Landung! Donner war wütend aus den Wolken gekracht. Das Flugzeug hatte geschaukelt und gezittert. Ihr war übel geworden, kalter Schweiß perlte auf ihrer Stirn. Sie hatte – welche Demütigung! – nach der Hand ihres dicken, transpirierenden Sitznachbarn gegriffen, Hilfe suchend, weinend.

Noch mehr als das Fliegen hasste sie ihr Dasein als verarmte Angehörige des norddeutschen Landadels. Kein Restitutionsanspruch verschaffte ihrer Familie die weitläufigen Ländereien, welche die Kommunisten in LPGs umgewandelt hatten und die in den 90ern von der Landesregierung an einen Schweinemäster verpachtet wurden. Der verpestete die Umwelt und quälte die Tiere. Sie hatte die Latifundien der Familie von Basserow besucht, heimlich, undercover mit einer Journalistin eines Nachrichtenmagazins.

Sie machten Fotos, und Theresa verewigte das Grauen in Öl. Bilder, die Ekel erregen mussten. Die aufrühren sollten. Schweine, die sich gegenseitig anknabberten. Kupierte Schwänze. Jammernde Ferkel. Aber was war passiert? Nichts! Absolut nichts. Nicht mal die Amis wollten ihre Bilder im Stil des Neo-Expressionismus.

„Thats not the kind of art people want to see of a young German baroness", hatte der New Yorker Galerist sie belehrt. Freundlich war er gewesen, wie die Amis so sind, aber letztlich einfach nur greedy. Sie hatte die Dollarzeichen in seinen Augen gesehen.

„Why don´t you paint the nice landscape, the country houses, the mansions, and your aristocratic relations", hatte er ihr vorgeschlagen.

Ja, warum eigentlich nicht. Die Kunst war ein Milliardenmarkt. Warum sollte sie nicht ein kleines Stückchen davon abhaben? Und endlich auch mal First Class unterwegs sein, so wie ihre

Freundinnen? Aber wollte sie wirklich ihre Tante Hortense portraitieren, die in einer heruntergekommenen Bel Etage eines ehemals vornehmen Stadtpalais in Rostock domizilierte? Oder ihren dekadenten schwulen Bruder, der einen Swingerclub auf Rügen betrieb? Kaum eine Galerie zahlte heutzutage einer hoffnungsfrohen Künstlerin das Entree in die Welt der Reichen und Schönen. Sie konnte ihre Kunst nicht in hippen Lofts oder schrägen Restaurants präsentieren. Nein, sie musste wie viele andere Leidensgenossen auch kleine Brötchen backen. Musste ihr Talent verschwenden für die Portraits von geliebten Hunden und Katzen. Musste froh und dankbar sein für Aufträge zur Gestaltung von Firmen-Logos und Unternehmensbroschüren. Talent hin oder her. Sie musste jeden Auftrag annehmen, der sich ihr bot.

Für den Gatten ihrer Freundin Megan hatte sie das Firmenlogo gestaltet, hatte nächtelang mit ihm diskutiert. War freundlich geblieben, hatte ihm verschiedene Vorschläge unterbreitet. Und was war das Ergebnis? Der Arsch hatte sie angebaggert. Und ihr mehr oder weniger unverblümt gesagt, dass sie nur mit einem lukrativen Auftrag rechnen konnte, wenn sich auch privat etwas zugänglicher zeigen würde. Unglaublich!

Theresa hatte sich vorgenommen, ihren Freundinnen davon zu erzählen. Sicher, die waren alle keine Engel. Aber der Mann einer Freundin – nein, der war tabu. Das hatten sie sich geschworen. Eher würde sie den Kitt aus den Fenstern fressen. Lieber Hunde malen bis ans Ende aller Tage. Sie würde es auch anders schaffen!

Wenn Sex gefragt war – gut, dann würde sie ihre Genres eben erweitern. Sie würde mit Lady Marylou sprechen, der Domina, deren Yorkshire Mimi sie in Öl verewigen sollte. Vielleicht konnte sie auch andere Sujets für die Sex-Unternehmerin künstlerisch umsetzen, eine Alternative anbieten zu den fürchterlich kitschigen Aktbildern, die im Colosseum hingen. Damit würde sie für Furore sorgen! The German Baroness who ist painting the torture scenes in a Club for Sadomasochism-Fans. Wenn das kein Knaller war!

Theresa hetzte zum Gepäckband. Der Dicke, der freundlicherweise ihre Hand gehalten hatte, stolperte hinter ihr her. „Hallo, Frollein, warten Sie doch, ich helfe Ihnen mit dem Gepäck!"

Das fehlte gerade noch. Sie wollte nur noch ihre Ruhe, ausspannen in ihrem kleinen Apartment am Schinkelplatz in Winterhude. Sich hinlegen, kühles Wasser trinken, später vielleicht mit

Alexa und Megan telefonieren. Die waren so wunderbar pragmatisch, vielleicht konnten die ihr einen Rat geben für ihre künstlerische Zukunft.

Der Dicke hing immer noch an ihren Fersen. „Bitte lassen Sie mich, mir geht es nicht gut, ich will schnell nach Hause", versuchte sie ihn abzuschütteln. „Mein Mann wartet auf mich", log sie ihn an. „Es tut mir leid, aber vielen Dank für Ihre Unterstützung."

Sie flüchtete auf eine Toilette und beschloss, den Koffer so spät wie möglich vom Gepäckband zu holen. Sie wollte niemanden sehen und schon gar nicht mit aufdringlichen Verehrern sprechen. Sie wollte sich ernsthaft mit ihrer Zukunft auseinander setzen.

Eines war ganz klar: Großzügig wurden Galeristen und Kunstberater erst, wenn man es nicht mehr nötig hatte. Oder wenn man eine außergewöhnliche Biografie vorweisen konnte. So wie Lita Cabellut, diese spanische Zigeunerin – oh pardon, die Roma, die in den USA neuerdings für Furore sorgte. Ausgerechnet mit fotorealistischen Portraits! Das war es also, was der Markt wollte! Darauf fuhren diese Upper-East-Side-Milliardäre ab! Storytelling ist alles, der Mensch, der Künstler zählt nichts.

Der Dicke hatte schnaufend aufgegeben. Theresa hetzte zum Gepäckband, schnappte sich ihre Reisetasche und stieg in ein Taxi. Ihr Handy klingelte.

„Tissa? Hier ist Alexa. Wo bist Du?"

„Ich komme grade vom Flughafen."

„Hendrik wurde entführt."

„Was heißt entführt?"

Alexa schnaubte. „Nach was hört es sich an? Entführt eben. Bei seinem heutigen Nachmittagsstreifzug."

„Haha. Hat ihn eine seiner Schicksen entführt? Zum Vögeln?"

„Wir wissen es nicht. Er wurde auf der Terrasse vom Paolino weggeschnappt. Bestimmt dreißig Leute haben zugesehen, aber angeblich gibt es keine brauchbaren Hinweise."

„Sagt wer?"

„Sagt Megan. Die ist völlig im Eimer. Und es gibt noch andere Neuigkeiten. Die sind noch interessanter."

„Spann mich nicht so auf die Folter."

„Kannst Du ins Colosseum kommen?"

„Warum das denn?"

„Weil ich da bin und weil wir dringend über diese ganze Geschichte sprechen müssen."

„Mann, Alexa, ich bin todmüde. Der Flug war fürchterlich."

„Stell Dich nicht an, komm hierher. Quer herüber von Fuhlsbüttel nach Poppenbüttel dauert es auch nicht viel länger als nach
Winterhude. Sag dem Taxifritzen Bescheid. Los, mach schon!"

„Ich will nach Hause." Tissa bedeutete dem Fahrer mit einem
Handzeichen, er solle anhalten.

„Komm hierher. Harksen ist tot. Ich glaube, da ist irgendeine
Sache am Laufen, die gewaltig stinkt."

„Harksen, der Reeder? Was hat das mit dem Colosseum zu
tun?"

„Das weiß ich noch nicht genau. Das müssen wir rausfinden.
Aber eines kann ich dir versprechen: es gibt eine Menge schöner
neuer Motive für dich zu malen hier. Sachen, die du noch nicht gesehen hast."

„Was denn, Nackte am Andreaskreuz? Habe ich schon gesehen dort, jede Menge, aber Lady Marylou sagte, sie wolle keine Akt-
bilder. Sie will nur Mimi."

„Wer redet denn von lebenden Nackten."

„Was, spinnst Du? Gibt es dort Tote? Soll ich etwa Leichen
malen?"

„Vielleicht? Wäre das nichts? Nackte, tote SM-Promis?"

„Du hast sie doch nicht alle. Ich glaube dir kein Wort."

„Sei ruhig und komm her."

„Wissen Sie jetzt, wo sie hinwollen?" Der Fahrer beobachtete
sie im Rückspiegel.

„Zum Colosseum."

„Da scheint ja echt was los zu sein heute Abend. Sie sind
schon die dritte Dame, die ich hinbringe."

„Ach ja?!" Tissa fragte es eher beiläufig. Ihr war vollkommen
wurscht, was der Taxifritze laberte.

„Ja, eine hat mich sogar richtig erschreckt. Mit einer Pistole."

„Was?" Jetzt wurde sie doch neugierig. „Hat sie geschossen?"

„Ne, sonst würde ich ja kaum hier so ruhig durch die Gegend
fahren."

Das stimmte nun auch wieder.

„Und die zweite?"

„Das war ganz merkwürdig. Eine ältere Dame, bestimmt
schon über 60. Aber noch gut in Schuss. Na ja, warum soll die nicht
auch ihren Spaß haben."

„Ich fahre da jedenfalls nicht zum Spaß hin. Ich arbeite dort."

„Ach ne, Sie also auch. Also wer da alles arbeitet! Als was denn, als Peitschenlady vom Dienst? Oder machen Sie diese Nippelzwicker dran?"

„Geht dich einen Scheißdreck an. Halt einfach die Klappe und fahr."

„Also was soll das denn, zuerst mich aushorchen und dann unverschämt werden. Dir würde ich gerne auch mal den Arsch versohlen, blöde Tusse."

Theresa beschloss, nicht weiter zu reagieren. Wenn er sie hier raussetzte, würde es bestimmt Stunden dauern, bis sie im Colosseum ankam. Sie musste sich wohl oder übel weiter von dem Deppen kutschieren lassen.

Als sie ankamen, sagte sie kurz angebunden: „Zum Hintereingang."

Sie rief Alexa an.

Alexa trat mit Lady Marylou aus der Lieferantentür.

Sie sahen aus wie Schwestern: schwarzes Outfit, schwarze Haare, schwarz umrandete Augen.

Tissa grinste. „Seid gegrüßt, oh Schwestern der Finsternis."

Sie hatte sich schon mehrfach über das Colosseum, seine Gäste und die Vorlieben ihrer Freundin Alexa lustig gemacht.

„Komm rein", befahl Alexa. Lady Marylou zog gierig an ihrer Zigarette, hielt den Kopf schief und betrachtete Tissa.

„Wie weit sind Sie mit Mimi, Frau von Basserow?"

„Gemach, gemach, gut Kunst will Weile haben." Tissa lächelte sie zuckersüß an. „Ich sollte mich vielleicht umziehen."

„Hast du etwas dabei, mit dem du nicht auffällst"? fragte Alexa misstrauisch. „Ich meine, kein sackartiges Gewand, sondern etwas mit Style und Sex Appeal."

„Klar, meine Liebe."

Tissa zog ein hautenges Stretchkleid von Cavalli aus ihrer Reisetasche. Alexa pfiff durch die Zähne.

„Darling, entweder hast du hast Bilder verkauft, den Galeristen gevögelt oder einen Millionär aufgerissen."

Tissa strahlte übers ganze Gesicht. „Gefällt es dir? Super, oder? Leider keinen Millionär getroffen. Aber es gibt in Manhattan wirklich die allergeilsten Second Hand Stores. Da kann ich mir sogar Cavalli leisten."

Sie streifte ihre Jeans ab, zog die Bluse aus und zwängte sich in das Kleid.

„Gut gemacht, Darling. Und die Schuhe?"

Tissa grabbelte die High Heels von Alexander Wang aus der Tasche. „Special Sale bei Bergdorf Goodman."

„Ich bin stolz auf dich. Wenn du jetzt noch etwas aufgeschlossener wärst für die Vorlieben bestimmter Männer hier, wärst du alle finanziellen Sorgen los."

Alexa betrachtete sie zufrieden und stäubte sie mit Opium ein.

„Oh ne, du weißt, ich mag den Duft nicht."

„Dein Klein-Mädchen-Blümchen-Parfum ist hier völlig fehl am Platz." Alexa duldete wie so oft keinen Widerspruch. Sie selbst bevorzugte einen morbiden Duft von Caron, der sie mit Weihrauch und Myrrhe umwehte.

„Dein Begräbnisgestank", hatte Tissa angemerkt, als sie das Parfum das erste Mal roch.

„Leben und Tod, unmittelbar vereint", hatte Alexa entgegnet. „Mitten im Leben sind wir vom Tod umfangen."

„Ich schlage vor, dass wir uns drinnen weiter unterhalten", sagte Lady Marylou, drehte sich um und stolzierte auf ihren Stiefeln mit den 15 Zentimeter hohen Absätzen durch den Lagerraum ins Innere des Colosseums, in ihr Reich.

„Was soll ich denn hier, das Bild ist noch nicht fertig", wandte die Malerin ein. „Ich wüsste gerne, warum wir uns überhaupt hier treffen. Und wo ist Megan?"

„Megan sitzt zuhause und wartet auf eine Nachricht der Entführer."

„Und was ist mit dem ollen Harksen?"

„Der wurde heute Mittag erschossen. In seinem Büro."

„Das ist mir egal, den konnte ich eh nicht leiden."

Tissa zog eine Schnute.

„Aber uns ist das nicht egal", sagte Lady Marylou. „Hendrik war einer meiner Investoren. Er hat regelmäßig eine Gewinnbeteiligung vom Colosseum bekommen. Leider. Dabei hat er noch nicht mal seine Gesellschaftsanteile komplett bezahlt. Und Harksen wollte auch einsteigen. Zumindest hat Hendrik mir das erzählt."

„Nie und nimmer!"

Tissa war sich ganz sicher, dass Gunnar Harksen niemals in einen SM-Club investieren würde. Zumindest nicht in Hamburg.

„Der olle Spießer. Nie würde der in einen Sexclub investieren", schnaubte sie. „Never!"

„Warum hat Hendrik ihn dann hierher gelotst? Das musste ihm doch auch klar sein." Alexa legte die Stirn in Falten und dachte nach. „Vielleicht wollte er ihm eine Falle stellen. Um ihn dann zu erpressen. Harksen war nicht so ein unbeschriebenes Blatt, wie er sich gerne gegeben hat. Der hatte auch ganz schön Dreck am Stecken."

„Ach ja?" Tissa war überrascht. Sie hatte den Reeder für ebenso seriös wie unnahbar gehalten.

„Ja, wenn dem jemand nicht passte, hat er ihn einfach mit seinen Schiffen entsorgt." Alexa schnaubte. „Einfach so verschwinden lassen."

„Wie jetzt – versenkt?" Tissa traute ihren Ohren nicht. „Wie der Wiener, dieser Inhaber vom Café Demel, der damals einen Frachter versenkt hat?"

„Ne, ich glaube, Harksen hat seine Schiffe nicht versenkt. Wenn ihm Typen nicht passen, lässt er sie irgendwohin bringen, wo kein Hahn nach ihnen kräht. Afrika oder so."

„Irgendwohin? Und woher weißt du das?" Tissa starrte ihre Freundin mit weit aufgerissenen Augen an.

„Von den Bullen."

„Was, von den Bullen?"

„Du musst mir nicht wie ein Papagei alles nachplappern. Ja, von den Bullen."

„Wir haben Gäste aus allen gesellschaftlichen Schichten hier", erläuterte Lady Marylou. „Da bekommt man natürlich das eine oder andere mit. Private Dinge, geschäftliche. Was auch immer. Und es geht dann oft nach dem Motto: Eine Hand wäscht die andere."

„Und die Polizei ist auch hier?" Tissa konnte es noch immer nicht fassen.

„Manche der Gesetzeshüter kommen gerne auf einen Drink vorbei, um die Szene im Auge zu behalten, vor allem um mitzukriegen, wenn jemand mit unsauberen Methoden vorgeht."

„Ach du liebe Zeit, das ist doch hier aber alles legal, oder?"

„Natürlich", versuchte Alexa die Freundin zu beruhigen. „Aber manchmal tummeln sich hier eben auch Gäste, die wir nicht so gerne haben, nicht wahr, Lady Marylou?"

„So Leute wie Harksen?" Tissa schaute immer noch irritiert.

„Nein. Harksen hätte nicht weiter gestört, obwohl ich zugebe, dass ich mit der Aktion von Hendrik nicht einverstanden war, der ihn als zusätzlichen Investor gewinnen wollte."

Lady Marylou machte eine Pause. Tissa schaute sie fragend an.

„Es geht um zweierlei Personen. Zum einen um jene, die das Ambiente hier nutzen, um sich für zweifelhafte Geschäfte zu verabreden. Hier kann sich jeder anonym aufhalten, Verkleidung, Masken sind an der Tagesordnung. Es gibt verschiedene Räume, es ist gewollt etwas unübersichtlich. Das ist Teil der Stimmung, Teil des Reizes. Jeder und Jede kann und soll hier nach der eigenen Fasson selig werden."

Lady Marylou klang wie ein Werbespot.

„Und wer sind die anderen Gäste?" Tissa wurde immer neugieriger.

„Die zweite Kategorie ist die gefährlichere – zumindest für uns als Betreiber des Colosseums und für unsere Gäste."

„Wieso – was machen die denn? Ich meine – wenn die anderen sich schon für dunkle Geschäfte hier verabreden – was ist denn dann noch gefährlicher?"

„Es sind Dominas. Sie ruinieren die Typen und bringen sie dann um."

„Ach du dicke Scheiße."

Tissa war zwar in der SM-Szene nicht bewandert, aber in groben Zügen wusste sie, was hier gespielt wurde. Ja klar, Dominas ließen sich viel Geld dafür bezahlen, dass sie ihren Kunden den Arsch versohlten oder sich stundenlang mit dem nackten Hintern auf deren Gesicht setzten. Face-Sitting wurde das bezeichnenderweise genannt. Oder sie anpinkelten. Oder ihnen Windeln anlegten. Und was es sonst noch so alles gab. Ekelhaft. Aber umbringen?

„Das ist ja ziemlich daneben." Tissa dachte kurz nach. „Ich meine – warum sollte eine Domina ihren Freier umbringen? Man killt doch nicht die Gans, die goldene Eier legt!"

„Zum einen bitte ich darum, dass wir uns der richtigen Terminologie befleißigen." Lady Marylou klang jetzt tatsächlich wie eine Lehrerin, die bei Nichtbefolgen ihrer Regeln mit dem Rohrstock zuschlagen würde. „Und sodann möchte ich darauf hinweisen, dass in ihrer Argumentation ein Denkfehler steckt."

„Ach ja?" Jetzt wurde Tissa allmählich sauer. Musste sie sich ausgerechnet von einer Nutte korrigieren lassen? Denn letztlich war diese SM-Tusnelda doch nichts anderes als eine Art Puffmutter.

Warum hatte sie bloß Alexas Rat befolgt und den Auftrag für das dämliche Hundeportrait angenommen!"

„Na da bin ich mal gespannt, wie sie mich aufklären, damit ich mich der richtigen Terminologie befleißigen und meinen Denkfehler korrigieren kann."

Zickenalarm. Alexa überlegte, ob sie eingreifen sollte. Sie entschied sich dagegen.

„Jetzt seien sie nicht gleich sauer. Ich ziehe es nur entschieden vor, wenn wir hier bei den Besuchern unseres Hauses – egal ob Amateure oder Profis – von Gästen sprechen."

„Meinetwegen." Tissa zog eine Schnute. „Aber Denkfehler, das lasse ich mir nicht vorwerfen!" Sie zischte: „Ich hatte in Mathe und Physik immer eine Eins!"

„Das mag sein, aber sie haben nicht richtig zugehört, sorry."

Alexa nickte und verzog den Mund.

„Sie ruinieren ihre Opfer und bringen sie anschließend um. Wenn nichts mehr zu holen ist."

Tissa schaute abwechselnd zu den beiden Frauen. „Wer jetzt? Die Dominas? Sie bringen ihre Gäste um?" Sie dehnte das Wort absichtlich. „Wenn sie pleite sind?" Sie musste tief durchatmen. „Aber das kriegt man doch vorher mit, ich meine, diese Dominas können doch nicht so einfach alles abräumen – sämtliche Konten, die Immobilien, Wertpapiere, Goldbarren – also alles, was man so hat als reicher Hamburger! Das glaube ich nicht."

„Ist aber so", sagte Lady Marylou.

„Ist so", bestätigte Alexa und nickte. „Sie nennen sich Money Doms, Geld-Dominas, die nicht nur körperliche Schmerzen zufügen, sondern auch finanzielle."

„Ach du dicke Scheiße", sagte Tissa.

„Kannst du wohl laut sagen" sagte Alexa.

„Nein, kann nicht sein", wendete Tissa schließlich ein. „Hätte man doch viel mehr von gehört! In der MoPo gelesen! Oder in BILD! Glaub ich nicht. Ihr Lieben, da habt ihr euch einen Bären aufbinden lassen."

„Bisher sind drei Männer aus der Hamburger Gesellschaft spurlos verschwunden", erläuterte Lady Marylou. „Und keiner weiß, was mit ihnen passiert ist. Sie haben nur eine Gemeinsamkeit: Alle waren Gäste im Colosseum und alle hatten Kontakt zu Money Doms."

Lady Marylou schaute zu Alexa. „Und alle waren bei ihrem Verschwinden nahezu mittellos, was von den Familien und dem sozialen Umfeld ebenso wie von der Polizei als Indiz für eine Flucht in ferne Länder gewertet wurde."

Albertine von Blankenburg, genannt Alexa, verheiratet mit Hubertus von Blankenburg, Privatbankier und notorischer Fremdgeher, grinste.

„Und ich muss sagen, dass ich das erste Mal froh bin, mit einem Weichei verheiratet zu sein, das nie und nimmer in ferne unbekannte Regionen verduften würde. Es sei denn, es handelte sich um die bis dato unbekannten Regionen eines weiblichen Körpers."

Sie freute sich über ihr Wortspiel und grinste.

Lady Marylou blickte ernst und fuhr fort: „Die drei wurden das letzte Mal im Laufe der vergangenen zwölf Monate gesehen. Und alle drei scheinen sich in Luft aufgelöst zu haben."

„Und was hat das alles mit uns zu tun?" Tissa konnte sich auf die ganze Geschichte keinen Reim machen.

„Die einzige Gemeinsamkeit der drei ist das Colosseum. Sie waren häufiger hier. Und sie haben immer professionelle Damen mitgebracht. Obwohl wir das nicht schätzen. Aber es ist schwer nachzuweisen und kaum zu vermeiden."

„Und kennen Sie diese Damen?" Tissa spuckte das Wort förmlich aus.

„Ja, wir kennen sie", sagte Alexa.

„Oder sagen wir: wir haben einen schweren Verdacht", ergänzte Lady Marylou.

„Aber ich verstehe das nicht", sagte Tissa. „Dann könnte man den Verdacht doch der Polizei melden, oder?"

„Herzchen, das haben wir natürlich gemacht. Aber es hat nichts genützt. Es gibt keine Leichen, niemand wird so richtig vermisst, und die Damen waren schnell wieder verschwunden. Die Polizei hat ihre Ermittlungen eingestellt. Sie geht davon aus, dass die drei Typen wegen drohender Insolvenz abgehauen sind."

„Aber ich verstehe immer noch nicht, was ich hier soll." Tissa war müde und hatte genug von der ganzen Geschichte.

„Du sollst malen", sagte Alexa.

„Ja, den Hund, die Mimi."

„Nein, nicht Mimi. Die Money Doms. Es gibt hier Kameras. Alles wird gefilmt. Aber die Videos sind keine zulässigen Beweise.

Und wenn sich rumspricht, dass wir hier filmen, kann ich den Laden gleich dichtmachen", erläuterte die Chefin. „Die Dominas halten sich natürlich zurück. Fotografieren lassen sie sich nicht. Keiner weiß, wie die in echt aussehen. Ohne Schminke und Verkleidung. Die zu erwischen ist schwieriger, als einen Pudding an die Wand zu nageln."

Tissa musste grinsen.

Alexa schnaubte: „Daher brauchen wir dich. Du bist unsere Portraitmalerin, du hast ein exzellentes bildliches Gedächtnis, du wirst dich in den kommenden Wochen hier abends aufhalten und dann später die Money Doms malen. Sie sind nur ganz selten hier und verschwinden gleich wieder. Wir wissen nicht, wo sie von hier aus hinfahren, wo sie wohnen, was sie sonst so treiben. Aber vielleicht können wir deine Bilder nutzen, um sie mit einem Phantombild der Polizei zu vervollständigen. Die haben doch solche Computerprogramme, die Gesichter rekonstruieren."

„Das heißt, ich muss jeden Abend hier in so einem Party-Outfit rumlaufen? Und Leute anstarren? Wie stellt ihr euch das vor, man kann nicht eben mal auf jemanden draufgucken und den dann portraitieren! Es heißt ‚Portraitsitzen‘ und nicht ‚Portraitlaufen‘!"

„Aber du kannst einen Eindruck festhalten! Und stell dir vor, was diese Bilder dann mal wert sein können! Hundemalerin portraitiert die Mörderinnen aus dem Colosseum!"

Alexa schaute triumphierend abwechselnd zu Tissa und Lady Marylou.

Tissa dachte nach. Eigentlich klang das Ganze nicht uninteressant. Sie könnte eine Art Memento-mori-Motive malen, wie sie in der Kunst häufig dargestellt wurden, die Ermahnung „Bedenke, dass du sterblich bist!" Mit echten Toten. Gruselig, aber doch irgendwie faszinierend.

„Haben Sie denn gar keine Angst, dass die Bullen Ihren Laden dicht machen?" fragte sie die SM-Chefin.

„Nein." Lady Marylou lächelte entspannt. „Sagen wir mal so: Das Colosseum ist fast zehn Jahre alt und hat seinen Zenit überschritten. Ich hätte in Kürze sowieso wieder in eine neue Location investieren müssen."

„Warum wollen Sie dann die Money Doms schnappen?"

„Weil ich mir nicht ins Handwerk pfuschen lasse. Weil ich es nicht leiden kann, wenn jemand mich verarscht und gegen die Regeln spielt, und das auf meinem Terrain. Weil ich eine gewisse Be-rufsehre habe – ja, lachen Sie ruhig. Weil ich Mord, Erpressung und echte Folter – also nicht die Spielchen hier, wohlgemerkt – nicht leiden kann. Und weil ich befürchte, dass der gute Hendrik mit dem Feuer gespielt hat und von den Money Doms gekrallt wurde. Reicht das als Begründung?"

„Hendrik Abendroth in der Gewalt von Money Doms?" Tissa schluckte. „Aber der hat die doch bestimmt gekannt. Der fällt doch auf solche Spielchen nicht rein!"

„Täuschen Sie sich nicht. Hendrik wollte auch immer mehr, mehr Geld, mehr Sex, immer außergewöhnlichere Kicks. Schon die Entführungsnummer spricht dafür, dass alles inszeniert ist."

„Sie meinen, er wurde gar nicht entführt?"

„Doch, er wurde entführt. Aber anders, als er sich vorgestellt hat. Wenn es, wie ich vermute, die Money Doms waren, dann durchlebt er gerade die Hölle."

„Ich denke, die wollen vor allem sein Geld."

„Das haben sie zum großen Teil sicherlich schon. Er konnte glücklicherweise nicht auf das Betriebsvermögen des Colosseums zugreifen. Aber mit seinen Gewinnanteilen musste er ständig ir-gendwelche Löcher stopfen."

„Was sagt eigentlich Megan zu der ganzen Geschichte?"

„Die weint und ist hin und her gerissen, ob sie tatsächlich be-zahlen soll, wenn sich jemand meldet."

„Aber das meine ich nicht", insistierte Tissa. „Alexa, hast du ihr von diesen Money Doms erzählt? Sie hat uns doch auch mal etwas erzählt von so merkwürdigen E-Mails, in denen Geld gefor-dert wurde. Erinnerst du dich nicht?"

„Klar erinnere ich mich. Aber das war wohl ein anderer Schwachsinn. Ich glaube nicht, dass das etwas mit den Money Doms zu tun hat."

„Also weiß Megan das mit den Money Doms?" Tissa schaute Alexa eindringlich an und umklammerte ihren linken Arm.

„Nein, warum sollen wir ihr das sagen. Sie ist schon hysterisch genug."

„Aber vielleicht hat sie ja eine Idee, wer ihn entführt haben könnte! Ich meine, wer die Frauen sind! Vielleicht hat sie sie mal gesehen!"

„Das ist komplett unwahrscheinlich", betonte Alexa. „Er kennt deren Identität wahrscheinlich selbst nicht. Sie sind wie Phantome."

„Sie laufen ständig hier im Colosseum rum und sind wie Phantome?" fragte Tissa misstrauisch. „Also wie soll ich die dann ausfindig machen? Das ist doch alles hanebüchen!"

„Du bist unsere Spionin", erläuterte Alexa. „Du schaust dich einfach um, ob dir etwas auffällt. Es können zwei oder drei sein, wahrscheinlich nicht mehr als drei. Hendrik wurde von drei Personen entführt."

Sie machte eine Pause. „Vor etwa einer Stunde sind hier zwei Damen eingetroffen, die so getan haben, als würden sie nicht zu einander gehören. Sie haben sich aber im Keller getroffen und kurz geplauscht. Das haben mir meine beiden Aufseher erzählt. Dann hat sich jede von ihnen an einen Typen rangemacht und ist mit ihm in ein Spielzimmer verschwunden. Und plötzlich waren sie wieder weg."

„Merkwürdig", stellte Tissa fest.

„Ja, eigenartig", bestätigte Lady Marylou. „Sie fragen die Typen immer, was sie von einem ‚Super-Erlebnis' halten auf ihrer Body Farm."

„Iiiih, Body Farm, das ist doch diese Verwesungsanlage des FBI, pfui Teufel!" Tissa hatte mal einen Bericht im Fernsehen über das FBI gesehen.

„Ach ja?" Alexa war konsterniert. „Ich dachte, das ist eine Schönheitsfarm."

„Ne, da lassen sie Leichen von Würmern zernagen, um festzustellen, wann der Tod eingetreten ist."

„Deine profunden Kenntnisse in verschiedenen Disziplinen überraschen mich immer wieder", kommentierte Alexa.

„Ich lese eben gerne und schaue viel fern", meinte Tissa. „Das ist sehr nützlich für Künstler! Aber wenn die Dominas dort eine Body Farm haben, dann gute Nacht. Ein Leichenacker! Verdammt."

„Ich fürchte, wir müssen uns sehr beeilen, wenn wir Hendrik jemals lebend wiedersehen wollen." Lady Marylous Stimme klang zittrig.

„Ich fürchte, dafür ist es schon zu spät. On presse l'orange et on jette l'écorce", gab Alexa ein Bonmot zum besten.

„Was bedeutet das?" fragte Tissa.

„Man presst die Orange und wirft dann die Schale weg. Hat Voltaire gesagt über Friedrich den Großen."

„Voltaire hat Friedrich den Großen ausgepresst?" Lady Marylou klang zweifelnd.

„Nein, Voltaire hat sich beschwert, dass Friedrich der Große ihn ausgepresst hat!"

„Und die Money Doms pressen den armen Hendrik aus?" Allmählich fiel bei Tissa der Groschen.

„Das halte ich für möglich. Ja, sogar für wahrscheinlich."

„Und wenn er ausgepresst ist, werfen sie ihn weg."

„Genau das könnte jetzt akut geworden sein. Hendrik ist pleite, an das Geld von Megan kommt er nicht ran und die Money Doms werden ungemütlich. Wer weiß, vielleicht lassen sie ihn gerade auf ihrem Leichenacker sein Grab schaufeln", stellte Alexa eine düstere Vermutung an.

Weder sie noch Tissa oder Lady Marylou ahnten, wie nah ihre Vermutung an den wirklichen Geschehnissen war.

176

Das Team
Poppenbüttel, Club Colosseum, Donnerstagnacht

Albertine war gewohnt, die Dinge in die Hand zu nehmen, seit sie zehn Jahre alt war. Ihr Vater war damals schon 60 Jahre alt gewesen; in der Schule hatten die anderen Kinder anfangs gedacht, ihr Opa hole sie ab. Er fuhr mit dem Bentley vor und alle glaubten, Albertine habe reiche Eltern. Sie erzählt, ihre Eltern seien viel im Ausland. In wichtiger Mission. Es fiel ihr leicht, sich und ihre Familie mit einer geheimnisvollen Aura zu umgeben. Dabei war ihr Vater nur Chauffeur eines reichen Bankdirektors.

Der hatte sie mal befummelt, die attraktive, frühreife Zehnjährige mit den schwarzen Haaren und den veilchenblauen Augen, die fatale Ähnlichkeit mit der jungen Elisabeth Taylor hatte. Albertine war intelligent und hatte früh begriffen, wie die Musik spielte im Leben. Sie wusste, dass es reiche Menschen gab, sie sich so gut wie alles erlauben konnten. Und sie wusste, dass sie wenige Chancen hatte, die Fummelei zu beweisen, wenn sie petzen würde. Wer würde ihr, der Zehnjährigen aus ärmlichen Verhältnissen, glauben, wenn sie den Herrn Bankdirektor anschwärzte? Kein Mensch, noch nicht mal ihre Eltern. Es war ja auch nichts Schlimmes passiert. Der korpulente Mann hatte ihr mit seinen Wurstfingern unter den Rock gegriffen, ihre Scham und den Popo gestreichelt. Das hatte nicht so wehgetan wie die Prügeleien auf dem Schulhof in Dulsberg, dem Proletarierviertel, wo sie angeblich bei einer Tante wohnte.

Immerhin hatte sie geahnt, dass der Herr Bankdirektor etwas völlig Ungehöriges tat. Und dass seine Grapscherei ganz anders zu bewerten war als die Doktorspiele auf dem Schulhof, wenn die Jungs ihr hinterherschrien: „Albertine, zeig uns deine Muschi, lass uns lecken!" Sie wusste gar nicht, was das sollte, vor allem das mit dem Lecken. Doch schnell begriff sie, welche Wirkung sie auf Männer hatte. Und dass genau das ihre Chance war, aus der Zweizimmerwohnung mit dem alten Vater und der depressiven, verhärmten Mutter rauszukommen.

Ihre Eltern waren fürsorglich im Rahmen ihrer Möglichkeiten. Doch als sie ihren elften Geburtstag selbst organisierte – Kuchen buk, Kerzen, Limonade und Kakao einkaufte – da war Albertine klar, dass sie im Leben alleine zurechtkommen musste. Sie wollte nicht abhängig sein, weder von den Eltern noch von einem Mann. Sie wollte reich und unabhängig sein, und dazu sollte ihr ein Mann verhelfen. Das ja. Männer waren berechenbar. Sie unterschieden sich nicht wesentlich, ihre Interessen und Verhaltensweisen waren ähnlich. Sie suchten sich schöne Frauen. Das war ihre, Albertines, Chance. Allerdings gab es bei Männern, wie bei den Frauen, Hübsche und Hässliche. Doch das war letztlich nicht das Wichtigste. Sie würde sich einen Mann mit großer Sorgfalt aussuchen. Sein Aussehen war dabei zweitrangig. Er musste sie auf Rosen betten – und auf Geld. Geld war wichtig. Geld war alles. Ohne Geld war man nichts. Wer Geld hatte, konnte der Tochter des Chauffeurs unter den Rock grapschen. Wer kein Geld hatte, musste beide Augen zudrücken, um den Job zu behalten. So sah die Welt aus.

Zu ihrem elften Geburtstag wünschte sich Albertine eine Polaroidkamera. Ihre Eltern waren es gewohnt, dass ihre Tochter ungewöhnliche Wünsche äußerte. Sie hatten keine Ahnung, wann und wie diese ihre Liebe zur Fotografie entdeckt hatte. Und sie wussten nicht, welche Zukunftspläne ihre Tochter hegte. Der Mutter war es egal, sie war mit sich selbst beschäftigt. Der Vater tat alles, um der Tochter ein einigermaßen normales Zuhause zu bieten. Er kaufte die Kamera bei Foto-Dose, verpackte sie in rosa Geschenkpapier und schmückte das Paket mit einer riesigen violetten Schleife. Albertine fotografierte den Frühstückstisch, auf den ihr Vater einen Strauß mit rosa Rosen gestellt hatte. Sie hüpfte vor Freude in der Küche herum, als die feuchten Abzüge aus der Kamera herausrutschten, und konnte es kaum erwarten, bis sich das eingefangene Motiv zeigte.

Da wusste sie, dass ihr Plan gelingen würde. Es kostete sie keinerlei Mühe, den Bankdirektor zu weiteren Annäherungsversuchen zu bewegen. Sie schmeichelte und gurrte und ließ ihn unter ihren Rock schauen. Sie führte seine Hände unter ihre Bluse und ließ ihn die kleinen, kaum gesprossenen Hügelchen berühren. Er konnte nicht ahnen, dass Albertines Cousine Petra das Vergnügen hatte, das Schauspiel am offenen Fenster zu beobachten und mit der neuen Polaroidkamera zu knipsen.

Am nächsten Tag gingen sie gemeinsam in den Copyshop. Sie kopierten die Fotos und stellten drei Mappen zusammen: Für Albertine, für Petra und für den Bankdirektor.

Er verdoppelte das Gehalt von Albertines Vater. Albertine fotografierte alles, was ihr schön oder wichtig erschien. Und plante weiter.

Bisher hatte alles einigermaßen geklappt. Sie hatte den Mann samt Adelstitel bekommen, den sie sich ausgesucht hatte. Ihr Mann hatte sie auf, wenn auch dornige, Rosen gebettet und machte ihr teure Geschenke. Der Bankdirektor war vor einigen Jahren gestorben. Die Erben hatten sicherlich in seinen Unterlagen die Fotos gefunden und wohl vernichtet, nicht ahnend, dass es weitere Kopien gab. Die natürlich in einem Tresor lagen – man konnte schließlich nicht wissen, für was die nochmals nützlich sein konnten. Und sie, Albertine, die sich, auf Anregung des dämlichen Bernd Dellmann hin, Alexa nannte, hatte als Teenager Freundinnen in jenen Kreisen gefunden, zu denen sie vorher keinen Zugang hatte. Freundinnen, die zwar naiv, aber loyal waren. Loyalität war wichtig im Leben.

Es war völlig selbstverständlich, dass sie ihnen auch in Krisensituationen beistand. Krisen, wie Megan, das Porzellanpüppchen, sie im Moment durchstehen musste. Diese blöde Erpressungsnummer würden sie auch in den Griff bekommen. Schließlich war Alexa erfahren in derartigen Dingen.

Alexas Handy klingelte. Sie sagte nur kurz: „Ich komme raus", lächelte Lady Marylou zu, erhob sich und ging zum Lieferanteneingang. Vor der Tür zum Hinterhof stand Megan in einem reizenden, blau-grün-türkis geblümtem Seidenkleid. Sie hatte einen Seidenschal um ihre rotblonden Haare geschlungen. Vorsichtig stöckelte sie auf Alexa zu, fiel ihr um den Hals und schluchzte. Alexa drückte sie und nahm ihre Hand. Sie zog die Freundin in den Flur, von dem die Büros und Lagerräume des Colosseums abgingen, und klopfte an eine der Türen. Die Tür wurde geöffnet und Alexa schob Megan in das Büro von Lady Marylou, das Allerheiligste des Colosseums. Megan staunte über die nüchterne Einrichtung. Und sie war überrascht, dort Tissa zu sehen. Ausgerechnet Tissa, die Künstlerin! Die immer so etepetete war! Was machte die denn in einem Nachtclub? Und dazu noch in einem derart verrufenen?

Tissa lächelte ihr zu. „Schön, dass du da bist. Wir werden ein wunderbares Team sein."

Eine Sekunde später hatte Megan ein Champagnerglas in der Hand. Die drei Frauen prosteten ihr zu.

„Auf uns!" rief Alexa.

„Auf unsere Zusammenarbeit!" sagte Lady Marylou.

Dann erzählte Lady Marylou, was im Colosseum vor sich ging und welche Pläne sie hatte.

Die Kommandozentrale
Poppenbüttel, Club Colosseum, Donnerstagnacht

Das Büro Lady Marylous glich der Steuerungszentrale eines Verkehrsbetriebs. Hinter den Türen des breiten Büroschranks, der die komplette hintere Wand abdeckte, befanden sich zehn Monitore. Jeder Raum des Colosseums wurde beobachtet. Der gesamte Club und das Grundstück wurden kontrolliert. Doch im Moment war alles friedlich. Die Gäste amüsierten sich und pflegten ihre Vorlieben. Die Räume im Keller waren menschenleer. Auf einem der Monitore leuchteten bedrohlich die blutroten Wände einer verlassenen Folterkammer.

Jerome betrat mit Böttcher das Büro. „Lady Marylou, ich konnte ihn nicht abwimmeln, es tut mir leid!" Der Mulatte hatte einen unterwürfigen Ton angeschlagen und schielte erbost zu Böttcher, der schräg hinter ihm stand.

„Es freut mich außerordentlich, ihre Bekanntschaft zu machen, gnädige Frau", schleimte Böttcher und verbeugte sich. „Ich bin Kriminalhauptkommissar Frank Böttcher und bin mit den Ermittlungen in der Mordsache Gunnar Harksen und in der Entführung von Hendrik Abendroth betraut."

Böttcher ließ seine Blicke im Raum umherschweifen.

„Da brat mir einer einen Storch", sagte er konsterniert. „Marion Abendroth, die Gattin des Entführungsopfers. Und wer sind die beiden anderen Damen, wenn ich fragen darf?"

„Darf ich vorstellen: Albertine von Blankenburg, Theresa von Basserow. Marion Abendroth kennen sie ja schon."

„Frau Abendroth, ich gebe zu, jetzt bin ich doch überrascht. Sie rechnen wohl nicht mit der Rückkehr Ihres Gatten? Oder suchen sie ihn hier? Er hat ja wohl eine Vorliebe für diese Szene, aber das wissen Sie sicherlich."

„Ihren sarkastischen Ton verbitte ich mir!" Die türkisfarbenen Augen von Marion Abendroth, genannt Megan, füllten sich mit Tränen. „Ich habe meine Freundinnen gebeten, mir beizustehen! Sie und die ganze Polizei haben ja bisher rein gar nichts erreicht!" Megan schluchzte.

„Wir hatten sie gebeten, zuhause zu bleiben und zu warten, bis die Entführer sich melden. Warum haben sie das nicht gemacht?"

„Ich habe nur diese SMS-Nachricht bekommen. Die rufen doch nicht auf dem Festnetz an! Warum soll ich also zuhause bleiben, ganz allein!"

„Und was machen sie hier?"

„Ich versuche herauszufinden, was Hendrik hier so gemacht hat. Glauben sie, es macht mir Spaß, festzustellen, dass mein Mann ein SM-Anhänger ist?"

„Und jetzt interessieren sie sich auch für seine Geschäfte hier?"

„Dass Hendrik und Bernd hier Teilhaber sind, wusste ich nicht! Mein Gott, welche Schande!"

„Der geschäftliche Hintergrund interessiert mich nur am Rande", warf Böttcher ein. „Ich bin auf der Suche nach drei Gästen des Colosseums, die schon seit Monaten verschwunden sind, und nach Hendrik Abendroth, der sich, so hat mir ein Vöglein zugezwitschert, in einer Hütte auf einem Gartengrundstück befindet, sehr wahrscheinlich im Duvenstedter Brook."

Die vier Damen schienen nicht überrascht zu sein.

„Die Vermutung haben wir auch", ergriff Alexa das Wort.

„Und warum haben sie das der Polizei nicht mitgeteilt?" brüllte Böttcher. „Stattdessen sitzen sie gemütlich hier und erörtern den künftigen Kurs ihrer SM-Goldgrube hier!"

„Ich kann mir nicht vorstellen, dass ich Ihnen in irgendeiner Weise behilflich sein kann", entgegnete die Chefin kühl und trommelte mit den Fingern auf die Glasplatte des Schreibtischs.

„Oh doch, das glaube ich schon", antwortete Böttcher bestimmt und eine Spur weniger zuvorkommend. „Sehen Sie, Lady Marylou – Ihr Künstlername, nicht wahr? Wir wissen, dass sowohl Hendrik Abendroth als auch Gunnar Harksen hier verkehrten." Er betonte das Verb absichtlich so, dass es anzüglich klang, und setzte ein Grinsen auf, das überlegen wirken sollte.

„Wir haben jeden Abend Hunderte Gäste, nicht alle kenne ich persönlich." Lady Marylou antwortete freundlich. In ihrer tiefen Stimme schwang ein bedauernder Unterton.

„Aber Ihre Teilhaber kennen sie schon noch, nehme ich an", kam wie aus der Pistole geschossen. „Abendroth wurde entführt und Bernd Dellmann ist auch verschwunden."

Megan stöhnte auf.

Böttcher machte eine Kunstpause.

„Mh – sie stellen seltsame Vermutungen an, Herr Hauptkommissar", konstatierte Lady Marylou.

„Drei Kugeln im Körper sind keine Vermutung, sondern eine Tatsache. Der wenig zufriedenstellende Besuch von Abendroth und Harksen hier ist keine Vermutung, sondern eine Tatsache. Ihre Unzufriedenheit mit ihren bisherigen Teilhabern Abendroth und Dellmann ist keine Vermutung, sondern eine Tatsache."

„Ach ja?" Lady Marylou klang irritiert.

„Ja, das pfeifen die Spatzen von den Dächern. Sie brauchen Geld für das Aufmöbeln ihres Clubs. Sie wollen hier ein ganz großes Rad drehen. Und das geht nun mal nicht mit Losern wie Hendrik Abendroth und Bernd Dellmann. Da ist es bestimmt besser, drei zuverlässige Teilhaberinnen mit erstklassigen Kontakten zu gewinnen. Und mit mehr Geschäftssinn als die beiden Dummköpfe, die ihnen schon lange auf den Wecker gingen."

Böttchers Stimme triefte vor Zufriedenheit. Er grinste und schaute sich nochmals interessiert in dem Büro um. „Sie sind ein Kontrollfreak, Werteste." Böttcher deutete auf die Wand mit den Monitoren. „Daher wurmt es Sie, dass Sie andere mit ins Boot holen müssen. Sie machen das nur, wenn die neuen Teilhaber leichter zu handlen sind als die beiden Knalltüten, die bisher hier beteiligt waren und von denen einer sehr wahrscheinlich irgendwo in einer Hütte schmort und der andere auch schon eine Weile nicht mehr gesehen wurde. Und Sie rechnen offensichtlich nicht damit, dass die Ihnen nochmals Schwierigkeiten machen werden."

„Ich habe keine Ahnung, wovon Sie reden", entgegnete Lady Marylou lakonisch. Sie blätterte in Unterlagen, die auf ihrem Schreibtisch lagen, und schaute nur kurz auf.

„Oh doch, Sie wissen genau, wovon ich rede. Ich rede von Money Doms, von Dominas, die ihren Kunden körperliche UND finanzielle Schmerzen zufügen. Ich rede von Entführungen, schwerer Körperverletzung und von Mord. Ich rede davon, dass Hendrik Abendroth verschwunden ist, so wie schon mehrere Ihrer Besucher vorher verschwunden sind. Ich rede davon, dass Gunnar Harksen, kurz, nachdem er mit Abendroth hier aufgetaucht war, ermordet wurde."

Böttcher wusste, dass die Chefin eine harte Nuss war, die er nicht so leicht knacken konnte. Aber er war ein geübter Vernehmer. Das Verunsichern von Verdächtigen hatte er in einem Seminar zur Reid-Methode gelernt. Er hatte einen der wenigen Plätze für die

Schulung ergattert. Der amerikanische Detective John E. Reid hatte die Methode entwickelt. Eine Super-Technik, die sich bei ihm und seinen Kollegen schon oft bewährt hatte. Er würde dieses Weibsstück kleinkriegen. Notfalls musste er warten, bis Valerie wieder auftauchte. Sie hatte mit Sicherheit diese amerikanische Verhörtechnik aus dem effeff drauf.

Böttcher wunderte sich, dass sie ihm noch keine Nachricht hatte zukommen lassen. Wo sie wohl abgeblieben war? Er war irritiert, dass sie auf keinem der Bildschirme auftauchte.

„Gunnar Harksen hatte keinerlei Interesse an einer Beteiligung an meinem Club", zischte Lady Marylou. „Er kam nicht auf mein Betreiben hierher und war keine halbe Stunde hier. Das war eine Schnapsidee von Abendroth." Aus der Stimme der Colosseum-Chefin klang Verachtung.

„Aber sein Geld hätten Sie natürlich gerne genommen", stellte Böttcher fest. „Das hat nicht geklappt, daher sitzen, schwupps, diese drei Damen hier. Eine vermisst angeblich ihren Gatten, der mit einer Million Euro ausgelöst werden soll. Geld, das ganz wunderbar geeignet wäre für die Renovierung dieses Clubs."

„Blödsinn!" bellte Alexa. „Wollen Sie uns unterstellen, wir hätten Marions Gatten entführt? Ich werde mich beim Polizeipräsidenten und beim Innensenator über Sie beschweren!"

Böttcher lehnte sich an den Schreibtisch. „Lady Marylou, wir wissen alles über Sie und Ihren Club und ich persönlich werde dafür sorgen, dass sich Ihre Geschäftätigkeit hier dem Ende nähert. Es sei denn, Sie kooperieren und versorgen uns mit Informationen zu dem Mord, der Entführung und zu den drei Männern, die bereits auf Nimmerwiedersehen verschwunden sind!"

Wieder machte Böttcher eine kleine Pause, um seine Worte wirken zu lassen. „Und Ihr lieber Jerome und die charmante Carmen haben schon gesungen und werden weiter singen wie einsame Kanarienvögel", schloss Böttcher seine Ansprache ab.

Der Barkeeper stand an der Tür und knetete nervös seine Hände. Alexa, Tissa und Megan saßen stocksteif auf den beiden Sofas. Lady Marylous linkes Auge zuckte kurz, dann hatte sie sich sofort wieder unter Kontrolle.

„Ich rede nicht mit meinem Personal über geschäftliche Dinge. Sie sollten derartiges Domestiken-Geplapper nicht allzu ernst nehmen."

Jerome wurde blass vor Zorn, schaute ungläubig zu seiner Chefin und ballte die Fäuste hinter seinem Rücken.

„Sie wollen die Money Doms loswerden; deshalb haben Sie sich mit diesen drei Damen der besseren Gesellschaft zusammen getan."

Die Behauptung Böttchers war ein Schuss ins Blaue aufgrund der vagen Aussagen Jeromes. Doch der war so offensichtlich erbost über die abfällige Bemerkung Lady Marylous, dass Böttcher mit dem Verrat weiterer Geheimnisse rechnete.

„Meine Geschäfte sind legal und haben weder mit Mord noch Entführung zu tun", sagte Lady Marylou in scharfem Ton.

„Es gibt Zeugen, die bereits ausgesagt haben, dass hier neue Spielarten des SM-Gewerbes betrieben werden", entgegnete Böttcher ruhig. „Das Colosseum ist Dreh- und Angelpunkt von Entführungsgeschichten. Hier treiben wenigstens drei sogenannte Money Doms ihr Unwesen. Drei ihrer Gäste sind bereits auf Nimmerwiedersehen verschwunden, und es wird mich nicht wundern, wenn wir sie nur noch tot auffinden."

Böttcher holte Luft und scannte wieder die Monitorwand. Keine Spur von Valerie.

„Irgendwo da draußen befindet sich ein Schrebergarten, in dessen Erde vielleicht schon die Gebeine von anderen SM-Opfern bleichen", steigerte er seine dramatischen Ausführungen. „Und es wird mich auch nicht wundern, wenn Sie neben diesen drei reizenden neuen Geschäftspartnerinnen auch noch mit den Money Doms verbandelt wären, die richtig viel Kohle von ihren Opfern abzocken, Geld, das Sie dringend brauchen."

Böttcher nahm cool eine Zigarette von Marylous Schreibtisch und zündete sie an. Er starrte abwechselnd auf die vier Frauen, um sie einzuschüchtern. Er musste erreichen, dass sie mit ihm zusammenarbeiteten. Das ging nur, da war er sich sicher, wenn er sie mit Vorwürfen konfrontierte, die sie in eine Verteidigungsposition zwangen. Gleichzeitig musste er verhindern, dass sie auf die Idee kamen, einen Anwalt als Beistand zu fordern. Eigentlich hatte er keinerlei Handhabe gegen sie. Sie waren weder offizielle Beschuldigte noch Zeuginnen. Lady Marylou hatte als Inhaberin dieses merkwürdigen Gastronomiebetriebs das Hausrecht und konnte hier im legalen Rahmen jeden Spaß bieten, mit dem ihre Gäste einverstanden waren. Safe, sane, consensual – wie es dieses Zeichen der Sado-Maso-Fetisch-Gemeinde, die Triskele, signalisierte.

Böttcher beschloss, noch einen Trumpf auszuspielen. „Ich kann Ihnen nur den guten Rat geben, vorsichtig zu sein, Marylou." Er verzichtete auf das Wort Lady, klang jetzt ruhig und besonnen. „Sie haben mächtige Feinde, die nicht lange fackeln." Der Kriminalhauptkommissar betrachtete der Reihe nach die Damen der Clique, von denen zumindest zwei so gar nicht in diesen Club zu passen schienen. Er ließ seine Worte wenige Sekunden wirken und scannte wieder die Monitorwand. „Auch wenn Sie null mit diesen Money Doms am Hut haben; das können wir ja einfach mal als Arbeitshypothese annehmen."

Lady Marylou trommelte mit den Fingern der rechten Hand auf die glänzend polierte Platte des Schreibtischs. Ihre linke war verschlungen in der opulenten Kette aus schwarzen Perlen, an der ein Kreuz aus schwarzen Kristallen hing. Die Chef-Domina schien zu überlegen.

Böttcher schlenderte in dem Büro umher. Er wirkte gelassen, blies Rauch aus der Nase, präsentierte sein Überlegenheitsgefühl. Um seinen Worten Nachdruck zu verleihen, beugte er sich über den Schreibtisch. Einige Sekunden lang schaute er der Chefin in die kalten, schwarzen Augen.

„Der ganze Kiez ist sauer auf Sie und ihre umtriebigen Mitarbeiterinnen. Meinen Sie wirklich, Sie können hier dauerhaft Geschäfte machen, ohne dass Russen, Türken und Albaner etwas von dem Kuchen abhaben wollen?"

Lady Marylou beobachtete die Bildschirme zu ihrer Linken. „Ich nehme diesen Gruppen kein Geschäft weg", entgegnete sie bestimmt. „Die Fetisch- und SM-Szene hat mit dem Rotlicht-Milieu nichts zu tun."

Jerome stand immer noch neben der Tür. Er grinste und verzog den Mund zu einer Schnute wie ein ungezogenes Kind.

Böttcher ließ seinen Blick über die Monitorwand zu seiner Rechten wandern. Keine Spur von Valerie.

„Seien Sie nicht naiv. Ihr Geschäft ist lukrativer als das der Loddel auf dem Kiez. Dort sind die guten Zeiten schon lange vorbei. Glauben Sie mir, die wollen nicht ein Stück von Ihrem Kuchen hier, die wollen die ganze Torte samt Bäckerei."

Lady Marylou schwitzte. Ihre Nase und ihre Stirn glänzten. Alexa kratzte sich nachdenklich am Kinn, Tissa wippte mit dem rechten Fuß und Megan zog immer wieder ihr Seidentuch durch die Finger. Der Hauptkommissar merkte, wie Marylous Widerstand bröckelte. „Kommen Sie, Marylou, sagen Sie mir, wo sich Abendroth befindet. Wo haben die Dominas ihn hingebracht?! Wenn er noch lebt, ist es bisher vielleicht nur die Vortäuschung einer Straftat. Noch kein Mord."

Die Chef-Domina knickte ein. „Es stimmt. Er ist vermutlich in einem Schrebergarten im Duvenstedter Brook. Ich kenne das Grundstück nicht. Ich habe nur davon gehört. Sie bringen die Entführten immer dort hin. Und ich habe mit der ganzen Sache rein gar nichts zu tun."

„Oh Gott", jaulte Marion auf.

„Dann sagen Sie mir alles, was sie wissen!" Böttcher brüllte. „Wurden die anderen drei Idioten, die verschwunden sind, auch dorthin gebracht? Und was hatte Harksen mit der Geschichte zu tun?"

Wieder schaute Böttcher von einem Monitor zum anderen. Keine Spur von Valerie.

Er zog sein Handy heraus, das er mühsam in die Gesäßtasche der engen Lederhose gequetscht hatte. Keine Nachricht. Er wählte ihre Nummer. Ließ es klingeln und klingeln. Hörte die unpersönliche Ansage des Netzbetreibers. Sprach ungeduldig seine Nachricht auf. „Valerie, bitte sofort melden. Ich brauch dich hier, komm ins Büro der Chefin."

Die schaute zu ihrem gekränkten Domestiken. „Jerome, würdest du bitte nach der Kollegin des Herrn Hauptkommissars suchen?" Ihre Bitte klang wie ein Befehl. „Sehr wohl, gnädige Frau", säuselte Jerome. Der Unmut drang aus jedem Ton und aus jeder seiner Poren. Doch er schwänzelte brav los mit einem Hüftschwung wie Supermodels auf dem Laufsteg. „Und bring uns bitte etwas zu trinken. Wasser und Champagner."

Böttcher drückte auf die Wahlwiederholung. Wieder nur die Mailbox.

„Ihre Kollegin ist vielleicht schon gefahren", stellte die Chef-Domina eine halbherzige Vermutung an.

„Sehr unwahrscheinlich", entgegnete Böttcher. „Sie hätte mir sicherlich Bescheid gesagt. Kann man von hier aus jeden Raum im Colosseum beobachten?"

Er wurde von Sekunde zu Sekunde nervöser. Ausgerechnet jetzt, wo diese Domina gesprächig werden wollte, war die LKA-Tante verschwunden.

„Jeden", erwiderte Lady Marylou. Sie drückte einen Knopf und schon erschienen die Toiletten auf Monitoren, die eben noch die Küche und den Kühlraum gezeigt hatten. Über den Waschbecken im Damenklo hingen Besucherinnen in Paillettenkleidern, Hotpants und Latex-Miniröcken, malten Lippen, tuschten Wimpern und zogen sich Koks in die Nase.

„Ich bin nicht vom Rauschgiftdezernat", sagte Böttcher knapp. „Aber ich gebe Ihnen den guten Rat, lassen Sie gelegentlich mal ein paar Koksnasen hochgehen, um meinen Kollegen Ihre Loyalität zu beweisen. Sie wissen schon, dass das muntere Klo-Treiben dort Ihre Lizenz kosten kann."

Lady Marylou zuckte mit den Schultern. „Wenn ich Dealer erwische, schmeiße ich sie raus. Ich kann bei den Gästen keine Taschendurchsuchungen machen."

„Ist auch nicht nötig", entgegnete Böttcher trocken. „Die meisten hier könnten gar nichts verstecken, außer vielleicht in ihren Körperöffnungen."

Er grinste. Es ging doch nichts über einen guten Joke bei der Arbeit.

„Also los jetzt, Namen und Adressen der Money Doms. Spucken Sie´s aus."

Es klopfte. Ohne auf Antwort zu warten trat Jerome ein. Auf seinem Tablett wackelten eine Flasche Roederer Cristal, eine Flasche Pellegrino und mehrere Gläser.

Er stellte die Ladung auf dem Beistelltisch neben dem Corbusier-Sofa ab. Lady Marylou erhob sich und deutete auf einen Ledersessel. „Bitte setzen Sie sich. Ich werde Ihnen alles erzählen, was ich weiß. Leider ist es nicht viel, aber vielleicht hilft es bei Ihren Ermittlungen."

Böttcher fläzte sich in den Sessel, der gegenüber dem Sofa stand, auf dem Alexa und Megan saßen.

„Champagner oder Wasser?" fragte die Colosseum-Chefin.

„Ich muss leider mit dem Wasser Vorlieb nehmen", sagte Böttcher bedauernd. „Vielleicht können wir am Ende der Ermittlungen mal ein Glas Champagner trinken."

„Das wäre wirklich ganz reizend", flötete Lady Marylou. Jerome rollte mit den Augen und kräuselte das operierte Näschen.

„Ich such mal unser Herzchen", kündigte er an und verließ wieder arschwackelnd das Büro.

Böttcher ignorierte wie zuvor an der Bar den Nüsschen-Löffel und bediente sich mit der rechten Hand. Dann konzentrierte er sich auf seine Gesprächspartnerinnen. Kein Mucks von Valerie. Lady Marylou erzählte. Dass die drei Money Doms seit etwa einem Jahr im Colosseum arbeiteten. Dass niemand hier ihre wahre Identität kannte. Dass sie kaum mit jemandem sprachen, aber wenn doch, dann mit leicht süddeutscher Sprachfärbung. Dass sie, Lady Marylou, sie nur wegen Abendroth und Dellmann geduldet hatte, die von den sagenhaften Verdienstmöglichkeiten geschwärmt hatten; sie selbst jedoch habe schon längst einen Schlussstrich unter dieses unselige Kapitel ziehen wollen.

Böttcher hörte gebannt zu. Dann entdeckte er auf einem der Bildschirme, wie eine rotblonde, athletisch gebaute Frau gerade einem dunkelhaarigen Riesen mit den Muskelpaketen eines Schwergewichtsboxers eindeutige Handzeichen machte, während sie gleichzeitig mit einem blonden Sonnyboy herumknutschte, der ihre Titten knetete und seinen Unterleib gegen ihren presste. Der Blonde blutete aus den Nippeln. Sie schob ihn von sich weg, leckte sich anzüglich die Lippen und legte vertraulich ihre linke Hand auf den rechten Arm des Riesen. Er grinste selbstsicher, als ob er damit rechnete, sie demnächst flachzulegen. Oder anderweitig zu benutzen.

„An der wirst du dir die Zähne ausbeißen, mein Lieber", sagte Böttcher leise.

Die muskelbepackte Blondine war Marie Everling. Die Privatdetektivin hatte offensichtlich ihre Recherchen von der Hamburger High Society verlagert in die Fetisch-Party-Hölle. Böttcher grinste und schickte Marie eine Mail an ihren Rosenresli-Account. „Bin im Büro der Chef-Domina, muss Sie sehen. Treffen uns an Bar."

„Hören Sie mir überhaupt zu?" fragte Lady Marylou empört.

„Entschuldigen Sie, ich habe gerade eine Bekannte entdeckt", verriet Böttcher. Er war froh, dass Marie aufgetaucht war und ihm bei der Suche nach Valerie helfen konnte. Vielleicht bekam sie aus dem geilen Boxer etwas über die verschwundenen Männer heraus. Oder Informationen zu anderen Schweinereien, die hier liefen.

„Ich wusste nicht, dass meine liebe Marie auf SM steht", sagte der Kriminalhauptkommissar. „Man ist doch bei Frauen nie vor Überraschungen sicher." Er lächelte Lady Marylou gewinnend an. „Bitte, erzählen Sie doch weiter."

Die Chef-Domina fuhr fort. „Wie Sie vielleicht bemerkt haben, sind nicht alle unsere Gäste mit Fetisch-Utensilien ausgestattet. Das Colosseum ist ein Party-Club. SM- und Fetisch-Praktiken sind schon längst in der Mitte der Gesellschaft angelangt. Wir legen Wert auf ein gepflegtes Äußeres und bieten den Gästen Unterhaltung auf einem hohen Niveau."

„Sie könnten Ihr Geld auch als Werbetexterin verdienen", entgegnete Böttcher süffisant. „Dies hier ist ein Sex- und Swinger-Club, wie er im Buche steht. Da sehe ich doch gewisse Unterschiede zu den Party-Clubs auf dem Kiez."

Er deutete auf einen Bildschirm, der einen Raum zeigte, in dem gerade nackte Menschen wild durcheinander hopsten und alle gleichzeitig miteinander zu kopulieren schienen.

Lady Marylou zuckte mit den Schultern. „Wir bieten auch klassische Musik in Lack und Leder an. Und einen Künstler-Stammtisch."

Böttchers Handy vibrierte.

„Geschenkt!" fauchte der Ermittler in Richtung der Chefin.

„Bin an der Bar", teilte ihm Marie per SMS mit.

„Hören Sie, Marylou, ich mache mir allmählich ernsthaft Sorgen um meine Kollegin. Der charmante Jerome scheint sie jedenfalls nicht auftreiben zu können. Ich werde sie mit meiner Bekannten zusammen suchen, und wenn ihr etwas passiert ist, dann Gnade Ihnen Gott."

„Hier ist noch nie jemandem ernsthaft Schaden zugefügt worden", sagte die Domina. „Safe, sane, consensual ist unsere Devise. Sie sehen doch die Bilder der Überwachungskameras. Was draußen passiert und wo genau sie Abendroth hingebracht haben, weiß ich nicht. Aber hier habe ich alles unter Kontrolle."

Doch Lady Marylou irrte sich. Zudem hatte sie Böttcher einige wichtige Details des heutigen Abends verschwiegen.

Er beschloss, Valerie selbst zu suchen, die Kollegen vom Borgweg zu informieren und dann eine Suchaktion im Duvenstedter Brook zu starten. Sein Herz klopfte rasend schnell bis zum Hals und sein Magen verkrampfte sich. Er wusste, dass Valerie in höchster Gefahr schwebte. Und er hoffte inständig, dass seine Rettungsbemühungen nicht zu spät kämen.

Das Geschäftsmodell
Colosseum, Büro von Lady Marylou, früher Freitagmorgen

Böttcher düste los in einem großen Kordon von Polizeifahrzeugen. Marie kam wie vereinbart zum Büro der Clubchefin. Die empfing sie kühl, doch Marie setzte sich wie selbstverständlich in einen der Ledersessel. Zunächst redete keine der Anwesenden ein Wort. Marie betrachtete die Gruppe attraktiver Frauen, die kaum unterschiedlicher hätten sein können. Sie selbst passte auch nicht zu der Truppe. Ihre dunkelbraunen Samtaugen, die einen starken Kontrast bildeten zu ihrem rotblonden Haar und dem martialischen Gesamtbild mit der muskulösen Figur und den Tattoo-verzierten Armen, wanderten im Raum umher. Sie sah hübsche Gesichter, schlanke Figuren, edle Outfits. Die Damen wirkten wie eben den Klatschseiten von Gala oder Bunte entsprungen. Und Marie war sich sicher, dass sie die drei da bereits mehrfach entdeckt hatte, wenn sie bei einem Arzttermin oder beim Friseur gelangweilt in den Yellow-Press-Postillen geblättert hatte.

In Lady Marylous Büro roch es nach Zigaretten, teuren Parfüms und Alkohol. Die Clubchefin, klein, drall und sexy mit Dekolleté, in schwarzes Stretchleder gezwängt, saß auf ihrem Schreibtischstuhl und machte Geschicklichkeitsspielchen mit ihrer Zigarette. Sie schaffte es, die Zigarette zwischen den Fingern der rechten Hand zu bewegen, ohne die linke zu benutzen. Zeigefinger, Mittelfinger, Ringfinger – wie ein Taschenspieler rollte sie die Zigarette hin und her und zündete sie schließlich an. Sie zog kräftig den Rauch in die Lunge und blies ihn dann in Kringeln zur Decke. Ihre dunkelrot lackierten Fingernägel glänzten wie geronnenes Blut. Am rechten Ringfinger funkelte ein riesiger Cocktailring mit bunten, glitzernden Steinen in allen Farben des Regenbogens. Die Steine bildeten ein Blumenmotiv, weiblich und romantisch – so ganz anders als das übrige Outfit.

Dieses wurde vervollständigt durch Lederarmbänder mit Stahlstacheln, die sich um ihre Handgelenke spannten. Außerdem schmiegte sich um ihren Hals ein Platincollier, an dem ein schlichter Ring baumelte. Ihre schwarzen Haare waren streng nach hinten gebunden, mit Haarlack besprüht und am Hinterkopf zu einem Knoten drapiert, in dem lange, schwarz glänzende Stacheln steckten, die mit dunklen Glitzersteinen besetzt waren. Ihr Teint war hell geschminkt, die Augen betonte schwarzes Kajal.

Sie wirkt wie eine etwas zu üppig geratene Geisha, dachte Alexa kritisch. Stilmäßig müsste sie noch etwas an sich arbeiten. Die Clubchefin schien nachzudenken. Die anderen Damen blickten in die Runde von einer zur anderen. Immer noch war es mucksmäuschenstill. Marie klopfte eine Gudang aus der Packung. Sie beobachtete lächelnd die illustre Truppe.

„Also was ist jetzt", brach Alexa ungeduldig das Schweigen. „Spielen wir hier Beamten-Mikado oder was? Wer sich als erster bewegt, hat verloren?" Sie schlug das rechte über ihr linkes Bein, zupfte sich am rechten Ohrläppchen und strich sich mit einer eleganten Handbewegung die Haare aus dem Gesicht. Ihr Lederkleid spannte sich über dem festen Busen; ihre Oberarme konnte sie dank des ärmellosen Oberteils prima in Szene setzen und ihre muskulösen Schenkel zeichneten sich unter dem glänzenden dünnen Ziegenleder des sündteuren Jitrois-Kleides ab.

Sie lächelte selbstgefällig, von der Natur mit einem grandiosen Body beschenkt, athletisch und vom Leben gestählt. Ihr ebenmäßiges Gesicht zeigte den gewohnt süffisanten Gesichtsausdruck und sie blickte sich gelangweilt im Büro um.

Megan, zart und mädchenhaft in blau-grün-geblümtem Chiffon, fühlte sich offensichtlich unwohl. Sie knetete ihre Finger und zwirbelte nervös die rotblonden Locken. Tissa, ganz exzentrische Künstlerin, räkelte sich im pinkfarbenen Cavalli-Dress, wedelte mit einem Fächer, der mit japanischen Motiven bedruckt war, und wippte mit ihren exklusiv beschuhten Füßen.

Die versammelten Damen wirkten wie die Inszenierung eines Performance-Künstlers. Wir könnten als Motive für Thomas Schütte dienen, dachte Tissa, die Malerin. Dabei kramte sie einen kleinen Beutel mit Tabak aus ihrer Handtasche, drehte sich eine Zigarette und bröselte ein paar Cannabisblätter in den Tabak. Marie blickte von einer Freundin zur anderen.

„Du baust Dir jetzt hier nicht eine Tüte!" motzte Alexa. „Wir besprechen unsere geschäftliche Zukunft, und du kiffst!"

„Ach man, Alexa, entspann dich, du solltest auch gelegentlich einen Joint rauchen, dann wärst du relaxter!" entgegnete Tissa. „Marie raucht auch ein exotisches Kraut, das ist sicherlich gesünder als eure Sauferei!"

Marie lächelte und blies den Rauch ihrer Gudang durch die Nase.

Das Fenster des Büros führte hinaus zum Hinterhof. Es war gekippt. Allmählich zog kühlere Luft herein. Es wurde hell. Ein weiterer heißer Sommertag kündigte sich an.

Alexa klopfte mit ihren schwarz lackierten Fingernägeln an das Cognacglas, das vor ihr auf dem Eileen Gray-Tisch stand. Der dritte Drink heute.

„Wenn du wüsstest, was mir Marylou vorhin erzählt hat, würdest du zur Beruhigung auch Cognac trinken!" rechtfertigte sie sich lächelnd.

„Na dann schießt mal los, wir wollen schließlich erfahren, auf was wir uns hier einlassen", forderte Megan ungewohnt energisch.

„Frau Everling, vielen Dank, dass Sie sich Zeit für uns nehmen", begann Lady Marylou die Konversation. „Ich fasse unsere bisherigen Erkenntnisse zusammen, damit wir alle auf demselben Stand sind." Sie holte tief Luft. „Am besten ist es, ich fange von ganz vorne an."

Sie legte los.

„Vor ziemlich genau zehn Jahren hatte ich die Idee, zu expandieren. Mein kleines Studio in Eppendorf bot nicht mehr genügend Raum, um auf alle Wünsche meiner Gäste einzugehen. Einige meiner Gäste äußerten daher den Wunsch, sich nicht nur in privaten Studios zu amüsieren, sondern im größeren Rahmen mit Gleichgesinnten. Sie regten an, dass ich, als Insiderin der Szene, geeignete Räumlichkeiten für einen Club suchen sollte, wo sie jegliche Spielarten von Bondage and Discipline, Dominance and Submission sowie diverse weitere Fetischvorlieben ausleben konnten. Ich fand das alte S-Bahnstellwerk hier in Poppenbüttel und kaufte es der Deutschen Bahn ab. Der Aufbau des Clubs verschlang allerdings bedeutend mehr Geld, als ich mit meinen nicht unerheblichen Ersparnissen finanzieren konnte. Einen Bankkredit konnte ich mangels Sicherheiten nicht bekommen. Daher erklärten sich einige Gäste bereit, mir Kredite zu geben beziehungsweise als Teilhaber in das Projekt einzusteigen. Die beiden Mitgesellschafter sind Hendrik Abendroth und Bernd Dellmann."

Megans blasse Gesichtsfarbe wurde noch bleicher. „Mein Mann und mein Bruder!"

„Sie kamen schon lange zu mir, bevor sie Teilhaber wurden. Die meisten meiner Gäste sind verheiratet."

Sie wandte sich zu Megan. „Wobei dein Bruder sich sowohl für männliche als auch für weibliche Spielpartner interessiert."

„Auch das noch!" Megan weinte und kramte ein Taschentuch aus ihrem Handtäschchen. Alexa rollte mit den Augen und setzte noch eins drauf. „Megan, dein Bruder hat nicht nur euer Geld verpulvert, sondern er interessiert sich auch einen Scheiß für den Ruf seiner Familie! Er war schon immer ein Nichtsnutz!"

Auf Megans Chiffonkleid bildeten sich Schwitzflecken. Sie schrie: „Ich bringe sie beide um!"

„Diese Diskussion hatten wir doch schon heute Nachmittag, Darling, und wir waren uns einig, dass das gar nichts bringen würde außer Ärger und schlimmstenfalls eine Gefängnisstrafe", entgegnete Alexa unwirsch.

„Ich will sofort einen Cognac", schluchzte Megan.

Lady Marylou schenkte einen dreifachen Cognac in ein bauchiges Schwenkglas. Megan griff gierig nach dem Glas und stürzte den Schnaps in einem Zug hinunter.

Alexa lächelte, tätschelte Megans linke Hand und drehte den Kopf wieder zu Lady Marylou. „Fahren Sie doch fort, meine Liebe", forderte sie die Clubchefin auf. „Sind die beiden Herren immer noch am Colosseum beteiligt?"

„Leider ja", sagte diese bedauernd. „Ich habe einen entscheidenden strategischen Fehler gemacht. Die beiden halten zusammen 51 Prozent der GmbH-Anteile. Sie können mich immer überstimmen. Am Anfang dachte ich, dass sie sich sowieso nicht gegen mich zusammentun würden, da sie wissen, dass sie ohne mich das Colosseum niemals betreiben könnten."

„Logische Überlegungen können Sie bei den beiden schwanzgesteuerten Pfeifen nicht voraussetzen", konstatierte Alexa.

„Alexa, bitte, wir wollen doch hier sachlich bleiben", wies Tissa die Freundin zurecht. „Es bringt doch nichts, wenn wir uns wer weiß wie aufregen. Jetzt ist eine zielführende Strategie vonnöten, damit wir die Herren loswerden."

„Na ja, einer ist ja schon weg vom Fenster", antwortete Alexa grinsend.

„Da wäre ich mir nicht so sicher", sagte Lady Marylou. „Ich berichte der Reihe nach."

Die drei Freundinnen schauten sie gespannt an. Megan tupfte sich die zerlaufene Wimperntusche ab. Alexa zündete sich eine Zigarette an und nippte am Champagner. Tissa legte Tabak in ein Zigarettenpapier und bröselte wieder etwas Mariuhana darauf. Süßlicher Rauch zog durch das Büro.

„Schon bald musste ich feststellen, dass der Ruf des Colosseums als interessantester und luxuriösester Club der BDSM-Szene auch jene Kreise erreichte, mit denen ich nichts zu tun haben wollte", berichtete die Clubchefin."

„Das Rotlichtmilieu?" fragte Alexa.

„Und die organisierte Kriminalität", sagte Lady Marylou. „Ich sollte gezwungen werden, Schutzgeld zu zahlen. Russenmafia." Sie lächelte. Die drei Freundinnen hielten den Atem an.

„Und?" fragte Alexa ungeduldig.

„Die beiden Geldeintreiber hatten einen deutlich längeren Aufenthalt im Colosseum als geplant", erläuterte Lady Marylou gelassen.

„Und?" Tissa beobachtete Lady Marylou mit weit aufgerissenen Augen wie ein staunendes Kind den Weihnachtsbaum.

„Wir haben sie in den Käfig gesperrt. Sie wurden geknebelt und durften dann einigen meiner bevorzugten Gäste als Spielkameraden dienen."

Es war einige Sekunden still.

„Sie haben die beiden Mafiosi im Käfig im ersten Stock von Ihren Gästen vergewaltigen lassen?" fragte Alexa mit ungläubigem Staunen.

„Wenn man es genau betrachtet, war es wohl so. Zumindest erwecken die Videos, die ich aufgenommen habe, den Eindruck, dass das Ganze nicht so richtig freiwillig ablief."

Lady Marylous Stimme triefte förmlich vor Zufriedenheit.

„Es war eher so wie im Film Pulp Fiction, Sie wissen schon, in der Episode, in welcher der Gangster Marcellus Wallace im Keller eines Pfandleihhauses vergewaltigt wird."

„Cooler Film", kommentierte Alexa grinsend.

„Sie haben das auf Video aufgenommen?" Tissa stellte sich die Szene bildlich vor.

„Ja, habe ich. Mit dem iPhone. Und dann habe ich die Filme online gestellt."

„Und Sie leben noch? Hut ab!" Megan konnte kaum glauben, was sie da hörte.

„Sie müssen sich vorstellen, dass viele Dinge, die sich hier im Colosseum abspielen, wirklich nicht für die Öffentlichkeit gedacht sind. Diese Dokumentationen sind eine sehr gute Lebensversicherung."

„Und sind diese Geldeintreiber nie mehr aufgetaucht?" Tissa schaute beunruhigt zur Tür, als würde sie befürchten, dass die beiden gleich wild um sich schießend hereinstürmen würden.

„Ich nehme an, sie wurden strafversetzt", stellte Lady Marylou eine Vermutung an. „Nach Russland, Tschetschenien oder so."

Marie grinste und steckte sich eine weitere Gudang an. Sie schien sich über den Bericht Lady Marylous zu amüsieren.

„Weit gefährlicher als diese Schmalspurmafiosi sind jedoch die Damen aus der Szene", erläuterte Marylou. „Es macht sich hier eine neue Spielart des BDSM breit, die Financial Domination genannt wird. Die Sklaven werden nicht mehr nur körperlich gezüchtigt, sondern müssen ihren Money Doms, ihren Herrinnen, die Macht über ihre gesamten Finanzen übertragen."

Wieder war es einige Sekunden still.

Dann äußerte sich zum ersten Mal Marie.

„Super Idee", bemerkte die Detektivin und zog an ihrer Gewürzzigarette.

„Wie jetzt – die erpressen Männer, die ihnen dann Geld geben, also mehr oder weniger freiwillig?" Megan war fassungslos. Sie liebte Geld, nicht nur wegen der Macht, die es verschaffte oder wegen der repräsentativen Dinge, die man sich dann leisten konnte, zur eigenen Freude und um andere mit ihnen zu beeindrucken. Sie liebte es einfach, sich hübsch zu machen und ihr Haus toll zu designen und modische Designerkleider und die schmeichelhaften Dessous von La Perla zu tragen und an schönen Orten wie der Côte d'Azur oder der Costa Smeralda Urlaub zu machen. Das machte schließlich das Leben interessant. Dafür wollte sie das Geld aus dem Verkauf der Datsche ausgeben. Für tolle Kleider, Luxushotels – natürlich zum Schnäppchenpreis – und stilvolle Möbel. Und für tolle Events wie die Opernfestspiele in Verona, wo man wunderbare Musik hören und interessante Leute treffen konnte. Da sollte es tatsächlich Männer geben, die sich erpressen ließen, um einen besonderen Kick zu erleben? Die keine andere sinnvolle Beschäftigung in ihrer Freizeit hatten, als sich von Prostituierten das Geld aus der Tasche ziehen zu lassen?

Je mehr Megan über dieses absurde Verhalten nachdachte, desto naheliegender erschien es ihr, dann wenigstens von diesen doofen Typen zu profitieren. „Also wenn die unbedingt erpresst werden wollen, dann könnten wir das doch übernehmen", erklärte sie mit einem spitzbübischen Grinsen.

Im selben Augenblick wurde ihr bewusst, was sie eben gesagt hatte. Die drei anderen Frauen starrten sie fragend an. „Nein, nein, ich glaube nicht, dass Hendrik seine Entführung mit Money Doms inszeniert hat!" Ihr schossen die Tränen in die Augen.

„Megan, sei nicht naiv", wies Alexa sie zurecht. „Wir wissen, welche Damen Hendrik beauftragt hat. Sie entführen die Typen und nehmen ihnen ihre Kohle ab."

Megan stöhnte auf. „Woher wisst ihr das?" Die Nachricht hatte auch ihre letzten Illusionen über ihre Ehe und ihren Mann zerstört.

„Ich weiß so etwas, weil ich hier so ziemlich alles erfahre, was sich abspielt." Lady Marylou klang sachlich und überzeugend. Sie klopfte eine Zigarette aus dem silbernen Etui, das sie, wie zuvor das Feuerzeug, von dem versilberten Dekorationstablett genommen hatte, drückte energisch auf das Zündrädchen, hielt die Flamme an ihre Zigarette, führte sie elegant zu den tiefrot bemalten Lippen und legte das schildpattverzierte Feuerzeug wieder auf das Tablett.

Megan trank nervös noch einen Schluck Champagner.

„Wir müssen allerdings, bevor wir hier richtig ins Geschäft einsteigen, noch einige Dinge klären", betonte Alexa mit ihrer tiefen, rauchigen Stimme. „Das Problem ist nicht nur, dass diese Money Doms von ihren Kunden eine Menge Geld abzocken."

Sie machte eine dramatische Pause.

„Noch schlimmer ist, dass diese Kunden neben der Entführung und der Erpressung immer stärkere körperliche Reize brauchen, um erregt zu werden."

„Ich habe vorhin auf dem Weg hierher in ein Spielzimmer geschaut und beobachtet, wie Leute sich irgendwelches Zeug gespritzt haben! Eklig! Und dann haben die Dominas ihnen mit Skalpellen die Haut an Armen und Beinen geritzt", berichtete Tissa.

„Eine ziemlich blutige Angelegenheit", ergänzte Lady Marylou. „Die ich natürlich keinesfalls billige!"

Megan war nicht so zart besaitet, wie sie aussah, aber das war ihr zu viel. „Mir wird schlecht", seufzte sie und ließ sich auf das cremefarbene Ledersofa sinken.

„Mach dir nichts draus, ich habe auch schon gekotzt." Alexa konnte manchmal schrecklich vulgär sein.

Megan fasste sich schnell wieder und betrachtete schmollend das Leder-Möbel.

„Das ist aber gar nicht bequem." Megan hatte es gerne kuschelig. Mit flauschigen Foulards und weichen Kissen. „Ich mag lieber die kuschelige Ottomane von meiner Oma."

„Apropos Oma", griff Alexa den Gesprächsfaden auf. „Wie sieht es denn mit der Erbschaft aus?"

„Wie soll es aussehen? Alles wie gehabt."

Megan blickte Alexa sauer an. Hatten sie nicht vereinbart, dass das ein Geheimnis bleiben sollte?

„Megan, das ist ja schön und gut. Aber du musst an deine Zukunft denken. Auch der schönste Batzen Geld ist schnell verbraucht, wenn man gewisse Ansprüche hat und schöne Dinge und den Luxus liebt. So wie du, Darling."

Alexa klang ernst. Megan schaute sie nachdenklich an. Was meinte denn die Freundin? „Ich kann sehr gut mit Geld umgehen", entgegnete Megan.

„Du deponierst es in einer Wäschetruhe", schnaubte Alexa.

„Ich kann verstehen, dass du den Banken nicht traust", ergänzte Tissa. „Aber deinem Mann, diesem verkrachten Erotik-Unternehmer, darfst du auch nicht trauen. Und den Russen auch nicht."

Sie wussten offensichtlich alle Bescheid über die Erbschaft. „Ach ja, und wem bitteschön kann ich trauen?" Megan klang ratlos.

„Uns", antwortete Lady Marylou. „Wir wollen hier investieren. In den Club. Wir brauchen dein Geld und wir würden dich nie bescheißen."

„Was bedeutet wir?" Megan schaute von einer Frau zur anderen.

„Wir investieren hier unser Geld, unser Know-how und unsere Arbeitszeit. Wir machen ein groß angelegtes Refurbishment. So nennt man das, wenn Gewerbeimmobilien aufgemöbelt werden. Und wir werden den Club künftig gemeinsam managen."

Aus Lady Marylou klang die vollkommen nüchterne, sachlich agierende Geschäftsfrau.

„Leider haben dein Mann und dein Bruder hier immer nur die Gewinne abgeschöpft, anstatt auch wieder zu investieren", sagte Lady Marylou bedauernd. „Sie brauchten das Geld, sie haben sich wie einige andere Männer hier den Money Doms ausgeliefert. Sie haben ihr ganzes Geld diesen Weibern in den Rachen geworfen."

Megan starrte abwechselnd zu Alexa und Lady Marylou. Sie dachte an die merkwürdigen E-Mails, die Hendrik erhalten hatte.

„Oh Gott", war alles, was sie herausbrachte.

„Dein Hendrik befindet sich mit hoher Wahrscheinlichkeit in einem Schrebergarten weit draußen im Duvenstedter Brook. Dort bringen sie immer ihre Money Pigs hin."

Megan weinte. „Money Pigs? Sie nennen ihre Opfer Geldschweine? Aber warum hast du mir das nie erzählt?" Sie brüllte und stampfte mit dem Fuß wie ein kleines Mädchen. „Was bist du nur für eine Freundin!"

„Megan, das wusste ich doch nicht. Das habe ich heute erst von Marylou erfahren." Alexa klang empört.

Lady Marylou nickte.

„Dann müssen wir Hendrik doch befreien! Wir können ihn doch nicht diesen Verbrecherinnen überlassen!"

Megan war außer sich.

„Darling, er hat genau das bekommen, was er bestellt und bezahlt hat", sagte Lady Marylou trocken. „Wenn überhaupt jemand weiß, was Money Doms so treiben, dann er. Dein Hendrik hat diese ganze Geschichte hier ans Laufen gebracht."

Das entsprach zwar nicht ganz den Tatsachen, war aber angesichts der verfahrenen Situation eine tolerable Notlüge.

„Das glaube ich nicht!" Megan brüllte und stampfte wieder mit dem Fuß. Sie gehörte wohl zu den wenigen Frauen auf der Welt, die es fertigbrachten, mit 500-Euro-Stilettos aufzustampfen, ohne dass ein Absatz abknickte.

„Ich zeige dir die Vereinbarung. Dieses illustre Grüppchen hat tatsächlich einen Vertrag geschlossen über diese ganze Entführungsgeschichte und alles, was dann noch folgen sollte."

Die Clubchefin ging zur Wand hinter ihrem Schreibtisch. Sie schob ein Bild zur Seite. Ein Tresor kam zum Vorschein. Sie gab die Zahlenkombination ein, zog die schwere Stahltür auf und entnahm einen Ordner.

„Schaut her, das sind diese Verträge." Sie breitete verschiedene Schriftstücke auf ihrem Schreibtisch aus.

Dann las sie aus einem der Schriftstücke vor.

Blackmailing-Vertrag

Hiermit bitte ich Jennifer Juniper, Lady Fantasia und Lady Dolores ausdrücklich, mit mir gemäß folgender Regeln zu verfahren:

Dies ist ein in gegenseitigem Einvernehmen geplantes Rollenspiel, wobei der Unterzeichner verbindlich erklärt, diese Vereinbarung freiwillig und in vollem Besitz seiner geistigen und körperlichen Kräfte zu treffen und keinerlei Zwang zu unterliegen.

Der Unterzeichner ist in diesem Rollenspiel der „Sub" in der absolut niedrigsten Form. Er wird Sklave. Die Vertragspartnerinnen sind die „Doms", seine Herrinnen.

Diese Vereinbarung wird auf unbegrenzte Dauer geschlossen. Sie ist vom Unterzeichner vier Wochen nach Abschluss kündbar. Ein vorheriger Ausstieg ist nicht möglich.

Dem Unterzeichner ist bewusst, dass er sich mit dieser Vereinbarung den Wünschen der drei Vertragspartnerinnen bedingungslos unterwirft. Dies betrifft sowohl Wünsche bezüglich seines Körpers als auch bezüglich seines Vermögens. Die Vertragspartnerinnen haften nicht für Verletzungen und finanzielle Verluste, die der Unterzeichner erleidet.

Im Rahmen des Rollenspiels werden die Vertragspartnerinnen unter anderem folgende Spielvarianten durchführen:

1.Entführung von einem belebten öffentlichen Platz

2.Sklavenhaltung auf einem Grundstück der Vertragspartnerinnen

3.körperliche Arbeit zugunsten der Vertragspartnerinnen

4.Geldzahlungen, bar und als Überweisung, in der von den Vertragspartnerinnen geforderten Höhe

5.sexuell ausgerichtete Spiele mit den üblichen SM-Spielzeugen an beliebigen von den Vertragspartnerinnen gewünschten Orten.

Es war totenstill im Büro.

„Was haben Sie denn mit diesen Weibern zu tun?" fragte Megan skeptisch. „Und wie kommen Sie an diesen Vertrag?" Sie misstraute der Clubchefin immer noch.

„Ich sollte ihn im Tresor aufbewahren. Sie wollten ihn griffbereit hier vor Ort haben, falls sich ein geeignetes Opfer als Money Pig zur Verfügung stellen wollte."

„Haben sie denn schon mehrere Männer entführt und gequält?" Megan war immer noch fassungslos.

„Es gab bereits einige Money Pigs. Ich will hier ja nicht für schlechte Stimmung sorgen, aber einige der Herren sind spurlos verschwunden. Diese neue SM-Variante hat sich schnell rumgesprochen. Die Szene sucht nach neuen Kicks. Und immer mehr Dominas wollen einsteigen. Es ist einfach zu lukrativ und verlockend."

Alexa und Tissa nickten.

„Ärgerlich ist, dass jetzt auch Amateurinnen einen Teil vom Kuchen abhaben wollen.", ergänzte Lady Marylou. „Sie denken, das geht alles so einfach. Man schreibt aus dem Internet irgendwelche Blackmailings ab, setzt sie auf eine Website, sucht sich Sklaven und schon regnet es Geld."

„Klingt nicht unlogisch", merkte Megan an.

„Also bitte", zischte Tissa empört. „Du willst doch wohl nicht, dass wir das auch machen?"

„Na ja", überlegte Megan laut. „Wenn mein Mann sein Geld so verplempert, wäre das doch eine gute Methode, es zurückzubekommen."

„Nein, ist es nicht." Alexa klang mehr als entschlossen. „Safe, sane, consensual ist das unumstößliche Motto der BDSM-Szene. „Sicher, mit Verstand und einvernehmlich."

„Also Verstand kann ich da nicht erkennen." Megan schüttelte den Kopf.

„Dieser obskure Money Dom-Vertrag setzt auch keine Sicherheitsstandards fest, es gibt zum Beispiel kein Safe Word, mit dem der Sklave das Abenteuer stoppen kann", erläuterte Alexa.

„Und die Einvernehmlichkeit wird auch nicht garantiert", schnaubte Marylou. „Das ist alles illegales, sittenwidriges Larifari. Diese Pseudo-Dominas sind primitive, geldgierige Schlampen und haben von den Finessen der Dom-Sub-Beziehung nicht die leiseste Ahnung."

Zum ersten Mal klang Lady Marylou emotional berührt. Besser gesagt: Sie war offensichtlich stinksauer.

„Ganz zu schweigen von den vollkommen unästhetischen körperlichen Folgen der Veranstaltung", ergänzte Tissa. „Diese ganze Blutgeschichte ist doch seit diesem Wiener Künstler Hermann Nitsch völlig out."

„Was hat der denn gemacht?" Alexa schaute Tissa neugierig an.

„Das willst du gar nicht wissen", entgegnete die Künstlerin und betrachtete ihre Fingernägel, unter denen sich rote Ölfarbe abgesetzt hatte. „Wir werden hier jedenfalls nicht mit blutigem Geschmiere arbeiten."

„Soll ich weiterlesen?" fragte Lady Marleen.

Megan schüttelte stumm den Kopf. Alexa und Tissa sagten unisono: „Ja klar."

Die Clubchefin fuhr fort.

„Vielleicht beruhigt dich ja dieser Absatz dieses grandiosen Werks", sagte sie lakonisch an Megan gerichtet.

Die drei Money Doms versprechen, dauerhafte Schäden des Sklaven zu vermeiden und ihn nach Ende des Spiels an einem von ihm gewünschten Ort zurückzubringen. Eventuelle Verletzungen werden von einem assoziierten, fachkundigen Arzt behandelt.

Megan schöpfte wieder Hoffnung. „Also müssen wir ja nur abwarten, bis Hendrik wieder auftaucht!"

Dann machte sich ihr Pragmatismus bemerkbar. „Und was machen Sie hier, Frau Everling? Bis jetzt haben Sie ja weder den Mörder von Gunnar Harksen noch die Entführer meines Mannes gefunden!"

„Das stimmt, aber es wäre auch eher ungewöhnlich, wenn ich in weniger als zwölf Stunden zwei Kriminalfälle aufklären würde, an denen die Polizei gerade mit einer Sonderkommission arbeitet, meinen Sie nicht?"

Megan war jetzt offensichtlich auf Krawall gebürstet. „Und was ist mit deinem Lover, diesem Golflehrer? Hast du den auch mit hierher gebracht"? schnauzte sie Alexa an.

„Den lass mal meine Sorge sein", entgegnete die Freundin gereizt.

„Also ich finde, wenn wir uns hier verbünden, und ich muss Hendrik quasi abschreiben, dann dürfen persönliche Gefühle generell keine Rolle spielen", sagte Megan bestimmt. „Männer können wir bei diesem Projekt keine gebrauchen, die würden nur stören."

Lady Marylou und Tissa schauten fragend zu Alexa.

„Wer redet denn hier von Gefühlen!" Alexa klang empört. „Meine Lieben, hier geht es ausschließlich ums Geschäft."

„Aber du hast erst kürzlich gesagt, er ist ein echtes Schnuckelchen!" Alexa rollte mit den Augen. So süß dieses Püppchen Megan auch war – wenn es um ihre Interessen ging, konnte sie hartnäckig sein wie ein Terrier.

„Er IST ein Schnuckelchen, verdammt, aber er ist einfach auch ein egoistisches, Arschloch!"

Megan ließ nicht locker. „Ach so. Also wie Hendrik."

Es war hoffnungslos.

„Also ich schlage vor, wir konzentrieren uns jetzt auf unser künftiges Geschäft."

Lady Marylou gab dem Gespräch die richtige Wendung. Deshalb kamen sie schließlich hier zusammen. Sie wollten gemeinsam

Geschäfte machen. „Ich fasse die bisherigen Erkenntnisse zusammen, die unser Projekt Colosseum betreffen."

Alexa, Megan und Tissa richteten sich kerzengerade in ihren Sitzen auf wie Studentinnen, die den Ausführungen einer Professorin in einem Seminar lauschten.

„Ich formuliere hier in Kürze einen Letter of Intent, einen Vorvertrag, mit folgenden Punkten:

Corporate Governance: Das Colosseum ist eine Stätte des Spielens und Vergnügens. Wir bieten unseren Gästen ein sinnliche Welt neuer sexueller Erfahrungen. Die allgemein gültigen Regeln der SM-Szene – Safe, Sane, Consensual – werden von allen Mitarbeitern und Gästen beachtet.

Arbeitsteilung:

Erstens: Tissa wird einen Investitionsplan für das Refurbishment erarbeiten, inklusive der Unterstützung durch einen Architekten. Die Inneneinrichtung wird von ihr selbst geplant und mit den entsprechenden Handwerkern und Künstlern ausgeführt. Sie ist auch für regelmäßige Renovierungen verantwortlich.

Zweitens: Alexa ist für das Marketing inklusive Online-Auftritt, Pressearbeit, Kundenbindung und Neukundengewinnung über sämtliche Informationskanäle zuständig.

Drittens: Lady Marylou kümmert sich um das Finanzmanagement, Controlling, Lieferanten, Steuern etc. und die Mitarbeiter sowie die Beachtung der Hausordnung.

Viertens: Megan ist finanziell beteiligt, investiert fünf Millionen Euro und erhält dafür eine Beteiligung von 25 Prozent. Außerdem erhält sie die Möglichkeit, im Colosseum Dessous-Partys und weitere Events zur Promotion ihres Dessous-Labels zu veranstalten.

Fünftens: Dies alles wird in einem Gesellschaftsvertrag einer noch zu gründenden GmbH festgehalten.

Sechstens: Die jährlichen Gewinne werden zu gleichen Teilen an die vier Gesellschafterinnen ausgeschüttet. Die bisherigen Mitgesellschafter Hendrik Abendroth und Bernd Dellmann werden überzeugt, ihre Anteile abzugeben.

Lady Marylou zögerte kurz. „Soweit diese Angelegenheit sich noch nicht anderweitig erledigt hat."

Megan schniefte, Tissa und Alexa zuckten kurz zusammen, fassten sich aber sogleich wieder.

Lady Marylou fuhr fort.

„*Siebtens: Sobald ein konkreter Businessplan in einer von allen vier hier anwesenden Personen akzeptierten Form vorliegt, wird er von einer auf Gesellschaftsrecht spezialisierten Anwaltskanzlei in eine rechtssichere Form eines*

GmbH-Vertrags übertragen und von den vier beteiligten Personen unterzeichnet. Änderungsvorschläge sollten von den künftigen Vertragspartner baldmöglichst vorgetragen werden."

„Ui, das ist ja kompliziert. Könnten wir das auch noch mal schriftlich bekommen? Ich kann mir nur merken, was ich gelesen habe." Tissa war eindeutig auf Schrift und Bild fixiert.

„Kein Problem", sagte Lady Marylou. „Ich werde den Letter of Intent aufschreiben und euch per Post schicken."

„Schick ihn doch mit WhatsApp", schlug Megan vor.

„Nein, keinesfalls, entgegnete Lady Marylou. „Ich favorisiere die traditionelle Übermittlung per Brief. In diesem Fall per Einschreiben. Und ich werde Euch gleich einen Terminvorschlag für die Unterzeichnung des Gesellschaftsvertrags bei einem Notar mitschicken."

Sie drückte auf einen Knopf an ihrem Schreibtisch. Keine Minute später tauchte Jerome auf. Er trug knappe weiße Jeans, hatte sein Hemd ausgezogen und präsentierte die Piercings in den Brustwarzen. Seine Brauen und sein Mund waren mit Permanent-Makeup akzentuiert, die Augen mit schwarzem Kajal betont. Die langen Haare waren zu Zöpfchen geflochten, seinen Bauch zierte ein definiertes Sixpack. Er roch nach Moschus und Sex und verbotenen Freuden und lächelte. Auf einem Tablett balancierte er einen Sektkühler mit einer Flasche Champagner, vier Gläsern und einer eisgekühlten Schale, in der ein Hügel vom feuchten, grauen Rogen des kaspischen Störs glitzerte.

Die vier Frauen stießen an auf ihre gemeinsame geschäftliche Zukunft. Jerome lächelte. In seinem linken seitlichen Schneidezahn und in seinem Bauchnabel glitzerten Diamanten. Alexa schaute ihn gedankenverloren an.

„Danke, Jerome", sagte Lady Marylou. Jerome warf ihr eine Kusshand zu und verließ das Büro lautlos wie eine Katze.

„Jerome ist offensichtlich kein Sklave", stellte Tissa fest. „Ich würde ihn gerne malen."

„Jerome ist der einzige Mann, bei dem ich mich als Sklavin fühle", sagte Lady Marylou.

„Oh", sagte Alexa mit weit aufgerissenen Augen.

„Er bricht reihenweise Herzen", seufzte Lady Marylou lächelnd.

„Darf ich ihn trotzdem malen?" fragte Tissa.

„Ich steh nicht so auf Schwarze", sagte Megan.

„Er bringt dich zum Höhepunkt, dass du jaulst", sagte Lady Marylou.

Alexa guckte verträumt und schaute dann fragend zu Lady Marylou. „Er wirkt aber schwul. Mh. Wirklich? Du jaulst?"

„Er ist der einzige Mann, der immer deinen G-Punkt findet", sagte Lady Marylou.

„Haut er dich auch?" fragte Megan.

„Nein, er ist ein Toyboy. Er ist weder Sklave, Sub noch Dom und hat mit dem allem hier nichts am Hut."

„Warum ist er dann hier? Nur, um Geld zu verdienen?"

Megan begann, sich ernsthaft mit den verschiedenen Aspekten und Personen ihres potenziellen neuen Investments auseinander zu setzen.

„Er liebt mich", sagte Lady Marylou schwärmerisch. „Oder sagen wir so: Er gibt mir wenigstens das Gefühl, dass er mich liebt."

„Hört hört", sagte Alexa ironisch. „Lady Marylou, eine heimliche Romantikerin. Wie war das noch mit den unerwünschten Gefühlen?"

„Du bist zynisch, Alexa. Wir suchen doch alle nach Liebe." Megan klang wirklich überzeugend. „Ich meine – was wäre das Leben denn ohne Liebe? Das wäre doch furchtbar öde und gefühllos!"

„Liebe ist eine Konsenshalluzination", sagte Alexa ruhig. „Wie der Cyberspace."

„Ich schlage vor, wir machen einen Rundgang durch unsere Geschäftsräume", lenkte Lady Marylou das Gespräch in eine andere Richtung.

„Darf ich noch ein Häppchen von dem Kaviar haben?" fragte Megan und leckte sich die Lippen. Eben noch zu Tode betrübt, jetzt schon wieder genusssüchtig. Die zarte Megan war ein Wunder der menschlichen Psyche.

„Sicher, Darling", antwortete die Clubchefin. „Man sollte einen Abend im Colosseum immer beginnen mit einem delikaten Imbiss."

Megan schaufelte sich eine ordentliche Portion auf ihren kleinen Teller, zerdrückte genießerisch einige Löffel der teuren Fischeier zwischen Gaumen und Zunge und stöhnte vor Wohlbehagen.

„Hendrik mag keinen Kaviar", sagte sie kopfschüttelnd und leckte sich das Salz von den Lippen.

„Hendrik hat generell keinen Geschmack", erwiderte Lady Marylou.

„Außer in Bezug auf dich natürlich, Darling", ergänzte Alexa und schaute zu Megan, die eine Schnute zog und die Stirn runzelte. „Man könnte ihn gut malen, er hat etwas Verlebtes, Verdorbenes an sich", sagte Tissa.

Megan stierte vor sich hin. In ihren Augen schwammen Tränen.

„Ich habe Angst", schluchzte sie.

„Er bekommt, was er verdient und bezahlt hat", wiederholte Lady Marylou ihren Spruch von vorhin.

„Aber du hast gesagt, es sind schon einige Money Pigs verschwunden."

Megan wirkte ehrlich verzweifelt. Auf ihren Porzellanwangen erschienen rote Flecken. Sie zwirbelte an dem Tuch, das sie ums Haar geschlungen hatte und unter dem sich einige rotblonde verschwitzte Locken hervorkringelten.

„Er hatte gestern das Hermès-Tuch um, das ich ihm geschenkt habe", berichtete sie schniefend. „Er hat gesagt, wenn er das Tuch umhat, denkt er immer an mich!"

„Warum fahren wir nicht einfach zu dem Schrebergarten, von dem du erzählt hast?" fragte Tissa. „Vielleicht gibt es dort wilde Natur-Motive, die ich gut für die Räume hier gebrauchen könnte. Und vielleicht finden wir Hendrik und können ihn befreien."

„Der Duvenstedter Brook ist groß und ich habe keine Ahnung, wo dieser Schrebergarten sein könnte. Doch Frau Everling könnte uns bei der Suche helfen, sie kennt sich dort aus."

„Ich denke, ich weiß, wo er ist. Ich werde euch genau beschreiben, wir ihr fahren müsst", sagte Marie. „Ich bleibe auch hier, ich muss hier noch etwas erledigen."

„Eine gute Idee, Alexa", lobte Tissa. „Also ich bin dafür. Wir fahren zu dritt dorthin und suchen Hendrik."

Sie schauten alle fragend zu Lady Marylou.

„Ich bleibe hier, ich muss hier dringend einen Kontrollrundgang machen", sagte Lady Marylou.

„Ich habe geahnt, dass dies ein besonders interessanter Abend werden würde", sagte Marie und schaute in die Runde. „Doch bevor ihr losfahrt, möchte ich euch noch etwas zeigen. Vielleicht hilft uns das weiter."

Marie zog das Notizbuch aus ihrer Handtasche.

„Seine Kundendatei" rief Lady Marylou. „Jetzt haben wir ihn richtig an den Eiern!"

„Es stehen nur Abkürzungen drin!" rief Marie ungeduldig.
„Ich kann die Namen anhand der Kürzel identifizieren", beruhigte sie Lady Marylou. „Aber jetzt müsst ihr euch um Hendrik kümmern, bevor er den Bullen in die Hände fällt. Wenn es ihm schlecht geht und er diese Money Dom-Geschichte ausplaudert, sind unsere Pläne schnell im Eimer."

Sie stand auf und öffnete eine Tür, die in der Wand verborgen war. Sie zerrte drei schwarze Kutten aus dem Schrank

„Du meine Güte, was sind das für Fummel!" rief Alexa.

„Wir wissen nicht, was euch dort erwartet. Wahrscheinlich ist es besser, man erkennt euch nicht", erläuterte die Clubchefin. Sie stopfte die merkwürdigen Kutten in einen geräumigen Plastiksack, auf dem die Triskele aufgedruckt war – das Markenzeichen des Colosseums.

Dann griff sie in eine Schublade ihres Schreibtischs und hatte plötzlich einen Revolver in der Hand.

„Könnt ihr schießen?" fragte sie in die Runde. „Er ist geladen. Also seid vorsichtig."

„Klar!" rief Alexa, schnappte sich die Waffe und verstaute sie in ihrer Handtasche.

Tissa ergriff den Sack und sagte: „Dann mal los." Die drei Freundinnen verließen den Club durch den Lieferanteneingang. Sie stiegen in Alexas Mercedes und brausten zum Duvenstedter Brook. Es dämmerte und die zaghaften Sonnenstrahlen weckten ihre Lebensgeister, welche unter dem Alkohol und der stressigen Nacht gelitten hatten. Dunst stieg vom Boden auf; den Regen des abendlichen Gewitters hatte die ausgedörrte Erde bereits wie ein Schwamm aufgesogen. Marie dirigierte Alexa per Handy zu dem riesigen Naturschutzgebiet. Sie stellten den Wagen am Rand der Schrebergärten in der Nähe von Maries Schieß-Trainingsanlage ab. Die drei Freundinnen stiegen aus dem Wagen, streckten ihre Glieder und schauten sich neugierig um. Sie entdeckten tatsächlich, was sie suchten, und zogen die schwarzen Umhänge über.

Die Folter
Colosseum, Rote Kammer im Keller, Freitagfrüh

Valerie konnte sich nicht aufrichten, sondern nur neben dem Foltertisch hocken. Ein unerträglicher Durst plagte sie. Die Pisse fing an zu stinken. Sie ekelte sich. Das schlimmste war jedoch, dass bei jeder Bewegung, mit der sie an der Handschelle zerrte, die der Transvestit ihr in seinem Überraschungscoup angelegt hatte, die Metallklammer enger wurde. Mit jeder Bewegung drückten dünne Nägel aus dem Metall heraus und bohrten sich in die empfindliche Haut ihres Handgelenks. Mein Gott, dachte Valerie, wenn die immer weiter rauskommen, stechen sie bald meine Arterie am Handgelenk durch. Dann ist es vorbei.

Würden diese Perversen tatsächlich in Kauf nehmen, dass sie in dem schrecklichen Verlies verblutete? Ihr Herz klopfte laut und holperte gelegentlich, sodass sie husten musste. Die Angst krampfte ihren Magen zusammen, ihr wurde schlecht und sie würgte. „Reiß dich zusammen, reiß dich zusammen", sagte sie leise wie ein Mantra vor sich hin. „Du kommst hier raus, sie werden dich finden, du kommst hier raus."

Sie versuchte, sich in eine bequeme Position zu manövrieren, was so gut wie unmöglich war, weil sie entweder mit dem Gesicht zum Bett hin knien oder mit verdrehtem Arm und dem Rücken zum Folterbett sitzen musste. Sie beschloss, so lange wie möglich in der Sitzposition zu verharren. Ohne jemals esoterisch angehaucht gewesen zu sein, versuchte sie, mittels Gedanken Kontakt zu Böttcher aufzunehmen. So weit ist es gekommen, dass ich an Gedankenübertragung glaube, stellte sie verärgert fest und rüttelte ein weiteres Mal an der Stahlklammer, die ihr Handgelenk zerquetschte. Die spitzen Dornennägel bohrten sich weiter in ihre Haut. Noch war die Schlagader nicht getroffen, doch sie blutete aus mehreren kleinen Wunden, die wie Feuer brannten. „Scheiße", murmelte sie. „Bei den nächsten Bewegungen wird es ernst. Ruhig bleiben, durchhalten."

Valerie beobachtete, wie das Blut vom Handgelenk auf den Boden tropfte. Ihre Hand schwoll an; immer weiter stachen die Nägel in ihr Fleisch. Sie biss die Zähne zusammen und versuchte, sich vorzustellen, wie die Zeit nach ihrer Befreiung aussehen würde. Wie sie diesen furchtbaren Fall gemeinsam mit Böttcher lösen würde.

Wie sie Abendroth befreien würden, der hoffentlich noch lebte. Immerhin, so tröstete sie sich, hatte diese SM-Clique sie ja nicht umgebracht. Vielleicht hatte die Ermordung Harksens mit der Entführung Abendroths wirklich nichts zu tun. Sie musste unbedingt bei der Obduktion Harksens dabei sein, sie musste sich nochmals die Fotos vom Tatort anschauen. Die Kollegen verließen sich auf sie, sie durfte sie nicht enttäuschen. Vally Morton, die Tatortanalytikerin. Verdammt zur Untätigkeit in diesem Kellerloch.

Sie verlor jedes Zeitgefühl. Wie lange war sie schon hier unten? Ein Schlüssel drehte sich im Schloss. Die Tür öffnete sich mit einem Ruck. Zwei vermummte Gestalten betraten den Raum. Eine blieb an der Tür stehen, die zweite zog eine Pistole und bewegte sich lautlos zu Valerie. Oh mein Gott, schoss es der Tatortanalytikerin durch den Kopf, Jetzt bringen sie dich doch noch um. Sie wollen keine Zeugen haben, sie bringen dich um.

Sie schrie in Panik: „Böttcher, hilf mir, Böttcher!" Die Gestalt neben ihr holte mit der Pistole aus und donnerte sie gegen die Schläfe. Valerie wurde bewusstlos. Aus einer Platzwunde schoss hellrotes Blut. Sie bekam nicht mit, wie die Handschellen geöffnet wurden und die beiden Gestalten ihren willenlosen Körper in einen grauen Sack verpackten, auf den eine Triskele aufgedruckt war, dieses Symbol, das diese merkwürdigen Fälle miteinander verband. Sie spürte nicht, wie sie zu einer Tür geschleift wurde, die ins Freie führte. Dort stand eine schwarze Limousine mit getönten Scheiben. Valerie roch nicht den widerlichen Gestank, eine Mischung aus getrocknetem Blut, Erbrochenem und Exkrementen, der den Kofferraum verpestete, in den sie geworfen wurde. Sie bemerkte nicht, wie der Wagen startete, dass sie sich übergab und Blut und Erbrochenes aus ihrem Mund herausquoll. Nur ihr tiefstes Inneres spürte, dass sie sich so nah am Tod befand wie nie zuvor in ihrem Leben und dass ihr Körper und ihre Seele alle Energie aufbringen mussten, um diese Tortur zu überstehen.

Die Suche
Colosseum, Freitagmorgen

Draußen war es schon Morgen, doch das Partyvolk hatte noch längst nicht genug. Dutzende Besucher strömten durch die weitläufigen Räume des Colosseums. Nicht alle gaben sich sexuellen Gelüsten hin. Die meisten tanzten im größten Raum, der sich kaum von einer der Diskotheken auf der Reeperbahn oder der Großen Freiheit unterschied. In dessen Lounge-Bereich luden bequeme Polstermöbel, bezogen mit violettem Samt, zum Verweilen ein. Auf den Tischen standen Flaschen mit Champagner und teurem Whiskey, Gin und Wodka. Auf den Polstern räkelten sich attraktive Frauen und Männer, die teure Kleidung und exzentrischen Schmuck trugen. Nur vereinzelt waren die Insignien der SM-Szene wie der Ring der O zu sehen. Alles war in ein diffuses Licht getaucht. Von der Decke hingen Trapeze, an denen halbnackte Artisten sich umschlangen. In der VIP-Zone, die mit einer dicken, goldfarbenen Kordel abgetrennt war, amüsierten sich einige C-Promis, bekannt aus Fernsehserien und Reality Shows, und präsentierten hier wie dort ihre Neurosen und operierten Körperteile.

Böttcher durchquerte die Diskothek, immer noch in der Hoffnung, er würde in einer finsteren Ecke Valerie entdecken. Schaute zum gefühlt hundertsten Mal auf sein Handy-Display. Keine Nachricht.

Marie saß an der Bar und scherzte mit Jerome. Der Boxer und der blonde Schönling hatten sich verdrückt. Böttcher begrüßte Marie mit Küsschen. „Nein, Marie, was für eine Überraschung!" säuselte er, zwinkerte und legte ihr vertraulich die Hände auf die Schultern. „Dich trifft man immer in den angesagtesten Locations!"

Marie umarmte ihn und erwiderte die exaltierte Begrüßung ebenso herzlich. Dabei flüsterte sie ihm ins Ohr: „Der Barkeeper hat einen starken Mitteilungsdrang."

Jerome rang sich ein dünnes Lächeln ab. „Oh Marie, mein Herz, du bist doch hoffentlich nicht so eine Tante von der Polizei! Was willst Du denn mit diesem Kommissar hier! Meine Hübsche, Du bist doch soooo nett!"

„Aber Jerome, natürlich bin ich nicht von der Polizei. Was denkst Du denn!"

„Also ich frage mich wirklich, was heute hier los ist", maulte Jerome. „Zuerst kommen diese drei Luxus-Tanten aus Nienstedten, dann die Witwe von diesem Reeder. Und die Polizei! Noch nie war hier die Polizei!" Er klang ehrlich empört. „Zumindest nicht offiziell." Er rieb Champagnergläser trocken. Betrachtete seine glitzernden Ringe. Rieb wieder auf dem Glas, bis es quietschte. „Die Chefin ist schon ganz aus dem Häuschen!" Er kräuselte das Näschen.

„Jerome, wo ist meine Kollegin? Wir stellen hier gleich die ganze Bude auf den Kopf!" Böttcher zückte sein Handy und wählte die Kurzwahl des Polizeireviers Borgweg.

„Sie ist weggefahren!" blaffte Jerome. „Hat man mir gesagt!"

„Wohin?" Böttcher war wieder kurz davor, ihn am Kragen zu packen.

„Woher soll ich das wissen!" Jeromes Stimme zitterte. Er log. Ohne Talent zum Lügen.

„Wohin?"

Böttcher starrte ihn an. Jerome zitterte und schwieg.

Im Revier am Borgweg meldete sich Hellmann. Seine Stimme klang, als wäre er gerade aufgewacht.

„Hellmann, ich bin im Club Colosseum in Poppenbüttel. Ich habe schon vor einer halben Stunde Verstärkung angefordert. Wo bleiben die Kollegen?"

Böttcher hielt sich die Hand vor Mund und Handy und versuchte, trotzdem so laut wie möglich zu brüllen. „Ja, ich weiß, wir sollten nur auf dem Kiez ermitteln. Halt die Klappe. Mach, was ich dir sage! Es war Gefahr im Verzug, wir mussten umdisponieren!"

Er rollte mit den Augen. Was er jetzt am wenigsten gebrauchen konnte, waren Einwände seines trantütigen Kollegen.

Böttcher schrie ins Telefon: „Valerie ist verschwunden. Ich fürchte, sie wurde entführt. Beeil dich. Sag Forsmann und Quantico Bescheid. Und wenn möglich, sollen sie einen Durchsuchungsbeschluss mitbringen. Und lass eine Handyortung machen."

Er nannte Hellmann Valeries Mobilnummer. Am anderen Ende der Leitung war es einige Sekunden still.

„Alles klar. Ich mache nochmal Dampf." Der träge Hellmann hatte ausnahmsweise schnell begriffen, dass es jetzt um alles oder nichts ging. Er wollte der taffen Kollegin vom LKA unbedingt helfen. Tatsächlich schaffte er es, innerhalb weniger Minuten alle Anweisungen Böttchers auszuführen.

„Wer ist Ihre Kollegin?" fragte Marie leise. „Wie sieht sie aus? Vielleicht hat sie sich kostümiert und tummelt sich in einem der Spielzimmer."

„Sie heißt Valerie Morton, arbeitet beim LKA. War in den USA, hat dort eine Ausbildung zur Fallanalytikerin gemacht. Sie ist etwa einsfünfundsiebzig groß, athletisch und brünett. Wir haben uns beide den hiesigen Gepflogenheiten gemäß kostümiert, sie trägt ein hautenges schwarzes Lacklederkostüm."

Böttcher hatte die Beschreibung heruntergerattert. Seine Stimme zitterte.

Marie stockte der Atem. „Valerie Morton? Sie heißt wirklich Morton?"

„Ja, wohl nach ihrem verstorbenen Mann. Mehr weiß ich nicht."

„Stammt sie aus Hamburg?"

„Keine Ahnung, könnte sein. Sie hat jedenfalls einen leicht norddeutschen Akzent, gemischt mit amerikanischem Englisch. Klingt wie aus einem Film." Böttchers Magen krampfte sich zusammen. Er hatte mehr Angst um Valerie, als er sich eingestehen wollte. „Und sie wäre nie von hier weggefahren, ohne mir Bescheid zu sagen. Wenn sie sich nicht meldet, dann weil sie es nicht kann."

Marie öffnete ihre kleine Chanel-Tasche, in der sie ihr Handy, ein winziges Schminketui und ihre Mini-Brieftasche verstaut hatte. Letztere enthielt nur einige Geldscheine, den Führerschein und eine Centurion-Karte von American Express. Und ein uraltes Foto aus dem Automaten, auf dem zwei junge Frauen in die Kamera lachten, eine blond, die andere brünett.

Valerie zeigte Böttcher das Foto.

„Ist sie das hier?"

Böttcher verschluckte sich an seinem Wasser. „Ja verdammt. Das gibt's doch nicht. Was haben Sie mit Valerie Morton zu tun?"

„Wir waren vor sehr langer Zeit mal befreundet", antwortete die Privatdetektivin leise. „Wir haben beide Psychologie studiert. Valerie wollte immer schon zur Polizei. Sie hat in den USA geheiratet und wollte eine Ausbildung beim FBI machen. "

„Und jetzt wussten Sie nicht, dass sie für das LKA arbeitet?"

„Wir haben uns aus den Augen verloren. Sie hat sich nicht gemeldet, als sie aus Amerika zurückkam."

„Wir müssen sie finden. Kommen Sie, Frau Privatdetektivin, sie muss hier irgendwo sein. Und wir bleiben schön zusammen, damit ich Sie nicht auch noch verliere. Wir grasen hier jeden Winkel ab, dabei erzähle ich Ihnen, was ich weiß. Ich hoffe, dass die Kollegen es schaffen, ihr Handy zu orten. Aber vielleicht sind wir beide ja schneller."

„Wie viele Stockwerke gibt es hier eigentlich?" Marie hatte sich noch keinen Überblick verschaffen können.

„Erdgeschoss, erster und zweiter Stock."

„Was ist mit dem Keller oder anderen Nebenräumen?" Sie starteten ihren Rundgang.

„Valerie wollte den Keller untersuchen", erläuterte Böttcher. „Eine der hier beschäftigten Damen, so eine Fetisch-Transe, wollte ihr alles zeigen. Sie sind zusammen weg, seither gibt es keine Spur von Valerie." Böttcher fiel siedend heiß ein, dass er schon längst nach dem Transvestiten Carmen hätte suchen müssen.

„Verdammte Scheiße. Ich habe die Transe völlig vergessen." Böttcher stieß einige unflätige Flüche aus.

„Wie sieht sie aus?" Marie schaute sich in der Lobby um.

„Na wie sieht 'sone Schwuchtel aus", blaffte Böttcher. „Aufgedonnert eben, mit roter Perücke, hat glitzernden Fummel an. Mit – wie heißen die Dinger? Paletten oder so."

„Die Dinger heißen Pailletten", korrigierte ihn Marie.

„Scheißegal. Wo ist er oder sie oder es?"

Sie durchkämmten das Erdgeschoss. Böttcher erkannte einige Räume samt der dort aktiven Gäste wieder, die er auf den Monitoren in Lady Marylous Büro gesehen hatte, und erzählte Marie, was die Clubchefin ihm über die Money Doms und ihre Geschäfte berichtet hatte. Einschließlich der unglaublichen Geschichte, dass Claire Harksen mitten in der Nacht bei ihr aufgetaucht war, um sich einen persönlichen Eindruck zu verschaffen, wohin dieser unselige Abendroth ihren Gatten verschleppt hatte. „Lady Marylou sagte, die Reeder-Witwe hätte vor Wut gebebt, habe aber nie die Contenance verloren und habe sie kalt wie ein Gletscher über die peinliche Episode kurz vor dem Tod ihres Gatten befragt."

Marie konnte sich gut vorstellen, was Lady Marylou gemeint hatte. Sie berichtete in Kurzfassung von ihrem Besuch bei der alten Dame. Dann fragte sie: „Konnten Sie im Büro der Chefin alle Räume des Colosseums beobachten?"

„Sie hat mir sogar die Klos gezeigt", erwiderte Böttcher.

„Haben Sie auch die Rote Kammer im Keller gesehen?"

Böttcher zögerte kurz. „Auf einem Monitor wurde ein Raum im Keller gezeigt mit blutroten Wänden und der üblichen Ausstattung, Foltertisch, Käfig, Andreaskreuz und so weiter."

„Die Rote Kammer war auf einem Monitor?" fragte Marie misstrauisch.

„Ja, aber es hat sich nichts bewegt dort. Alles leer. Warum, was ist mit der Kammer? Böttcher ahnte, dass Marie eine unangenehme Nachricht für ihn hatte.

„Die Kameras sind teilweise Fakes", sagte Marie. „Die Verbindung zur Schaltzentrale wurde unterbrochen. Lady Marylou sieht bei einigen nicht, was sich dort abspielt."

„Ach du Scheiße", schrie Böttcher. „Dann haben sie Valerie bestimmt dort eingesperrt! Woher wissen Sie das mit der Roten Kammer?"

„Das habe ich von dem kräftigen dunkelhaarigen Kerl im Zimmer mit dem Gyn-Stuhl erfahren, der mir einen Drink spendiert hat und mit mir ‚ein ganz besonderes Event' veranstalten wollte."

Sie beschleunigten ihre Schritte und hetzten in Richtung Kellertreppe.

„Das heißt, die Gäste wissen mehr als die allwissende Chef-Domina?" Böttcher konnte es nicht glauben. „Wer hat die Kameras getürkt?"

„Der Dunkelhaarige sagte, dass die Money Doms ihre Sklaven, die sie hier aufgabeln, zunächst in der Roten Kammer einsperren und dann irgendwo in einem Gartenhäuschen verstecken. Sie haben einige Helfer hier eingeschleust, unter anderem so einen bescheuerten Technik-Freak, der die gesamte Videoanlage manipuliert hat. Und einen Physiotherapeuten, der ihnen gezeigt hat, wie sie sich besser um ‚die körperlichen Bedürfnisse der Sklaven kümmern' können", wie sich mein Galan ausdrückte."

„Heilige Scheiße", schrie Böttcher. „Was heißt das, körperliche Bedürfnisse?"

„Sie spritzen den Sklaven Procain, ein starkes Schmerzmittel. Das erhöht die Schmerztoleranz. Zu viel Quälerei kann allerdings auch zu einem Kreislaufkollaps mit Herzstillstand führen, wenn der Körper sich gegen diesen Missbrauch wehrt."

„Die Sklaven lassen sich Schmerzmittel spritzen, damit sie mehr gequält werden können?" fragte Böttcher fassungslos. „Sind die denn völlig bekloppt?"

„Tja", meinte Marie, „wissen Sie, es gibt Menschen, die in Erfahrungswelten leben, die wir nicht betreten können."

„Schön gesagt", kommentierte der Hauptkommissar trocken.

„John Steinbeck, zitiert vom Tatortanalytiker Thomas Müller", keuchte Marie beim Sprint durch die wogende Menge. Sie stießen die Gäste zur Seite.

„Der Wiener, der den österreichischen Briefbomber, den Fuchs, gefasst hat?" keuchte Böttcher. Er hatte von dem Kriminalpsychologen und dessen Erfolgen gehört.

„Genau der", schrie ihm Marie hinterher. Sie stürmten die Kellertreppe hinunter. Böttcher rüttelte nacheinander an den Türen links und rechts des Flurs. Alle verschlossen. „Und was hat Ihr Galan mit den Money Doms zu tun?" fragte er Marie.

„Er hilft ihnen bei der Organisation der ganzen Schweinereien. Zunächst dachte ich, er will sich nur wichtigmachen, um mich zu einer Spielrunde zu bewegen. Aber er sucht hier wohl weibliche Subs, und die Money Doms helfen ihm dabei."

„Der war aber sehr gesprächig", bemerkte Böttcher staunend. Marie keuchte: „Hab nachgeholfen."

Böttcher drehte sich zu ihr um. In seinem gerötetem Gesicht standen Fragezeichen. Rüttelte an der nächsten Tür.

„Stechapfeltropfen. Machen high und redselig. Ich bin Hobbybotanikerin."

„Ich möchte nicht Ihr Feind sein", konstatierte Böttcher.

Sie waren fast am Ende des Gangs angelangt. Da öffnete sich die letzte Türe rechts hinten, die Tür zur Roten Kammer. Heraus trat Carmen, der Transvestit. Böttcher machte einen Satz zu ihm hin.

„Wo ist Valerie?"

„Hoppla, mein Süßer, was willst du denn!" Der Transvestit lächelte und ließ die Tür beiläufig ins Schloss fallen. Er verzog den Mund und rollte mit den Augen. „Bist du immer so stürmisch? Das gefällt mir!"

„Du bist mit meiner Kollegin runter in den Keller, sie ist in diesem Raum, schließ sofort die Tür auf!"

Marie beobachtete die Szene. Sie ging auf die beiden Männer zu und lächelte. „Carmen, wir suchen nach Valerie. Sie ist Polizistin.

Und meine Freundin. Wenn ihr etwas passiert ist, bringe ich alle um, die dafür verantwortlich sind." Ihre Stimme klang ruhig und kontrolliert. „Hast du das verstanden, Carmen? Ich weiß, die Money Doms sind gefährlich. Haben sie dir gedroht? Wenn du ihnen hilfst, bringe ich dich um und diese Weiber gleich mit. Aber vorher breche ich dir alle Knochen. Du wirst nach deiner Mami heulen." Böttcher war von den Socken. Marie drohte nicht mit dem Arm des Gesetzes, sie drohte wie ein Mafiosi beim Geldeintreiben.

„Schau mal, Carmen, wir gehen jetzt gemeinsam in die Rote Kammer", schwenkte sie zu einem einschmeichelnden Ton um. Böttcher war baff.

„Ich bin ganz neugierig, was wir da finden werden, Carmen. Ist Valerie noch da drin?"

Maries Ton war plötzlich wieder scharf wie ein Schlachtermesser. Carmen stand stocksteif. Sie schien zu überlegen, was diese knallharte Detektivin ihm schlimmstenfalls anhaben konnte. Nur eine Sekunde später zog Marie eine Pistole aus ihrer Mini-Handtasche und Böttcher wunderte sich zum wiederholten Mal, was Frauen so alles in ihren Täschchen verstauten. „Schließ die Tür auf oder ich schieß dir die Eier ab!

Verdammt. Böttcher merkte, dass die Detektivin es bitter ernst meinte. Im selben Moment knallte ein Schuss und wurde von den kahlen Kellerwänden mit ohrenbetäubendem Getöse zurückgeworfen. Die Kugel streifte haarscharf Carmens Bein und zerriss den linken Overknee-Stiefel. Der Transvestit ging in die Knie und wimmerte. „Du hast mich verletzt, du hast mich verletzt!"

„Blödsinn", sagte Marie trocken. „Du hast noch eine Chance. Das nächste Mal mache ich ernst."

Carmen kramte mit zitternden Fingern einen Schlüssel aus ihrem paillettenbesetzten Bauchtäschchen. Sie heulte. Die Tränen ließen das Make up zu einer indifferenten schwarz-rot-blauen Schmiere zerfließen.

„Brave Carmen", lobte Marie. „Los jetzt, rein da."

Der Transvestit steckte zitternd den Schlüssel ins Schloss. Böttcher riss die Tür auf. Marie stieß den Transvestiten hinein, der unsanft auf dem Fußboden neben dem Stahlbett landete.

Der Raum war leer. Keine Valerie. Als der Transvestit sich aufrichtete, hatte er Blut an Händen und Beinen. Er war in einer großen Blutlache gelandet. Einer Blutlache, die, sollte sie von einem

Menschen stammen, keine günstige Prognose über dessen gesundheitlichen Zustand zuließ.

„Verdammte Scheiße, sie haben sie umgebracht", schrie Böttcher außer sich und stürzte sich auf den Transvestiten.

Der versuchte, sich unter dem Stahlbett zu verstecken. Marie zog an seinen Haaren und hatte eine rote Perücke in der Hand.

„Na da brat mir einer einen Storch", bemerkte sie flapsig. Böttcher schaute sie ungläubig an. „Wenn das mal nicht der selten dämliche Bernd Dellmann ist", fuhr Marie fort. „Du kamst mir gleich so bekannt vor, dich kenn ich doch noch von früher. Du warst schon immer blöder, als die Polizei erlaubt. Du blödes Arschloch spielst hier die Haus-Trans? Wir nennen uns jetzt Carmen, ole? Und lassen uns reiten und peitschen von tollen Toreros, du dumme Sau? Was da wohl deine Banker-Kollegen zu sagen, na was meinst du? Wo ist Valerie?!"

„Sie haben sie weggebracht", wimmerte der Transvestit, der sich als Megans notorisch erfolgloser Bruder entpuppt hatte. „Sie lebt, ich schwör es, sie lebt!"

„Wo ist sie?!"

Der Transvestit hielt schützend den rechten Arm vor sein Gesicht.

„Sie bringen sie zum Schrebergarten!"

Bernd Dellmann, hauptberuflich Banker und im Nebenberuf Transvestit im Colosseum, ließ vor Angst sein Pipi laufen. Marie drehte ihm den rechten Arm auf den Rücken und drückte sein Gesicht in die Lache mit Pisse. Böttcher schaute in eine andere Richtung, machte pfeifend einen Rundgang durch den Raum und inspizierte die Kameras. „Wirklich schade, dass die Dinger außer Betrieb sind", sagte er beiläufig. „Wäre doch wirklich gut, wenn sie Beweise liefern könnten."

„Tja, die zweifelhaften Segnungen der Technik", sagte Marie. „Funktioniert eben nicht immer. Ich denke, wir sollten diesen Zeugen respektive Tatverdächtigen hier festnehmen." Zackzack hatte sie die rechte Hand des Transvestiten in der Handschelle befestigt, die zuvor Valerie zum Verhängnis geworden war. „Wir lassen dich hier vermodern, Dellmann", sagte sie voller Genugtuung. „Deine Geschäftspartnerinnen werden wir heute noch einbuchten, und du bleibst hier, bist dein Leichengestank durch die Stahltür dringt."

Der enttarnte Transvestit heulte und schrie.

„Wir müssen zum Duvenstedter Brook", sagte Böttcher. „Dort haben sie auch Abendroth hingebracht. Ich hoffe, die angeforderten Kollegen kommen bald."

„Ich kann Ihnen den Weg beschreiben", bot Marie an. „Sie fahren mit Ihren Kollegen dorthin, ich werde noch ein wenig mit der Chefin hier plaudern."

Böttcher stürmten zum Ausgang des Colosseums. Dort kam ihm Quantico mit einer Truppe Kollegen entgegen, der mit einem Durchsuchungsbeschluss wedelte und die Türsteher beiseite schob.

„Gut dass ihr da seid, Kollegen", rief Böttcher. „Fordert nochmals Verstärkung an, die sollen den Laden auseinander nehmen. Wir müssen zum Duvenstedter Brook. Wir brauchen eine Hundestaffel. Fahrt hinter uns her!"

Er rannte zu seinem Wagen. Es war sechs Uhr und der Morgen längst angebrochen. Derangierte Nachtschwärmer, betrunken und mit zerlaufenem Make up, verließen in Scharen das Colosseum. Taxis warteten auf Fahrgäste und starteten kreuz und quer und wild hupend, um ihre Fracht heim ins bürgerliche Leben zu transportieren.

Kaum saß Böttcher in seinem Auto, meldete der Polizeifunk eine weitere Leiche.

„Weibliche Tote im Stadtpark. Wahrscheinlich Gewaltdelikt."

Böttcher hieb auf das Lenkrad und fluchte. „Es handelt sich offensichtlich um die 23jährige Prostituierte Jennifer Juniper", berichtete der Kollege vom Borgweg.

„Eine der drei Money Doms", murmelte Böttcher.

Doch dann stutzte er. „Aber die war doch mit den anderen beiden unterwegs – wer konnte die denn umbringen?"

Dann meldete sich wieder der Kollege über den Polizeifunk. „Hallo Böttcher, Drewes sagt, Forsmann soll zum Stadtpark fahren. Du fährst zum Brook. Beeilt euch. Sengelmann und die KTU sind schon vor Ort. Sie haben einen Friedhof gefunden. So was haben wir noch nicht erlebt."

Kriminalhauptkommissar Böttcher bekam eiskalte Hände und riesige Schwitzflecken auf dem Hemd. Obwohl er nicht gläubig war, betete er innerlich für Valerie. Und gelobte alttestamentarische Rache für jedes einzelne Härchen, das man ihr gekrümmt hatte.

Die Fahrt zum Brook
Colosseum, Freitagmorgen

Valerie kam zu sich, weil jemand sie anbrüllte. „Wach auf, verdammt", schrie eine dunkel gewandete Gestalt. Es war Dolores, schwarze Herrin der Schmerzen. Neben ihr stand Samantha, weiße Herrin der Spritzen.

Die Schwarze zerrte Valerie aus dem Kofferraum, fasste sie unter die Arme, knallte den Kofferraumdeckel zu und legte Valerie darauf. Dann schlug sie ihr ein paar Mal ins Gesicht, um sie ins Bewusstsein zurückzuholen.

„Hol deinen Koffer!" befahl sie der Krankenschwester. Valerie war noch völlig benommen, in ihrem Körper schmerzte jede einzelne Faser. „Wir müssen sie verarzten", sagte die Schwarze. „Wenn sie stirbt, sind wir dran. Das lassen sich die Bullen nicht gefallen, dann gibt es Krieg. Dann machen die keine Gefangenen. Das überleben wir nicht. Wenn ich Carmen erwische, den Idioten, schneide ich ihm seine Eier ab. Braucht er eh nicht."

Die Krankenschwester verzog verächtlich das Gesicht. „Mit der Kriminaler-Tussi haben wir nichts zu tun. Die können sie uns nicht in die Schuhe schieben. Wir haben sie nicht im roten Keller versteckt. Wir haben sie dort rausgeholt. Und mit dem Reeder haben wir auch nichts zu tun."

„Sei nicht naiv", entgegnete die Schwarze heftig. „Auf unserem Grundstück finden sie drei Leichen. Wie hoch ist deiner Einschätzung nach die Wahrscheinlichkeit, dass sie uns für unschuldig halten?"

Die Krankenschwester zog zwei Spritzen auf. „Was gibst du ihr?" fragte die Schwarze. „Adrenalin und Procain", antwortete die Krankenschwester. „Und ich mache einen Verband um die Handgelenke." Sie setzte Valerie eine Flasche an den Mund und befahl: „Trink!"

Allmählich kam Valerie zu sich. Ihr Mund und ihre Handgelenke brannten. Sie erinnerte sich vage an die vergangenen Stunden. Was hatte sie in dem SM-Club gemacht? Warum war sie in den Keller des Colosseums gegangen? Richtig – sie hatte gemeinsam mit Böttcher nach den Money Doms gesucht. Carmen, der Transvestit, hatte sie im roten Folterkeller eingeschlossen. Hatte sie mit Handschellen an dieses fürchterliche Folterbett gefesselt. Sie hatte geblutet und war bewusstlos geworden. Schließlich hatten die beiden

Frauen hier sie wohl befreit. Und so, wie die Damen kostümiert waren, handelte es sich um Dominas. Waren dies die geheimnisvollen Money Doms, von denen die Russen gesprochen hatten? Valerie versuchte krampfhaft, sich an Details zu erinnern. Sie trank gierig aus der Wasserflasche, welche die Krankenschwester ihr gereicht hatte. Ihr Kreislauf stabilisierte sich allmählich. Jetzt zahlte sich das jahrelange harte Training aus, das ihren Körper zu einer gut laufenden, zuverlässigen Maschine gemacht hatte. Sie hatte schon einige Verletzungen wegstecken müssen, die ähnlich schlimm gewesen waren. Doch noch nie war sie bewusst gefoltert worden. Valerie merkte, dass die Stunden im roten Keller auch ihre Psyche angegriffen hatten. Allmählich wich die Angst und die Wut kehrte zurück. „Was habt ihr vor?" brüllte die Kommissarin. „Wo sind die drei verschwundenen Männer, die ihr abgezockt habt?"

„Halt die Klappe!" befahl die Schwarze. „Denen kannst du nicht mehr helfen. Die haben bekommen, was sie wollten."

„Und wo ist Abendroth? Was habt ihr mit dem gemacht?"

„Ende der Debatte!" Die Schwarze näherte sich drohend. „Du hältst jetzt die Klappe und wir machen uns vom Acker. Wir haben noch viel vor."

Sie führten Valerie zu einem Baum, der einige Meter zurückgesetzt von der Straße stand. Sie drückten sie zu Boden und fesselten sie an den Baum.

In diesem Moment schoss ein Sportwagen mit hoher Geschwindigkeit an ihnen vorbei. Valerie meinte, erkennen zu können, dass drei Frauen in dem Flitzer saßen.

„Wir müssen abhauen", sagte die Schwarze.

Dann klingelte ihr Handy.

„Wir müssen zum Stadtpark", sagte sie wutschnaubend. „Jennifer ist abgehauen. Jetzt sitzt sie dort und flennt."

„Verdammte Scheiße", zischte die Krankenschwester.

Sie stiegen in die Limousine. Am Stadtpark stellten sie das Auto auf dem Parkplatz des Landgasthauses ab und stürmten zu dem Wacholder, unter dem Jennifer so gerne gesessen hatte.

Sie sahen sie schon von weitem. Sie regte sich nicht, sondern hing merkwürdig verdreht auf der Bank, nicht weit vom See entfernt. „Oh mein Gott, er hat sie umgebracht!"

Schreiend lief die Krankenschwester zu der Bank, die Schwarze hetzte hinter ihr her.

„Jennifer Juniper, sie nannte sich nach dem Wacholderbaum", stammelte die Krankenschwester. „Lebensbaum und Todesbaum. Sie war so voll Leben."

„Jemand hat sie hierher geschleift. Sie scheint vergewaltigt worden zu sein", stellte die Schwarze fest. „Selbst schuld, wäre sie bei Hendrik geblieben, wäre ihr nichts passiert."

Die Krankenschwester heulte.

„Komm jetzt, wir können ihr nicht mehr helfen. Wir müssen uns um Hendrik kümmern. Damit der uns nicht auch noch über den Jordan geht, der Dummkopf."

Sie rannten zurück zu der Limousine. Als sie losfuhren, bemerkten sie zwei Männer, die ebenfalls zum Parkplatz liefen. „Mach schon, beeil dich!" schrie die Schwarze. Sie startete den Motor und fuhr mit einem Kavaliersstart los, der schwarze Reifenspuren auf dem Parkplatz hinterließ.

Die zwei Typen verfolgten sie in einem Porsche. Die Krankenschwester hing lethargisch im Beifahrersitz. Die Schwarze drückte das Gaspedal durch. Sie bretterten mit viel zu hoher Geschwindigkeit durch den anbrechenden Morgen. Die Schwarze bog in eine Seitenstraße ein und bemerkte eine offene Garage. Vorsichtig fuhr sie in die Garage und hoffte inständig, dass die beiden Männer im Porsche auf der Landstraße einfach weiter geradeaus fahren würden.

Sie hatten Glück. Ihre Verfolger waren verschwunden. Doch im Brook erwartete sie deutlich Schlimmeres Ungemach. Und das von einer Seite, mit der sie nie gerechnet hätten.

Das Gericht
Schrebergarten im Duvenstedter Brook, Freitagmorgen

Hendrik Abendroth hatte die Toilette aus dem Baumarkt aufgebaut. Es war ihm tatsächlich gelungen, trotz einer anatomischen Besonderheit, mit der er gerne kokettierte und die er „meine zwei linken Hände" nannte, diese etwa zwei Meter hohe, quadratische Box aus Kiefernholz zusammen zu nageln. Er hatte es geschafft, dabei nicht in die von ihm eigenhändig ausgehobene Fäkalien-Grube zu fallen. Er hatte geschwitzt, wie üblich mit seinem Schicksal gehadert und seine sexuellen Gelüste verflucht, die ihn in diese prekäre Situation gebracht hatten.

Jetzt saß er schon geraume Zeit auf dem Holzsitz des Abtritts. Wie lange, konnte er nicht abschätzen. Zwischendurch war er immer wieder eingeschlafen. Er wollte einfach nur seine Ruhe haben. Sein Hintern und seine besten Teile hingen über dem runden Loch. Er hatte diese rudimentäre Einrichtung einweihen dürfen, das hatten ihm die drei Megären erlaubt. Er hatte unendlich erleichtert in die von ihm selbst ausgehobene Grube gepinkelt. Der Strahl hatte gezischt und war dann in knapp zwei Meter Tiefe auf die satte, braune Erde geplatscht. Ihm war schwindlig.

Die Schwarze und die Schwester waren abgedüst. Hatten das Schulmädchen als Aufpasserin dagelassen. Immer wieder hatte er versucht, mit der Girlie-Domina Kontakt aufzunehmen. Hatte gesäuselt und Komplimente gemacht. Das konnte er noch in den widrigsten Situationen, da war er Profi. Doch sie hatte nicht reagiert, hatte die ganze Zeit telefoniert. Ihn ignoriert. Immer noch besser als weitere Schikanen. Schließlich kam eine Limousine angefahren. Das Girlie stiefelte zu ihm in die Toilette, fesselte ihn mit Handschellen an den Riegel der Klotür, stieg in das Auto, das mit laufendem Motor wartete, und düste davon.

So eine Scheiße. Wieder keine Chance, zu entkommen. Hendrik spickte durch die Ritzen der Kiefernbohlen. Was hatten sie mit ihm vor? Er wollte einfach nicht glauben, dass Lady Marylou hinter der ganzen Geschichte steckte. Gut, sie hatte ihm von den Money Doms erzählt und von den enormen Gewinnchancen, die diese neue Spielart der SM-Szene versprach. Doch sie hatte auch zu bedenken gegeben, dass diese Money Doms, die als erste den Trend aufgegriffen und sich bereits eine zahlungswillige und vor allem zahlungsfähige Kundschaft akquiriert hatten, knallhart waren. Wie hart, das spürte er gerade am eigenen Leib. Hendrik war sicher, dass diese merkwürdigen Damen äußerst gefährlich waren. Ihren Kunden vielleicht sogar nach dem Leben trachteten. Doch es gab Grund zur Hoffnung. Er war willfährig gewesen, hatte die Befehle der drei prompt ausgeführt und sich gedanklich eine Perspektive erarbeitet. Wenn dieser arrogante Schnösel Harksen nicht als Teilhaber ins Colosseum einsteigen wollte, musste er sich eben etwas anderes überlegen. Tatsache war, dass der Club designtechnisch nicht auf dem aktuellsten Stand war. Die Konkurrenz schläft nicht, dachte Hendrik. Wir müssen den Kunden etwas bieten. Die Damen der Gesellschaft lasen Shades of Grey – wenn sie schon nicht einen Typen wie diesen Klein-Mädchen-Traum Christian Grey haben konnten, wollten sie wenigstens ein Ambiente wie in einem Milliardärs-Loft. Oder das, was Hollywood als solchen präsentiert hatte. Und das Colosseum war ja wohl ausstattungstechnisch nicht der Burner, da war noch Luft nach oben. Die er, mit den nötigen Mitteln und einem spezialisierten Architekten, durchaus füllen konnte.

Hendrik schüttelte seinen Schwanz ab und zog mit der linken Hand die Jeans hoch, die sie ihm „geliehen" hatten, weil seine eigenen Klamotten durch den Müllsack ruiniert worden waren. Sie hatten sich über sein stinkendes Outfit mokiert, das sie selbst verdreckt hatten – ein weiterer Teil der langen Reihe von Demütigungen, mit denen sie ihn quälten.

Jetzt hieß es einfach abwarten. Die Schmerzmittel, die sie ihm verabreicht hatten, vernebelten immer noch seine Sinne. Doch immerhin sah er vor seinem inneren Auge, dass er, Hendrik Abendroth, sich das ganze Theater hier nicht ohne Revanche gefallen lassen würde. Nein, da war er nachtragend wie ein Elefant. Wenn er schon als Versuchskaninchen für derartige perverse Machenschaften dienen musste, gequält und unter Drogen gesetzt wurde, so würde er doch auf alle Fälle auch von diesem Erlebnis profitieren wollen. Es konnte nicht sein, dass drei Damen aus dem Horizontalgewerbe mit dieser Art von Dienstleistung den großen Reibach machten. Er hatte Verbündete, mächtige Verbündete. Und die würden den drei Nutten schon Mores lehren. Ganz sicher.

Da rollte wieder leise ein Auto auf das Grundstück. Er wagte kaum zu atmen. Die Erfahrung des heutigen Tages hatte ihn gelehrt, dass Überraschungen selten erfreulicher Natur waren. Vielleicht kamen die beiden anderen zurück. Jetzt hieß es, möglichst unauffällig zu bleiben. Es würde sich sicherlich irgendwann eine Gelegenheit bieten, dass er von hier verschwinden konnte. Es war nicht der Mercedes, sondern ein Sportwagen. Sah aus wie ein AMG GT von Mercedes. Vielleicht konnten ihm ja die Besucher zur Flucht verhelfen. Aus einer schlechten Musikanlage in der Hütte schallte „Call me" mit Blondie herüber, der Hit aus dem Soundtrack des Films „Ein Mann für gewisse Stunden". Das war er wohl kaum. Jedenfalls nicht im Moment. Er war entführt worden und wurde wie ein Loser behandelt. Doch bald würde er wieder Oberwasser haben, da war Hendrik ganz sicher.

Sein Mund stand halb offen. Speichel tropfte herunter. Er sabberte vor Angst, Anstrengung und Erwartung. Schärfte alle Sinne. Hörte Vögel zwitschern.

Der Automotor und das Lachen verstummten. Die Musik dudelte weiter. Hendrik hörte Stimmen. Frauenstimmen. Er versuchte, durch die Ritzen der Holzlatten etwas zu erkennen. Vergeblich. Vor seinen Augen tanzten bunte Kreise. Er öffnete die Tür des Klohäuschens einen Spalt. Die Hitze des gestrigen Tages war dank des nächtlichen Gewitters einem lauen Lüftchen gewichen. Hendrik atmete tief durch.

Einige Meter entfernt standen drei mit Kutten vermummte Gestalten. Sie sahen aus wie Vertreter des Ku Klux Klans. Sie hatten brennende Fackeln in der Hand. So ähnlich hatte er sie auf Fotos in Zeitschriften gesehen. Oder wie Scharfrichter, die man aus historischen Filmen kannte, schwere Männer in Kutten mit Kapuzen, die mit dicken, muskelbepackten Oberarmen Beile schwangen. Mörder, deren boshafte Augen durch Gucklöcher stierten. Den verurteilten Delinquenten musterten, auf dessen Hals gleich ihr Beil herabsausen würde. Und dann triumphierend ihre Blicke reihum über das das Publikum streifen ließen.

Hendriks Herz raste.

Doch die Scharfrichter blickten nicht in seine Richtung.

Die Schwarze und die Schwester waren zurückgekommen, knieten einige Meter entfernt, die Köpfe gebeugt. Die Hände im Nacken verschränkt.

Sie zitterten vor Angst.

Eine der Kapuzen-Gestalten zog ein DIN-A4-Blatt aus ihrer Kutte. Auf der Rückseite war in dickem schwarzem Strich die Triskele aufgemalt. Das Zeichen der SM-Szene. Das in Neonröhren über dem Colosseum leuchtete.

Ein Menetekel.

Hendriks Magen zog sich zusammen. Was war hier los? Hatten die Money Doms Konkurrenz bekommen?

Die mittlere Gestalt, an deren rechtem Ringfinger ein riesiger Diamant blitzte, zog unter ihrer Kutte einen schwarz glänzenden Gegenstand hervor.

Hendriks Magen verkrampfte sich stärker.

Es war eine Pistole.

Die Hand mit dem glitzernden Diamanten richtete die Waffe auf die kauernden Dominas.

Tränen und Schweiß tropften auf den ausgedörrten Boden. Die Schwester fiel vornüber. Sie schluchzte auf.

„Klappe" schrie die Gestalt mit der Pistole und fuchtelte mit ihr herum.

„Ihr werdet hier sterben!" brüllte die linke. Sie hatte einen theatralischen Zungenschlag, rollte das R wie eine Schauspielerin.

Natürlich. Die Künstlerin. Tissa. Und die andere kannte er auch. Alexa.

Hendrik wartete darauf, dass auch die dritte etwas sagen würde. Megan, seine Frau.

Die Erinnyen. So hatte sein Freund Bernd Dellmann seine Schwester und deren Freundinnen genannt. Die Schwester, mit der er, Hendrik, verheiratet war.

Die Erinnyen. Die den armen Bernd, der einige Jahre jünger war als sie, schon als Kinder mehrfach verprügelten, wenn er mal wieder Blödsinn angestellt hatte.

Er starrte ungläubig auf die makabre Szene. Seine Gefühle schwankten zwischen Angst und Schadenfreude.

Doch er ahnte, dass es keinen Grund zur Freude gab.

Sie waren den Money Doms auf die Schliche gekommen. Und hatten wohl beschlossen, mal richtig aufzuräumen. So wie er Alexa einschätzte, würde sie keine Gefangenen machen. Sie würde es irgendwie hindeichseln, dass am Ende die Dominas tot waren. Und eventuelle Zeugen auch. Und sie selbst würde samt ihrer Entourage fröhlich pfeifend davonspazieren. Inklusive seiner liebenden Gattin, die jetzt die einmalige Gelegenheit hatte, sich an ihm zu rächen.

Alexa hatte schon einiges auf dem Kerbholz. Sie hatte als Elfjährige einen Bankdirektor in den Selbstmord getrieben. Das war erst der Anfang ihrer Karriere. Sie war aggressiv und gefährlich wie eine Tigerotter.

Hendrik beschloss, keinen Mucks von sich zu geben. So viel hatte er schon überstanden, jetzt hieß es durchhalten und später abhauen.

Der Schuss knallte ohrenbetäubend. Hendrik hielt sich die Hände vor den Mund, um nicht zu schreien. Die Schwarze jaulte auf und betrachtete ungläubig ihre rechte Hand, von der Blut auf den Boden tropfte. Die Krankenschwester schrie in Panik.

Alexas Hand mit der Pistole sank herunter. Megan und Tissa scharrten mit ihren teuren Pumps auf dem feuchten Boden. Hendrik fühlte Genugtuung. Dies war eine attische Tragödie. Erinnyen, Rachegöttinnen waren erschienen.

Das Gehirn war doch ein merkwürdiges Organ. Trotz Drogen und Schmerzen erinnerte er sich an diesen wenig erbaulichen Teil der griechischen Mythologie, der von drei schlangenköpfigen Ungeheuern handelte, die Respektlosigkeit, Ungerechtigkeit und Arroganz verfolgen sollten.

Recht so, dachte er.

„Ihr seid schuldig."

Die heisere Stimme, die Hendrik gut kannte, bellte das Urteil.

„Schuldig!"

„Schuldig!" „Schuldig!" wiederholten die beiden anderen.

Alekto, Megaera und Tisiphone. Erinnyen. Nachtgeschöpfe. Alptraumwesen.

„Ihr nehmt Geld, das euch nicht gehört", bellte die allzu bekannte, heisere Stimme. „Ihr lebt von Lügen und Betrug."

Lügen und Betrug. Lügen und Betrug. Ein Echo hallte in Hendriks Kopf. Lügen und Betrug. Alekto, Megaera und Tisiphone.

„Bekennt ihr euch schuldig?"

Die beiden Frauen am Boden waren erstarrt. Die Schultern der Schwester zuckten. Rotz und Tränen troffen aus ihrem Gesicht.

Die Schwarze hielt sich mit der linken die blutende rechte Hand und beobachtete totenblass das stete rote Rinnsal, das auf die Erde tropfte.

Hendrik schleckte seine geschwollenen Lippen. Immer noch hatte er tierischen Durst. Sein Herz klopfte so laut, dass er fürchtete, die drei Erinnyen würde es hören.

Blödsinn, sagte er leise zu sich selbst.

Dann machte er einen entscheidenden Fehler.

Er musste niesen.

Fünf Frauen blickten zum Klohäuschen.

Alexa stapfte heran, riss die Tür auf und sagt grinsend: „Na sieh mal einer an."

Megan schrie: „Hendrik!"

Tissa warf theatralisch ihre Arme in die Luft und rief: „Mon Dieu!"

„Macht die Handschellen ab!" befahl Alexa.

Die Schwester erhob sich, wankte zum Klohäuschen und öffnete mit einem Ruck die Handschellen. „Die Dinger sind Fake, man braucht keinen Schlüssel", sagte sie.

Hendrik jaulte vor Wut.

„Komm raus, du Pfeife" forderte ihn Alexa auf.

„Er wollte das!" heulte die Schwarze. „Wir haben einen Deal!"

„Blödsinn!" brüllte Hendrik. „Von dieser ganzen Scheiße hier war überhaupt nie die Rede!"

Megan starrte ihn ungläubig an. Mit wutverzerrtem Gesicht kam Hendriks Gattin auf ihn zu.

„Gib mir dein Handy", sagte sie tonlos.

Hendrik bekam Oberwasser. „Warum?" fragte er grinsend.

Alexa rauschte heran. Sie schlug ihm mit der Pistole ins Gesicht. Hendrik purzelte jaulend aus dem Klohäuschen.

Megan durchsuchte seine Taschen. Sie schnappte das Handy und befahl: „Gib den PIN ein!"

„Ich denke nicht dran", schnaubte Hendrik und wischte sich das Blut aus dem Gesicht.

„Gib den PIN ein", wiederholte Alexa und zielte auf ihn.

Hendrik tippte. Megan riss ihm das Handy aus der Hand. Sie fand sofort, was sie suchte. Die SMS mit der Geldforderung.

„Er hat die Entführung vorgetäuscht", sagte sie trocken. „Was machen wir mit ihm?"

„Wir spielen mit", entgegnete Alexa grinsend. „Er wollte entführt und gequält werden. Du, Schwesterherz, bindest ihn dort hinten an die Buche. Mit einem richtig schönen SM-Knoten – das könnt ihr doch gut, oder? Dort soll er eine Weile schmoren. Da findet ihn so schnell keiner."

„Und was machen wir mit den beiden Schlampen?" fragte Tissa.

„Wir übergeben sie der Polizei, was sonst", bellte Alexa.

„Aber nicht gleich. Sie sollen hier erst noch ein bisschen arbeiten."

Megan, Hendriks zarte Megan, hob den Strick auf, mit dem der Karton des Klohäuschens umwickelt gewesen war und den er achtlos neben sein Bauwerk geworfen hatte. Sie fesselte zuerst die Schwarze, die jammerte und auf die Blutlache schaute, die sich unter ihr gebildet hatte. Tissa führte Hendrik und die Schwester zu einer Buche, während Alexa neben ihnen her stapfte und sie mit der Pistole in Schach hielt.

„Mach richtige Knoten!" herrschte sie die Schwester an. „Das kannst du doch genau so gut wie Spritzen setzen, nicht wahr?"

„Mach richtige Knoten!" rief die Schwarze ihrer Kollegin von weitem zu. Die Schwester fesselte Hendrik an die Buche. Der hatte sich schon fast wieder in sein Schicksal ergeben. Sie ließen ihn allein unter der Buche hocken und kehrten zu der Schwarzen zurück.

„Wo ist euer Wagen?" herrschte Alexa sie an.

„Dort drüben", antwortete die Schwarze mit rauer Stimme. Dann fiel sie um wie ein Sack.

„Wir bringen euch dahin, wo ihr hingehört. Ich werde dafür sorgen, dass ihr bis ans Ende eurer Tage eingebuchtet werdet, ihr Miststücke!" Alexa war in Fahrt. Sie zerrte die Domina zu dem Mercedes, der hinter der Blockhütte abgestellt war.

„Abmarsch!" befahl sie den Freundinnen.

Megan und Tissa schoben die Schwester zu dem Auto.

„Schlüssel!", bellte Alexa.

Die Schwester klaubte zitternd den Autoschlüssel aus ihrem Umhängetäschchen.

Sie stießen die beiden gefesselten Dominas in den Wagen.

Alexa richtete den Schlüssel auf das Fahrzeug. Es klickte.

„Wir kümmern uns später um die. Jetzt fahren wir zurück, Lagebesprechung mit Marie und Lady Marylou." Sie stiegen in Alexas Wagen und starteten Richtung Poppenbüttel.

Nur wenige Minuten später hielt ein schwarzer Geländewagen neben dem Mercedes, in dem die beiden Dominas eingeschlossen waren. Der Fahrer und sein Begleiter stiegen aus. Sie zogen ihre Waffen und schossen durch die Scheiben des Mercedes. Einer der beiden öffnete die Fahrertür und stieg ein. Der Mercedes fuhr auf einen Waldweg, der Geländewagen Richtung Innenstadt.

Der Unfall
Duvenstedter Brook, Freitagmorgen

Hendrik wachte auf. Sie hatten ihn an den Baum gefesselt. Er war wohl wieder ohnmächtig geworden. Seine Peinigerinnen waren ebenso verschwunden wie die anderen drei, seine Gattin und deren Freundinnen. Er, Hendrik Abendroth, der immer einen Schlag bei Frauen gehabt hatte, war aufs Übelste gebeutelt worden vom vermeintlich schwachen Geschlecht. Was für eine Blamage!

Prinzipiell hatte er nichts gegen Bondage, gegen das Fesseln und Verschnüren beim Liebesspiel. Er hatte sich schon häufig fesseln lassen – am liebsten von Lady Marylou. Die Chefin des Colosseums hatte ein Faible für Japan und beherrschte sogar spezielle japanische Fesselungstechniken. Von ihr ließ er sich in Bodybags einpacken, hautenge Anzüge aus Latex oder Neopren, in denen man sich ohne fremde Hilfe nicht bewegen konnte. Oder sie verschnürte ihn mittels der Shibari-Technik so kunstvoll, dass er wie ein edel verpacktes Geschenk wirkte – sein Körper umwickelt mit verknoteten, geölten Seilen. So hing er dann geraume Zeit an der Decke eines Käfigs in einem der Spielzimmer. Er fand diese Bezeichnung äußerst passend – es war doch alles nur ein Spiel, oder?

Doch seine heutigen Gespielinnen hatten eindeutig gegen sämtliche Regeln verstoßen, beginnend mit dem widerlichen Sack, dann die Verletzungen und der Zwang, gegen seinen Willen auf dem Schrebergartengrundstück zu bleiben. Und dann die anderen drei! Diese Gerichts-Nummer! Ein Feme-Gericht! Was bildeten die drei High Society-Schnepfen, seine Gattin inklusive, sich eigentlich ein! Schwangen sich auf zu moralischen Instanzen, Pharisäer, alle miteinander!

Wer diese Dominas auch waren – sie hatten ihn, den bewusstlosen Sklaven, gefesselt und hilflos allein zurückgelassen. Das war alles gar nicht safe, sane und consensual, verdammt! Hendrik schniefte. Selbstmitleid trieb ihm wieder Tränen in die Augen.

Er hörte Schritte. Überlegte, ob er um Hilfe rufen oder besser ruhig bleiben sollte, um seine Peinigerinnen nicht zu verärgern, falls sie zurückkehrten. Vielleicht waren Stille und Demut seine letzte Chance, dass sie ihn ohne weitere Quälereien aus diesem Alptraum entließen.

Er sah eine Gestalt, die vorsichtig und dennoch zielgerichtet durch den aufgeweichten Boden stapfte. Es war eine Frau. Sie war nicht besonders groß und war leger, aber edel gekleidet. Es war keine seiner Peinigerinnen. Und keine von den anderen drei. Er erkannte sie sofort.

Ich bin gerettet, dachte Hendrik. Sie kann mich zwar nicht leiden, aber sie wird mich sicher losbinden, sie kann doch nicht zulassen, dass ich hier vermodere!

Die Frau kam auf ihn zu. Sie kniete sich auf den Boden neben den Gefesselten und sagte: „Hendrik, Hendrik, mir graut vor dir."

Hendrik blökte: „Faust erster Teil, ich hab es begriffen! Sind Sie nun zufrieden, Gnädigste?"

„Nein, Hendrik, das bin ich nicht. Was ist nur aus dir geworden." Traurig schüttelte sie den Kopf. „Was hätte aus dir alles werden können! Wenn nur du und dein Freund Bernd Dellmann nicht so blöde und gierig gewesen wärt!"

„Ja, ja, wer fällt, den soll man stoßen, das Zitat von Nietzsche gefällt Ihnen doch bestimmt auch sehr gut, oder? Jetzt haben Sie Oberwasser, jetzt haben Sie richtig gute Gründe, um auf mir und Bernd rumzutrampeln."

Hendrik schniefte und wünschte, er könnte sich den Rotz abwischen.

„Es heißt, was fällt, das soll man auch noch stoßen, Hendrik. Lass Nietzsche in Ruhe, den begreifst du sowieso nicht."

Sie klang genervt.

Hendrik beschloss, nichts mehr zu sagen. Immer noch hoffte er, dass die Frau ihn losbinden würde. Tatsächlich machte sie sich mit ihren sorgfältig manikürten, rosa lackierten Fingernägeln an den Knoten zu schaffen. Er konnte ihr dezentes Parfüm riechen, ein frischer, sommerlicher Zitrusduft mit einem Hauch von Bergamotte.

Sie presste die Lippen zusammen. Und Hendrik konnte ihre Verachtung spüren. Ihre herablassende Art hatte ihn schon immer auf die Palme gebracht. Doch die Gelegenheit für eine Revanche würde sich vielleicht zu einem anderen Zeitpunkt ergeben. Jetzt wollte er nur hier weg, weg von diesem schrecklichen Ort, wo er die schlimmsten Schmerzen und Demütigungen seines bisherigen Lebens hatte erdulden müssen. Und so, wie es aussah, war sie vorläufig seine einzige Chance, diesem Alptraum zu entfliehen.

Die Frau nestelte weiter an den Lederschnüren herum, die um seinen Oberkörper und Hals geschlungen und am Baum festgezurrt waren. Doch je mehr die Frau an ihnen zog, desto fester schienen sie sich zusammen zu ziehen. Das durfte doch nicht wahr sein! Die Schnüre schnitten ihm die Luft ab. Als er realisierte, dass sie sich immer enger zusammenzogen, statt lockerer zu werden, war es schon zu spät. „Aufhören, bitte hören Sie auf!" schrie er. Die Frau hatte keine Chance. Das Verhängnis nahm seinen Lauf. Die Knoten waren trickreich so in einander verschlungen, dass sie sich ständig enger zusammenzogen.

Entsetzen schnürte Hendrik zusätzlich den Atem ab. Er schnappte nach Luft. Der Sauerstoff ging ihm aus. Seine Stimme war nur noch ein Krächzen. „Aufhören, bitte, lassen Sie doch los!"

Sie blickte entgeistert in sein schmerzverzerrtes Gesicht mit den hervorquellenden Augen. Er zappelte wie ein Fisch auf dem Trockenen. „Oh Gott, hilf mir", stöhnte sie. „Oh mein Gott, ich schwöre, ich wollte ihm helfen, oh mein Gott!"

Es war zu spät. Die verknoteten Seile hatten sich so eng um Hendricks Hals gelegt, dass sie mit purer Kraft der Hände nicht mehr gelöst werden konnten. Sein Gesicht lief burgunderrot an, dann wechselte die Farbe zu einem dunklen Violett. Weißer Schaum mit roten Punkten trat aus seinem Mund. Sein ansprechendes, etwas weichliches Gesicht verwandelte sich in eine schreckliche Fratze.

„Und die Hälse schnüren zu, schnüren", stammelte die Frau zitternd, als könnte sie mit dem Zitat aus einer Mozart-Oper dem Geschehen seinen Schrecken nehmen, ihn zu einer künstlerischen Vorführung ummodeln.

„Sie bringt mich um", dachte Hendrik. „Und dabei macht sie sich noch über mich lustig." Schließlich wurde er kalkweiß. Er strampelte und zuckte noch einige Male. Wurde bewusstlos. Sein schlanker Körper bäumte sich ein letztes Mal auf.

Eine Woge der Lust überrollte ihn. Sein Schwanz schwoll an zu einer grandiosen Erektion und entlud einen Schwall Sperma. Inmitten der Ekstase hörte sein Herz auf zu schlagen.

Die Frau schluchzte und wurde von Krämpfen geschüttelt. Hendrik Abendroth, noch vor wenigen Stunden ein zwar nicht überall respektierter Zeitgenosse, doch immerhin ein Vertreter des Hamburger Bürgertums, starrte sie mit toten, blutunterlaufenen Augen an.

Alle Kraft war aus ihr gewichen. Sie stützte sich mit der rechten Hand auf dem Boden auf und versuchte, sich mit der linken an den Seilen emporzuziehen, die Hendrik auf so grausame Weise vom Leben zum Tod befördert hatten. Dann meldete sich ihr Selbsterhaltungstrieb. Wer konnte eine dermaßen perfide Vorrichtung zur Strangulation anbringen? Das mussten Profis gewesen sein. Wahrscheinlich aus dem Colosseum. Oder irgendwelche Gangster?

Aber sie hatte an den Schnüren zuletzt gezerrt – man würde sie womöglich verdächtigen, mit der Sache etwas zu tun zu haben! Es war weithin bekannt, dass sie Hendrik Abendroth verachtete. Sie musste alle Spuren vernichten, die auf sie hindeuten konnten. Die Fußabdrücke und Reifenspuren.

Sie ging zurück zu ihrem Wagen, den sie am Rande der Schrebergartenkolonie abgestellt hatte. Aus dem Kofferraum holte sie alte Herren-Golfschuhe. Weinend zog sie die Golfschuhe an, machte sich zurück auf den Weg zur Leiche Hendrik Abendroths und trat in jeden ihrer Fußbrücke, den sie beim ersten Mal hinterlassen hatte.

Etwa auf der Hälfte des Weges hörte sie den Motor eines herannahenden Autos röhren. Es stoppte mit quietschenden Reifen und Frauenstimmen drangen zu ihr durch die klare Luft des frühen Sommermorgens.

„Sie werden mich auch töten", dachte sie. „Ich bin eine Zeugin, ich habe keine Chance, zu entkommen. Und sie schrecken vor einem weiteren Mord sicher nicht zurück."

Sie wünschte, Valerie wäre da. Valerie, die gerechte, taffe Valerie könnte ihr helfen, würde sie retten. Doch Valerie war nicht da. Valerie konnte sich im Moment nicht einmal selbst helfen. Und wünschte sich sehnlichst, jemand käme, um sie zu retten.

Der Trick
Duvenstedter Brook, Freitagmorgen

Es war schön hier, ruhig und friedlich. Vögel zwitscherten um die Wette, in der Ferne ästen eine Hirschkuh und ihr Kalb. Es roch nach Erde, feuchtem Gras und ganz leicht nach Dung. Die Dämmerung wich zögerlich dem Sonnenaufgang. Erste Sonnenstrahlen ließen Blätter in sämtlichen Grüntönen leuchten, eine Erholung für die Augen nach den Stunden im Schummerlicht des Colosseums.

Die Clique war mit Marie zum Schrebergarten zurückgekehrt. Die Kutten lagen fein säuberlich verstaut im Wandschrank von Lady Marylous Büro. Jetzt war es an der Zeit, den Unglückswurm Hendrik zu befreien und ihm ein für alle Mal den Schneid abzukaufen. Jetzt würden sie ihm seine Gesellschaftsanteile am Colosseum abnehmen. Und für die Dominas, die sie im Mercedes eingesperrt hatten, musste auch noch eine Lösung gefunden werden.

Tissa atmete tief durch. Sie streckte die Arme seitlich aus und rief: „Welch grandioses Panorama! Ich liebe den Wald im Sommer! Besonders am frühen Morgen!"

Alexa verdrehte die Augen. Megan hatte Angst um ihr Chiffonkleid und ihre Stilettos und bewegte sich so vorsichtig, als würde sie auf dünnem Eis tippeln. Marie beobachtete misstrauisch die Umgebung. Sie traute dem Frieden nicht. Ihr Instinkt sagte ihr, dass hier etwas nicht stimmte.

Sie sollte Recht behalten.

Nur wenige Augenblicke nach der Ankunft am Schrebergarten kam ihnen Claire Harksen aus dem Wald entgegengewankt. Ihre Füße steckten in Golfschuhen, die mindestens fünf Nummern zu groß waren. Ihre Frisur war im Eimer, die Feinstrumpfhosen bestanden fast nur noch aus riesigen Laufmaschen; an ihren Händen und Kleidern klebte frisches Blut.

„Ach du lieber Gott", entfuhr es Alexa.

„Ich habe ihn umgebracht", schluchzte Claire.

„Nein!" schrie Megan und rannte zum Waldstück, aus dem Claire gekommen war. Sie knickte um, fiel zu Boden und kroch einige Meter auf allen Vieren, bis sie sich wieder aufrappelte und weiterrennen konnte. Das schöne Chiffonkleid war nur noch ein trauriger Fetzen Stoff. Ihre Hände und Knie bluteten. Sie stolperte weiter Richtung Wald.

„Ich wollte das nicht!" beteuerte Claire. „Ich wollte das nicht!" Sie verlor einen der riesigen Schuhe, fiel hin und blieb einfach auf dem matschigen Boden sitzen.

Tränen liefen über ihr Gesicht. „Ich konnte ihm nicht helfen", stammelte sie immer wieder. „Die Schnüre waren einfach zu fest. Ich konnte sie nicht losmachen. Es tut mir so leid."

„Megan!" schrie Alexa. Sie zog die High Heels von den Füßen und rannte hinter der Freundin her. Vom Wald erscholl ein Geheul wie von einem waidwunden Tier.

„Verdammte Scheiße", sagte Marie.

Erst jetzt sah Claire Harksen, dass Marie am Zaun des Schrebergartens stand. Sie starrte die Detektivin ungläubig an.

„Was machen Sie hier, Frau Everling? Sie haben meinen Mann nicht beschützt und jetzt ist auch noch Hendrik Abendroth tot! Nimmt dieser Alptraum denn nie ein Ende?"

Alexa schrie: „Megan, warte!"

Deren lautes Geheul entfernte sich und wurde zu einem herzzerreißenden Wehklagen. Tissa summte vor sich hin und wischte sich den Rotz mit dem Ärmel des Cavalli-Kleides ab. „Was ist hier los? Wer ist tot? Ihr müsst den Wald fühlen!" rief sie und schluchzte ergriffen.

Marie bewahrte als einzige die Fassung. Hysterische Ausbrüche waren nach ihrer Meinung kontraproduktiv, besonders in verkorksten Situationen wie dieser. Und diese Kiffer-Tussi mit ihrem Kunst-Trallala ging ihr sowieso schon die ganze Zeit auf den Senkel. Am meisten ärgerte sie jedoch, dass es jetzt wohl aus war mit der schönen Belohnungs-Million. Sie hatte Harksens Mörder noch nicht gefunden, die alte Harksen war stinksauer und nah an einem Nervenzusammenbruch, und Abendroth war wohl tot. Auch wenn es ein Unfall war – Tatsache war, dass sie ihn nicht gefunden hatte.

Aber jammern half niemandem. Jetzt musste erst mal dieses Malheur hier bereinigt werden. Und das würde, wie es aussah, nicht ganz einfach werden.

„Was ist passiert, Frau Harksen?" fragte sie die völlig aufgelöste Reeder-Witwe. „Warum sind Sie hier? Wie sind Sie überhaupt hier hergekommen? Woher wussten Sie, wo Hendrik war?"

Claire atmete tief durch. „Von dieser Clubchefin, Lady Marylou. Sie hat mir von Hendrik erzählt. Was er so treibt im Colosseum und hier im Wald. Jetzt weiß ich auch, was mein Mann so grässlich fand. Ich wollte mir die Sache hier ansehen. Ich wusste nicht, dass Hendrik hier sein würde. Ich habe es nur vermutet."

„Und wie sind Sie hiergekommen?" frage Marie nochmals.

„Mit meinem Auto", antwortete Claire.

„Wo steht es?" fragte Marie weiter.

„Da vorne, links im Waldweg. Ich habe es versteckt. Den Rest bin ich zu Fuß gegangen. Und ich habe meine Spuren mit den Golfschuhen hier verwischt."

„Das war sehr klug und weitsichtig von Ihnen", lobte sie Marie. „Sie werden sehen, wir kriegen das alles hier geregelt. Wir dürfen jetzt nur nicht die Nerven verlieren."

Claire stierte geradeaus. Marie war nicht sicher, ob die Reeder-Witwe sie verstanden hatte.

„Frau Harksen!" rief Marie und schüttelte ihre Schulter. Claire schaute erschrocken auf.

„Hören Sie, wir kriegen das hin!"

Jetzt muss ein Plan her, dachte Marie. Und es muss schnell gehen. Noch weiß keiner außer uns, was hier passiert ist. Außer diesen blöden Nutten.

Sie schaute sich um. Der Mercedes der Dominas war verschwunden.

„Hör auf mit deinem Kiff-Gesäusel", schrie sie Tissa an. „Kümmere dich um Claire, gib ihr zu trinken, ich muss mich um diese verdammte Abendroth-Geschichte kümmern."

Sie zog ihre Pumps aus und ging mit schnellen Schritten in die Richtung, aus der Megans Heulen gekommen war. Kleine Steine und Äste bohrten sich in ihre Fußsohlen und zerschrammten den Nagellack an ihren Zehen. Da würde eine Pediküre fällig werden.

Megan hockte neben Hendrik auf dem Boden. Sie heulte hemmungslos wie ein kleines Kind. Auch Alexa machte einen ziemlich erschütterten Eindruck. Sie hatte den rechten Arm um Megans Schulter gelegt. Hendrik saß am Fuß einer Buche, um deren Stamm seine Fesseln geschlungen waren. Jeans und Hemd waren getränkt von Blut.

„Er ist tot", jammerte Megan. „Die Alte hat ihn umgebracht!"

Alexa blickte hoch zu Marie und verzog verächtlich den Mund, verkniff sich jedoch einen Kommentar. Marie bückte sich und begutachtete die Überreste von Hendrik Abendroth. Sie hielt Zeige- und Mittelfinger der linken Hand an seine Halsschlagader.

234

Kein Puls. Die Augen waren blutunterlaufen. Die Lederbänder hatten sich tief in seinen Hals eingeschnürt; sie ruckelte an ihnen, doch die ließen sich nicht bewegen.

„Sollten wir nicht alles unberührt lassen?" fragte Alexa.

„Warum? Damit die Bullen hier rumschnüffeln und wir mittendrin in dieser Scheiße hier stecken?"

Alexa hob die elegant geschwungenen Brauen. „Aber, meine Liebe, wir haben doch nichts Verbotenes getan!"

„Ihr habt Euch vor ein paar Stunden an Hamburgs führendem SM-Club beteiligt. Dort treiben Dominas ihr Unwesen. Sie haben gemeinsam mit Megans Gatten das Geschäftsmodell ‚Entführung und Erpressung‘ entwickelt. Leider waren die Prototypen dieses Geschäftsmodells wenig erfolgreich. Drei der sogenannten Gäste sind verschwunden. Vielleicht erleben wir noch eine böse Überraschung, was den Schrebergarten anbelangt."

Während Marie den unbestreitbaren Sachverhalt herunter ratterte, durchsuchte sie Hendriks Taschen. Megan saß abseits, heulte und schniefte.

Alexa ließ nicht locker. „Aber wir könnten doch einfach verschwinden. Ich will nicht in diese Sache verwickelt werden!"

Marie wandte sich zu ihr. „Na, meine Liebe, du steckst schon mittendrin. Wir müssen das jetzt gemeinsam durchziehen. Eine für alle, alle für eine. Das ist doch euer Motto, oder?"

Marie beschloss, einen Schuss ins Blaue zu wagen. Sie nestelte weiter an Hendriks Taschen, schaute hoch zu Alexa.

„Alekto, Megaira, Tisiphone. Es war deine Idee, euch Namen zu geben, die ähnlich klingen wie die Erinnyen. Hab ich Recht?"

Alexa lächelte.

„Göttinnen der Nacht, Schutzgöttinnen der sittlichen Ordnung. Es geht doch nichts über eine humanistische Schulbildung. Ich bin nur nicht sicher, ob das mit der Gerechtigkeit in Eurem Fall so ganz passt", sagte Marie grinsend.

„Warum nicht? Wir haben die Schnauze voll von der männerdominierten sittlichen Ordnung." Alexa hob die Stimme. „Aber die Namen waren nicht meine Idee. Stell dir vor, das war die Idee von dem dämlichen Bernd. Er hat uns drei, seine Schwester und ihre Freundinnen, schon als Teenager ständig geärgert. Da hatte er doch tatsächlich mal etwas aufgeschnappt! Die Erinnyen! Es war seine Idee! Er hat uns die Namen gegeben."

Megan schluchzte auf. „Hendrik wusste, dass ich meinen Namen nicht leiden kann. Trotzdem hat er mich immer Marion genannt!"

Alexa lachte trocken auf. „Und weißt du was? Er hat deinen Namen manchmal sogar als Safeword benutzt. Wenn er wollte, dass die Dominas aufhören, ihn zu quälen, hat er Marion gerufen! Da ist dann seine Erektion regelmäßig zusammengefallen. Das hat er sogar im Colosseum rumerzählt, der Arsch."

Megan rappelte sich auf, hob die Arme und ballte die Fäuste. „Kein Zoff hier!" schrie Marie und zog Megan weg von Alexa. „Wir können hier nicht die Zeit verplempern mit ollen Kamellen! Dein Mann ist tot, und so wie ich die Sache sehe, hält sich die Trauer hier in Grenzen."

Megan schniefte und warf böse Blicke zu Alexa.

„Wir müssen jetzt logisch und stringent agieren", befahl Marie in Stakkato-Ton. „Wir sitzen alle in einem Boot. Und wir wollen doch, dass Claire nicht büßen muss für den Unfall. Das wäre doch wirklich ungerecht."

Wie auf Kommando kamen Claire Harksen und Tissa angestapft. Die Künstlerin hatte die Witwe untergehakt. Beide waren barfuß.

„Wir halten zusammen und wir werden auch den Mörder von Gunnar Harksen finden. Ich werde jedenfalls alles dafür tun."

Die Ansprache verfehlte nicht ihre Wirkung. Jetzt habe ich sie, dachte Marie. Wenn ich es richtig mache, bin ich die vierte im Bunde. Claire zählte nicht. Die durfte keinesfalls von dem Colosseum-Deal erfahren. Sonst flippte sie völlig aus.

Alexa atmete tief ein. „Schlaues Mädchen. Tja, manchmal geht die göttliche Gerechtigkeit eben Umwege. Aber ich gebe dir Recht. Wir müssen die ganze Sache hier so hinbekommen, dass wir außen vor sind."

Das ist der Jackpot, dachte Marie. Jetzt habe ich die ganze High-Society-Damenrunde am Wickel. Meine Lebensversicherung und mein Kapitaldepot. Wenn sie mich ins Colosseum einsteigen lassen, ist das mehr wert als die Belohnungen von Claire und Megan. Doch jetzt musste erstmal recherchiert werden.

„Haben Sie die Money Doms gesehen?" fragte Marie. Claire schüttelte den Kopf.

„Nein, ich habe hier niemanden gesehen außer Hendrik."

„Und was ist passiert?"

„Ich habe ihn gefunden, er saß an dem Baum dahinten. Ich wollte ihn befreien!"

Sie schluchzte.

„Doch wer wird mir glauben? Alle wissen, dass ich ihn nicht ausstehen konnte!"

„Also, jetzt mal ganz ruhig. Warum haben Sie ihn nicht losgebunden?" Marie sprach mit ihr wie mit einem Kind. Doch sie hielt es nicht für völlig ausgeschlossen, dass Claire Harksen dem verhassten Abendroth aus Verzweiflung oder in Panik etwas angetan hatte. Aber das würde sie schön für sich behalten.

„Es ging nicht", jammerte Claire mit leiser Stimme. „Es ging einfach nicht. Ich weiß nicht, warum. Ich hatte kein Messer. Ich habe die Knoten nicht aufbekommen." Sie schluchzte. „Ich bin eine Mörderin. Ich muss ins Gefängnis."

„Nein, Frau Harksen. Wir schauen uns die Sache erst mal in Ruhe an. Wenn es unabsichtlich geschehen ist, ist das juristisch maximal eine fahrlässige Tötung. Wenn überhaupt."

Marie nahm die Witwe an der Hand. „Ihr bleibt am besten hier!" befahl sie den drei Frauen der Clique. „Und sucht eure Schuhe, lasst nichts hier liegen!" Dann führte sie Claire zu Alexas Auto. „Setzen Sie sich, trinken Sie hier von dem Wasser", forderte sie die völlig aufgelöste Frau auf.

„Sie hat ihn erdrosselt!" schrie Megan ihnen hinterher. „Sie wollte sich rächen!"

„Quatsch!" entfuhr es Alexa. „Das ist eine zierliche, alte Frau. Das könnte die doch gar nicht, selbst wenn sie es gewollt hätte."

Megan schluchzte weiter. „Hör mir zu!" befahl Alexa. „Claire hat Hendrik nicht umgebracht. Das waren die Dominas. Die wussten genau, dass jeder, der ihn findet, versuchen wird, ihn zu befreien. Und sie wollten, dass sich dann diese verfluchten Knoten zuziehen. Das sind Sadistinnen, Soziopatinnen. Wir müssen die aus dem Verkehr ziehen."

Sie blickte zu Marie, die zurückkam.

„Sollten wir das nicht der Polizei überlassen?" fragte Tissa, die allmählich wieder nüchtern zu werden schien und aufgehört hatte, in ihrer Cannabis-Exstase herumzutorkeln.

„Marie hat ihre eigenen Methoden, mit Kriminellen umzugehen!" sagte Alexa.

„Woher willst du das wissen?" fragte Marie freundlich.

„Das hat mir Hannes erzählt", sagte Alexa. „Mit dem hattest du ja auch mal was am Laufen."

„Ts Ts", machte Marie, „der Hannes." Sie grinste. „Also der ist doch wirklich keine glaubwürdige Quelle. Zudem habe ich ihn seit Jahren nicht gesehen."

„Aber du wolltest ihn mal mit ein paar Schwarzen nach Liberia verfrachten. Wegen so einer Koks-Geschichte."

Megan und Tissa bekamen große Augen. „Das ist doch eine deiner Lieblingsmaßnahmen, wenn es darum geht, irgendwelche Idioten loszuwerden", berichtete Alexa weiter. „Gib es zu. Das ginge doch auch mit den drei Weibern."

„Ich habe aktuell keinen Zugriff auf Harksens Schiffe. Zudem weiß die Polizei inzwischen von den Aktionen Richtung Afrika. Ich habe daher einen anderen Weg gewählt."

Die drei Geschäftspartnerinnen schauten sie mit großen Augen an.

„Ich habe ihre Konkurrenz informiert. Ich denke, die Russen haben das Problem bereits gelöst."

„Du meinst, sie waren schon hier und haben…"

Alexa vollendete den Satz nicht. Doch sie wussten alle, was gemeint war.

Megan schaute sie aus tränenumflorten Augen an.

„Ich habe ihn geliebt", sagte sie mit erstickter Stimme.

„Du kannst ihm eine schönes Begräbnis ausrichten", schlug Alexa vor.

„Habt ihr Geld dabei? fragte Marie.

„Wofür?" fragte Alexa.

„Wir müssen ihn präparieren. Wir stopfen ihm einen Schein in den Mund." Die drei Frauen schauten sie fragend an.

„Wenn ich ausgehe, zahle ich nicht", erläuterte Alexa. „Ich lass mir die Drinks spendieren."

Tissa zuckte mit den Schultern. „Mein letztes Geld ist für das Taxi zum Colosseum draufgegangen."

Megan hob wortlos ihr Abendtäschchen in die Höhe. Marie kramte drin herum und zog schließlich einige Scheine heraus Sie nahm einen Fünfziger, wischte ihn mit einem Erfrischungstuch sorgfältig ab und stopfte ihn der Leiche in den Mund, sodass eine Ecke deutlich zu sehen war.

„Aus der Truhe?" fragte Alexa. Megan nickte.

„Siehst du, jetzt hat er doch tatsächlich etwas von deinem Geld bekommen", sagte Alexa. „Überflüssigerweise", fügte sie hinzu und wandte sich an Marie. „Was soll das eigentlich? Warum willst du hier Geld verplempern?"

„Da haben die Bullen etwas zum Grübeln", antwortete Marie. „Es soll so aussehen, als hätten ihn die Dominas bestraft. Und ihm als Zeichen ihrer Macht mit Geld den Mund gestopft. Oder als hätten die Russen ihn umgebracht."

„Klingt überzeugend", lobte Alexa. „Aber jetzt sollten wir uns schleunigst vom Acker machen. Die Bullen haben inzwischen vielleicht rausgekriegt, was hier los ist."

Marie schaute in die Runde. „Wir müssen unsere Spuren beseitigen. Die Eindrücke von den Stilettos könnten auch von den Dominas stammen. Die machen das Ganze hier sogar richtig glaubwürdig. Dort, wo wir barfuß gegangen sind, müssen wir die Abdrücke verwischen."

„Was ist mit den Reifenspuren?" fragte Tissa ungewohnt pragmatisch.

„Die können wir nicht auf die Schnelle beseitigen", sagte Marie bedauernd. „Wir müssen einfach dafür sorgen, dass Alexas Mercedes und Claires Jaguar aus der Schusslinie sind. Niemand weiß, dass wir heute Nacht mit diesen Wagen unterwegs waren. Mercedes und Jaguar gibt es häufig in Hamburg."

„Und Marylou muss uns ein Alibi geben. Wir haben schließlich auch ihren Arsch gerettet", betonte Alexa.

„Hoffentlich behält Claire die Nerven", sagte Tissa.

„Keine Sorge, die ist hart wie Stahl", war Marie sicher. „Sie will die Mörder ihres Mannes finden, dafür verwendet sie ihre gesamte Energie. Und Leonore, ihre Haushälterin, wird sie schon wieder aufpäppeln."

Sie sammelten ihre Schuhe zusammen, verwischten mit Zweigen und Steinen ihre Fußabdrücke und stiegen in die Autos. „Ihr fahrt ins Colosseum und verhaltet euch so, als wärt ihr die ganze Nacht dort gewesen", befahl Marie. „Ich rufe Marylou auf meinem nicht registrierten Handy an und sage, sie soll euch den Lieferanteneingang öffnen. Dann bringe ich Claire nach Hause. Wenn jemand fragt, wo sie war, sage ich wahrheitsgemäß, dass wir uns getroffen haben, weil sie mich beauftragt hat, die Mörder ihres Gatten zu finden."

Alexa nickte. „Kommt Mädels, wir fahren. Es kann gar nichts passieren. Wir müssen nur bei unserer Geschichte bleiben. Die Polizei findet Hendrik und die Dominas sind dran wegen Mord. Wenn die Russen schlau sind, liefern sie sie einfach aus. Wenn sie blöde sind, bringen sie sie um. Claire und wir sind aus dem Schneider."

Tissa blickte sie skeptisch an. „Auch wenn Claire die Schnüre zugezogen hat?"

„Auch dann", erläuterte Marie. „Sie wusste ja nicht, welche perfide Absicht hinter diesem Arrangement steckte. Juristen nennen das ein undoloses Werkzeug."

„Die Schnüre sind ein undoloses Werkzeug?"

Tissa war immer noch nicht überzeugt.

„Nein, Tissa, Claire war das undolose Werkzeug!"

„Ein Mensch als Werkzeug! Was du alles weißt", staunte Tissa.

„Ich interessiere mich eben für Vieles", sagte Marie. „Vor allem aber für Gut und Böse. Wir sind die Guten", fügte sie vehement hinzu. „Und wir haben Glück. Es fängt wieder an zu regnen. Wenn es eine Weile regnet, werden unsere Spuren garantiert verwischt."

Sie machte eine auffordernde Bewegung mit den Händen wie ein Dirigent, der sein Orchester anfeuert. „Auf, los jetzt!" scheuchte sie die drei Freundinnen zu Alexas Auto. Claire saß immer noch zusammengesunken auf dem Beifahrersitz.

„Frau Harksen, kommen Sie, wir müssen los." Marie fasste Claire unter und zog sie zum Waldweg, wo die Reeder-Witwe den Jaguar abgestellt hatte.

„Wir treffen uns später im Colosseum!" rief sie und startete Claires Wagen. Alexa, Megan und Tissa fuhren im Mercedes davon. Der leichte Sommerregen weichte die Abdrücke von Schuhen und Reifen auf. Über Hendrik Abendroths Leiche lief das Wasser und sammelte sich an den Füßen in einer Pfütze. Währenddessen betrachtete Megan die Rinnsale, die an den Scheiben des Mercedes herunterrannen, und überlegte, wie sie ihren toten Mann wohl so herrichten lassen konnte, dass sein Anblick keinen Anlass für Spekulationen bot. Sie würde ihm das geliebte Hermès-Tuch umlegen. Das würde ihm doch bestimmt gefallen. Er hatte es im Tod getragen und es sollte ihn darüber hinaus begleiten und ihn in der besseren Welt, in die er hinübergegangen war, an sie erinnern.

Die Jagd
Winterhude, Stadtpark, Freitagmorgen

Gregor Palm warf sich nach dem Kiezbummel unruhig auf dem Gästebett umher. Er träumte von St. Pauli, Schießereien und einem Reeder, der ihn warnte, sich nicht in die Geschäfte der Hamburger High Society einzumischen. Gegen sechs Uhr stand er auf, duschte eiskalt und packte Charles, Andreas Mischlingshund, in den Porsche. Das würde ihn aufmuntern; mit dem jungen Rüden eine Runde im Stadtpark joggen, Stöckchen werfen und auf dem Rückweg frische Brötchen kaufen, damit die Anwältin sich in Ruhe stylen konnte für ihren Auftritt bei Gericht.

Charles sprang voll Begeisterung ins kühle Nass des Stadtparksees, kam hechelnd mit dem Stock zurück gesprintet und schüttelte sich, dass das Wasser meterweit umherspritzte. Gregor wartete auf ihn in der Nähe einer Bank, die etwas zurückgesetzt vom Fußweg stand. Auf der Bank saß eine Frau. Sie hatte die Beine von sich gestreckt. Ihr Kopf lag auf der rechten Schulter. Sie rührte sich nicht. Was sie wohl frühmorgens hier machte?

Es klingelte. Gregor ging langsam in Richtung Bank. Das Klingeln kam aus ihrer Handtasche. Keine Reaktion. „Da stimmt was nicht", murmelte Gregor. „Hallo, Sie, geht es ihnen gut?" rief er. Keine Reaktion. Dann sah er sie von vorne. Zerlaufene Wimperntusche, verschmierter Lippenstift. Rouge leuchtete auf dem Grau der Haut wie Schminke eines Clowns und bildete ein unseliges Quartett mit den blutunterlaufenen Augäpfeln.

„Sie ist tot", murmelte Gregor.

Neben ihr auf der Bank stand eine Handtasche. Gregor erkannte das Label. Eine Kelly-Bag von Hermès. Die teure Handtasche passte so gar nicht zu dem Schulmädchen-Outfit, dem karierten Röckchen, der hochgeschlossenen weißen Bluse, den Kniestrümpfen und den niedlichen blonden Zöpfen, in die pinkfarbene Schleifen geflochten waren.

Der Hund tänzelte um sie herum und leckte an ihrer Hand, die teilnahmslos auf der Bank lag. Sie rutschte nach vorn, ihr Kopf kippte weiter zur Seite. Der Rüde sprang kläffend an ihr hoch.

„Scheiße", entfuhr es Gregor. Er hatte Herzklopfen und eiskalte Hände. Erst der tote Reeder, dann der entführte Kaufmann und jetzt noch eine Leiche!

„Ich bin ein echter Glückspilz", stotterte er vor sich hin. Der jungen Frau war übel mitgespielt worden. Um ihren Hals war ein Tuch geschlungen. Ein Rinnsal von Blut war aus dem rechten Ohr gelaufen. Oberhalb der Schläfe klaffte eine Platzwunde. Die Bluse war aufgerissen und verschmiert. Gregor sah ihre weiße Spitzenunterwäsche und das Tattoo auf ihrer linken Brust, eine Rose. Sie hatte einen Schuh verloren, der ein paar Meter entfernt lag. Ihr Slip war heruntergezogen, der BH war über der Brust hochgeschoben und hatte ihre Brüste mit den rosafarbenen Brustwarzen freigelegt.

„Oh mein Gott" stöhnte Gregor. Er atmete tief durch, kämpfte seine Übelkeit nieder und tippte in sein Handy die 110 ein. Stotternd berichtete er von seinem schrecklichen Fund. Der Hund hopste winselnd um seine Beine und stellte die Vorderpfoten auf die Bank. „Aus, Charles", rief Gregor. „Aus, weg! Lass sie in Frieden!"

Doch auch er selbst konnte den Blick nicht von ihr abwenden. Woher kannte er sie nur? Es dauerte eine Minute, dann fiel es ihm wie Schuppen von den Augen. Sie war eine der drei jungen Frauen, denen er Champagner spendiert hatte. Verdammte Scheiße. Gestern noch fidel und aufgeschlossen; und jetzt mausetot.

Es dauerte nur wenige Minuten, bis ein Polizeiauto heranfuhr. Zwei Männer in Zivil sprangen heraus. Sie kamen zügig über den Rasen marschiert und befahlen Gregor kurz angebunden, sich nicht von der Stelle zu rühren. Einer der beiden tastete nach der Halsschlagader der Frau.

„Sie ist tot, oder?" fragte Gregor. Seine Stimme war belegt.

„Toter geht nicht", antwortete der Tastende.

Routiniert sperrten sie den Platz rund um die Parkbank ab. Während sie mit dem gelben Band hantierten, telefonierten sie mit ihren Kollegen von der Spurensicherung und der Gerichtsmedizin. Der größere der beiden zückte sein Handy, fotografierte die Leiche aus verschiedenen Perspektiven, dazu den Boden und Fußspuren. Dann hob er das Handy und schwenkte es einmal ringsum.

„Videoaufnahme", erläuterte er knapp. „Für die OFA."

Gregor wusste nicht, was das bedeutete. Er wollte schon den Mund öffnen, um zu fragen, beschloss dann jedoch, darauf zu verzichten. Währenddessen wandte sich der andere an den Kurzurlauber aus dem Schwabenland, dessen Aufenthalt eine so unerfreuliche Wendung genommen hatte. Gregor zitterte und schüttelte den Kopf. „Was für ein Mist", stöhnte er.

„Mein Name ist Forsmann", stellte sich der Beamte vor, der gefilmt hatte. „Ich bin Kommissar im Polizeirevier Borgweg, gleich hier um die Ecke. Ihr Anruf wurde an uns weitergeleitet. Kommen Sie bitte mit zum Wagen, ich habe ein paar Fragen. Wir sollten uns hier so wenig wie möglich bewegen. Die Spurensicherung ist gleich da."

Gregor schickte Andrea eine SMS. „Habe Leiche gefunden melde mich asap."

„Sie sieht noch frisch aus, kann noch nicht lange hier liegen", gab Forsmann eine erste Beurteilung ab. „Blut ist noch nicht ganz trocken. Sie ist noch warm."

„Gestern war sie noch gut drauf", sagte Gregor.

„Wie bitte, kennen Sie sie etwa?"

Forsmann klang alarmiert. „Wie heißt sie?"

„Das weiß ich nicht", antwortete Gregor tonlos. „Ich habe sie gestern zufällig im Café Paris getroffen. Ich habe ihr und ihren zwei Begleiterinnen Champagner spendiert."

„Was? Das gibt's doch nicht. Und heute finden Sie sie zufällig hier? Was machen Sie eigentlich frühmorgens hier im Stadtpark?"

Gregor merkte, dass sich sein Status von dem des zufälligen Zeugen ziemlich schnell in Richtung Verdächtiger entwickelte.

„Ich wollte nur etwas joggen, bin mit meinem Auto von der Sierichstraße hierhergefahren."

„Wohnen Sie dort?" Forsmann klang misstrauisch.

„Nein, ich besuche gerade eine Freundin", erläuterte Gregor. „Sie ist Strafverteidigerin."

Er hoffte, die Nähe zu einem Organ der Rechtspflege würde ihm einen seriöseren Anstrich geben und den misstrauischen Kommissar besänftigen.

„Kommen Sie, ich muss Ihre Aussage aufnehmen. Wir fahren schnell rüber zum Borgweg." Er wandte sich seinem Kollegen zu, der den Boden rings um die Bank untersuchte. „Wir fahren, Brandes, bleib du hier, bis die Spusi komm!"

Gregor nahm Charles an die Leine, der sich kaum beruhigen ließ. „Kann ich mit meinem Auto hinter Ihnen herfahren? Ich lasse den Porsche nicht so gerne hier, er steht auf dem Parkplatz des Restaurants da vorne."

„Wir fahren mit Ihrem Auto", sagte Forsmann. „Ich lasse unseren Wagen für die Kollegen hier."

„O.k, kommen Sie", rief Gregor und lief los. „Jetzt komme ich doch noch zu einer kleinen Joggingrunde."

In wenigen Minuten erreichten sie den Parkplatz.

„Verdammt", schrie Gregor. „Da vorne, die sehen aus wie die beiden anderen von gestern!"

Zwei Frauen stiegen hundert Meter entfernt in eine dunkle Limousine, die an der Otto-Wels-Straße parkte. Eine war völlig schwarz gekleidet. Ihre rechte Hand war umwickelt mit einem blutgetränkten Verband.

„Hinterher", brüllte Forsmann. „Ihr Wagen ist beschlagnahmt!"

Sie sprangen in den Porsche. Bevor sie richtig saßen, hatte Gregor ihn bereits gestartet und fuhr mit rauchenden Reifen aus dem Parkplatz hinter der schwarzen S-Klasse her.

„Davon träumt doch jeder, dass ein Polizist sagt ‚Folgen Sie diesem Wagen', wie im Krimi", kommentierte Gregor die Beschlagnahme.

„Freuen Sie sich nicht zu früh", entgegnete Forsmann. „Wir sind hier nicht bei Cobra 11. Und Sie sind auch noch nicht aus dem Schneider. Wann haben Sie die Tote denn entdeckt?"

„Mann, zehn Sekunden, bevor ich die 110 angerufen habe! Was denken Sie denn! Ich bringe die kleine Nutte um und hole dann schnell die Polizei?"

Forsmann ließ ich nicht so leicht beruhigen. „Wäre nicht das erste Mal, dass wir vom Täter informiert werden", presste er zwischen den Zähnen hervor. Gregor schnaubte nur verächtlich.

„Woher wissen Sie, dass es sich um eine Prostituierte handelt?"

„Die drei machten ziemlich direkte Angebote für etwas Spaß", antwortete Gregor. „Und ich habe ziemlich direkt verzichtet, falls Sie das interessiert."

„Und jetzt ist der Spaß vorbei", kommentierte Forsmann.

Der Kommissar informierte Brandes. „Die Tote ist wohl ein Teil von einem Trio, das wir suchen. Wir verfolgen einen schwarzen Mercedes, zwei Frauen, das sind vielleicht die beiden anderen."

Dann erläuterte er Gregor die Vorfälle: „Zuerst wurde gestern ein Reeder umgebracht. Dann wurde ein Hamburger Geschäftsmann entführt und dann eine Kollegin vom LKA. Wir suchen nach beiden, wahrscheinlich haben die Entführungen mit dem Rotlichtmilieu zu tun. Vielleicht auch der Mord an dem Reeder."

Gregor beschloss, nichts zu verraten von seinem Termin mit Harksen. Es gab ja auch ohne dieses Thema genug zu besprechen. Dass ausgerechnet er in beide Mordfälle involviert war, war nun wirklich schlechtes Timing.

„Eine Polizistin lässt sich entführen?" entfuhr es Gregor. Er drückte noch stärker aufs Gaspedal, der Porsche machte einen Ruck und die Tachonadel bewegte sich rasant auf den Strich zu, der 120 Stundenkilometer anzeigte.

„Kann passieren", sagte Forsmann. „Wir machen auch mal Fehler." Doch es klang eher nach einem Vorwurf als einer Entschuldigung. „So eine superschlaue LKA-Dame", erläuterte Forsmann. „Hat gemeinsam mit einem Kollegen im Alleingang ermittelt", presste er missbilligend durch die Zähne. „Zwanzig Mann mit Spürhunden suchen nach ihr und diesem Abendroth im Duvenstedter Brook."

„Hab ich gestern Nacht auch eine gesehen, vom LKA, in einer Kiezkneipe", sagte Gregor. „So eine geile Brünette, zusammen mit einem Typ, der wie ein Sonnyboy aus einer Fernsehserie aussah. Waren das die beiden? War ihr Begleiter der Kollege, mit dem sie ermittelt hat? Da hat er wohl nicht richtig auf sie aufgepasst."

Forsmann starrte ihn ungläubig an. „Das gibt es ja wohl nicht. Sie sind ja ein echter Glückspilz. Wo haben Sie die beiden gesehen?"

Er wählte erneut die Nummer von Brandes, während Gregor den Mercedes verfolgte. Sie fuhren über Langenhorn und Poppenbüttel am Colosseum vorbei, das in der Ferne pinkfarben leuchtete. „Sie fahren Richtung Duvenstedt", sagte Forsmann. „Sie wollen wohl klar Schiff machen."

„Ich habe ihre beiden Kollegen in einer Kneipe auf dem Kiez gesehen, Hildruds Eck oder so ähnlich", erläuterte Gregor. „Sie sind etwa um dieselbe Zeit weg von dort wie ich mit meiner Freundin, so gegen elf. Sie hatten es ziemlich eilig."

Forsmann schüttelte den Kopf. „Dann sind sie von dort zum Colosseum gefahren. Ein SM-Club. An dem sind wir gerade vorbeigefahren. Dort wurde Valerie entführt."

„Hat das jemand beobachtet?" fragte Gregor.

„Ne, sie war plötzlich weg. Vorher war sie eingesperrt, hat Kollege Böttcher erzählt. Die Spurensicherung untersucht gerade den Raum, in dem sie festgehalten wurde."

Die Stimme von Brandes quakte aus Forsmanns Handy. „Verfolgt sie weiter, wir haben hier noch nichts gefunden. Die Hunde suchen nach Valerie. Bisher keine Spur."

„Wissen Sie, wer die drei sind? Also mir kamen sie gestern gleich komisch vor", sagte Gregor. „Ich dachte mir, dass es Nutten sind, ich meine, die waren ziemlich direkt auf Sex aus. Und jetzt ist eine tot. Und die beiden anderen haben doch bestimmt Dreck am Stecken, oder?"

„Anzunehmen", antwortete Forsmann lakonisch.

Gregor konnte nicht fassen, was er in weniger als 24 Stunden erlebt hatte. „Das glaubt mir zuhause kein Mensch", murmelte er vor sich hin, während sein Begleiter wieder in sein Mobiltelefon brüllte.

„Nein, es sind nur zwei im Auto weggefahren, die dritte ist mit hoher Wahrscheinlichkeit die Tote vom Stadtpark! Die beiden anderen sind abgehauen. Ja, ja wir sind an ihnen dran!"

„Wo seid Ihr?" klang wieder die Stimme von Brandes aus dem Mobiltelefon.

„Hummelsbütteler Hauptstraße. Sie wollen sicherlich zu ihrem Versteck im Brook, um Spuren zu beseitigen! Mensch, Quantico, strengt euch an!"

Forsmanns Stimme überschlug sich fast. „Fordert einen Hubschrauber an, der kann das ganze Gebiet doch viel schneller absuchen! Wo ist Böttcher?"

Gregor machte Boden gut. Die beiden Frauen im schwarzen Mercedes hatten immer noch einen Vorsprung von etwa dreihundert Metern. Doch der Porsche schob sich allmählich näher. „Euch krieg ich", zischte Gregor und ließ seine 430 PS aufheulen.

„Die drei haben wahrscheinlich als Money Doms gearbeitet. Das sind Dominas, die ihre Kunden richtig abzocken", erläuterte Forsmann. „Die Typen müssen ihnen Vollmacht über ihre ganze Kohle geben."

„Also fast wie Ehefrauen", ulkte Gregor und grinste Forsmann an. Der fand das offensichtlich nicht komisch.

„In der Regel entführen Ehefrauen ihre Männer nicht und sadistische Quälereien mit Todesfolge sind bei Ehepaaren wohl auch eher die Ausnahme", entgegnete der Kommissar.

„Die Typen geben den Dominas die Vollmacht über Konten? Wie blöd muss man da denn sein!" Gregor war ein großzügiger Typ, der seine Freundinnen gerne beschenkte. Doch einer Frau Vollmacht über die eigene Kohle geben – also ne, das ging nicht. Er blickte Forsmann kurz von der Seite an und wollte gerade weitere Fragen loswerden. Plötzlich war der Mercedes verschwunden.

„Verdammte Scheiße, wo sind sie?" Der Ermittler schlug mit geballter Faust auf die Carbonverblendung des Armaturenbretts.

„Sie müssen in eine Nebenstraße abgebogen sein", meinte Gregor.

„Na toll, Sie Schnellmerker, wir haben sie verloren, das gibt´s doch nicht!"

Gregor ärgerte sich und beschloss, sich ab jetzt nur aufs Fahren zu konzentrieren und seine Fragen auf einen späteren Zeitpunkt zu verschieben.

„Sie sind in eine der nächsten Querstraßen abgebogen. Schauen Sie rechts, ich checke links." Diese Pleite konnte er keinesfalls auf sich sitzen lassen.

„Hier!" brüllte Forsmann.

Gregor kam mit quietschenden Reifen zu stehen, setzte rückwärts, bog in die schmale Straße ein und beschleunigte.

„Hier ist ein Wohngebiet. Ich kann nicht verantworten, dass wir hier mit hundert Sachen durchbrettern", sagte Forsmann. „Wir fahren schön vorschriftsmäßig weiter nach Duvenstedt. Die beiden fahren dort direkt in das Großaufgebot der Kollegen rein. Vielleicht haben wir Glück."

„Und kriegen sie dann dort?" fragte Gregor.

„Vielleicht haben wir Glück und Valerie lebt noch", antwortete Forsmann leise. „Bisher sieht es so aus, dass nur Männer Opfer der Money Doms waren. Es besteht der Verdacht, dass sie einige ihrer Kunden umgebracht haben."

„Und was ist mit der Domina-Kollegin im Stadtpark?" gab Gregor zu bedenken.

„Die ist so schwer ramponiert, eher unwahrscheinlich, dass sie das waren. Sie hätten sie zumindest fesseln müssen, um ihr das anzutun. Aber sie hatte keine Fesselungsspuren", erläuterte der Ermittler seine ersten Eindrücke vom Tatort.

„Wer kommt denn dann in Betracht?"

Gregor fühlte sich wie in einem dieser Kriminal-Dinner, in denen Schauspieler einen Mord inszenierten und dann das Publikum raten musste, wer der Mörder war, während es nebenbei blutige Steaks verspachtelte. Nur dass das hier ganz ernste blutige Realität war. Und er, Gregor Palm, Bauunternehmer aus Heilbronn, mittendrin.

„Vielleicht hat sich ja eines ihrer Opfer gerächt", mutmaßte er. „Wer lässt sich schon gerne das Fell über die Ohren ziehen."

„Zunächst finden die Typen das geil", sagte Forsmann. „Doch irgendwann hört der Spaß auf. Mag sein, dass es einem zu bunt wurde."

Er zögerte kurz. „Aber diese Typen, die zu Dominas gehen, sind von ihrer Veranlagung her ja devot, sogenannte Subs. Hab noch nie gehört, dass ein Sub eine Domina umgenietet hat."

Gregors Handy klingelte. Er schaltete die Freisprechanlage ein.

„Hallo Andrea. Du glaubst nicht, was mir passiert ist."

Er redete so schnell, dass sich seine Stimme fast überschlug.

„Ja, tut mir leid, heute gibt's keine Brötchen. Wir verfolgen gerade zwei Money Doms." Er zögerte kurz. „Erklär ich dir später. Stell dir vor, diese LKA-Frau von gestern Abend ist entführt worden. Ich melde mich, ciao."

„Auf den ersten Blick sieht es wie ein stinknormaler Sexualmord aus", überlegte Forsmann laut. „Kleidung kaputt, Unterwäsche verschoben und so. Vielleicht ist sie auch nur ein Zufallsopfer von einem Perversen. Solche Fälle haben wir ja immer wieder."

Sie fuhren inzwischen auf der Alten Dorfstraße von Wohlstedt. Der schwarze Mercedes blieb verschwunden.

Forsmanns Handy klingelte. Er hob ab, stöhnte und blieb dann zwei Sekunden still.

„Sie haben einen Friedhof gefunden." Der Ermittler war leichenblass.

Gregor starte ihn ungläubig an und wäre beinahe in eine Ansammlung von Mülleimern gerauscht, die zu dicht am Straßenrand standen.

„Einen Friedhof, ein Bestattungsfeld. Mit mindestens drei vergrabenen Toten", sagte der Ermittler.

„Oh Gott", würgte Gregor heraus. „Das darf nicht wahr sein."

„Drei Tote, stehend eingebuddelt. Vielleicht lebend vergraben." Forsmanns Stimme klang rau. „Was ist das nur für eine verdammte verfickte Scheiße."

„Und Ihre Kollegin, die LKA-Frau?" Gregor wagte kaum, zu fragen.

„Noch keine Spur. Sie suchen jetzt jeden Quadratzentimeter von diesem beschissenen Schrebergarten-Friedhof ab. Ein Hubschrauber kommt gleich."

„Und der Geschäftsmann?"

„Abendroth ist auch unauffindbar. Vielleicht haben sie die beiden lebend an einem ganz anderen Ort versteckt und wir sind hier auf einer komplett falschen Spur." Forsmanns Stimme zitterte.

„Vielleicht sollten wir einfach nochmals da suchen, wo unsere LKA-Dame verschwunden ist", schlug Gregor vor.

„Im Colosseum? Ist kaum sinnvoll, wurde bereits gemacht. Jedes Eckchen." Forsmann war sicher, dass sie nichts übersehen hatten.

„Aber vielleicht haben sie sie irgendwo in der Nähe deponiert", spekulierte Gregor.

Die beiden konnten nicht ahnen, dass Gregor auf der richtigen Spur war.

Der Friedhof
Duvenstedter Brook, Freitag, früher Morgen

Forsman und Gregor donnerten durch den Wald. Der Mercedes blieb verschwunden. Der Porsche schüttelte sie durch wie eine Wäscheschleuder.

„Harte Federung", sagte Gregor.

„Wo sind die nur abgeblieben, das gibt´s doch nicht, dass wir von ein paar blöden Weibern abgehängt werden", nölte Forsmann. Er starrte abwechselnd durch Front- und Seitenscheibe. Doch er sah nur, wie die Natur erwachte, sich ungestört von Menschen und Zivilisation auf einen weiteren Hochsommertag vorbereitete. Wildschweine zogen über die Moorwiesen und äugten ungläubig zu dem schwarzen Sportwagen, der Steine durch die Gegend schleuderte und Pfützen aufspritzen ließ, die der Gewitterregen nachts gebildet hatte. Über den Tümpeln hingen letzte Nebelschwaden. Der Porsche röhrte. Enten flogen erschrocken auf. Gregor hatte Mühe, ihn auf dem holprigen Weg zu halten, über den er mit einem Affenzahn bretterte. Sie hörten das Schrappschrapp eines tieffliegenden Hubschraubers.

„Gott sei Dank", sagte Forsmann. „Sie haben eine Wärmebildkamera und können von oben suchen. Wenn wir Glück haben, finden Sie die beiden Entführten."

„Aber kaum, wenn die in einem verschlossenen Gebäude versteckt sind oder in einem Fahrzeug sitzen", entgegnete Gregor. „Da kann man keine Wärmebilder machen."

Forsmann ärgerte sich über den Schlaumeier, wusste aber, dass Gregor Recht hatte. Doch er wollte einfach an eine erfolgreiche Suche glauben. „Die Bodentrupps mit den Hunden suchen weiter. Der Schrebergarten mit dem Friedhof kann nicht mehr weit sein, er liegt am nordöstlichen Ende des Naturschutzgebietes."

Gregor schaute ihn fragend an. Forsmann zeigte mit der rechten Hand schräg nach rechts vorne und befahl: „Los, schneller, Richtung zwei Uhr."

Gregor bog in einen Feldweg ab, an dessen Ende bereits die Kleingartenanlage sichtbar wurde. Menschen in weißen Overalls und Einsatzfahrzeuge drängten sich auf dem engen Gelände. Er stellte den Porsche ab und hastete mit dem Ermittler zu einer Gruppe von Polizisten. Brandes, Sengelmann und Böttcher standen bei einigen Uniformierten.

„Und wer ist er hier?" Brandes deutet mit dem Kopf auf Gregor.

„Ich habe die Tote im Stadtpark gefunden", brachte Gregor sich prompt ins Spiel. „Und ich habe den Kommissar Forsmann hierher gefahren. Und Sie sind der Kollege der verschwundenen LKA-Frau, ich habe Sie gestern beide in Hiltruds Eck gesehen. Sie haben mit den Russen palavert." Er deutete auf Böttcher.

„Na da hast du ja eine echte Plaudertasche aufgegabelt", raunzte Böttcher in Forsmanns Richtung.

Dann drehte er sich zu Gregor. „Ich weiß nicht, wo Sie waren, ich war mit Valerie in Heidruns Eck", entgegnete er giftig.

Gregor wippte auf seinen Sportschuhen vor und zurück und lächelte Böttcher freundlich an.

„Na ja, ist ja auch egal, wie der Laden heißt, jedenfalls haben Sie mit den Russen geplauscht und anschließend Ihre Kollegin verloren."

Böttcher bekam eine rote Birne und sah aus, als wollte er Gregor mittels Fäusten zum Schweigen bringen. „Ruhe jetzt" schrie Sengelmann, der Gerichtsmediziner. „Was wird das hier, ein Testosteronwettstreit oder was? Könnt ihr Eure Macho-Allüren bitte ausleben, wenn wir hier fertig sind? Und was macht der Zivilist eigentlich noch hier?"

„Er ist ein wichtiger Zeuge", erläuterte Forsmann Gregors Anwesenheit. „Ich hatte noch keine Zeit, seine Aussage aufzunehmen. Lasst uns hier weitermachen. Sind die Suchtrupps noch unterwegs?"

„Noch nichts gefunden, zero", presste Böttcher zwischen den Zähnen heraus. „Wir haben ja erst vor wenigen Minuten angefangen. Der Brook hat rund 700 Hektar, die Umgebung ringsum mit Gärten, Wiesen und Feldern und den Dörfern ist zudem weitläufig und völlig unübersichtlich."

„Die beiden Verdächtigen müssen hier unmittelbar in der Nähe sein", insistierte Forsmann. „Wir waren immer kurz hinter ihnen, sie können sich nicht in Luft aufgelöst haben. Wenn wir sie nicht finden, haben sie das Auto abgestellt und sind zu Fuß oder mit einem anderen Wagen weiter."

Sie standen um ein abgesperrtes Rechteck von etwa zwanzig Quadratmetern. „Vielleicht bekommen wir hier Hinweise auf ihr Ziel", sagte Sengelmann. „Ein Leichenhund hat die Gräber entdeckt. Wir graben alle drei Leichen aus. Sie sind relativ gut erhalten, das liegt sicherlich an dem sauerstoffarmen, sauren Moorboden. Vielleicht erzählen sie uns etwas."

„Habt ihr Hinweise auf ihre Identität?" fragte Forsmann. „Sie hatten praktischerweise ihre Personalausweise und Führerscheine noch bei sich", sagte Sengelmann. „Es handelt sich sehr wahrscheinlich um Dr. Andreas Haller, Karl-Friedrich Weidenmann und Peter Dreyer. Das hier ist Haller." Er deutete auf die Grube, neben der sie standen.

„Wie sind sie gestorben?" fragte Forsmann.

„Kann ich noch nicht eindeutig sagen. Aber ich vermute mal, sie sind erstickt. Sie waren stehend eingegraben und hatten nur ein kleines Plastikröhrchen zum Luftholen im Mund, Durchmesser zirka zwei Zentimeter, Länge rund 20 Zentimeter. Allerdings waren die Röhrchen verstopft. Pech gehabt."

Sengelmann beugte sich über die Leiche. „Der Leichnam befindet sich im späten postmortalen Intervall. Wir haben bereits einen Schimmelpilzbelag sowie Fettwachsbildung. Beides deutet auf eine Liegezeit von mehreren Monaten hin. Genau kann ich das noch nicht sagen, da muss ich zuerst den Boden untersuchen."

Er holte Luft und schaute in die Runde, deren Teilnehmer ihm gespannt zuhörten.

„Die Knochen haben sich zum großen Teil bereits aufgelöst, die Weichteile sind überwiegend noch vorhanden. Wir haben hier einen der sehr seltenen Fälle von aktuellen Moorleichen", kommentierte Sengelmann zufrieden. „Oder zumindest so etwas ähnliches. Normalerweise findet man Moorleichen, die tausend Jahre oder noch älter sind."

„Hatten alle drei dieses Röhrchen im Mund?" fragte Forsmann mit angewiderter Miene. „Ja", sagte Sengelmann. „Sie wurden eingegraben und konnten dann nur noch durch das Röhrchen atmen. Bis es verstopfte. Mit Dreck oder einem Insekt oder was auch immer."

„Was für eine kranke Scheiße", bellte Brandes, der in einigen Metern Entfernung auf dem Boden herumkroch.

„Und was treibst du da, Quantico?" frotzelte Forsmann.

„Er sucht nach Insekten und deren Larven", antwortete Sengelmann. „Quantico ist mal wieder auf Käferjagd." „Macht euch ruhig lustig über mich", entgegnete der Insektenexperte ruhig. „Wir haben damals beim FBI in Quantico…"

Sie ließen ihn nicht ausreden. „Ja, geschenkt, Brandes", lästerte Forsmann. „Wir wissen deine entomologischen Kenntnisse wirklich zu schätzen. Schade, dass deine Käfer nur auf Leichen stehen. Sonst könnten wir sie vielleicht auf die Suche nach den Entführten schicken."

„Vielleicht gar keine dumme Idee", entgegnete Brandes triumphierend. „Hier haben wir Speckkäfer und Totengräber, Nicrophorus. Die Spurensicherung soll den Platz hier untersuchen. Hier hat mit hoher Wahrscheinlichkeit vor kurzem noch eine Leiche gelegen."

Böttcher wurde blass.

„Komm mal einer von der KTU!" brüllte er in Richtung der Kriminaltechniker, die dabei waren, jeden Quadratzentimeter von Garten und Hütte abzusuchen.

„Schaut, ob ihr hier etwas findet", befahl Böttcher. „Und dann brauchen wir einen Hund. Wenn eine Leiche hier lag, wurde sie wegtransportiert. Entweder liegt die Leiche noch hier in der Nähe oder sie wurde eingegraben oder mit einem Auto weggebracht."

Der Befehlston war die einzige Möglichkeit, das Zittern in seiner Stimme zu verbergen. In Wahrheit war er kurz davor, zu heulen. Er hatte es verbockt. Der ganze Einsatz war ein Desaster. Wenn es Valerie war, die hier tot gelegen hatte, war er alleine schuld. Das würde er sich nie verzeihen. Und er würde die Konsequenzen tragen müssen. Da wäre eine zeitweilige Suspendierung noch ein vergleichsweise geringes Übel.

„Wir haben Blutspuren gefunden", sagte der KTU-Techniker Simon Kröger. „Sie gehen sofort ins Labor."

„Was ist mit der Hütte?" fragte Forsmann.

„Ein lauschiges Plätzchen", antwortete der KTUler. „Alles da, was das Herz des SM-Fans begehrt. Andreaskreuz, Peitschen, Brustwarzenklammern, Handschellen und und. Außerdem mehrere interessante Outfits für diverse Rollenspiele. Krankenschwester, Schulmädchen, Polizistin, Lehrerin zum Beispiel. Und eine ziemlich präzise Landkarte von Dänemark. Auch interessant: eine Hausapotheke."

„Sie haben ihre Opfer verarztet?" Die abgebrühten Ermittler hatten schon viel erlebt. Aber sogar ihnen war neu, dass Dominas ihre Kunden zuerst malträtierten und dann verarzteten. Brandes formulierte, was sie dachten: „Die quälen ihre Opfer zuerst im

wahrsten Sinn des Wortes bis aufs Blut und kleben dann Pfläster-
chen und machen heile heile Gänschen?"

„Na ja, wie man´s nimmt. Sie spritzen ihnen wohl Schmerzmittel, damit es noch geiler wird", erläuterte Kröger. „Wir haben
Einwegspritzen gefunden und Ampullen mit Procain."

„Konntet ihr gleich erkennen, was in den Ampullen ist? Ohne
chemische Analyse?" fragte Böttcher.

„Steht auf der Packung, C13H20N2O2. Grundkenntnisse in
Chemie und Pharmakologie sind bei der KTU sehr von Vorteil",
sagte Kröger.

„Und was ist das, dieses Procain?" Jetzt wollten Brandes und
Forsmann es genau wissen.

„Ein Lokalanästhetikum. Das haben früher vor allem Zahn-
ärzte gespritzt. Es hilft aber bei den meisten Schmerzen, sogar
schlimmen Nervenreizungen, Neuralgien und so. Prima Mittel."

„Was haben wir sonst noch?" fragte Forsmann weiter.

„Jede Menge DNA-Spuren von Haaren, Blut, Sperma. Ein
Fest für die KTU", sagte Kröger und grinste. „Wir rechnen mit
Überstunden."

„Wo ist der Hund?" unterbrach Böttcher den Bericht. „Wir
müssen nach der Leiche suchen, die hier gelegen hat."

„Franz kommt gleich mit seinem Hundeführer", sagte Kröger
und lächelte zufrieden. „Franz war schon bei Erdbeben und bei
Bränden im Einsatz. Wenn dort vor kurzem eine Leiche lag, findet
er sie. Oder zumindest findet er alle Stellen, wo sie mal lag."

Böttcher schluckte. Er wünschte sich nichts sehnlicher, als
dass Franz dieses eine Mal keinen Erfolg haben würde.

„Ach ja, und wir haben verschiedene frische Reifenspuren und
Fußabdrücke gefunden", berichtete Kröger. „Es könnte also sein,
dass sie ein Opfer erst heute Nacht oder in den frühen Morgen-
stunden, nach dem Gewitter, wegtransportiert haben. Dafür sprechen auch die frischen Blutspuren."

Warum sollten sie eine Leiche von ihrem Friedhof wegbrin-
gen, fragte sich Böttcher. Viel wahrscheinlicher war doch, dass sie
ein noch lebendes Opfer wegtransportierten. Dass sie Geld wollten
für Abendroth. Oder für Valerie. Ja, die beiden würden sicherlich
noch leben. Er wusste, dass dies angesichts der bisherigen Ermittlungsergebnisse unwahrscheinlich war. Doch die Hoffnung stirbt
zuletzt, dachte Böttcher.

„Los, wir suchen die beiden Nutten! Sie haben Valerie wahrscheinlich noch bei sich!" Böttcher stapfte los. „Wir kommen mit!" schrie Brandes und richtete sich aus der Hocke auf, während er weiter auf den Boden starrte.

„Sie haben ein Auto mit dänischem Kennzeichen, sie wollen vielleicht Richtung Dänemark fliehen", spekulierte Forsmann. „Die Karte!" schrie Böttcher. „Verdammt, die Karte, die KTU hat eine Dänemark-Karte gefunden!"

„Die Kollegen müssen vorsichtig sein, die beiden Täterinnen haben vielleicht eine Geisel bei sich, vielleicht auch zwei", instruierte Brandes die Einsatzzentrale, während sie weiter die Umgebung des Schrebergartens absuchten.

„Aber warum sind sie nochmals hierhergekommen? Warum sind sie nicht gleich abgehauen?"

Böttcher dachte krampfhaft darüber nach, welchen Plan die Dominas verfolgen könnten. „Sie mussten noch etwas erledigen."

Die drei Kriminalpolizisten schauten sich an.

„Sie haben nicht damit gerechnet, dass wir ihre Wirkungsstätte hier schon entdeckt haben", vermutete Forsmann. „Vielleicht wollten sie noch Zeugen beseitigen", ergänzte Böttcher mit zitternder Stimme.

„Du meinst, sie bringen auf den letzten Metern noch ihre Geiseln um?" fragte Forsmann mit zweifelndem Ton. „Das würden sie kaum riskieren."

Franz bellte.

„Ach du Scheiße", stöhnte Brandes.

Der Spurenspezialist zeigte auf einen Baum, etwa 100 Meter von dem Suchtrupp entfernt. Unter dem Baum saß eine Gestalt mit dem Rücken an den Stamm gelehnt. Es war ein Mann. Er war verschnürt wie ein Paket. Er starrte geradeaus und rührte sich nicht.

Sie stürmten zu dem Baum. Einige Meter vor der reglosen Gestalt hielten sie an.

„Er ist tot", stellte Böttcher mit tonloser Stimme fest.

„Nach unserer Beschreibung ist das Abendroth", ergänzte Forsmann. „Damit sind es vier Tote auf der Domina-Liste."

Brandes ging vorsichtig zu Abendroths Leiche. „Bleibt, wo ihr seid", rief er den Kollegen zu. Er zog Einweghandschuhe über. „Ich will nur sicher sein, dass er tot ist, dann soll die KTU hier nach Spuren suchen."

Böttcher war leichenblass. Er schätzte ganz realistisch ein, dass mit dem neuen Leichenfund die Chance, Vally Morton lebend zu finden, auf ein Minimum geschrumpft war. Die Dominas wollten offensichtlich alle Zeugen beseitigen, bevor sie sich endgültig vom Acker machten.

Brandes bückte sich und hob Abendroths Kopf an den Haaren hoch. „Einblutungen in den Augäpfeln und am Hals, dazu Strangulationsmerkmale. Er ist voll verschnürt und wurde wohl erdrosselt."

Böttcher und Forsmann kamen vorsichtig näher. Kurz vor der Leiche blieben sie stehen.

„Meine Güte, den haben sie aber verpackt", sagte Forsmann.

„Kennst sich jemand aus mit Knoten?" schrie Brandes zu den Kollegen der KTU hinüber. Die schüttelten den Kopf.

„Was hat er im Mund?" fragte Böttcher.

Jetzt bemerkten auch die Kollegen das irritierende dunkle Teil. In Abendroths rechtem Mundwinkel war ein kleiner dunkler Fleck zu sehen. „Das ist vielleicht Speichel, vermischt mit Dreck", vermutete Brandes.

„Schau nach", forderte ihn Forsmann auf. „Es sieht aus wie Papier. Vielleicht ist es ein Hinweis auf ihre weiteren Pläne."

„Wieso das denn?" fragte Böttcher skeptisch.

„Papier im Mund, vielleicht eine Nachricht?" fragte Brandes. Die Kollegen schauten gespannt zu ihm.

Brandes überlegte. „Sie haben ihm den Mund gestopft. Mit einem Fünfziger." Er zog den Schein aus dem Mund der Leiche. „Merkwürdige Geschichte. Habe ich so noch nie gesehen", sagte Forsmann.

Auch Böttcher war ratlos. „Was soll das?" fragte er nervös. „Sie nehmen ihm erst sein Geld ab, bringen ihn um und dann geben sie es ihm wieder zurück? Wollen sie uns etwa signalisieren, dass er zu gierig war? Oder dass er zu wenig bezahlt hat?"

„Keine Ahnung, was in den kranken Gehirnen vor sich geht", sagte Brandes frustriert. „Aber sie finden Gier wahrscheinlich nicht schlecht, eher legitim. Es hat keinen Sinn, weiter zu spekulieren. Wir müssen sie erwischen, dann werden sie es uns vielleicht sagen."

„Vielleicht waren die Mörder ja nicht identisch mit der Person, die Abendroth das Geld in den Mund gestopft hat", gab Forsmann zu bedenken. „Oder sie wollen uns sagen: Seht her, wir brauchen sein Geld nicht. Der Typ ist ein armes Würstchen, das uns im Weg war. Und wir haben ihn erledigt."

„Reine Spekulation. Mal sehen, was die KTU sagt", schlug Böttcher vor. „Später fragen wir einen Kriminalpsychologen von der OFA."

Jetzt sollten wir Valerie hier haben, dachte er. Sie ist Spezialistin für merkwürdige Tatorte. Er merkte, wie der Kloß in seinem Hals immer dicker wurde. Aber er sagte nichts mehr.

Die KTU und Gerichtsmediziner Sengelmann sperrten den Leichenfundort ab und begannen sofort mit der Untersuchung von Leiche, Baum und Waldboden.

„Jetzt bräuchten wir jemanden von der Operativen Fallanalyse", stellte Sengelmann fest. „Das ist doch alles sehr merkwürdig hier, die sitzende Leiche, die Fesselung, das Geld im Mund. Vielleicht hat sogar der Baum eine bestimmte Bedeutung. Und die Art und Richtung, wie Abendroth hier abgesetzt wurde."

„Tja, schade, dass ausgerechnet unsere OFA-Expertin sich von den Verdächtigen hat schnappen lassen", konnte sich Brandes nicht verkneifen zu sagen. „Obwohl sie männlichen Begleitschutz hatte", fügt er vorwurfsvoll hinzu.

„Idiot", zischte Böttcher.

„Hört auf", versuchte Forsmann die Kollegen zu beruhigen. „Wir müssen weiter nach Vally Morton suchen. Vielleicht finden wir sie lebend. Wo ist eigentlich der Hund?"

Sie stiefelten zurück und suchten Franz und seinen Hundeführer. Die beiden standen wenige Meter entfernt vom Friedhof im Schrebergarten an genau der Stelle, an der Brandes die Todeskäfer entdeckt hatte. Franz bellte laut und bestimmt. „Hier lag mit Sicherheit eine Leiche", sagte der Hundeführer, begrüßte die drei Kommissare und stellte sich als Klaus-Dieter Wolgast vor. „Sie muss von hier weggebracht worden sein. Kann allerdings auch schon länger her sein. Franz riecht Leichen noch nach Monaten. Allerdings könnte der Regen von gestern und heute früh ein Problem sein."

Franz bellte bestätigend und blickte zu Wolgast auf.

„Findet er auch lebende Vermisste?" fragte Böttcher.

„Er riecht Blut und schlägt dann auch an. Aber er ist Spezialist für Leichen", konstatierte Wolgast.

„Franz soll suchen, wohin die Leiche gebracht wurde", befahl Brandes. Wie auf Kommando schoss Franz los in Richtung Unterholz. Schon nach einer Minute hatte er in dem nahezu undurchdringlichen Gestrüpp eine verdächtige Stelle erschnüffelt. Keine Leiche. Aber Profile von Autoreifen und von Schuhen hatten sich eingegraben, die zu einem Feldweg führten. Dort verloren sich alle Spuren. Franz winselte und zerrte an seiner Leine. Die KTU nahm Abdrücke der Profile. „Ich schau mich hier noch weiter um", sagte der Hundeführer. „Franz will weiter suchen."

Die Ermittler beschlossen, zurück zum Revier Borgweg zu fahren, um den Kollegen dort von ihren Erkenntnissen zu berichten.

Doch dann sahen sie, wie sich ein Auto näherte, und sie mussten nochmals umdisponieren.

Der Paparazzo

Colosseum und Weg zum Brook, Donnerstagmorgen

Boris Bogner, von seiner Gelegenheitsgeliebten Vally Morton ‚Bogie' genannt, hatte wieder mal einen Tipp von einem Informanten bekommen. Den Polizeifunk konnte man nicht mehr abhören, seit er auf digitale Signale umgestellt worden war – es sei denn, man kaufte ein teures Hacker-Programm, aber da war die Kommunikation mit einem zuverlässigen Mitarbeiter der Hamburger Polizeibehörde doch die bessere Alternative.

Der Informant hatte Bogner feixend berichtet, dass im Colosseum eine Razzia stattfand. Und dass eine Polizistin verschwunden war. „Hier ist der Teufel los", zischte er ins Telefon. Bogner zog sich sofort Jeans und frisches T-Shirt über und fuhr gegen drei Uhr am Freitagmorgen zum Colosseum, um die Chefin zu sprechen, Lady Marylou, für die er schon mehrfach fotografiert hatte. Doch die wimmelte ihn ab, keine Zeit, Chaos, Polizistin verschwunden, Dominas aus dem Ruder gelaufen oder so ähnlich.

Die Chefin hatte getobt und gebrüllt, dass „ich mir von diesen Drecksweibern nicht das Geschäft ruinieren lasse, das ich über Jahre aufgebaut habe. Wenn es sein muss, lass ich die von den Russen entsorgen, die dummen Fotzen" und ähnliche Formulierungen waren gefallen. Das Beste aber war gewesen, dass da in ihrem Büro doch tatsächlich drei Damen der Hamburger Gesellschaft saßen, die er von lokalen Promi-Events sehr gut kannte. Sie hingegen erkannten ihn nicht, für sie war er nur irgendein Besucher, mit dem Lady Marylou vor dem Büro lautstark diskutierte.

Bogner kannte auch die drei Money Doms, über die die Damenrunde gerade gesprochen hatte, als er aufgetaucht war. Die hielt er jedoch für harmlose, aber überspannte Nutten, die gerade auf dieser merkwürdigen Erpressungswelle mitschwammen. Er hatte in der SM-Szene schon verschiedene Moden erlebt; erfahrungsgemäß würde die Erpressungsnummer auch, wie alle Moden, eine zeitlich begrenzte Erscheinung bleiben. Ziemlich schnell würde ein anderer Hype sie ablösen. Obwohl er sich fragte, was nach Entführungen und Erpressung noch kommen konnte; diese Money-Dom-Geschichte war wirklich ein trauriger Höhepunkt in dieser ganzen SM-Kacke und eigentlich mit deren Werten, auf die sie lächerlicherweise so großen Wert legten, nicht zu vereinbaren.

Bogner wusste, dass er ohne Erlaubnis von Lady Marylou hier keinesfalls fotografieren durfte. Sonst wäre diese lukrative Geschäftsbeziehung ruckzuck beendet. Doch als sie sich kurz abwendete, schaffte er es tatsächlich, die drei Grazien unauffällig mit seinem iPhone aus der Hüfte zu fotografieren. Wenn er Glück hatte, waren alle drei prima zu erkennen. Er hatte gute Lust, die Story einem schreibenden Kollegen zu stecken, denn das war ein ziemliches Ding, dass die drei bei der bekanntesten und sicherlich auch reichsten Domina Hamburgs saßen. Nun ja, wer weiß, wozu ich dieses Foto nochmal brauchen kann, schätzte er die Situation pragmatisch ein. Vielleicht waren sie ein prima Proviantpaket für magere Zeiten, das man später mal versilbern konnte.

Er machte einige Aufnahmen von den Polizeiautos, die vor dem Colosseum standen und beobachtete, wie Gäste mehr oder weniger bekleidet das Weite suchten. Heimlich machte er noch einige Fotos von davonstürmenden Besuchern. Dann setzte er sich wieder in seinen dunkelblauen Opel Astra, ein völlig unauffälliges Auto, wie sie zu Hunderten auf Hamburgs Straßen fuhren, und fuhr zu seinem Apartment. Dort wollte er die Fotodateien auf einem Stick sichern und in seinem Tresor deponieren.

Gerade als er in Bahrenfeld auf den Hof des Fabrikgebäudes einbog, in dem sich sein Wohn-Atelier befand, rief ihn sein Informant an. „Weibliche Leiche im Stadtpark, neben Stadtparksee, wahrscheinlich Tötungsdelikt. Polizei ist noch nicht vor Ort."

Das konnte ja heiter werden; zuerst der Reeder, dann die Entführung und jetzt noch eine Leiche. Ich komme ja kaum noch nach mit dem Abarbeiten, dachte er sich. Es war fünf Uhr morgens, er hatte in dieser Nacht und auch in der zuvor keine Minute geschlafen. „Die Leiche noch, dann ist erst mal Schluss", nuschelte er leise vor sich hin und steckte sich eine Lucky in den Mund. Er wendete den Wagen und fuhr über Altona, Eimsbüttel und Eppendorf nach Winterhude zum Stadtpark. Dort parkte er den Astra am Südring und sprintete zum See. Es war kurz vor sechs und der Park war nahezu menschenleer. Nur ein paar vereinzelte Jogger und Hundehalter mit ihren Tölen drehten ihre Runden.

Er sah die Frau schon von weitem. Sie saß scheinbar lässig auf der Bank. Aus der Entfernung war nicht zu erkennen, dass sie tot war. Er rannte zu der Bank und hoffte irgendwie, sie würde noch leben. Vielleicht hatte der Informant sich getäuscht. Auch wenn er sich nichts anmerken ließ, hatte ihn sein Beruf doch nicht so weit abgebrüht, dass er völlig gefühllos gewesen wäre beim Anblick der Toten, die er fast jeden Tag zu sehen bekam.

„Scheiße", entfuhr es ihm. Er erkannte sie sofort. Das war Adriana Gebhardt, in einschlägigen Kreisen bekannt als Jennifer Juniper. Eine junge Prostituierte, die vor kurzem auf Domina umgesattelt hatte. Und gemeinsam mit ihren beiden Freundinnen Dolores, schwarze Herrin der Schmerzen, und Samantha, weiße Herrin der Spritzen, reiche Männer abzockte.

Hier lag, das war eindeutig, eine der drei Money Doms, die im Colosseum Kontakte anbahnten. Sie war die jüngste und hübscheste der drei. Er hatte ihr gelegentlich einen Drink spendiert, in der Hoffnung, sie würde ihm mal Interna ihrer Geschäfte erzählen. Und er hatte sie und ihre Kolleginnen für ihre Websites fotografiert.

Jetzt lag sie als totes Stück Fleisch auf der Bank; auf den ersten Blick sah es so aus, als hätte ein Triebtäter ihre Klamotten zerrissen, sie vergewaltigt und ermordet.

Bogner machte Fotos von allen Seiten, aus sämtlichen Perspektiven. Er überlegte, ob er Valerie anrufen sollte. Doch wofür? Von den Tätern war weit und breit nichts zu sehen. Er hatte alles brav dokumentiert. Bald würden Jogger die arme tote Jennifer entdecken. Er überlegt kurz, ob er ihre Blößen bedecken sollte. Es erschien ihm obszön, wie sie so dalag, fast nackt. Dann siegte sein Pragmatismus und er beschloss, sich besser von ihr fernzuhalten. Sonst würde seine DNA bei ihr gefunden werden. Er würde sich verdächtig machen, wenn er an ihr herummanipulierte, das war klar. Er lief quer über den Rasen und durch ein kleines Gehölz zurück zu seinem Wagen. Als er sich nochmals umblickte, sah er einen Jogger, der mit seinem Hund ganz in der Nähe der Toten herumtollte.

Bogner fuhr wieder zurück nach Bahrenfeld, lud die Dateien auf den Mac hoch und bot die Fotos über seine Kontaktleute Bild und MoPo an. Beide Boulevard-Blätter bissen an. Jetzt würde er sich erst mal ein paar Stunden aufs Ohr legen und dann Valerie anrufen; die Erfolge der vergangenen 48 Stunden mussten am heutigen Abend oder morgen, am Samstag, mit einem tollen Abendessen und einem Schäferstündchen gefeiert werden.

Er tippte die Kurzwahl von Valeries Mobilnummer in sein Handy. Sie meldete sich nicht. Das konnte nur bedeuten, dass sie bei einem Einsatz war. Ansonsten war sie auch für nächtliche Anrufe und Dirty Talks am Telefon aufgeschlossen. Er hinterließ eine Nachricht auf der Mailbox, ging ins Bad, um kurz zu duschen und die Zähne zu putzen. Wieder klingelte sein Handy. Er fluchte, schlang ein Handtuch um die Hüften und sprintete zum Schreibtisch, während er sich trocken rubbelte. Es war sein Informant.

„Sie haben einen Friedhof gefunden im Duvenstedter Brook." Der Fotograf brüllte. „Was, verdammt! Einen Friedhof?"

„Ja, drei vergrabene Leichen."

Der Informant genoss es hörbar, Bogner auf die Folter zu spannen, und machte eine Kunstpause.

„Drei ehrenwerte Hamburger Bürger. Stehend begraben."

„Drei Tote?" Der Paparazzo sah seine Felle davonschwimmen. Wer interessierte sich für eine tote Nutte, wenn es drei Leichen aus der besseren Gesellschaft gab! Stehend begraben!

„Ja und, wer sind sie?"

„Wahrscheinlich die Typen, die seit Monaten vermisst werden. Sie hatten Röhrchen im Mund, sind dann wohl erstickt."

Das war ein Skandal erster Güte. Bogner trocknete sich mit der linken Hand ab, steckte sich mit der rechten eine Lucky in den Mund, griff dann mit der linken nach dem Feuerzeug und versuchte gleichzeitig, frische Klamotten aus dem Schrank zu zerren.

„Du wirst es nicht glauben, das ist noch nicht alles. Die Bullen vermissen eine Kollegin."

Bogner stieg in eine Jeans. Legte die Kippe in den Aschenbecher. Zog ein T-Shirt über den Kopf.

„So eine Tussi vom LKA. Superscharf übrigens. Wurde wohl entführt. Von Dominas. Stell dir das mal vor."

Der Informant klang konsterniert. Bogners Hände wurden klamm. Ihm rann kalter Schweiß über Rücken und Brust.

„Sie suchen den Brook ab. Haben wohl nicht viel Hoffnung, sie lebend zu finden."

Bogners Magen hob sich.

„Was redest du da für einen Müll, Hellmann!"

„Die haben Leichenhunde. Na ja, mal sehen, ob sie die Dame Oberschlau finden."

„Wo wurde sie denn entführt?"

Jetzt zitterte der Fotograf so stark, dass ihm die Zigarette aus der Hand fiel.

„Im Colosseum, da war sie mit dem Großmaul Böttcher, der hat wohl nicht richtig auf sie aufgepasst."

„Oh Gott!" stöhnte Bogner. Der Fotograf schnappte Jeansjacke, Handy, Autoschlüssel, Kamera und Portemonnaie und stürmte die Treppe hinunter, immer zwei Stufen auf einmal. Hellmann quakte weiter aus dem Handy.

„Auf welcher Seite vom Brook suchen sie?" schrie Bogner.

„Keine Ahnung, Digger", antwortete Hellmann, der trotz seines gemäßigten Temperaments nun auch nervös wurde. „Sie haben was von Schrebergärten gefaselt", fiel ihm dann noch ein. „Der Friedhof ist in einem Schrebergarten!"

„Scheiße, scheiße, scheiße", brüllte der Fotograf.

„Die kannst du nicht verfehlen, da müssen Dutzende von Kollegen sein", versuchte ihn Hellmann zu beruhigen. „Und du bist der erste Presseheini, der es erfährt!"

„Halt mich auf dem Laufenden, Hellmann" brüllte Bogner und sprang ins Auto.

„Die werden doch nicht eine Hauptkommissarin umbringen, und dann auch noch vom LKA! Das trauen die sich nicht!" Doch Hellmann zweifelte heftig, ob sein Optimismus berechtigt war. Er schob sich ein Stück Lachs-Flammkuchen in den Mund, das die schwangere Kollegin, die mit ihm Telefondienst schieben musste, übrig gelassen hatte, als sie mal wieder zur Toilette verschwunden war.

Hellmann war froh über das nächtliche Theater im Polizeirevier Borgweg. Endlich war es mal nicht so langweilig wie sonst. Und er hatte heute schon mindestens zweihundert Euro mit Tipps für Bogner verdient. Er musste mit ihm unbedingt mal über eine Aufstockung seiner Prämie verhandeln. Doch zweihundert waren besser als nichts. Vielleicht würde er Sylvie Blumen mitbringen. Oder Pralinen. Oder beides. Und vielleicht hätten sie dann endlich mal wieder Sex.

Die operative Fallanalyse
Landstraße Poppenbüttel, Freitagfrüh

Valerie saß unter dem Baum. Ihre Lebensgeister kehrten zurück. Sie betrachtete die Wunden an ihren Handgelenken. Wieviel Blut ich wohl verloren habe? überlegte sie. An die letzten Minuten der Entführung und die anschließende Fahrt konnte sie sich kaum erinnern. Das war sicher der Schock. Aber vielleicht waren die Verletzungen harmloser, als sie aussahen.

Sie presste die Luft aus ihren Lungen und drückte ihren Oberkörper so eng wie möglich an den Stamm, um den Abstand zwischen Körper und Fesseln zu vergrößern, in der Hoffnung, dass sie dann ihre Hände unter den Seilen würde herausziehen können. Sie ruckelte an den Lederbändern herum; ganz langsam wurden sie loser, aber längst nicht lose genug. Wenn sie nur nicht diesen wahnsinnigen Durst hätte! Sie fluchte über den erfolglosen Befreiungsversuch. Handtasche und Handy lagen noch im roten Keller. Oder diese Weiber hatten sie weggeworfen. Wer würde sie hier finden? Weit und breit kein Auto. Was für eine Ironie des Schicksals, hier zu verrotten, dachte sie. Folterkeller überstanden und dann am Straßenrand den Geist aufgeben. Kommt nicht in die Tüte.

Verbissen arbeitete sie weiter an den Fesseln. Und dann – oh Wunder, da kam doch tatsächlich ein dunkelblauer Wagen angefahren. Was suchte denn der hier frühmorgens? Egal. Wer auch immer hier entlang fuhr, konnte sie befreien. Wenn er sie bemerkte. Aber wie sich bemerkbar machen?

Sie zappelte, rutschte mit der Ferse am Boden entlang und schob sich den Stiletto so weit runter vom rechten Fuß, dass er lose vorne auf den Zehen saß. Würde das Manöver klappen? Was hatte sie schon zu verlieren. Sie würde es versuchen. Sie musste sich konzentrieren, den richtigen Moment abpassen. Als das Auto nur noch etwa fünf Sekunden Fahrt von ihr entfernt war, schnellte sie ihren rechten Fuß nach oben und schleuderte den schwarzen, mit glitzernden Strass-Steinen besetzten High Heel in Richtung Fahrbahn. Er zog eine kurvige Bahn in der Luft und landete nur wenige Meter vor dem Auto, kurz bevor es Valerie passierte.

Bogner sah das unbekannte Flugobjekt durch die Luft segeln und überlegte kurz, ob es wohl ein desorientierter Vogel war. Er bremste mit quietschenden Reifen, überrollte das Flugobjekt, hielt

264

mitten auf der Fahrbahn an, stieg aus und betrachtete fassungslos sein vermeintliches Opfer.

„Was ist das denn?" schrie er.

„Hilfe", schrie Valerie. „Bogie, hilf mir!"

„Ach du dicke Scheiße", stammelte Bogner und rannte zu Valerie. „Was ist denn mit dir passiert, meine Süße?" Er beugte sich zu ihr hinunter. „Mist, ich brauche eine Schere oder ein Messer."

Er rannte zurück zu seinem Auto, fuhr es an den Straßenrand und fand im Handschuhfach ein Schweizer Messer. Ruckzuck säbelte er die Fesseln durch. „Meine Güte, was haben sie mit dir gemacht?" Valerie ahnte, dass sie übel aussah.

„Ein merkwürdiger Transvestit, der im Colosseum arbeitet, hat mich dort im Keller gefoltert." Sie zeigte ihm ihre verbundenen Handgelenke. „Hätte schiefgehen können", murmelte sie.

„Was, Carmen hat dich gefoltert?" fragte Bogner überrascht. „Das hätte ich dem Weichei Dellmann gar nicht zugetraut." Er zog Valerie in die Höhe und führte sie langsam zu seinem Auto.

„Carmen ist Bernd Dellmann? Der Bruder von Marion Abendroth, geborene Dellmann? Der verkrachte Banker?" Sie konnte es kaum glauben. „Das ist nicht nur der Schwager von Hendrik Abendroth, sondern auch sein Freund und Geschäftspartner! Dann ist der sicherlich auch in diese Domina-Geschichte verwickelt. Und was hattest du hier vor?" fragte sie den Fotografen. Sie setzte sich auf den Beifahrersitz und zog den Sicherheitsgurt fest. Die Wunden an ihren Handgelenken fingen erneut an zu bluten. Valerie achtete nicht auf sie. Ich stehe unter Schock, dachte sie. Das dicke Ende kommt noch, dann klappe ich vielleicht zusammen.

Bogie reichte ihr eine Wasserflasche und eine Packung Ibuprofen. Er drückte aufs Gaspedal, die Reifen drehten durch, der Straßensplit spritzte. Valerie trank gierig das Wasser, gurgelte immer wieder, um den fiesen Geschmack aus dem Mund zu bekommen, und spülte schließlich zwei Schmerztabletten herunter.

„Ich wollte zum Duvenstedter Brook", sagte Bogner. „Dort hat die Polizei Leichen gefunden. Ich hatte schon Angst, dass du auch dort liegst. Ich habe erfahren, dass du entführt wurdest." Seine Stimme zitterte leicht, Er steckte sich eine Lucky in den Mund und tastete nach dem Feuerzeug. Valerie gab ihm Feuer und steckte sich auch eine Zigarette an.

„Süße, seit wann rauchst du?" Bogner drehte überrascht seinen Kopf nach rechts. „Gelegentlich rauche ich indonesische Nelkenzigaretten", erzählte Valerie leise. „So eine Art Freundschaftszigaretten." Sie räusperte sich und schluckte. „Ich habe viel gefeiert früher, hatte viele Freunde. Und eine sehr gute Freundin. Schade, dass wir uns aus den Augen verloren haben."

Bogner streichelte ihren linken Oberschenkel. „Na wart mal ab, Sweetheart, wenn wir diese ganze Scheiße hier überstanden haben, können wir ja deine Freundin ausfindig machen." Er lächelte Valerie aufmunternd zu, griff mit seiner rechten Hand ihre linke und drückte sie. Valerie jaulte auf. „Oh Mist, ich hab nicht dran gedacht, dass du verletzt bist, du bist für mich immer die starke, unverletzliche Super-Kriminalerin gewesen, sorry, Süße." Er klang zerknirscht.

Bogner umfasste wieder mit beiden Händen das Lenkrad und konzentrierte sich darauf, seinen trägen Mittelklassewagen auf Höchstgeschwindigkeit hochzujagen. Dann erzählte ihm Valerie die Geschichte, soweit sie diese kannte. Und der Fotograf verriet ihr, was sein Informant ausgeplaudert hatte. Ohne Hellmann zu verpfeifen. Eher würde er sich die Zunge abbeißen, als eine Quelle zu verraten. Sonst könnte er den Job innerhalb kürzester Zeit an den Nagel hängen.

Er erzählte Valerie von den eingegrabenen Leichen und der toten Domina im Stadtpark, die wohl vergewaltigt und erdrosselt worden war und auf der Bank unter einem Wacholderbaum lag. „Ich hab sie gekannt, sie passte nicht zu den beiden anderen", sagte er mit belegter Stimme.

Sofort erwachte der Instinkt der Kriminalhauptkommissarin. „Und warum nicht?"

„Na ja, sie war irgendwie so eine Hübsche, Flotte, hatte jede Menge Freier und Verehrer, die sie aus der Prostitution rausholen wollten. Aber sie wollte unbedingt bei dieser Money-Dom-Geschichte mitmachen. Wollte reich werden und unabhängig sein."

Der Fotograf wirkte nachdenklich. „Und jetzt ist sie tot."

„Du hast sie fotografiert, stimmt's?" fragte Valerie mit unbeteiligt klingender Stimme.

Es dauerte einige Sekunden, bis der Fotograf antwortete.

„Ja, ich geb's zu, hab ich. Sie war schon tot, was sollte ich tun! Wenn ich es nicht gemacht hätte, wäre sie auch nicht lebendig!"

„Mannomann, dass auch ein toter Mensch eine Würde hat, davon hast du noch nichts gehört, he?" Sie wurde lauter. „Scheiße, Bogner, es gibt eine Empfindung, die nennt man Pietätsgefühl, das ist sogar ein geschütztes Rechtsgut, ist dir das bekannt? Was du gemacht hast, nennt man Störung der Totenruhe, verdammt! Vielleicht hat sie ja Verwandte und Freunde, die heute aus den Schmierblättern, für die du arbeitest, erfahren müssen, was sie gearbeitet hat und dass sie umgebracht wurde!"

„Ende der Anspreche?" fragte Bogner lakonisch. „Sie ist tot. Angesichts ihres Fanclubs und der Art ihres Todes kriegt ihr sicherlich eine Menge Hinweise. Dabei helfen auch meine Fotos."

Er steckte sich eine Lucky an der alten an. „Irgendeiner hat sie dort abgelegt. Den muss jemand gesehen haben. Würde mich wundern, wenn ihr nicht schon bald einige Herren vorladen könntet."

„Da wäre ich mir nicht so sicher, ob da nur Herren in Frage kommen", entgegnete Valerie. „Sie war in einem gefährlichen Gewerbe tätig mit harter Konkurrenz. Vielleicht wollten ja Konkurrentinnen sie ausschalten. Vielleicht hat sie gegen irgendeinen Ehrenkodex verstoßen oder in fremden Pfründen gewuchert."

„Aber sie wurde vergewaltigt", warf der Fotograf ein.

„Wer sagt das?" fragte Valerie und zog ihre Stirn in Falten. „Welche Beweise gibt es? Welche Verletzungen? Wer war überhaupt am Tatort?"

Woher hatte überhaupt Bogner seine Informationen? „Das ist Täter- oder Polizeiwissen", murmelte sie vor sich hin.

„Was ist Täter- oder Polizeiwissen?" herrschte er sie an. „Verdammt, denkst du, ich hätte sie umgebracht? Hast du sie noch alle?"

Aus seiner Stimme war jegliche Coolness verschwunden. Er schlug auf das Lenkrad. „Verdammt, verdammt, verdammt. Ich hoffe, dass du bald wieder normal bist und deine grauen Zellen funktionieren. Du musst das Schwein finden!"

Valerie ließ das Gebrüll über sich ergehen.

„Woher weißt du, dass sie nicht dort umgebracht, sondern nur abgelegt wurde? Das kann nur der Täter wissen. Oder jemand, der ihn beobachtet hat. Oder haben das etwa schon die Kollegen vor Ort ermittelt? Und wer von denen hat es dir erzählt? Es gibt also einen Kollegen, der dir Tipps gibt? Was bezahlst du ihm dafür, dem Arsch?"

Ich könnte mir in den Hintern beißen, dachte der Fotograf. Warum kann ich nicht meine Klappe halten. Das hat doch bisher prima mit uns funktioniert. Jetzt geht die ganze schöne NVA, unsere Nur-Vögeln-Affäre, wegen diesem Scheißfall den Bach runter. In Valeries Schläfen pochte es. Sie schluckte noch ein Ibuprofen und trank das restliche Wasser. Woher hatte Bogie seine Informationen? „Zeig mir die Fotos", herrschte sie ihn an.

„Habe ich gelöscht." Er klang trotzig und gab noch mehr Gas.

„Zeig sie mir!"

Der Fotograf nestelte widerwillig mit der rechten Hand sein Handy aus der Jackentasche und warf es mit einem Schnauben auf ihren Schoß. „Bitteschön. Es ist der Ordner Jennifer. Und ich weiß nicht, was das jetzt bringen soll. Deine Kollegen waren vor Ort. Willst du sie kontrollieren, ob sie richtig ermitteln?"

„Ich bin Fallanalytikerin", entgegnete sie nüchtern. „Ich versuche, ein Verbrechen und vor allem den Täter zu verstehen. Ich rekonstruiere und interpretiere das Verhalten eines Täters anhand von Spuren am Tatort. Ich arbeite mit den Kollegen von der Spurensicherung und den Ermittlern gemeinsam. Wir versuchen, den Fall aus kriminalistischer und kriminologischer Sicht zu verstehen."

„Und was bedeutet das genau?" wollte Bogner wissen. Valerie überlegte, wie sie ihm das Vorgehen erklären konnte.

„Ich versuche, mich in den Täter hineinzuversetzen. Was hat er getan, um das Verbrechen zu begehen? Und wichtiger noch – hat er bestimmte Handlungen vorgenommen, die für die Tat gar nicht notwendig waren? Zeigt sein Verhalten ganz spezifische Merkmale? Hat er die Tat mit hoher Wahrscheinlichkeit geplant oder hat er nur eine günstige Gelegenheit genutzt? Welche Entscheidungen hat der Täter getroffen? Verhalten ist bedürfnisorientiert. Welche Bedürfnisse hat der Täter mit der Tat befriedigt? Auf der Basis dieser Erkenntnisse stellen wir Hypothesen zum Geschehen auf und erstellen ein Täterprofil."

Bogner nahm den Fuß vom Gas. Er runzelte die Stirn und donnerte wieder mit der flachen Hand auf das Lenkrad. „Da brat mir einer einen Storch! Meine Süße ist eine Profilerin! Du bist Clarence Starling! Du bringst die Schweine zur Strecke, die Frauen abschlachten, damit ihnen einer abgeht!"

Valerie öffnete den Dateiordner des iPhones und studierte die Fotos. „Wir sind hier nicht in Hollywood", entgegnete sie. „Fallanalyse und Erstellung eines Täterprofils sind nur ein Teil unserer Arbeit. Aber da du das Opfer ja nun schon mal aus der Nähe gesehen hast – ist dir etwas Besonderes an ihr oder am Tatort aufgefallen?"

Sie blickte zu dem Fotografen, der die Kippe aus dem Fenster warf, auf seinen Lippen kaute und angestrengt nachdachte. „Sie hatte so einen friedlichen Gesichtsausdruck. Und sie sah hübsch aus, obwohl sie tot war. Um den Hals war dieses Tuch geschlungen, aber sie sah nicht aus, als wäre sie erwürgt worden. Vielleicht waren die Würgemale ja verdeckt. Na ja, jetzt dreh mir daraus bloß keinen Strick, ehrlich gesagt weiß ich nicht, wie jemand aussieht, der erwürgt worden ist. Aber treten da nicht die Augen hervor und die Zunge hängt raus? Da kämpft man doch, schnappt nach Luft. Es sah jedenfalls nicht nach einem Kampf aus. Und ihr Höschen war so halb runtergezogen, der BH nach oben geschoben."

Valerie dachte nach und scrollte weiter durch die Fotos. „Wir haben also Indizien, dass der Täter ein sexuelles Motiv gehabt hat; es fehlt zwar auf den ersten Blick kein Kleidungsstück, aber er hat sein Opfer entblößt und in einer sexuellen Körperhaltung positioniert. Wir wissen noch nicht, ob es tatsächlich zu sexuellen Handlungen kam, ob er seine Fantasien ausgelebt hat. Wir müssen abwarten, was die Spurensicherung und die Gerichtsmedizin sagen. Ob es zum Geschlechtsverkehr kam, ob vielleicht Gegenstände in Körperöffnungen eingeführt wurden."

Dann stutzte sie. „Warum nannte sie sich Jennifer Juniper? Weißt du das? Hat sie dir etwas erzählt über ihre Arbeit und diesen merkwürdigen Namen?"

Der Fotograf versuchte, sich zu erinnern. „Keine Ahnung. Sie hat mir nur erzählt, dass sie möglichst schnell viel Kohle verdienen will, um ein Haus mit Garten zu kaufen. Und dass sie in einem großen Haus mit Garten aufgewachsen ist. Mit vielen Bäumen. Und dass sie gerne auf einem Bänkchen gesessen hat unter einem alten Wacholderbaum." Seine Stimme klang traurig. „Sie war eine Nette, so eine verdammte Scheiße. Ihr müsst das Schwein finden."

„Jenifer Juniper. Juniperus. Der Wacholder. Sie wurde unter einem Wacholder abgelegt. Der Mörder hat sie zu einem Baum gebracht, der ihren Traum von einem bürgerlichen Leben symbolisiert. Wenn er sie tatsächlich woanders umgebracht hat – was wir noch nicht sicher wissen können - muss er davon gewusst haben."

„Dann kann es kein Freier gewesen sein", stellte Bogner fest. „Dominas reden nicht mit ihren Kunden. Schon gar nicht über private Dinge. Da gibt es nur Befehle und fieses Geschrei. Sie machen die Typen fertig."

Valerie dachte nach. „Sobald wir im Brook fertig sind, kommst du mit aufs Revier. Du bist ein wichtiger Zeuge. Streng deine grauen Zellen an, versuch, dich an alles zu erinnern. Hatte sie Streit mit ihren Kolleginnen?"

„Keine Ahnung, Vally Schätzchen, ich habe mit ihr nicht über ihre Arbeit geredet, so ein perverser Dreck interessiert mich nicht!"

„Solange keine Fotos dabei rausspringen, nicht wahr? Dir geht es nur um die Kohle. Hast du auch im Colosseum fotografiert?"

Er zögerte kurz. „Nur wenn Lady Marylou es wollte. Für die Website und so."

„Und was ist mit den Gästen? Haben die Dominas ihre Kunden vielleicht erpresst? Mithilfe deiner Fotos?"

„Quatsch, Fotos, sie haben sie doch sowieso erpresst! Hast du das nicht kapiert? Die Typen wollten sich erpressen lassen, das war ein Spiel! Entführung und Erpressung! Fotos waren komplett unnötig!" Bogner schrie und haute auf das Lenkrad. „Und jetzt hör auf, mir irgendwelche Geschichten in die Schuhe zu schieben!"

Valerie zog eines der Fotos mit der toten Domina auf dem Handydisplay größer. „Nur wenige Morde werden aus sexuellen Motiven begangen. Viel häufiger sind Rache oder Habgier. Oder man will jemanden zum Schweigen bringen. Diese Serienkiller- und Sexualmordgeschichten werden total überbewertet. Aber manche Täter versuchen, ein sexuelles Motiv vorzutäuschen. Ich garantiere dir, dass wir keine Spuren einer Vergewaltigung finden werden."

Bogner runzelte die Stirn. „Ach ja? Und was ist mit den Geschichten, die man ständig liest? Alles erfunden, oder was?"

Valerie murmelte geistesabwesend vor sich hin. Sie wandte den Kopf zu ihm und sagte: „Typisch für das Vortäuschen eines sexuellen Motivs ist es, dass nach dem Mord der BH hoch- und der Slip runtergeschoben wird. Weil der Täter glaubt, so sehe das aus bei einem Sexualmord. Wäre sie vergewaltigt worden, wären beide mit hoher Wahrscheinlichkeit zerrissen. Oder er hätte Kleidungsstücke mitgenommen. Als Trophäe."

Sie scrollte auf eine Nahaufnahme. „Du hast sogar ihr Gesicht fotografiert."

„Ja, verdammt, ich habe das Gesicht einer Toten fotografiert. Und jetzt bin ich für dich komplett unten durch, ja? Aber gut, dass du meine Fotos hast. Jetzt lass mich in Frieden mit deinen Moralpredigten."

Bogner beschloss, nicht mehr auf Vorwürfe und Fragen zu reagieren. Bei Gelegenheit würde er seine NVA darauf hinweisen, dass sie ihm ihre schnelle Befreiung verdankte und einige wichtige Hinweise. Doch jetzt würde er einfach die Klappe halten bis zu einer offiziellen Vernehmung.

„Was hat sie im Mund? Kann man das Foto noch weiter vergrößern?"

Valerie versuchte, den Mund der Toten größer zu zoomen. Bogner schwieg und stierte geradeaus. Valerie schaute nach links zu ihrem Fahrer. Der zeigte keine Reaktion. Sie beschloss, ihn schmollen zu lassen. Vielleicht würde er ja später wieder mit ihr reden. Mit Sicherheit sogar. Sie kannte ihn. Auch wenn er bei diesen Fotogeschichten skrupellos war, war er doch im Grunde seines Herzens ein Weichei. Eigentlich ein netter Kerl.

In der Ferne tauchten die Fahrzeuge ihrer Kollegen auf. Ein Hubschrauber knatterte über sie hinweg. Bogner stellte den Astra neben den Einsatzfahrzeugen ab. Sie stiegen aus. Böttcher rannte auf sie zu. Valerie hörte noch, wie er ihren Namen schrie. Dann gaben ihre Knie nach und sie verlor das Bewusstsein.

Die Opfer

Duvenstedter Brook, Schrebergarten, Freitagvormittag

Valerie kam zu sich. Ihr rechter Arm war über dem Ellbogen mit einem Gummischlauch abgebunden. Sengelmann schob eine Kanüle in ihre Vene. Er lächelte sie an. „Na, war wohl alles etwas viel!" Behutsam drückte er eine trübe Flüssigkeit aus dem Kolben der Spritze in die Ader. Das Zeug brannte. Valerie stöhnte. Tränen liefen über ihre Wangen. Sengelmann löste den Schlauch und tröstete sie. „Gleich geht es Ihnen besser." Sie spürte, wie das Beruhigungsmittel sie entspannte. Schlafen wäre jetzt gut. Einfach ausruhen. Hier liegen bleiben. Sie schloss kurz die Augen. Öffnete sie wieder. Sah alles verschwommen. Blendende Helligkeit. Aus den Augenwinkeln sah sie Forsmann, Böttcher und einen Typen, der ihr irgendwie bekannt vorkam. Die drei diskutierten und wedelten mit den Armen.

Vom Wald klang Hundegebell herüber. Sie suchen mit Leichenhunden, dachte Valerie. Vielleicht gibt es noch mehr Gräber als die drei, von denen Bogie erzählt hat. Wo ist er überhaupt? Sie versuchte sich aufzurichten. Sah Männer in weißen Overalls. Und ihre Kollegen. Wie in einem Film. Irreal.

Der Fotograf war verschwunden. Kein Bogie. Er hat fotografiert und ist abgehauen, dachte Valerie. Was mit mir ist, interessiert ihn nicht. Sie schniefte. Machte sich klar, dass sie ja keine Liebesaffäre hatten. „Schließlich wollte ich nie, dass er sich für mich verantwortlich fühlt", sagte sie sich. Sie versuchte, sich aufzusetzen. Ihr Kopf rauschte, ihr linkes Ohr klingelte wie ein Glockenspiel. Na prima, dachte sie, das sind die Vorboten eines Hörsturzes. Klingeling. Herzrasen. Was hat Sengelmann mir gespritzt? Konzentrieren. Reiß dich zusammen.

Böttcher beugte sich über sie, verzog das Gesicht. Er sah aus, als würde er gleich losheulen. „Oh Scheiße, Vally, es tut mir so leid", jammerte er. „Ich bin echt ein Idiot! Wie konnte das nur passieren!"

„Ich bin o.k.", log sie. Hörte, wie jämmerlich sie klang. „Und wer ist er hier? Ihn kenn ich nicht." Schon energischer. Aber immer noch das Klingeling. Wie klingt denn meine Stimme? Als hätte ich Watte im Mund.

„Wer ist er?" Valerie deutete auf Gregor.

Alle starrten Gregor an.

„Mann, Sie sind die Frau vom LKA!" Bevor jemand zu einer Erklärung ansetzen konnten, sprudelte Gregor los. „Sie waren doch gestern in Heidruns Eck! Sie sind toll! Diese Russen haben echt Respekt vor Ihnen!"

„Welche Russen?" fragte Forsmann.

„Die Zuhälter!" platzte Gregor heraus. „Mann, bei euch in Hamburg ist aber echt die Kacke am Dampfen!"

Es klang, als würde er das nicht sonderlich bedauern. „Dabei wollte ich nur feiern und shoppen!"

„Er ist ein Zeuge", sagte Forsmann.

Ein Zeuge. Der mich gesehen hat. Was war gestern? Valerie versuchte, sich an den Abend zu erinnern. Richtig, Heidruns Eck. Mit Böttcher. Sie war mit Böttcher auf dem Kiez. Die Russen hatten von den Money Doms erzählt. Und dann?

Temporäre Amnesie. Kann vorkommen bei Stress.

„Ich habe die Tote im Stadtpark entdeckt! Und den Kommissar Forsmann hierher gefahren. Fast hätten wir diese Dominas erwischt!"

Valerie schaute Gregor ungläubig an. „Sorry, ich muss mich vorstellen. Gregor Palm. Aus Heilbronn. Angenehm." Er lächelte, setzte sich zu Valerie auf den Boden und streichelte ihre rechte Hand.

„Schöne Frau, alles wird gut."

Gregor Palm. Mh. Heidruns Eck? Darüber würde sie später nachdenken. Valerie schaute Forsmann ungläubig an. „Ihr habt sie entwischen lassen?" Sie überlegte, ob sie ihre Hand wegziehen sollte. Und ließ Gregor weiter streicheln. Körperkontakt beruhigt, stellte sie erstaunt fest. Betrachtete den Streichler. Drückte sachte Gregors Hand. Ließ ihn weiter streicheln.

Forsmann und Böttcher guckten grimmig.

„Na ja, wir konnten doch nicht eine Verfolgungsjagd durch ein Wohngebiet veranstalten, Fuck."

Die Entschuldigung Forsmanns klang halbherzig.

„Mannomann", entfuhr es Valerie. „Zuerst bau ich Mist und dann lasst ihr diese Weiber entkommen. Wir sind ja eine voll erfolgreiche Truppe."

Die Kriminalkommissare schauten betreten auf ihre Schuhe.

„Wo ist Quantico? Hat er schon irgendwas Brauchbares gefunden hier? Und wer sind die Toten?" Habt ihr sie identifiziert? Wie viele sind es?"

„Drei haben wir schon ausgegraben. Es sind wohl die Vermissten, nach denen wir seit Monaten suchen", erläuterte Forsmann. „Man kann sie nicht mehr erkennen, aber sie haben ihre Papiere bei sich. Zur Sicherheit machen wir einen Gebiss- und DNA-Abgleich." Forsmann war froh, dass er wenigstens dieses Ermittlungsergebnis präsentieren konnte. „Also hier fanden ihre vorletzte Ruhestätte: Dr. Andreas Haller, Psychoanalytiker aus Hummelsbüttel, geschieden; Dr. Karl-Friedrich Weidenmann, Zahnarzt aus Harburg, verheiratet; Peter Dreyer, Inhaber eines Baustoffhandels aus Eilbek, ledig", entnahm Forsmann einem Notizzettel.

Dann druckste er herum. „Und wir haben Hendrik Abendroth."

„Na bitte, das ist doch etwas", sagte Valerie.

„Ja, aber er ist tot", antwortete Forsmann.

Betretene Stille.

„Sengelmann meint, er liege noch nicht lange da. Und er hat üble Verletzungen. Sie haben ihm das Knie zertrümmert."

„Er wurde gefoltert", ergänzte Quantico.

„Mein Gott", entfuhr es Valerie. „Wie haben sie ihn umgebracht?"

„Erdrosselt", sagte Forsmann.

„Wie die kleine Jennifer?" fragte Valerie.

„Nein, nicht mit einem Halstuch. Mit merkwürdig verknoteten Schnüren."

Forsmann stutzte. „Woher weißt du von der Nutte im Stadtpark?"

„Das hat mir ein Vögelchen zugezwitschert, das die Information von einem aus unserer Truppe hatte", zischte Valerie erbost. „Wir haben mindestens eine undichte Stelle, und der Idiot gefährdet unsere Ermittlungsarbeit."

Sie spürte, wie ihre Energie zurückkehrte. Und Zorn aus ihrem Bauch hochstieg. Das Beruhigungsmittel beruhigte nicht mehr.

„Du willst doch nicht etwa sagen, dass du einen von uns hier verdächtigst?" fragte Böttcher empört.

„Ich behaupte nichts, ich stelle nur Tatsachen fest. Und Tatsache ist, dass ein Fotograf der Yellow Press von beiden Tatorten erfahren hat, offensichtlich vor euch dort war, die Tote im Stadtpark fotografiert hat, hierher fahren wollte und mich unterwegs aufgegabelt hat. Er hat mich befreit und mitgenommen. Und was habt ihr gemacht, um mich zu finden?" Ihre Stimme überschlug sich.

Sie holte tief Luft. Du musst ruhig werden, sagte sie sich. Nachdenken.

Keine Chance. „Ohne ihn würde ich wahrscheinlich immer noch am Rand der Landstraße sitzen, lebendig oder tot." Sie brüllte. „Wo ist er überhaupt, dein Retter?" Böttcher blickte misstrauisch umher.

Bogner war verschwunden. Weg. Hatte sich verdünnisiert. „Sucht ihn und beschlagnahmt seine Kamera. Ich will nicht, dass wir die Hauptrollen spielen in einem Foto-Krimi in Bild oder MoPo", befahl Valerie. „Sagt allen Kollegen Bescheid, wenn der Typ hier rumschnüffelt, reiß ich ihm den Arsch auf."

Sie wusste, dass es zu spät war, Bogner die Fotos abzunehmen. Sie hätte einfach das iPhone beschlagnahmen sollen. „Hätte hätte Fahrradkette", murmelte sie mürrisch vor sich hin.

Wieder klingelte es in ihrem Ohr. Ruhig werden. Fair bleiben. Nicht brüllen. Sie tun ihr Bestes. Auch wenn es nicht für einen Orden taugt.

Valerie schaute sie der Reihe nach an. „Und jetzt will ich Abendroth sehen."

Gregor stand auf, streckte ihr beide Hände entgegen und zog sie hoch. Ich bin noch total wackelig, stellte sie missmutig fest.

Gerade mal 14 Stunden waren seit der Entführung vergangen. Es war sieben Uhr morgens. Der Tag würde trotz des nächtlichen Gewitters und des frühmorgendlichen Regens wieder heiß werden. Auf den Blättern und zwischen den Zweigen der Haselbüsche glitzerten Regentropfen auf Spinnweben. Über dem Tümpel, an dessen Ufer die Buche stand, in der Abendroth abgesetzt worden war, hing Dunst. Ein Specht klopfte energisch sein Frühstück aus der Rinde einer Fichte.

„Scheißhitze", stöhnte Valerie. „Ich muss dringend unter die Dusche." Sie kräuselte die Nase. „Und er hier sollte möglichst schnell in einen Kühlraum in der Rechtsmedizin. Sonst zerfällt er unter unseren Augen in seine Bestandteile."

Allmählich fielen ihr wieder Einzelheiten der vergangenen Nacht ein. Heidruns Eck. Die Russen. Deren Gezeter wegen der Konkurrenz durch Dominas, die ihre Kunden komplett ruinierten.

Sie stapfte durch das Unterholz zu Abendroths Leiche. Schob nasse Zweige zur Seite, die zurückschnalzten und Striemen auf ihren Armen hinterließen. Die Kollegen folgten ihr, Gregor schlich hinterher. „Sie bleiben schön hier und rühren sich nicht vom Fleck,

Freundchen", herrschte Valerie ihn an. „Setzen Sie sich hier hin und halten Sie die Klappe!"

Einige Meter von der Leiche entfernt setzte sich Gregor auf einen Baumstumpf und beobachtete die Ermittler.

Valerie betrachtete den Toten aus nächster Nähe. „Habt ihr hier alles fotografiert?" fragte Valerie.

„Klar", sagte Böttcher.

„Was haltet ihr von der Sache? Was sind das für merkwürdige Knoten? Haben sie ihn tatsächlich zu Tode stranguliert?"

„Auf den ersten Blick, ja. Aber die konkrete Todesursache muss Sengelmann feststellen. Auf alle Fälle wurde er von dem Schrebergarten durch den Matsch hierher gezerrt, und zwar nach dem Gewitter, also irgendwann nach vier Uhr in der Früh. Sieht man an den Spuren in dem nassen Boden."

Brandes deutete zum Schrebergarten.

„Wir haben dort diverse Spuren von ihm gefunden, alles was das Herz begehrt, Fingerabdrücke, Urin, Blut, Haut, Schweiß, Speichel." Er holte Luft, überlegte. „Und zwar an verschiedenen Stellen des Grundstücks. In der Hütte, auf dem Rasen, vor allem auch im Toilettenhäuschen." Er zögerte kurz. „Er hat seine Spuren praktisch an allen Brettern des Toilettenhäuschens hinterlassen. Und auf dem Sitz. Und in der Grube. Hat reingepinkelt."

„Konntet ihr die Spuren so schnell zuordnen?" fragte Valerie. „Könnte es nicht sein, dass noch andere Personen auf dem Grundstück waren? Weitere Opfer – außer jenen in den Gräbern?"

„Kann sein. Aber Franz hat eine Menge der Spuren von Abendroth identifiziert", sagte Brandes energisch. „Er hat uns überall hingeführt. Fremde Spuren kann er ja ohne Referenzobjekt nicht zuordnen."

„Wer ist Franz?" bohrte Valerie nach.

„Der Hund", sagte Brandes. „Er hat uns auch zur Leiche geführt."

Valerie dachte nach. Konzentration. Schaute durch das Gestrüpp zurück zum Schrebergarten.

„Das Toilettenhäuschen sieht neu aus. Nicht so vergammelt wie die Hütte."

„Stimmt", bestätigte Brandes. „Wurde wohl grade erst gebaut. Die frisch ausgehobene Erde wurde mit einer Schubkarre in die Büsche hinter dem Zaun gekippt."

„Sie haben ihn das Toilettenhäuschen bauen lassen", stellte Valerie eine Vermutung an.

„Sie entführen ihn und lassen ihn eine Toilette bauen? Ist das eine neue Form der Domina-Demütigung?" Brandes klang nicht überzeugt.

„Warum nicht? Sie haben kein Klo, also lassen sie den Sklaven eines bauen. Es gibt Sklaven, die in der Wohnung ihrer Herrin leben, putzen, waschen und so weiter." Valerie betrachtete Abendroths Leiche, schaute zu den Kollegen. „Neu ist nur, dass er entführt wurde. Und wohl erpresst."

„Seine Frau wurde erpresst", korrigierte Forsmann.

„Vielleicht hat er das selbst angeleiert", sagte Valerie. „Das würde doch zu dieser neuen SM-Spielart passen, Financial Domination."

„Aber Dominas bringen ihre Sklaven nicht um", stellte Böttcher vehement fest. „Warum auch? Man schlachtet nicht die Gans, die goldene Eier legt. Das ist alles unlogisch."

„Und was ist deiner Meinung nach logisch?" fragte Valerie skeptisch.

„Logischer wäre für mich, dass es doch um andere Geschäfte ging", entgegnete Böttcher. „Vielleicht ist diese Domina-Geschichte nur ein Ablenkungsmanöver. Wir müssen rausfinden, ob die Toten was mit Harksen oder Abendroth zu tun hatten." Er holte Luft. „Sie wurden eingegraben. Das ist doch eine ganz andere Handschrift als bei den beiden anderen."

„Kann sein, dass wir mehrere Täter haben, oder dass jedes Mal identische Täter gemordet haben. Kann sein, dass das hier alles mit der Ermordung Harksens zusammenhängt – oder eben nicht." Valerie zögerte, überlegte. Drehte sich um und machte schon einen Schritt in Richtung Schrebergarten. Sie wollte zurück zur KTU, die immer noch die Gräber untersuchte.

Dann beugte sie sich nochmals zur Leiche Abendroths herunter.

„Was haben die Toten gemeinsam? Warum wurde Abendroth nach der Entführung ausgerechnet hierher gebracht? Und warum haben sie ihn nicht eingegraben?"

„Na ja, nehmen wir mal an, die drei anderen waren so eine Art Testlauf. Mit nicht geplantem Ausgang." Brandes kratzte sich am Kopf, rieb seine Nase. „Das kennen wir doch von Serienkillern. Sie perfektionieren ihre Vorgehensweise."

Seine beiden Kollegen und Valerie betrachteten ihn nachdenklich. „Du meinst, sie probieren verschiedene Tötungsarten aus?" fragte Böttcher. Sie schauten wieder die grässlich zugerichtete Leiche an. Abendroth starrte aus blutunterlaufenen, toten Augen zurück,

„Es gibt Gemeinsamkeiten bei den Eingegrabenen und Abendroth. Er wurde gequält und stranguliert – Tod durch Luftentzug. Wie bei den drei anderen. Es könnte zumindest bei diesen vier Toten denselben sexuellen Hintergrund geben."

„Inwiefern?" fragte Böttcher, dem das ganze Ambiente mehr und mehr zu schaffen machte. Er kaute auf den Lippen, atmete schwer. „Ich bekomme selbst kaum noch Luft, verdammt. Was hat diese Scheiße hier mit Sex zu tun? Ich hole Sengelmann, ich will nochmals hören, was er alles rausgefunden hat, jedes kleine Fitzelchen."

Böttcher wandte sich ab und stapfte los.

Forsmanns Handy klingelte. Er bellte ein „Ja, Chef!" und verdrehte die Augen. „Sobald wir hier fertig sind, kommen wir zurück."

„Habt ihr ihm erzählt, was in den letzten Stunden los war?" fragte Valerie.

„Er will einen Bericht, persönlich von uns vorgetragen. So schnell wie möglich. Bild und MoPo lungern ständig vor dem Kommissariat rum. Der Präsident sitzt ihm im Nacken. Die Fotos haben es noch nicht in die heutige Printausgaben der Schmierblätter geschafft. Aber natürlich sind sie schon online. Und spätestens morgen ist der Teufel los."

Forsmann wandte sich an Valerie. „Der Chef fragt, was mit dir ist. Wo du dich die ganze Nach rumgetrieben hast. Warum du nicht an dein Handy gehst. Er tobt. Hat gebrüllt, dass er sich die Zusammenarbeit mit dem LKA anders vorstellt."

Valerie zuckte mit den Schultern. „Wir ermitteln. Seit nicht mal 24 Stunden übrigens. Wir müssen die Zusammenhänge rausbekommen. Sobald wir hier fertig sind, fahren wir zum Borgweg. Vorher nicht."

Böttcher kam zurück, Sengelmann im Schlapptau. „Los Sengelmann, erzähl ihnen nochmals, was du eben mir erzählt hast."

„Die Toten hatten Plastikröhrchen im Mund. In den Röhrchen waren Dreck und Käfer. Sie sind sehr wahrscheinlich erstickt. Sie haben auf den ersten Blick keine anderen Verletzungen. Könnte sein, dass sie wehrlos waren, als sie eingegraben wurden. Drogen vielleicht."

Er wackelte mit dem Kopf, überlegte. „Oder sie haben sich freiwillig eingraben lassen. Alles schon dagewesen."

„Stimmt!", rief Gregor aufgeregt. „Meine Freundin, die Anwältin, hat mir das erzählt!"

„Was erzählt!" rief Brandes ungeduldig.

„Es gibt Typen, die lassen sich einsperren oder einbuddeln, damit sie komplett wehrlos sind! Und keine Luft mehr kriegen! Dann kriegen sie einen Ständer!"

Er wollte aufstehen. Sofort stauchte ihn Valerie zusammen.

„Sie bleiben, wo Sie sind!"

„Und woher weiß Ihre Freundin das?" fragte Brandes.

„Sie hat mir von einer Domina erzählt, die sie mal verteidigt hat bei einem Autounfall, die hat ihr so allerhand erzählt."

„Die Typen lassen sich freiwillig einbuddeln? Sodass sie nur noch durch ein Röhrchen atmen können?" Böttcher war fassungslos.

„Ja, der Entzug von Sauerstoff und diese Wehrlosigkeit machen sie geil."

„Der Fachbegriff ist Hypoxyphilie", erläuterte Sengelmann. „Diese SM-Marotte führt häufig zu Todesfällen. Sie soll die Lust steigern. Entsteht im Gehirn ein Sauerstoffmangel, kann man high werden. Geht es schief, wird das Gehirn geschädigt. Schlimmstenfalls mit tödlichem Ausgang."

„Ach du grüne Neune!" stöhnte Valerie. „Dann könnten wir es hier mit einem ganz anderen Fall zu tun haben. Fahrlässige Tötung zum Beispiel. Oder Körperverletzung mit Todesfolge."

„So ein Quatsch, tot ist tot", brüllte Böttcher. „Selbst wenn das perverse Säcke waren, waren sie sicherlich nicht damit einverstanden, hier zu ersticken und zu verrotten!"

„Wir können nur Vermutungen anstellen", betonte Valerie.

„Hast du so was schon mal gesehen?" fragte Forsmann den Gerichtsmediziner. „Also jetzt das mit dem Einbuddeln. Diese Strangulationsgeschichte gibt es ja häufiger. Auch mit prominenten Opfern. Wie hieß nochmal dieser Schauspieler, den sie tot in einem Schrank gefunden haben? Ja, genau, David Carradine, der hat sich so umgebracht. Aber Eingraben, das ist mir neu. Gibt es ähnliche Fälle?"

„Wissen wir noch nicht. Eure Praktikanten im Borgweg recherchieren bei ViCLAS", antwortete der Gerichtsmediziner.

„Wer ist ViCLAS?" mischte sich Gregor ein, der vornübergebeugt auf dem Baumstumpf saß, große Ohren machte und versuchte, das Gespräch der Ermittler aufzuschnappen.

Forsmann fühlte sich verantwortlich für seinen Fahrer und wollte ihn zudem nicht verprellen. Vielleicht fielen dem Touristen aus Schwaben noch weitere wichtige Details ein. „ViCLAS ist eine Datenbank, das Violent Crime Linkage Analysis System. Dort werden alle schweren Verbrechen registriert", klärte er Gregor auf.

„Mannomann, das ist ja spannend", gab der aufgeregt zum Besten.

„Und wenn Sie nicht die Klappe halten, wird ihr Fall dort bald auch registriert", drohte ihm Valerie.

Gregor runzelte die Stirn und schmollte.

„Also nochmals von vorn", befahl Valerie. „Abendroth wurde entführt. Wie ging es weiter?"

„Sie brachten ihn hierher. Haben ihm sein Knie ruiniert und ihn sehr wahrscheinlich das Toilettenhäuschen bauen lassen", sagte Brandes. „Wir haben hier überall Spuren von mindestens sechs verschiedenen Paar Frauenschuhen gefunden – kleine Größen, dünne Absätze. Aber auch von verschiedenen Männerschuhen." Er atmete tief durch. „Unter anderem von Golfschuhen, Größe 43. Es wurde versucht, die Spuren zu verwischen. Ziemlich dilettantisch. Dann haben sie ihn an dem Baum festgebunden. Dabei seinen Hals zugeschnürt."

Böttcher fasst sich an seinen Hals und atmete tief durch.

Sengelmann zögerte kurz. „Vielleicht war das alles Teil des Spiels. Mit oder ohne seine Einwilligung." Er nestelte an den Knoten herum, die Abendroths Hals so unglücklich zugeschnürt hatten. „Das sind Würgeknoten. Wirklich perfide. Die kann man nur durch Aufschneiden lösen. Vielleicht hat er sich selbst stranguliert. Es gibt keine Abwehrspuren. Könnte aber auch sein, dass jemand nachgeholfen hat. Auf alle Fälle kann er sich nicht selbst festgebunden haben. Um ihn rum sind Spuren von allen Frauenschuhen, die hier auf dem Grundstück zu finden waren. Und von größeren Golfschuhen. Gestorben ist er erst vor ein, zwei Stunden. Als wir herkamen, war er noch warm. Seine Körpertemperatur ist kaum gesunken."

„Ich denke, wir haben hier alles gesehen, was wichtig ist", sagte Valerie. „Wir lassen ihn in die Rechtsmedizin bringen."

„Bestatter ist unterwegs", sagte Forsmann.

„Was ist euch sonst noch aufgefallen?" Valerie wollte wieder das Kommando übernehmen.

„Wir sammeln die Details und schreiben alles auf, damit wir den Überblick bekommen", sagte Forsmann.

„Alles klar. Über Jennifer, die Tote im Stadtpark, werde ich mir auf dem Weg zum Borgweg Gedanken machen. Ich schau mir eure Fotos und Videos an", sagte Valerie. Von den Eindrücken, die ihr Bogner mit seinen Aufnahmen vermittelt hatte, verriet sie nichts. Und sie hoffte inständig, dass ihre Beziehung ein Geheimnis blieb.

Die Rückfahrt
Nienstedten, Freitagvormittag

Marie fuhr zügig mit Claires Achtzylinder vom Nordwesten Hamburgs quer durch die ganze Stadt bis zur Elbchaussee. Der Wagen schnurrte wie ein zufriedener Kater. Claire saß teilnahmslos auf dem Beifahrersitz und starrte vor sich hin. Marie schaltete das Autoradio ein und zündete sich eine Gudang an. Die Reeder-Witwe verzog keine Miene. NDR Info brachte die Meldung über die Leichenfunde im Brook und im Stadtpark.

„Bei der Toten im Stadtpark handelt es sich mit hoher Wahrscheinlichkeit um die Prostituierte Adriana Gebhardt, die unter dem Namen Jennifer Juniper als Domina arbeitete. Die Polizei geht laut Aussagen von Insidern davon aus, dass es sich um einen Mord im Rotlichtmilieu handelt."

Marie sagte konsterniert: „Ach du dickes Ei, das war womöglich die dritte im Bunde. Die wurde vielleicht von ihren Kolleginnen abgemurkst."

Claire zuckte zusammen und drückte ein zerknülltes Taschentuch an die Augen. Die Todesmeldung kommentierte sie nur mit einem kurzen Seitenblick zu Marie.

„Ich fühle mich schuldig, trotz allem", sagte sie schließlich. „Auch weil ich mir gewünscht habe, der Teufel möge ihn holen. Das tut man nicht. Das ist Blasphemie."

„Seien Sie nicht zu streng mit sich", riet ihr Marie. „Sie haben keine Schuld an Abendroths Tod. Letztlich hat er sich sein unrühmliches Ende selbst zuzuschreiben."

Claire schaute sie fragend an.

„Er hat wahrscheinlich gemeinsam mit den Dominas neue SM-Methoden ausprobiert", vermutete Marie. „Und so was kann eben auch schiefgehen."

„Aber warum musste mein Mann sterben", jammerte Claire. „Er hatte doch mit diesen Geschichten nichts zu tun!"

„Vielleicht hatte sein Mörder ja auch ein ganz anderes Motiv. Ich bin mir sicher, dass das nicht die Dominas waren. Vielleicht hängt sein Tod doch mit den Geschäften im Hafen zusammen. Ich muss mir seine Geschäftsräume anschauen. Da konnte ich ja bisher nicht hin", sagte Marie. „Dort war ich auch noch nie. Wissen Sie, ob Ihr Mann dort einen Safe hat? Oder hat er mal etwas erzählt, wo er brisante Unterlagen deponiert?"

„Ich habe keine Ahnung von seinen Geschäften", antwortete Claire. „Ich bin eine typische, dumme Hausfrau. Ich konnte lange Jahre noch nicht mal am Automaten Geld holen. Ich habe eingekauft und die Rechnungen wurden nach Hause geschickt."

„Es ist nie zu spät zu lernen", sagte Marie. „Sie sind stark und klug; wir wollen beide, dass der Mörder Ihres Mannes gefunden und bestraft wird. Oder die Mörder. Gemeinsam können wir der Polizei dabei helfen."

Marie verschwieg, dass sie die Sache am liebsten allein, ohne Claire und ohne Polizei, durchziehen würde. Und alleine die 500.000 Euro kassieren, die Claire öffentlich ausgelobt hatte für diejenigen, die zur Ergreifung der Mörder ihres Mannes beitrugen.

„Und wenn es doch die Dominas waren? Weil sie fürchteten, er würde ihnen ins Handwerk pfuschen"? überlegte Claire laut.

„Ich habe die Clubchefin gefragt, ob sie das für möglich hält. Sie beteuerte, das sei nicht möglich. Die drei hätten ein Alibi. Sie saßen gestern um die Mittagszeit in einem Café und haben sich von einem Touristen Champagner spendieren lassen. Jerome hat sie dabei beobachtet und Lady Marylou davon berichtet."

„Wer ist Jerome?" fragte Claire.

„Der Barkeeper im Colosseum. Und Lady Marylous Liebhaber." Claire schaute wieder mit gerunzelter Stirn zu Marie.

„Sie hat einen Liebhaber? Was macht der mit ihr? Sie verdreschen?" presste sie angewidert zwischen den Zähnen hervor.

„Wohl kaum", sagte Marie und zog heftig an der Gudang. „Sie scheinen tatsächlich Gefühle für einander zu hegen. Und sie haben angeblich beide keine Vorliebe für die Sex-Spiele, wie sie im Colosseum stattfinden."

Sie warf die Kippe aus dem Fenster.

„Na ja", entgegnete Claire pragmatisch, „der Wurm muss dem Fisch schmecken, nicht dem Angler."

Sie erreichten die Elbchaussee. Marie bog in die Auffahrt der Harksenschen Villa ein, fuhr auf dem knirschenden schneeweißen Kies entlang des akribisch geschorenen Rasens und der Hortensienbüsche bis zum Ende des Wegs, der sich zu einem Wendekreis erweiterte und zum säulengesäumten Eingang hin öffnete. Leonore trat schon aus der Haustür, als Claire die Autotür aufstieß.

„Mein Gott, Frau Harksen, wo waren sie!" rief die Haushälterin mit entsetztem Blick auf die ruinierte Kleidung ihrer Chefin. Sie warf Marie einen bösen Blick zu und half Claire die drei Stufen zur Eingangstür hinauf.

„Wir mussten etwas erledigen", erläuterte Marie lapidar durch die heruntergekurbelte Scheibe. „Am besten, Frau Harksen ruht sich aus. Den Wagen bringe ich so bald wie möglich zurück."

Sie startete, umfuhr den Kreis am Ende der Auffahrt und jagte die Limousine den Kiesweg hinunter zur Elbchaussee. Die beiden Fälle haben mit Sicherheit eine Verbindung, sagte sich Marie. Ich werde sie finden, und wenn ich in Harksens Büro jeden Quadratzentimeter persönlich untersuche.

Sie beschleunigte und fuhr auf der Elbchaussee in Richtung Palmaille. „Harksen, ich finde Ihren Mörder, das schwöre ich", murmelte sie vor sich hin.

Sie sollte Recht behalten.

Die heiße Spur
Palmaille, Freitagvormittag

Zur Palmaille waren es nur wenige Minuten Fahrt. Noch lag Stille über den großbürgerlichen Vierteln entlang der Elbe. Vereinzelte Autos fuhren gemächlich Richtung Innenstadt. Sie stellte Claires Jaguar in der Max-Brauer-Allee ab und ging zurück zur Palmaille. Die Eingangstür des Jugendstilgebäudes, in dem sich die Geschäftsräume der Reederei Harksen befanden, war nicht verschlossen. Angesichts der Ereignisse während der vergangenen 18 Stunden hatte sich wohl niemand für das Abschließen verantwortlich gefühlt.

Marie stieg die Treppen empor in den zweiten Stock, vorbei am Eingang einer Rechtsanwaltskanzlei und eines Steuerberaters. Die Tür zur Reederei war versiegelt. Marie zog eine Nagelfeile aus ihrem Schminktäschchen und löste vorsichtig das polizeiliche Siegel. Später würde sie es wieder drankleben. Das altmodische Türschloss war ein Witz. Sie stocherte mit der Feile darin herum. Es dauerte nur eine Minute, bis es aufsprang.

Marie horchte. Kein Ton durchdrang die Stille. Sie betrat vorsichtig die Diele. An der Garderobe hing eine einsame Damenweste aus dünnem Baumwollstrick. Im massiven schwarzen Schirmständer aus Eisen stand der große schwarze Schirm, unter den sie sich manchmal mit Harksen geduckt hatte, wenn sie auf dem Weg zu einem ihrer geheimen Treffpunkte vom Regen überrascht wurden. Aus der Kaffeeküche klang das Brummen des Kühlschranks, der in der Hochsommerhitze Schwerstarbeit verrichten musste.

Die Detektivin betrat Harksens Büro. Auf den Dielen waren mit weißer Kreide die Umrisse seiner Leiche eingezeichnet. Blutspritzer bildeten ein Muster aus getrockneten Schlieren. Es roch nach einer Mischung aus Metall, verderbendem Eiweiß und Holzpflegemittel. Bald würde der Tatortreiniger seine Arbeit hier verrichten und alle Spuren beseitigen. Sie musste sich beeilen.

Marie stiegen Tränen in die Augen. Sie schniefte und setzte sich auf Harksens Bürostuhl. Betrachtete seinen Schreibtisch, auf dem einige Faxe mit Auftragsbestätigungen lagen. Blätterte im Terminkalender. Kein Vermerk für den gestrigen Mittag. Schaute zur Glaswand, die Harksens Büro vom Firmenarchiv trennte.

Was hat der Mörder hier gewollt? fragte sie sich zum hundertsten Mal. Was war so wichtig für ihn, dass er deswegen einen Mord beging? Ging es um Geld? Oder war es doch etwas Persönliches?

Der Reeder war ein misstrauischer, gewiefter Geschäftsmann. Böttcher hatte Recht – wenn er jemandem die Tür geöffnet hatte, musste er den Besucher gekannt oder erwartet haben.

Eine andere Möglichkeit wäre, dass es sich um eine völlig unverfängliche Person gehandelt hatte. Den Briefträger. Den Klempner. Einen Lieferanten, zum Beispiel von einem Restaurant. Harksen hatte sich immer mal wieder den Lunch liefern lassen, vom Landhaus Scherrer oder Le Canard Nouveau, Oder hatten sich doch die Russen mit einem Trick Zutritt verschafft? Wollten sie sich rächen dafür, dass Harksen schon einige ihrer Mitarbeiter unsanft aus Hamburg entfernt hatte? Mit ihrer, Maries, Hilfe?

Sie zog ein Papiertaschentuch aus ihrer Handtasche und drückte die Klinke der Glastür zum Archiv herunter. Das raumhohe Regal an der hinteren Wand war gefüllt mit ordentlich beschrifteten Aktenordnern. Die Rücken-Etiketten gaben nur den Monat an. Marie griff den letzten Ordner des laufenden Jahres – den April. Mai, Juni und Juli fehlten.

Warum gerade diese drei Ordner? Es gab nur eine logische Erklärung. Irgendetwas hatte sich in den vergangenen drei Monaten ereignet, das in den Ordnern dokumentiert war und dem Täter so wichtig war, dass er dafür einen Mord beging. Hatte Harksen seinem Mörder Aufzeichnungen gezeigt? Um etwas zu beweisen?

Die Ordner standen fein säuberlich in der richtigen Reihenfolge im Regal. Nichts deutete mehr auf einen Streit oder gar ein Handgemenge hin. Harksen und sein Mörder mussten unmittelbar vor einander gestanden haben. Wahrscheinlich war der erste Schuss für Harksen völlig überraschend gekommen. Er hatte sich nicht abgewandt, nicht versucht, den Täter abzuwehren. Das hatte die Gerichtsmedizin ermittelt, wie Böttcher ihr verraten hatte. Dann hatte der Mörder wahrscheinlich einige Ordner gepackt und war abgehauen. Niemand hatte ihn gesehen. Alle potenziellen Zeugen im Haus und in der Nachbarschaft wurden von der Polizei befragt. Ohne Ergebnis, null. Der Mörder schien sich nach der Tat in Luft aufgelöst zu haben.

Oder – Marie stutzte. Es könnte doch auch sein, dass es gar nicht um die Ordner ging! Und auch nicht um die Reederei! Vielleicht war der Diebstahl nur ein Ablenkungsmanöver? Es konnte auch sein, dass jemand anderer die Ordner mitgenommen hatte. Jemand, der erst nach dem Mord in die Reederei kam.

Ich muss hier nochmals alles gründlich untersuchen, sagte sich Marie. Sie verließ das Büro und betrat das Vorzimmer, in dem seit Jahren Angelika Zimmermann gesessen hatte, Harksens Assistentin. Alles völlig unspektakulär. Schreibtisch mit PC, Drehstuhl, Aktenschrank. In einer Vase trauerten lachsfarbene Rosen, die in den kommenden Stunden weiterer Hochsommerhitze sicherlich völlig den Geist aufgeben würden.

Dann das Büro der kaufmännischen Angestellten Roswitha Klein. Auf ihrem Schreibtisch standen Bilder ihrer Tochter, ihres Sohnes, von Verwandten und Freunden mit deren Familien. Glückliche, lachende Menschen, darunter viele Kinder, in einem Garten mit Obstbäumen, Blumen, Sträuchern und einem Teich. Freundliche, zufriedene Menschen, die grillten und Bowle und Bier tranken. Eine Gartenparty. Eine Idylle. Aber einer der abgebildeten Männer passte nicht so richtig in die Gruppe. Ein hübscher junger Mann, nicht blond oder rothaarig wie die anderen, sondern mit dunklen Locken und einem Hautton, der an Milchkaffee erinnerte. Marie stutzte. Wo habe ich den schon mal gesehen?

Der Mann, wohl in den Zwanzigern, lächelte. Trug mit sichtlichem Stolz sein edles Outfit samt glitzerndem Schmuck. Schaute glücklich zu Roswitha Klein. Die ihn von der Seite stolz betrachtete, wie Mütter ihre Söhne gerne ansehen. Aber mit einem kleinen, skeptischen Zug um den Mund. Warum schaute ihn Roswitha so merkwürdig an? Was störte sie an dem hübschen Jungen? Hatte sie, wie Mütter das häufig tun, etwas an seiner Garderobe auszusetzen? Was passte Angelika nicht an dem jungen Mann, an seinem weißen Seidenhemd, das sich über der glatten Brust öffnete und den Blick freigab auf die Kette mit dem funkelnden Kreuz? Und hatte diese Szene irgendeine Bedeutung für die Ermittlungen?

Marie löste das Foto aus dem silbernen Rahmen. Wie sie vermutet hatte, standen auf der Rückseite die Namen der Abgebildeten und das Datum der Aufnahme.

Da fiel es ihr wie Schuppen von den Augen. Fast hätte sie ihn nicht erkannt ohne das Kajal um die Augen, ohne die falschen Wimpern und den Glanzlack im Haar.

Marie drückte auf die Taste für die Anzeige gewählter und eingehender Rufnummern an Roswitha Kleins Apparat. Immer wieder tauchte dieselbe Mobilnummer auf.

Marie wählte die Nummer. Es meldete sich eine sanfte Stimme mit einem warmen Timbre.

„Maman, ich kann jetzt nicht sprechen", sagte der junge Mann sanft. Er sprach mit leicht französischem Akzent.

„Komm hierher, wir müssen etwas bereden", befahl Marie. Das Spiel ist aus."

Sie zündete sich eine Gudang an, schlenderte zur Küche und holte eine Flasche Champagner aus dem Kühlschrank. Drehte den Draht auf, der den Korken festhielt. Ruckelte am Korken, bis der sich lockerte und mit einem Plopp aus dem Flaschenhals in Richtung Decke zischte.

Fall gelöst. Sie würde mit ihm Champagner trinken. Er würde ihr sicherlich alles erzählen. Schon um seinen Hals aus der Schlinge zu ziehen und Lady Marylou zu helfen. Er war hübsch, weich und verliebt in eine deutlich ältere Frau, die ihn nicht ernst nahm, sondern als Toyboy behandelte. Was hatte er vom Leben zu erwarten? Er war überführt. Lady Marylou würde ihn fallenlassen wie eine heiße Kartoffel.

Marie rief Böttcher an. Er meldete sich nicht. Sie hinterließ ihm die Nachricht auf der Mailbox, dass sie Harksens Mörder gefunden habe und in den Geschäftsräumen der Reederei sei. „Und jetzt will ich die 500.000 von der Witwe", sagte sie trocken. „Das war eine Auslobung, ich habe Anspruch auf das Geld. Sie werden mir dabei helfen, wenn die Alte rumzickt."

Sie holte ein Champagnerglas aus dem Küchenschrank und schenkte ein. Nippte an dem Champagner, schlenderte zurück zu Roswitha Kleins Büro. Setzte sich auf deren Schreibtischstuhl, fuhr den PC hoch. Password erforderlich. Natürlich.

Maries Blick fiel auf die Post-It-Zettel, die am Rand des Bildschirms klebten. Sie gab den Namen und die Zahl ein, die auf einem pinkfarbenen Zettel vermerkt waren. Der Bildschirm öffnete sich. Marie klickte das E-Mail-Programm Outlook an. Harksen hatte Recht – Computer waren die unzuverlässigsten Kommunikationsmittel des 21. Jahrhunderts. Nicht wegen der Technik, sondern weil leichtsinnige Menschen den Zugang ermöglichten wie Hausbesitzer, die ihre Türen und Fenster sperrangelweit offenstehen ließen. Und sich wunderten, wenn Einbrecher die Gelegenheit nutzten.

Wie sie erwartet hatte, gab es eine umfangreiche Korrespondenz mit verschiedenen Geschäftspartnern der Reederei. Doch Roswitha hatte auch privat gemailt. Zum Beispiel an den Account des Colosseums; c-club@poppenbuettel.com. Nichts ließ darauf schließen, um welche Art von Vergnügungsstätte es sich bei dem Club handelte.

Marie stand auf und ging zur Besucherecke mit dem niedrigen Glastisch und den Lesersesseln. Sie setzte sich und zog an ihrer Zigarette. Der Mörder würde hierher kommen. Sie würde ihn festnehmen und mit Genugtuung Böttcher zur Abholung herbeirufen. Und die Belohnung von Claire kassieren. Arme Roswitha.

Marie zog an der Zigarette und trank einen Schluck Champagner. Er stieg ihr in den Kopf. Sie merkte, dass sie seit dem Kaviar-Snack bei Lady Marylou nichts mehr gegessen hatte. Und während der Stunden vorher auch nichts. Sie ging in die Kaffeeküche, öffnete den Kühlschrank und fand Hartkäse und Cracker. Setzte sich auf die Besuchercouch. Wartete. Wurde trotz der enormen Anspannung der vergangenen Stunden, die immer noch anhielt, müde.

Sie informierte Böttcher per SMS. Er simste zurück, dass er in zehn Minuten in der Palmaille sein würde.

Jeromes sanfte Stimme erklang in der Diele. Er betrat das Büro in Begleitung eines stämmigen Herrn mit rundem Knollenkopf. Marie war klar, dass sie einen schweren Fehler gemacht hatte. Man sieht den Osteuropäern doch immer ihre Herkunft an, dachte sie resigniert. Oh Jerome. Jetzt würde es schwierig werden. Hoffentlich kam ihr Böttcher mit seiner Truppe schnell zu Hilfe.

Jerome trat nervös von einem Fuß auf den anderen. Die Augen des Kartoffelkopfs linsten zwischen speckigen Falten hervor. Er spurtete zu Marie, packte sie mit seinen Schaufelhänden um die Handgelenke und verpasste ihr eine Ohrfeige. Er zerrte sie zum Schreibtischstuhl und fesselte ihre Hände mit einem Kabelbinder auf dem Rücken.

„Du hast ihn umgebracht", eröffnete Marie das Wortgefecht, um Jerome, der sich auf den Schreibtischstuhl seiner Mutter gesetzt hatte, gleich den Wind aus den Segeln zu nehmen. „Böttcher wird gleich hier sein."

Lady Marylous Toyboy schaute sie aus tränenumflorten Samtaugen an.

„Es war ein Unfall", schluchzte Jerome. „Er sollte mir die Ordner geben! Mit den Verträgen und den Fotos!"

„Deshalb hast du ihn einfach abgeknallt, du blöde Fickmaus!" schrie Marie. „Was ist in den Ordnern? Und wo sind sie?"

Der Russe grinste und putzte sich die Fingernägel mit dem Brieföffner von Harksens Schreibtisch. Genüsslich rollte er die

Worte aus seinem Gaumen hervor: „Ordner sind in Sicherheit, gibt es keine Beweise für irgendwas, Frau Detektiv!"

„Hat Lady Marylou die Ordner?" fragte Marie.

„Hat sie uns gegeben, sind jetzt Geschäftspartner", sagte der Russe grinsend. „Braucht sie Schutz bei Geschäft."

Marie stockte der Atem. Die Russen hatten es also tatsächlich geschafft, sich ins Colosseum hineinzudrängen. Aber wie? Mit Androhung von Gewalt? Mit Erpressung? Mit dem Versprechen, die Geschäfte dort weiter auszudehnen und Lady Marylous Einnahmen zu steigern? Wie konnte das in den wenigen Stunden passieren, seit sie das Colosseum verlassen hatte und mit der Nienstedten-Clique zum Duvenstedter Brook gefahren war?

Da fiel es ihr wie Schuppen von den Augen. Die Russen hatten davon Wind bekommen, dass Jerome Harksen erschossen hatte. Sie erpressten ihn und Lady Marylou. Der hübsche, naive Jerome, der Lady Marylou liebte. Er hatte das Desaster angerichtet. Er wollte ihr Beschützer sein und hatte die Clubchefin richtig in die Scheiße geritten. Immerhin ließ sie ihn nicht so einfach über die Klinge springen. Stattdessen gab sie den Russen, was diese wollten.

„Harksen hat gedroht, deiner Mutter vom Colosseum zu erzählen. Da hast du ihn umgebracht. Oh Jerome, wie blöde bist du! Wie haben die Russen das alles spitzgekriegt?"

„Du bist dumm, Detektivin", grölte der Russe selbstgefällig. „Alles steht in Ordnern. Wir machen jetzt prima Geschäft mit Colosseum. Kleine Schwuchtel darf weiter schwarze Hexe vögeln. Beide müssen Klappe halten, wenn sie nicht in Knast wollen."

Er fuhr sich mit seiner eklig-dicken Zunge über die Lippen. Rülpste herzhaft, holte sich ein Glas, füllte es bis zum Rand mit Champagner und trank das Glas genüsslich schmatzend in wenigen Schlucken leer.

„Woher habt ihr gewusst, dass er hier der Mörder ist?"

Jetzt wollte Marie die ganze Story erfahren. Kaum hatte sie den Satz zu Ende gesprochen, ohrfeigte sie der Russe mit solcher Wucht, dass sie samt Stuhl umfiel und auf den Boden donnerte. Blut schoss aus ihrer Nase. Sie verschluckte sich und musste husten.

„Das ist Vorschuss für Strafe wegen Sohn von Chef. Wirst du noch viel leiden."

Er trank noch einen Schluck.

„Wir beobachten alten Mann schon lange. Denkst du, ihr könnt mit unseren Freunden machen, was ihr wollt? Wir wissen, dass er war in Colosseum. Dass du ihm hilfst mit den Schiffen."

Der Russe rülpste. Marie schmeckte das Eisen ihres Blutes im Mund. Ihr wurde schwindelig.

„Wir werden Ordnung machen in Colosseum. Ohne Money Doms. Ohne Transen und ohne Clique von reiche Weiber."

Der Russe klang sachlich und überzeugend. Er packte Maries rechtes Handgelenk und zerrte sie vom Boden hoch. „Und ohne Detektivin von Harksen."

Er spuckte vor ihr aus und grinste hämisch. Offensichtlich hatte er nicht die geringsten Befürchtungen, dass seine DNA als Beweismittel in den Fällen Harksen und Abendroth benutzt werden könnte. Er trug keine Handschuhe, fasste alle möglichen Gegenstände an, spuckte hier einfach rum und verhielt sich genauso, wie man sich im Beisein von Freunden oder Komplizen verhält, bei denen man keine Angst haben musste, dass sie einen verpfiffen. Oder gegenüber Zeugen, vor denen man sich nicht fürchten musste, weil sie einen nicht verpfeifen konnten. Weil man sie vorher umbrachte.

„Bild dir mal bloß nichts ein, Russe", nuschelte Marie durch ihre geschwollenen, blutenden Lippen. „Die Polizei ist hinter euch Ruskis her, die Albaner, Türken und Araber ficken euch schon lange, ihr kriegt hier in Hamburg keinen Fuß mehr auf den Boden."

Wieder schlug der Russe ihr brutal ins Gesicht.

„Hör auf, Wassily!" flennte Jerome. „Lass sie in Ruhe, ich will nicht, dass es noch mehr Tote gibt!"

„Halt Klappe, Weichei! Money Doms haben Freier getötet, du hast Harksen abgemurkst, gibt schon genügend Tote auf eurer Liste. Nicht meine Liste!"

Jerome heulte auf.

Der Russe war jetzt richtig in Fahrt. „Und Jennifer, blöde Hure, auch tot, wollte reich werden, jetzt ist tot!"

Er bewegte seine Hände in einem symbolischen Würgegriff.

Das war wohl ein Geständnis, dachte Marie.

Brachte aber nichts. Er würde sie hier niemals lebend rauslassen. Wenn ihr nicht bald etwas einfiel, würde sie die ganzen Informationen mit ins Grab nehmen – wo immer das sein mochte.

Der Russe hörte gar nicht mehr auf. „Hast du Igor auf dem Gewissen, Detektivin, Sohn von Boss. Ich werde dich zu ihm bringen. Wird er sich freuen, Mörderin von Sohn zu bekommen."

„Blödsinn. Der Dummkopf ist in die Elbe gefallen und unter das Eis gerutscht, weil er besoffen war!"

„Ha ha, Russe ertrinkt nicht in Eiswasser", konstatierte der Landsmann des Mafiosi-Söhnchens vehement. „Russe schwimmt in Eiswasser schon in Kinderkrippe, ist unsere Erziehung! Du blöde Fotze hast Igor umgebracht! Und unsere Leute nach Afrika gebracht zu schwarze Kanaken! Boss wird dich killen, dann endlich Ruhe hier in Hamburg."

Das Handy des Russen klingelte. Er nahm das Gespräch an, behielt dabei Marie und Jerome im Auge.

„Jawohl, ich habe verstanden", entgegnete er dem Anrufer auf Russisch in anbiederndem Tonfall. Marie verstand nicht viel Russisch, hatte aber ein paar Worte ihrer bevorzugten Gegner aufgeschnappt.

„Ja Chef, ich bring sie hin."

Er drehte sich um zu Jerome. „Du bist dummer Junge. Und hübsch. Wirst in Knast gehen. Werden sie dir dort Arsch aufreißen, wirst du nie mehr sitzen können in Leben. Du hast Ordner geklaut und Harksen erschossen. Wir haben mit ganzer Geschichte nix zu tun. Und Jennifer hat gemacht Sex mit Würgen, selbst schuld. Ist zu gefährlich für Nutten und für Freier, wollen wir nicht."

Warum erzählte der leutselige Loddel das alles? Und sollte das wirklich die verdammte Wahrheit sein?

Marie kam nicht mehr dazu, weiter über die drei Toten und die in Betracht kommenden Täter nachzudenken. Der Russe zerrte einen Sack aus seiner Segeltuchtasche. Einen Plastiksack mit einem Emblem, das wie ein Kreis mit drei Pfauenaugen aussah. Er machte einen schnellen Schritt auf Marie zu und stülpte ihr den Sack über den Kopf. Dann schubste er die Detektivin durch das Büro zum Treppenhaus, die Treppe hinunter und einige Meter weiter zu einem Auto, das im Hinterhof geparkt war. Er öffnete den Kofferraum und stieß sie hinein.

„Schön Gruß von Money Doms", bellte er ihr hinterher.

Marie ahnte, was er damit meinte. Sie wollten sie umbringen. Und es so aussehen lassen, als hätten die durchgeknallten Dominas wieder zugeschlagen.

Doch dann lief alles ganz anders.

Die Fahrt auf der Elbe
Hamburger Hafen, Stückgutfrachter, Freitagvormittag

Der Russe zwang sie mit vorgehaltener Pistole, in den Jeep zu steigen. Ich hasse dieses Osteuropäer-Gesocks, dachte die Detektivin. Die werden als Gangster geboren, das Pack. Sie schwitzte in dem engen Corsagenkleid, das seit Stunden an ihr klebte wie die Pelle an der Wurst. Schweißtropfen rannen an ihren Beinen entlang und tropften von ihrem Gesicht.

Warum bin ich nicht abgehauen, verdammt, sondern habe mir so leicht den Schneid abkaufen lassen, haderte sie mit sich. Andererseits – unbewaffnet vor einem russischen Mafiosi zu fliehen, der mit geladener Pistole 50 Zentimeter vor einem stand, war keine gute Idee. Da war man schneller futsch als sonst was.

Marie hatte Angst. Gleichzeitig ärgerte sie sich, dass sie den Tod von Abendroth nicht hatte verhindern können. Das wäre prima gewesen, ihn rechtzeitig zu befreien und der liebenden Gattin nach Hause zu bringen. Sein Überleben wäre kein Gewinn für die Menschheit, hätte jedoch ihr selbst eine halbe Million gebracht. Zu der halben Million von Claire. Eine Million insgesamt. Doch da war nichts mehr zu machen. Auftrag vergeigt.

Sie hörte den Russen blöken: „Komm jetzt, Weichei, muss schnell gehen!"

„Wohin fahren wir?" fragte Jerome zaghaft.

„Zum Hafen", bellte der Russe.

„Aber wenn uns jemand sieht", jammerte Jerome.

„Egal!" schrie der Russe und schubste den Barkeeper heftig Richtung Auto. „Dauert nur einige Minuten zum Schiff."

„Welches Schiff?" fragte Jerome.

„Frachter aus Wladiwostok, heißt Solovey, Nachtigall. Guckst Du, wo liegt Schiff, ich fahre." Klare Ansage.

„Und was wollen wir da?" fragte der Barkeeper.

„Detektiv-Schlampe verschicken, wie sie mit unsere Leute gemacht", entgegnete der Russe.

Marie traute ihren Ohren nicht. Sie wollten sie nicht im Hamburger Hafen versenken? Sondern auf große Fahrt schicken?

Kawumm. Der Russe haute die Hecktüre zu. Maries Kopf dröhnte. Sie fuhren los. Marie versuchte, eine bequeme Liege-Stellung zu finden. Sie atmete tief durch. Immerhin hatte sie noch ausreichend Sauerstoff trotz des Sacks. Schlimmer geht immer, sagte sie sich. Bloß nicht in Panik geraten. Cool bleiben. Wenn sie überhaupt eine Chance hatte, vor ihrer Deportation auf dieses ominöse Schiff zu entkommen, dann beim Aussteigen aus dem Wagen. Sie musste das Überraschungsmoment nutzen.

Der Wagen stoppte. Der Russe riss die Hecktüre auf und bellte: „Komm raus!"

Marie schob sich wie eine Raupe aus dem Kofferraum des Jeeps. Sie hörte aus der Ferne eine Schiffsirene und Männer, die Befehle schrien. Wellen plätscherten gemächlich an die Ufermauer. Ein Geruchsgemisch aus Salz, Fisch und Chemikalien stieg aus dem graubraunen Wasser des Hafens auf. Möwen zankten sich kreischend um Abfälle.

Der Russe zerrte Marie den Sack vom Kopf und schubste sie zu einem Steg aus geriffeltem Metall, der zu einem Schiff hinaufführte. Keine Chance für schnelles Abhauen. Gegenüber bildeten Docks, Kräne und eine Armada von Containern das typische Ambiente. Die nächsten Menschen waren mindestens hundert Meter entfernt. Keiner kümmerte sich um die Gruppe, die eben dem Geländewagen entstiegen war.

Marie stolperte. Der Russe packte ihren rechten Arm und schleppte sie die Gangway hoch. Solovey, Nachtigall. Der prosaische Name passte nicht zu dem alten rostigen Kahn. Der Seelenverkäufer ist doch gar nicht hochseetauglich, stellte Marie erschrocken fest. Der geht doch beim ersten mittelschweren Brecher unter. Wie ein Blitz traf sie die Erkenntnis, dass die Russen gar nicht die Absicht hatten, sie nach Afrika zu verschiffen. Die Solovey war in einem derart traurigen Zustand, dass sie sich definitiv nicht für einen Transport von Gütern oder Menschen über Tausende von Kilometern auf dem Ozean eignete. Man hörte den Rost förmlich aus den Schiffswänden rieseln. Weit und breit war kein Mitglied der Mannschaft zu sehen. So wie die Sache aussieht, überlegte Marie, wird das Schiff entweder von alleine untergehen oder sie werden es versenken. Dann sind sie mich los und kassieren wahrscheinlich noch eine hohe Versicherungssumme für Schiff und Ladung.

Der Russe schubste sie an Bord. „Pass auf sie auf", bellte er Jerome zu. Er drückte Jerome eine Makarov-Pistole in die Hand und hetzte zur Kommandobrücke. Die Wände des Brückenhauses aus verschmiertem, trübem, mehrfach gesprungenem Glas ragten in der Mitte des Schiffes auf und vervollständigten den desolaten Eindruck.

Marie witterte ihre Chance. Mit dem schmächtigen Jerome konnte sie fertig werden. Sie musste ihn durch Gequassel ablenken, ihm dann in die Eierchen treten und die Russen-Pistole abnehmen. Und dann möglichst schnell zurück an Land spurten. Und notfalls vorher den Russen erschießen, falls er Sperenzien machte. Was zu erwarten war.

Der Schiffsmotor röhrte. Aus dem Schornstein stieg rußiger Rauch auf. Die Solovey zitterte und rülpste. Jerome wurde blass um die Nase und hielt sich an der Reling fest.

Meine Güte, das Herzchen wird schon seekrank, bevor wir abgelegt haben, dachte Marie. Vielleicht war er jetzt empfänglich für ihre Vorschläge.

„Jerome, lass uns abhauen."

Er drehte den Kopf zu Marie. „Wenn du abhaust, erschieß ich dich", kündigte Lady Marylous exotischer Adlatus mit nervöser Stimme an.

„Ich will dir doch nur helfen", säuselte Marie. „Weiß Marylou, dass du hier bist? Ich bin ihre Partnerin! Was glaubst du, was sie mit dir macht, wenn ich ihr erzähle, dass du dem Russen geholfen hast, mich zu beseitigen!"

Der schmächtige Barkeeper zitterte. Ein weiterer Schwall von öligem, schwarzem Rauch entstieg mit einem Dröhnen dem Schornstein des alten Frachtschiffs.

Sie musste ihn unter Druck setzen. „Du glaubst doch wohl nicht, dass der Russe dich lebend von dem Kahn runter lässt? Wir müssen zusammenarbeiten!" Jerome knetete seine Finger. Tränen rannen über sein Gesicht.

„Ich wollte ihn nicht töten", plärrte er. „Ich wollte doch nur, dass er niemandem erzählt, dass ich bei Marylou arbeite."

Tja, die Mama, die wäre dann sauer, dachte Marie. Die brave Buchhalterin, die auf dem Foto so stolz auf ihr Söhnchen blickte. Dunkle Haut und dann noch im Sexclub arbeiten, das wäre zu viel.

Jerome schniefte und blickte zur Kommandobrücke, wo der Russe wild mit den Armen fuchtelte und etwas brüllte, was im Stampfen des Schiffsmotors nicht zu verstehen war.

„Jerome, was hat Marylou gesagt? Was wollte die Chefin?" Marie brüllte, um den Lärm zu übertönen.

„Ich soll auf den Russen aufpassen", schluchzte Jerome. „Ich soll ihn beobachten und ihm Harksens Ordner abnehmen!"

Du liebe Zeit. Das waren ja Neuigkeiten. Marie konnte sich immer weniger einen Reim auf die ganze verfahrene Chose machen.

„Jerome, warum haben die Russen die Ordner? Hast du sie ihnen gegeben? Wollten sie Harksen und Marylou erpressen?"

„Der Russe hat mir die Ordner abgenommen", schluchzte der Barkeeper. „Ich sollte sie bei Harksen holen. Doch plötzlich waren die Russen da und haben sie mir abgenommen!"

„Und was wollen sie mit den Ordnern? Was steht da drin?"

„Alles über das Colosseum! Und über die Money Doms! Harksen sagte, er lässt den Club schließen! Dabei wollte er selbst einsteigen!"

Die Detektivin trat auf Jerome zu und lächelte ihn an. Sie musste ruhig bleiben. „Jerome, Süßer, lass uns abhauen", bettelte sie mit einschmeichelnder Stimme. „Erzähl mir alles, ich helfe dir", versprach sie ihm.

Der Barkeeper heulte. Tränen und Rotz liefen seine zarten Wangen hinunter.

„Komm, weißt du was, wir rufen Marylou an. Sie soll sagen, was zu tun ist", sagte sie mit leiser Stimme. „Jerome, hörst du mich?"

Er dachte kurz nach. Dann drückte er eine Kurzwahl-Ziffer auf dem Display seines Handys. Sein Blick hetzte von Marie zu dem Russen und wieder zurück. Der stämmige Mafioso stand immer noch auf der Brücke, gestikulierte, deutete in Maries Richtung und redete mit zwei Typen, deren Silhouetten sich neben seiner Gestalt in der Kabine der Schiffsbrücke abzeichneten.

Die beratschlagen, wie sie uns am besten abservieren, dachte Marie. „Jerome!" drängte sie.

Der flennte weiter wie ein Baby und schluchzte in sein Handy. Dann hellte sich sein Gesicht auf. „Marylou, Darling, ich bin mit Marie auf dem Schiff der Russen."

Marie hörte, wie die Clubchefin ins Telefon kreischte. Sie schnappte Jeromes Handy, haute ihm mit der linken Hand hinter die Ohren wie einem verzogenen Kind und brüllte ins Telefon: „Was soll das denn hier? Wolltest Du mich loswerden, Herrin der Finsternis? Was soll dein kleiner Pisser hier? Du hast das Notizbuch und willst auch noch die Ordner! Was hast du vor? Willst du die Mädels und mich ausbooten, verdammt?"

Das war nicht der Fall. Marylou wollte lediglich ihre Haut retten. Sie redete wie ein Wasserfall. „Jerome hat ihn erschossen. Die

Russen haben es gesehen. Sie erpressen mich. Sie haben Harksens Informationen zum Colosseum. Abendroth hat ihm alles über den Club erzählt, damit er einsteigt. Harksen hatte nichts Besseres zu tun, als ein Dossier anzulegen. Für die Polizei. Bei der Gelegenheit wollte er auch noch Jerome bei seiner Mutter verpfeifen. Und dann, wenn alle Störenfriede weg gewesen wären, ich, die Money Doms, die Russen, wollte er ins Colosseum einsteigen. Er wusste, mit Abendroth und Dellmann würde er spielend fertig werden." Ein Knall zerriss die morgendliche Stille. Jerome fiel zu Boden. Er betrachtete fassungslos, wie sein weißes Hosenbein sich in Sekunden rot färbte.

Marie packte Jerome am nietenbeschlagenen Ledergürtel und zerrte ihn hinter einen Haufen aus Eimern, Seilen und Kisten. Eine Salve der Russen pfiff ihnen um die Ohren.

„Die Russen schießen auf uns!" brüllte Marie in Jeromes iPhone. Sie legte auf. Jeromes linkes Hosenbein war blutgetränkt. Er zitterte wie Espenlaub. Die Makarov fiel ihm aus der Hand. Marie schnappte die Pistole. Wieder donnerte eine Salve zu ihnen herüber. Die Makarov hat acht Schuss, erinnerte sich Marie. Ich muss sie alle nacheinander erwischen, bevor sie uns hier erwischen. Acht Schuss. Ein Schütze. Gegen drei mit jeder Menge Munition. Das ist schwierig.

Um nicht zu sagen unmöglich.

Die Russen starteten den Angriff. Sie kamen geduckt von der Kommandobrücke zu ihnen herunter. Alle paar Meter suchten sie Deckung. Marie verfluchte die russische Unordnung auf dem Seelenverkäufer. Überall lagen Holzlukendeckel, Scherstöcke und Stauholz zum Befestigen der Ladung herum, dazwischen Tauwerk, Drähte und Ladegeschirr.

So wie es auf diesem Messi-Kahn aussieht, können die sich wunderbar anschleichen und sich in dem Gerümpel verstecken, fürchtete Marie. Sie war wütend und hatte gleichzeitig Todesangst, eine sehr irritierende Kombination. Wo blieb nur Böttcher! Sie hob kurz den Kopf, zielte auf einen der Russen, der gerade hinter einem Berg von Kisten hervorlugte. Er brüllte. Treffer.

In der Ferne jaulte ein Martinshorn. Jerome stöhnte. Er war schweißgebadet. Blut sickerte ununterbrochen aus dem Hosenbein. Eine Lache breitete sich auf dem schmutzigen Blechboden des Schiffsdecks aus. Er starrte sie aus glasigen Augen an. „Jerome, wir müssen hier weg", keuchte Marie. „Reiß dich zusammen, steh auf, wir müssen an Land. Sonst knallen sie uns ab."

Sie schoss nochmals aus der Deckung heraus in Richtung der Russen. Ihr Training im Brook machte sich bezahlt. Ein weiterer Russe heulte auf. Noch sechs Schuss im Magazin. Das würde nicht reichen. Die Russen waren höchstens dreißig Meter entfernt. Alle paar Sekunden linsten sie hinter einem Gerümpelhaufen hervor, streckten die Hände aus und schossen auf die beiden Flüchtlinge.

Die Sirene kam näher. Ein Polizeiwagen, ein Krankenwagen und ein Porsche hielten mit quietschenden Reifen am Kai.

Ein Russe linste hinter einem Haufen von Tauen hervor.

Marie schoss. Russengeheul. Drei Schuss, drei Treffer. Ich kann es noch, freute sich die Detektivin. Nützt nur nicht viel. Warum schicken die uns kein Boot?

Fünf Schuss im Magazin.

Die Russen diskutierten lautstark und kehrten um. Einer hielt sich die blutende Wange. Ein anderer riss sich ärmellose Jacke und T-Shirt vom Leib und drückte das Shirt auf die Wunde am Arm.

Der Schiffsmotor röhrte. Die Ankerkette rasselte hoch und verschwand langsam im Schiffsbauch. Die Solovey bebte.

Sie fuhren los, ohne die Gangway hochzuziehen. Marie war perplex. Wollten die Mafiosi auf die andere Elbseite und von dort abhauen?

Aus dem Polizeiwagen stürmten Böttcher und Brandes zum Kai. Aus dem Porsche stiegen Forsmann und der Porschefahrer. Die Gangway hing bereits zehn Meter entfernt über dem Wasser.

Russen und die Polizisten lieferten sich ein Feuergefecht. Ohne Pause knallten die Schüsse über Marie und Jerome hinweg.

Zwanzig Meter zum Ufer.

Der Barkeeper schluchzte wie ein kleines Kind. Marie schleifte ihn gebückt zum Rand des Schiffsdecks.

Fünfzig Meter zum Ufer.

Das Schiff schlingerte auf der Norderelbe flussabwärts. Die Russen verschwanden. Marie atmete erleichtert auf.

Zu früh gefreut. Aus dem Schiffsbauch krachte eine Explosion. Das Deck bebte. Wasser rauschte durch ein riesiges Leck in den Laderaum. Innerhalb weniger Sekunden bekam die Solovey Schlagseite. Marie hielt sich am Gerümpel fest. Sie rutschte samt dem ganzen Kram zum Rand des Decks.

Dann tauchten die Mafiosi wieder auf. Sie ließen ein Rettungsboot ins Wasser platschen, hangelten sich an einer Strickleiter hinunter und hauten ab.

Die Ratten verlassen das sinkende Schiff, stellte Marie nüchtern fest. Warum haben Böttcher und Konsorten nicht die Wasserschutzpolizei informiert? Warum schicken sie uns kein Boot?

„Hilf mir!" schrie Jerome in Todesangst. „Ich kann mich nicht bewegen!"

Scheiße, dachte Marie. Sie sah weit entfernt am Ufer einen kleiner werdenden Böttcher heftig winken. Von flussabwärts donnerte ein Boot der Wasserschutzpolizei heran. Im Bauch der Solovey rumorte es. Das Schiff senkte sich weiter nach Backbord. Jerome klammerte sich an Marie.

Sie rutschten beide zur Reling. Aus dem Gerümpelhaufen lösten sich Fässer, donnerten zu ihnen herunter und schoben sie zum Rand des Decks. Marie versuchte, sich an der Reling festzuhalten. Die Querstreben der Reling brachen und zerbröselten. Marie klammerte sich an zwei der senkrechten Metallstützen. Sie knickten um. Das Gestänge hing einige Sekunden noch an wenigen Schweißpunkten am Metalldeck fest. Dann quietschten die Stützen und brachen. Jerome umklammerte in Panik Maries Beine. Sie hingen beide halb über Bord. Das Wasser der Elbe gurgelte unter ihnen.

Jerome kreischte in Todesangst.

Marie versuchte, einige tiefe Atemzüge zu nehmen und ihre aufsteigende Panik zu unterdrücken. Sie beschloss, überhaupt nicht mehr mit dem hysterischen Loverboy von Lady Marylou zu reden, schon gar nicht kurz vor dem freien Fall ins trübe Wasser der Elbe.

Vor allem würde sie ihm mit keinem Pups das peinlichste Geheimnis ihres abenteuerreichen Lebens verraten.

Marie war an der Elbe geboren und aufgewachsen. Sie hatte zahllose Ferien an Ost- und Nordsee verbracht.

Aber sie konnte immer noch nicht schwimmen.

Die Verhaftung

Die Clique fand sich nach dem wenig erfreulichen Intermezzo mit dem toten Hendrik und der vermeintlichen Mörderin Claire wieder im Colosseum ein. Alexa, Megan und Tissa wollten Lady Marylou von dem Vorfall berichten und beratschlagen, wie sie die Polizisten loswerden könnten, die immer noch im Club herumschnüffelten. Inzwischen war ja diese verschwundene Kommissarin wieder aufgetaucht und hatte ihren Kollegen brühwarm berichtet, dass der Transvestit Carmen-Dellmann sie im Keller des Colosseums eingesperrt und gefoltert hatte. Und dass sie, zu ihrer eigenen Überraschung und zur Überraschung sowohl ihrer Kollegen als auch der Clique und auch zur Überraschung Lady Marylous, von Dominas befreit und ausgesetzt worden war und dass diese merkwürdigen Damen mit hoher Wahrscheinlichkeit jener Gruppe ominöser Money Doms angehörten, die ihre wohlhabenden Opfer nicht nur körperlich malträtierten, sondern ihnen auch finanziell das Fell über die Ohren zogen.

Und, so die Informationen einzelner Polizisten, die mit Marylou offensichtlich auf besonders gutem Fuß standen – ohne dies natürlich öffentlich heraus zu posaunen – genau diese gefährliche Truppe war jetzt auf der Flucht, allerdings reduziert auf zwei Damen, denn die dritte im Bunde war – wiederum zur Überraschung der verschiedenen beteiligten Gruppen – mausetot im Stadtpark aufgefunden worden. Es sah so aus, so die Informanten weiter, deren berechnende Geschwätzigkeit in diesem Fall ein durchaus ungewöhnliches Niveau erreichte, als sei die junge Nutte Opfer eines Sexualdeliktes geworden.

Es war taghell. Die Gäste des Colosseums waren inzwischen alle verschwunden. Die Spurensicherung durchkämmte sämtliche Räume; nicht nur wegen der Spuren der Entführerinnen von Valerie, sondern auch in der vagen Hoffnung, eventuell Hinweise auf die drei Opfer im Brook zu finden und eine Verbindung zwischen dem Colosseum beziehungsweise Marylou, den im Colosseum tätigen Sexarbeiterinnen und dem Friedhof im Brook herzustellen.

Bernd Dellmann alias Carmen war von zwei Polizisten, die jeweils ungefähr zwanzig Zentimeter größer und fünfzig Kilo schwerer waren als der Transvestit, in einen silber-blauen Polizei-Mercedes verfrachtet und zur Vernehmung ins Revier Borgweg abtransportiert worden. Alexa, Megan und Tissa stöckelten zu Lady Marylous Büro. Alexa klopfte und wartete kaum die Reaktion der Chefdomina ab, bevor sie in den Raum stürmte.

Die saß mit leichenblassem Gesicht hinter ihrem Schreibtisch. Ihre Wimperntusche bildete zwei schmutzig-graue Schlieren auf ihren Wangen. Vor ihr stand ein Aschenbecher aus schwarz-glänzendem Onyx, aus dem halb gerauchte Kippen hervorquollen, und eine Flasche Cognac, in der noch ein kleiner Rest golden schillerte. Sie klopfte mit den Fingernägeln an einen Cognacschwenker, der klingelte wie ein Windspiel am Eingang eines buddhistischen Tempels.

„Die Russen haben Jerome angeschossen. Er ist mit Marie im Hafen. Sie sind auf einem Schiff, das Solovey heißt."

Lady Marylou schaute sie mit gramverzerrtem Gesicht an.

„Das ist das Schiff, mit dem die Russen mein Geld gebracht haben", sagte Megan.

„Wer ist noch dort?" fragte Tissa.

„Die Polizei", sagte Lady Marylou. „Dieser Böttcher, seine Kollegen und Marie sind zum Hafen gefahren. Marie hat mich am Telefon um Hilfe gerufen."

Die Tür wurde aufgerissen. Die vier Frauen blickten zu den Besuchern, die grußlos hereinstiefelten. Es waren die LKA-Kommissarin, die sich einigermaßen erholt zu haben schien, und drei uniformierte Beamte.

Valerie ging mit großen Schritten zum Schreibtisch. Ein Uniformierter eskortierte sie und legte Marylou Handschellen an. „Karolina Bauermann, ich nehme Sie fest wegen des Verdachts des gemeinschaftlichen Mordes an Gunnar Harksen und Hendrik Abendroth."

„Oh mein Gott", stöhnte Megan.

„Verdammte Scheiße", zischte Alexa.

„Das glaub ich jetzt nicht", sagte Tissa.

Marylou wehrte sich und schrie: „Nein, das ist ein Irrtum, lassen Sie mich, das ist ein Irrtum!"

„Jerome hat schon gestanden", sagte Valerie ruhig. „Machen Sie das Ganze nicht noch schlimmer. Wir haben die Waffe, Ihre Finger- und Fußabdrücke. Sie waren bei Harksen im Büro und bei Abendroth im Brook."

Marylou, mit bürgerlichem Namen Karolina Bauermann, schrie mit heiserer Stimme pausenlos: „Nein, nein, lasst mich, das ist nicht wahr!"

Valerie schnaubte verächtlich. „Was denken Sie denn, was wir tun? Haben Sie wirklich geglaubt, Sie kommen mit diesen ganzen Schweinereien durch? Den Money Doms, der Entführung Abendroths, den Morden?"

Marylou schrie; ihre Spucke spritzte. „Nein, nein, das stimmt alles nicht!"

„Und um das Maß vollzumachen, haben Sie dem armen Abendroth auch noch Falschgeld von Ihren russischen Freunden in den Mund gestopft! Zuerst erdrosseln und dann noch das! So etwas Abgebrühtes habe ich selten erlebt!"

„Das kann nicht sein", sagte Megan und wurde kreidebleich. „Das war....". Sie stockte.

„Blüten aus derselben Charge, wie die Fünfziger in Jennifers Mund. Prima russische Wertarbeit."

Valerie machte eine Pause und schaute die Frauen der Reihe nach an.

Alexa und Tissa blickten wütend zu Megan, die sich verplappert hatte. Megan war blass. Schweißtropfen perlten auf ihrer Stirn. Auf ihren Wangen leuchteten hektische rote Flecken.

„Und warum nicht?" fragte Valerie und wandte sich um zu Megan. „Gibt es etwas zum Thema Falschgeld, das Sie mir erzählen wollen?"

„Nein, ich weiß nichts darüber", sagte Megan tonlos.

„Dann haben Sie sicherlich nichts dagegen, wenn wir Ihr Haus durchsuchen."

Valerie bluffte. Sie hatte keinerlei Anhaltspunkte, die eine Hausdurchsuchung gerechtfertigt hätten. Doch sie ließ einen weiteren Versuchsballon starten.

„Wollten Sie die Entführer Ihres Mannes mit Blüten bezahlen? Das ist natürlich deutlich preiswerter, als wenn man echtes Geld rausrücken muss", sagte Valerie süffisant.

„Ich weiß nichts darüber", wiederholte Megan monoton und blickte hilfesuchend zu Alexa.

„Wir haben vor wenigen Stunden Ihren Bruder verhört. Der hat mich im Keller des Colosseums gefoltert und will jetzt mit uns verhandeln."

Alexa war kreidebleich. Ihr Blick durchbohrte Megan. Unmerklich schüttelte sie den Kopf.

„Sie werden mein Haus nicht durchsuchen. Ich will meinen Anwalt sprechen!" Megans Stimme überschlug sich.

„Mein Mann wurde ermordet. Sie haben nichts getan, um die Entführer aufzuhalten. Sie sind schuld! Ich werde die Polizei verklagen! Das ist ein Skandal! Ich werde dafür sorgen, dass ihr alle bestraft werdet!"

„Ich bin Künstlerin, ich habe mit dieser Performance aber gar nichts zu tun", empörte sich Tissa.

„Blödsinn", entgegnete Valerie. „Wir werden euch alle zum Borgweg bringen und dann werden wir sehen, wer was erzählt und wer wegen was angeklagt wird."

Sie wandte sich zu den vier Uniformierten, die an der offenen Tür standen.

„Alle mitnehmen, jetzt ist hier mal Schluss mit lustig. Ihr macht den Laden dicht. Abmarsch."

„Ich will meine Anwältin anrufen", sagte Lady Marylou mit schneidender Stimme.

„Das können Sie vom Revier aus machen", entgegnete Valerie ruhig.

„Eine feine Truppe haben wir hier beisammen", sagte sie, schaute die versammelten Damen der Reihe nach an und schüttelte den Kopf.

Megan weinte. Marylou klapperte mit dem Cognacschwenker. Alexa rollte mit den Augen. Tissa überlegte, wie sie die Szene in einem Bild verarbeiten könnte. Im Stil französischer Salonmalerei? Oder eher fotorealistisch?

„Rückt doch bitte mal näher zusammen", bat die Malerin und zückte ihr iPhone. „Marylou, Sie bitte neben Alexa. Und Frau Kommissarin, schauen Sie bitte nochmals so böse zu den beiden wie eben. Und dann noch bitte zwei der uniformierten Kollegen dazu, das ist ein sehr schönes Motiv." Sie winkte die beiden Polizisten heran, die am nächsten zur Tür standen.

Marylou starrte sie ungläubig an. Valerie wurde blass und zischte: „Und du blöde Pinsel-Schnepfe hältst jetzt die Klappe, sonst lass ich dich von meinen Kollegen allein abführen, dann kannst du gleich deine Einzelzelle dekorieren."

Die vier Uniformierten schnappten sich Marylou und ihre Geschäftspartnerinnen.

Die vier Damen stöckelten wiederwillig neben den Polizisten her und wurden in Einsatzwagen verfrachtet.

Valerie schaute sich in Marylous Büro um. Das hier war also das Zentrum des Bösen. Sieht gar nicht so aus, dachte sie. Aber wer weiß schon, wo das Böse ausgebrütet wird.

Sie betrachtete die gerahmten Fotos, die an der Wand hingen. Hamburger Prominenz beim Feiern, mit Lady Marylou, mit Jerome, dem Barkeeper, mit Bernd Dellmann, dem Transvestiten. Auf einigen Fotos war Alexa zu sehen, gestylt und mit herausforderndem Blick.

„Was ist das nur für eine kranke Gesellschaft", dachte Valerie.

Doch sie war sich nicht sicher, ob alles sich so abgespielt hatte, wie sie vermutete. Vielleicht ist ja alles ganz anders, dachte sie. Wir werden es rausfinden. Ich habe noch jeden Fall aufgeklärt.

Dann rief sie Böttcher an. Doch der ging nicht ans Telefon. Kriminalhauptkommissar Böttcher war damit beschäftigt, Leben zu retten. Was ihm nur mit Hilfe von unerwarteter Seite gelang.

Die Schwimmstunde
Hamburger Hafen, Freitagvormittag

Polizisten brüllten. Maries Herz raste. In ihren Ohren sauste es. Todesangst. Sie platschte wie ein Sack in die trüben Fluten des Hafens. Hielt sich noch einige Sekunden über Wasser. Wenige Meter neben ihr strampelte Jerome, gurgelte und versank. Zwei Nichtschwimmer in der Elbe.

Das ist ein blöder Witz, waren ihre letzten Gedanken. Ein blöder Witz. Eigentlich hätte ich erschossen werden sollen; oder sie hätten mich ins Meer werfen können, runter vom Bord eines Schiffes der Harksenschen Reederei, auf dem Weg nach Afrika, gekillt von einem Drogenhändler. Stattdessen ersaufe ich im Hamburger Hafen neben dem Toyboy einer Chefdomina. Blamabel.

Sie verlor das Bewusstsein.

Als Marie wieder zu sich kam, lag sie am Rand des Piers. Böttcher pustete Luft in ihren Mund, die ihre Lungen aufblähte. Sie musste husten und spuckte dem Kriminalhauptkommissar dreckiges Wasser ins Gesicht. In ihrem Mund hatte sich ein Geschmack von Metall, Chemie und Fäkalien gesammelt.

Ihr Retter presste weiter Luft in ihren Mund.

„Unser Schätzchen wacht auf", bemerkte eine süffisante Stimme.

„Böttcher, du kannst die Küsserei einstellen", tönte eine andere.

Marie öffnete die Augen. Blickte sich um.

„Grade nochmal gut gegangen", sagte Brandes. „Schade, damals in Quantico hatten wir mal ne Wasserleiche..."

„Halt die Klappe, Quantico", ätzte Böttcher, spuckte aus und wischte sich den Mund ab. Hemd und Hose klebten klatschnass am wohlgeformten Body.

„Unkraut vergeht nicht", bemerkte Forsmann.

„Wo ist Jerome?" fragte Marie.

„Vermisst du das Herzchen schon?" fragte Forsmann.

„Für Sie immer noch Frau Everling", schnaubte Marie.

„Abgesoffen", kommentierte Brandes, während er das Treiben im Hafen mit einem Fernglas beobachtete.

„Sie tauchen seit 15 Minuten nach ihm, aber er ist weg. Wohl von der Strömung weggespült."

„Bedauerlich", sagte Marie. „Wir brauchen ihn als Zeugen."

„Ja, wirklich sehr bedauerlich", sagte Brandes und grinste.

„Er hat Harksen ermordet", stöhnte Marie. „Er hat es zugegeben."

„Blödsinn", entfuhr es Böttcher. „Das war Marylou mit ihrer Truppe! Er wollte sie hochgehen lassen!"

„Ihr Bullen habt keine Ahnung", erwiderte Marie. „Mir ist übel."

Dann wurde sie wieder bewusstlos.

Sanitäter, die einige Meter entfernt standen, stürmten herbei.

„Ich bestehe darauf, dass wir die Verletzte ins Krankenhaus bringen!" brüllte ihr dicker Anführer. „Das ist absolut illegal, was ihr Bullen hier macht!"

„Und was machen wir?", fragte Forsmann süffisant. „Wir waren zuerst hier und so wie ich die Sache sehe, haben wir der Zeugin Marie Everling soeben das Leben gerettet. Und wir werden dafür sorgen, dass sie schnellstmöglich ihre Aussage macht!"

„Ihr seid echte Arschlöcher", zischte der Dicke. „Die Frau muss ins Krankenhaus!"

„Wo ist überhaupt der Notarzt, den wir angefordert haben? Was macht eure Gurkentruppe denn hier, außer uns bei den Ermittlungen zu behindern?" Böttcher hatte sich aufgerichtet und drückte sein breites Kreuz durch. Sein nasses Hemd war offen, die Muskeln seines Sixpacks zuckten vor Anstrengung.

Marie stöhnte. Sie wälzte sich zur Seite und spuckte einen Schwall Elbwasser aus.

Böttcher beugte sich über sie und zog sie an den Beinen hoch.

„Die Brühe muss raus", sagte er lakonisch. „Meine Güte, du bist ganz schön schwer, Muskel-Lady."

Marie versuchte, sich mit den Händen abzustützen. Sie strampelte und spuckte Elbwasser auf den dreckigen Beton des Piers.

„Wir nutzen jetzt einfach mal die Schwerkraft", kommentierte Böttcher grinsend seine Rettungsaktion.

Marie gurgelte und spuckte.

„Schnaps her!" befahl Böttcher und legte Marie wieder vorsichtig auf den Beton.

Brandes zog einen Flachmann aus der Innentasche seiner Jacke und reichte ihn Böttcher.

„Trink!" befahl der Kriminalhauptkommissar.

Marie schluckte den Schnaps, gurgelte und rülpste.

„Wo ist eigentlich der Zivilist?" fragte Forsmann.

„Scheiße, den hab ich ganz vergessen", stöhnte Forsmann. „Ist der Porsche noch da?"

„Steht weiter unten", antwortete Brandes und deutete elbabwärts.

„Verdammte Scheiße", zischte Forsmann. „Wo ist der Zivilist?"

„Ist ins Wasser gesprungen", antwortete der dicke Sanitäter.

„Das glaub ich jetzt nicht!" brüllte Böttcher. „Seid ihr noch bei Trost, den mit hierher zu bringen? Sollen wir alle unseren Job verlieren?"

Forsmann zuckte mit den Achseln. „Auto war beschlagnahmt, ich bin mit ihm hierher gefahren."

„Idiot", zischte Böttcher.

„Selber Idiot!" Forsmann scharrte mit den Füßen und schaute betreten den Fluss hinab.

„Suchen, los!" befahl Böttcher.

Dann sahen sie aus einigen hundert Metern ein Motorboot der Wasserpolizei heranrauschen. Auf Deck stand ein winkender Mann. Er trug keine Uniform. Genau gesagt, war der Typ fast nackt. Er tanzte auf Deck, breitete die Arme aus und brüllte: „Ich bin der König der Welt!"

Gregor war in Hochform. Er vollführte einen Freudentanz. Schwenkte sein Hemd, seine Hose. Neben ihm saß eine jämmerliche Gestalt.

Das Boot kam näher.

Gregor trug nur einen Slip.

Die Gestalt trug ein ehemals weißes, jetzt vom trüben Wasser ruiniertes Satinoutfit. Die vormals geglätteten Locken standen wild in alle Richtungen vom Kopf ab.

„Ich hab ihn aus der Elbe gefischt!"

Gregor schwenkte sein Hemd und warf Kusshände in Richtung seines konsternierten Publikums.

„Das glaub ich jetzt nicht", stöhnte Forsmann.

„Er hat ihn tatsächlich rausgezogen", sagte Böttcher lakonisch.

„Wir bekommen da massive Probleme", sagte Brandes grinsend. „Na, Kollegen, wer nimmt den Zivilisten auf seine Kappe?"

Forsmann schaute betreten zu den Kollegen. „Warum, er hat doch gut funktioniert, oder?"

„Idiot!" schnaubte Böttcher.

Forsmann zuckte mit den Achseln. „Wir müssen ihn nur briefen, damit er die richtige Aussage macht."

Das Polizeiboot rauschte heran und legte an. Ein Besatzungsmitglied stieg aus.

„Guten Tag, Kollegen, wir haben hier einen Geretteten und einen Zeugen, der euch erzählen kann, was passiert ist", sagte der junge Polizist und grinste.

Gregor zerrte Jerome am Arm auf die Pier. „Na, mein Schätzchen, war doch alles halb so wild, wer wird denn gleich aus Liebeskummer solche schlimmen Sachen machen", sagte der Bauunternehmer.

„Vielen Dank, Kollegen, wir regeln das hier schon", sagte Böttcher.

Jerome war kreidebleich. Und schwieg.

„Jerome Klein, Sie sind vorläufig festgenommen wegen des Verdachts, Gunnar Harksen ermordet zu haben", sagte Böttcher in nüchternem, geschäftsmäßigem Ton. Er bückte sich zu Jerome.

Handschellen klickten.

Gregor zuckte zusammen.

„Aber …er ist doch bloß ein Barkeeper. Der Freund von Lady Marylou! Hat er mir erzählt!"

„Er scheint weniger Wasser geschluckt zu haben als die Everling", konstatierte Brandes trocken. „Na, hast du dem Zivilisten deine Lebensgeschichte erzählt, du blödes Stück Scheiße?" Der Kommissar trat gegen das Bein des fast Ertrunkenen.

„Er hat den Reeder auf dem Gewissen", sagte Forsmann.

„Warum habe ich ihn dann aus der Elbe gefischt?" Gregor klang mehr als sauer.

„Vielen Dank für Ihre Unterstützung", sagte Böttcher.

„Mann, Alter!" brüllte Gregor. „Ich setze mein Leben aufs Spiel wegen einem Mörder!"

„Das machen wir fast jeden Tag", sagte Böttcher lakonisch.

„Abmarsch, wir fahren zum Borgweg."

„Ich fahre mit dem Zivilisten", kam es von Forsmann wie aus der Pistole geschossen.

Gregor zuckte mit den Schultern.

„Meinetwegen", sagte Böttcher.

Dann fuhren sie los, um diese unselige Geschichte zu Ende zu bringen.

Die zweite Lagebesprechung
Winterhude, Revier Borgweg

Der Krankenwagen mit Marie startete zum Altonaer Krankenhaus. Jerome plärrte nach einem Arzt. Jammernd untersuchte er seine Verletzung am Bein. „Halt die Klappe", herrschte ihn Böttcher an und schubste Marylous Lover auf den Rücksitz des blau-silbernen Einsatzfahrzeugs. „Den Kratzer hat unser Hafen mit seinem Chemiecocktail desinfiziert. Daran stirbst du nicht." Der Konvoi aus Gregors Porsche, Böttchers Gangster-Limousine und dem Einsatzfahrzeug kam nach fünfzehn Minuten am Revier Borgweg an.

Kollegen, teils mit, teils ohne Uniform, begrüßten die Ankommenden. Böttcher deutete auf Jerome. „Das Herzchen hier in die Arrestzelle", zischte er.

„Ich will einen Arzt und einen Anwalt", greinte Jerome.

„Also ich kann mir gar nicht vorstellen, was die Chefin an dir findet, du Jammerlappen" höhnte Brandes.

„Vielleicht kann er Kunststückchen", soufflierte Forsmann und machte obszöne Zeichen mit Händen und Zunge.

„Darf sie dich verhauen?" fragte Brandes. „Na, Jerome, was törnt dich an? Und was die Chefin?"

Der Barkeeper heulte und zog die Nase hoch. Ein Wachtmeister packte ihn am Arm und zerrte ihn zur Arrestzelle am Ende des Gangs, schubste ihn hinein und donnerte die schwere Tür zu.

„Wir machen jetzt erst mal eine Lagebesprechung. Lady Marylou und die Nienstedten-Clique sind vorläufig festgenommen und sitzen oben im ersten Stock. Vier Kollegen von der Frühschicht sind passen auf, dass sie sich nicht absprechen."

„Zwecklos", kommentierte Böttcher verärgert. „Sie haben alle Strafverteidiger aus der Kanzlei Adytias, Baton, Wisula. Da wird jetzt sowieso ein ganz großes Rad gedreht und eine Gesamtstrategie ausgetüftelt."

„Was sollte ich wissen über die Anwälte?" fragte Valerie. Sie klang müde. Man sah ihr an, dass die vergangenen Stunden sie mitgenommen hatten. Sie hatte gemeinsam mit Sengelmann den Tatort im Brook akribisch untersucht und war nach etwa zwei Stunden mit ihm zum Revier Borgweg zurückgefahren. Aus der Ferne sah sie gerade noch, wie Böttcher telefonierte und mit seinem Kollegen Brandes abdüste, während Forsmann sich wieder den Zivilisten mit dem Porsche schnappte. Jetzt war sie neugierig, was die Rückkehrer berichten würden. Valerie rieb ihre Handgelenke und ihre Schläfen und trank große Schlucke Wasser.

„Die Kanzlei ist spezialisiert auf Kiezgrößen, auch aus der Organisierten Kriminalität", erläuterte Forsmann. „Gegründet wurde sie von der Strafverteidigerin Andrea Baton. Sie und ihre Leute sind aalglatt und völlig skrupellos. Und leider sehr erfolgreich."

„Wir werden sehen", sagte Valerie. „Gibt es hier eine Dusche?" fragte sie in die Runde.

Böttcher öffnete eine Dose Red Bull und schob sie an ihren Platz. „Trink, das macht dich fit, dann zeig ich dir die Dusche."

Die Fenster des Besprechungsraumes, in dem sie vor mehr als zwölf Stunden zur ersten Lagebesprechung zusammen gekommen waren, standen weit offen. In der Ferne hörte man Motorenlärm. Hellmann brachte mehrere Kannen Kaffee.

„Ich geh dann mal", kündigte er an. „Die Zeugenaussagen der Oldies habe ich aufgenommen. Schriftlich und auf Band. Liegen auf Böttchers Schreibtisch."

Alle schauten überrascht zu dem wenig geschätzten Polizeiobermeister. Der grinste und schlenderte gemächlich davon.

„Also, was haben wir, schießt los!" forderte Revierchef Drewes seine Leute auf.

„Ich fang dann mal an", begann Böttcher. Er schaute zu Valerie, die ihm zunickte. Dann erzählte Böttcher von ihrem Kiezbummel, dem Treffen mit den Russen, deren Informationen zum neuen SM-Spiel Financial Domination und dem Besuch im Colosseum.

In dem Raum war es mucksmäuschenstill. Die Kollegen starrten abwechselnd auf Böttcher und Valerie. Als Böttcher zum Verschwinden Valeries kam, unterbrach sie ihn. „Danke, Böttcher, das erzähle ich am besten selbst. Ich mache es kurz."

Valerie berichtete vom roten Verlies, dem Folterbett, der Fesselungsaktion durch Bernd Dellmann alias Carmen, der Befreiung durch die Dominas und dass schließlich der Paparazzo Boris Bogner sie auf der Straße Richtung Duvenstedter Brook aufgabelt hatte.

„Wo ist Bogner eigentlich abgeblieben, nachdem er dich beim Friedhof im Brook abgesetzt hat?" fragte Böttcher.

„Keine Ahnung", antwortete Valerie wahrheitsgemäß. „Hat wohl niemand dran gedacht, ihn gleich zu vernehmen."

„Soll das ein Vorwurf sein, Kollegin Morton? Ich darf Sie dran erinnern, dass Sie sich bisher in diesem Fall auch nicht mit Ruhm bekleckert haben." Brandes war stinksauer, vor allem auf sich selbst. Ein totes Entführungsopfer, ein ermordeter Angehöriger der High Society, drei ältere Leichen, eine ermordete Prostituierte, Täter unbekannt oder flüchtig, das Ergebnis ihrer bisherigen Ermittlungen war äußerst mager. Und dann noch diese Besserwisserin vom LKA, deren Laune mindestens so schlecht war wie seine.

„Kollege Brandes, wir haben uns alle nicht mit Ruhm bekleckert, ich nehme mich da gar nicht aus", startete Valerie einen Beschwichtigungsversuch.

Der Revierchef unterbrach sie. „Sie beschränken sich ab jetzt alle zusammen auf die Ermittlungsergebnisse und hören auf mit gegenseitigen Vorhaltungen!" rief er in die Runde.

„Hat Bogner erzählt, wo er herkam? Direkt vom Stadtpark? Die Fotos von der toten Nutte bei Bild Online und MoPo Online sind doch von ihm, da verwette ich meinen Arsch", schnaubte Forsmann empört. „Die Ratte riecht Leichen im Umkreis von 100 Kilometern und wühlt zu gerne im Dreck." Seine Kollegen murmelten zustimmend.

Die abfälligen Bemerkungen über Bogner versetzten Valerie einen Stich. Sie mochte seinen Job nicht, aber andererseits tat er niemandem weh, er fotografierte Tote. Sie wurden in den Redaktionen unkenntlich gemacht, was ein Minimum an Pietät und Schutz der Angehörigen gewährleistete. Ihm selbst gegenüber hatte sie ihre Meinung zwar anders dargestellt, aber ganz so übel, wie er von dieser Runde Kriminaler abgewatscht wurde, war er doch nicht.

„Ich wäre dankbar für eine Pause", schlug Valerie vor.

„Wo ist die Dusche?" fragte sie Drewes. Böttcher sprang auf: „Ich zeige sie dir."

Seine Kollegen grinsten, verkniffen sich aber weitere Bemerkungen. Valerie zockelte hinter Böttcher in den Keller des Reviers. Am Ende eines Ganges, hinter den Umkleidekabinen, waren Duschen für weibliche und männliche Mitarbeiter. Böttcher verschwand in der Männerumkleide und stand zehn Sekunden später mit Handtuch, Duschgel und einem frischen, weißen T-Shirt vor Valerie. „Hier, nimm das, nach der Dusche geht es dir bestimmt besser", munterte er sie auf. Er drehte sich um, ging im Sturmschritt zur Kellertreppe und hetzte zurück zu den Kollegen im Besprechungsraum.

Dort hatte sich inzwischen Brandes am Moodboard in Positur gestellt. Mit einem schwarzen Filzstift listete er die Spuren auf, die er gemeinsam mit der Spurensicherung in den Räumen der Reederei Harksen gefunden hatte. Die beiden Praktikantinnen saßen mit Schreibblöcken und gezückten Stiften auf den Stuhlkanten und starrten gebannt zu Brandes, der anfing, zu referieren.

„Punkt eins: Der Mord an Harksen. Kollege Böttcher hat die Information erhalten, dass auf einem Familienfoto von Roswitha Klein, einer Mitarbeiterin Harksens, der Barkeeper des Colosseums, abgebildet ist. Das ist Jerome Klein, der Sohn von Roswitha. Jerome hat gestanden, Harksen erschossen zu haben. Nach der Tat hat er die Chefin des Colosseums, seine Geliebte, die Domina Karolina Bauermann, Künstlernamen Lady Marylou, angerufen und um Hilfe gebeten. Lady Marylou fuhr zur Palmaille, half Jerome, Spuren zu beseitigen und die Ordner zu finden, in denen Harksen die Protokolle über seine Verhandlungen mit Hendrik Abendroth und Details zum Colosseum notiert hatte. Russische Zuhälter haben die Reederei beobachtet, weil sie Harksen schon länger auf dem Kieker hatten, haben zufällig den Mord mitbekommen und sich der Ordner bemächtigt. Sie erpressen die Colosseum-Chefin und wollen in den Club einsteigen. Die Ordner sind verschwunden."

Brandes machte eine Pause und trank einen Schluck Kaffee.

„Nachdem wir heute in Allerherrgottsfrühe diese Informationen erhalten hatten, bin ich mit der Spusi nochmals zur Reederei. Wir haben Fingerabdrücke von Jerome und seiner Chefin gefunden", sagte Brandes.

„Ich denke, es gab keine Spuren", warf Drewes ein. „Wart ihr gestern nicht gründlich?"

Brandes grinste. „Dieses Mal haben wir uns sämtliche Räume vorgenommen. Wir haben nicht damit gerechnet, dass die Täter aufs Klo gehen. Die Dame hat einen Tampon in die Toilette geworfen, der nicht weggespült wurde. Der kann nur von ihr stammen. Als die Mitarbeiter Harksens zurückkamen und ihn tot auffanden, haben sie sich alle im Konferenzraum versammelt und sind nirgendwo mehr hin, auch nicht aufs Klo. Mit dem Blut des Tampons lassen wir eine DNA-Analyse machen. Die läuft. An der Zellophanverpackung, die sie in den Abfalleimer geworfen hat, haben wir Fingerabdrücke gefunden. Zum Tamponwechseln hat sie wohl die

Handschuhe ausgezogen. Die Fingerabdrücke konnten wir ihr zuordnen. Wir haben sie in der Kartei. Es gab mal eine Anzeige wegen Autodiebstahls. Ist im Sande verlaufen."

„Und was ist mit ihrem Galan?" fragte Drewes.

„Von Jerome haben wir einen einzigen Fingerabdruck an der Tür zu Harksens Archiv gefunden" fuhr Brandes fort. „Wir konnten ihn zuordnen, weil schon mal ein Verfahren wegen Körperverletzung gegen ihn lief."

Aus der Ermittlerrunde kam erstauntes Gemurmel.

„Der liebe Jerome hat einem unliebsamen Gast des Colosseums einen Cocktail mit ordentlich viel Chili kredenzt. Der Mann musste zum Arzt, hatte leichte Verätzungen im Mund. Verfahren wurde gegen Zahlung einer Geldbuße eingestellt."

Brandes nahm einen Schluck Kaffee. „Sein Fingerabdruck kann mit hoher Wahrscheinlichkeit nur von gestern stammen. Wir haben gestern Nachmittag, unmittelbar, nachdem sie ihren Chef tot aufgefunden hatten, die Mitarbeiter der Reederei befragt. Sie haben übereinstimmend ausgesagt, dass außer Harksen niemand Zugang zum Archiv hatte. Er sei misstrauisch gewesen wie eine alte Krähe, sagte ein Auszubildender. Mit hoher Wahrscheinlichkeit war Jerome nie zuvor in den Räumen der Reederei. Keiner kennt ihn. Seine Mutter, Roswitha Klein, hat nie über ihn gesprochen."

Drewes holte Luft. „OK, dann verhört als ersten Jerome Klein."

In diesem Moment kam Valerie zurück. Sie trug Böttchers weißes T-Shirt und sah müde, aber sexy aus.

„Das sollen Brandes und Forsmann machen", schlug Valerie vor. „Die sind ein eingespieltes Team und Brandes hat die Details ermittelt." Sie drehte sich zu den beiden hin. „Wenn ihr Jerome in die Mangel nehmt, knickt der ein wie ein dürrer Halm. Das Herzchen hat keine Eier in der Hose."

Brandes und Forsmann grinsten sich an.

„Keine Handgreiflichkeiten", mahnte Drewes. „Um Jerome kümmert sich ein Rechtsanwalt Dr. Clarus, natürlich aus unserer Lieblingskanzlei. Er ist sicherlich schon auf dem Weg hierher. Sobald der bei Jerome sitzt, macht der Kleine keinen Mucks mehr."

„Und was ist mit der Chefin? Sie war vor Ort, wir müssen feststellen, ob sie an der Tat beteiligt war oder nur bei der Spurenbeseitigung geholfen hat", warf die Praktikantin Susanne Schneider ein. Die Kollegen schauten sie überrascht an. Sie wurde rot und stammelte: „Ich meine ja nur, es könnte doch sein, dass Lady Marylou in Wahrheit den entscheidenden Tatbeitrag geleistet hat. Also ich meine, zum Beispiel, sie könnte doch auch geschossen haben."

„Das ist nicht ausgeschlossen, sehr richtig, Frau Schneider, Harksen wurde ja drei Mal getroffen. Es können auch mehrere Täter gewesen sein", warf Valerie ein. „Einen Schuss hat Jerome ja bereits zugegeben. Wir müssen beide in die Mangel nehmen."

„Dann kommen wir zum Fall Abendroth", fuhr Brandes fort. „Das Opfer wurde nach der Entführung zu dem Schrebergarten gebracht. Dort musste Abendroth, das sagen die Spuren, wohl das Toilettenhäuschen aufbauen und wurde später erdrosselt. Sicher ist laut Spurensicherung und Tatortanalyse, dass er sich nicht selbst an den Baum gefesselt haben kann. Er wurde also dort festgebunden, vielleicht mit, vielleicht gegen seinen Willen. Vermutlich waren es die Dominas, die ihn entführt haben. Das Perfide an der Sache ist, dass der Knoten an der Schnur um seinen Hals so gebunden war, dass der Gefesselte ihn selbst nicht mehr lösen konnte. Es könnte sich also um einen SM-Trick gehandelt haben, mit dem sie ihre Opfer gequält haben. Nach dem Motto: Wer sich bewegt, stirbt."

Brandes holte Luft.

„Einen derartigen Knoten muss man aufschneiden", ergänzte Sengelmann, der Gerichtsmediziner. „Ganz vorsichtig, sonst sticht man dem Opfer in den Hals oder erdrosselt es."

„Welche Spuren gibt es an den Tatorten im Brook?" fragte Drewes.

„Das ist ein völliges Durcheinander", sagte Forsmann. „Es gibt Dutzende von Fußabdrücken, überwiegend Damenschuhe in verschiedenen Größen."

Er pinnte Fotos und Zeichnungen an das Moodboard.

„Wir haben einige Verläufe der Spuren rekonstruiert. Es war schwierig, weil es heute zwischen drei und sechs Uhr in der Frühe mehrfach geregnet hat."

Er deutete auf die größte Zeichnung. „Klar ist, dass mehrere Personen, sehr wahrscheinlich Frauen, beim Opfer Abendroth standen beziehungsweise auf dem Platz um den Baum umhergingen. Es macht alles einen unkoordinierten Eindruck. Dann gibt es noch Schuhabdrücke von Golfschuhen und Sneakers in großen Größen. Es waren also höchstwahrscheinlich auch Männer vor Ort."

Forsmann drehte sich zum Moodboard und deutete auf die Fotos. „Allerdings müssten die Abdrücke zumindest bei den Golfschuhen, wenn sie ein Mann getragen hat, tiefer sein. Bei einer Schuhgröße 43 ist die zu erwartende Körpergröße mindestens einsfünfundsiebzig. Wahrscheinlich sogar größer. Das Gewicht liegt dann im Normalfall bei mindestens siebzig bis fünfundsiebzig Kilo. Doch die Abdrücke waren trotz des feuchten Bodens kaum eingedrückt. Die Person, die die Schuhe getragen hat, kann nicht sehr schwer gewesen sein."

„Vielleicht war es auch eine Frau", stellte Praktikantin Schneider eine Vermutung an. „Eine Frau, die absichtlich Männerschuhe trug, um eine falsche Spur zu legen", ergänzte Valerie.

„Einige der Fußspuren führen zu Reifenspuren von insgesamt drei verschiedenen Fahrzeugen. Am Schrebergarten waren, wie es aussieht, eine Mercedes-Limousine, wahrscheinlich das Entführungsfahrzeug, ein älterer Jaguar und ein Jeep Grand Cherokee. Wir haben die Abdrücke von Schuhen und Fahrzeugen vom Fachbereich Schuh- und Reifenspuren im LKA abgleichen lassen. Ging schnell. Keine Übereinstimmung mit registrierten Abdrücken", erläuterte Forsmann.

„Super, das ging ja flott", lobte Valerie und lächelte Forsmann an. „Meine Kollegen dort sind echt von der schnellen Truppe." Sie zögerte kurz. „Genau wie ihr", ergänzte sie dann wohlwollend.

Alle im Raum lächelten und tranken Hellmanns Kaffee, der schwarz wie die Nacht war und ihnen nach der durchwachten Nacht einen Pusch für die kommenden Stunden versetzen sollte.

„Gut, weiter" forderte Valerie die Truppe auf.

„O.k", fuhr Forsmann fort. „Wir haben ja gestern bereits einen Durchsuchungsbeschluss für das Colosseum bekommen, es sind immer noch Kollegen vor Ort, vielleicht finden sie einige der Schuhe vom Tatort dort. Ich schicke ihnen die Bilder mit WhatsApp."

Jetzt übernahm Sengelmann die weiteren Ausführungen. „Nun zu den Leichen im Brook. Es sind die bekannten Vermissten, nach denen wir schon seit Monaten suchen. Ich kann es kurz machen, die Kollegen, die mit draußen im Brook waren, wissen ja schon Bescheid. Also, die drei Männer sind mit hoher Wahrscheinlichkeit erstickt. Sie wurden vor etwa sechs bis zwölf Monaten stehend bis über den Scheitel eingegraben. Sie hatten Plastikröhrchen im Mund zum Atmen. Die waren verstopft. Es gibt keine Spuren.

Die Kleidung ist weitgehend verrottet. Skelette und Muskulatur sind aufgrund der speziellen Gegebenheiten im Brook noch teilweise erhalten. Ich werde einen forensischen Anthropologen hinzuziehen, der sich besser mit alten Leichen auskennt. Die Details schreibe ich euch in meinen Bericht."

„So weit, so schlecht", kommentierte Drewes die Ausführungen. „Gehen wir davon aus, dass die Russen Recht haben. Jedenfalls passen ihre Angaben, die wir noch überprüfen müssen, zu den Ermittlungsergebnissen. Abendroth ist demnach das vierte Opfer dieser merkwürdigen Money Doms. Hoffen wir, dass sie nicht noch weitere vergraben haben."

„Jetzt kommen wir zum Opfer im Stadtpark", sagte Forsmann. „Adriana Gebhardt, Künstlername Jennifer Juniper, Alter zweiundzwanzig, ging schon mit sechzehn auf den Strich, neuerdings als Domina tätig." Er pinnte mit einem Magneten ein Foto der Leiche an das Moodboard.

„Sie liegt in der Rechtsmedizin", sagte Sengelmann. „Wir werden sie, sobald wir hier fertig sind, obduzieren. Auf den ersten Blick sieht es aus wie ein Sexualmord. Ob sie vergewaltigt wurde, kann ich noch nicht sagen. Todesursache war wahrscheinlich Strangulation, aber auch dabei will ich mich noch nicht festlegen. Vielleicht kann ja Frau Morton etwas dazu sagen, sie hat unsere Tatortfotos schon gesehen."

„Ein sexuelles Motiv bezweifle ich. Ich vermute eher eine Strafaktion. Sie hatte einen falschen Fünfzigeuroschein im Mund", schaltete sich Valerie ein. „Wie Abendroth."

Sie deutet auf vergrößerte Fotos der beiden Leichen.

„Eine erste Untersuchung der LKA-Kollegen vom Falschgelddezernat besagt, dass beide Scheine wahrscheinlich aus derselben russischen Produktion stammen. Sie sind fast perfekt. Die Provenienz lässt sich anhand des verwendeten Papiers feststellen. Andere Scheine, die es sicherlich gibt, sind noch nicht aufgetaucht. Die große Frage lautet also: Was haben die falschen Fuffziger zu bedeuten?"

Valerie betrachtete die Kollegenrunde.

„Die Blüten kommen aus Russland. Wie sie nach Hamburg kamen, wissen wir noch nicht. Sie sind jedoch ein weiteres Indiz dafür, dass die Fälle Abendroth, Harksen und Jennifer zusammenhängen."

Valerie atmete tief durch. „Bei unserem Kiezbummel haben die drei Russen ziemlich deutlich ausgedrückt, was sie von den Money Doms halten. Jennifer hatte, bevor sie umsattelte, einen russischen Zuhälter. Der saß ein paar Jahre in Santa Fu, da hat sie die Gelegenheit beim Schopf gepackt und ist bei den Money Doms eingestiegen. Wer ihre beiden Kolleginnen sind, wissen wir immer noch nicht. Wir haben uns im Colosseum umgehört, aber niemand scheint sie zu kennen. Keiner der Gäste hat zugegeben, Kontakt zu ihnen zu haben. Doch wenn die Russen jetzt klar Schiff machen, dann sind sie in höchster Gefahr."

„Gut", sagte Drewes, „Fahndung läuft, richterliche Anordnung haben wir gleich bekommen. Und wir haben sogar Fotos. Undeutlich zwar, aber besser als nichts."

Böttcher und Valerie schauten erstaunt zu dem Revierchef. Drewes schlürfte den Rest seines Kaffees aus.

„Leon hat schon angefangen, die Aufnahmen aus den Überwachungskameras des Colosseums auszuwerten. Ganz interessant, wer sich dort so alles rumtreibt. Aber das ist ja nicht verboten."

Drewes stellte mit einem Bums seine Kaffeetasse auf den Tisch. „Ich habe mit unserer lieben Staatsanwältin Heike Brömmer gesprochen. Sie sagt, man kann in fast alle sexuellen Spielchen rechtswirksam einwilligen."

Böttcher kommentierte diese Information mit einem missbilligenden Pffffhhh. „Aber es ist wohl verboten, jemanden so zu strangulieren, dass er stirbt!" rief er empört. „Oder einzugraben mit dem Risiko, dass er erstickt! Was ist das denn für eine kranke Scheiße!"

Die Diskussion über legale und illegale Spielarten der Erotik wurde jäh unterbrochen.

Die Anwälte der Kanzlei Adytias, Baton, Wisula rauschten in zwei nagelneuen Wagen der Mercedes S-Klasse heran. Böttcher, Brandes und Forsmann gingen zu den Fenstern auf der Eingangsseite des Kommissariats.

„Arschlöcher", brummte Brandes.

„Wichser", murmelte Forsmann.

„Alles bezahlt aus gewaschenem Geld", kommentierte Valerie. „Ich kenne die Dame, das LKA hat sie und ihre Kanzlei schon lange unter Beobachtung."

Böttcher kaute auf einem Zahnstocher, enthielt sich eines Kommentars und zischte wieder durch die Lippen.

Zwei Chauffeure sprangen aus den Wagen und öffneten die hinteren Türen.

Heraus stieg, langbeinig, im eleganten und dennoch seriösen Kostüm, Andrea Baton, unter dem Arm eine schmale Aktentasche. Ihr folgten drei jüngere Herren in Maßanzügen, rahmengenähten Schuhen und mit sorgfältig gestutzten, glänzenden Haaren und dicken Mappen.

Die vier Rechtsanwälte betraten das Gebäude. Der Polizeiobermeister vom Frühdienst, der Hellmann abgelöst hatte, meldete sie bei den Ermittlern an.

Dann klingelten mehrere Telefone gleichzeitig. Drewes hob den Hörer des Festnetztelefons ab. Böttcher und Valerie drückten die Annahmetaste ihrer Handys.

Drewes vernahm die Nachricht und reagierte als erster. „Ich schicke euch die ermittelnden Kollegen", sagte der Revierchef.

Böttcher und Valerie starrten ihn an.

„Ein Jäger hat die Kolleginnen von Jennifer gefunden", sagte Drewes tonlos. „Auf der anderen Seite des Brooks, erschossen, in ihrem Auto. Es wurde zuerst angezündet und dann in einem Tümpel versenkt. Eine Streife vom Polizeiposten in Duvenstedt ist vor Ort. Ihr fahrt wieder hin."

„Und was ist mit der Vernehmung hier?" fragte Forsmann.

„Wir haben vier Tatverdächtige und einen Täter, der bereits gestanden hat. Die Anwaltstruppe scharrt mit den Füßen!"

„Sollen warten", sagte Drewes. „Wir haben bis morgen Zeit, bis wir die Damen dem Haftrichter vorführen müssen. Wir lassen sie schmoren. Aber sie haben das Recht, ihre Anwälte zu sprechen. Sollen sie ruhig. Die weiteren Mordermittlungen haben jetzt Priorität eins."

Böttcher wandte sich an Forsmann. „Wo ist eigentlich dein Fahrer mit dem Porsche?" fragte er grinsend.

„Keine Ahnung", musste Forsmann zugeben. „Hat mich hier abgesetzt und ist abgedüst."

„Hat sich schon jemand nach der Detektivin erkundigt, die fast ersoffen wäre? Wann können wir die denn befragen? Oder lasst ihr alle Zeugen verduften?" fragte Drewes. Der Chef war angepisst und ließ das seine Truppe deutlich spüren.

„Wurde ins Krankenhaus Altona gebracht. Ich schlage vor, Valerie, Brandes und Forsmann fahren mit Sengelmann zu unseren frischen Leichen. Und ich kümmere mich um die Everling", schlug Böttcher vor.

Valerie wurde kreidebleich.

„Wer ist das?" fragte sie mit weit aufgerissenen Augen.

„Marie Everling, eine Privatdetektivin, die für Harksen gearbeitet hat. Sie verschafft unserem Sixpack-Böttcher Informationen", sagte Forsmann grinsend. „Wie würden gerne wissen, wie er sich revanchiert."

„Halt die Klappe, Forsmann", entgegnete Böttcher. Er drehte sich um und ging zum Tisch, auf dem immer noch Hellmanns Kaffeekannen standen.

Valerie starrte ihn an. „Woher kennst du Marie Everling?" fragte sie ihn konsterniert.

„Geschäftsbeziehung", antwortete er lapidar. „Kein Grund, eifersüchtig zu sein." Er goss sich Kaffee ein. Und er beschloss, Valerie auf keinen Fall zu erzählen, dass er von der früheren Freundschaft zwischen ihr und Marie wusste.

Valeries Herz raste. Ihr fiel keine passende Entgegnung auf seine unverschämte Bemerkung ein. Wie konnte das sein? Marie, eine Privatdetektivin?

„Ich fahre mit dir zum Krankenhaus", sagte Valerie.

„Keine gute Idee", widersprach der Kriminalhauptkommissar und schlenderte zu der Ermittlergruppe zurück. „Wenn wir sie als Quelle behalten wollen, sollten wir nicht zu mehreren dort auftauchen. Das wollen wir doch nicht an die große Glocke hängen."

Böttcher sonnte sich in seinem Sonderstatus und fummelte an seinem Smartphone herum.

Valerie beschloss, das vorläufig auf sich beruhen zu lassen. Jetzt war nicht der Zeitpunkt für eine rührselige Wiedersehensnummer. Und wer weiß, dachte sie, vielleicht ist es für mich und Marie auch viel besser, wenn außer uns keiner weiß, dass wir uns kennen.

Die Toten im Teich
Duvenstedter Brook, Freitagmittag

Valerie, Forsmann und Brandes fuhren zum Brook. „Drück auf die Tube", forderte Valerie Kriminalkommissar Brandes auf, der die beschlagnahmte Gangsterlimousine chauffierte. „Wenn diese Ermittlungen abgeschlossen sind, werde ich nie mehr im Leben zu diesem Scheiß-Brook fahren", murmelte Valerie. Forsmann brummte zustimmend.

Am Schrebergarten erwartete sie ein Beamter der Polizeistation Duvenstedt. „Hallo Kollegen, Stefan Kreuzkamp, angenehm", sagte er und streckte zuerst Valerie seine Rechte zur Begrüßung hin. „Ab hier gehen wir besser zu Fuß", sagte er. „Es gibt keinen richtigen Weg und es sind nur etwa 500 Meter bis zu dem Tümpel."

Er erläuterte, dass gegen neun Uhr ein Jäger auf dem Rückweg vom Hochsitz zum Waldparkplatz das Auto mit den beiden Leichen entdeckt hatte. „Er sagt, er hätte Schüsse gehört, aber das sei im Brook nichts Ungewöhnliches." Nach wenigen Minuten erreichten sie den Tümpel. Die S-Klasse der Dominas steckte mit der vorderen Hälfte im Morast. Das Heck ragte schräg aus der veralgten Brühe. Der Geruch von Moder und Verwesung hing über dem Areal. „Sie sind nicht verbrannt", sagte Kreuzkamp. „Wir konnten sie schnell identifizieren."

Beim Wrack standen drei Ermittler der Spurensicherung. Sie trugen brusthohe Wathosen, nahmen Fingerabdrücke von der Karosse und fotografierten. Einer der drei stapfte schwerfällig heran. „Wenn wir die Türen öffnen, sind die Spuren im Eimer", erläuterte er. „Wir versuchen, so viele wie möglich zu retten, bevor der Bergungswagen das Fahrzeug rauszieht. Dann machen wir den Rest."

„Habt ihr schon etwas Auffälliges entdeckt?" fragte Valerie.

„Die Frauen wurden durch die geschlossenen Fenster erschossen. Durchsiebt, kann man sagen. Wahrscheinlich von einer Maschinenpistole", sagte der Beamte. „Das waren Profis. Vielleicht können wir anhand der Munition und der Einschüsse Details feststellen. Nach der Exekution haben sie den Wagen hierher gefahren. Sie haben ihn angezündet und in den Tümpel geschoben. Das Ganze kann nicht länger als zwei Stunden her sein."

„Wieso sind die Frauen nicht geflohen?" fragte Valerie.

„Safe-Lock", antwortete Forsmann. „Wenn man das Auto von außen mit der Zentralverriegelung zusperrt, kann man es von innen nicht mehr öffnen. Sie hätten die Scheiben einschlagen müssen, aber das haben sie wohl nicht rechtzeitig geschafft."

„Wohin sind die Täter geflohen?" fragte Valerie.

„Sie haben einen Geländewagen gefahren, wahrscheinlich einen großen Jeep. Die Spuren führen vom Schrebergarten hierher und dann zu dem Feldweg einige hundert Meter nördlich von hier."

„Sie wollten Tabula Rasa machen", sagte Valerie. „Das ist eine exzessive Bestrafungsaktion und eine Warnung für diejenigen, die sich nicht an die Spielregel des Milieus halten. Entweder es waren Russen, die schon auf dem Kiez arbeiten, oder importierte Killer, die gleich wieder in den wilden Osten abhauen."

Valerie überlegte kurz. „Ich muss mit Böttcher sprechen. Er kennt die Russen, die wir heute Nacht bei Heidrun getroffen haben. Wir quetschen sie aus. Sicherlich haben sie ein Alibi, aber vielleicht verplappern sie sich ja."

„Ich vermute, sie haben fremde Helfer geholt, die den Auftrag erledigen und dann gleich wieder verschwinden. Wir sollten die Flughäfen und die Autobahnen überwachen", schlug Brandes vor.

Valerie schaute auf ihr Smartphone. „Heute Mittag, viertel nach zwölf, geht ein Flug von Fuhlsbüttel nach Moskau mit Aeroflot", sagte sie.

„Forsmann zog sein Handy aus der Tasche. „Es ist zehn nach zwölf. Die sind so gut wie in der Luft."

Er kontaktierte die Bundespolizei am Flughafen. „Kontrolliert den Aeroflot-Flug!" brüllte er ins Telefon. „Wir sind hinter flüchtigen russischen Mördern her, die ein Massaker im Brook veranstaltet haben. Sie wollen sehr wahrscheinlich gerade abhauen!" Die drei Beamten stürmten zu ihrer Limousine und düsten ab Richtung Fuhlsbüttel. Forsmann ließ vom Revier Borgweg eine Ringalarmfahndung auslösen. Sein Handy klingelte. Er hörte mit versteinertem Gesicht, was der Anrufer ihm in dürren Sätzen mitteilte.

„Neuer Plan", presste er zwischen den Lippen hervor. „Gestern sind zwei Russen eingereist, die wir noch nicht kennen. Aber sie sind erst auf den morgigen Rückflug nach Moskau gebucht. Wir müssen weiter im Großraum Hamburg nach ihnen fahnden."

Weder die drei Kommissare noch ihre Kollegen ahnten, dass die Russen schon auf dem Weg zu einem weiteren Auftrag waren, der die Machtverhältnisse in der Hamburger Rotlichtszene ein für alle Mal klären sollte.

Das Verhör
Winterhude, Polizeirevier Borgweg, Freitagnachmittag

Forsmann, Brandes und Valerie trafen wieder am Borgweg ein. „Ihr nehmt euch jetzt sofort den Hauptverdächtigen im Fall Harksen vor, diesen Barkeeper Jerome", bellte Drewes. „Der Bericht zum Tatort der toten Dominas kann warten. Die Fahndung nach den Tätern läuft!"

Sie holten Jerome aus der Arrestzelle. Brandes baute die Kamera auf. Forsmann schaukelte mit dem Stuhl und puhlte mit einem Zahnstocher im Mund herum. Valerie stand unsichtbar hinter der verspiegelten Scheibe und beobachtete die drei.

„Ich will meinen Anwalt sprechen!" nölte Jerome.

„Halt die Klappe!" befahl Brandes. „Wir fangen an. Es hat sich kein Anwalt für dich gemeldet."

„Ich will telefonieren!" heulte Marylous Liebhaber. „Sie hat mir versprochen, dass sie einen Anwalt schickt!" Er nestelte an dem provisorischen Verband, den eine Beamtin mit Material aus dem Erste-Hilfe-Kasten um sein Bein gewickelt hatte.

Brandes schaltete die Kamera ein, blickte zu seinem Kollegen und nickte kaum merklich mit dem Kopf.

„Es beginnt die Vernehmung von Jerome Klein, Beschuldigter in der Strafsache Gunnar Harksen. Anwesend sind neben dem Beschuldigten die Polizeikommissare Forsmann und Brandes, welche die Vernehmung durchführen. Der Beschuldigte wurde bei seiner vorläufigen Festnahme, die im Hamburger Hafengebiet erfolgte, von Kollegen der Schutzpolizei über seine Rechte belehrt. Der Beschuldigte wünscht Kontakt zu einem Anwalt. Laut herrschender Meinung in der deutschen Rechtsprechung zum Strafrecht und Strafprozessrecht hat ein Beschuldigter zwar das Recht, einen Verteidiger hinzuzuziehen, jedoch nicht das Recht, diesen bei der polizeilichen Vernehmung dabei zu haben. Jerome Klein erhält hiermit die Gelegenheit, einen Strafverteidiger zu kontaktieren. Die Vernehmung wird für 15 Minuten unterbrochen."

Brandes schaltete Kamera und Mikrofon aus.

Jerome zitterte wie Espenlaub. Verzweifelt tippte er die Kurzwahl-Nummer von Lady Marylou in sein Handy. Brandes und Forsmann hörten sie von ihrer Mailbox säuseln. Sie ging nicht ran. Sie saß mit der Nienstedten-Clique im ersten Stock, beratschlagte sich mit den Verteidigern der Kanzlei von Andrea Baton und kümmerte sich einen Dreck um ihren Lover. „Sie wird dir nicht helfen, Süßer", sagte Brandes. „Sie wird ihren eigenen Arsch retten. Ruf einen anderen Anwalt an." Der Kommissar klatschte ein zerfleddertes Anwaltsverzeichnis auf den Tisch. Jerome blätterte es mit zitternden Fingern durch. „Ich kenne keinen Anwalt. Ich weiß nicht, was ich tun soll!" Er klang jämmerlich. Sein vormals weißes Satinoutfit war graubraun und stank nach einer Mischung aus Fisch, Öl und Chemie. Er sah komplett derangiert aus, linste zu der Spiegelscheibe und schluchzte.

„Hin ist die ganze Pracht", kommentierte Brandes süffisant das Bild des Elends.

„Hier stehen einige Nummern groß drin. Probier die mal", schlug Forsmann vor und deutete auf eine der vorderen Seiten.

„Danke, Herr Kommissar", nuschelte Jerome. „Danke. Ich versuch es." Er schniefte und tippte mit zitternden Fingern eine Nummer in sein Handy.

Es meldete sich nur ein Anrufbeantworter, der auf eine Mobilnummer verwies, die ständig erreichbar sei. Jerome rief dort an. Der Anwalt war in Urlaub und verwies auf seine Kanzleivertretung. Jerome probierte die zweite Nummer. Es meldete sich der Anwalt und sagte, er sei bei einem auswärtigen Gerichtstermin, könne aber gegen 19 Uhr vor Ort sein. Er befahl Jerome, von seinem Recht zu schweigen Gebrauch zu machen.

„Ich darf nichts sagen", jammerte der Barkeeper.

„Das ist aber nicht gut für dich", antwortete Brandes. „Dann können die Weiber alles Mögliche behaupten, und du kannst dich gar nicht wehren!" Der Kommissar verzog den Mund und schüttelte vermeintlich mitfühlend den Kopf. „Sollen wir nicht besser weitermachen? Komm, Jerome, ich schalte die Kamera ein, und du erzählst, wie es wirklich war. Heute Abend kannst du doch alles mit dem Anwalt besprechen!"

Brandes drückte auf den Anschaltknopf. Ein rotes Lämpchen blinkte auf.

Jerome sackte noch weiter zusammen. Er nickte.

„Fortsetzung der Vernehmung des Beschuldigten Jerome Klein", sprach Brandes ins Mikrofon. „Der Beschuldigte hat versucht, einen Rechtsbeistand zu kontaktieren. Der Verteidiger seiner

Wahl steht erst heute Abend zur Verfügung. Der Beschuldigte hat sich daher freiwillig bereit erklärt, die Vernehmung fortzuführen."

Jerome zögerte kurz. Er saß zusammengesunken auf seinem Stuhl und stierte auf den Lackschuh am linken Fuß. Den rechten Schuh hatte er verloren.

„Denk doch mal nach!" ergänzte Forsmann. „Wir wollen dir doch nichts Böses! Sie hat dich bestimmt so weit getrieben! Du kannst doch nichts dafür! Sie hat dich ausgenutzt. Du wolltest doch gar nicht schießen! Stimmt's, Jerome?"

„Nein, ich wollte das nicht!" jammerte der Barkeeper.

„Sie hat dir die Pistole gegeben, stimmt's, Jerome?" Brandes beugte sich vor und schaute Marylous Lover tief in die Augen. „Sie hat gesagt „schieß, Jerome, erschieß den alten Sack!", Stimmt's, Jerome?

„Ja, sie hat gesagt, wenn er die Ordner nicht rausrückt, soll ich ihm Angst machen!"

„Und auf ihn schießen, stimmt's, Jerome?" Brandes beugte sich nach vorne, bis er halb über dem Tisch lag; sein Gesicht hing zwanzig Zentimeter vor Jeromes bleichen Zügen, der ihn mit schreckgeweiteten Augen anstarrte.

„Ja, genau!" Jerome holte tief Luft. „Sie hat mir befohlen, notfalls zu schießen! Sie hat mir die Pistole gegeben!"

„Und dann hast du drei Mal auf Harksen geschossen", sagte Brandes. „Zuerst, als er vor dir stand, direkt in die Brust. Und dann, als er da lag, hast du ihn vollends kalt gemacht. Hast einfach auf einen wehrlosen, schwer verletzten, alten Mann geschossen."

Jerome heulte auf. „Nein, nein, das ist nicht wahr!"

„Wer war es dann Jerome? War es Lady Marylou? War sie bei dir? Wie oft hat sie geschossen?"

„Ich habe ihn angebettelt, doch er war knallhart! Er wusste, seine Leute kommen in etwa einer Stunde zurück. Er sagte: ‚Jerome, wenn das deine Mutter erfährt'." Der Barkeeper schluckte. „Da habe ich Lady Marylou angerufen. Sie war in der Innenstadt, wollte sich mit den drei Money Doms treffen. Sie hat zuerst am Telefon versucht, ihn zu überreden, dass er uns die Ordner gibt! Doch er ließ einfach nicht mit sich reden! Deshalb kam sie auch in die Reederei. Was hätten wir denn tun sollen!"

„Da habt ihr ihn einfach abgeknallt, du und deine Super-Domina!" brüllte Forsmann. „Nur, um weiter eure Geschäfte mit den Perversen machen zu können!"

Jerome liefen Tränen über die schmalen Wangen. „Nein, das stimmt nicht! Wir haben uns mit ihm gestritten! Marylou musste aufs Klo. Da hat ihn jemand angerufen. Und er sagte nur: Alles klar, kommt vorbei. Aber ich habe nicht gehört, wen er meinte."

„Und dann? Dann hat sie geschossen, die Chefin?" Brandes hielt die rechte Hand waagrecht und dann schräg zum Boden und bewegte seinen rechten Zeigefinger, als würde eine Pistole abdrücken. „Peng, peng!" So hat sie ihn erschossen, stimmt's, Jerome?"

„Nein, das ist nicht wahr!" rief Jerome energisch. „Marylou kam vom Klo zurück, da hat Harksen nur gegrinst und gesagt: „Wisst ihr was, ihr könnt die Ordner haben. Die sind wertlos."

„Und wer hat geschossen, Jerome? Du erzählst Müll!"

Der Barkeeper heulte still vor sich hin. Er atmete tief durch und dann erzählte er stockend: „Ich habe weiter mit der Pistole auf ihn gezielt. Da hat er uns lachend die Ordner gegeben. Und hat gesagt, das würde uns alles gar nichts nützen, das Colosseum sei ein alter Laden, bald würde keine Sau mehr zu uns kommen und er würde bald ein anderes Ding aufziehen, auf seinen Schiffen, da könnten wir gar nicht mithalten. Er hätte schon die richtigen Geschäftspartner dafür und ein richtig geiles Konzept. Das sagt man doch in euren Kreisen so, hat er höhnisch gesagt, ein richtig geiles Konzept."

Brandes und Forsmann waren geplättet. Das waren ja ganz andere Nachrichten als erwartet.

„Du hast einen Knall, Jerome. Der olle Harksen hätte nie und nimmer einen Puff betrieben!" Brandes schüttelte energisch den Kopf. „Und selbst wenn, ist das noch lange kein Grund, ihn zu erschießen!"

Jerome wischte sich mit den Händen durchs Gesicht. Die restliche Schminke, die sein Bad in der Elbe überstanden hatte, löste sich jetzt endgültig auf, vermischt mit Rotz und Tränen.

„Ich wollte das doch nicht!" schrie er verzweifelt. „Marylou sagte, ,pass auf, der blufft, ich schau mir die Ordner mal an'."

„Er hat euch die Ordner also freiwillig gegeben? Warum dann das ganze Theater?" Brandes glaubte Jerome nicht.

„Ich wollte ihm nur Angst machen, da hat er mich beschimpft und hat versucht, mir die Pistole abzunehmen. Er sagte, er lässt sich nicht von Subjekten wie uns etwas befehlen. Plötzlich ist die Pistole losgegangen!"

„Und dann?" fragte Forsmann.

„Er lag am Boden. Ich bin erschrocken. Marylou hat mich angeschrien, aus Wut einen der Ordner nach mir geworfen und mir die Pistole abgenommen. Und dann kamen die Russen."

„Es ist doch wirklich erstaunlich, dass bei allen Schweinereien immer die Russen herhalten müssen", höhnte Brandes. „Jerome, du suchst nur einen Sündenbock! Erzähl keinen Stuss!"

„Ich erzähle es so, wie es war." Jerome schniefte. „Es kamen zwei Russen hereingestürmt. Sie haben laut diskutiert und mit Pistolen rumgefuchtelt. Mir wurde schlecht. Ich habe mich auf den Boden gesetzt. Harksen hat gestöhnt. Ich habe gesagt, dass es ein Unfall war. Da haben sie nur gelacht."

„Und wer hat dann die anderen Schüsse abgegeben?" fragte Forsmann.

„Ein Russe hat Marylous Hand mit der Pistole genommen, auf Harksen gezielt und zweimal abgedrückt."

„Aber warum das denn?"

„Das ist für Sohn von Chef", sagte der eine. „Alter Idiot wird nicht mehr unsere Geschäfte stören." Jerome holte tief Luft. „Wir machen Club auf Meer", hat einer der beiden anderen gesagt. Und dass sie Partner von Marylou im Colosseum werden."

„O.k, die Russen wollen sich also das Colosseum unter den Nagel reißen, außerdem auf See expandieren, was Harksen ja auch wollte, und haben ihn mittels Marylou aus dem Weg geräumt", fasste Brandes zusammen.

„Und was bedeutet die Äußerung ‚Das ist für Sohn von Chef'? fragte Forsmann.

„Weiß nicht", sagte Jerome leise. „Vielleicht ist seine Detektivin schuld."

Forsmann und Brandes zuckten zusammen.

„Welche Detektivin?"

„Meine Mutter hat erzählt, dass sie oft so merkwürdige Sachen buchen musste. Viel Geld, ohne Rechnung. Für eine Marie Everling."

„Und was hat diese Marie Everling mit den Russen zu tun?"

Forsmann beugte sich wieder nach vorne. Das wurde ja immer interessanter. „Jerome, was hat diese Everling mit den Russen gemacht?"

„Sie hat halt wohl im Hafen rumgeschnüffelt. Ob die Besatzung von Harksen ordentlich arbeitet. Ob welche krankfeiern. Und ob sie verbotene Sachen mitbringen. Drogen und so. Oder Tiere. Hat meine Mutter erzählt. Dann musste sie Geld an diese Marie überweisen. Ziemlich viel, meistens mehrere zehntausend Euro." Forsmann und Brandes schauten sich an. Das war es also, was ihr Kollege Böttcher gemeint hatte, als er sagte, er habe gute Connections zu Harksen und dem Hafen. Deshalb wollte er so schnell wie möglich zu der Detektivin ins Krankenhaus.

„Und was war mit dem Sohn vom Chef?" bohrte Forsmann nach.

„Diese Everling hat angeblich den Sohn eines russischen Paten in die Elbe geschubst, wo er ertrunken ist."

Allmählich lichtete sich der Nebel über diesem ganzen verkorksten Fall. Die Russen wollten klar Schiff machen, hatten Harksen umgebracht, dazu Lady Marylou und Jerome benutzt und dann noch versucht, die Detektivin umzubringen. Außerdem hatten welche aus der Bande die drei Dominas umgebracht, die darauf beharrten, gefährliche Geschäfte zu machen. Ohne etwas von der vielen Kohle abzugeben, die bei diesen Geschäften rausprang.

Doch die Detektivin war nicht ertrunken. Wenn das die Russen wussten, war sie in Lebensgefahr.

Brandes zückte sein Handy und versuchte, Böttcher zu erreichen. „Mensch, Böttcher, mach schon, verdammt", murmelte Brandes. Doch der meldete sich nicht.

Böttcher wusste, dass er sich mit den Russen ein Wettrennen um Leben und Tod lieferte.

Und es sah nicht so aus, als könnte er es gewinnen.

Die Mumie
Krankenhaus Altona, Freitagnachmittag

Marie hatte sich zunächst gegen den Transport ins Krankenhaus gewehrt. Das dreckige Elbwasser hatte sie längst erbrochen. Das meiste hatte sie rausgewürgt, als Böttcher sie an den Füßen nach oben zog. Glücklicherweise hatte einer der Sanitäter ihm geholfen – wer weiß, dachte sie, ob mein schnuckliger Kriminalhauptkommissar meine 65 Kilo sonst hätte hochhieven können.

Allerdings wusste sie, dass beim Fast-Ertrinken auch Stunden später noch gefährliche gesundheitliche Probleme, zum Beispiel am Herzen, auftreten konnten. Außerdem tropfte ordentlich viel Blut aus einer Platzwunde, die sich zugezogen hatte, als sie voll Panik an der Schiffswand entlangschrappte. Das Blut schillerte gefährlich rot in der Elbwasserpfütze. Sicher ist sicher, dachte sie sich, und ließ sich nach einem kurzen Wortwechsel mit den Sanitätern und Forsmann schließlich in den Krankenwagen hieven.

Ein junger Arzt untersuchte sie in der Notaufnahme des Krankenhauses Altona. Die Helfer zogen ihr die nassen Klamotten aus und einen dieser unsäglichen blauen Krankenhauskittel an. Sie schoren ihr den Kopf. Marie knirschte mit den Zähnen und betrachtete missmutig die rotblonde Haarpracht, die achtlos verstreut am Boden lag. Die Wunde am Kopf wurde genäht. Eine Schwester verpasste Marie eine Spritze zur Stabilisierung des Kreislaufs. Schließlich schob ein Pfleger sie auf einer Bahre zum Lift und brachte sie auf die Beobachtungsstation im zweiten Stock.

Der junge Mann half ihr lächelnd auf das Bett. „Das wird schon wieder", sagte er aufmunternd. „Sie sollten wirklich schwimmen lernen." Er blickte zum Nachbarbett, rückte die Decke zurecht und verabschiedete sich mit einem fröhlichen „Gute Besserung, die Damen!", bevor er das Zimmer verließ.

Im Nachbarbett lag eine Frau, deren Kopf mit weißem Mull umwickelt war. Sieht aus wie eine Mumie, dachte Marie. Schläuche führten von ihren Venen zu einem Apparat mit zuckenden Zeigern und Blinklichtern.

Schlimmer geht immer, durchzuckte es die Detektivin.

Die Frau bemerkte den mitleidigen Blick. Sie sagte: „Sieht schlimmer aus, als es ist."

„Was ist passiert?" fragte Marie.

„Peeling mit Vitamin-A-Säure in Eigenregie. Hab mir die Gesichtshaut weggeätzt. Falten dürften jetzt weg sein. Aber mein Gesicht ist völlig verkrustet und verschorft. Sieht aus wie eine Mischung aus Pocken und Beulenpest. Hatte einen kleinen Kreislaufzusammenbruch. Und sie müssen mir hier alle paar Stunden den Verband wechseln."

Marie musste grinsen. Die Tussie hatte Humor, das musste man ihr lassen.

„Und du?" fragte die Mumie.

„Paar Typen wollten mich ersäufen. Im Hafen."

„Mamma mia, das ist ja ein Ding. Was hast du denn mit denen am Laufen?"

„Lange Geschichte", sagte Marie. „Würde jetzt zu weit führen. Aber wenn sie mich hier finden, bin ich am Arsch."

„Na hier kannst du jedenfalls nicht ertrinken", merkte die Mumie zutreffend an. „Und was macht die Polizei? Warum passen die hier nicht auf dich auf? Falls die Typen wiederkommen?"

„Werden schon noch kommen", antwortete Marie missmutig. „Aber mein Beschützer dort weiß nicht, wo ich genau bin. Das hier ist ja ein Labyrinth. Kann ich mal dein Handy haben?"

„Klar", sagte die Mumie. „Ist im Schrank in meiner Handtasche. Ich heiße übrigens Barbara Saunders. Hol es dir. Ich telefonier hier sowieso nicht. Weiß niemand, dass ich hier bin. Das häng ich nicht an die große Glocke, so eine peinliche Geschichte."

„Ich heiße Marie Everling", sagte die Detektivin und schlurfte zum Wandschrank. Sie kramte das Handy aus Barbaras Handtasche. Tippte Böttchers Nummer ein.

„Böttcher, ich bin in Schwierigkeiten", stöhnte Marie.

„Bin in zwei Minuten da", brüllte der Kriminalhauptkommissar. „Versteck dich, die Russen haben vielleicht mitgekriegt, dass du nicht ertrunken bist!"

Na der hatte Humor. Marie legte das Handy auf das Nachttischchen neben ihrem Bett und schaute sich ratlos im Zimmer um. Verstecken schön und gut – aber wo?

Sie schaute aus dem Fenster. Zweiter Stock – zu hoch zum Runterspringen.

Ihr Blick fiel auf den Abfalleimer neben dem Waschbecken. Blutige Mullbinden und eitrige Wattepads.

Sie klaubte das eklige Sammelsurium aus dem Abfalleimer und umwickelte ihren Kopf. Die Mumie beobachtete sie interessiert. „Gute Idee", nuschelte sie durch ihren Verband.

Marie legte den rechten Zeigefinger an den Mund und machte „pssst". Sie öffnete vorsichtig die Tür und schlich den Gang entlang. Schließlich fand sie, was sie suchte: Den Abstellraum der Putztruppe. Blitzschnell schlüpfte sie hinein, scannte den Bestand an Putzutensilien, schnappte sich einen Schrubber und eine Sprühflasche mit Desinfektionsspray. Sie lugte zum Gang hinaus. Kein Mensch unterwegs. Sie rannte zurück zum Zimmer mit der Mumie, legte sich ins Bett und deponierte Schrubber und Sprühflasche neben sich unter der Decke.

Die Russen kamen schneller als erwartet. Einer stürmte ins Zimmer. Der andere blieb an der Tür stehen.

„Shit", entfuhr es Barbara.

„Beide böser Kopf, aber Du bist nicht Detektivin", sagte der dickere Russe und zerrte am Verband, der um Barbaras Kopf gewickelt war. Einige der Krusten hingen an dem Mull. Sie brüllte vor Schmerz auf. Ihr Gesicht blutete. Aus ihren Augen funkelte Hass. Beide Russen grinsten. „Hast du neue Freundin, Detektivin", röhrte der an der Tür und lachte. Der Dicke zerrte angeekelt den provisorischen Verband von Maries Kopf und schleuderte die Fetzen auf den Boden. Er lächelte, zog eine Pistole aus dem Holster unter seiner Jacke, entsicherte die Waffe und hielt sie Barbara an den Kopf.

„So Detektivin, du gehst jetzt mit meinem Kollegen aus Krankenhaus, wir müssen viel besprechen. Ich bleibe hier bei Freundin, damit sie macht keine Dummheit."

Barbara wimmerte vor Schmerz und Angst.

„Und wenn du machst Dummheit, ich knalle ab Freundin", sagte der Russe.

Marie wusste, dass sie schlechte Karten hatten. Alleine konnte sie die beiden Verbrecher kaum ausschalten. Ihre einzige Chance war, dass Böttcher rechtzeitig auftauchen würde. Der Kriminalhauptkommissar war clever. Er würde es irgendwie schaffen, unbemerkt zu dem Krankenzimmer zu gelangen. Oder er brachte so viel Verstärkung mit, dass die Russen klein beigeben mussten.

„Lasst sie gehen", sagte Marie. „Sie hat mit unserer Sache nichts zu tun."

„Sie darf gehen, wenn du brav bist", antwortete der Dicke.

Die beiden lügen. Sie werden uns umlegen, dachte Marie. Ich muss sie austricksen. Jetzt oder nie.

Sie schaute mit verwundertem Blick an die Decke. Alter Trick. Der Dicke blickte ebenfalls nach oben.

Marie sprang aus dem Bett wie von der Tarantel gestochen, riss den Schrubber hoch, schlug ihm dem Russen ins Gesicht und sprühte Desinfektionsmittel hinterher.

Der Russe jaulte auf, rieb sich die Augen mit beiden Händen und fluchte.

Der Türsteher spurtete herbei. Barbara sprang aus dem Bett, rollte ihm das Nachttischen mit Karacho gegen den Wanst, schnappte die Wasserflasche und schlug sie ihm an die Schläfe. Der Türsteher fiel um wie ein Sack.

Barbaras Infusionsschlauch hing aus ihrer Vene. Sie drückte mit der linken Hand auf die blutende Einstichstelle. Dann trat sie dem am Boden liegenden Russen in den Unterleib. Und gegen den Kopf.

Maries Bewacher grabschte mit blinden, dick verschwollenen Augen nach ihr. Sie trat ihm in die Eier.

Zweiter erledigt.

„Mann, Mumie, du hast es drauf", sagte die Detektivin anerkennend.

„Ich hänge am Leben", antwortete Barbara lakonisch. „Und ich schaue mir gerne Martial Arts Kämpfe an. Da kann man einiges lernen. Man muss einfach dorthin treten, wo es weh tut."

Da riss Böttcher die Tür auf.

„Mannomann, wie seht ihr denn aus", stöhnte Böttcher.

„Das hier ist keine Misswahl", bemerkte die Mumie.

„Aber schön, dass du auch schon da bist", ätzte Marie.

Böttcher zog zwei Kabelbinder aus der Gesäßtasche seiner Jeans. Er befestigte die beiden Russen am Gestell von Maries Bett. Die kamen allmählich wieder zu sich und stöhnten.

„Das werde ich überall rumerzählen, ihr Pfeifen!" trötete Marie triumphierend. „Dass zwei halbtote Frauen euch ausgeknockt haben, ich lach mich schlapp!"

„Freu dich nicht zu früh", warnte Böttcher. „Ihr beide müsst aus der Schusslinie. Ihr habt die Russen blamiert, ihr müsst verschwinden."

„Ich wohn sowieso nicht in Hamburg", verkündete Barbara fröhlich. „Ich bin nur zu Besuch hier. Morgen fliege ich zurück nach Vegas. Da kannst du mich mal besuchen, Detektivin."

„Was machst du in Vegas?" fragte Marie.

„Bin in einer Show", sagte die Mumie. „Ist super dort. Aber ein, zweimal im Jahr besuche ich meine Mama hier."

Böttcher runzelte die Stirn. „Ich fürchte, Sie müssen hierbleiben", verkündete der Kriminalhauptkommissar die schlechte Nachricht. „Sie sind eine wichtige Zeugin."

Barbara zog die Augenbrauen nach oben.

„Wir werden sehen", sagte sie lächelnd, hielt kokett den Kopf schief und leckte sich die blutigen Lippen. „Wenn ich helfen kann, immer gerne!"

Doch Böttcher nahm ihr den guten Willen nicht ab. Und er sollte Recht behalten.

Der Anschiss
Einsatzwagen, Polizeirevier Borgweg, Freitagnachmittag

Böttcher hatte einen Mannschaftswagen mit Besatzung zum Krankenhaus Altona bestellt. Marie saß hinten bei den gefesselten Russen. Sie sollten zunächst im Revier Borgweg verhört werden. Das LKA hatte sich bereits angemeldet. Böttcher saß vorne beim Fahrer und telefonierte mit Valerie.

Die LKA-Hauptkommissarin hatte schlechte Nachrichten für ihn. Die Anwältin Andrea Baton war gemeinsam mit ihren Kollegen, mit Lady Marylou und der Nienstedten-Clique fröhlich pfeifend aus dem Revier Borgweg marschiert. Der beantragte Haftbefehl für die vier Damen war vom zuständigen Richter rüde abgeschmettert worden. Daher habe Drewes ihnen eine üble Standpauke gehalten. Es gebe keinerlei Beweise für die Verwicklung der Damen in den Mord an Harksen oder an Abendroth oder für ein anderes Delikt, habe er gebrüllt. Die Reifen- und Fußspuren im Brook seien ein totales Durcheinander und keiner der vieren zuzuordnen. Zudem hätten sie ein Alibi für die gesamte Nacht und den Vormittag, wo sie sich im Colosseum aufgehalten hätten. Dafür seien schließlich sogar Polizisten Zeugen, unter anderem die LKA-Dame Valerie Morton und Kriminalhauptkommissar Frank Böttcher, die, so Drewes, sich in dem Club hätten edel verköstigen lassen, mit denen habe er deswegen auch noch ein Hühnchen zu rupfen, sowie diverse Beamte, die das Colosseum über Stunden durchsucht hätten. Ohne Ergebnis im Übrigen. Die ganze Aktion sei ein Riesenreinfall gewesen, tobte Revierchef Drewes, und habe lediglich einige, so wörtlich, hochkarätige Gäste des Clubs in eine kompromittierende Situation gebracht, was wiederum zu einem ordentlichen Anschiss der zuständigen Staatsanwältin Heike Brömmer geführt habe. Die, polterte Drewes weiter, habe sich über die Kleinkariertheit und Spießigkeit ihrer weisungsabhängigen nachgeordneten Beamten beklagt, die nicht einmal im Stande seien, diesen dreisten Russen Einhalt zu gebieten, sich dafür aber in Nachtclubs rumtreiben würden, wo sie zumindest beruflich absolut nichts zu suchen hätten, sondern, wenn überhaupt, nur die Kollegen von der Sitte und dem Betrugsdezernat.

Die Kollegen hätten die Ansprache Drewes betreten über sich ergehen lassen, so Valerie, doch der habe gar kein Ende gefunden und habe alle ihre Fälle durchgenudelt und an allen Beamten, die beteiligt waren, kein gutes Haar gelassen. Wie es denn sein könne, dass die gesamte Mannschaft diese Money Doms nicht aufgetrieben habe, trotz des Einsatzes privater Spaßfahrzeuge, habe Drewes getobt und mit Schaum vor dem Mund auf Forsmann gedeutet. Stattdessen habe eine private Ermittlerin sie zu den Leichen geführt, deren Beteiligung an den Fällen auch noch zu klären sei. Und, anstatt die Dame gleich ins Krankenhaus zu begleiten, habe Kollege Böttcher es vorgezogen, sie dort alleine hinfahren zu lassen, obwohl doch klar sei, dass sie eine wichtige Zeugin sei und die Täter sie ausschalten wollten. Jetzt könnten sie sich die Aufklärung der Morde im Brook wohl endgültig von der Backe putzen, vor allem sei nicht klar, ob das tatsächlich alle Money Doms seien, die jetzt tot in der Gerichtsmedizin lägen, oder ob sich eventuell noch weitere dieser perversen Weiber – Drewes habe die die Worte förmlich ausgespuckt – in und um Hamburg herumtrieben. Die Strangulation von Hendrik Abendroth sei eindeutig, so die Spurensicherung, den ominösen Money Doms zuzurechnen, die von den Russen liquidiert worden seien.

Deren Geländewagen habe man inzwischen im Hafen sichergestellt, darin auch noch Tausende Euro in Blüten aus derselben Produktion wie jene im Mund der Prostituierten Jennifer und im Mund Abendroths. Inwiefern da ein Zusammenhang bestehe, sei zwar noch nicht klar, aber den würden Spurensicherung und Falschgelddezernat rausfinden. Zudem könne die Spurensicherung auch die Reifenspuren am Teich im Brook eindeutig dem Wagen der Russen zuordnen. Im Übrigen frage er sich, so Drewes, was die Dame und die Herren Kommissare denn Entscheidendes zur Aufklärung der Fälle beigetragen hätten, er jedenfalls könne keine großartige Leistung erkennen, zumal sich einzelne Mitarbeiter – dabei habe er grimmig zu ihr, Valerie, geschaut – sich in völlig inakzeptabler Weise in Gefahr gebracht hätten und von einem Zivilisten hätten gerettet werden müssen, dazu noch von einem, der bekanntermaßen ein übler Paparazzo und Leichenfledderer sei, der ihnen bei ihren Ermittlungen schon öfters in die Quere gekommen sei. Der sei jetzt genauso verschwunden wie dieser andere Zivilist, der mit dem Porsche, von dem sich die lieben Kollegen weder Namen noch Telefonnummer notiert hätten, wohl aus lauter Begeisterung über das edle Gefährt, die wohl die Gehirnleistung einzelner Beamter beeinträchtigt habe, weshalb man den Halter nun über das Autokennzeichen ausfindig machen müsse, ein weiterer Beweis für

Schlamperei und Dilettantismus. Der einzige Erfolg sei, so Drewes, nun etwas milder, dass immerhin dieser Jerome halbwegs gestanden habe. So könnten sie wenigstens Harksens Mörder – oder zumindest einen der Täter – der Öffentlichkeit präsentieren und würden nicht wie komplette Idioten dastehen. Er erwarte jetzt die endgültige Aufklärung der Vorfälle in der Reederei.

Valerie stockte mit ihrem Bericht. „Na ja, wir haben uns alle nicht mit Ruhm bekleckert", gab sie zu. „Aber was mich ärgert, ist die Tatsache, dass jetzt an Jerome alles hängen bleibt. Der hat sicherlich seinen Teil dazu beigetragen, aber ich glaube ihm."

„Du glaubst ihm, dass er nur einmal versehentlich geschossen hat? Und dass einer der Russen Lady Marylou die Knarre in die Hand gedrückt und abgedrückt hat?" Böttcher war skeptisch.

„Lady Marylou hat bei der Vernehmung den Tathergang bestätigt. Sie sagte, die Verhandlungen mit Harksen seien lange gut verlaufen, man habe sogar über einen Club auf einem seiner Schiffe gesprochen. Doch plötzlich habe er gesagt, er habe neue Geschäftspartner, die über jede Menge Kapital verfügten, und das Colosseum müsse komplett renoviert werden. Das würde Lady Marylou mit den beiden Versagern Abendroth und Dellmann und ihrem kleinen Lover niemals schaffen. Er und die Russen würden ihr eine Abfindung anbieten. Sie habe vor Wut gekocht und ihn gewarnt, wer mit dem Teufel esse, müsse einen langen Löffel haben, sonst verbrenne er sich unweigerlich die Finger. Dann sei alles so abgelaufen, wie es auch Jerome geschildert hat."

„Und welche Russen waren das? Die von Heidruns Eck?" fragte Böttcher. „Konnte die Chefin sie beschreiben?"

„Es waren nicht die von Heidruns Eck. Lady Marylou sagte, sie hätte die noch nie zuvor gesehen, das seien keine aus Hamburg gewesen. Sie hätten auch kaum Deutsch gesprochen", antwortete Valerie. „Die wurden wohl nach Hamburg geschickt, um aufzuräumen, die Sache mit dem Colosseum zu regeln, Harksen auszuschalten und sollten dann wieder abhauen nach Mütterchen Russland."

„Verdammt", ächzte Böttcher. „Aber zuvor sollten sie noch die Detektivin erledigen. Die hat ihnen schon zu oft in die Suppe gespuckt, jetzt wollten sie sie ein für alle Mal aus dem Verkehr ziehen. Was ihnen fast geglückt wäre."

Valerie blieb die Luft weg. „Wo ist sie jetzt? Hast du sie in Sicherheit gebracht?"

„Sie sitzt hinten im Einsatzfahrzeug bei den Russen und den Kollegen", sagte Böttcher. „Grade fast ertrunken, dann erledigt sie zwei russische Killer." Böttcher war hörbar beeindruckt. „Mit einer anderen Patientin im Krankenhaus, stell dir vor."

Sie hielten an der Ampel vor der Abbiegung zur Krugkoppelbrücke. Jogger rannten trotz der Hitze an der Alster entlang. Spaziergänger und Hundehalter genossen den Sonnentag, den der Wetterbericht als einen der letzten dieses Sommers angekündigt hatte. Böttcher betrachtete die Segelschiffe, die über das glitzernde Wasser glitten, und atmete tief durch. Jetzt würde sich alles richtig aufklären, der Fall mit den killenden Dominas und den Domina-Killern war sicherlich bald erledigt. Die Russen konnten ihnen nicht mehr durch die Lappen gehen. Sie würden endlich mal diesen Ost-Mafiosi einen empfindlichen Schlag versetzen.

Wenige Minuten später fuhren sie auf den Parkplatz des Reviers Borgweg. Böttcher stieg aus und riss die Hecktür des Einsatzfahrzeugs auf. Er öffnete den Mund, um Marie mit einem flotten Spruch zu begrüßen. Doch Marie saß nicht in dem Fahrzeug. Böttcher traute seinen Augen nicht. „Wo ist die Detektivin?" fragte er die Beamten, die die Russen beaufsichtigten, mit heiserer Stimme.

„Ist an der Krugkoppel ausgestiegen, hat gesagt, sie braucht frische Luft", antwortete einer der beiden Beamten.

„Seid ihr verrückt? Ihr lasst sie einfach gehen, ohne mir etwas zu sagen?" Böttcher tobte, stampfte mit dem Fuß auf und schlug mit der rechten Faust auf die Hecktür.

„Das darf doch alles nicht wahr sein!" brüllte er. „Ihr lasst eine gefährdete Zeugin einfach so abhauen, hinter der die Russenmafia her ist? Seid ihr noch bei Trost?"

„Eh Böttcher, komm mal wieder runter. Wir können sie doch nicht gegen ihren Willen festhalten", entgegnete der andere Beamte und scharrte betreten mit den Füßen. „Sie sagte, es sei ja nicht mehr weit, die paar Meter würde sie zu Fuß gehen. Sie ist Richtung Borgweg losgetrabt."

Böttcher ahnte, dass Marie dort nie auftauchen würde. „Los, dalli, bringen wir es hinter uns. Wenn ich schon vor dem Wochenende meinen Job loswerde, dann zügig, damit ich mir gleich überlegen kann, was ich mit meiner vielen Freizeit demnächst anfange", forderte er die Kollegen auf und ging zum Eingang.

Böttcher erstattete Bericht über die vergangenen Stunden. Es folgte wie erwartet das Donnerwetter von Drewes mit der Androhung von Versetzung, Suspendierung und dem gesamten Programm weiterer möglicher Sanktionen, inklusive der Verbannung der gesamten, seiner Meinung nach komplett unfähigen Mannschaft in einen abgelegenen alten Gebäudeteil mit uralten vergammelten Toiletten und ausrangierten Möbeln.

Dann mussten Böttcher, Forsmann, Brandes und Valerie bei Staatsanwältin Brömmer vorreiten, die sich im zweiten Stock ein provisorisches Büro eingerichtet hatte, kalt wie ein Eisberg vor ihnen saß, neben ihr ein Typ vom LKA, der auf einem Zahnstocher herumkaute, im Hintergrund Drewes mit verschwitztem Hemd, wirren Haaren und roten Flecken im Gesicht.

Brömmer bot ihnen keinen Platz an und forderte, dass alle beteiligten Beamten ab sofort bis zur Pressekonferenz am Montag früh um acht ohne Pause diesen ganzen beschissenen Fall mit allen seinen Tathergängen, Tätern und Opfern aufarbeiten und ihr „ein Eins-a-Dossier" erstellen würden inklusive Fotos, Zeichnungen und allem Pipapo. Sie bleibe hier vor Ort und würde den Fortgang der Arbeiten „fachmännisch juristisch begleiten".

Außerdem müssten sie nach der Hauptzeugin fahnden, die könne schließlich nicht vom Erdboden verschluckt sein.

„Wenn Sie mir die Dame am Wochenende nicht liefern, Drewes, dann wird es hier richtig ungemütlich", drohte sie, ohne den Revierchef anzusehen.

„Und wir sprechen uns nachher auch noch", zischte der LKA-Typ hinüber zu Valerie.

„Abmarsch!" bellte Brömmer.

Die Beamten verließen wütend das Büro der Staatsanwältin. Böttcher wollte sich zunächst mit Valerie besprechen. Sie mussten unbedingt die Detektivin auftreiben.

Doch Marie hatte ganz andere Pläne. Und sie war schon dabei, sie in die Tat umzusetzen.

Die Flucht
Restaurant Cliff, Außenalster, Flughafen, Freitagnachmittag

Die Russen hatten Marie angegrinst und ihre Goldzähne gebleckt. Einer war mit seinen gefesselten Händen an seiner Gurgel entlang gefahren – eine Andeutung, was sie mit ihr vorhatten, sollten sie sich mal wieder über den Weg laufen. Marie war sicher, dass es nie zu einer Verurteilung der Killer kommen würde. Sie kannte den Wagen, den die Mörder im Brook gefahren hatten und den die Polizisten im Hafen entdeckt hatten. Das Auto gehörte der jugoslawischen Konkurrenz. Die Russen hatten es ausgeborgt, ein nicht uncleverer Schachzug, der den Verdacht auf andere Zuhälter lenken sollte. Das würde Krieg geben. Und die beiden würden, befürchtete Marie, einfach Richtung Russland abdüsen. Sie waren verbrannt, aber es gab jede Menge Nachschub an ehrgeizigen, testosterongelenkten jungen Männern, die sich gerne in Hamburg bewähren wollten.

Marie beschloss, weder den Bandenkrieg noch das bevorstehende Theater von Ermittlungen und Mammutprozess abzuwarten. Sie stieg an der Krugkoppelbrücke unter einem Vorwand aus dem Mannschaftswagen, marschierte zügig an der Alster entlang zum Restaurant Cliff, setzte sich auf eine Bank, blickte über das Wasser zu den Villen des gegenüber liegenden Ufers und trank eine große Rhabarberschorle.

Ihr Mund war ausgedörrt, die Zunge klebte am Gaumen. Sie sah zweifelsohne übel aus, blaues Auge, Platzwunde am Kopf, dreckige Klamotten. Die jungen Frauen am Nachbartisch beobachteten sie verstohlen. Sie beugte sich zu ihnen rüber und fragte mit jammernder Stimme, ob sie ihr ein Handy ausborgen könnten, ihr Typ sei durchgedreht, sie wolle ihre Freundin anrufen, großes Drama blablabla. Sie verdrückte ein paar Tränen, schniefte und bedankte sich überschwänglich, als ihr ein Handy gereicht wurde. Sie zog den Schnipsel des Papiertaschentuchs aus der Hosentasche, auf dem sie die Nummer der Mumie notiert hatte.

„Mumie, ich brauch deine Hilfe", sagte Marie. Die Antwort fiel zufriedenstellend aus.

„O.k, bis gleich", sagte Marie und lächelte. „Freu mich, see you."

Dann winkte sie der Bedienung, zahlte und ging zum Parkplatz. Kaum zehn Minuten später fuhr ein Taxi vor. Marie stieg ein.

„Wo ist dein Gepäck?" fragte Barbara, die inzwischen statt der Mullbinden um den Kopf nur noch einige Pflaster im Gesicht hatte, aber von einem gesellschaftsfähigen Aussehen immer noch weit entfernt war.

„Keine Zeit", entgegnete Marie. „Lass uns schnell starten."

„Zum Flughafen", befahl Barbara.

„Verdammt, ich habe keinen Pass", fluchte Marie.

„Papiere bekommst du von mir", sagte Barbara.

Nach zehn Minuten erreichten sie Fuhlsbüttel.

„Wo ist dein Gepäck?" fragte Marie.

„Schon im Flieger", sagte Barbara und schob Marie in die VIP-Section, wo sie von einer Servicemitarbeiterin des Flughafens erwartet wurden. Die brachte sie zu einer Limousine, die sie zu einem Learjet auf einer abseits gelegenen Startbahn fuhr.

Die vordere Tür des Learjets öffnete sich. Die Gangway wurde ausgefahren. Oben standen ein hübscher junger Steward und eine streng blickende Frau im Businesskostüm.

Marie und Barbara gingen die Gangway hoch.

„Herzlich willkommen, Miss Saunders, herzlich willkommen, Miss Everling", begrüßte sie die Dame im Businesskostüm in süßsaurem Ton. „Schön, dass wir den Rückflug jetzt doch rechtzeitig antreten können. Ich habe mir erlaubt, für Miss Everling amerikanische Papiere beim hiesigen Konsulat zu besorgen."

Sie ließ den Satz auf der Zunge zergehen und blickte abwechselnd zu Marie und zu Barbara. Marie überlegte, ob ein Dank angemessen wäre, entschloss sich aber, einfach mal die Klappe zu halten. Barbara lächelte, sagte grinsend „Vielen Dank, Moneypenny", und betrat den Flieger.

Marie kam hinterher und ließ sich in einen der breiten Ledersessel fallen. Dann machten Pilot und Copilot ihre Aufwartung. „Wir haben einen Slot in zehn Minuten", sagte der Pilot. „Unsere Flugzeit beträgt 13 Stunden. Wir werden in New York JFK kurz landen, auftanken und dann weiterfliegen nach Las Vegas, Sin City!"

Barbara rollte mit den Augen. Marie grinste.

Der Steward kam lächelnd angeschwänzelt und fragte: „Was darf ich Ihnen bringen?"

„Coke mit Eis", sagte Barbara.

Marie blickte sie erstaunt an.

„Ich muss arbeiten", sagte Barbara lächelnd. „Ruhe du dich aus, nimm einen Cocktail, schau ein paar Filme", no problem."

„Was machst du eigentlich beruflich?" fragte Marie.

„Ich veranstalte Mixed Martial Arts Shows in Las Vegas", antwortete Barbara.

„Kämpfst du auch selbst?" fragte Marie.

„Nicht mehr", sagte Barbara.

Der Steward brachte zwei Coke mit Eis.

Die Turbinen heulten auf.

„Du solltest schwimmen lernen", sagte Barbara. „In Las Vegas sind die Pools breiter als die Elbe."

Marie ließ den Sessel in die Waagrechte sinken.

„Ich werde mein Seepferdchen bei euch nachholen", sagte Marie und grinste Barbara an.

Wenige Sekunden später war sie eingeschlafen.

Epilog

Claire Harksen überlegte, wie sie mit dem unvollendeten Projekt ihres Gatten umgehen sollte, das sie zu ihrem Erstaunen neben maroden Schiffen und Schulden der Reederei geerbt hatte. Sie entschloss sich, zusätzlich einen Teil ihres eigenen Vermögens in das Colosseum zu investieren. Non olet, Geld stinkt nicht.

Marion Abendroth, genannt Megan, erbte den Anteil ihres Gatten am Colosseum. Für die Blüten, die ihr die Russen als Kaufpreis für die Datscha ihrer Großmutter angedreht hatten, war eine Lösung in Sicht. Das hatte Marie angedeutet, die sich einige Wochen nach diesen unglaublichen 24 Stunden aus Las Vegas gemeldet hatte, der Welthauptstadt von Glücksspiel und Geldwäsche.

Die neuen Inhaberinnen des Colosseums beauftragten zum Erstaunen der Hamburger Geschäftswelt ein Bauunternehmen aus Heilbronn mit der Renovierung. Es wurde gemunkelt, dass Geschäftsführer Gregor Palm über gute Kontakte zu den Betreiberinnen verfügte, die angeblich zum Hamburger Geldadel zählten. Gregor Palm präsentierte den Damen einen fertigen Plan für die Renovierung des Clubs Colosseum und für den Umbau eines der Schiffe der Reederei Harksen zu einem Partyclub. Die Vorbereitungen waren schon weit fortgeschritten, sodass die Beteiligten hofften, das Projekt würde in wenigen Monaten fertiggestellt sein. „Wir sind effizienter als die Schlamper bei der Elbphilharmonie", wie Theresa von Basserow, für ihre Freunde und Freundinnen Tissa, anmerkte. Die Künstlerin entdeckte ihre praktische Seite, leitete Innenausbau und Gestaltung und schmückte die Wände mit erotischen Motiven.

Albertine von Blankenburg, genannt Alexa, knüpfte Kontakte zu Lieferanten und Eventagenturen und castete professionelle „Night-Player", die das Colosseum künftig für seine Gäste engagieren wollte. Einer der Stars war Hannes, der Golflehrer, der sich bald zu ungeahnten Popularitätshöhen aufschwingen sollte.

Lady Marylou plante die Eröffnungsparty, deren zentraler Programmpunkt eine erotische Kampfshow aus Las Vegas sein würde, sorgte für Sponsoren und kontrollierte die Finanzen.

Die Russen wurden freigelassen. Es lägen nicht genügend Anhaltspunkte für eine Anklageerhebung vor, so Staatsanwältin Brömmer. Der Wagen, der verbrannt mit den Leichen der Dominas in dem Teich gefunden worden waren, gehörte einer jugoslawischen

Bande, die ihn als gestohlen gemeldet hatte. Die Spuren waren weitgehend zerstört. Die Zeuginnen Everling und ihre Zimmernachbarin aus dem Krankenhaus blieben verschwunden. Die Spuren an den drei Tatorten Jennifer, Harksen und Abendroth ließen sich weder bekannten Russenteams vom Kiez noch den beiden Mafiosi aus dem Krankenhaus eindeutig zuordnen. Lady Marylou und Jerome Klein konnten Harksens Mörder bei einer Gegenüberstellung nicht klar identifizieren; allerdings war ihr Gedächtnis erst rapide geschwunden nach einem kurzen Gespräch mit Andrea Baton, die wohl sehr gewieft Zweifel gesät haben musste. Die Russen flogen noch am Tag ihrer Freilassung aus der Untersuchungshaft nach Moskau.

Auch gegen Lady Marylou wurde keine Anklage erhoben. Ihre Darstellung der Vorgänge, die zum Tod von Gunnar Harksen geführt hatten, sei plausibel und stimme mit den Angaben von Jerome Klein überein. Daher mangele es in ihrem Falle, da sie „von fremder Hand geführt worden sei", bereits an „einer juristisch relevanten Handlung", erläuterte Brömmer juristisch spitzfindig.

Jerome Klein wurde wegen fahrlässiger Körperverletzung zu einer Bewährungsstrafe verurteilt.

Bernd Dellmann, Künstlername Carmen, wurde wegen Freiheitsberaubung und gefährlicher Körperverletzung zum Nachteil von Hauptkommissarin Valerie Morton zu einer Freiheitsstrafe von zwei Jahren verurteilt. Seine Schwester Marion Abendroth besucht ihn regelmäßig in Santa Fu.

Fotograf Boris Bogner, genannt Bogie, dokumentierte die Umbaumaßnahmen im Colosseum und auf dem Schiff „Dolores", das künftig als Partyschiff zwischen Hamburg und Helgoland verkehren soll. Zudem erhielt er einen Exklusivvertrag als Fotograf im Colosseum und auf der „Dolores".

Valerie Morton und Frank Böttcher wurden von ihren Vorgesetzten in einen Urlaub unbestimmter Dauer verabschiedet, offiziell, um Überstunden abzubauen. Sie flogen nach Los Angeles, um Valeries Haus zu verkaufen. Kurz bevor sie zurückfliegen wollten, erreichte sie ein Anruf aus Las Vegas.

„Wir müssen umdisponieren", sagte Valerie.

„Wie du meinst", entgegnete Böttcher und griff nach dem Drink, der auf dem Tischchen neben seiner Sonnenliege stand.